Tonke Dragt, 1930 in Batavia, dem heutigen Djakarta geboren, studierte zunächst Kunst. 1961 veröffentlichte sie ihr erstes Jugendbuch. Seitdem sind viele spannende Zukunfts- und Abenteuerromane von ihr erschienen. 1976 erhielt Tonke Dragt den Niederländischen Staatspreis für Kinder- und Jugendliteratur. In der Fischer Schatzinsel erschienen von ihr bereits ›Das Geheimnis des Uhrmachers‹ (Bd. 80223) und ›Turmhoch und meilenweit‹ (Bd. 80233)

Tigeraugen. Der Maler Jock Martin, Ex-Planetenforscher, lebt in einer Welt, die von Robotern und einer alles kontrollierenden Regierung dominiert wird. In seinem ungewöhnlichen Kreativ-Zentrum für unangepasste Jugendliche malen Jock Martin und sein Schüler Bart unabhängig voneinander ein Bild mit Tigeraugen. Sie entdecken, dass sie Gedanken auffangen und aussenden können. Und es existieren noch mehr Wesen mit einer solchen Gabe. Die Weltregierung sieht ihre allumfassende Kontrolle in Gefahr ...

Unsere Adresse im Internet: www.fischerschatzinsel.de

Tonke Dragt

TIGER-AUGEN

Ein Zukunftsroman

Aus dem Niederländischen von
Liesel Linn und Gottfried Bartjes

Fischer Taschenbuch Verlag

Für alle meine Tiger
von heute und einst

4. Auflage: März 2005

Fischer Schatzinsel
Herausgegeben von Eva Kutter

Veröffentlicht im Fischer Taschenbuch Verlag,
einem Unternehmen der S. Fischer Verlag GmbH,
Frankfurt am Main, Dezember 2000
Lizenzausgabe mit freundlicher Genehmigung
des Verlages Freies Geistesleben & Urachhaus GmbH, Stuttgart
Die Originalausgabe erschien 1982 unter dem Titel ›Ogen van tijgers‹
im Verlag Uitgeverij Leopold, Amsterdam
© Tonke Dragt 1982
Für die deutsche Ausgabe:
© Verlag Freies Geistesleben & Urachhaus GmbH, Stuttgart 1997
Alle Rechte der deutschsprachigen Ausgabe vorbehalten
Gesamtherstellung: Clausen & Bosse, Leck
Printed in Germany
ISBN 3-596-80234-2

Nach den Regeln der neuen Rechtschreibung

INHALT

Vorbemerkung 7

Erster Teil

1 Der Maler 11 — 2 Route Z 18 — 3 Der Maler 24 — 4 Route Z 28
5 Ex-Planetenforscher 35 — 6 Ein Mädchen und eine Katze 39
7 Der Minderjährige 45 — 8 Noch ein Mädchen und eine Katze 49
9 Der Maler 56 — 10 Ex-Planetenforscher 61
11 Jock Martin 65 — 12 Kreativ-Betreuer 72
13 Der Minderjährige 79

Zweiter Teil

1 Raumschiff Abendstern 87 — 2 Jock Martin 91 — 3 Anna 92
4 Jock Martin 95 — 5 Bart Doran 100
6 Bart Doran, Jock Martin 103 — 7 Jock Martin 105
8 Der Maler 107 — 9 Planetenforscher Nummer elf 112
10 Maler und Planetenforscher 116 — 11 Kreativ-Betreuer 121
12 Xan 125 — 13 Planetenforscher Nummer elf 131

Dritter Teil

1 Jock Martin 139 — 2 Anna 143 — 3 Jock Martin 145
4 Bart Doran 152 — 5 Jock Martin 157 — 6 Akke 158
7 Jock Martin, A. Akke 166 — 8 Jock Martin, Bart Doran 175
9 Jock Martin 179 — 10 Jock, Anna 183 — 11 Anna, Edu 188
12 Jock Martin, Bart Doran 190 — 13 Betreuer? 193

Vierter Teil

1 Jock Martin 201 — 2 Dienstag: Noch zwei Tage bis Donnerstag 209
3 Mittwoch: Morgen 216 — 4 Mittwoch: Mittag 222
5 Mittwoch: Abend 225 — 6 Donnerstag: Afroini 232
7 Donnerstag: Edu Jansen, Galerie Mary Kwang 237
8 Donnerstag: Drei Planetenforscher 241
9 Freitag: Kreativ-Zentrum 254 — 10 Freitag: Anna, Edu, Jock 264
11 Samstag: Robo-Technischer Dienst 278
12 Samstag: Akke und andere 286
13 Sonntag: Die Ausstellung 299

Fünfter Teil

1 Lügen, Wahrheit 319 — 2 Träume, Wirklichkeit 325
3 Ursachen, Folgen 331 — 4 Gedanken, Taten 338
5 Konkret, Abstrakt 351 — 6 Glaub es oder lass es bleiben 359
7 Flucht und Angriff 375 — 8 Alptraum 388
9 Nacht: Freundschaft und mehr 394
10 Morgens: Freundschaft und mehr 411
11 Schlafen 422 — 12 Erwachen 440
13 Heute, gestern, heute, morgen, übermorgen 456

Epilog 477

Nachschrift 480

VORBEMERKUNG

«VENUS, ein Planet, auf dem Wälder sind, die wie Flammen glühen, mit rauchigem Nebel und Wolken, üppig, nass, gefährlich, ... Meere, Seen und Wasserfälle ... Reine, prickelnde Luft zum Atmen ... Wind, Sturm, Regen, Regenbögen ...»

So ungefähr steht es in meinem Buch *Turmhoch und meilenweit*, das 1969 in den Niederlanden erschien und noch früher geschrieben wurde.

Inzwischen hat die Wissenschaft einen ganz anderen Planeten entdeckt.

«VENUS, wo es Wüsten gibt, Vulkane, dürr, trocken; Oberflächentemperatur 450 bis 500° Celsius ... Vielleicht Tümpel aus geschmolzenem Schwefel ... Eine dichte Atmosphäre, hauptsächlich aus Kohlensäure, Wolken, die aus Schwefelsäuretropfen bestehen ... Wind, Sturm, Unwetter und Blitze ...» – *Keine* Regenbögen ...

TROTZ dieser harten Tatsachen habe ich in *Tigeraugen* die Venus genauso beschrieben wie in *Turmhoch und meilenweit* ... – und zwar nicht nur deswegen, weil einige Personen aus jenem Buch eine wichtige Rolle in diesem Roman spielen, sondern auch, weil Venus hier eine *andere* Bedeutung bekommen hat: für die meisten Menschen in dieser Geschichte eine Erinnerung oder eine Herausforderung, ein Wunsch, ein Traum, manchmal auch ein Alptraum. Abgesehen von der Intrige könnte ich den Planeten eigentlich auch sofort «Afroi» nennen. Das Buch *Tigeraugen* spielt ausschließlich auf der Erde, zu einem Zeitpunkt, als die Wälder dort längst verschwunden sind und der Stadt Platz gemacht haben, immer mehr Stadt ...

Nun folgt die Geschichte von Jock Martin und anderen Menschen.

Tonke Dragt

ERSTER TEIL

> Niemand, niemand hat mir erzählt,
> Was niemand, niemand weiß ...
> *Walter de la Mare*

1
Der Maler

Jock Martin stand auf seinem Balkon auf der zwanzigsten Etage und ließ seinen Blick über die Stadt schweifen. Hinter ihm öffnete sich die Schiebetür – fast geräuschlos, aber er hörte es doch.

«Ich erinnere Sie daran», sagte der Hausroboter, «dass es um halb fünf zu regnen beginnt.»

«Ich weiß», sagte Jock, ohne sich umzudrehen. «Mach die Tür zu, es zieht.»

Der Roboter verschwand.

Weißt du noch, damals ..., sagte Jock zu sich selbst. Wie alt war ich wohl, elf, zwölf? Damals standen wir auch oft auf dem Balkon. Wir, Anna und ich. Und immer hieß es: Reinkommen! Es stürmt zu sehr, es beginnt zu regnen, passt auf, ungesund ... Er hörte wieder, wie der letzte Mann seiner Mutter brummig sagte: «Wir wohnen nun mal billig, außerhalb der Kuppeln.» Und plötzlich sah er Anna ganz deutlich vor sich: sie hockte neben ihm, die Arme um die Gitterstäbe gelegt, und schaute zu ihm auf – seine kleine Schwester, oder eigentlich Halbschwester, mit den großen braunen Augen in einem spitzen, hellhäutigen Gesicht.

Du warst damals nicht älter als vier, dachte er. Ich muss also zwölf gewesen sein.

Annas Bild lachte ihn an. «Schön war es damals», sagte es. «Man sah den Staub in der Sonne flimmern, und es stürmte.» Sie sprach seine eigenen Erinnerungen aus, denn selbst sagte sie fast nichts in jener Zeit; sie hatte erst sehr spät sprechen gelernt.

«Das ist nicht wahr», widersprach Annas Bild. «Wir redeten

immer, wenn wir auf dem Balkon waren. Viel mehr als später, als wir unter der Kuppel wohnten und ich in diese entsetzliche Schule musste.»

Entsetzliche Schule? überlegte Jock. Das hat sie mir nie gesagt ...

«Aber du wusstest es sehr wohl», sagte Annas Stimme in seinem Kopf, nun plötzlich erwachsen und vorwurfsvoll. Doch ihr Kindergesicht blieb freundlich.

Jock runzelte die Stirn. Ja, sagte er beinahe laut. Ich wusste es wohl. Nur ...

Annas Bild begann undeutlich zu werden; er versuchte es festzuhalten, zurückzurufen. Er seufzte verzweifelt, aber er stand allein auf dem Balkon – auch wenn er einen Augenblick lang den Eindruck gehabt hatte, als seien sie zusammen hier oben. Jetzt konnte er nur noch einfach an Anna denken, in dem Bewusstsein, dass sie meilenweit von ihm entfernt wohnte. Der Abstand hätte ihn natürlich nicht daran zu hindern brauchen, sie häufiger zu besuchen. «Ich komme zu dir, sobald ich kann», versprach er ihr in Gedanken. «Wie unehrlich», sagte er sich. «Du kannst doch fast jeden Tag, wenn du willst; heute oder morgen ... oder vorgestern. Warum hast du es nicht getan? Deine Zeit ist wirklich nicht kostbar, Jock, im Gegenteil!»

Er lehnte sich über die Brüstung. *Schauen*, gut schauen, nur nicht denken! Er konnte zwei Kuppeln sehen; eine ganz und die andere nur zum Teil. In seiner Jugend hatten dort die Leute gewohnt, die Geld hatten – oder besser gesagt: Leute, die mehr Geld hatten als die meisten anderen, denn Armut gab es in der Stadt nicht mehr, in keiner Stadt der Erde. Und jetzt waren die Kuppeln veraltet; weil die Menschen jetzt das Wetter beherrschten, konnten sie ebenso gut draußen wohnen, draußen in der frischen Luft. Jock blickte nach oben; es war nicht viel vom Himmel zu sehen. Er war grau, der Regenschauer würde nicht lange auf sich warten lassen. Es war ziemlich windig, aber der Wind war launisch und schien sich nicht sicher zu sein; große Gebäude und Hochhäuser ließen ihn immer wieder seine Richtung wechseln.

Ein Farbe sprühender Hubschrauber kreiste um den Wohnturm schräg gegenüber. Dies hier war ein alter Stadtteil (und darum preiswert); damals noch gebaut, um die Bewohner vor den Launen des Wetters zu schützen. Aber jetzt wurde alles renoviert und modernisiert, um es mit den neueren Stadtteilen in Einklang zu bringen. Über kurz oder lang würden die Mieten bestimmt wieder steigen – hoffentlich nicht zu sehr, denn dann müsste er wieder umziehen. Obwohl – eigentlich war es ganz egal, wo er wohnte, es war doch überall dasselbe.

Meilen, Meilen weit dehnt sie sich aus, die Stadt, nach allen Seiten. Hier und da ein kleines Stück Naturschutzgebiet ... Warum muss ich jetzt schon wieder an Anna denken? Sie hat mich doch ebenso vernachlässigt! Ein kleines Stück Naturschutzgebiet – RASEN BETRETEN VERBOTEN – und dann eine andere Stadt, und noch eine Stadt. Städte erstrecken sich bis über das Wasser der Meere, Städte wachsen die Berghänge empor, Städte graben sich in die Tiefen der Erde ...!

Jock fröstelte. Er sah die Erde vor sich, als säße er in einem Raumschiff: ein harter, kalter Planet, trügerisch schön durch das Weiß und das Blau einer beweglichen Dunstglocke – in Wirklichkeit jedoch eine kalte Kugel, bedeckt mit einer Schicht Beton und Superplexiglas, in der kleine Eckchen ausgespart waren, Millionen von Zellen, in denen die Menschen wohnten.

So solltest du es nicht betrachten, wies er sich selbst zurecht, nicht so, als befändest du dich außerhalb der Erde. Du gehörst dazu; du bist einer der Millionen in seiner Zelle. Du wirst nie mehr hier wegkommen, du Idiot. Und außerhalb ist es nicht viel besser, denn der Weltraum ist ein Nichts, und die anderen Planeten ...

Er verschloss seine Gedanken vor den anderen Planeten. Er verschloss seine Gedanken vor Anna und vor Erinnerungen an verflossene Zeiten. Er befand sich auf seinem Balkon und ließ seinen Blick über die Stadt schweifen.

Der Sprühhubschrauber hatte seine Arbeit am schräg gegenüberliegenden Wohnturm beendet; er begann nicht mit dem nächsten Häuserblock, sondern ließ sich ein wenig sacken und schwebte dann dicht über der Erde wie ein seltsames Insekt.

(Wer könnte hier und heute noch die Assoziation an ein INSEKT haben? Nur die wenigen Leute, die außerhalb der Erde gewesen sind ... NICHT an Venus denken, auch nicht an Mars!) Der Farbsprüher wartete natürlich den bevorstehenden Regenschauer ab. Auf dem Rollsteig unten war fast niemand mehr zu sehen ... Noch drei ... noch einer ... und der verschwand schließlich auch.

Jock sah sich kurz um und schüttelte den Kopf, als der Roboter ihn ins Haus winkte.

Würde man all dem nie mehr entfliehen können? Den Kindermädchen, mechanisch oder echt, den Eltern, Lehrern, Betreuern, Psychologen, Kommandanten, Ordnungshütern, Regierungsbeamten – oder auch nur dem Hausroboter, auf den niemand verzichten konnte: Komm herein, sonst wirst du nass und erkältest dich. Tu, was ich sage, es ist zu deinem Besten, für deine Gesundheit, für deinen Seelenfrieden, für unser aller Wohlbefinden – A.f.a.W.

Jock betrachtete erneut den Farbsprüher. Mit solch einem Ding würde ich gern einmal arbeiten. Schön groß!

Es würde sehr hübsch aussehen, wenn alles frisch gestrichen wäre: die Wohntürme mit all ihren Gliederungen in Sahne- und Goldtönen, aufgepeppt durch orange und blaue Pinselstriche, und dazu das Glitzern der unzähligen kleinen Fenster ... Unten in der Tiefe der dunkelblaue Rollsteig und die Minimobilbahn in einem helleren Blau ... Ein bisschen weiter entfernt das Grünblau eines Gebäudes des A.f.a.W., des Amts für allgemeines Wohlbefinden ... Es würde ein stilvoller Bezirk werden, der Bezirk zwei, trotz der altmodischen Gebäude – oder vielleicht gerade deshalb. Alles geschmackvoll zu einem Ganzen geordnet; das einzige Gebäude, das aus dem Rahmen fiel – die alte oberirdische Energiezentrale – sollte abgerissen werden. Die Stadt entwickelte sich mehr und mehr zu einem Wunder der Technik, der Architektur und der Ästhetik. Und doch ...

Jock fühlte wieder einmal sehr deutlich, dass er es NICHT schön fand. Was ZU schön war, konnte nicht mehr wirklich schön sein. Alles war so vollkommen (wenn er sich die Energiezentrale wegdachte und die Malerarbeiten fertig sein würden), dass er sich nicht vorstellen konnte, wie es anders und besser hätte sein können.

Macht den Turm auf der linken Seite doch mal blutrot ... unmöglich! Alles ist genau richtig, perfekt ausgewogen, absolut zweckmäßig und eine Wohltat für das menschliche Auge. Eindrucksvoll, aber nie und nimmer aufregend. Das Resultat von Computerberechnungen, zusammengesetzt aus Programmen von Städtebauern, Ingenieuren, Verkehrsexperten, Psychologen und Soziologen ... Kein Wunder, dass viele Leute versuchen, auf die eine oder andere Weise dieser Vollkommenheit zu entfliehen: indem sie mehr trinken, als ihnen zugeteilt wird, oder Vergessen suchen in den großen Klang- und Lichttheatern oder in den kleinen Sälen, in denen 3D-Fernsehen geboten wird, in außerhalb liegenden Sportzentren oder in den neuen Verkehrsparks ...

Eine merkwürdige Änderung der Farben verwandelte die Stadt; der Himmel war noch grauer geworden.

Der Regen kommt! Das ist etwas Besonderes; sie lassen es fast nie mehr tagsüber regnen.

Jock Martin ging nicht ins Haus. Ich will etwas verändern, dachte er, ich will einen schrillen Kontrast, eine Dissonanz. Aber selbst Dissonanzen sind schon da, absichtlich und raffiniert angebracht, weil jeder Mensch ab und zu einmal etwas Unerwartetes möchte ... Was will ich denn sonst? Mehr? Weniger? Einfach etwas Unnützes und Hässliches. Zum Beispiel die Energiezentrale stehen lassen. Dann könnten die Kinder nur die unzerbrechlichen Scheiben kaputtschmeißen und die Wände beschmieren ...

Die ersten Regentropfen fielen auf ihn nieder.

Ich möchte irgendetwas, das geschmacklos ist oder unsinnig. Oder etwas, das den Betrachter wütend macht oder ihm einen Wahnsinnsschrecken einjagt ... In Gedanken nahm er vor der Kontrolltafel des Farbsprühers Platz und färbte einen der Wohntürme SCHWARZ, sodass er aussah wie ein Loch in einem Gemälde oder wie ein Stückchen Negativ auf einem Farbfoto.

Er bekleckste die Fenster mit undurchsichtigem Rot, sodass niemand hinausschauen konnte ...

Aber wie viele Menschen sehen überhaupt noch hinaus? Ein paar wenige doch sicher! Zum Beispiel der Mann dort gegenüber, auf der sechzehnten oder achtzehnten Etage, der mich gerade anstarrt. Wahrscheinlich fragt er sich, weshalb ich im Regen stehen bleibe.

Jetzt regnete es wirklich. Und die Stadt sah nun besser aus: diesig und geheimnisvoll.

Der Mann gegenüber guckt immer noch ... Er denkt natürlich, dass ich verrückt bin. Oder ist er in Gedanken vielleicht damit beschäftigt, meinen eigenen Wohnturm anzumalen? Das würde ich sympathisch finden.

Der Hausroboter schob die Tür wieder auf. «Herr Martin, kommen Sie doch herein. In Ihrem Atelier ist es trocken.»

«Komm du lieber heraus! Ach nein, lass nur; sonst rostest du nachher noch.»

«Ich bin rostfrei», sagte der Roboter.

«Ja, natürlich bist du das. Hier auf der Erde wissen sie nicht, was wirklicher Regen ist ...»

Jock holte tief Luft. Ein tolles Gefühl, den Regen über sich strömen zu lassen ...

Der Schauer dauerte eine gute Dreiviertelstunde. Während der ganzen Zeit blieb er auf seinem Balkon; auch dann noch, als er sich überhaupt nicht mehr behaglich fühlte und zu frieren begann.

Plötzlich hörte der Regen auf; die Wolken zogen sich sogar völlig auseinander, sodass eine grelle Sonne zum Vorschein kommen konnte.

Jock vergaß, dass er nass war und dass ihn fröstelte; er schaute blinzelnd zu der einen Kuppel hinüber, die er in voller Größe sehen konnte. Darüber wölbte sich plötzlich noch eine Kuppel, eine unirdische ... nein, einfach ein Regenbogen. *Einfach?*

Sie lassen uns zu wenige Regenbögen sehen ...

Er erhielt sofort eine Antwort auf diesen Gedanken; drei seltsame Sätze kamen ihm in den Sinn:

Niemand, niemand hat mir erzählt,
Was niemand, niemand weiß.
Aber ich weiß jetzt, wo das Ende des Regenbogens ist ...

Er erschrak ein wenig. Wie komme ich nur darauf! Ich weiß es natürlich NICHT, ich habe mir das doch nicht ausgedacht! Nur Anna könnte so etwas sagen.

Er ging in sein Atelier und betrachtete das Werk, an dem er gerade arbeitete: abstrakt, eindimensional, glänzende und matte Farbe auf einem grauen Untergrund. Gleichzeitig jedoch sah er viele andere Dinge, Bilder, die rasch aufeinander folgten und manchmal sogar übereinander purzelten: REGEN und den Regenbogen, verästelte Linien, die sich in Nebel verflüchtigten, pechschwarze Wohntürme, bemalt mit goldenen Zeichen, den pechschwarzen Weltraum und darin ein glänzendes Raumschiff, noch mehr Regen ... Strichellinien von sonnenbeschienenen Wasserstrahlen, zerplatzende Tropfen, Tupfen, Lichtpunkte ... Lichter, die aufleuchteten und wieder erloschen, aufleuchteten und erloschen, mit ständig wechselnden Farben: grün, gelb, rot, grün, gelb, rot ... rot ...

Ist *das* das Ende des Regenbogens: die Idee für ein neues Bild?

Währenddessen war der Hausroboter damit beschäftigt, ihm sein durchweichtes Gewand auszuziehen. «Kommen Sie mit, Herr Martin, zum Heißlufttrockner im Badezimmer.»

«Bleib mir vom Leib», sagte Jock irritiert. «Leg trockene Sachen heraus und lass mich in Ruhe.»

Aber die Bilder oder Ideen zu neuen Gemälden waren verwischt oder verschwunden. Vielleicht sollte ich mal *ausgehen*, Entspannung suchen. Kann sein, dass ich dann ...

«Ich rate Ihnen, sich jetzt sofort abzutrocknen», sprach der Roboter. «Außerdem empfehle ich Ihnen, ein paar Tropfen NASOLYN zu nehmen, damit Sie keine Erkältung bekommen.»

«Ja, ja, ist schon gut. Und jetzt gib endlich Ruhe!», sagte Jock böse, obwohl er wusste, dass sogar ein Wutanfall keinen Eindruck machen würde. Und sein treuer Diener hatte auch noch Recht. *Das Ende des Regenbogens!* Ein Farbenklecker bist du, Jock Martin, und mehr nicht.

17

Trotzdem wurde er das Gefühl nicht los, dass er etwas gemerkt, bedacht oder aufgefangen hatte, was von großer Bedeutung sein konnte. Doch es war nur ein Gefühl – und das machte ihn nun wirklich böse, denn es war so vage und unwirklich, dass er beim besten Willen nicht wusste, was er damit anfangen sollte.

2
Route Z

«Wenn Sie Route Z fahren, sind Sie gegen keinerlei Schäden versichert», sagte der Roboter am Schalter. «Warten Sie einen Moment. Hören Sie zu, was ich Ihnen zu sagen habe.»

«Ich weiß schon längst, was du mir sagen musst», entgegnete der junge Mann, ein Junge eigentlich noch. Er wollte weitergehen, aber der metallene Roboterarm hielt ihn zurück.

«Ich weiß nicht, ob Sie es wirklich wissen», sprach der Roboter weiter. «Sie haben Route Z zum ersten Mal gewählt. Bitte beachten Sie daher meine Warnung. Meine Eigentümer haften nicht für Schäden, die Ihnen auf Route Z entstehen. Sie fahren diese Strecke auf eigenes Risiko. Ich wiederhole: auf eigenes Risiko. Und ich rate Ihnen dringend davon ab.»

«Ich danke dir», sagte der Junge mit spöttischer Höflichkeit. «Aber ich werde deinen Rat natürlich nicht befolgen. Ehrlich gesagt, glaube ich nicht, dass du das wirklich ernst meinst.»

«Was soll ich nicht wirklich ernst meinen?», fragte der Roboter.

Der Junge lachte auf. «Deine Warnung», antwortete er, während er die Hand öffnete, um den Zündschlüssel in Empfang zu nehmen. «Auf eigenes Risiko! Und gleichzeitig muss man für diese Route das meiste bezahlen.»

«Der hohe Preis soll die Leute abschrecken», sagte der Roboter. «Und ich meine immer, was ich sage; so bin ich programmiert. Fahren Sie bitte nicht. Nehmen Sie Route X, oder notfalls Y ...»

«Ich habe für Z bezahlt», sagte der Junge ungeduldig. «Und ich habe dir meinen Führerschein gezeigt. Also los! Mach schon, gib mir den Schlüssel.»

Der Roboter gehorchte. «Fahrzeug vier», sagte er. «Eine halbe Stunde beziehungsweise dreißig Minuten.»

Er zog seinen Arm zurück, sodass der Junge passieren konnte.

Kurz darauf betrat der Junge eine völlig andere Welt. Er wusste natürlich, dass sie nicht echt war, dass beinahe alles nur Kopie war: Kulissen, Projektionen ... Aber es schien WIRKLICHKEIT zu sein: Ein Stadtviertel aus alter Zeit, mit Häusern, Straßen, Menschen und ... Verkehr. Die Straßen waren größtenteils echt, ebenso die Fahrzeuge in ihrer bunten Farb- und Formenvielfalt. Authentische Automobile, die man sonst nur in Museen bestaunen konnte, fuhren hier umher, bogen um Straßenecken, bremsten, fuhren an, blieben vor Masten stehen, wenn an diesen Lichter aufleuchteten – rote Lichter –, und fuhren weiter, wenn die Lichter auf Grün wechselten.

«Hallo, mein Junge, bist du hier auch richtig?», fragte ein großer, kahlköpfiger Mann, der plötzlich neben ihm auftauchte. Sein Gesicht zeigte deutliche Missbilligung. «Die neueste Kirmesattraktion! Machen Sie eine Autofahrt wie im zwanzigsten Jahrhundert ... Man sollte es verbieten.»

«Warum?», fragte der Junge. «Sie selbst sind doch auch hier.»

«Ich schaue es mir nur an. Ich werde mich ganz bestimmt nicht hinter ein Lenkrad setzen. Du schon, nicht wahr? Je gefährlicher, desto lieber. Bist du nicht ein bisschen zu jung für solche Abenteuer?»

«Ich bin achtzehn», sagte der Junge schroff. «Und ich besitze einen Führerschein.»

«Na, dann mal los. Ich werde dich bestimmt nicht zurückhalten.» Der Glatzköpfige machte eine Handbewegung. «Autofahrer, Fußgänger. Sag mal ehrlich, weißt du, was Menschen sind und was Roboter?»

In der Ferne quietschten Bremsen, dann folgte das widerliche Geräusch von Metall, das auf Metall prallt. Danach waren wütende Stimmen und das Heulen einer Sirene zu hören.

«Geh nur, schau's dir an!», sagte der kahle Mann. «Heutzutage ist alles beinahe echt. Welch eine Verschwendung von Maschinen und Material! Mindestens zehn Unfälle pro Tag; manchmal fließt sogar Blut!»

Der Junge zuckte die Schultern und ging zum Parkplatz hinüber, wo drei lange Reihen Autos unter drei verschiedenen Schildern warteten: X, Y und Z.

Zu seinem Ärger begleitete ihn der stämmige, kahlköpfige Mann. «Du hast doch nicht etwa vor, Route Z zu fahren?»

Der Junge blieb stehen, halb wütend, halb beunruhigt. Dieser Kerl sieht aus wie jemand vom A.f.a.W., dachte er. Ich hab zwar einen Führerschein, aber ... «Was geht Sie das denn an?», fragte er.

«Junger Mann, noch kannst du dir einreden, dass alles nur Roboter sind. Aber es sind auch MENSCHEN darunter ... wie du und ich. Und die meisten, ja, die schlimmsten Unfälle werden von Menschen verursacht; erst recht auf Route Z. Wenn sie die nicht schleunigst verbieten ...»

«Aber noch ist Route Z nicht verboten», sagte der Junge ärgerlich. «Niemand kann mir etwas wollen, wenn ich die fahre. Und wäre es zehnmal hintereinander.»

Aber es ist erst das erste Mal, dachte er, als er hinter dem Steuer des Wagens saß, der ihm für eine halbe Stunde gehören sollte. Dieser Glatzkopf steht bestimmt noch irgendwo und beobachtet mich ... Na wenn schon. Route X ist total langweilig, und Route Y fahre ich im Schlaf. Und jetzt also: Z!

Aus dem Lautsprecher neben seinem Kopf ertönte die Roboterstimme eines Verkehrsleiters. «Achtung, Wagen Z4! Starten Sie bitte. Geradeaus, die mittlere Straße.»

Der Junge drehte den Zündschlüssel, trat die Kupplung ... Wer über diese uralten Wägelchen lacht, hat überhaupt keine Ahnung! Er weiß gar nicht, wie schön es ist, alles selbst zu machen ... Er fuhr langsam an, dann schneller ... Selbst schalten, selbst lenken ...

Die Stimme des Verkehrsleiters sagte: «Achtung, Z4. An der Kreuzung links abbiegen.»

Die FAHRTROUTE durfte er nicht frei wählen. Er wusste, dass

viele Straßen nur Attrappen waren, Kulissen, Computersimulationen, dreidimensionale Bilder, projiziert auf ...

«Achtung! Sie fahren jetzt Route Z. Wir geben Ihnen nur den Weg an, keinerlei Warnhinweise ...»

Und Anweisungen werden nicht wiederholt, wusste der Junge. Links abbiegen ... einordnen ... Hier auf Route Z ist man selbst verantwortlich.

Er fuhr wieder langsamer. Ziemlich starker Gegenverkehr! Er überlegte kurz, wie viele dieser Wagen echt waren, wie viele von Menschen und wie viele von Robotern gelenkt wurden ... Dann akzeptierte er alles als Wirklichkeit. Das kostete ihn nur wenig Mühe; außerdem würde er nur dann gut fahren und richtig reagieren können auf all die unsinnigen Gefahren, die ihm bevorstehen konnten.

Er war inzwischen problemlos links abgebogen und erreichte eine breite Straße, eine Einbahnstraße. Er beschleunigte den Wagen, musste aber unvermutet abbremsen, weil ein seltsam zerbrechliches, zweirädriges Fahrzeug aus einer Seitenstraße herausschoss und knapp vor ihm die Fahrbahn kreuzte.

Gerade noch rechtzeitig! Der Schweiß brach ihm aus. Im Rückspiegel sah er, dass der Fahrer des Zweirades abgestiegen war und ihm eine geballte Faust nachschickte. Ein Verrückter ... ach was, nur ein Roboter ...

Aber auf Route Z konnte man auch Menschen begegnen; das wurde jedenfalls gemunkelt. Und alle Materialschäden musste man aus eigener Tasche bezahlen ...

«Die zweite Seitenstraße rechts ...», sprach die Roboterstimme neben seinem Ohr.

Konzentriere dich. Du hast einen Führerschein ...

Schon wieder musste er bremsen. Ein Schild an der zweiten Seitenstraße verbot die Einfahrt ...

«Sollte das nicht möglich sein», sagte die Roboterstimme *(spöttisch?)*, «nehmen Sie die nächstfolgende.» *(Nein, Roboter spotten nie!)* «Und danach die erste links.»

Eine lebhafte Geschäftsstraße mit Verkehr und Fußgängern, sowohl auf der Straße selbst als auch auf ... nein, Rollsteige gab es hier nicht. Ein uniformierter Mann (oder ein Roboter, der einem Menschen zum Verwechseln ähnlich sah) blies in seine Trillerpfeife und gab Handzeichen: UMLEITUNG!

«Folgen Sie von nun an allen Schildern, die ein Z tragen, bis zum Runden Platz», befahl die Roboterstimme.

Irgendwo hinter dem Jungen heulte wieder eine Sirene. Ein Krankenwagen raste haarscharf an ihm vorbei ... Gleichzeitig musste er auf die Schilder am Weg achten: UMLEITUNG ROUTE Z. Rechts ... und noch einmal rechts ...

«Am Platz nach wie vor in Richtung Z weiterfahren. Bitte rechtzeitig einordnen.»

Mittlerweile begann es zu dämmern. *Ist es schon so spät?*

Endlich erreichte er den Runden Platz, an dem viele Straßen zusammentrafen. Ringsum lärmende und brummende Autos, überall Ampeln und große Schilder.

Der Junge atmete erleichtert auf, als er den Platz hinter sich gelassen hatte und sah, dass er sich noch immer auf der richtigen Route befand.

«Z4, erste Abzweigung links», sagte der Verkehrsleiter.

Eine breite, übersichtliche, zweispurige Straße, wo er ruhiger und trotzdem schneller fahren konnte. Der Junge seufzte zufrieden. Allerdings wurde es immer dunkler und die Scheinwerfer der entgegenkommenden Wagen blendeten ihn manchmal empfindlich.

Habe ich eigentlich meine Scheinwerfer eingeschaltet? Aber ja, natürlich ...

Der Motor schnurrte; er schaltete in den vierten Gang – welche Höchstgeschwindigkeit galt hier eigentlich?

Die Lampen der entgegenkommenden Autos erinnerten ihn an Augen, gefährliche Augen von ausgestorbenen Tieren. *Ein lächerlicher Gedanke. Aber Autos sind ausgestorbene Kreaturen!*

«Achtung, Z4. Hinter der Brücke schräg rechts abbiegen.»

Es war eine ruhige Landstraße. Vielleicht sogar wirklich außerhalb, denn der Asphalt war nass. Wahrscheinlich vom Regen, der nachmittags gefallen war. Die Beleuchtung war schlecht; es hieß also, besonders gut aufzupassen.

Der Junge umfasste das Lenkrad beinahe liebkosend. «Nein, du hinter mir, du kannst mich nicht überholen! Denn ich fahre mit Höchstgeschwindigkeit, und das Übertreten der Spielregeln ist verboten.»

Der Junge begann leise zu singen, er trat das Gaspedal noch ein wenig weiter durch.

Völlig unerwartet huschte eine kleine Gestalt über die Straße, ein Schatten, ein Tier, eine Katze ...

Er bremste hart und abrupt.

Er wusste nicht, ob er das Tier noch erfasst hatte, denn zu vieles passierte jetzt gleichzeitig. Er spürte einen heftigen Schlag gegen die Stirn, irgendetwas prallte mit einem entsetzlichen Knall von hinten gegen seinen Wagen. Er verlor die Gewalt über das Lenkrad, alles drehte sich. Dann stand er still. Totenstille.

Aber ich lebe noch. Au, mein Kopf! Gegen die Windschutzscheibe geschlagen ...

Plötzlich zerriss Lärm die Stille. Stimmen, Hupen von einem oder mehreren Wagen ... Noch ein Knall, ein Schrei, weit entfernt eine Sirene.

Jemand riss die Tür auf. Ein kreidebleiches, wütendes Gesicht sah ihn an. «Du Idiot! Wie kannst du nur ...»

Wenig später stand der Junge auf der Straße, schwankend und schwindelig. Durch seine unerwartete Vollbremsung waren noch zwei, nein, drei andere Wagen hinter ihm ineinander gefahren. Am vorderen Auto war die Fahrertür aus den Angeln gesprungen; ein Körper hing heraus ... *Nein, nein ... doch nicht ... bloß kein Blut!* Noch mehr Menschen. Wo kamen die nur so schnell her? *Oder Roboter? Bitte keine Menschen!*

Die Sirene heulte nun unerträglich laut. Uniformierte Männer umringten ihn; auf ihren Kappen und Kragenspiegeln stand: *Route Z*. Einer von ihnen sprach ihn an: «Wie konnten Sie nur?»

«Da war eine Katze», sagte der Junge. «Eine Katze, ein Kätzchen ... es überquerte plötzlich ...»

«Eine Katze?» Das war das kreidebleiche Gesicht. «Katze?»

«Immer mit der Ruhe», sagte der Uniformierte. «Der Junge ist verletzt.»

«Und was ist mit dem da?», schrien andere.

«Zur Seite! Polizei! Krankenwagen!», riefen wieder andere.

Nicht hinsehen, dachte der Junge. Alles tanzte vor seinen Augen. Er ging ein Stück beiseite und glaubte mit einem Mal, die Katze zu sehen, zusammengekauert und zitternd am Straßenrand. Jemand packte ihn grob. «Komm mit!»

«Es war eine Katze», keuchte er atemlos. «Sehen Sie nur! Ihre Augen ...»

«Katze!» Es klang vorwurfsvoll. «Ein ROBOTER! Ein Roboter, um deine Reaktion zu testen.»

Der Junge wusste nicht mehr, was er sagen, denken oder tun sollte; willenlos ließ er sich mitführen. Er spürte, dass man ihn in ein anderes Fahrzeug setzte und wegfuhr. Wohin, das wusste er nicht.

3
Der Maler

Bereits vor dem Essen trank Jock fast die Hälfte seiner Alkohol-Ration, trotz der Warnung seines Roboters Xan, dass es ungesund sei, so viel zu trinken. Schließlich war jeder Roboter – im Auftrag des A.f.a.W. – darauf programmiert, über das Wohlergehen seines Herrn zu wachen. Jock hatte eigentlich vorgehabt, nach dem Essen auszugehen – wohin auch immer, sei es auch nur zu einem Verkehrspark. Als es dann aber soweit war, hatte er keine Lust mehr. Er legte sich aufs Bett; nach kurzer Zeit jedoch fand er, zum ersten Mal seit Tagen, dass es viel zu breit für ihn sei ...

Weshalb hab ich nur mit Sari Schluss gemacht, dachte er. Ich würde jetzt ... Ach, sonst hätte sie mit mir Schluss gemacht. Sie hätte eigentlich lieber einen Planetenforscher als einen Maler. Nur sind Planetenforscher sehr häufig nicht zu Hause! Und Anna mochte sie nicht. Was hat Anna damit zu tun? Sari konnte Anna nicht leiden, so war es. Und darum ... Was für ein

Unsinn, Jock Martin. Du wolltest dich niemals, niemals an irgendjemanden binden.

Er stand auf und wollte in sein Atelier gehen, doch dann besann er sich, deaktivierte seinen Roboter mit einem Knopfdruck und schenkte sich noch ein Gläschen Schnaps ein. Erst danach betrat er sein Atelier, machte es sich auf der schmalen Liege gemütlich und betrachtete das Bild, an dem er viele Stunden lang gearbeitet hatte.

Es war wertlos.

Er erhob sich mühsam und warf es in den Recycler. Noch mühsamer stellte er eine neue Kunststoffplatte zurecht; sie hatte einen sehr schönen Farbton, fast wie Perlmutt. Er legte sein wertvollstes Skizzenbuch auf den Tisch – aus echtem Papier – und daneben Zeichenstifte, Pinsel und Farbe. *Um ... Ja, warum eigentlich?*

Er trank sein Glas in einem Zug leer und bekam auf einmal schreckliche Kopfschmerzen. Als habe er sich heftig gestoßen ... Was jedoch noch schlimmer war: Er wurde von einer plötzlichen Angst überfallen. Und das Allerschlimmste war, dass er nicht die geringste Idee hatte, wovor er Angst hatte und warum.

Schwankend ging er zurück zur Liege, ließ sich darauf fallen und schlug die Hände vors Gesicht.

Auf einmal hörte er die Stimme seines Roboters: «Herr Martin, Herr Martin, kann ich Ihnen helfen?»

Verdammt noch mal, dachte Jock, ich habe vergessen, auch sein Notruf-Hirn zu deaktivieren ... Er schaute auf und sah den Roboter wie durch einen Nebel. *Aber ich habe doch gar keinen Notruf ...* «Ich habe einfach zu viel getrunken», sagte er, während er sich aufrichtete.

«Das habe ich Ihnen schon vor dem Essen gesagt, Herr Martin», sagte der Roboter.

«Halt den Mund», sagte Jock. «Und das ist ein Befehl.»

Der Roboter hielt den Mund. Jeder Roboter musste dem Befehl seines menschlichen Chefs gehorchen; es sei denn, dieser stehe im Widerspruch zur Allgemeinen Sicherheit und zum Allgemeinen Wohlbefinden ... Natürlich dachte Jock nicht über diese bekannten Regeln nach; dafür schmerzte ihn sein Kopf viel zu sehr.

«Glücklicherweise ist morgen Sonntag», sagte er, mehr zu sich selbst als zu seinem Diener. «Ich brauche nicht ins Zentrum zu gehen und kann also ausschlafen ... obwohl ich eigentlich malen wollte. Aber ach, warum sollte ich malen, Xan?»

«Sie fragen mich etwas – also darf ich sprechen, um Antwort zu geben», sagte der Roboter. Er gehörte zum Typ HXan3, und Jock nannte ihn immer Xan. «Was Sie tun, Herr Martin, ist eines der edelsten Dinge, die ein Mensch tun kann: kreativ oder schöpferisch tätig sein und außerdem anderen Menschen zeigen, wie sie ebenfalls kreativ tätig sein können. Dies verleiht Ihnen eine Freiheit, welche viele andere nicht besitzen.»

Jock rieb sich über die Stirn und betrachtete seine Finger, irgendwie erstaunt, dass sie nicht blutig waren. «Donnerwetter, Xan, das hast du klasse ausgedrückt. Aber was hab ich davon, was bringt es mir? Ich will etwas malen, was kein Mensch weiß. Ich will etwas malen, was ich selbst nicht weiß. Darum weiß ich nicht, was ich malen soll.» Er seufzte; die Kopfschmerzen ließen zum Glück etwas nach. «Na ja», fuhr er fort, «ich gebe mir jedenfalls große Mühe, um – leider oft unwillige – junge Leute und sogar Erwachsene kreativ zu beschäftigen – dreimal in der Woche, um sie vor Dummheiten und schlechten Taten zu bewahren und um meine Zulage wirklich zu verdienen ... Nein, Xan, ich erwarte keine Antwort. Ich ...» Jock stockte. Schon wieder solch ein Anfall von Schreck, Angst, Schmerz und noch mehr: ohnmächtiger Wut, Schuldgefühl ...

«Herr Martin», hörte er Xan sagen, «lassen Sie mich Ihnen einen Kaffeenektar* machen. Es reicht gerade noch für ein Glas.»

«Ja, gerne. Und zehn Tropfen Nasolyn, und was sonst noch gut sein kann. Und dämpfe bitte das Lampenlicht.»

Nach einer Weile fühlte er sich besser. «Lieber Xan, stell bitte den Fernseher an und lass mich dann in Ruhe. Vielen Dank.»

---

* Kaffeenektar: ein Getränk, das aus *echten* Kaffeebohnen zubereitet wird. (Der Große W. W. U., Wortschatz der Westlichen Umgangssprache – 11. Auflage)

In dem kleinen Fernseher in seinem Wohnzimmer gingen gerade die Nachrichten zu Ende. Ein Parlamentsmitglied kündigte allerlei Sparmaßnahmen an, und ein Verwaltungsbeamter von Neu-Babylon berichtete, dass die sogenannten Verkehrsparks in Zukunft schärfer kontrolliert werden sollten, wie auch die alten Straßen, in denen es immer wieder Kriminalität und Überfälle gab.

Das alles interessierte Jock nicht sonderlich; er schloss die Augen und gähnte.

«ZUM SCHLUSS EINE KURZE ZUSAMMENFASSUNG DER NACHRICHTEN: IN FÜNF TAGEN WIRD DAS RAUMSCHIFF ABENDSTERN VOM PLANETEN VENUS ZURÜCKKEHREN. AN BORD BEFINDEN SICH ...»

Jock öffnete die Augen. Mit einer Handbewegung ließ er Bild und Ton verschwinden.

In fünf Tagen ... Jeden Tag hast du es näher kommen sehen. Ist es das, was dich stört, Jock? Einst warst du Astronaut, Planetenforscher auf der Venus. Entlassen, ausgemustert wegen Verstoß gegen die Disziplin. Aber mit diesem Schiff kommen keine Forscher zurück. Die haben noch ein halbes Jahr auf der Venus vor sich. Ein Planet voller Regenbögen. Weshalb kannst du sie nicht vergessen?

Er überlegte kurz, ob er versuchen sollte, über das Visiphon Sari zu erreichen. Nein, lieber nicht – Sari hatte bestimmt schon einen anderen Freund, und außerdem waren seine Kopfschmerzen durchaus noch nicht vergessen. Dann spielte er ein Weilchen mit dem Gedanken, Anna anzurufen; sie würde bestimmt verständnisvoll und lieb reagieren. Aber vielleicht lag es gerade daran, dass er auch diese Idee verwarf.

Also ging er ins Bett. Er schlief rasch ein und träumte ununterbrochen – Angstträume, wunderschöne Träume, schaurige Träume, unbegreifliche Träume. Manche glichen der Gegenwart oder der Vergangenheit, andere übertrafen noch seine Fantasie. Am nächsten Morgen jedoch, nach einem von Xan servierten sehr späten und kräftigen Frühstück, erinnerte er sich an nicht viel mehr als an die Atmosphäre dieser Träume. Was den Inhalt betraf, so konnte er sich nur noch ein paar zusammenhanglose Fragmente ins Gedächtnis rufen.

Reg dich nicht darüber auf, sagte er zu sich selbst. Dadurch werden deine Kopfschmerzen nur wieder schlimmer.

Er ging in sein Atelier und betrachtete die perlmutterfarbene Platte, die er für ein neues Bild zurechtgestellt hatte.

4
Route Z

Der Junge öffnete seine Augen und kniff sie sofort wieder zusammen. Lampen, Menschen und Roboter. Er hing halb liegend in einem Sessel in einem großen gelben Raum.

Irgendwer sprühte Pflaster auf seine Stirn.

Jemand fragte: «Wie geht es ihm?»

«Er hat noch einmal Glück gehabt. Tüchtige Kopfschmerzen sind genau das, was er verdient. Route Z fahren und dann aus heiterem Himmel eine Vollbremsung machen ...»

«Nicht aus heiterem Himmel», protestierte der Junge schwach. «Da war eine Katze.»

Eine andere Stimme sagte in sehr strengem Ton: «Selbst wenn dort eine Katze gewesen wäre, hätten Sie nur bremsen dürfen, wenn niemand hinter Ihnen gefahren wäre.»

«Ja», murmelte der Junge. Er fühlte sich schrecklich elend und er konnte – nein, wagte es nicht, die Augen wieder zu öffnen. «Der im Wagen hinter mir ...», fragte er. «Dieser ... dieser Verletzte, das war doch kein Mensch? Ein Roboter, oder?»

«Ich bin beinahe versucht zu antworten, dass es ein Mensch war. Tödlich verletzt», sagte ein Stimme, die ihm bekannt vorkam. «Doch der Ehrlichkeit halber muss ich zugeben, dass es ein Roboter war. Allerdings ... es hätte ein Mensch sein können. Auf Route Z hätte es ebenso gut ein Mensch sein können.»

«Das ist nicht wahr, Herr Akke», warf die strenge Stimme ein. «Wir sorgen dafür, dass die von Menschen gelenkten Wagen immer durch eine Anzahl Maschinen und Roboter voneinander getrennt sind.»

Der Junge atmete tief durch und blickte kurz auf. Ja, Herr Akke war der glatzköpfige Mann, dem er kurz vor seiner Abfahrt begegnet war. A.f.a.W., dachte er, er ist bestimmt vom A.f.a.W. Neben ihm stand ein Mann, der zum Verkehrspark gehörte, ein Hochrangiger wahrscheinlich – in Uniform und mit X-Y-Z auf dem Kragenspiegel.

Der kahle Mann namens Akke beugte sich riesengroß über ihn. «So so, langsam kommst du wieder zu dir ...»

Gleich fragt er mich bestimmt, wie ..., dachte der Junge. Aber ich halte den Mund. Er griff sich mit beiden Händen an den schmerzenden Kopf.

«Stell dich nicht so an, Bursche», sagte Akkes Stimme. «He, Medi-Ro, komm einmal her und gib ihm einen Schluck VITAL.»

Eine unbekannte Stimme sagte von irgendwoher, aus weiter Ferne: «ABER DIE KATZE WAR KEIN ROBOTER!»

Es wurde schlagartig still. Jemand zog die Hände des Jungen herunter und hielt ihm einen Becher hin. Es war nicht Herr Akke. Der hatte sich umgedreht und unterhielt sich mit jemandem, den der Junge nicht sehen konnte.

«WAS SAGEN SIE DA? Wer sind Sie denn?»

«Ich fuhr ebenfalls Route Z, im dritten Wagen hinter diesem Knaben. Die Katze war kein Roboter. Ich sah sie am Straßenrand, kurz bevor ich hierher musste. Es war eine echte Katze.»

«Unmöglich!» und «Das kann nicht sein!», widersprachen zwei Angestellte des Verkehrsparks wütend.

«Warum ist das unmöglich?», fragte Herr Akke. «Das müssen Sie mir mal erklären, Herr Ras. Als Direktor tragen Sie schließlich die Verantwortung.»

Der Direktor war der Mann mit der strengen Stimme. Er sagte: «Wir lassen nun wirklich keine Katzen überfahren.»

«Menschen dagegen schon?», fragte Herr Akke übertrieben freundlich.

«Auch keine Menschen!»

«Das war bisher nur purer Zufall», sagte Herr Akke, dessen Stimme mit einem Mal sehr kühl klang. «Route Z hätte schon längst verboten werden müssen. Und nach heute Abend wird das Amt für allgemeines Wohlbefinden alle Hebel in Bewegung setzen, um dafür zu sorgen, dass das endlich geschieht. Zunächst einmal fordert das A.f.a.W. alle Anwesenden – Menschen und Roboter – auf, als Zeugen auszusagen.»

«Aber es ist doch nichts Ernstes passiert», sagte Herr Ras. Seine Stimme klang jetzt gar nicht mehr streng. «Ein paar Schrammen und eine Beule, und ein wenig Blech- und Maschinenschaden. Selbstverständlich wird der Schuldige den Schaden bezahlen müssen.»

Der Junge hörte das alles mit an, während er langsam den Becher austrank. Als es wieder still wurde, hörte er, wie seine Zähne gegen das Plastik klapperten. Er ließ den leeren Becher einfach fallen und versuchte sich geistig gegen die vielen Menschen um ihn herum zu wappnen.

Der Direktor ... wie hieß er doch wieder? Ach ja, Ras ... sah jetzt auf ihn herab. «Dieser junge Mann ...», begann er.

«Ja, dieser junge Mann», fiel Herr Akke ihm ins Wort. *(Dachte ich's nicht gleich: vom A.f.a.W.)* Er zog einen Sessel heran und setzte sich vor den Jungen hin. Dann stellte er die gefürchtete Frage: «Wie alt bist du eigentlich?»

«Achtzehn», sagte der Junge.

Herr Akke lächelte mitleidig; auch seine Zähne waren sehr groß und sehr weiß. «Bürschchen, flunkere mir nichts vor!»

«Natürlich ist er achtzehn», sagte der Direktor des Verkehrsparks. «Hier ist sein Führerschein, von uns ausgegeben und beglaubigt. Nur jemand, der achtzehn Jahre oder älter ist, kann ihn erwerben und so die Erlaubnis erhalten, Route Z zu fahren.»

Herr Akke nahm den Führerschein in die Hand und betrachtete ihn kritisch. «Tatsächlich, gültig und beglaubigt», sagte er, «aber trotzdem nicht in Ordnung.» Er wandte sich wieder an den Jungen.

«Bart Doran, geboren in Neu-Babylon. Wie alt bist du, Bart? Komm schon, du weißt doch, dass ich nur den Zentralcomputer zu fragen brauche, um dahinter zu kommen.»

Das wusste der Junge natürlich. Trotzdem sagte er nichts, sondern starrte sein Gegenüber nur weiterhin feindselig an. *(Das A.f.a.W. kriegt doch alles heraus; soll er es selbst herausfinden.)*

«Na los», sagte der kahle Mann leise.

Der Junge spürte seinen Widerstand schwinden. Sein Kopf schmerzte immer noch, und er sehnte sich nach Stille und Dunkelheit. Plötzlich empfand er alles als unwirklich. Warum soll ich es ihm sagen? Er weiß es ja doch. «*Niemand, niemand hat mir erzählt, was niemand, niemand weiß ...*» Er schluckte und sagte dann: «Ich bin sechzehn, siebzehn im November.»

«Und woher nimmst du dann die Dreistigkeit, Route Z zu fahren?», fragte Herr Akke. «Obwohl du ganz genau wusstest, dass ...»

«Ich hatte doch meinen Führerschein», hielt ihm der Junge schwach entgegen. «Ehrlich erworben, wirklich wahr. Ich habe gleich beim ersten Mal bestanden.»

«Das ist doch ... Er hat uns zum Narren gehalten!», rief der Direktor des Verkehrsparks. «Wir waren davon überzeugt, dass er achtzehn ist. Das muss ein Fehler der Verwaltung sein.»

«Natürlich, natürlich», sagte der Mann vom A.f.a.W., während er aufstand. In seiner Stimme lagen Ungläubigkeit und Spott. «Aber wie dem auch sei, Herr Ras, zwei Dinge sind sicher: Erstens besitzt dieser Junge einen Führerschein, den er zwar auf unehrliche Weise erworben, aber auf ehrliche Weise bestanden hat. Zweitens ist er minderjährig und kann daher rechtlich nicht für den Schaden haftbar gemacht werden.»

Allgemeines Schweigen.

Bart Doran verbarg sein Gesicht wieder hinter den Händen. Er hatte keine Lust mehr, zuzuhören oder nachzudenken.

«Kopf hoch, Junge», sagte Herr Akke, nun seinerseits streng. «Du gehst jetzt sofort nach Hause und legst dich ins Bett. Ein Medi-Roboter wird dich begleiten. Wo wohnst du?»

«Bezirk zwei ... acht ...»

«Bei deinen Eltern oder einem Elternteil? Oder ...»

«Jugendunterkunft acht.»

«Eine gute Unterkunft! Warum hast du nur ... ach, egal. Hör mir gut zu, Bart. Montag, also übermorgen, meldest du dich beim A.f.a.W. Nicht in deinem Bezirk, sondern im Hauptquartier Nord. Zuerst in der Medizinischen Abteilung, danach bei mir persönlich: Akke. Hier ist meine Karte.»

Stimmengemurmel, Geflüster. Bart hörte nicht mehr hin. Mühsam stand er auf, die Karte in der Hand. Ein Medi-Roboter packte ihn am Ellenbogen. «Kommen Sie, ich werde Ihnen vier Pillen geben. Eine für jetzt, eine für heute Nacht, eine für morgen und ...»

«... eine für übermorgen, beim A.f.a.W.», murmelte der Junge.

5
Ex-Planetenforscher

Jock Martin schob die perlmutterfarbene Platte, die er für ein neues Bild zurechtgestellt hatte, beiseite und ersetzte sie durch eine andere.

«SCHWARZ», murmelte er. «Damit kann ich vielleicht etwas anfangen.» Er seufzte; ein leichter Kopfschmerz machte ihm noch immer zu schaffen. Aber was sagte er immer seinen Kursteilnehmern im Zentrum? «Wenn ihr auf eine Eingebung wartet, bringt ihr nie etwas zustande.» Also nahm er ein paar Farbsprüher und füllte sie mit seinen dunkelsten Farben, kaum heller als die bereitgestellte Fläche. Er begann damit kreuz und quer dicke und dünne Linien aufzutragen – zuerst nonchalant, danach immer gezielter. Nach einer Stunde hörte er damit auf; er unterdrückte ein Gähnen und überlegte, ob er nicht doch besser etwas anderes tun sollte.

Auf jeden Fall muss das hier zuerst trocknen. Es muss abstrakt bleiben, darf nicht konkret werden ...

In diesem Augenblick kündigte Xan eine Besucherin an: «Frau Mary Kwang. Hier ist ihre Karte.»

Jock zog überrascht die Stirn kraus. Frau Mary Kwang war ihm noch nie persönlich begegnet, aber ihr Name war ihm – auch ohne Karte – wohlbekannt. Sie leitete die namhafteste Kunsthandlung und die exklusivste GALERIE in Neu-Babylon; außerdem bekleidete sie ein wichtiges Amt beim Kulturrat der Stadt.

«Mary Kwang? ZU MIR ...? Führ sie herein, nein, nicht hier, nicht in mein Atelier!»

Jock hätte es selbst in übermütigster Stimmung nicht gewagt, Mary Kwangs Kunsthandel eines seiner Bilder anzubieten – dort wurden nur die talentiertesten und berühmtesten Künstler akzeptiert.

«Frau Kwang befindet sich in Begleitung von Herrn F. Topf», sagte Xan. «Er nannte mir jedoch nur seinen Namen und gab mir keine Karte. So kann ich Ihnen weiter nichts über ihn sagen.»

«Ist auch nicht nötig», sagte Jock, noch erstaunter als vorher. «Ich glaube, ich weiß, wer er ist ... Lass sie eintreten, Xan, und biete ihnen etwas an. Ich komme sofort.»

Er wischte sich die Farbe von den Fingern, sah sich im Atelier um und warf einen flüchtigen Blick in den Spiegel. Er fragte sich, was wohl diese beiden hochgestellten Persönlichkeiten zusammen in seine Wohnung führte, und das auch noch am Sonntag. Sie hatten beide mit wichtigen, aber völlig verschiedenen Phasen seines Lebens zu tun ... jedenfalls wenn F. Topf jener Dr. F. P. TOPF war, der bekannte Planetenwissenschaftler – ein Mann, der auf die menschlichen Niederlassungen auf den Planeten Venus und Mars großen Einfluss hatte ...

Sie waren es tatsächlich! Mary Kwang war eine hübsche Frau, und viel jünger, als Jock erwartet hatte. – Ungefähr so alt wie ich, dachte er, noch keine fünfunddreißig.

Dr. Topf sah genauso aus wie im Fernsehen, wo er des Öfteren – in einem blauen, flatternden Gewand, mit feurigen Augen und gerötetem Gesicht – die Sparsamkeit von Regierung und Parlament bemängelte:

«Unsere Erde ist zu voll! Wir müssen uns eine bessere Zukunft sichern, indem wir mehr in die Außenwelten investieren: in den Mond, den Mars, die Venus ... ja, SOGAR IN DIE VENUS ...»

Sie hatten sich Jock vorgestellt, und nun saßen sie ihm in seinem kleinen Wohnzimmer gegenüber. Sie nippten an den Gläsern, die der Roboter ihnen vollgeschenkt hatte, und betrachteten ihn nachdenklich und forschend.

«Vielleicht überrascht es Sie, uns zusammen zu sehen», sagte

Dr. Topf. «Es ist nicht so, dass ich mich nicht für Kunst interessierte – aber auf diesem Gebiet bin ich nur ein Laie, ganz im Gegensatz zu Frau Kwang. In diesem Fall jedoch ... Aber sagen Sie es selbst, Frau Kwang.»

Mary Kwang begann zu sprechen; ihre Stimme klang tief und sanft, viel zu angenehm für eine berechnende Geschäftsfrau, die sie in den Augen vieler Leute war.

«Ich bereite zur Zeit eine Kunstausstellung vor, die sich mit anderen Welten beschäftigt – keine Fantasien, sondern konkrete, auf Wahrheit beruhende Werke. Und ich hätte gern, dass Sie dabei mitmachen.»

«Ich?», fragte Jock. Er gab sich Mühe, seine Ungläubigkeit nicht allzu deutlich zu zeigen. «Wie kommen Sie darauf? Sie kennen mein Werk ja nicht einmal!»

«Ich habe aber davon gehört, Herr Martin», sagte Mary Kwang freundlich, «und ich hoffe, das eine oder andere davon zu sehen – wenn es geht, noch heute. Es gibt nur wenige Maler, die tatsächlich, in aktivem Dienst auf anderen Planeten gelebt haben. Ihre Impressionen werden zweifellos sehr echt und realistisch sein.»

Jock schüttelte langsam den Kopf. «Ich glaube nicht, dass Sie das wiederholen werden, wenn Sie meine Werke betrachtet haben. Außerdem hab ich nicht mehr viel von dem, was ich auf dem Mars ... und überhaupt nichts mehr von dem, was ich auf der Venus gemacht habe. Ich war damals Planetenforscher und als Maler nur ein Amateur.»

«Aber mittlerweile sind Sie doch offiziell als Maler anerkannt, und Sie werden doch bestimmt Bilder gemalt haben, die auf alten Skizzen oder Erinnerungen beruhen.»

«Nicht so viele, wie Sie vielleicht erwarten, Frau Kwang. Ich ...»

«Auf jeden Fall werden ALLE Ihre Arbeiten interessant sein, Herr Martin», unterbrach ihn Dr. Topf. «Diese Ausstellung ist von großer Bedeutung. Nicht nur für Kunst und Kultur, sondern sie soll auch dazu beitragen, das Leben auf anderen Welten besser zu verstehen. Besonders auf der Venus ...»

Jock blickte ihn an. Er bemühte sich nach Kräften, seine Gedanken nicht spürbar werden zu lassen:

Venus ... Scheißplanet. Venus, liebster Planet ... bezaubernder Planet, schönster Planet ... Menschen wie du haben dafür gesorgt, dass ich als Planetenforscher entlassen wurde. Ich bekomme niemals mehr eine Stelle auf einer der Außenwelten. Und ihr wollt jetzt, dass ich Erinnerungen hervorkrame, die ich gerade vergessen möchte? Um sie auch noch anderen Leuten zu zeigen? Und weshalb eigentlich? Ich bin keine Berühmtheit, o nein. Noch immer ein Amateur, der zufällig auf der Venus war.

«Sie fragen sich vielleicht, warum ich – oder besser, der Rat für Außenwelten – sich so besonders für diese Ausstellung interessiert», sagte Dr. Topf.

Jock entspannte sich und nickte zustimmend. Reklame! Dieser Mann hoffte auf größeres Interesse und finanzielle Unterstützung für die Niederlassungen auf anderen Planeten. Und mit Recht! «Das haben Sie mir schon erzählt», sagte er.

«Deshalb wird uns jeder Beitrag von Ihnen willkommen sein», sagte Dr. Topf. «Ich hoffe, dass Frau Kwang genauso darüber denkt.»

«Darf ich Ihre Arbeiten wohl einmal sehen?», fragte sie leise.

«Das weiß ich noch nicht», antwortete Jock; unwillkürlich sprach er ebenso leise. «Ich müsste mich natürlich geschmeichelt fühlen, und so wird es auch sein, falls Ihnen mein Werk gefällt. Aber wie ich schon sagte: es ist nicht viel, und ...»

Der Mann und die Frau wandten sich ihm zu. «Und ...?», fragte Dr. Topf.

«Viel kann wenig sein und wenig viel», sagte Mary Kwang.

Jock hatte keine Lust mehr, wie eine Katze um den heißen Brei zu streichen.

«Frau Kwang», sagte er, «hat der hochgelehrte Herr Topf Ihnen eigentlich erzählt, weshalb ich Maler bin und nicht Planetenforscher?»

Mary Kwang wirkte einen Moment lang irritiert. «Äh, nein ... aber was hat das damit zu tun?»

«Für mich sehr viel!», platzte es aus Jock heraus. Trotzdem blieb seine Stimme gedämpft.

«Jetzt doch nicht mehr – wirklich nicht mehr, Herr Martin», sagte Dr. Topf. «Es ist fast fünf Jahre her, seit Sie auf der Venus stationiert waren. Inzwischen hat sich die Situation geändert.»

«Was wollen Sie damit sagen?»

«Ich kann Ihnen nichts versprechen, gar nichts ... aber wenn Sie sich jetzt noch einmal bewerben würden ...»

Jock hatte das Gefühl, als sacke ihm der Boden unter den Füßen weg. Oder nein ... als würden die Hausmauern um ihn herum abgerissen, sodass er von neuem die weiten, gefährlichen Fernen sehen konnte, die er so lange entbehrt hatte. Gleichzeitig jedoch glaubte er KEIN WORT davon.

«Was hat sich denn geändert, Dr. Topf? Ich verstehe Sie nicht.»

«Wir sollten über meine Ausstellung reden», sagte Mary Kwang.

Jock versuchte, seine Gedanken zu ordnen. «Warum sind Sie hergekommen?», fragte er. «Ich traue der Sache nicht! Seit ich wieder auf der Erde bin und von einer Zulage leben muss, hat kein Mensch, niemand jemals ...»

«Bitte, Herr Martin, regen Sie sich nicht auf!» Dr. Topf bekam einen ebenso roten Kopf wie im Fernsehen, wenn er eine Diskussion begann. «In Kürze kommt die Abendstern von der Venus zurück; unter anderem sind auch zwei Ihrer Kollegen – beziehungsweise ehemaligen Kollegen – an Bord. Sie werden die Ausstellung eröffnen.»

«Planetenforscher? Das ist unmöglich! Jeder Forscher wird für ein ganzes irdisches Jahr stationiert. Diese beiden sind erst ein halbes Jahr dort gewesen.»

Dr. Topf wandte sich erneut an Jock. «Sie haben den normalen Ablauf noch nicht vergessen», sagte er. «So war es tatsächlich; aber Ehrenwort, zwei Forscher kommen mit zurück.»

«Und warum?»

Der Planetenwissenschaftler trank sein Glas aus und lehnte sich zurück. «Wahrscheinlich eine Frage der verbesserten Dienstregelung ...» Er schwieg einen Augenblick. «Außerdem kann es manchmal wichtig sein, einen Zwischenbericht abzugeben.»

Jock sah ihm direkt in die Augen. «Die Forscher berichteten dem Recorder», sagte er kühl. «Der Recorder, der Computer und die Planetenforscher auf der Venus arbeiteten die Berichte aus. Niemand auf der Erde hat je einen Planetenforscher um einen Bericht gebeten.»

Der andere beantwortete seinen Blick, ohne mit der Wimper zu zucken. «Ich sagte Ihnen doch bereits, dass sich die Umstände geändert haben können. Und dann ist ein persönlicher Zwischenbericht erwünscht.»

«Welche Umstände? Nochmals: WAS hat sich geändert?» Mit Genugtuung bemerkte Jock, dass der mächtige Mann ihm gegenüber nicht mehr so selbstsicher war wie zuvor. Er lächelte höflich, aber nicht freundlich, und sagte dann: «Sie erzählen mir weniger, als Sie wissen, Herr Dr. Topf. O ja, ich verstehe es natürlich. GEHEIM – aus welchem Grund auch immer. Offensichtlich ist fast alles von der Venus für die meisten Menschen noch immer geheim. Venus, der GEFÄHRLICHE PLANET!»

«Jetzt gehen Sie aber zu weit, Herr Martin!»

«Aber Herr Dr. Topf, das haben Sie doch selbst in Ihren Ansprachen gesagt ... Und gleichzeitig ermunterten Sie alle, sich durch keine einzige Gefahr – scheinbar oder echt – Bange machen zu lassen.»

Der Planetenwissenschaftler murmelte etwas vor sich hin, das in einem unwilligen Lachen endete.

Mary Kwang sagte mit ihrer tiefen, schönen Stimme: «Jetzt bin ich erst recht neugierig auf Ihr Werk!» Es klang ehrlich.

«Ich auch, wenn ich auch von Gemälden nichts verstehe», sagte Dr. Topf. «Das Raumschiff Abendstern kommt in vier Tagen an; wir haben also nicht viel Zeit, alles zu organisieren ... O ja, was die Planetenforscher betrifft: bis jetzt ist noch nichts Näheres bekannt geworden, aber das wird zweifellos morgen oder übermorgen der Fall sein. Vielleicht kennen Sie sie sogar, Herr Martin!»

«Ziemlich unwahrscheinlich», sagte Jock. «Soviel ich weiß, ist noch nie jemand öfter als einmal auf der Venus stationiert gewesen; das wissen Sie ebenso gut wie ich, und auch warum.»

Dr. Topf fischte etwas aus einer seiner Taschen. «Es gibt Ausnahmen. Und dabei handelt es sich um die Forscher Nummer elf und zwölf – offiziell ausgedrückt. Hier ist ein Foto von Planetenforscher Nummer elf; IHN kennen Sie doch bestimmt, auch unter seinem normalen Namen!»

Jock betrachtete das Foto: ein sehr junger Mann – hager, dunkelhaarig –, und er erkannte ihn. Er hob den Kopf und sah seine beiden Besucher an. Er hatte eigentlich keine Begründung dafür, und trotzdem zögerte er keinen Moment mit seiner Antwort: «Tut mir Leid», sagte er, «ein ziemlich DURCHSCHNITTLICHES Gesicht; ich meine, ein häufig vorkommender Typ. Kein bekanntes Gesicht.» Er gab Dr. Topf das Foto zurück. «Ich weiß ganz sicher, dass ich ihm noch nie begegnet bin.»

Währenddessen erinnerte er sich an verschiedene Touren, die er vor einigen Jahren mit jenem zurückhaltenden, schweigsamen Planetenforscher unternommen hatte ... im Regen und Nebel und im Wind der Venus, über die azurblauen Felder, zwischen bizarren Pflanzen – immer mit dem Blick auf die verbotenen Flammenden Wälder in der Ferne. Er wusste auch noch den Namen jenes jüngeren Kollegen: *Edu Jansen*.

Er fragte sich, ob ihm die beiden anderen wohl glaubten. Dann wandte er sich an die kompetente und charmante Frau. «Es tut mir Leid», sagte er nochmals. «Ich werde Ihnen meine Arbeiten nicht zeigen. Das ist auch gar nicht nötig, denn ... ich beteilige mich NICHT an Ihrer Ausstellung.»

Viel später – es war schon Abend – ging er in sein Atelier und schaute kritisch auf das Gewirr von dunklen, tiefgrünen, graugrünen, blaugrünen, grauen und nachtblauen Linien, die er früher am Tag auf einen schwarzen Untergrund gemalt hatte.

«Abstrakt», sagte er halblaut, «und Mary Kwang will etwas Konkretes ... Jock, du bist verrückt! Sie und Dr. Topf einfach wegzuschicken!»

Wütend drehte er sich zu seinem Roboter um, der ihm gefolgt war und sofort seinen Kommentar abgab: «Ja, Herr Martin, was haben Sie da angerichtet!»

«Halt den Mund!», sagte Jock.

«Die Chance Ihres Lebens», fuhr Xan fort. «Aber Sie können immer noch …»

«Halt den Mund!», sagte Jock noch einmal. «Oder ich stelle dich für immer ab.»

Dies war die schrecklichste Drohung, die man einem Roboter gegenüber äußern konnte. Jock sah, dass Xan leise verschwand.

«Warum, genau genommen, hab ich mich eigentlich geweigert?», fragte er sich. Er schaute wieder sein unvollendetes Bild an. *Es ist nicht abstrakt!* Es ist etwas, um den Weg zu verlieren, von der rechten Spur abzukommen, sich zu verirren; es ist … es ist ein *Wald* bei Nacht, ein irdischer Wald … *Aber auf der Erde gibt es keine Wälder mehr.*

Er nahm einen Pinsel und tauchte ihn in seine hellsten Farben. Er malte – ganz exakt und sorgfältig, trotz seiner Unsicherheit, trotz Zweifel und zitternder Hände – zwei runde Flecke … Zwei LICHTER tauchten aus der wirren Finsternis auf: goldbraun, dann etwas mehr gelb … strahlend goldgelb, wie Lampen.

Irgendetwas fehlt noch, wusste er, es war noch nicht fertig …

Aber für heute war es genug!

Ins Bett und schlafen! Und morgen … Morgen melde ich mich krank beim A.f.a.W. Wie auch immer, morgen gehe ich zu Anna!

6
Ein Mädchen und eine Katze

Ich gehe morgen nicht zum A.f.a.W.», sagte Bart Doran. Herausfordernd sah er sich im Kreis seiner Hausgenossen um: Freunde, Freundinnen und einfach nur Mitbewohner.

«Natürlich gehst du hin», sagte Tru, die gerade Kaffee einschenkte. Tru war die Leiterin von Unterkunft acht – und ältere Schwester, Pflegemutter, Betreuerin; jeder mochte sie, obwohl sie glaubte, alles besser zu wissen. «Du wirst wohl müssen, Bart. Und sei es nur, um uns weiteren Ärger zu ersparen. Ist dir eigentlich klar, was du angestellt hast? Lügen über dein Alter erzählen, ein Verkehrsunglück auf Route Z verursachen ...»

«Halt den Mund», sagte Bart wütend. «Das Unglück passierte unglücklicherweise, das weißt du ganz genau.» Am liebsten wäre er weggelaufen; sein Kopf schmerzte noch immer, und er hatte trotz der Pillen des Medi-Roboters eine schlimme Nacht hinter sich. Voller Träume von Autoscheinwerfern, die ihn blendeten, und immer wieder der Moment der Vollbremsung und ...

«War es wirklich eine ... KATZE? Eine echte Katze?», flüsterte Li neben ihm.

Bart schaute auf sie herab. Sie war zwölf Jahre alt, sah aber aus wie zehn: klein, schmächtig und mit gelblichem Gesicht. Wenn er zu Hause war, suchte sie immer seine Nähe, manchmal störte ihn das. Er würde sie nie als Freundin gewählt haben, und doch war zwischen ihnen – fast unmerklich – ein ganz besonderes Band entstanden ... beinahe so etwas wie Freundschaft. Vor allem durch die Katze, die Li mitgebracht hatte, als sie vor zwei Jahren in die Unterkunft eingezogen war. Die Katze, die nun schon einen Monat lang tot war.

SIA hatte das Tier geheißen. Li hatte es von ihrem Vater bekommen, als dieser im Urlaub aus Ostasien gekommen war. Katzen waren seltsame Tiere, und die von Li war ein ganz besonderes Exemplar: hübsch, cremefarben, mit dunklen Ohren, dunklem Schnäuzchen und Schwanz und mit blauen Augen. «Mein Vater sagt, dass sie einer uralten Rasse angehört», hatte sie erzählt. «Ein SIAmese!» Li war sehr schüchtern, und nur ihrer Katze gegenüber war sie sie selbst. Das Tier war verrückt nach ihr und gehorchte ausschließlich ihr. Von keinem anderen Bewohner der Unterkunft ließ sie sich etwas sagen, außer von Li ... und von Bart. Offensichtlich konnte die Katze Bart gut leiden, und deshalb mochte Bart die Katze – nur zeigte das Tier seine Zuneigung deutlicher als der Junge.

Li suchte bei Bart Trost, als ihre geliebte Sia krank wurde; nur mit ihm hatte sie gesprochen, als das Tier gestorben war.

«Sie konnte nie mehr gesund werden, darum haben sie sie friedlich einschlafen lassen.»

«Unsinn!», sagte Bart. «Sie haben sie einfach abgemurkst.»

«Das darfst du nicht sagen. Abge ...»

«Darf ich doch. Wenn man schläft, wacht man wieder auf. Wenn man tot ist, nicht. Nun heul doch nicht! Du hast selbst gesagt, dass sie nur noch jammerte und große Schmerzen hatte ... Du musst deinen Vater um eine neue Katze bitten.»

«Nein! Nein!», schluchzte Li unter Tränen, aber entschieden. «Ich will nie wieder eine andere Katze.»

Einen Monat war das jetzt her ... Bart sah Li an.

«Eine echte Katze, das würde ich schwören. Und ...» Ein plötzlicher Gedanke ließ seinen Atem stocken, dann fuhr er fort: «Eine ganz gewöhnliche, denke ich. Bestimmt nicht so schön wie Sia. Aber was erwartest du von einer Katze, die jeden Moment totgefahren werden kann. Li, willst DU sie nicht haben?»

«Ich? Ja ... o ja», flüsterte sie. «Aber wie?»

«Ich werde sie für dich einfangen und hierher bringen.» Er schwieg, erschrocken über seine eigenen Worte.

Tru blickte besorgt von Li zu Bart. «Wie kannst du nur so etwas versprechen, mein Junge? Du weißt sehr gut, dass ...»

Bart sprang auf. «Sei still. Ich tue es, ob du es glaubst oder nicht. Ich gehe jetzt gleich.»

Und er war weg, bevor jemand es ihm verbieten oder ihn zurückhalten konnte. Seit Sias Tod war Bart dasjenige Lebewesen in Unterkunft acht, das sich am schwersten unter Kontrolle halten ließ.

Je näher Bart dem Verkehrspark kam, desto stärker reute ihn sein unbesonnenes Versprechen. Wie konnte ich das nur sagen? Man wird mich schon von weitem kommen sehen.

Langsam ging er auf den Eingang mit den drei Schaltern zu. – Sie werden mich nicht einmal hereinlassen! Meinen Führerschein haben sie mir abgenommen und ... Er ging weiter. – Frechheit siegt! Ich habe gerade noch genug Geld für Route X, und dafür braucht man keinen Führerschein.

Dennoch war er erstaunt, dass der Roboter ihn ohne weiteres durchließ. Wie dem auch sei: Das erste Hindernis war überwunden. – Aber wie komme ich jetzt von Route X auf jene

Landstraße von Z? überlegte er. Und wie finde ich die Katze? Die ist doch längst über alle Berge.

«He, junger Mann! Komm mal her!», rief jemand hinter ihm.

Bart drehte sich um. Verwundert war er nicht. Viel merkwürdiger war schließlich, dass man ihn überhaupt hereingelassen hatte. Zwei Männer beobachteten ihn. Der eine winkte ihm, und den kannte er. Es war Herr Akke vom A. f. a. W. Er trug jetzt das offizielle grüne Gewand; an den Kokarden war sein hoher Rang abzulesen. Sein Kopf war jedoch noch genau so kahl wie immer, keine Kappe, Mütze oder Perücke. Neben ihm stand ein grauhaariger Mann in Violett, ein hochrangiger Ordnungshüter.

«Ich glaube, ich traue meinen Augen nicht!», sagte Herr Akke, als der Junge vor ihm stand. «Dies ist Bart Doran, über den ich gerade mit Ihnen gesprochen habe», erklärte er dem Ordnungshüter. «Kommt der Bursche doch tatsächlich noch mit dem Kopf voller Pflaster hierher zurück, um Route X zu fahren!»

Das hat ihm der Roboter am Schalter verraten, wusste Bart.

Herr Akke sah kopfschüttelnd auf ihn herab. «Wie kannst du es wagen ...», begann er.

«Ich komme überhaupt nicht wegen Route X», fiel Bart ihm ins Wort. «Sondern wegen der Katze! ... Um die Katze zu suchen.»

Herr Akke starrte ihn an. «Um die KATZE zu suchen! Tatsächlich? Und wie willst du sie finden?»

«Darüber habe ich noch nicht nachgedacht», sagte Bart. Er kam sich plötzlich lächerlich und dumm vor. «Es ist nur ... nun ja, ich kenne jemanden, der wahnsinnig gerne eine Katze haben möchte. Und hier wird sie doch nur totgefahren.»

Der Ordnungshüter vergaß für einen Moment seine ernste Miene und lächelte.

Herr Akke lachte nicht. «Komm mit!», befahl er kurz angebunden.

Zusammen mit den beiden Männern ging Bart durch eine Tür und gelangte wieder in den gelb gestrichenen Raum, in dem er am Abend zuvor so elend in einem Sessel gehangen hatte. Diesmal hielten sich dort ziemlich viele Menschen und Roboter auf; die meisten Menschen waren Ordnungshüter. Nur einen beachtete Bart wirklich: Herrn Ras, den Direktor des

Verkehrsparks. Auch dieser erkannte ihn sofort und sah ihn sehr böse an.

«Herr Akke, ich verstehe nicht», sagte er über den Kopf des Jungen hinweg, «warum Sie den Burschen noch einmal hierher bestellt haben.»

«Ich habe ihn nicht herbestellt. Er ist von selbst gekommen», sagte Herr Akke. «Wegen der Katze. Ich habe ihn so verstanden, dass er die Katze haben möchte, damit sie nicht überfahren wird. Was halten Sie davon?»

Herr Ras schaute noch wütender drein; er kniff die Lippen zusammen und gab keine Antwort.

«Habe ich deinen Wunsch so richtig übermittelt?», fragte Herr Akke den einigermaßen verdatterten Bart.

«Ja», stammelte der Junge, «aber ich möchte sie nicht für mich ... Die Katze ... Jedenfalls, wenn sie noch ...» Er schwieg.

«Die meisten beweglichen Wesen, die hier unerwartet die Straße überqueren, sind in der Tat Roboter oder sogar nur Projektionen, Schemen», sagte Herr Akke. «Aber die Katze ...»

«Ein Zufall! Versehentlich hier hereingelaufen», unterbrach ihn Herr Ras.

«Das spielt jetzt keine Rolle.» Herr Akke legte seine Hand auf Barts Schulter und ging mit ihm in eine Ecke des Zimmers. Dort standen zwei Ordnungshüter vor einem Tisch. Auf dem Tisch stand ein verschlossener Korb. Fragend blickte Bart vom Korb zu Herrn Akke.

«Ja! Hierdrin steckt sie ... eine lebende Katze, gefunden neben Route Z.»

«Die einzige Katze, die wir haben finden können», sagte einer der Ordnungshüter.

«Also mir reicht dieses eine Biest auch völlig», meinte der andere und zeigte seine Arme, die mit blutigen Kratzern übersät waren.

«Geh jetzt endlich zum Medi-Ro», sagte sein Kollege. «Katzenkrallen sind nicht nur scharf, sondern können auch gefährlich sein: Infektionen und so weiter.» Seine Arme und Hände waren voller Spraypflaster.

«O je!», sagte der Junge. Wenn ich die Katze wäre, hätte ich sie auch gekratzt, dachte er und fragte laut: «Darf ich sie sehen?»

«Ja, sicher. Aber bitte vorsichtig! Sie darf auf keinen Fall entwischen.»

Herr Akke und ein Ordnungshüter öffneten die Klappe des Korbes ein kleines Stück. Bart schaute in die gemein-gelben, wilden und ängstlichen Augen einer Katze, die – soweit er erkennen konnte – sehr hässlich und arg mitgenommen aussah: grau und schwarz getigert, mit einem eingerissenen Ohr.

«Könntest du schwören, dass das die Katze von gestern Abend ist?», fragte Herr Akke.

Bart dachte: Wie soll ich das denn mit Sicherheit wissen? Gleichzeitig aber antwortete er: «O ja, ja, sie ist es.»

Lachte Herr Akke jetzt oder nicht? «Bart Doran», sagte er mit Nachdruck. «Erkennst du diese Katze wieder?»

«Ja, ich erkenne sie.»

«Dann scheint es mir keine schlechte Idee zu sein, dass DU sie mitnimmst ...» Herr Akke sah den Chef-Ordnungshüter an, der zustimmend nickte, und dann den Direktor, der sich unwillig abwandte.

«Ich hoffe, die Leitung deiner Unterkunft wird damit einverstanden sein, dass du das Tier in deine Obhut nimmst.»

«Sie ist nicht für mich, sie ist für jemand anderen.»

«Für wen denn?»

«Für Li. Ein Mädchen, das Katzen sehr gerne hat.»

«Das arme Kind! Was tust du ihr damit an!», sagte der Ordnungshüter mit den Pflastern. «Das ist kein liebes Miezekätzchen, sondern ein wildes, falsches Biest!»

«Das glaube ich nicht», sagte Bart. «Und Li, Li zähmt sie bestimmt. Ja, ganz sicher ...» (Ich würde es zu gerne auch *selbst* probieren, dachte er.)

«Magst du Katzen?», fragte Herr Akke.

«Hm ... nicht besonders.»

Der Ordnungshüter lachte spöttisch und machte den Korb fest zu. Herr Akke sagte zu ihm: «Bringen Sie bitte den Jungen und den Katzenkorb zu Unterkunft acht und sorgen Sie dafür, dass beide wohlbehalten dort ankommen.»

«Natürlich, Herr Akke.»

«Und du, Bart, hör mir jetzt gut zu. Lass die Katze vorläufig im Haus. Und was dich betrifft: Sobald du zu Hause bist, hast du ebenfalls HAUSARREST, bis du morgen zum A.f.a.W. gehst.»

«Ja, Herr Akke», sagte der Junge. Er nahm den Korb in die Hand. Fast unhörbar fügte er noch hinzu: «Und vielen Dank.»

Die Katze im Korb fauchte bösartig.

7
Der Minderjährige

MELDE DICH BEIM AMT FÜR ALLGEMEINES WOHLBEFINDEN ...

Diesen Befehl bekam Bart Doran nicht zum ersten Mal; er wusste also, was ihn in etwa erwartete. Am scheußlichsten fand er, außer den Wartezeiten zwischen den einzelnen medizinischen Untersuchungen, die endlose Reihe von Fragen, die er bei den psychologischen Tests beantworten musste. Eine Frage war wenigstens vollkommen neu, obwohl sie ihm gleich drei Mal gestellt wurde:

«Wie bist du zu den Kratzern auf deinen Armen und Händen gekommen?»

«Von einer KATZE.»

Als sie ihn zum ersten Mal danach fragten, fühlte er sich plötzlich entspannt und froh: *So ein hässliches, tolles, wildes Biest ...* Es war hoch hergegangen in der Unterkunft. Eine fast schlaflose Nacht für viele, und fast gar kein Schlaf für Li und ihn. *Oh, das Tier würde gewiss zahm werden ... Mir traut es noch nicht, aber Li ist es schon um die Beine gestrichen. Und geschnurrt hat es auch, ganz kurz, heute Morgen ...*

Wie aber sollte man derlei Dinge den Roboterpsychologen vom A.f.a.W. begreiflich machen? Sie würden kein bisschen davon verstehen ... und das war eigentlich auch gut so. Denn nach all den Untersuchungen musste er zu Herrn Akke, der sich viel zu normal verhielt und kein Roboter war ... und davor fürchtete er sich tatsächlich. Er wusste inzwischen, dass Herr Akke Doktor der Psychologie war und noch einiges mehr, und er war der Chef des gesamten Hauptquartiers Nord ...

Der Tag ist schon halb um, und ich bin so müde ... Ich habe *Angst* vor Herrn Akke. Ist er nett? Oder TUT er nur so? Warum ist sein Kopf so kahl – angeberisch –, warum trägt er keine Perücke wie jeder andere Kahlköpfige? Eine *grüne* Perücke ... Und wenn ich ihn das einfach von Mann zu Mann fragen würde? Verflixt noch mal, A.f.a.W., ich würde mich nicht trauen! Weshalb nicht? Weshalb eigentlich nicht?

Die Mitarbeiter vom A.f.a.W. hatten so viel Macht. Sie wachten über das körperliche und geistige Wohlbefinden aller Menschen. Mit ihrem Urteil konnten sie einen aufbauen oder vernichten ... Sie waren zu raffiniert, sie wussten zu viel ...

Endlich saß Bart Herrn Akke gegenüber; ein Becher voll echtem Kaffeenektar hatte ihn erfrischt. Erst jetzt sah er, dass Herrn Akkes Augen fast ebenso grün waren wie sein Dienstgewand. Und sein Kopf ...

«Ach, ICH BIN NUN MAL KAHLKÖPFIG», sagte Herr Akke. «Vor ungefähr fünfundzwanzig Jahren fand ich, dass ich mich niemals anders geben sollte, als ich nun einmal bin ... Weißt du, damals war ich auch schon kahl ... Und jetzt bin ich so daran gewöhnt, dass ich es gar nicht mehr anders möchte. Außerdem gibt es keine einzige Perücke, die mir steht.»

Bart sah ihn mit offenem Mund an. Er hatte auf eine Frage, die er nicht ausgesprochen hatte, keine Antwort erwartet.

«Wie geht es denn mit der Katze?», fuhr Herr Akke ohne Unterbrechung fort.

«Hm ... gut! Na ja ...»

«Schwierig?»

«Das Schlimmste ist vorbei, glaube ich. Und Li hat ihm einen Namen gegeben ...» Der Junge zögerte einen Moment. «AK ... so ähnlich wie Ihrer. Es ist keine Katze, sondern ein KATER, ich meine, ein echter Kater, nicht kastriert.»

Herr Akke machte ein Gesicht, als wisse er nicht, wie er

gucken sollte: froh, böse, erstaunt, belustigt, betrübt, beleidigt – oder eine Mischung aus all dem. Er hüstelte und sagte: «Ein KATER! Das kann euch zusätzliche Schwierigkeiten bereiten, weißt du das? Na ja, damit müsst ihr dann selbst fertig werden ... Ich habe dich hierher bestellt wegen ... dir selbst, deinetwegen. Ich habe sämtliche Berichte über dich gelesen – inzwischen ein ganzer Aktenordner voll.»

Bart Doran erstarrte. «Meine Mutter weinte, weil ich so lästig war, und mein Vater jagte mich mit einem Tritt zur Tür hinaus, und ich lief aus allen Schulen weg, und als ich getestet wurde ...»

«Jetzt halt mal den Mund! Während der letzten Jahre warst du immer GEGEN ALLES. Aber seit ungefähr einem Jahr willst du überhaupt NICHTS. Das glauben jedenfalls die meisten Leute. Nur ... es stimmt nicht!» Herr Akke beugte sich vor. «Du willst sogar sehr viel! Zum Beispiel Route Z fahren. Wilde Katzen zähmen ...»

«Nur eine!»

«Was willst du WIRKLICH?»

«Das wissen Sie genau! Und wenn Sie es nicht wissen, dann sage ich es auch nicht!»

«Du gehst gerne mit Maschinen um ... Du fährst gerne Auto ...»

«Ja. Und?»

«Du magst Tiere.»

«Das hab ich nie gesagt!»

«Du bist neugierig ...»

«Nicht mehr als Sie, Herr Akke!»

Herr Akke blickte auf eine Karte, die ihm aus dem Tischcomputer in die Hand gesprungen war. «Intelligent bist du auch. Vor zwei Jahren bestandest du trotz aller Schulschwänzerei ...»

Der Junge richtete sich halb auf und setzte sich wieder. «Da sehen Sie es ja! Sie wissen *alles* ... Das ist Spionage! Ich finde es gemein, dass ...»

«Psst! Vor einem Jahr hast du einen Antrag eingereicht, zur ersten Ausbildungsstufe für die Außenwelten zugelassen zu werden. All deine Prüfungen und Zeugnisse waren bestens; trotzdem wurdest du abgewiesen. Warum?»

«Das wissen Sie genau!», sagte Bart Doran zum zweiten Mal.
«Natürlich weiß ich es. Aber ich würde es gern von dir selber hören.»
«Weil ... Wegen meiner Augen! Weil ich Kontaktlinsen trage.»
Herr Akke nickte ernst. «Pech für dich, wirklich dumm. Andererseits: Von den tausend, die sich bewerben, können doch nur zwei oder drei genommen werden.»
«Jetzt reden Sie genauso daher wie dieser Scheiß-Psychologe vom vorigen Jahr», sagte der Junge, hart an der Grenze zu Tränen und einem Wutausbruch. «Er sagte, er sagte ...»
Herr Akke fiel ihm ins Wort. «Bart Doran! Du hast es geschafft, einer ganzen Reihe von Leuten weiszumachen, dass du achtzehn wärst und nicht sechzehn. Jetzt benimm dich bitte mal nicht wie ein Sechzehn- sondern wie ein Achtzehnjähriger, ja?» Er legte die Karte weg und seufzte kaum hörbar. «In Wirklichkeit bist du allerdings noch keine achtzehn, sondern sechzehn – das heißt also MINDERJÄHRIG in den Augen des Gesetzes. Das hat in deinem Fall auch Vorteile: du brauchst nicht vor einem Richter zu erscheinen, und der Leiter der Ordnungshüter hat dich ohne Schwierigkeiten dem A.f.a.W. übergeben ...» Herr Akke schwieg einen Augenblick und fuhr dann langsam, ein wenig übertrieben, fort:

«Bart Doran, das Amt für allgemeines Wohlbefinden gibt dir die folgenden Vorschriften und Aufträge – zusammengefasst in drei Paragraphen, die ich dir gleich mitteilen werde. Diese drei Paragraphen werden dir auch als Vorlese-Ohrknopf und in schriftlicher Form zugesandt werden. Und weil du minderjährig bist, mit Kopien für die Leiter deiner Unterkunft und für deine Eltern ...» Herr Akke seufzte wieder. «Hier sind sie:

Erstens: Bart Doran darf bis zur Vollendung seines achtzehnten Lebensjahres keinen Verkehrspark besuchen, und danach nur mit schriftlicher Genehmigung des A.f.a.W.
Zweitens: Bart Doran darf bis zur Vollendung seines achtzehnten Lebensjahres nicht ohne Zustimmung des oben erwähnten A.f.a.W. seine Unterkunft oder seinen Wohnort wechseln.

Drittens: Bart Doran wird verpflichtet, ab morgen – Dienstag, den dreizehnten – für die Dauer eines Jahres ...»

Herr Akke unterbrach sich und fuhr mit seiner normalen Stimme fort: «Paragraph DREI ist meiner Meinung nach der wichtigste, und ich hoffe, dass du davon wirklich profitieren wirst.»

Der Junge hatte ihm mucksmäuschenstill zugehört. Dann fragte er leise: «Und was ist so wichtig?»

«Du hast SEHR viel Freizeit, die du im letzten Jahr zu oft missbraucht hast. Deshalb sollst du dreimal in der Woche Kreativ-Kurse in deinem eigenen Stadtbezirk besuchen. Ich meine die Kreativ-Kurse des Herrn Jock Martin.»

Die passive Haltung des Jungen schwand dahin. «Ich in ein Kreativ-Zentrum?», sagte er voll Widerwillen. «Was hab ich denn davon! Oh, ich verstehe schon ... Noch mehr Tests, aber dann hintenherum! Sogenannte schöne Dinge machen, Bilder malen oder noch Schlimmeres. Dieser Herr Martin ist natürlich ein Spion, ein Psychologe des A.f.a.W. Ich werde wohl oder übel hingehen müssen, aber Sie können mich nicht zwingen, irgendetwas zu tun!»

«Bart», sagte Herr Akke eindringlich, «jetzt hör mir doch mal ruhig zu ...»

8
Noch ein Mädchen und eine Katze

Anna hatte sich nicht verändert ... oder doch: noch immer zart und mädchenhaft, aber ... erwachsen.

Und hübsch, dachte Jock, als er ihr gegenüberstand. Er hatte ihr nicht vorher Bescheid gesagt, dass er kommen würde, aber sie schien es ganz selbstverständlich zu finden.

«Jock!»

«Schwesterlein!»

Sie umarmten und küssten einander. Eine Weile blieben sie so stehen, eng umschlungen. Er schaute wieder auf ihren geneigten Kopf mit dem dunkelblau gefärbten, aber echten Haar. «Anna ...» Er wusste plötzlich wieder, dass sie für ihn der allerliebste Mensch war – ja, dass sie vielleicht die Einzige war, die er wirklich liebte. Sie gehörte zu ihm, in welcher Weise auch immer, trotz der vielen Perioden, in denen sie weit voneinander entfernt gewohnt hatten.

«Du warst mir in der letzten Zeit sehr nah», flüsterte sie.

«Wieso?»

Sie hob ihr Gesicht zu ihm empor. «Ich wusste, dass du kommen würdest. Und wenn du nicht gekommen wärst, wäre ich zu dir gekommen.»

«Warum?»

Sie sah ihn mit großen Augen an – mit diesen großen, goldbraunen Augen. Sie gab keine Antwort, genau wie früher, als sie noch ein Kind war. Sie hatte nie geantwortet, erinnerte er sich; auf all seine Warum-Fragen erhielt er nur diesen Blick: *Das weißt du doch wohl?* Manchmal hatte er sich darüber geärgert.

Unerwartet, leicht und schnell löste sich Anna aus seiner Umarmung.

«Setz dich. Ich habe Kaffee, echten Nektar.»

Er tat, was sie sagte, und sah zu, wie sie die Gläser voll schenkte. Sie fragte nicht, wie er den Kaffee haben wollte; sie gab ihn ihm genau richtig, bitter und pur.

«Hast du keinen Roboter?», fragte er.

«Ja, doch, einen kleinen, aber der ist ... ja, wie heißt das doch wieder ... zur Inspektion.»

Sie setzte sich ihm gegenüber auf die Couch und sah ihn schweigend an. Ein Schweigen, das ganz selbstverständlich war, obwohl die meisten Menschen gerade jetzt den Wunsch gehabt hätten, sich viel zu erzählen. Er schwieg ebenfalls; er trank entspannt seinen Nektar und ließ den Blick durchs Zimmer schweifen: nicht groß, sparsam möbliert, einfach, aber schön. In einer Ecke ein Webstuhl, auf dem nur noch die Kettfäden gespannt waren, und zwar nicht parallel, sondern strahlenförmig – wie ein begonnenes Spinngewebe.

«Du webst also immer noch», sagte er nach einer Weile.

Sie stellte ihr Glas hin, nickte und bewegte die Finger. «Ja. Und du malst.»

«Na ja, daran zweifele ich manchmal.»

«Du malst, Jock.»

«Ich zweifele daran, ob ich mich einen Maler nennen darf. Bist du eine Weberin, Anna?»

«Ja. In der Tat. Und ... äh ...» Sie suchte nach Worten.

«Meinst du: offiziell registriert?»

«Ja, genau.» Sie setzte sich aufrecht hin. «Ich bin FREI. Und nicht mehr minderjährig wie damals.»

«Damals ... Was, damals? Als du den Webkursus machtest oder vorher, in dieser schrecklichen Schule?»

Sie zuckte die Achseln. «Das ist lange her.»

«Die schreckliche Schule. Warum hast du mir das nie erzählt, Anna?»

Sie blickte ihn fragend an. «Was?»

«Dass du diese Schule so schrecklich fandest.»

«Ich hab es dir ja erzählt, Jock. Aber du hast nicht immer zugehört. Du warst so beschäftigt.»

«Warum?» Er ließ nicht locker. «Du willst niemals geradeheraus antworten. Aber jetzt möchte ich endlich, dass du mit der Wahrheit herausrückst!»

«Jetzt, nach der langen Zeit?» Sie holte tief Luft. «ALLE Schulen waren für mich dasselbe. Man fand, dass ich ... dass ich ...»

Jock sah, dass alle Ruhe aus ihrem Gesicht verschwunden war. Daran war er schuld, und sein Herz zog sich schmerzhaft zusammen. Er sagte jedoch nichts und wartete ab.

«Man meinte, dass ich ... ZURÜCKGEBLIEBEN wäre ...»

Er stand auf, setzte sich neben sie und umarmte sie erneut. «Das warst du NICHT, mein Schwesterchen, niemals ...»

Eine Weile später sagte sie: «Vielleicht doch, Jock. Noch heute fällt es mir schwer zu sprechen, Worte zu finden. Ich webe lieber.» Sie schmiegte sich an ihn und lächelte unter Tränen.

«Weben und Worte. Beides lerne ich immer besser. Das Weben von Worten ... Jemand hat mir dabei geholfen, sehr geholfen ... Ich wünschte, du kenntest ihn auch. Er wohnt hier ganz in der Nähe.»

Jock spürte, dass die Eifersucht ihm einen Stich versetzte. «Wer denn? Hast du ... einen Freund?»

«Ja. Nein! Nicht in der üblichen Art und Weise. Ich wohne allein. Frei. Mit meiner Katze, die auch frei ist. Da ist sie.»

Die Katze war ins Zimmer gekommen, eine kleine dreifarbige Hauskatze, sehr hübsch gezeichnet.

Anna streichelte Jock kurz über die Wange und streckte dann die Hand nach der Katze aus. «Sie kam hier plötzlich in unser Mietshaus hereinspaziert. Niemand wollte sie haben, außer mir. Oder SIE wollte niemanden, außer mir. Beweg dich nicht, sie ist sehr scheu.»

Jock betrachtete die Katze; er schaute nochmals hin, mit wachsendem Interesse. «Wie klein und schmächtig das Tierchen auch aussieht», meinte er, «er setzt seine Pfoten auf wie ein mächtiges wildes Tier.»

«SIE. Dreifarbige Katzen sind immer weiblich.»

«Lautlos läuft sie daher, aber mit schwerem, sicherem Tritt, wie ein Tiger im Urwald», murmelte Jock.

Anna sah ihn begeistert an. «Du siehst es!»

Jock zuckte mit den Schultern. «Was sehe ich? Es gibt keine Tiger mehr und nur noch wenige Katzen. Und Wälder findest du nur ... sehr weit von hier entfernt.»

«Auf deinem Planeten, auf der Venus», sagte Anna ruhig. «Als du dort warst, ganz weit weg, da warst du mir manchmal besonders nah. Näher als danach. Damals warst du oft wütend – und einsam und traurig. Es begann schon auf der Venus, nicht wahr? Aber hier auf der Erde wurde es noch schlimmer.»

«Woher weißt du das?»

Die Katze erschrak durch Jocks laute, heftige Stimme und schoss unter einen Sessel. Anna kniete sich hin; das Tier kam wieder zum Vorschein und drückte den Kopf in ihre Hand. Dann sprang es auf den Tisch und starrte Jock mit unergründlichem Blick an. Jock wandte seine Augen ab, zu Anna.

Sie stand auf und sagte: «NIEMAND, NIEMAND HAT MIR ERZÄHLT, WAS NIEMAND, NIEMAND WEISS.»

Jock starrte sie an und flüsterte: «Wie kommst du darauf? Gestern, nein, vorgestern ...»

«Vorgestern regnete es.»

«Und DU sagtest es mir! ICH WEISS JETZT, WO DAS ENDE DES REGENBOGENS IST ... Hast du das wirklich gesagt? Aber wie? Weißt du es tatsächlich? Und was bedeutet das?»

Sie machte eine beruhigende, aber auch abwehrende Geste. «Trink deinen Nektar aus und rede nicht so viel. Versuch, anders zu denken. Es ist ein Gedicht. Nein, nicht von mir; ich hab es auswendig gelernt. Von Herrn Ing ...»

«Wer ist ...» Jock sprach nicht weiter.

Anna nickte; in ihrem Blick lag so etwas wie Anerkennung. «Herr Ing ist ein alter Mann. Früher verkaufte er irgendwelche Sachen, alte Sachen, auf einem ... Flohmarkt. Dieser Markt existiert nicht mehr. Jetzt wohnt Herr Ing hier ganz in der Nähe; er verkauft zwar noch Sachen, aber nicht mehr viel. Zum Beispiel alte Bücher. ECHTE Bücher, aus Papier ... Ich fand Lesen sehr schwierig. Er brachte es mir bei. Er liest mir aus seinen Büchern vor. Gedichte. Gedichte sind wie Gedanken; man behält sie im Kopf und kann sie aufsagen, aussprechen ...» Sie nahm die Katze in den Arm, und diese begann hörbar zu schnurren.

«Hör zu, Jock, ich werde es für dich aufsagen. Es ist ein altes Gedicht. Nicht Eurikanisch oder Babylonisch, sondern in einem anderen Dialekt: Englisch. Herr Ing hat es übersetzt.»

Sie fing an, und während er zuhörte, stand Jock wieder im Regen ...

«Niemand, niemand hat mir erzählt,
Was niemand, niemand weiß.
Aber ich weiß jetzt, wo das Ende des Regenbogens ist,
ICH weiß, wo er wächst:
Der Baum, der ‹Baum des Lebens› heißt.
Ich weiß, wo er fließt:
Der Fluss des Vergessens.
Und wo der Lotus blüht.
Und ich, ich habe den Wald betreten, in ...»

Jock unterbrach sie laut und abrupt: «Hör auf! HÖR AUF!»

Er stand auf. Die Katze sprang aus Annas Armen und verschwand. Anna sah ihn peinlich berührt an.

«Es ist noch nicht zu Ende, Jock ...»

«Ich will es NICHT HÖREN», sagte er, «in welcher Form auch immer!»

«Aber Jock, dieses Gedicht gehört zu dir; ich denke sogar ...»

«Du denkst anders als ich, Anna. Ich bin fertig mit Regenbögen. Den FLUSS DES VERGESSENS, das ist das Einzige, was ich will. Ich will vergessen – die Wälder vergessen, die ich nie zu betreten gewagt habe und die ich niemals wiedersehen werde.»

«Jock!» Anna stellte sich dicht neben ihn. «Es gibt sie doch wohl noch, diese Wälder, in deiner Erinnerung?»

«Bitte Anna, sag nichts mehr.» Jock erschrak über seine eigene Stimme; sie klang beinahe gequält, und er schämte sich ein wenig. Ich muss möglichst bald gehen, dachte er.

Anna schenkte ihm noch etwas Nektar ein. «Ich habe keinen Alkohol im Haus. Es ist eigentlich auch noch zu früh ...»

Er setzte sich wieder und sagte: «Ich kann nicht lange bleiben. Ich muss heute Abend noch einen Kursus geben. Einen meiner Kreativ-Kurse, im Auftrag des A.f.a.W. Aber ich finde es schön, dich wieder mal gesehen zu haben.»

Anna setzte sich ebenfalls und schaute mit gerunzelter Stirn auf ihre Hände. «Nun verstehe ich GAR NICHTS mehr, Jock! Du bist gekommen, weil ...»

«Weil ich Sehnsucht nach dir hatte. Weil ich immer wieder an dich denken musste.»

Sie nickte. «Ja, das stimmt. Aber es gibt noch mehr Gründe.»

«Ja. Aber ich kann dir wirklich nicht erzählen, welche! Glaub mir, Anna! Es tut sich irgendetwas, etwas Wichtiges, aber ich weiß nicht, was; nur, dass es mit mir zu tun hat. Auch mit dir, glaube ich. ALLE Dinge haben miteinander zu tun ... Schon bald kommt das Raumschiff Abendstern von der Venus zurück ...»

«Ich habe es gehört», sagte Anna leise. «Ich habe diesen Planetenwissenschaftler im Fernsehen gesehen, Dr. Topf. Mit funkelnden Augen und blauen Hemdsärmeln. Einen Moment lang glaubte ich, auch dich zu sehen ...»

«Das hast du dir wohl eingebildet, Anna. Ich habe nichts mehr mit Planetenwissenschaftlern zu tun. Nur dass er ... Sie wollen, dass ich an einer großen Ausstellung über die Außenwelten mitarbeite. Als ob ich ein berühmter Maler wäre. Und ich habe NEIN gesagt.»

«Weil sie dich nicht baten, zu ...»

«Nicht wegen meiner Bilder. Das ist es. Sie haben sie nicht mal gesehen.»

«Vielleicht hättest du doch JA sagen sollen?», meinte Anna nachdenklich.

«Nein! Es bleibt beim NEIN. Aber trotzdem will ich Maler bleiben.»

«Du willst nur nicht wissen, was du malen musst.»

«Fang nur nicht noch mal mit diesem Gedicht an, Anna! Ich mag übrigens keine Gedichte.»

«Das ist nicht wahr», sagte Anna. – *Sie hatte noch nie gesagt: ‹Das ist eine Lüge.›* – «Jock», fuhr sie fort, «wir beabsichtigen, in deiner Stadt eine Wohnung zu suchen. Weben kann man überall, und jetzt erhalte ich bestimmt die Erlaubnis. Wir sind frei. Was hältst du davon?»

Jock sah sie überrascht an; nicht wegen des Gesagten, sondern weil er diesen Themenwechsel nicht erwartet hatte.

«Was ich davon halte? Ja, natürlich, sehr gut. Sogar ausgezeichnet», sagte er glücklich, aber auch ein wenig unsicher und besorgt. «Nur ... WIR ... Wen meinst du mit WIR?»

Sie zeigte auf das Ende eines wedelnden Katzenschwanzes, der unter dem Tisch hervorlugte. «Wir? Einfach sie und ich.»

Jocks Unsicherheit nahm noch zu. Es gab eine Eigenschaft, die er noch nie mit Anna in Verbindung gebracht hatte: Ironie. Sie lachte ihn doch nicht etwa aus?

«Ach so! Deine Katze», sagte er. «Wie heißt sie eigentlich?»

Jetzt lachte Anna tatsächlich – ohne den geringsten Spott. In ihren Augen las Jock etwas Rätselhaftes, etwas, das ihn überraschte, erfreute, aber ebenso beunruhigte. «Das weiß ich noch immer nicht! Und ich meine, dass DU ihr einen Namen geben solltest, Jock», sagte sie, strahlend wie die Sonne. «Krieg keinen Schreck, es muss nicht heute sein.» Sie stand auf. «Ich will uns was zu essen machen; du hast ja gesagt, dass du vor Abend zu Hause sein willst.»

9
Der Maler

Mit dem Luftbus brauchte man eine gute halbe Stunde von der einen Stadt zur anderen; danach brachten ein Minimobil und zwei Rollsteige Jock zu seinem Wohnturm – in weniger als einer Dreiviertelstunde.

Selbst jetzt könnten wir uns mühelos jede Woche sehen, dachte er, als er mit dem Lift nach oben fuhr. Oder sogar öfter. Wenn Anna hier wohnen wird, könnten wir gut gemeinsam eine Wohnung beantragen, mit einem schönen, großen Atelier. Sie zum Weben, ich zum Malen. Ja, das machen wir ... Oder doch nicht? Ich bin ja jetzt schon vor ihr geflüchtet ...

Sein Roboter wartete in der Diele. «Guten Tag, Herr Martin.»

«Guten Tag», sagte Jock. «Gibt's was Neues?»

«Ja. Herr Akke fragte nach Ihnen am Visiphon, heute Morgen um viertel vor acht. Sie waren gerade weg. Herr A. Akke vom ...»

«A.f.a.W., ich weiß, Xan», fiel Jock ihm ins Wort. «Was wollte er?»

«Das hat er nicht gesagt, Herr Martin. Er will noch einmal anrufen.»

«Hast du ihm gesagt, dass ich nicht zu Hause sei?»

«Ja, Herr Martin. Sie waren ja auch nicht zu Hause. Ich konnte ihm nicht sagen, wann Sie zurückkommen würden. Darüber hatten Sie mich nicht informiert.»

«Du hast doch bestimmt gehört, dass ich mich KRANK gemeldet habe! Na ja, dies eine Mal ... Akke hat einen zu hohen Rang, um sich mit solchen Kleinigkeiten zu beschäftigen ...» *Aber warum will er mich sprechen?* dachte Jock. *Ausgerechnet heute, nach all der langen Zeit?*

Er schaute auf seine Armbanduhr. Er konnte dem Kreativ-Zentrum gut noch mitteilen, dass er heute Abend doch kommen würde. Die Kursteilnehmer waren auf jeden Fall da; einer seiner Kollegen oder ein Assistent hätte seine Aufgabe als Betreuer übernehmen müssen. Während er darüber nachdachte, betrat er sein Atelier. Er würde lieber etwas anderes tun ... Er betrachtete das dunkle Bild mit den beiden leuchtenden runden Flecken; im Luftbus – nein, schon vorher – war er dahinter gekommen, was dem Bild fehlte. Nachdenklich kramte er zwischen Farben und Pinseln herum; dann blickte er wieder auf das Bild und blieb plötzlich regungslos stehen.

Es war verschoben.

Die weiße Platte, die an der Wand gelehnt hatte, war beiseite gerückt ... Und als er sich aufmerksam umschaute, entdeckte er, dass etliche Sachen nicht mehr an ihrem Platz lagen. Er war sich absolut sicher; denn wie unordentlich er auch manchmal sein mochte, in seinem Atelier wusste er genau, wo alles zu finden war.

Irgendjemand war hier drinnen gewesen und hatte herumgeschnüffelt. Xan konnte es nicht gewesen sein; der wusste, dass es ihm verboten war, so war er programmiert ... Wer aber sonst konnte es gewesen sein?

«Xan!», rief er.

Der Roboter kam herangeglitten. «Ja, Herr Martin. Wann möchten Sie essen?»

«Ich habe schon gegessen. Xan, hier ist heute jemand gewesen. Wer war es? Wen hast du hereingelassen?»

«Ich habe niemand hereingelassen, Herr Martin ....»

«Und bist du den ganzen Tag über zu Hause gewesen?»

«Natürlich, Herr Martin. Ich muss doch immer zu Hause sein, wenn Sie weg sind.»

«Aber weshalb hast du dich dann an meinen Arbeiten und am Material zu schaffen gemacht?»

«Was meinen Sie, Herr Martin?»

«Allerlei Dinge sind verlegt worden! Hast du ...»

«Herr Martin, das könnte ich doch niemals tun.»

«Nun ja, vielleicht irrtümlich. Um etwas sauber zu machen oder so.»

«Herr Martin», sagte der Roboter, «ich rühre hier in Ihrem Atelier niemals etwas an, außer wenn Sie es mir befehlen. Das wissen Sie doch.»

Wenn er ein Mensch wäre, überlegte Jock, würde er mich dann vorwurfsvoll oder empört ansehen? Er sagte: «Wer hat dann dieses Bild verschoben und das da zur Seite gestellt? Und diese Mappen, und ...»

«Herr Martin, ich habe den Eindruck, dass Sie sich irren! Hier ist nichts verrückt worden. Es ist niemand hier gewesen. Niemand.»

«Sagst du die Wahrheit, Xan?»

«Ich kann doch gar nicht anders, Herr Martin!»

Nein, ein Roboter konnte nicht anders, es sei denn, man hätte am Programm in seinem Gehirn herumgebastelt. Jock fuhr fort, und er kam sich fast mitleidlos dabei vor: «Sprich die Wahrheit, Xan, und das ist ein Befehl: Hast du hier nichts verschoben? Und ist hier niemand gewesen?»

«Ich habe hier nichts verschoben, Herr Martin, und hier ist niemand gewesen. Ich habe die Wahrheit gesprochen ... Setzen Sie sich doch. Ich werde Ihnen ein Gläschen Klaren einschenken.»

Jock blieb stehen. «Gute Idee! Gib mir ruhig ein großes Glas.»

Er blickte Xan nach, nicht ganz zufrieden, obwohl er sich zu beruhigen versuchte. «Was geht nur in dir vor, Jock? Traust du deinem eigenen ROBOTER nicht? Aber ... Xan hat mir noch nie von sich aus einen Schnaps angeboten, im Gegenteil. Und er ist mir ein paar Mal ins Wort gefallen ...»

Er nahm das Glas an, das der Roboter ihm reichte. Ich irre mich nicht! dachte er. Und was Xan betrifft: Alle Roboter stehen unter der Kontrolle des A.f.a.W. Als entlassener Planetenforscher habe ich dem A.f.a.W. meine Arbeit und meine Zulage zu verdanken. Möglicherweise auch meine offizielle Anerkennung als Maler ... Das A.f.a.W., Moment mal, Akke hat heute Morgen ...

Das Visiphon summte. Xan glitt dorthin und meldete sich. Jock trank sein Glas aus, folgte ihm und blickte auf den kleinen Bildschirm. Jawohl, Herr A. Akke. Jock war ihm nur selten begegnet, aber er würde diesen Mann nicht so leicht vergessen ...

Sie nannten in der üblichen, formellen Art ihre Namen.

«Schön, dass ich Sie jetzt zu Hause antreffe, Herr Martin», sagte Herr Akke. «Im Zentrum sagte man, dass Sie krank seien ...» Er schob Jocks Antwort mit einer Handbewegung beiseite. «Lassen Sie nur ... Kann ich Sie heute Abend kurz sprechen?»

«Sie können mich jetzt sofort sprechen, Herr Akke.»
«Ach nein, nicht am Visiphon. Persönlich ...»
«Ja, natürlich», sagte Jock. «Nur wollte ich eigentlich heute Abend wieder ...»
«Sie können jetzt genauso gut den ganzen Tag frei nehmen, Herr Martin», unterbrach ihn Herr Akke. «Ich möchte mich gerne mit Ihnen persönlich unterhalten, so bald als möglich. Um acht Uhr. Passt Ihnen das?»
«Ja, gut – wie Sie wollen», sagte Jock.
«Dann bis gleich», sagte Herr Akke und brach die Verbindung ab.

Jock blickte stirnrunzelnd auf den leeren Bildschirm und hörte sich zu Anna sagen: «Es tut sich irgendetwas, aber ich weiß nicht, was; nur dass ich damit zu tun habe ... *Alle* Dinge haben miteinander zu tun.»

Um sieben Uhr beauftragte Jock Xan, einen Kaffeetrank zu bereiten (seine Nektarration war aufgebraucht) und ein paar andere Sachen für ihn und einen Besucher zurechtzumachen. Danach stellte er den Roboter auf NICHT-AKTIV und betrachtete ihn nachdenklich. Als Ex-Raumfahrer und Planetenforscher wusste er das eine und andere über derartige Maschinen ...: Sollte er versuchen, herauszubekommen, ob an Xans Gehirn manipuliert oder etwas geändert worden war? Er überdachte diesen Plan voller Zweifel: So etwas war einem Laien streng verboten und stand unter Strafe, wenn es entdeckt wurde. Wenn sich nun herausstellte, dass überhaupt nichts passiert war? Und selbst wenn dies doch der Fall wäre, konnte er nicht sicher sein, ob er das Übel finden würde ... *Nein, es war zu riskant!* Außerdem gab es etwas, das ihm wichtiger erschien.

Das Bild fertig malen! Zwei Kleinigkeiten hinzufügen, mehr nicht.

Und tatsächlich zeigte sich ihm kurze Zeit später, dass er mit einem einzigen wohlüberlegten Pinselstrich in jedem der leuchtenden Flecke seine Arbeit vollendet hatte. Glücklich und verwundert starrte er auf das Werk, das er geschaffen hatte.

Zwei dunkle Pupillen, von Gold umringt ... zwei AUGEN sahen ihn an. Hatte Annas Katze ihn auf diese Idee gebracht? Aber es *war* nicht Annas Katze ...

«Ich werde dich nirgendwo finden», sagte er zu dem imaginären Tier gewandt, «selbst wenn ich Forscher auf dem Planeten Erde würde. Du existierst nur hier, auf einem Gemälde von mir. Ich nenne es DIE AUGEN EINES TIGERS.»

Er schüttelte den Kopf. Langsam aber sicher spinnst du ... laut zu sprechen – mit niemandem ... *(Niemand, niemand hat mir erzählt ...)*

Er ging in die Diele und sah erleichtert *(lächerlich!)*, dass sein Roboter dort noch immer regungslos stand; dann kehrte er ins Atelier zurück und ließ sich auf die schmale Liege fallen.

Ist das nun ein gutes Bild? Eigentlich wollte er darauf keine Antwort haben, und so schloss er die Augen. Sofort sah er *andere Augen;* sie glichen ein wenig seinen gemalten Tigeraugen ... erst unbekannt, dann bekannt ... sogar *sehr* bekannt ... Sie glühten auf vor einem Hintergrund aus hellrosa, purpurnen und grauen Farbtönen, die ineinander verflossen ... Solche Sachen malte ich früher auf der Venus, erinnerte er sich. Aquarelle, zerlaufene Farben im Regen ... Aber auf der Venus gibt es keine Tiger, waren auch nie welche ... Wohl Wälder, aber nicht dunkel, nicht grün ...

Er öffnete die Augen und schloss sie wieder; er presste seine Hände fest dagegen. Aber die wasserfarbenartige Vision blieb bestehen ... *Komm zu dir, du hast noch nie die Augen eines Tigers gemalt oder gesehen ...* Die Vision verschwand. An ihre Stelle schob sich ein anderes Bild; doch darüber brauchte er sich nicht zu wundern: es war einfach die Erinnerung an ein Foto. Ein hagerer, dunkelhäutiger junger Mann ... *Planetenforscher Nummer elf, Edu Jansen, kommt in Kürze zurück zur Erde.*

Jock öffnete die Augen, atmete tief durch und stand auf. *Nicht denken, sondern handeln! Du hast ein Bild gemalt, und du hast eine Idee, nein, viele Ideen für viele weitere ... Warum hast du dich nicht eher getraut, Jock? Aquarellieren: etwas malen mit sehr viel Wasser ... Regen ... Erinnerungen ... Der Fluss des Vergessens ...*

Noch während er dies dachte, war er schon am Zeichentisch beschäftigt ... Papier, grobes Papier ... Ein Blatt aufspannen ... Wo ist mein Schwamm ...

Der Haustür-Summer ging – einmal, zweimal – und es dauerte einen Moment, bis ihm klar wurde, warum sein Roboter nicht öffnete.

Er fluchte leise. «Acht Uhr!» Dann öffnete er seinem Besucher die Tür.

10
Ex-Planetenforscher

Guten Abend», sagte der stämmige, kahlköpfige Mann in der Türöffnung. Er trug nicht sein grünes A.f.a.W.-Gewand. «Das ist lange her, Herr Martin – und es ist das erste Mal, dass ich zu Ihnen nach Hause komme. Wünschen Sie daher meine Karte ...»

«Nicht nötig, Herr Akke», sagte Jock. «Kommen Sie herein.»

Akke trat ein; er blieb stehen, als er den regungslosen Roboter sah, zog die Stirn kraus und sah Jock fragend an.

«Ich habe ihn deaktiviert», sagte Jock, so beiläufig wie möglich.

«Oh! Ach so ... Das trifft sich zufällig gut. Ich hätte Sie zwar nie darum gebeten, aber da es nun einmal so ist ... Warum haben Sie das denn getan, Herr Martin?»

Jock zögerte kurz. «Herr Akke, Sie sind doch unter anderem Psychologe. Verstehen Sie etwas von Roboterhirnen?»

«Ich, Herr Martin? Nein ... Ich habe Medizin studiert und Psychologie und auch ein bisschen in anderen Wissenschaftsgebieten herumgeschnüffelt, aber Technik ist nicht meine stärkste Seite. Davon werden Sie mehr verstehen als ich ... Nun ja, ich habe mich von Berufs wegen ab und zu mit Programmen für Robotergehirne beschäftigen müssen; aber ich wage nicht zu behaupten, dass ich von diesen Dingen etwas verstehe.» Herr Akke sah Jock mit unverhüllter Neugier an. «Weshalb haben Sie ihn ...»

«Deaktiviert?»

«Doch nicht wegen meines Besuchs?»

«Nein.» Jock deutete auf den gewölbten Durchgang zu seinem kleinen Wohnzimmer. «Ehrlich gesagt, Herr Akke, weil ich ihm nicht mehr traue... Ich habe schon überlegt, ob ich seinen Kopf aufschrauben sollte, aber das schien mir dann doch ein bisschen riskant.»

Akke blickte von Jock auf den Roboter und dann wieder zu Jock. «Riskant?»

«Ach», sagte Jock, «das wird SIE doch bestimmt nicht überraschen! Ich bin als unehrenhaft entlassen worden und infolgedessen unzuverlässig. Roboter müssen immer zuverlässig sein; aber nach den Regeln des A.f.a.W. müssen sie auch dafür sorgen, dass ihre Besitzer zuverlässig sind. – Treten Sie bitte ein, Herr Akke. – Nun, wie ich schon sagte, kann ich im Hinblick auf meine Vergangenheit immer noch unzuverlässig sein, eine Gefahr für das allgemeine Wohlbefinden. Dann würde also mein Roboter, natürlich zu einem guten Zweck ... – Nehmen Sie doch bitte Platz, Herr Akke.»

Herr Akke setzte sich. «Es tut mir Leid, Herr Martin, aber ich kann Ihnen nicht mehr so richtig folgen! Moment mal ... Sie denken also, dass Ihr Roboter, weil Sie eventuell unzuverlässig sein könnten, es ebenfalls einmal sein könnte: jedenfalls für Sie persönlich ... manipuliert vom A.f.a.W.!»

Ehe Jock etwas sagen konnte, fuhr er fort, heftig und fast erbost: «Wirklich toll ausgedacht! Ich würde gerne mal wissen, wie Sie auf so etwas kommen!»

Jock holte zwei Gläser. «Möchten Sie etwas trinken? Einen Kaffeetrank? Oder lieber etwas anderes?»

Akke schnaubte. «Wenn Sie keinen Nektar haben, dann gerne etwas anderes. Irgendetwas ... äh, mit Alkohol.»

Jock holte seine letzte Flasche und schenkte ihnen beiden ein.

Dann saßen sie einander gegenüber; Herr Akke allein auf demselben Platz, wo am Nachmittag zuvor Mary Kwang und Dr. Topf gesessen hatten.

Akke kippte sein Glas in einem Zug leer. Er hielt es in der Hand, als sei noch etwas drin, und sagte: «Der Grund meines Besuches ist ... Doch zunächst eine unbescheidene Frage, Herr

Martin: WESHALB STELLEN SIE IHRE WERKE NIEMALS AUS? Ich habe sie vor etwa einem Jahr anschauen dürfen; danach nie mehr, außer einem einzigen Bild im Kreativ-Zentrum. Sie haben die offizielle Anerkennung als Maler. Warum zeigen Sie niemals, was Sie machen?»

Jock fuhr hoch. «Das ist es also! Der Grund Ihres Besuches! Die Ausstellung, nicht wahr? Irgendjemand hat heute mit Wissen meines Roboters mein Atelier auf den Kopf gestellt ... Warum sind alle so erpicht darauf, dass ich mitmache?»

Akke sah ihn verblüfft an.

Echt verblüfft, sah Jock. Er wusste genau, dass er sich in dieser Hinsicht nicht irrte. Er warf einen sehnsüchtigen Blick auf sein eigenes, noch volles Glas. Nein, ich muss einen klaren Kopf behalten, dachte er. Akke ist aus einem anderen Grund gekommen. Und doch ... ich wette, dass er auch damit zu tun hat ...

Akke unterbrach Jocks Überlegungen ziemlich schroff: «Jock Martin, was spielt sich in deinem Kopf ab? Ich frage mich, wie du dich selbst siehst. Du bist – außer Ex-Planetenforscher – auch Maler. Außerdem arbeitest du ...»

«Als Kreativ-Betreuer im Bezirk zwei», unterbrach ihn Jock. «Ich habe nicht vergessen, dass Sie dafür gesorgt haben. Meiner Meinung nach verdiene ich so meine Zulage und habe nebenher noch die Freiheit zu malen. Sie, Herr Akke, waren der Einzige, der bei den erneuten psychologischen Tests nach meiner Entlassung etwas für mich ...»

«Ja, ja», fiel Akke ihm seinerseits ins Wort. «Du willst mir doch nicht nach so vielen Jahren noch dafür danken! Auf diese Zulage hast du ein Anrecht. Und was den Job beim Kreativ-Zentrum betrifft: Ich weiß sehr wohl, dass du ihn mit Widerwillen begonnen hast. Allerdings machst du diese Arbeit besser als hundert andere, wie aus allen Berichten hervorgeht ... Lass mich aussprechen! Siehst du dich selbst immer noch ausschließlich als EX-PLANETENFORSCHER?»

Jock suchte nach Worten. Eine Zeit lang herrschte Schweigen. Akke starrte in sein leeres Glas, und seine Haltung drückte nur eines aus: *Ich halte den Mund, bis du etwas gesagt hast.*

Langsam und unsicher begann Jock zu sprechen: «Wissen

Sie, um was sie mich gebeten haben? Ob ich mitmache an einer großen ... ich meine, an einer exklusiven Ausstellung.»

Mit einem fast boshaften Grinsen bemerkte Akke: «Und du hast selbstverständlich NEIN gesagt.»

Jock antwortete, diesmal mit fester Stimme: «In der Tat, ich sagte ‹Nein›, und dafür hatte ich meine Gründe. Jetzt rücken Sie doch mal damit heraus, warum Sie hier sitzen, wenn Sie wirklich nichts von dieser Ausstellung wissen? Weshalb fragen Sie mich dieses und jenes und wer weiß was noch, so als müsse ich noch einmal psychologisch getestet werden ... Ich verstehe mich selbst nicht mehr! Ich hätte Sie schon längst, rasend vor Wut, zur Tür hinauswerfen müssen!»

«Ich bitte um Entschuldigung, Herr Martin», sagte Akke ruhig. «Ich hatte wirklich nicht die Absicht, so zu reden. Nur ... Sie forderten es irgendwie heraus.»

Jock nahm sein Glas und trank einen Schluck. Er dachte: Ich muss doch – außer Anna, aber die ist wie ein Teil meiner selbst – irgendjemandem vertrauen können ... Er sah Akke an und sagte: «Die Ausstellung ist inspiriert durch die Außenwelten; sie soll in der GALERIE von Mary Kwang stattfinden. Einige Planetenforscher, die in Kürze von der Venus zurückkommen, werden sie eröffnen. Soweit ich weiß, hat Dr. Topf die Schirmherrschaft übernommen.»

Akke pfiff leise durch die Zähne. «Oha! Nein, Herr Martin, davon wusste ich nichts. Ich erinnere mich zwar, von einer Ausstellung gehört zu haben, aber Expositionen über die Außenwelten gibt es ja öfter. Was diese Ausstellung betrifft: die Kombination von Mary Kwang und Dr. Topf ist interessant – aber für denjenigen, der die Politik ein bisschen verfolgt hat, auch wieder nicht so besonders geheimnisvoll.» Er machte eine kurze Pause und fügte dann hinzu: «Ich verstehe noch immer nicht so ganz, warum Sie NEIN gesagt haben. Ein Angebot von Leuten wie diesen beiden schlägt man doch nicht einfach aus!»

«Ich traute ihnen nicht», sagte Jock. «Sie baten mich nicht meinetwegen, nicht meiner Werke wegen.»

«Nur als ex-Planetenforscher? Na und? Sie vertrauen sich selber nicht genug, das ist es.»

Akke erhob sich und begann, im Zimmer auf und ab zu gehen – drei Schritte hin, drei Schritte zurück. «Ich habe Sie ein einziges Mal psychologisch testen müssen, Herr Martin, und ich habe wirklich nicht vor, es noch einmal zu tun. Denn ich bin nicht Ihretwegen hierher gekommen! Und ebenso wenig meinetwegen. Ich bin hier um jemandes willen, den Sie nicht mal kennen! Ich habe nicht mehr viel Zeit und werde daher endlich zur Sache kommen. Ein Minimobil wird mich gegen neun Uhr abholen ...» Er blieb stehen. «Haben Sie noch ein Gläschen Alkohol für mich?»

«Ja sicher», sagte Jock ein wenig verwirrt. Er fühlte sich, als hätte er gerade ein schwieriges Examen hinter sich. Was kommt jetzt bloß wieder auf mich zu? dachte er. *Das Kreativ-Zentrum ... Es hat etwas mit meiner Arbeit im Zentrum zu tun ...* Vergebens versuchte er sich zu erinnern, ob er dort ein paar Regeln *zu* auffallend missachtet hatte.

11
Jock Martin

Beim nächsten Mal», sagte Akke, während er schon wieder in sein leeres Glas blickte, «werden Sie im Zentrum für kreative Bildung einen neuen Schüler unter Ihre Fittiche nehmen. Er ist vom A.f.a.W. verpflichtet worden, ihre Kurse zu belegen – ein Jahr lang, ohne einen einzigen zu versäumen.» Er machte die Augen weit auf und schaute in die von Jock.

Der fragte: «Ein Junge? Ein Mädchen?»

«Ein Junge.»

«Minderjährig natürlich.»

«Sechzehn Jahre.»

«Ach, ich bekomme doch seine Akte dazu, nicht wahr? Ich verspreche Ihnen, Herr Akke, dass ich ihn drei Tage in der Woche

KREATIV tätig sein lassen werde – ob er will oder nicht –, schon deshalb, um ihn vor Schlimmerem zu bewahren! Was ist denn mit diesem jungen Mann sonst noch los?»

«Er ist intelligent, erfinderisch und ... Nur: Ein MALER wird er niemals werden.»

«Ach so?», sagte Jock ironisch. «Es überrascht mich, dies aus dem Munde des A.f.a.W. zu hören. Sie zwingen ihn, meine Malkurse zu belegen; schließlich ist jeder Mensch kreativ ...»

«Natürlich ist das jeder», unterbrach ihn Akke. «Aber das bedeutet nicht, dass jeder ein Maler werden kann oder ein Musiker, ein Weltraumforscher oder ein Programmierer! Jeder ist kreativ, man muss nur die Kreativität stimulieren, und ... Jetzt sagen Sie mir bloß nicht, dass Sie daran zweifeln!» Er blickte Jock ärgerlich an. «Weshalb sorgen Sie immer wieder dafür, dass ich vom Thema abschweife? Ich habe wirklich nicht viel Zeit!»

«Sowohl Ihr Abschweifen als auch Ihren Zeitmangel haben Sie sich selber zuzuschreiben, nicht mir», sagte Jock kühl. «Was ist mit diesem Jungen los? Haben Sie seine Akte?»

«Darum geht es ja gerade! Ich HABE sie, aber ich will sie Ihnen nicht geben. Wenigstens vorläufig nicht.»

«Das ist gegen die Vorschriften.»

«Weiß ich, Herr Martin. Aber es geschieht im Interesse dieses Jungen. Wie soll ich Ihnen das nur erklären ...»

«Sie brauchen mir nichts zu erklären. Der junge Mann ist aufsässig; er vertraut auf nichts und niemanden ... gestern nicht, heute nicht, morgen nicht. Ihnen nicht und mir nicht.»

Jock sah eine Spur von Verwunderung auf Akkes Gesicht. Vor seinem geistigen Auge erschien ein immer deutlicheres Bild des Jungen – bis Akkes Stimme es verwischte.

«Es wäre gut, wenn er ohne Vergangenheit bei Ihnen anfangen könnte – ich sage nur: ANFANGEN. Ohne Akte. Das besagt jedoch nicht, dass Sie ihn als Ausnahme behandeln sollen. Im Gegenteil! Sie sollen auch ganz normal über ihn berichten.»

«Warum bitten Sie mich ...», begann Jock.

«Weil ich es ihm versprochen habe! Das A.f.a.W. zwingt ihn zu Recht, ins Zentrum zu gehen; aber ich finde, dass er dann auch etwas davon haben sollte. Deswegen ...»

«Ich habe es begriffen, Herr Akke», sagte Jock. «Aber weshalb bitten Sie ausgerechnet MICH, ihn in meine Obhut zu nehmen?»

«Weil ...» Zum ersten Mal schien Herr Akke um Worte verlegen zu sein. «Weil er dir so gleicht! Nicht äußerlich, aber ... na ja, er GLEICHT Ihnen eben. Ich selbst kann, vielleicht aufgrund meiner Funktion, nicht so viel mit ihm anfangen, wie ich gerne möchte ...»

«Er ist doch nicht verwandt mit Ihnen? Nein ...»

«Nein. Ich habe leider keine Kinder.»

Diesmal schien Jock einen Augenblick lang erstaunt zu sein. *Wie offenherzig ist dieser Mann!* Wie alt mag er wohl sein? Wegen der Glatze schwer zu schätzen ... Fünfzig? Sechzig? Ich hätte Lust, sein Porträt zu zeichnen ... Aber ich kann ja keine Porträts zeichnen; das gelingt mir ganz selten, und dann auch nur, wenn das Objekt *nicht* anwesend ist ... Fast gleichzeitig sprach er in Gedanken mit Akke: «Soll ich dir *jetzt* gestehen, dass ich mindestens einen Monat lang nicht in die Akte eines Kursteilnehmers hineinschaue – ja, manchmal überhaupt nicht?»

Akke redete weiter: «Vielleicht ist es ein Glück, dass er nicht mit mir verwandt ist. Wenn dieser Bursche mein Sohn gewesen wäre, hätte ich wahrscheinlich sehr oft Krach mit ihm bekommen, genau wie ... Ich hoffe, dass Sie sein Vertrauen gewinnen können, Herr Martin.»

Jock war sich auf einmal fast sicher, dass er den Jungen kannte – dass er ihm irgendwo einmal begegnet war.

«Er heißt Bart Doran», sagte Akke.

«Nein, den kenne ich nicht; ich habe auch nie von ihm gehört», murmelte Jock.

Akke runzelte die Stirn. «Wie bitte?»

«Ach nichts, nichts. Bart Doran, sagten Sie?»

«Lassen Sie sich bitte niemals anmerken, dass ich hier gewesen bin, um über ihn zu sprechen», sagte Akke.

Jock fragte: «Sie halten es also für selbstverständlich, dass ich mit Ihrem Plan einverstanden bin?»

«Ja», sagte Akke. Er schwieg einen Moment. «Ja, das nahm ich jedenfalls an.» Dann schloss er voller Zweifel: «Ja, das tat ich. Merkwürdig.»

«In der Tat, sehr merkwürdig!», entgegnete Jock viel heftiger, als er eigentlich wollte. «Was erwarten Sie denn von mir: Ex-Planetenforscher, Amateurmaler und auch noch Erzieher wider Willen? Noch einen Schüler dazu, einen Quertreiber, ohne Akte, und das nur deswegen, weil Sie finden, dass er mir gleicht!» Etwas leiser fuhr er fort: «Das kann es übrigens durchaus einmal besonders schwierig machen, auch für den Jungen, anstatt einfacher, wie Sie offenbar glauben.»

Akke stand auf. «Sie haben Recht. Es war eine spontane Idee. Ich hätte den Dingen ihren Lauf lassen sollen.»

Auch Jock erhob sich. «Was soll's? Sie haben die Sache nun mal eingefädelt, jetzt müssen Sie sie auch durchziehen. Schicken Sie ihn ruhig vorbei. Ich werde mein Bestes tun.»

Akke seufzte erleichtert. «Ich danke Ihnen. Und ich vertraue darauf, Jock Martin ...»

Jock unterbrach ihn. «Vielleicht tut es uns beiden später noch Leid, vielleicht auch nicht», sagte er. «Das werden wir dann schon merken. Und jetzt habe ich eine Bitte an Sie: Würden Sie einen kurzen Blick in mein Atelier werfen, bevor Sie gehen? Ich weiß eigentlich nicht genau, weshalb ich Sie darum bitte. Allerdings: Das, was Sie sehen werden, ist ebenfalls VERTRAULICH.»

Akke schaute ... andächtig, zuerst ungläubig ... doch schließlich lächelte er überrascht und sagte: «AUGEN! Die Augen einer Katze.»

Jock sagte, ebenfalls überrascht: «Sie haben begriffen, um was es geht ... Augen. Aber nicht von einer Katze.»

«Doch ... O ja, bestimmt, Jock Martin. Du kannst es mir glauben oder nicht: ich habe sie selbst gesehen, gestern Morgen.»

«Ich auch», dachte Jock, ohne erstaunt zu sein. (Wie heißt Akke eigentlich mit Vornamen? ging es ihm durch den Kopf.) – «Ich habe diesem Bild einen anderen Namen gegeben», erzählte er, «DIE AUGEN EINES TIGERS».

«Tiger. Die mächtigste und prächtigste und auch gefährlichste von allen großen Katzen», sagte Akke leise. «Wie kommen Sie darauf? Der Tiger ist ausgestorben.»

«Das weiß ich. Vielleicht gerade deshalb ...»

«Ausgestorben», wiederholte Akke. «Ebenso tot und verschwunden wie der Tyrannosaurus Rex.»

«Was sagen Sie da?»

«Och, das spielt keine Rolle.» Akke legte seine Hand schwer auf Jocks Schulter und ließ sie dort einen Augenblick ruhen. Dann verließ er langsam das Atelier. «Das Minimobil wartet sicher schon auf mich, und auch meine Frau ...»

Undeutlich tönte von weit unten ein Summton herauf, zwei Mal. «Da ist er schon, ungeduldig», sagte Akke.

Er ging zur Tür, drehte sich um und blickte über Jocks Schulter hinweg auf den regungslosen Roboter. «Soweit ich weiß, ist er nicht vom A.f.a.W. neu programmiert worden», sagte er leise. «Sie müssen jedoch berücksichtigen, dass ich nur Chef vom Hauptquartier Nord bin; ich bin nicht in *alle* Regierungsgeheimnisse eingeweiht ... An Ihrer Stelle würde ich das Ding reaktivieren, ihm aber NICHT trauen! ADIEU, Herr Martin ... Kennen Sie diesen Gruß?»

«Nein», sagte Jock. «Was ...»

Aber Akke war schon weg; die Tür fiel hinter ihm ins Schloss.

«Gute Nacht, Akke», murmelte Jock. Er ging zurück ins Wohnzimmer, trank sein Glas aus und schenkte sich noch einmal ein. – Die Augen eines Tigers. Wie kommst du nur darauf, hast du mich gefragt ... Die Augen einer Katze. Welcher? Annas Katze? Akkes Katze? Komisch, von wem ist Akkes Katze? O du weiter Weltenraum, das ist mir wirklich zu viel für einen einzigen Tag.

Zu seiner Überraschung entdeckte er, dass es noch keine halb zehn war, und so stellte er den Fernseher an.

Morgen muss ich ins Zentrum, aber es ist noch zu früh, um schlafen zu gehen.

Er landete in einem aktuellen Live-Programm. Ehe er auf eine andere Sendung umschalten konnte – auf etwas, das ihn angenehm einlullen konnte –, nahm das Äußere einer Interviewerin seine Aufmerksamkeit gefangen – gerade lange genug, um zu hören, was sie sagte:

«Sie sind also nicht einer Meinung mit Herrn Dr. Topf.»

Ein blau gekleideter, gelehrt aussehender Herr mit schneeweißem Haar antwortete; Jock kannte ihn vom Ansehen und wusste auch seinen Namen: Dr. Hanson. Er war früher als Planetenwissenschaftler sehr bekannt gewesen; jetzt war er Vorsitzender eines Bundes, der einen unmöglichen Namen hatte, und genau wie Dr. Topf Mitglied des Weltparlaments.

«Ich habe es Ihnen deutlich erklärt», sprach Dr. Hanson. «Die Außenwelten sind zwar wichtig, aber nicht so wichtig wie einige Leute glauben. Weshalb müssen die Bewohner unserer Erde die Hälfte ihrer Steuern dafür bezahlen? Denken Sie noch einmal darüber nach, was ich über Venus gesagt habe ...»

Die Interviewerin wandte sich an Jock und den Rest ihres unbekannten Publikums. Hinter ihr drehten sich plötzlich alle Planeten des Sonnensystems um die Sonne ... Einer von ihnen kam deutlicher und immer größer ins Bild.

«Um es zusammenzufassen, Herr Dr. Hanson: der Planet Venus zum Beispiel ...»

«... ist ein sehr junger Planet. Feindlich allem Menschlichen gegenüber. Von den menschlichen Niederlassungen ist nur noch eine einzige übrig geblieben: die große Kuppel ...»

«Die berühmte Kuppel», sagte die Frau.

«Ja, aber wie viele Milliarden kostet es uns Erdbewohner, diese Kuppel – das Bollwerk gegen einen primitiven, unsicheren Planeten – instand zu halten? Meiner Meinung nach muss diese Niederlassung aufgelöst werden. O nein, nicht vollständig ... Es sollten nur keine Menschen auf der Venus wohnen; man sollte diesen Planeten während der ersten Jahrhunderte Computern und Robotern überlassen.»

«Das haben Sie uns in aller Deutlichkeit klargemacht», sagte die Interviewerin. «Dafür danke ich Ihnen, auch im Namen aller Zuschauer, sehr herzlich.» Ihr dreidimensionales Bild blickte Jock freundlich an. «Guten Abend. Sie hörten ein Gespräch mit Dr. Hanson, unter anderem Vorsitzender des Bundes B.U.A.I.A. – Bund zur Unterstützung Ausschließlich Irdischer Aktivitäten. Es handelte sich um eine Antwort auf das Programm von Dr. Topf, das gestern Abend gesendet wurde. Anlass dazu ist die bevorstehende Landung des Raumschiffs Abendstern. Wir hoffen, morgen eine Diskussion zwischen den beiden Planetenwissenschaftlern senden zu können. Soll man die kleinen, wertvollen Niederlassungen auf den Außenwelten instand halten oder nicht? Ganz besonders die auf der Venus ...»

Jock machte den Fernseher aus und lief zum Visiphon; seine Gedanken überschlugen sich jedoch derart, dass er die richtige Nummer nicht sofort finden konnte. Er reaktivierte seinen Roboter (*Würde Xan sich jetzt wohl freuen?*) und beauftragte ihn, Kontakt mit Dr. F. P. Topf zu suchen.
«Besetzt», sagte der Roboter.
«Versuch es noch einmal, auf sämtlichen Anschlüssen», befahl Jock. Er begann sich auszuziehen. «Nenne meinen Namen und sag, dass es dringend ist.»
«Besetzt», meldete Xan. «Ein wenig Geduld, bitte.»
Jock ging unter den Wassersprüher, stellte ihn auf Kalt und fröstelte ...
«Ein wenig Geduld, bitte; es ist besetzt», sagte der Roboter.
Jock hüllte sich in ein Badetuch und ging in sein Atelier. Aber er wich den AUGEN EINES TIGERS aus. Er betrachtete andere Bilder, alte und neue, dann holte er ein paar Mappen mit Skizzen zum Vorschein und sagte zu sich selbst: Ich habe das eine oder andere vom Mars, sogar noch dort oben gemalt. Und von der Venus weiß ich ... *mehr* als die meisten anderen. In drei Tagen ist die Abendstern hier. Die Planetenforscher eröffnen die Ausstellung, aber sie müssen erst eine Woche lang in Quarantäne. Zehn Tage! Nein, nur eine Woche, denn ich muss ja drei Tage ins Zentrum. Sieben Tage. Und das traust du dir zu?
«Herr Martin, kommen Sie bitte», sagte Xan. «Ich habe Kontakt.»
Jock eilte zum Visiphon.
«Dr. Topf», sagte er zu dem Bild auf dem Schirm, das ziemlich mürrisch aussah.

«Ah, Herr Martin!», sagte der andere, und seine Miene hellte sich auf.

Jock fragte: «Hat sich Mary Kwang meine Bilder angesehen?»

Das Gesicht des Dr. Topf änderte sich nochmals. «Wie meinen Sie?», fragte er, plötzlich kühl und misstrauisch.

«Entweder SIE oder einer ihrer Assistenten. Ist auch egal, Herr Dr. Topf», sagte Jock. «Will sie ... wollen Sie ... wollen Sie beide noch immer, dass ich mich an dieser Ausstellung beteilige?»

«Ja, ja. Ja natürlich, Herr Martin! Nichts lieber als das! Sie werden dann bei der Vernissage erwartet; ich werde Sie all meinen Kollegen vorstellen und ... Nun ja, Interviews, Fernsehaufnahmen und so weiter. Die Chance Ihres Lebens! Sagen Sie Ihre Konditionen, Herr Martin; die Hauptsache ist, dass es authentische Arbeiten sind, aus der Erinnerung oder nach der Natur ...»

Jock unterbrach den Mann, der plötzlich ZU hektisch drauflos redete. «Lassen Sie Frau Kwang EINE Wand für mich reservieren. Mehr brauche ich nicht ... Nein, Herr Dr. Topf, wirklich nicht. Ich habe gerade einem Ihrer Kontrahenten gelauscht: einem Dr. Hanson ... Aha, Sie verstehen mich. Ich stehe auf *Ihrer* Seite! Deshalb mache ich bei dieser Ausstellung mit. Nur deshalb mache ich mit!»

12
Kreativ-Betreuer

Das Kreativ-Zentrum von Bezirk zwei bestand aus einer Anzahl niedriger Gebäude, alter und neuer, die miteinander zu einem Ganzen verbunden waren. Die vielen Eingänge und der Garten rundherum sorgten dafür, dass es einladend und freundlich aussah – doch diejenigen, die regelmäßig dorthin kamen, wussten, dass die Eingänge unsichtbar elektronisch gesichert waren. Im Garten standen auf dem blaugrünen Kunstgras, zwischen Bänken und Sesseln, viele Plastiken und Objekte; ein Teil davon war von den Kursteilnehmern angefertigt worden. Allerdings waren sie von den Stadtarchitekten ausgewählt und auf ihren Platz gestellt worden.

Jock Martin betrat das Gebäude wie immer durch den kleinen, wenig benutzten Seiteneingang, über den hinabführenden Teil der Rolltreppe und dann durch die Gewölbekeller. Die Eingangstür am unteren Ende der Treppe öffnete sich sofort, als er das Metallband an seinem linken Handgelenk in die Nähe brachte.

In den Kellern befanden sich, außer den notwendigen technischen Installationen, verschiedene Räume, in denen Arbeitsmaterial aufbewahrt wurde – Räume mit unvollendeten oder verworfenen Arbeitsstücken und Räume, die vollgepfropft waren mit den unterschiedlichsten alten und neuen Gegenständen, von Kursteilnehmern gesammelt und hergebracht: die meisten beschädigt und im täglichen Leben völlig nutzlos – normale Dinge, hübsche Dinge, hässliche Dinge und sehr eigenartige Dinge ... OBWOHL: einige Diskussionen hatten ergeben, dass die Begriffe, «schön» und «hässlich», «normal» oder «eigenartig» von verschiedenen Menschen sehr unterschiedlich beurteilt wurden.

Allmählich ist es fast ein Museum, sagte sich Jock, noch ein wenig schläfrig so früh am Morgen. Oder doch nur eine Rumpelkammer? ... In alten Zeiten malte man Still-Leben ... Ich könnte Roos, Daan und Dickon gleich vorschlagen, eins aufzubauen ...

Er blieb einen Moment stehen und betrachtete einen bizarren Strunk aus *echtem* Holz, der auf einer Fußplatte stand, einen zerbeulten Metallzylinder und einen veralteten Helm für Mondreisende. Dann gähnte er und ging weiter. Gleich danach hörte er ein Geräusch. Er blieb erneut stehen. Dann fiel sein Blick auf die drohende Gestalt eines halb demontierten Roboters, und er erstarrte. Doch dieser rührte sich nicht ... Natürlich nicht! Jock blieb genauso regungslos stehen und horchte; seine Spannung verschwand.

Jetzt wirst du sehen, dachte er, dass im Blinkenden Bett schon wieder ein Pärchen liegt!

Das «Blinkende Bett» war das prächtigste Stück in den Kellern des Zentrums – jedenfalls nach Ansicht der meisten Kursteilnehmer. Dem A.f.a.W. hatte man niemals einen speziellen

Bericht darüber gegeben; es gehörte einfach zu den unzähligen Gegenständen und dem Plunder, die zur Stimulierung der Kreativität dienten. Ein ganz, ganz altes, sehr breites Bett, mit einem hochstehenden Kopf- und Fußende aus Metallstäben, die oben mit großen, stets blinkenden Kupferknöpfen verziert waren – auch wenn nie jemand zugeben würde, dass sie regelmäßig geputzt wurden. Auf diesem Bett lag etwas Hartes und Buckliges, das «Matratze» hieß, und darauf befanden sich ein paar verschlissene Laken, Kissen, eine Decke und eine Bettdecke neueren Datums – allerdings altmodisch, mit wilden Mustern in verblassten Farben.

Jock stapfte am Roboter vorbei in einen Gewölbekeller und machte das Licht an.

Zwei junge Leute schossen empor und saßen dann dicht nebeneinander im Blinkenden Bett; sie blinzelten mit den Augen und sahen ihn frech-freundlich an.

«Roos und Daan», sagte Jock kopfschüttelnd, «wie lange seid ihr schon hier?»

«Schmusen ist auch kreativ», sagte Roos.

«Das sollte es jedenfalls immer sein, gewiss», sagte Jock.

«Also was uns betrifft ...», murmelte Daan. Die beiden sahen einander einen Augenblick lang lachend an. In diesem selben Augenblick wurde Jock von Einsamkeit und Eifersucht überfallen ... nur einen Moment lang.

«Ich bin froh, dass ich darüber wenigstens keinen Bericht machen muss», sagte er trocken. «Ich will nur wissen, wie früh ihr schon hier gewesen seid. Ich dachte, ich wäre heute der Erste. Welcher Eingang hat euch hereingelassen? Oder habt ihr euch heute Nacht einschließen lassen?» Als die beiden nicht sofort antworteten, fuhr er fort: «Also einschließen lassen!» Er dachte: *Meine eigene Schuld.* Ich war ja gestern nicht da, und meine Vertreter können nicht auf alles achten. Obwohl es mir eigentlich nicht ... Laut wiederholte er: «Einschließen lassen! Ihr wisst doch, dass dies gegen die Hausordnung ist? Kursteilnehmer dürfen sich nicht im Zentrum aufhalten, wenn kein Betreuer anwesend ist. Es tut mir Leid, aber wenn ihr so weitermacht, zwingt ihr mich, es zu berichten, ehe der Computer dahinter kommt ...» Er ließ seine Blicke durch den Raum schweifen. «Diese paar Keller sind das Einzige, wovon das A.f.a.W. nicht alles weiß», fügte er hinzu. «Na ja, sie haben hier natürlich alles registrieren und beschriften lassen – aber ich glaube nicht, dass sie den Reiz erkennen, den beispielsweise eine Schachtel voll sinnlosem Glas oder ein Blinkendes Bett bietet.»

Roos und Daan grinsten und schauten ihn dann ernst an. «Du möchtest, dass es so bleibt», sagte Daan.

«Ja natürlich», sagte Jock. «Du nicht?»

«O ja, wir auch», sagte Roos ehrlich.

«Dann haltet euch bitte in Zukunft so weit als möglich an die Regeln, einverstanden?», schlug Jock vor.

Die jungen Leute nickten.

«Ich habe gleich eine nette Aufgabe für euch», sagte Jock. «Sie fiel mir gerade ein. Also bis nachher, oben.»

Er nahm seinen Weg wieder auf. Seine Abteilung befand sich direkt über den Parterreräumen; sie bestand aus einer großen Werkstatt – dem «Atelier» – und einer angrenzenden offenen Nische, dem «Betreuerbüro».

Das A.f.a.W. beschäftigte rund dreißig Leute als Betreuer im Zentrum; einige für einen Tag in der Woche, andere für mehrere. Es arbeitete jedoch keiner mehr als drei Tage dort. Es gab vier Abteilungen, und meistens waren auch vier Betreuer im Haus, außer samstags. Sonntags war das Zentrum geschlossen. Viele Betreuer hatten einen oder zwei Assistenten; Jock, der als Letzter dazugekommen war, hatte keinen, aber gerade das gefiel ihm gut. Er kam mit den meisten seiner Kollegen ganz gut zurecht, aber er hatte sich immer ein wenig auf Abstand gehalten, und außerhalb des Zentrums sah er sie selten. Er hatte die anderen schon mal tuscheln gehört: «Malen, wie altmodisch ... oder sehr exklusiv! All die Typen, die das tun, sind stark ich-bezogen ...» Er wusste, dass etwas Wahres daran war, obwohl es nicht am Malen lag. Die schlichte Tatsache, dass er das Gebäude immer durch die Kellertür betrat und verließ, anstatt durch einen der Haupteingänge, wo alle Betreuer sich häufig begegneten, war vielleicht bezeichnend für ihn. Aber doch nicht so ganz, sagte er sich manchmal. Es ist einfach eine Angewohnheit aus der Zeit, als ich hier gerade angefangen hatte und mich das ewige Gequatsche über meine «Abenteuer» als Planetenforscher ärgerte und ich es nicht mehr hören wollte. Außerdem befand sich seine Abteilung – die Vier – zufällig (oder gerade *nicht* zufällig?) in einem entlegenen Winkel des Gebäudekomplexes.

Jock schaute sich im noch leeren Atelier um. Fast immer waren ein paar Kursteilnehmer früher da als er selbst; heute jedoch war er, nach einer unruhigen Nacht, so früh wach geworden, dass er sofort aufgestanden war, so kaputt und müde er auch war ... Irgendwo anders im Gebäude hörte er Stimmen. – Die Abteilung von Steem; da sind sie immer schon vor Tagesanbruch ... Er holte sich einen Becher Kaffeetrank aus dem Automaten – schmeckt abscheulich, aber vielleicht macht er ein bisschen munter – und begann umherzugehen, während er halb abwesend die Arbeiten betrachtete.

Warum sagte Akke, dass ich ein *besserer* Betreuer sei als hundert andere? überlegte er. War ihm das ernst? *Ja!* Aber was genau erwartet er von dieser Tätigkeit? Es stimmt, dass ich noch nie ernsthafte Probleme gehabt habe – Konflikte mit Kursteilnehmern, wie Steem und Erk ... Die meisten kommen nicht allzu widerwillig hierher. Und eigentlich arbeite ich selbst hier auch nicht mit Widerwillen ... jetzt nicht mehr!

Dieser Gedanke überraschte ihn so sehr, dass er mitten in dem großen Raum stehen blieb. – Trotzdem bin ich noch lange nicht mit allem einverstanden, was die Vorschriften des A.f.a.W. von mir verlangen.

Roos, Daan und ein paar andere kamen herein. «Hallo, Martin!»

Er erwiderte ihren Gruß und fuhr währenddessen mit seinen Überlegungen fort. Ich *tue* auch nicht genau das, was das A.f.a.W. von mir erwartet ... Ist es das, was *sie* spüren? Fast ein wenig erstaunt betrachtete er die Kursteilnehmer, die eben hereingekommen waren, die Leute, deren Kreativität er «stimulieren und betreuen» sollte. Inzwischen waren fast alle da; die meisten waren jung, aber es waren auch einige ältere dabei,

einer sogar älter als er selbst. Nur ganz wenige kamen FREI-
WILLIG, und das meist deshalb, weil sie zu einer der «echten»
Kunstakademien nicht zugelassen worden waren.

Jock stand noch immer reglos mitten in dem Durcheinander
von Gesprächen und Aktivitäten, die dem Arbeitsbeginn vo-
rausgingen oder ihn noch ein wenig hinauszögern sollten. Obwohl er nichts sagte, verwandelte sich die Geräuschkulisse
nicht in Lärm; das war von Anfang an noch nie passiert.

Er wusste sehr wohl, was eine der Ursachen dafür sein konnte:
eine Anzahl seiner Kursteilnehmer hatte mehr oder weniger
Angst vor ihm, obwohl es auch erfreuliche Ausnahmen gab, wie
zum Beispiel Roos und Daan. Und sie fürchten mich ja nicht *alle*,
längst nicht alle, dachte er, und bei einigen Typen ist es auch gut,
dass sie Respekt vor mir haben, zum Beispiel Jon und Niku ...

Lag es wohl daran? Machte ihn *das* zu einem guten Betreuer
in den Augen Akkes und des A.f.a.W.?

Plötzlich stockte ihm der Atem: *Akke ist nicht identisch mit
dem A.f.a.W.! Auch Akke übertritt Regeln ... und das hätte ich
schon längst wissen müssen ... Weshalb hat er mir diese Arbeit
besorgt? Wie viel besser kennt er mich, als mir eigentlich lieb ist?*

*Eigentlich ist es Jock Martin egal, ob man etwas tut oder nicht. Er
fällt nie lästig. Man kann ihm nichts weismachen. Und das
A.f.a.W. ist ihm schnuppe.* Wann hatte er das doch einmal gehört? Sogar mit einer gewissen Genugtuung?

Aufmerksam betrachtete Jock all die Menschen um sich herum. Und zum ersten Mal, ja, wirklich zum ersten Mal, spürte
er so etwas wie Angst. Wie viel Einfluss – zum Guten oder zum
Bösen – konnte er geltend machen oder hatte er bereits geltend
gemacht?

Unsinn, Jock, jetzt benimm dich normal wie immer, ermahnte er sich selbst.

Er benahm sich normal; er begann umherzugehen, nahm ab
und zu an Bruchstücken von Gesprächen teil und machte zwischendurch Anmerkungen zu einer vollendeten oder halbferti-
gen Arbeit. Aber während er dies tat, schaute er sich jeden
Einzelnen noch einmal ganz genau an. All die bekannten

Gesichter ... und doch nicht bekannt genug ... Kilian fehlte, aber der kam immer im letzten Moment. Und Bart Doran, der unbekannte Junge, der ihm einen Teil seiner Nachtruhe geraubt hatte, war auch nicht da.

Gut zehn Minuten später kam Kilian hereingeschlendert. Jetzt noch eine Minute, und dann wurde jeder, der einen der Eingänge benutzte, automatisch als ZUSPÄTKOMMER registriert. Ein paarmal ZU SPÄT hatte einen TADEL zur Folge, was für den Betroffenen sehr unangenehm sein konnte. FEHLEN wurde noch viel strenger beurteilt, erst recht bei jemandem, der zum ersten Mal kam.

Muss dieser Bart gleich so anfangen, dachte Jock ärgerlich. Selbst wenn *ich* es nicht melde, tut der Computer des Zentrums es auf jeden Fall ... Ihm verging so langsam die Lust an diesem jungen Mann.

«Ein Gemälde ist der Gipfel von Illusion und Betrug – gerade deshalb, weil man es anfassen kann», hörte er Kilian träge hinter seinem Rücken sagen. «Ich verstehe nicht, warum ich noch immer nicht zum Bauen-mit-Licht übergewechselt bin oder zur Raum-Projektion oder auch nur zur 3D-Fotografie.»

Jock wandte sich nicht zu ihm um. «Da gerade der Ausdruck, ‹dreidimensional› erwähnt wurde», sagte er, «Roos, Daan und du, Dickon, wisst ihr noch, was ein STILL-LEBEN ist? Ihr solltet einmal probieren, eins zu malen ... Zuerst eine Kombination von allerlei Gegenständen zusammensuchen. Vielleicht wollt ihr sie dann auch gerne malen. Und wer weiß, vielleicht möchte Kilian dann sogar 3D-Fotos davon machen.»

«Still-Leben ... was für ein komisches Wort!», sagte Roos.

Daan flüsterte ihr etwas ins Ohr; sie kicherte. Aber danach lachten sie Jock freundlich zu. Ein paar andere kamen hinzu; selbst Kilian zeigte sich interessiert.

In diesem Augenblick kam Bart Doran herein; er verstand es, dies in sehr auffälliger Weise zu tun.

«ENDLICH», sagte er laut. «Ich hoffe, dass ich hier richtig bin. Dies ist doch die Abteilung vier?»

Er ging direkt auf Jock zu. Die anderen traten ein wenig zur Seite.

13
Der Minderjährige

Sie sahen einander forschend an, der Mann und der Junge.

Äußerlich gleicht er mir tatsächlich kein bisschen, dachte Jock. Er ist das, was man einen hübschen Burschen nennt – trotz der Spray-Pflaster auf seiner Stirn. Fast gleichzeitig wurde er von einer verrückten Empfindung überfallen: als ob die Pflaster auf *seinem eigenen* Kopf klebten, als ob er vor einem Spiegel stände und sein Spiegelbild sich in das Gesicht des Jungen verwandelt hätte, der ihm gegenüberstand ... *Dann müsste er eigentlich dasselbe fühlen*, schoss es ihm durch den Kopf, *dann müsste er mich sehen als ob* ... Das Gefühl verschwand genauso plötzlich, wie es gekommen war; er merkte, dass er sich die Stirn abwischte, die nass von Schweiß war. Aber niemand anderes hatte etwas gemerkt; vielleicht nur der Junge, der ihn mit dunklen ... nein, düsteren Augen anschaute und weitersprach:

«Melde mich im Auftrag des A.f.a.W. Sind Sie Herr Jock Martin?»

«In der Tat. Wie hast du das nur erraten!», sagte Jock mit unbeweglicher Miene. Er hätte allerdings ebenso gut ein wenig erstaunt sein können: Kreativ-Betreuer unterschieden sich schließlich in keinerlei Hinsicht von den Betreuten – weder durch ihre Kleidung noch durch andere äußere Merkmale, oft sogar nicht mal durch ihr Alter. Das einzige Zeichen war das unauffällige Metallband um ihr Handgelenk.

«Und du bist Bart Doran.»

«Wie haben Sie das nur ... Wieso wissen Sie das, Herr Martin?»

«Das ‹Herr› kannst du ruhig weglassen. Ich bekomme Neulinge nicht einfach zugeschickt! Das A.f.a.W. gibt mir vorher Bescheid, *mit* dem Namen. Komm mal eben mit mir.»

Jock führte den Jungen zu der Nische, die in der A.f.a.W.-Terminologie «Betreuerbüro» hieß. Der kleine Raum war fast völlig von einem Schreibtisch-mit-Zubehör ausgefüllt. Jock setzte sich nicht dahinter, sondern obendrauf. Der Junge weigerte sich, in einem Sessel Platz zu nehmen; er blieb stehen, sodass ihre Augen auf der gleichen Höhe waren.

Jock hatte sich noch nie so unsicher gefühlt. Allerdings würde so schnell niemand etwas davon merken ... außer gerade dieser: *Feind? Freund? Wie auch immer: Gefährlich!* «Du bist fast fünf Minuten zu spät», sagte er. «Ich werde es nicht melden, aber ich möchte dir doch sagen, dass der Zeitpunkt deiner Ankunft – durch welchen Eingang auch immer – an den Computer weitergegeben und somit registriert wird ... Darf ich deine Karte haben?»

«Karte? O je, vergessen!», sagte der Junge.

Jock war überzeugt, dass er log, aber er fuhr unbeirrt fort: «Ach! Wie schade. Na ja, es kostet mich nur ein wenig mehr Arbeit. Ich muss ein paar Angaben von dir haben.»

«Angaben? Welche?», fragte der Junge misstrauisch.

Jock drückte eine Taste; ein Magnetband begann sich zu drehen. Wie er wusste, wurden währenddessen Fotos von seinem neuen Schüler gemacht – dreidimensional und von allen Seiten. *(Aber deine Akte habe ich nicht!)* Impulsiv fragte er: «Hast du eine Katze?»

Einen Moment lang schien der Junge aus der Fassung zu geraten. «Eine Katze? Wieso?»

Jock stellte mit einer nachdrücklichen Gebärde das Aufnahmegerät ab. «Kratzer auf deinen Armen und Händen ... und ... vielleicht auch auf der Stirn», sagte er. «Wovon sollte das sonst wohl stammen als von einer Katze? Meine Schwester hat auch eine, wahrscheinlich genauso eine wilde, aber die kratzt nie. Sie ist zu scheu, sie verkriecht sich unter einem Sessel oder so ... Doch wir wollen nicht abschweifen», fuhr er nach einer kurzen Zeit gespannten Schweigens fort. Er setzte das Band wieder in Bewegung. «Name: Bart Doran. Korrekt. Alter?»

«Was geht Sie das an?»

«Junger Mann», sagte Jock, «du solltest keine Antworten auf Fragen verweigern, die ich jederzeit beantwortet bekommen kann. Reine Zeitverschwendung! Ich will außer deinem Namen nur die folgenden Dinge wissen: Geburtsdatum und -ort und deine augenblickliche Adresse. Du brauchst mir wirklich nicht *mehr* zu sagen – nicht einmal den Grund, weshalb du hierher gekommen oder geschickt worden bist. Das interessiert mich, ehrlich gesagt, überhaupt nicht.»

Der Junge zog eine Grimasse, die erkennen ließ, dass er den letzten Worten keinen Glauben schenkte.

Du hast Recht, dachte Jock, während er weiterredete. «Schau, das sind deine Kurskameraden; ich werde dich ihnen gleich vorstellen. Und dann geht's an die Arbeit.»

«Und falls ich *nicht* arbeite?», begann der Junge.

«Kannst du ja mal probieren und dann sehen, was für Folgen das hat!», sagte Jock, laut genug, um zu erreichen, dass eine Anzahl von Kursteilnehmern ihre Beschäftigung unterbrachen und neugierig von ihrem Betreuer auf wieder so einen unverschämten «Neuen» schauten.

«Dein Name, Alter und so weiter!», befahl Jock. «Und zwar ein bisschen dalli!»

Eine Minute später waren diese Formalitäten erledigt.

Jock stellte den Neuen den anderen vor: «Das ist Bart Doran. Es ist einfacher, einen Namen zu nennen und zu behalten als eine Menge andere. Ich erwarte, dass ihr euch ihm selber vorstellt – aber bitte nicht alle gleichzeitig. Nur ... Bart, dies hier sind Roos und Daan, und das ist Dickon; als du hereinkamst, sprach ich gerade mit ihnen über ein Still-Leben, ein uralter Begriff aus der Malerei. Vielleicht kannst du ihnen gleich helfen, Gegenstände für ein solches Still-Leben zusammenzutragen, denn dabei können sie dir gleich einen Teil des Zentrums zeigen ...»

Mit seinen Blicken signalisierte er Roos und Daan: *Ihr versteht mich schon ... Macht ihn ein wenig ortskundig ... aber alles braucht ihr ihm nicht zu verraten.*

Entgegen Jocks Erwartung verliefen der restliche Vormittag und der größte Teil des Nachmittags normal und ruhig. Bart Doran hatte keinerlei Anstalten gemacht, mit irgendeiner Arbeit zu beginnen, aber das hätte Jock von einem Neuen auch nie verlangt. Die Probleme fingen erst an, als der Tag zu Ende ging.

Jock saß in einem Kreis von Kursteilnehmern, die schon eine ganze Weile provozierende Bemerkungen machten: «Ich sehe darin überhaupt NICHTS – und wenn ich doch was darin sähe, was soll der Quatsch?» Während er mit ihnen redete, lauschte er mit halbem Ohr einem Streitgespräch in einer anderen Ecke des Ateliers, das zwischen Roos, Daan, Dickon und Kilian stattfand; es ging um Objekte für ein Still-Leben.

«Zeitvertreib, das ist es, was du uns bietest!», sagte einer der Leute im Kreis, ein aufsässiger Typ, der etwa zehn Jahre älter war als Jock. «Hab ich nicht Recht, Martin? Ich nenne das NICHTS!»

«Trotzdem kann man aus NICHTS ‹ETWAS› machen», sagte Jock mit gespielter Begeisterung. «Schau, wenn du nun solch ein Blatt festes Papier ... zum Beispiel dieses grobe Recycling-Papier, nass machst, ganz einfach mit Wasser nass, und du lässt Farbe darauf tropfen, notfalls mit geschlossenen Augen ... Was gibt das dann?»

«Nasse Farbe in Wasser», murmelte der andere.

«Aber man kann viel darin sehen», sagte das hübsche Mädchen neben ihm.

«Ach ja, Ini? Und was noch?», sagte der aufsässige Mann. «Das sage ich jetzt sicher zum zehnten Mal: Ich kann in allem und jedem etwas sehen! Weshalb muss ich dazu wie ein kleines Kind mit Farbe matschen oder mit Wasser und Farbe ... Kannst du dir nicht etwas Nützlicheres ausdenken, Martin?»

Jock hatte durchaus Verständnis für seinen Protest: *ein entlassener Computerfachmann und Programmierer, in seiner Wesensart exakt, allen sogenannten künstlerischen Verspieltheiten abgeneigt* ... «Ja aber, Djuli, nun sieh doch mal ...», begann er. Inzwischen hatte er die Technik, die er eben verteidigt hatte, in die Tat umgesetzt.

«Ein REGENBOGEN», sagte unerwartet Bart Doran neben ihm. «Allerdings ein ziemlich miserabler Regenbogen. Ganz schöne Farben, aber sonst ... einfach ein paar komische Streifen.»

Jock ließ seinen Pinsel fallen und starrte ihn an.

«Wasser, Regen, Regen, Wasser, Regen», fuhr der Junge fort. «Ist es wahr, dass du PLANETENFORSCHER warst auf der Venus, wo es immer regnet?»

Jeder andere, der es je gewagt hatte, diese Frage zu stellen, hatte immer eine abweisende Antwort erhalten: eisiges Schweigen und einen unnahbaren Blick oder ganz selten ein kaltes: «Das geht dich nichts an – halt dich da raus.»

Diesmal sagte Jock nur: «Ja.» Er konnte einfach nicht anders.

Bart Doran sah ihn sehnsüchtig an. «Regnet es da wirklich so stark, und sind da tatsächlich immer Regenbogen?»

Jetzt wurde es Jock doch zu viel. Er fragte: «Woher weißt du, dass ich ...?»

«SIE haben es mir erzählt.» Er deutete vage auf verschiedene Kursteilnehmer.

«Oh. Ach, darüber kann ich jetzt nicht sprechen», sagte Jock abwehrend, und er wandte seine Augen von den Augen des anderen ab, die enttäuscht dreinschauten.

Ist sie das? dachte er anschließend. *Die Antwort auf all die Fragen, die ich mir heute Morgen gestellt habe? Planetenforscher,* und bestimmt die auf der Venus ... ja, sogar *Ex-Planetenforscher haben für viele Menschen eine interessante Aura.* Er fluchte im Stillen. Weil ihm erst jetzt richtig klar wurde, dass tatsächlich zwischen allem ein Zusammenhang bestand ...

Zwischen allem, was ich tue. Mein gutes Verhältnis zu den meisten Leuten hier: Würde es nicht gestört werden, wenn ich außer Kreativ-Betreuer plötzlich nicht mehr *Ex*-Planetenforscher wäre, sondern fast wieder ein echter würde – durch diese große Ausstellung mit meinem Namen und wer weiß was noch im Fernsehen?

Während er dies überlegte, sprach er ganz normal weiter über die Möglichkeiten, die das Nass-in-Nass-Malen bietet. Aber mit dem Herzen war er nicht mehr dabei. Es wunderte ihn deshalb auch nicht, dass viele Kursteilnehmer oberflächlich und unordentlich arbeiteten. Ebenso wenig wie die Tatsache, dass der beunruhigende junge Mann Bart Doran ihm nachdrücklich versicherte, dass er sich nie und nimmer auf solche «wässrigen, verwässerten, auf Zufälligkeiten beruhenden Erfindungen» einlassen werde.

Auch abends – nach der Essenspause in der großen Kantine – blieb Bart Doran ein störendes Element. Jedenfalls für Jock; er war keineswegs sicher, dass die anderen dies genauso empfanden.

Jock kümmerte sich nicht um den Jungen, ja, er wich ihm sogar aus; erst kurz bevor dieser Tag im Zentrum endete, ging er pflichtgemäß, aber widerwillig auf ihn zu.

«Und ... hast du schon irgendeine Idee, was du in Zukunft tun möchtest?», fragte er.

«Nein», sagte Bart. «Jedenfalls nicht, was ich HIER tun werde. Ich glaube, nichts.» Er trommelte mit den Fingern auf ein Stück dunkelgrünen Karton, der zwischen ihnen auf dem Tisch lag. Plötzlich beugte er sich vor, zog eine Palette mit Glanz-und-Lichtfarben zu sich herüber und sah Jock spöttisch an. «Wenn du so furchtbar gerne möchtest, dass ich etwas Greifbares mache», sagte er, «will ich das natürlich tun. Hast du einen guten Pinsel?»

Jock reichte ihm einen, ohne Kommentar.

Der Junge tauchte ihn in die Farbe, zeichnete sorgfältig zwei Kreise auf den dunkelgrünen Karton und füllte beide schnell mit glänzendem Ockergold aus. Anschließend nahm er einen schwarzen Stift und machte in jeden Flecken einen kräftigen, vertikalen Strich. Er ließ den Stift fallen.

«Weißt du, was das ist, Jock Martin? Bestimmt nicht!»

«Doch», flüsterte Jock. «Die Augen eines Tigers.»

Jeglicher Spott verschwand aus Barts Gesicht. «TIGER?»

«Ein ausgestorbenes Tier», sagte Jock, «es glich einer Katze ...»

Eine große Katze, dachte er, *mit Streifen.*

«Oh! Ja, ja ... das weiß ich. Aber ich mache nur Dinge, die nicht tot sind, sondern die es wirklich gibt. Das sind ...» Barts Stimme zitterte ein wenig und wurde leiser. «Das hier ... Du musst es raten.»

«Stell dich nicht so kindisch an», wollte Jock sagen, aber er brachte kein Wort heraus.

Der Junge griff zu dem Stift und ließ ihn wieder fallen. Er schaute sich um, fand einen dicken Quast und malte mit heftigen Bewegungen eine Anzahl gleichlaufender, böser schwarzer Linien über das ganze Papier. «Hast du nicht gesagt, dass Tiger gestreift waren?»

Jock dachte: *Ich habe das nicht gesagt, und das weißt du genau!*

Er fand seine Stimme wieder und sagte langsam: «Katze, Tiger oder Tigerkatze ... Was du auch gemalt hast: Es ist ganz bestimmt etwas, das hinter Gittern gefangen ist.»

Diesmal war es der Junge, der keine Worte fand.

ZWEITER TEIL

> Und ich, ich habe den Wald betreten,
> In dessen goldrosa Flammen ...
> *Walter de la Mare*

1
Raumschiff Abendstern

Sie saßen einander gegenüber in der kleinen Kabine, die sie im großen Raumschiff Abendstern miteinander teilten – die Planetenforscher Nummer elf und zwölf, Edu Jansen und Mick Tomson.

«Wie wär's mit einem Schlückchen vor dem Schlafengehen?», fragte Mick.

Edu Jansen nickte.

«Nach dieser langen Reise werden wir uns wieder an die Schwerkraft der Erde gewöhnen müssen», sagte Mick, während er mit einer unfreiwillig eleganten Handbewegung ein langsam fallendes Glas auffing. Es gab eine künstliche Schwerkraft an Bord der Abendstern, doch die genügte so eben, um die Reise erträglich zu machen – sie war viel, viel geringer als die auf der Erde oder auf der Venus. «Bitte sehr», sagte Mick, «nun haben wir eine von unseren letzten Flaschen angebrochen, Edu – alles hat ein Ende!» Er reichte seinem Kollegen ein Glas und dachte: Wie wird es dir ergehen, Edu Jansen? Was hält die Erde für dich bereit? Du weißt, was ich mir immer wieder überlege ...

Edu trank langsam und genussvoll ein Getränk, das er Monate lang nicht zu probieren gewagt hatte. «Wir werden wirklich wie Reisende erster Klasse behandelt», sagte er leichthin. Seine Augen jedoch schienen nach etwas Ausschau zu halten, was nur er allein sehen konnte.

Was sieht er wohl? überlegte Mick. «Woran denkst du, Edu, ‹Planetenforscher in Außerordentlicher Mission›?»

«Ich wollte, ich könnte aussprechen, was ich denke», sagte Edu. «Aber leider, leider ...»

Plötzlich stand ein kleiner Roboter zwischen ihnen. «Kann ich Ihnen vor dem Schlafengehen noch irgendeinen Dienst erweisen?»

«Nein danke», sagte Mick knapp. «Wir rufen dich schon, wenn wir dich brauchen. Störe uns also bitte nicht.»

Edu schüttelte den Kopf; er lächelte flüchtig und seufzte zugleich. «Dieser Roboter tut doch nur seine Pflicht.»

«Und spioniert», sagte Mick. «Das halbe Schiff belauert uns, oder besser gesagt, belauert *dich*.»

Edu gab keine Antwort.

«Du weißt das genauso gut wie ich. O du weiter Weltenraum, ich wollte, du würdest etwas mehr reden und wir könnten uns ganz normal unterhalten.» Mick schenkte sich noch einmal ein. «Weißt du, ich brauch das einfach ab und zu!» Er schwieg und dachte: *Er* nicht. Er weiß genau, was los ist. Ich wüsste ganz gerne einmal mit Sicherheit, was seine Antwort darauf wäre, sein Gegenargument. Verdammt noch mal, ich wollte, ich wüsste ...

Edu unterbrach seine Gedanken mit einer überraschenden Bitte: «Würdest du mir auch noch eins einschenken?» Dann fuhr er ohne Übergang fort: «Ich habe alles gesagt, was ich kann, Mick ... und so viel, wie ich darf. Schließlich habe ich ... wir alle beide ... wir haben beide versprochen ...»

«Versprechen müssen.» – Sie sahen einander an.

«Geheimhaltung bis zum richtigen Zeitpunkt», sagte Mick. «Aber doch nicht voreinander?» Schon während er dies sagte, tat es ihm wieder Leid. «Sorry, ich weiß natürlich, dass du keine Geheimnisse vor mir hast. Es ist nur ...»

«Noch drei Tage», sagte Edu.

«Und dann? Wann wird der richtige Zeitpunkt gekommen sein?»

«Du kannst es mir glauben oder nicht – darauf bin ich genauso neugierig wie du! Ich kann auch nur raten, vermuten», sagte Edu. *Und manchmal Angst haben*, dachte er. *Wer bestimmt, wann der richtige Zeitpunkt ist? Was wird uns auf der Erde erwarten? Und mich ...? Werde ich schon wieder berichten müssen? Ehrlich. Vertraulich. Streng geheim. Und Fragen beantworten ... Fragen, Tests ...* Laut sagte er: «Eins steht fest: zuerst zum A.f.a.W.»

Mick sprach mit übertriebenem Widerwillen: «A.f.a.W.! Weißt du, Edu, manchmal träume ich, dass ich ein Verbrecher geworden bin – dass ich sämtlichen Psychiatern, Psychologen, Parapsychologen ... allen, die Psychologie studiert haben, den Hals umgedreht habe.»

«Ach ja? Super-Idee! Jedem, der ... bis auf eine Ausnahme

natürlich», sagte Edu, indem er etwas aussprach, was er eigentlich für sich hatte behalten wollen.

Wieder schauten sie einander an. Sie dachten beide an Petra, an Frau Dr. Moll, Psychologin des A.f.a.W. auf der Venus.

Unerreichbare Petra, mit deinem kupferblonden Haar und deinen lieben Augen, wirklich unerreichbar, für immer. Wie weit weg ist diese andere Welt jetzt schon, dachte Edu. Wogende Wildnis bis in verschwommene Fernen.

«Sehnsucht?», begann Mick und schwieg dann.

«Ja.» Eine Erinnerung nahm Edu plötzlich ganz gefangen – nicht zum ersten Mal, o nein, nicht zum ersten Mal!

Er saß wieder Petra gegenüber, die damals für ihn noch nichts anderes war als Psychologin. Es war bei einem der ersten Tests, die sie ihm abnehmen musste, als er gerade auf der Venus angekommen war – zum zweiten Mal als Forscher stationiert.

«Nun werden dort auf die Wand, Ihnen gegenüber, Bilder projiziert. Es sind eigentlich nur Farbflecke. Sie sollen sagen, was Sie darin erkennen. Es ist zwar ein altmodischer Test, aber er hat sich bewährt.»

Edu schaute ... Rote und schwarze Linien, die wie Zweige auseinander liefen ... *Nein, jetzt nur um Himmels willen keine Bäume darin sehen! Die Wälder sind verboten ...* «Insekten», sagte er.

Jetzt das nächste Bild. Ineinander zerfließende grüne und graue Farbtöne, von hellrosa und goldenen Pinselstrichen durchsetzt ... *So etwas hatte er schon mal gesehen ...* «Dieses Bild wirkt traurig», begann er. «Oder besser: geheimnisvoll, ein wenig beängstigend. Aber auch herausfordernd.»

«Finden Sie?», sagte die Psychologin. «Auf mich macht es eher einen fröhlichen Eindruck.»

«Nein», sagte Edu. «Es erinnert mich an ... an eine Zeichnung, die ein ehemaliger Kollege angefertigt hat. Er war kein richtiger Maler, sondern ein Forscher. Und zwar hier auf der Venus.»

«Ach ja? Wie hieß er denn?»

«Martin. Jock Martin. Stammt dieses Bild von ihm?»

«Nicht dass ich wüsste ... Sie empfinden es also als traurig und zugleich herausfordernd?»

«Ja. Und einsam. Aber möglicherweise sehe ich Jock selbst in dem Bild.»

Die Psychologin betrachtete ihn nachdenklich. Dann ließ sie die nächste Abbildung auf dem Schirm erscheinen.

Lebendige Flammen ... *die Wälder* ... «Wolken», sagte Edu.

«Und dies hier?»

Wolken ... «Hmm», sagte Edu, «eine Explosion.»

«Und das?»

Auch das hätte ein Werk von Jock sein können ... «Die Augen eines Tigers.»

«Eines Tigers?»

«Ja. Das ist eine ausgestorbene Tierart, die einer Katze ähnlich sah ...»

«Das weiß ich auch, Forscher Nummer elf. Aber Tiger waren doch gestreift.»

«Ich sagte: die AUGEN eines Tigers.»*

Edu schrak aus seinen Gedanken auf und blickte in Micks fragendes Gesicht. «Woran denkst du?», fragte dieser.

«An die Augen eines Tigers», antwortete Edu spontan.

«Wie kommst du denn darauf ...», begann Mick. Er runzelte nachdenklich die Stirn. «Ach so», sagte er dann. «Du meinst ...»

«Einfach eine Assoziation», unterbrach ihn Edu. «Ich dachte an die Wälder und an die Tatsache, dass es früher auf der Erde auch Wälder gab – Urwälder, mit wilden, wütenden Tieren, wie ...»

«Tiger», nickte Mick. Aber das hast du nicht gemeint, sagten seine Augen. Hab keine Angst, ich erzähle nichts, ich frage nicht weiter.

Dir vertraue ich, dachte Edu, *aber du bist Jock Martin noch nie begegnet, und es wäre vielleicht besser, wenn du dich nicht an das erinnertest, was ich dir vor langer Zeit einmal über ihn erzählt habe. Ich fürchte, dass ich mich zu oft mit Jock Martin beschäftigt habe. Sie wissen zwar nicht, was ich denke, aber sie können eine ganze Menge vermuten.*

---

* Diese Passage ist fast wörtlich aus *Turmhoch und meilenweit* (Seite 35/36) übernommen.

2
Jock Martin

Es ging schon auf Mitternacht zu, aber Jock war noch auf. Er betrachtete sein Bild ‹AUGEN EINES TIGERS› und dachte dabei an die Augen eines anderen Tigers: eine große Katze hinter Gittern. Hör auf zu grübeln, ermahnte er sich selbst. Geh lieber schlafen! Morgen und übermorgen hast du zwei volle Tage Zeit, um zu malen, und das werden bestimmt keine Tiger sein – nicht einmal ihre Augen.

Zum soundsovielten Mal sah er Bart Doran vor sich, so deutlich, als stände er neben ihm in seinem Atelier, mit den Kratzern auf den Händen und den Pflastern auf der Stirn. Er hörte wieder die spöttische Aufforderung: *Weißt du, was das ist, Jock Martin? ... Rat mal!*

«Verschwinde, Junge!», sagte er. «Ich will mich nicht in dich vertiefen ...» Er füllte ein Glas mit Wasser und ging zu seinem Zeichentisch. Er schaute auf das weiße Blatt Papier, das schon aufgespannt war, und griff nach einem Pinsel ... *Mach es nass und lass Farbe darauf tropfen, notfalls mit geschlossenen Augen ...*

Kaum hatte er die Augen geschlossen, als ihn schon wieder ein anderer Tiger ansah ... nein, ein bekannter Tiger, derselbe wie gestern. Die Augen dieses Tigers kamen näher und begannen sich allmählich zu verändern, von Goldgelb zu Goldgrau ... Es wurden die Augen eines Menschen, grau, mit dunklen Pupillen; ein Gesicht formte sich darum, mager, dunkelhäutig ... Edu Jansen, Planetenforscher Nummer elf. Was hatte DER mit seinen Visionen zu tun?

Visionen? überlegte Jock, *oder Trugbilder?*

Er öffnete die Augen und sah, dass er ohne hinzuschauen Farbe auf einen nassen Untergrund hatte tropfen lassen. *Nur sinnlose Flecken, Farbe auf Papier, mehr nicht.*

Er hörte Geräusche in der Diele. Gleich würde Xan hereingleiten und ihn fragen, ob er zu Bett gehen möchte oder was er sonst noch wollte. Aber es war kein Alkohol mehr da, und Schlaftabletten hatte er nicht. Das Fernsehen anmachen? Ein

Programm, in dem sich nur Farben bewegten … nein, das nicht; was würde er sich wohl alles einbilden, in den Farbspielen zu sehen? Dann lieber einen Ohrknopf mit Musik, die seine Gedanken zumindest teilweise übertönen würde …

Wie konnte dieser Junge wissen, was ich weiß? Oder ist es andersherum? Augen von Tigern, von Katzen und von einem Planetenforscher, den ich jahrelang nicht gesehen habe …

Jock sah, dass der Pinsel in seiner Hand zitterte … Nein, es war seine Hand, die zitterte. *Was ist nur mit mir los?*

Im gleichen Augenblick hörte er den Summer des Visiphons, und kurz danach Xans fragende Stimme: «Es ist nach zwölf – wollen Sie das Gespräch trotzdem annehmen, Herr Martin?»

«Natürlich», flüsterte Jock. Er war so glücklich wie ein Gefangener hinter Gittern, der unerwartet befreit wird.

3
Anna

Anna!», sagte Jock.

Ihr Bild auf dem Visiphon-Schirm antwortete mit einer Frage; sie sagte ernst, aber wie selbstverständlich: «Was ist los?»

Jocks Erstaunen verschwand so schnell, wie es gekommen war. Wer außer Anna würde zu dieser Zeit Kontakt zu ihm suchen? Mit wem könnte er denn sonst über alles reden, was ihm während der letzten Stunden und Tage so zugesetzt hatte? Und doch ist mir eigentlich NICHTS passiert, dachte er.

«Jock, was ist?», fragte Anna nochmals.

Er suchte nach Worten, aber er fand keine. «Warte mal eben», sagte er. «Xan …» Er deaktivierte den Roboter und wandte sich wieder an Anna auf dem Bildschirm. Plötzlich glaubte er die Wahrheit zu kennen:

«Du weißt, was los ist! Stimmt's, Anna? Du weißt, was ich DENKE, hab ich Recht? Das hast du schon immer gewusst … oder … nein! Nein, ich will es nicht wissen, lieber nicht.»

«*Noch* nicht», sagte sie leise.

«Sag mir dein Gedicht noch mal auf, Anna. Diesmal werde ich dich nicht unterbrechen!»

Sie lächelte. «Es ist nicht *mein* Gedicht, Jock. Ich habe dir noch nicht mal gesagt, wie es heißt: UNTER DER ROSE, und das bedeutet: geheim, im Vertrauen.»

Unwillkürlich schaute Jock sich kurz um; er sah seinen totenstillen Roboter, die regungslosen Möbel ... Er hatte das deutliche Gefühl, dass unsichtbare Ohren mithorchten.

Anna ließ sich nicht irritieren. «Es hat sogar zwei Titel», fuhr sie fort. «UNTER DER ROSE oder DAS LIED DES WANDERERS.»

Jock sah das Raumschiff Abendstern zwischen den Planeten, und für den Bruchteil einer Sekunde befand er sich dort an Bord ... Er schüttelte ungeduldig den Kopf. «Los, Anna, sprich bitte weiter; ich will keine Trugbilder oder Visionen! Ich will ich selbst sein, im Hier und Heute. Wie fing das Gedicht doch wieder an ... Verflixt noch mal, auch mit einem Trugbild oder einer ...»

Anna fiel ihm ins Wort, klar und deutlich. Es kostete Jock keinerlei Mühe, nur auf sie zu hören:

«Niemand, niemand hat mir erzählt,
Was niemand, niemand weiß.
Aber ich weiß jetzt, wo das Ende des Regenbogens ist.
ICH weiß, wo er wächst:
Der Baum, der ‹Baum des Lebens› heißt.
Ich weiß, wo er fließt:
Der Fluss des Vergessens
Und wo der Lotus blüht.
Und ich, ich habe den Wald betreten,
In dessen goldrosa Flammen
Ewig aufs Neue verbrennt –
und wieder aufersteht: der Phönix.»

«Vor wie langer Zeit», fragte Jock leise, «ist dieses Gedicht gedacht, ich meine, gemacht worden? *Bevor* ein Mensch auf der Venus gewesen ist, wo es Wälder gibt ...? Und was ist der Phönix?»

«Es ist noch nicht zu Ende», sagte Anna. «Dies war nur der erste Vers, die erste Strophe. Es gibt noch eine zweite.»

«*Eine* reicht mir, mein Schätzchen, zumindest für heute Nacht. Was ist der PHÖNIX ... Sei still, ich weiß es, ich werde es raten. Fantasie! Ein ... Vogel, ein Vogel von der Venus.»

Annas Ruhe schien einen Augenblick lang gestört. «Das hast du nicht geraten! Und dir auch nicht ausgedacht. Mach weiter, Jock.»

Jock strich sich durchs Haar. «Ich habe nichts mehr zu sagen», meinte er unsicher. «Irgendjemand hat DIR erzählt, was der Phönix ist, aber du hast es mir nicht gesagt ... oder?»

Anna lachte ihn plötzlich strahlend an.

Strahlen, wie kann sie das nur, gerade jetzt? dachte Jock. Aber er spürte, wie die Kälte tief drinnen in seiner Seele abnahm, ja beinahe verschwand.

«Der Phönix», sagte Anna, «ist ein Vogel, der ...» Sie sprach weiter wie ein Kind, das einen gelernten Text aufsagt: «Ein Vogel, der sich selbst in den Flammen verbrennt und aus der Asche wieder aufersteht. Ein unsterblicher Vogel.»

«Also ein – wie nennt man das? – Märchen», murmelte Jock.

«Ja, ein Märchen», antwortete Anna fröhlich. «Übrigens soll ich dich von meiner Katze grüßen; sie hat jetzt endlich ihren Namen bekommen: FLAMME.»

«Du hast gesagt ...», begann Jock.

«... dass *du* ihr einen Namen geben solltest. Das hast du auch getan. PHÖNIX kann sie nicht heißen, denn ich habe gehört, dass alle Katzen Vögel fressen oder sie jagen – jedenfalls, wenn Vögel da sind ...» Anna neigte sich ein wenig vor. «Glaub mir, es sind nicht die Augen von *einer* Katze oder von *einem* Tiger ... es sind viel mehr.»

Jock fragte: «Aber WAS haben die Augen von nicht-existierenden Tigern zu tun mit ... mit all dem, mit unserem Gespräch, mit jetzt, mit gestern ... und vielleicht auch mit morgen?»

«Ich weiß es nicht», sagte Anna. «Das weiß ich auch nicht, Jock. Aber du bist nicht allein, du bist ...» Sie brach ab. «LIEBER Jock, schlaf gut, und bis morgen.»

Der Visiphon-Schirm flackerte kurz und wurde dann dunkel.

Anna wandte sich von ihrem dunklen Schirm ab. «FLAMME!», rief sie mit gedämpfter Stimme. Aber die Katze blieb, wo sie war, und kniff nur ihre Augen halb zu. Als Anna auf sie zuging, sprang sie weg und verschwand.

«Einfach nicht zu zähmen. Ein wildes Tier», flüsterte Anna, «ein mächtiges, wildes Tier ... Aber du wirst schon kommen, gleich, wenn du selbst es willst.»

Sie drehte sich wieder zum Visiphonschirm um. «Schlaf gut, und das ist mir ernst. Aber warum muss ICH immer Antwort geben, wenn du mich rufst? Und selber nur auf Antwort hoffen, wenn ich dich rufe?»

Sie hielt den Atem an. Jemand anderes gab Antwort; eine Stimme in ihrem Kopf, aber nicht die von Jock:

Sei geduldig, einmal wirst du eine Antwort bekommen. Verstehst du mich? Du hast es selbst gesagt: mehr als ein Tiger. Mehr als ein Mensch ... Mehr als ...

Sie setzte sich hin und streichelte nachdenklich die Katze, die ihr auf den Schoß gesprungen war. Dies wird ein sehr kompliziertes ... was eigentlich? Ich nenne es ... Webmuster. So nenne ICH es ... Du-in-der-Ferne, den ich nicht kenne, ich werde zu lauschen versuchen, wenn du wieder zu mir sprichst. Und nochmals, Jock: schlaf gut.

4
Jock Martin

Jock schlief tatsächlich gut – jedenfalls während der ersten Stunden des frühen Morgens. Danach begann er zu träumen:

Er sah den Vogel Phönix in den Flammenden Wäldern der Venus. Aber der Vogel verbrannte nicht, denn die Wälder waren nicht nur heiß, sondern auch nass ... Er sah Annas Katze hinter schwarzen Gittern, wie sie sich langsam in einen wilden Tiger verwandelte, mit goldbraunen Augen. Dieser Tiger wiederum verwandelte sich in Bart Doran. Er sah, wie Barts Hände die Gitterstäbe umklammerten, daran rüttelten, so heftig, dass sie sich verbogen ... und sofort war er SELBST der Junge: Er umklammerte die Stäbe, bis sie sich zu einem runden Steuer bogen; er fuhr und fuhr in wilder Fahrt kreuz und quer über unbekannte Straßen. Plötzlich jedoch trat er mit einem Fuß auf die Bremse, schlug mit dem Kopf gegen irgendetwas und hörte jemanden sagen: «Halt an, halt, stop!»

Er stand in einem dunklen Wald, neben ihm A. Akke; sie flüsterten einander zu: «Verirrt! Verkehrsparks verboten! Raumschiffe zu teuer! Und hier ganz in der Nähe sind Tiger. Echte, lebendige Tiger liegen auf der Lauer ...»

Aus weiter Ferne tönte Annas Stimme herüber, leise, aber eindringlich: «Das war erst die erste Strophe, Jock. Werde wach!»

Und ganz nah sagte eine andere Stimme – seine eigene: «Jock, jetzt ist es wirklich genug. Aufwachen, wach werden! Und an die Arbeit!»

«Ich bin wach», sagte Jock am nächsten Morgen zu seinem Spiegelbild. «Aber an die Arbeit? Das nicht! Was denn sonst? Draußen spazieren gehen? Aber ich bleibe ja doch in der Stadt, auch wenn ich stundenlang laufe ... Ich kann in ein Theater gehen oder in solch einen Neppschuppen mit Play-back-Gesang. Wenn ich genug Geld hätte, könnte ich ein Naturreservat besuchen. Ob dort wohl irgendwo, vielleicht einfach durch Zufall, ein Tiger übrig geblieben ist?»

Plötzlich erstarrte er, obwohl er nicht einmal wusste, ob er laut gesprochen hatte. Hinter ihm, dann neben ihm, war Xan erschienen. Im Spiegel sahen sie einander an.

WIE mag Xan mich sehen? überlegte Jock. Wahrscheinlich viel realistischer als ich mich sehe ... Seine Augen sind fantastisch: besser als die irgendeines Menschen, Linsen ohne die geringste Abweichung ... Aber wenn ich auch unvollkommener sehe, so kann ich doch manchmal sehen, was unsichtbar ist – selbst Dinge, die ich lieber NICHT sehen würde ... Er erhob seine Stimme und sagte: «Ich seh etwas, was du nicht siehst!» Er war wütend über sich selbst, als er hörte, dass seine Stimme bebte. Gerade deshalb sprach er weiter: «Was hältst du von diesen schönen Worten, Xan: Visionen, Traumbilder, Illusionen, Wahnbilder ...» *Und Wahnsinn*, dachte er, aber dieses Wort sprach er nicht aus.

«Guten Morgen, Herr Martin», sagte der Roboter ruhig. «Würden Sie bitte wiederholen, was Sie gesagt haben? Ich werde dann meine Antwort überlegen, während ich Ihr Frühstück zubereite.»

«Mach nur mein Frühstück, Xan. Was ich gesagt habe, ist nur einem ... einem Kater zuzuschreiben. Nein, ich meine nicht ein männliches Exemplar der Gattung KATZE ... Ich habe gestern ein bisschen viel getrunken.»

Der Roboter sagte: «Ihre Alkoholration war doch schon vorgestern aufgebraucht.»

Jock wandte sich vom Spiegel weg und blickte Xan direkt an – den Hausroboter, dem er ein paar Jahre lang ganz selbstverständlich vertraut hatte. «Was willst du denn sonst von mir hören? Schlecht geschlafen?! Gut, dann lass uns das sagen.»

«Wie Sie möchten. Ihr Frühstück wird in einer Minute fertig sein», sagte der Roboter. Er wollte weggleiten, aber Jock hielt ihn zurück; erst mit seinem Arm – was unmöglich und daher nutzlos war – und unmittelbar danach mit seiner Stimme: «Bleib noch eben stehen, Xan, das ist ein Befehl.»

«Ich stehe ja schon, Herr Martin», sagte der Roboter. «Und falls Sie mir eine Bemerkung erlauben ...»

«Sag es nur!»

«Sie gebrauchen das Wort BEFEHL in den letzten Tagen sehr oft, Herr Martin. Auch wenn es gar keinen Grund dafür gibt.»

Jock seufzte. «Es ist schon schwierig genug, mit Menschen umzugehen ... Fängst du nun auch noch an? Xan, hör gut zu: nach dem Frühstück gehe ich weg, wohin weiß ich nicht. Ich hoffe in etwa einer Stunde wieder hier zu sein, um das zu tun, was ich tun muss: malen. Während der Zeit, in der ich weg bin, gehst du nicht in mein Atelier und du lässt niemanden herein. Das ist ein Befehl ... Also nochmals, ein Befehl!» Leiser fügte er hinzu: «Es ist merkwürdig, Xan, dass ich zögere, deine Gefühle zu verletzen, denn du hast mir so oft erzählt, dass du keine Gefühle hast. Trotzdem muss ich dir dies sagen: Wenn du meine Befehle nicht befolgst, werde ich eine Inspektion für dich beantragen ... beim A.f.a.W., der allerhöchsten Instanz ...» Nach einem Augenblick des Schweigens schloss er: «Kein Kommentar erwünscht. Nur mein Frühstück!»

Ein knappe halbe Stunde später war Jock draußen – er stieg von einem Rollsteig auf den anderen. Manchmal lief er über einen Steig entgegen der Bewegungsrichtung (obwohl das verboten war); er spazierte hinter hohen Gebäuden entlang und betrat die wenigen Straßen, in denen es noch keine Rollsteige gab ... Er blieb jedoch in der Stadt. Den Kuppeln wich er aus. – Wann werden sie es wieder tagsüber regnen lassen? Oh, noch lange nicht; das nächste Mal muss ich nachts spazieren gehen ...

Vor dem buntbemalten Eingang zu einem Verkehrspark blieb er stehen ... Was war doch wieder damit?

Eine Anzahl junger Leute stand davor; einer von ihnen löste sich aus der Gruppe, ging direkt auf ihn zu und an ihm vorbei.

«Hallo!», hielt Jock ihn zurück. «Guten Morgen, Bart Doran!»

Der Junge blieb stehen, im Begriff wegzulaufen. «Ebenfalls guten Morgen», sagte er, nicht gerade freundlich, aber auch nicht unfreundlich. Aber seine Augen waren wie ...

Nein! ermahnte Jock sich selbst. Nur nicht an Tigeraugen denken. Er fragte: «Hast du heute frei? Und weißt du auch mit deiner Zeit nichts anzufangen?»

Jetzt blieb der Junge tatsächlich stehen.

«Obwohl es genug zu tun gibt», fuhr Jock fort, erstaunt über sich selbst, weil er plötzlich anfing, seine Gedanken gegenüber diesem viel jüngeren Burschen, dem er außerdem nicht traute, auszusprechen. «Hattest du etwa vor, dort die eine oder andere Route zu fahren? Also, das wäre nichts für mich!»

«Warum nicht?», fragte Bart Doran. «Haben Sie ... Hast du es denn schon mal probiert?»

«Ein einziges Mal, und dann ... Nein ... Technisch toll, aber unsinnig. Nostalgie. Sinnlose Gefahren, die ...»

«Echte Gefahr gibt es dabei nicht!», fiel Bart ihm heftig ins Wort. «Nicht einmal auf Route Z. Auch wenn sie verboten wird.»

Jock bekam einen Schreck. *Junge ... du bist Route Z gefahren, minderjährig ... Woher weiß ich das? ... Ich sehe es doch in deinen Augen ... Sorry, Bart.*

«Sorry, Bart», sagte er laut. (*Ich hätte dich fast etwas gefragt, das mich nichts angeht*). «Gehst du ein Stückchen mit mir? Ich meine wirklich *gehen* – dort, in der rechten Seitenstraße, gibt es keinen Rollsteig.»

Der Junge begleitete ihn und sagte: «Was ist eigentlich gegen Route Z einzuwenden? Nun ja ... Route Z ist beschissen. Aber was haben alle ... Was hast du gegen Verkehrsparks?»

«SO TUN ALS OB», antwortete Jock. «Und darf ich dich jetzt mal was fragen?»

Ja, dachte der Junge ... «Nein!», sagte er. «Ich bin hier nicht im Zentrum!»

«Richtig bemerkt», sagte Jock, und er hörte sich selbst wie einen anderen sprechen: «Du hast gestern Abend etwas gemalt ...»

«Etwas ganz Sinnloses; wertlos!»

«Ganz deiner Meinung. Nur: Warum hast du ausgerechnet DAS gemalt? Deshalb bitte ich dich, Bart Doran, mich zu Hause in meinem Atelier zu besuchen, und zwar jetzt gleich. Ich lege großen Wert darauf, dass du kommst. Du brauchst auch nicht lange zu bleiben.»

Sie schauten einander an, fast ohne zu atmen.

«Ich möchte dir nur etwas zeigen», sagte Jock. Gleichzeitig meldeten sich seine nüchternen Gedanken: *Bist du nun endgültig übergeschnappt?*

«Ist es etwas Wichtiges?», flüsterte der Junge.

«Ich glaube schon, aber vielleicht irre ich mich.» (*In diesem Moment bereue ich es sogar, dass ich dich darum gebeten habe.*)

«Och, ich habe heute doch nichts zu tun», sagte Bart. «Und ein echtes Atelier ...»

Erstaunt dachte Jock: *Es ist das erste, das allererste Mal, dass ich einen Kursteilnehmer einlade!* Dann dachte er an die AUGEN HINTER GITTERN und sagte ruhig: «Es ist übrigens kein großes Atelier – ich bin auch kein großer Maler. In diese Richtung, Bart, nicht rechts ab; wir nehmen den kürzesten Weg.»

5
Bart Doran

Bart stand auf einem Rollsteig und betrachtete den Mann neben sich: Ein unergründliches Gesicht; struppiges Haar in einer undefinierbaren Farbe – keine Perücke – ein hartes, kantiges Profil, streng ... nein, eher ein wenig mürrisch, launisch ... Mit einem Wort, schwer zugänglich.

Aber als er sprach, vorhin, da war er ganz anders, dachte er. Weshalb war ich so blöd, mit ihm zu gehen? Er weiß nichts über mich; Herr Akke hat versprochen, dafür zu sorgen. Und jetzt will er mich so oder so aufs Glatteis führen, um ...

Jock sah ihn an, so unerwartet, dass der Junge erschrak. Seine Augen sind blau und verflixt durchdringend ... Jetzt lacht er ... Freundlich? Spöttisch? Ich kann noch immer ...

«Bereust du es schon?», fragte Jock Martin.

«Bereuen? Was denn?»

«Dass du meine Einladung angenommen hast.»

«N... nein ... Wie kommst du denn darauf?», log Bart, der sich immer noch sehr unsicher fühlte.

«Du wirst mir dreimal wöchentlich im Zentrum begegnen. Da ist ein zusätzliches Mal vielleicht ein bisschen zu viel des Guten.» Jock redete leichthin und sah den Jungen nicht an. «Wir sind nun fast da, aber du kannst es dir noch überlegen.»

«Nein», sagte Bart. *Nein*, dachte er. Nur ... aufpassen; *er* ist jemand, den man nicht so leicht an der Nase herumführen kann ... Aber umgekehrt auch nicht! Er warf einen seitlichen Blick auf seinen Kreativ-Betreuer. Der schien über irgendetwas intensiv nachzudenken ... Wetten, dass es ihm *selber* Leid tut! Er hat bestimmt nicht gerne Besuch in seinem Atelier ... Bart hielt das für eine gute Idee, obwohl er nicht sicher wusste, ob es tatsächlich so war. Falls du mich bespitzeln willst, werde ich es mit *dir* tun, sagte er in Gedanken zu sich selbst und zu Jock Martin. Und zwar in deinem eigenen Atelier!

Kurz darauf, im Lift, fragte Bart: «Kennst du Herrn Akke?»

Jock Martin nickte. «Akke, vom A.f.a.W. Ja sicher.» Aus seiner Miene konnte man keine Schlüsse ziehen.

Bart war enttäuscht. Und als der andere nichts weiter sagte, fuhr er ein bisschen provozierend fort: «Herr Akke hat mich zu dir geschickt ... ich meine, zum Kreativ-Zentrum.»

«Ach ja?», sagte Jock ungerührt. «Ich hatte schon vermutet, dass du nicht freiwillig gekommen bist ... Du kannst aber beruhigt sein, fast keiner kommt freiwillig ins Zentrum.»

In diesem Moment hielt der Lift an, und die Türen öffneten sich. «Komm», sagte Jock. Bart ging mit ihm durch einen langen, kahlen Gang. Seine nächste Frage wagte er nicht mehr zu stellen:

Wie gut kennst du Herrn Akke?

«Wohnst du hier ganz allein?», fragte Bart, während er sich umschaute.

«Momentan ja; natürlich mit meinem Roboter.»

Xan kam herbeigeglitten; er grüßte höflich.

«Ich habe Besuch mitgebracht», sagte Jock. «Möchtest du etwas trinken, Bart? Ich habe einen Kaffeetrank, keinen Nektar. Und es ist sicher auch noch etwas anderes da.»

«Oh, das ist egal», sagte der Junge.

«Dann überlass ich es dir, Xan. Bitte in meinem Atelier servieren.»

«Eine Wohnung mit einem Atelier», sagte Bart.

«Sie ist nicht groß ...»

«Aber sie gehört dir allein!»

«Ganz normal gemietet – solange ich es bezahlen kann. Du wohnst in einer Unterkunft.»

«Woher weißt du das?»

«Das hast du mir gestern selbst erzählt, mein Lieber.»

«Erzählen müssen.»

Jock seufzte. «Erzählen müssen, jawohl. Ist das denn so ein großes Geheimnis?»

«Das nicht», sagte Bart ein wenig irritiert.

«Irgendwo an einem Ort zu wohnen, den niemand kennt», sagte Jock Martin, mehr zu sich selbst als zu Bart. «Ein unmöglicher Wunsch, falls du das wünschen solltest. Es gibt keinen Menschen auf der Erde, dessen Wohnort nicht registriert ist ... Wie gefällt es dir in Unterkunft acht?»

Eingeschlossen, gefangen, dachte Bart. «Och, es geht», antwortete er. «Aber wenn ich volljährig bin, gehe ich da weg.»

«Dann wirst du doch erst etwas verdienen müssen», sagte Jock.

Ach ja? Fängst du auch schon damit an? sagte Bart in Gedanken.

Jock beachtete sein ärgerliches Gesicht nicht und ließ ihn ins Atelier eintreten.

Mit einem Knopfdruck ließ er helles Licht auf die AUGEN EINES TIGERS fallen.

Bart blieb stehen. Dies hatte er nicht erwartet. Nun ja, er hatte ein Bild erwartet, und dass es Tigeraugen ähnlich sah, war auch nicht weiter verwunderlich. *Aber der Schock, den ihm der Blick darauf versetzte!* Seine erste Reaktion hatte nicht einmal mehr direkt mit dem Bild zu tun ... Oder vielleicht doch? Es rief sehr deutlich die bangen Erinnerungen an Route Z wach. Und an die Katze, den Kater Ak, der heute morgen auf Lis Bett gepinkelt hatte ... Er schüttelte diese Erinnerungen ab und schaute noch einmal hin. Das sind die Augen eines Tigers, dachte er. Jock Martin hat es selbst gesagt. Tiger gleichen Katzen ... Darum war er gestern so erstaunt. Obwohl ich einfach drauflosgemalt habe ... Und weshalb habe ich die Streifen darüber gepinselt? Er zitterte und holte ein paar Mal tief Luft. Er überlegte kurz, was Jock Martin jetzt wohl dachte und ob er gemerkt hatte, wie verwirrt er war. Und: *Warum zeigst du mir dieses Bild?*

Er sagte: «Ein Tiger in ... wie heißt das auch wieder ... in einer Wildnis, in einem Wald.»

«Urwald», sagte Jock leise. «Und nur die AUGEN eines Tigers.»

Martin sieht mich gar nicht an, dachte der Junge erleichtert, *sondern nur sein Bild.* «Es ist schön», sagte er *(und das ist mein Ernst!).* «Es ist sehr schön.»

6
Bart Doran, Jock Martin

Xan kam ins Atelier und überreichte jedem ein Glas Orangen-Vitaminsaft. Er verschwand sofort wieder, aber der Zauber war gebrochen. Das Bild war noch genau dasselbe, aber nun konnte man es nur noch ganz normal betrachten und normal darüber reden. Sie setzten sich nebeneinander auf die schmale Liege.

«Wie bist du ...», begann Bart. Er schwieg abrupt. ... *auf die Idee gekommen,* hatte er fragen wollen; doch das war etwas, was er im Augenblick lieber NICHT wissen wollte.

«Einfach ein bisschen mit Farbe experimentieren», sagte Jock scheinbar gleichgültig, «und dann sieht man plötzlich etwas darin.» Auch er traute sich nicht, über die Entstehung seiner Arbeit zu sprechen.

«Weißt du, wie ein Tiger ausgesehen hat?», fragte Bart.

«Ja, so ungefähr. Ich habe mir schon mal alte Abbildungen angesehen. Und irgendwo, in einem Naturkunde-Museum, werden sicher noch ausgestopfte Exemplare stehen.»

«Warum hast du nicht einen *ganzen* Tiger gemalt?»

«Weil ... Dann hätte ich mir zuerst einen echten Tiger anschauen wollen», sagte Jock. Es war die erstbeste Antwort, die ihm einfiel, und er wiederholte, von seinen eigenen Worten getroffen: «Einen *echten* Tiger.» Und das stimmte sogar: er wollte nur einen ECHTEN Tiger malen.

«Einen lebendigen!», sagte Bart.

«Ja, einen lebendigen – aber die gibt es nicht mehr.»

Der Mann und der Junge schauten einander an, voll Verständnis und ein wenig traurig.

«Ob denn nicht irgendwo, an einem Ort, den niemand kennt, vielleicht doch noch ein Tiger leben könnte?»

«Alle Tiger sind ausgestorben», sagte Jock kurz und bündig. «Getötet. Vernichtet. Ebenso wie die Wälder, die es früher auf der Erde gab.»

«Ja, aber in einem wilden Stückchen Naturreservat ...»

«Nein! Nirgends, nicht einmal in Asien. Ein Tiger braucht mehr zum Leben als ein Stück Naturreservat.»

«Jetzt weiß ich es!», sagte Bart.

«Was?»

«Weshalb du zur Venus gegangen bist. Wegen der Wälder.»

Jock stand auf. «Das ist lange her», sagte er. Und er dachte: *Jetzt* wirst du mir zu unbescheiden, mein Junge. Ich frage dich doch auch nicht, warum du Route Z gefahren bist.

«So lange doch auch wieder nicht», fuhr Bart fort.

«Aber vorbei!», sagte Jock. «Und ich wünsche nicht, hierüber weiter zu sprechen.»

Bart erhob sich ebenfalls, ein wenig bestürzt über Jocks Ton, der plötzlich sehr unfreundlich klang. *Ui!* dachte er. *Sieh da, das ist also dein schwacher Punkt.*

Jock beschimpfte sich selbst: Bist du völlig übergeschnappt …? «Du hast ihn doch selber eingeladen! Gleich werde ich versuchen, hier meine Erinnerungen an die Venus zu malen. Weshalb sollte ich dann nicht normal darüber sprechen? Außerdem stelle ich mich genauso idiotisch an wie er: er mit seiner Route Z, und ich mit meinen ausgestorbenen Tigern. *Eskapisten,* alle beide!» Er sagte: «Nimm es mir nicht übel, Bart. Wie dem auch sei: Wer die Wälder der Venus betreten dürfte, würde dort viele fremdartige, wilde Tiere antreffen. Aber bestimmt keine Tiger.»

«Betreten *dürfte*?», wiederholte Bart. «Bist du denn niemals DARIN gewesen?»

«Junger Mann, du solltest deine Planetenkenntnisse einmal auffrischen! Die Venuswälder sind lebensgefährlich und infolgedessen verbotenes Gebiet. Du hast doch sicher gelernt, dass sie Menschen gegenüber und allem, was von Menschen gemacht ist, feindselig sind? Daran liegt es auch, dass bis ins späte zwanzigste Jahrhundert die meisten Berichte verkehrt zur Erde gefunkt worden sind …» Er brach ab. «Soll ich dir noch etwas zeigen?»

Bart hätte gerne noch weitere Bilder von Jock gesehen, doch er sagte: «Ach nein, mach dir keine Mühe.» Damit wollte er seinerseits den anderen in Verlegenheit bringen, ihm wehtun ... Aber es tat ihm sofort wieder Leid. «Ich kann nicht lange bleiben», fügte er hinzu. «Vielleicht ... ein andermal?»

Jock dachte: «Falls ich dich *je* wieder einlade!» Er sagte jedoch nichts.

«Du solltest trotzdem einmal versuchen, einen echten Tiger zu malen», sagte der Junge, der sich nicht ganz wohl in seiner Haut fühlte.

«Nein, niemals! Es sei denn, du würdest einen für mich ausfindig machen.» Jock versuchte, die Stimmung einer vagen Feindschaft zu verscheuchen. «Wirf wenigstens noch einen Blick auf etwas ganz anderes», sagte er. «Meine Wohnung hat nichts Besonderes an sich, aber die Aussicht von meinem Balkon ... Du wohnst halb im Untergrund, in der Unterkunft acht; du wirst diese Aussicht hier bestimmt beachtenswert finden.»

7
Jock Martin

Wie viele Tage sind eigentlich vergangen, seit ich hier im Regen stand? überlegte Jock.

Es schien ihm, als sei dieser Regenschauer die erste Begebenheit in einer Kette von Ereignissen gewesen, die dazu geführt hatte, dass er jetzt erneut auf seinem Balkon stand – mit einem Jungen neben sich, den er erst einen Tag kannte. Trotzdem würde dieser Junge, das wusste er ziemlich sicher, sein Leben wesentlich beeinflussen, zum Guten oder zum Schlechten. Es hatte nichts mit Freundschaft oder Liebe zu tun; das Band zwischen ihnen konnte geradeso gut zur Feindschaft führen. *Vielleicht ist es eine Art Schicksalsgemeinschaft, die wir beide fühlen und die keiner von uns beiden gewollt hat.* Jock dachte daran, was Akke gesagt hatte: «Weil er dir so ähnlich ist!» Wie kam Akke darauf; er war als tüchtiger Psychologe bekannt, aber das ...

Währenddessen zeigte er Bart verschiedene Gebäude und erzählte von der Zeit – die noch gar nicht so lange vergangen war –, als die Menschen das Wetter noch nicht beherrschten; die Kuppeln erinnerten noch daran. «Aber die meisten Leute wohnten außerhalb», sagte er. «Die mussten das Wetter so nehmen, wie es nun mal war.»

«Ich fände es klasse, plötzlich einen Schauer auf den Kopf zu kriegen», sagte Bart nachdenklich.

«Tatsächlich? Dann warte mal, bis sie es wieder tagsüber regnen lassen. Möglicherweise siehst du dann auch noch einen Regenbogen. Leider kann ich dir jetzt keinen bieten – nur da hinten das Glitzern der Raumstation Gagarinu.»

«Ja, dort über dem Sportpalast», sagte Bart.

«Und ... wie findest du unsere Stadt? Schön?»

«Von hier aus ja ... Nur ...»

Jock wartete gespannt. *Findest du sie auch zu schön, Bart?* dachte er. *Steril, fast unmenschlich? Findest du das auch?*

Aber Bart vollendete seinen Satz nicht. Er deutete mit dem Finger: «Sieh mal, ein Sprühhubschrauber! Das macht sicher viel mehr Spaß als normales Anstreichen.»

Während der Junge sich über die Brüstung beugte und aufmerksam den Hubschrauber beobachtete, sagte Jock zu sich selbst: *Nach wie vor eine lustige Idee! Mach diesen einen Wohnturm schwarz. Verdirb die schönen Farbkombinationen durch rote, gelbe, grüne oder violette Farbkleckse ...*

Bart Doran richtete sich auf und schaute zu ihm empor. Er lächelte kurz; aber dieses Lächeln galt ihm selbst, nicht Jock. «Ich muss jetzt wirklich gehen», sagte er. «Vielen Dank, dass du mich eingeladen hast.» Er zögerte und fügte hinzu: «Ich würde sehr gerne noch mal wiederkommen.»

Und damit ist es ihm ernst, dachte Jock, während er nickte und zustimmend murmelte. *Aber warum nur? Ich möchte es nicht mal erraten, meinetwegen und seinetwegen nicht. Lass uns beide heute einfach wieder neu beginnen. So, wie Akke es ausdrückte: ohne Akte.*

8
Der Maler

Nachdem Bart fort war, ging Jock in sein Atelier. Er stellte die AUGEN EINES TIGERS mit der bemalten Seite gegen eine Wand, spannte ein neues Blatt Aquarellpapier auf, holte dann nacheinander vier Kunststoffplatten herbei und verwarf sie wieder. Schließlich begann er mit gerunzelter Stirn auf und ab zu gehen.

Ich weiß nicht, wie ich anfangen soll ... Nein, ich weiß nicht, womit ich anfangen soll.

Natürlich wusste er verflixt gut, womit er beginnen musste: mit einer Arbeit für die Ausstellung in Mary Kwangs GALERIE – die VENUSLANDSCHAFTEN.

Ich kann es nicht, sagte er zu sich selbst. Nicht einmal dort ist es mir je geglückt. Allein schon wegen der Farben.

Er überlegte allen Ernstes, ob sein Herz sich noch immer sträubte, seine Erinnerungen deutlich und konkret werden zu lassen, und er kam zu dem Schluss, dass es daran nicht lag. *Nicht mehr. Das ist vorbei.* Vielleicht war er ein wenig unsicher und angespannt, aber ...

Ich habe plötzlich zu viele Ideen!

Und diese Ideen waren nicht abstrakt wie in den vergangenen Monaten, sondern ganz konkret. Sie schoben sich gleichsam vor die Bilder seiner Erinnerungen an die Venus, und fast alle waren *unausführbare, unmögliche* Ideen.

Tigeraugen, Katzenaugen, das ging ja noch ... Seine Gedanken schweiften kurz ab zu Anna; würde *sie* sich mit Bart Doran verstehen? Anna und ihre Katze, die *Flamme* hieß ... *Wälder, Flammen, rosa und golden ...*

Aber was soll ich mit der Aussicht von meinem Balkon anfangen?

«Ich kann doch keinen Sprühhubschrauber stehlen, um ein Stück meiner Stadt zu verderben beziehungsweise im Gegenteil verdammt schön zu machen? Und wie komme ich nur darauf, einen *echten* Tiger malen zu wollen, *naturgetreu und lebensecht, mit Augen und Streifen und Schnurrhaaren? ... Daran ist Bart schuld; er hat mich auf die Idee gebracht.»*

Jock blieb stehen. «Weshalb ärgere ich mich jetzt plötzlich wieder darüber, dass es hier keine Wälder mehr gibt? Warum fühle ich mich traurig, weil alle Tiger ausgestorben sind? Es sind doch so viele Tiere ausgestorben. Warum denke ich dauernd an das Raumschiff Abendstern – fürchte ich mich vor seiner Ankunft? Ja, ja, ich weiß es: wegen der *veränderten Gegebenheiten, dem Zwischenbericht*, den Planetenforschern an Bord.»

Er sah sich im Atelier um. «Ich gebe es auf! Jetzt jedenfalls, in diesem Augenblick.» Er schaute auf seine Armbanduhr. «Ich gehe zum Lunch in die Stadt und ... *Moment mal!* Das ist eine gute Vorbereitung, ein *Test* ... Hat Akke mich nicht gefragt, weshalb ich niemals ausstelle? Jock, such dir drei Bilder aus und versuche sie einer GALERIE anzudrehen. Natürlich nicht der GALERIE von Mary Kwang, aber ebenso wenig solch einem Laden, der sich nur dank der gut gemeinten Unterstützung von A.f.a.W. und Kulturrat über Wasser hält.»

Nach einer Zeit intensiver Suche – mit einem Maximum an Selbstkritik – hatte er drei Arbeiten ausgewählt. Seine Bilder OBJEKTE IM WELTRAUM und MARSWÜSTE hatte er zu seinem Bedauern beiseite stellen müssen; die musste er für die Ausstellung bei Mary Kwang zurückhalten.

Drei sind doch ziemlich wenig, dachte er, und so nahm er nach kurzem Zögern die AUGEN EINES TIGERS und legte sie zu den anderen Bildern in eine flache, leichte Tragetasche.

Bevor er seine Wohnung verließ, musste er Xan klarmachen, dass er wirklich keinen Roboter brauchte, um seine Bilder zu transportieren, und dass er auch kein Minimobil mieten wollte.

«Es ist nicht weit von hier entfernt», sagte Jock Martin, «und es wird bestimmt nicht regnen. Ich gehe zur GALERIE von Mos Maan.»

«Martin, äh ... Jock Martin.» Mos Maan betätigte ein paar Knöpfe an einem sehr kleinen Computer in seinem ebenfalls sehr kleinen Empfangszimmer. Er war ein schmaler, nicht mehr junger Mann mit einer goldenen Perücke, die ihm nicht stand. «Offiziell registriert», nickte er. «Dann lassen Sie mal sehen ...»

Jock erfüllte ihm diese Bitte und wusste dabei zu verbergen, wie abscheulich er es fand.

Mos Maan sah sich die Bilder der Reihe nach an, dann noch ein zweites Mal und fragte schließlich: «Ist das alles?»

«Nein», antwortete Jock, «ich habe noch viel mehr zu Hause, aber ...» Wenn er jetzt einfach sagen würde: Die sind für eine Ausstellung bei Frau Kwang reserviert, würde Mos Maan dann vom Stuhl fallen oder aufstehen und sich ehrfürchtig verneigen?

«Hm, nicht übel, wirklich nicht übel», sagte Mos Maan.

In Gedanken seufzte Jock vor Erleichterung und Zufriedenheit.

«Trotzdem muss ich Ihnen sagen», fuhr Mos Maan fort, «dass ABSTRAKT augenblicklich nicht besonders gefragt ist, jedenfalls nicht, was die Malerei betrifft ... Und vier Bilder sind wirklich sehr wenig, Herr Martin, selbst für eine meiner Nischen.»

«Ich kann momentan nicht mehr entbehren», sagte Jock.

«Können Sie sie nicht im Allgemeinen Raum ausstellen?»

«Zum Verkauf selbstverständlich; Sie kennen zweifellos die Bedingungen ... Ja, das will ich gerne tun.» Mos Maan schwieg kurz und stellte eines der Bilder zur Seite. «Dieses hier finde ich ausgesprochen interessant. Merkwürdig ... je länger ich es mir ansehe, desto weniger abstrakt wird es ... Hat es einen Namen? Das Publikum möchte gerne Namen zu den Bildern, selbst wenn sie überhaupt nichts aussagen.»

«Dies hier hat tatsächlich einen Namen», sagte Jock. «Es heißt: DIE AUGEN EINES TIGERS.»

«Ah ... auch höchst interessant ... Sehr gut ...»

«Und es ist NICHT zu verkaufen», sagte Jock.

Mos Maan starrte ihn an. «Gerade dieses Bild ist unverkäuflich?»

«Ja, Herr Maan. Unter keiner Bedingung. Es ist ... Privateigentum. Aber Sie dürfen es gerne aufhängen, zu den drei anderen.»

Mos Maan schaute Jock nochmals an; er nickte seufzend und sagte: «Einverstanden. Ich werde ein Kärtchen daran hängen:

VERKAUFT. Das erhöht die Chance, die anderen drei zu verkaufen. Herr Martin, wollen Sie wirklich nicht ...»

«Nein, Herr Maan!»

«Wie Sie wünschen, Herr Martin. Ich werde Ihnen von meinem Computer die Bedingungen vorlesen lassen. Viel werden Sie nicht daran verdienen, selbst wenn ich alle drei anderen verkaufe. Aber na ja – man muss bescheiden beginnen, nicht wahr?»

Jock hatte Xan wieder deaktiviert.

«Anna!», sagte er zum Bildschirm seines Visiphons.

«Jock», sagte Anna. Ihre Stimme sagte noch mehr: *Ich freue mich, dich zu sehen, zu hören.*

«Gestern Nacht ...», begann Jock.

«Ich weiß noch alles von gestern Nacht», fiel Anna ihm ins Wort.

«Ich auch! Nur weiß ich nicht, was ich damit anfangen soll, Anna. Ich möchte dich so viel fragen, dir eine Menge erzählen. Aber ich tue weder das eine noch das andere.»

«Erzähl doch mal was», sagte Anna fröhlich. Eine kleine wilde Katze sprang ihr auf den Schoß. (Die hat keine goldfarbenen, sondern grüne Augen, sah Jock.) Sie sprang wieder herunter und verschwand aus dem Bild.

«Anna, ich habe Bilder in einer GALERIE aufhängen lassen, in der von Mos Maan – in Kommission. Er nahm sie sofort!»

«Du bist doch schließlich Maler, Jock!»

«Mein liebes Schwesterchen, wenn du wüsstest, welche wahnsinnigen, unausführbaren Ideen ich habe ... Aber du KENNST sie ja.»

Sie sah ihn geradewegs an und gab keine Antwort.

«Ich sage es noch *einmal* und dann nie mehr: Du liest meine Gedanken, nicht wahr, Anna? Schon immer, immer ... Ich würde das von NIEMANDEM akzeptieren, außer von dir ... Warum beantwortest du nie eine Frage? Das ist doch wichtig!»

Sie zuckte mit den Schultern. «Ja, für dich! Lieber Jock, wenn du Leute im Kreativ-Zentrum betreust, sagst du ihnen dann haargenau, was sie tun sollen? Beantwortest du alle ihre Fragen? Nein! Du lässt sie selber suchen, es selbst herausfinden ...

Du lässt sie nichts tun oder sich abrackern oder den Kopf zerbrechen ... Du sagst nie: *So* muss es gemacht werden. Du hilfst ihnen nur selten ... Auch wenn ihnen die Arbeit immer wieder misslingt, auch wenn sie nur etwas ausprobieren ... Ach Jock, all diese Worte: Ich hab sie von dir! Verstehst du, was ich meine? Ich erzähle dir nichts, nichts, außer dem, was du schon weißt. Das andere musst du selbst entdecken.»

«Anna», flüsterte Jock. «So kenne ich dich ja gar nicht. So ... so streng.»

«Das ist nicht das richtige Wort», sagte sie heftig. «Ich bin Weberin und du bist Maler. Und wir sind beide mehr als das.»

«Ich wollte, ich könnte dir eines von meinen Bildern zeigen, Anna. Du kannst es dir drei Wochen lang ansehen – in der GALERIE von Mos Maan. Danach schenke ich es dir, wenn du es haben möchtest ... Ich habe Ideen für ganz viele andere Bilder. Tiger, der Vogel Phönix, die Augen deiner Katze Flamme ... Aber zuerst muss ich Venuslandschaften malen, für Mary Kwang und Dr. Topf ... Nein, ich mache sie, damit die Niederlassung auf der Venus weiter bestehen kann. Oh, das hab ich dir ja noch gar nicht erzählt, ich ...»

Sie lächelte flüchtig. «Ich weiß es jetzt», sagte sie. Ihr Lächeln verschwand. «Warte mal ... Jock! Hast du ... hast du heute Besuch gehabt?»

«Ja.»

«Ich kenne seinen Namen nicht, noch nicht», sagte sie langsam. «Ich weiß wohl, dass er nicht schlecht ist ... Wie kann ich dir das nur erklären – er ist nicht *gemein* ... Aber trotzdem, pass auf, Jock, pass auf; er kann gefährlich sein. Außer wenn du ...»

«Wenn ich was?», unterbrach sie Jock, der ein wenig erschrocken war.

«Das weißt du sehr gut!»

«Ach ja?», sagte Jock, plötzlich verärgert. «Ich habe langsam die Nase voll von deinen vagen Andeutungen, Anna! Könntest du mir nicht ganz normal erzählen, um was es geht?»

Sie schüttelte den Kopf. Jock sah Tränen in ihren Augen schimmern. Sah er sie wirklich auf seinem kleinen, nicht allzu guten Visiphonschirm?

«Bitte», begann er und schwieg dann.

Sie lächelte, weder traurig noch böse, nur ein wenig herausfordernd. «Ach, nun ja ... Mach dir keine Sorgen, Jock. Schließ dich morgen ein. Denk nicht an mich, nicht an dich selbst, nicht an all die anderen ...»

«Und?»

«Fang an zu malen.»

Der Visiphonschirm wurde dunkel. Draußen sah man das Licht vieler Lampen, Signale und Leuchtmasten. Es war Nacht geworden über der Stadt.

Nur weit außerhalb der Erde war die Nacht wirklich schwarz, wenn auch die Reihenfolge von Tag und Nacht für viele Raumfahrer eine andere war. Die Reisenden jedoch, die in ihrem Raumschiff gerade jetzt eine Bahn um die Erde zogen, sahen diese schwarze Nacht nicht mehr; sie sahen das Licht der Erde und ihres Mondes, das Licht von künstlichen Satelliten und Weltraumstationen. Die Sterne konnten sie nicht mehr sehen, und auch nicht den Planeten, der in uralten Zeiten einmal Morgenstern und dann wieder Abendstern hieß.

9
Planetenforscher Nummer elf

Planetenforscher Nummer zwölf, Mick Tomson, saß in der Kantine des Raumschiffs Abendstern und betrachtete etwas missmutig die beiden gefüllten Gläser, die vor ihm standen. Planetenforscher Nummer elf, sein Kollege und Freund Edu, war wieder einmal, wie so oft auf dieser Reise, zu einem Gespräch weggerufen worden ... mit wem, wusste er nicht. Vielleicht mit dem Flugkapitän, mit einem der Planetenwissenschaftler der Venus, mit einem A.f.a.W.-Funktionär ... auf jeden Fall ein Gespräch mit einem der Höhergestellten ... Doch gehörte Edu inzwischen nicht selbst zu den Höhergestellten? dachte er. Und er fragte sich zum soundsovielten Mal, wie viele Menschen Edu wohl insgeheim fürchteten, und ob es nicht sein Freund war, der die eigentliche Leitung innehatte, auch wenn er gehorsam Geheimhaltung versprochen hatte.

FREUND. Bist du eigentlich noch mein Freund, Edu? Wie dem auch sei – jedenfalls anders als früher, nach allem, was du erlebt hast. Du weißt zu viel. Ich weiß, dass du ehrlicher bist als irgendjemand anderes; trotzdem hältst du etwas verborgen ...

«Hallo Mick», riefen einige seiner Reisegefährten an der kleinen Bar, «komm, setz dich zu uns! Lasst uns alles austrinken. Morgen sind wir zu Hause.»

Mick nahm die beiden Gläser – «Eins ist für Edu», sagte er – und setzte sich zu ihnen: Mitglieder der Abendstern-Besatzung und Passagiere, die von der Venus kamen. Techniker jeden Ranges, Biologen und andere Wissenschaftler, A.f.a.W.-Mitarbeiter und noch weitere Leute waren darunter. Die meisten hatten ein oder zwei Jahre Außendienst hinter sich und würden jetzt ein paar Monate Urlaub auf der Erde verbringen; nur einige waren vorzeitig zurückgesandt worden, so wie Edu und er, um einen Zwischenbericht zu geben. Was den genauen Inhalt dieses Berichtes betraf, so vermutete Mick, dass sich auch schon viele Menschen an Bord den Kopf darüber zerbrochen hatten. Inwieweit musste die Geheimhaltung gewahrt bleiben? Die neuesten Nachrichten von der Erde wiesen deutlich darauf hin, dass die Leute dort von nichts wussten ... außer vermutlich den höchsten Regierungsbeamten, einigen Parlamentsmitgliedern, den höchsten Chefs des A.f.a.W. und vielleicht einem oder zwei Planetenwissenschaftlern.

«Ha, Edu!», sprach jemand den jungen Mann an, der unbemerkt hereingekommen war. «Trink mit uns; Mick hat sich ein ganzes Glas für dich vom Munde abgespart.»

Einen Augenblick lang wurde es still. War es Einbildung oder doch nicht, dass die Atmosphäre in der Kantine sich geändert hatte, seit Edu wieder anwesend war? Unsinn! dachte Mick, fast ein wenig ärgerlich.

Er sah zu Edu hinüber, der sich monatelang geweigert hatte, auch nur einen Tropfen Alkohol zu trinken – der noch maßvoller als ein Einsiedler oder ein Planetenforscher während der Ausbildung gewesen war, der jedoch in den letzten Tagen ... Um sie herum unterhielt man sich.

«O du weiter Weltenraum, ich wusste gar nicht, dass ich mich so nach der guten alten Erde gesehnt habe», sagte einer der Venus-Reisenden. «Das merkte ich erst, als ich sie wieder sah und als sie näher kam.»

«Meinst du das im Ernst?», fragte ein anderer. «Diesmal wird es kein normales Nachhausekommen sein ...»

«Ach», redete Mick dazwischen, «eines wird genauso sein wie immer: die Quarantäne.»

Einige lachten, aber es klang mehr oder weniger nervös und nicht so recht herzhaft.

«Wie viel ist von unserer Ration noch übrig?», fragte Mick den Roboter an der Bar. «Und warum gibt es keine Musik?» Er stieß Edu an. «Hast du uns nichts mitzuteilen? Was werden wir tun, später auf der Erde, wenn wir die Quarantäne hinter uns haben?»

Wieder wurde es ganz still.

Edu sagte nichts, er zuckte nur mit den Achseln.

Mick wurde es plötzlich kalt ums Herz. «Wie viel weißt du eigentlich?» fragte er in Gedanken. «Woran denkst du, Edu?»

Edu dachte wieder an Jock Martin, der einst Planetenforscher auf dem Mars und der Venus gewesen und jetzt Maler auf der Erde war. Der hatte einmal, noch auf der Venus, gesagt: «Fotos geben wieder, wie Augen es sehen; ich möchte so gerne wiedergeben, wie man sich *fühlt*, wenn man dies alles sieht ... So, dass die Menschen auf der Erde sagen werden: Ja, das ist die Venus – so fühlt sie sich an, so riecht es da, so rauscht es da. Aber oft denke ich, dass dies keinem Menschen jemals gelingen wird. Dieser Planet ist uns wesensfremd, wir werden ihn wahrscheinlich nie begreifen. Ich auf jeden Fall nicht ...»

Jock Martin würde die Venus nie mehr betreten. Er hatte sich zu viele Disziplinarverfahren eingehandelt – weil er sich zu weit von der Kuppel entfernt hatte und einmal drei Stunden lang auf ein und demselben Fleck gestanden und gezeichnet hatte. Die Skizzen waren durcheinandergelaufen und alle verdorben, als er in die Kuppel zurückkehrte. Jock hatte sich sehr geärgert und sie alle zerrissen. Nein, doch nicht alle! Etwas war von seiner Arbeit übrig geblieben: die Flecken-Kompositionen, die von den Psychologen des A.f.a.W. benutzt wurden. Wenn Jock das wüsste! Edu erinnerte sich genau an dessen Worte nach der letzten Verwarnung: «Mit meiner Karriere als Forscher ist es aus. Ich werde nie mehr irgendwo einen Job bekommen. Macht nichts! Wenn ich hier noch ein weiteres Jahr bleiben müsste, würde ich verrückt. Ich würde beispielsweise auf die Wahnsinnsidee kommen, im Wald spazieren zu gehen ... Hast du diese Versuchung nie erlebt? Nein, ich bin doch lieber ein Maler Klecksel auf der Erde als ein Planetenforscher auf der Venus.» *Warum habe ich damals nicht häufiger mit dir gesprochen?* dachte Edu. *Jetzt sitzt du in einer Stadt auf der Erde und malst – von Heimweh geplagt. Weißt du wirklich nicht, dass Venus eigentlich Afroi heißt?**

An der Bar war das Gesumm der Stimmen wieder aufgelebt. Nur Mick beobachtete schweigend seinen Freund und Kollegen. Woran denkst du? Was hast du vor?

Ganz unerwartet schaute Edu ihn an. «Was ich vorhabe?», sagte er. «Das hängt von ... anderen ab. Von den höchsten Instanzen auf der Erde ... und ...»

Das Stimmengewirr verstummte; alle lauschten mit.

Edu brach ab und runzelte die Stirn. Dann fuhr er langsam fort: «Die Erde ist nicht Afroi.»

«Aber diese höchsten Instanzen, wer ist das?», fragte Mick ein wenig unsicher. «Und weshalb sind sie so mächtig?»

«Das weißt du ganz gut», sagte Edu, «auch wenn es keine Antwort auf deine Frage nach meinen Plänen ist.» In seinem Gesicht war zu lesen, dass er die Antwort nicht geben würde ... oder nicht geben konnte. Er wiederholte nur noch einmal nachdrücklich: «DIE ERDE IST NICHT AFROI ... Dort waren wir nur zu wenigen – in einem Tag befinden wir uns zwischen Millionen Menschen.»

«Na und?», sagte Mick. «Sie können nicht unsere Gedanken lesen!»

---

* Größtenteils aus «Turmhoch und meilenweit» (S. 42/43) übernommen.

Irgendjemand seufzte tief auf, andere hielten den Atem an.

Edu sagte: «Man kann sehr viel von seinen Gedanken auf ganz normale Art und Weise verraten, unfreiwillig, ob man will oder nicht. Das wisst ihr doch allesamt! Hier ist das nicht schlimm, geradeso wenig wie auf Afroi; aber ich überlege manchmal, ob es auf der Erde ...» Er machte plötzlich eine Handbewegung, als wolle er allen Ernst und alle Sorgen von sich abschütteln. «Ich mache keine Pläne. Ich werde schon sehen, was passiert.»

Ich mache wohl Pläne, dachte er. Aber ich wage sie keinem zu erzählen, selbst Mick nicht oder anderen Leuten, denen ich vertraue. *Jock Martin, ich komme zu dir*, aber ich weiß noch nicht wie und wann. Ich hoffe, dass ich dich vor manchen Gefahren habe beschützen können; mit Sicherheit weiß ich es nicht. Zu oft haben sie ohne meine Zustimmung versucht, in meinen Geist vorzudringen. Ich weiß nicht, ob ich stärker oder schlauer bin als alle Psychologen des A.f.a.W. Wie dem auch sei: Sie wissen von deiner Existenz. Aber du weißt auch von meiner Existenz! Vielleicht ist es jetzt ganz gut, dass du so leicht keinen an dich heranlässt. Obwohl diese Tatsache es mir persönlich wieder sehr schwer macht.

10
Maler und Planetenforscher

Ich besitze prächtige Farben, aber es bleibt eben Farbe ... Wie mache ich fließendes Wasser sichtbar, und Nebel ... Und Licht! ... Man kann dreidimensionale Nachbildungen machen, die fast echt wirken ... Hologramme ... ein Spiel mit Lichtstrahlen ... Film ... Alles ist erlaubt, aber ich muss es nur einfach malen ... Der Gipfel an Arroganz, Illusion ... kein Betrug ... Ich muss sichtbar machen, was ich gesehen habe ... Nein, nicht was ich gesehen habe, sondern was ich gefühlt habe, als ich es sah.

Jock Martin malte. Das bedeutete auch, dass er manchmal herumpfuschte, Papier zerknüllte und mit Farbe und Wasser spritzte. Trotzdem machte er weiter; er war Maler – also malte er. Nur eine Viertelstunde lang unterbrach er seine Arbeit, um sich am Fernsehgerät zu überzeugen, dass das Raumschiff Abendstern sicher gelandet war. Die Reisenden bekam er nicht zu sehen; sie mussten sofort in Quarantäne. Die Planetenforscher wurden namentlich nicht erwähnt; es wurden auch keine wichtigen Mitteilungen gemacht.

Aber sie sind hier, in Amerikontinent, auf der Erde, dachte er, als er wieder im Atelier war. In ihren Köpfen haben sie die gleichen Landschaften wie ich ...

Und er malte weiter.

Es war schon spät, als er aufhörte und das Atelier verließ, ohne sich noch einmal umzuschauen. Er stellte den Haustürsummer und das Visiphon an und reaktivierte seinen Roboter.

«Guten Abend, Xan! Hast du etwas zu essen für mich?»

«Natürlich, Herr Martin; Sie haben mir ja nicht die Gelegenheit gegeben, Ihnen heute etwas anzubieten ... Haben Sie eigentlich heute überhaupt schon etwas gegessen?»

«Ja ... Nein, ja. Nein ... Ich weiß es nicht», sagte Jock. «Ah ... jetzt hätte ich Lust auf einen Kaffeenektar!»

«Wie Sie wissen, Herr Martin, kann ich Ihnen den aus dem Freien Laden unten besorgen. Falls Sie das Geld dafür übrig haben.»

«Ja, das habe ich! Wer weiß, Xan – vielleicht trinke ich in Kürze dreimal am Tag Nektar! Hol mir welchen; hier ist ein Scheck.»

Als Xan weg war, stellte Jock das Fernsehen an. Vielleicht gab es noch Nachrichten über die Abendstern-Reisenden. Tatsächlich sah er sofort Bilder von dem großen Raumschiff und hörte die Stimme eines Kommentators:

«Die Abendstern gehört, zusammen mit ihrem Schwesterschiff Morgenstern, zu den mächtigsten unserer Raumschiffe. Es wird ungefähr drei Monate dauern, bis sie ganz durchkontrolliert und für ihre nächste Reise wieder fit gemacht ist ... Wir hoffen, während der nächsten halben Stunde einige Interviews mit den Venus-Reisenden senden zu können – natürlich keine Live-Interviews, denn wie bereits gemeldet, befinden sie sich ALLE in Quarantäne. Den ersten Berichten des A.f.a.W. zufolge haben sie die interplanetare Reise gut überstanden ... Mitglieder des Rates für Außenwelten haben Erklärungen abgegeben, die um halb zwölf auf den Kanälen sieben und siebzehn wiederholt werden. Im Anschluss daran erleben Sie die schönsten Augenblicke der Ankunft sowie die Willkommensansprache des Chefs der Flugleitung ...»

Allerlei Bilder huschten vor Jocks Augen vorüber, doch keins davon zeigte ihm etwas Neues. Inzwischen kam Xan mit dem Kaffeenektar zurück, und kurz darauf trank Jock genüsslich ein großes Glas leer. Danach aß er geistesabwesend, aber hungrig alles auf, was der Roboter ihm vorsetzte.

Plötzlich erschienen drei Menschen auf dem Bildschirm: ein Journalist, ein Mann von der Flugleitung und eine Frau vom A.f.a.W. – die beiden letzteren von hohem Rang, wie man an ihren Kokarden sehen konnte. «Noch mehr Geschwätz», sagte Jock. «Ich kann das Fernsehen ebenso gut abschalten; die *echten* Neuigkeiten erfährt man doch nicht ...»

«Die Ankunft eines Raumschiffes ist doch ein gewaltiger Augenblick», sagte Xan.

«Das stimmt, aber nicht zu vergleichen mit der Reise selbst oder mit der Ankunft auf der Venus ...»

«... nur zwei Fragen», sagte die Frau auf dem Bildschirm. «Alle Reisenden sind müde. Sie kommen schließlich nicht von der anderen Seite der Erde oder vom Mond!»

«Ich verstehe», sagte der Journalist. «Ich würde gern die PLANETENFORSCHER sprechen, die, wie wir seit kurzem wissen ...»

Jetzt wurde Jocks Interesse doch geweckt; er schob seinen Teller beiseite.

«Die Planetenforscher», fiel die Dame vom A.f.a.W. dem Journalisten ins Wort, «sind heute Abend NICHT erreichbar.»

«Ach, und weshalb nicht, Dr. Rain? Gerade SIE würden ...»

«Wir haben Ihnen schon vorher mitgeteilt, dass die Forscher nicht zu sprechen sind», sagte der Mann von der Flugleitung mit ärgerlicher Miene. «Morgen wird eine ausführliche Erklärung abgegeben werden.»

«Von den Planetenforschern?»

«Von der Flugleitung! Und einem Vertreter des R.A.W. Zeigen Sie bitte ein wenig Verständnis. Es ist noch kein halber Tag vergangen, seit die Abendstern gelandet ist!»

«Ich bin noch immer der Meinung, dass wir kein einziges Interview hätten erlauben sollen», sagte die Dame vom A.f.a.W. «Ganz sicher nicht, solange sich die Reisenden noch in Quarantäne befinden.»

«Na, na», meinte Jock, «diese beiden stehen wirklich hinter dem, was sie sagen. Meiner Ansicht nach sind sie nervös. Warum nur?»

Der Fernsehschirm wurde plötzlich leer; einen Augenblick später erschien ein Ansager, der die Zuschauer um Entschuldigung und ein wenig Geduld bat.

Jock erhob sich. «Das hat mir gut geschmeckt, Xan. Schau du aufs Fernsehen und sag mir Bescheid, wenn etwas Besonderes berichtet wird. Ich erwarte es zwar nicht ... Alles ist gut gegangen, und was wirklich wichtig ist, wird geheim gehalten.»

«Glauben Sie das, Herr Martin?», fragte der Roboter. «Alle sind natürlich gespannt auf die Planetenforscher. Auf diesen Zwischenbericht ...»

Jock ging wieder in sein Atelier. Es passierte nicht oft, aber hier und da, so wie jetzt, hielt er den Atem an ... *Was habe ich nur gemacht?*

Es war viel! Überall lagen Wasserfarb-Skizzen herum, einige nur halb fertig. Er betrachtete eine nach der anderen. Eine Anzahl davon warf er in den Recycler, während er sich die anderen noch einmal ansah. *Was würdest du, Edu Jansen, mein Ex-Kollege Planetenforscher, von diesen Dingen halten?* fragte er in Gedanken den einzigen unter den Reisenden in Quarantäne, den er kannte – auf Raumfahrtbasis Abendstern, Amerikontinent.

«Eine ganze Reihe davon gleicht sehr stark dem, was du damals machtest», sagte er zu sich selbst. «Viel dazugelernt hast du offenbar nicht ...»

Aber es waren zwei Blätter dabei – ein fertiges und ein fast fertiges – die er aufrecht hinstellte. *Da steckt etwas drin, in dieser Richtung muss ich ... Morgen ...*

Er zog ärgerlich die Stirn kraus, als ihm einfiel, dass er am nächsten Tag ins Zentrum musste. Ich nehme einfach mein Material mit, beschloss er, und male dort weiter.

Die bescheidene Stimme von Xan meldete sich: «Möchten Sie die Wiederholung der Landung sehen?»

«Ja ... nein. Besser kann ich noch etwas arbeiten.»

«Es ist schon halb zwölf durch. Sie haben den ganzen Tag gearbeitet», sagte Xan. «Und morgen müssen Sie früh aufstehen.»

«Das stimmt. Möchtest du die Landung sehen?»

«Nein, Herr Martin. Ich weiß genau, wie das geht.»

«Dann mach den Kasten aus. Es sind sicher keine Neuigkeiten mitgeteilt worden?»

«Nein, Herr Martin; dann hätte ich Ihnen Bescheid gesagt.»

«He, Xan», sagte Jock, der sich plötzlich an etwas erinnerte. «Woher weißt du eigentlich von dem Zwischenbericht?»

«Das hat Dr. Topf gesagt, Herr Martin, als er am vorigen Sonntag hier bei Ihnen zu Besuch war.»

Jock musterte seinen Roboter. *(Ich sollte das Ding zwar reaktivieren, ihm aber nicht trauen.)*

«Merke dir gut, Xan, dass Dr. Topf das zu MIR gesagt hat, hier zu Hause und im Vertrauen. Sprich also mit keinem anderen darüber.» Ein wenig spöttisch fügte er hinzu: «Und das ist ein Befehl.»

Es dauerte eine Weile, ehe er einschlief. Zwischenbericht, ausführliche Erklärung ... Sind die Wälder wieder näher an die Kuppel herangerückt? Hat man eine neue Pflanzenart entdeckt?

Im Schlaf glaubte er, eine Antwort zu bekommen, von niemand anderem als von Dr. F. P. Topf: «Man hat *viel mehr* entdeckt! Und Sie wissen *alles* darüber, Herr Martin.» Danach sagte Anna: «Aber du darfst es dir *niemandem* gegenüber anmerken lassen, Jock. *Sogar malen kann gefährlich sein ...*»

11
Kreativ-Betreuer

Jock träumte: Sogar malen kann gefährlich sein. Die Wälder der Venus sind auch gefährlich. Sie glühen wie Flammen, aber unter den Bäumen ist es kühl. Das steht im Zwischenbericht: Jemand ist in die Wälder gegangen ... Wäre ich das doch nur gewesen. Jemand ist ...

«Aufwachen, Herr Martin», mahnte Xans Stimme. «Es ist Zeit.»
«Ja», sagte Jock und drehte sich um. «Malen ist gefährlich.»
«Herr Martin, Sie müssen aufstehen, wenn Sie rechtzeitig im Zentrum sein wollen.»

Es kostete Jock Mühe, zu tun, was sein Roboter ihm sagte. Trotz des restlichen Kaffeenektars beim Frühstück fühlte er sich schläfrig ... nein, nicht schläfrig, sondern so müde, als hätte er wochenlang Tag und Nacht gearbeitet. Er führte deshalb seinen Plan vom Vorabend nicht aus: ein wenig eigenes Material mitzunehmen, um mit dem Malen fortzufahren. «Falls ich doch Lust dazu bekommen sollte, gibt es ja im Zentrum Papier und Farbe genug.» Er ging nicht mal mehr ins Atelier, vergaß jedoch nicht, seinen Roboter darauf hinzuweisen, dass niemand anderes dort hineingehen dürfe. («Und das, Xan, ist ein Befehl.»)

Er war später im Zentrum als sonst; alle Kursteilnehmer waren schon da, sogar Kilian und Bart Doran.

Kilian stand im Mittelpunkt des Interesses. Mit kaum verhohlenem Stolz zeigte er den anderen eine Arbeit, die er in seiner Freizeit gemacht hatte: ein leicht gebogenes, Raumtiefe vortäuschendes Foto von der Stadt, aus seinem Zimmer gesehen.

«Toll gemacht», sagte Bart. «Wie hoch wohnst du denn?»
«Fünfundvierzigster Stock», sagte Kilian.
«Zu hoch. Du müsstest es von einem tieferen Punkt aus aufnehmen. Dann sieht man es besser. Wenn du zum Beispiel auf einen Balkon der zwanzigsten Etage ...» Bart warf einen Blick auf Jock, schwieg kurz und schloss dann: «Einfach von einem

niedrigeren Standpunkt aus.» Er sagte NICHT, dass er bei Jock zu Hause auf dem Balkon der zwanzigsten Etage gestanden hatte.

«Was hältst du davon, Martin?», fragte Kilian.

Jock spürte, dass er auf ein Lob hoffte; er dachte einen Augenblick an seinen Besuch bei Mos Maan. «Gut gelungen», sagte er, froh darüber, dass er dies sagen konnte. Er sagte immer die Wahrheit, wenn ihn ein Kursteilnehmer um seine Meinung bat. «Etwas könntest du allerdings noch deutlicher zum Ausdruck bringen: wie das, was du hier zeigst, dir persönlich gefällt.»

«Wie meinst du das?», fragte Kilian.

«Findest du die Aussicht aus deinem Zimmer schön, hässlich, eigenartig, unheimlich, langweilig? Dazu kommt noch, dass du sie an einem Tag vielleicht ganz anders siehst als an einem andern.»

«Oh ... das meinst du.» Kilian kratzte sich hinter dem Ohr. «Aber wie macht man das denn? Wie?»

Jock dachte plötzlich: *Deshalb kann Malen gefährlich sein – man verrät dadurch sich selbst, auch Leuten gegenüber, denen man sich überhaupt nicht offenbaren will.* Währenddessen erklärte er Kilian weiter die verschiedenen Möglichkeiten, ein und dieselbe Sache darzustellen. Sie sprachen über Standpunkte, Perspektiven, Lichtwirkung und vertieften sich immer mehr in ihr Gespräch, auch wenn sie sich keineswegs immer einig waren.

«Ich werde auf jeden Fall noch mehr Fotos machen», sagte Kilian schließlich. «Aus verschiedenen Höhen, zu allen Tageszeiten.»

«Du könntest sogar eins deiner Fotos übermalen», mischte sich Bart ins Gespräch. Er war bei der kleinen Gruppe geblieben, die Jock und Kilian zugehört hatten. «Findest du die Stadt nicht manchmal langweilig, Kilian? Du könntest zum Beispiel ein Foto machen, wie du MÖCHTEST, dass sie aussähe.»

«Idiotische Idee», lautete Kilians Kommentar.

«Meinst du? Ja, vielleicht», sagte Bart. «Außerdem bringt es nichts, denn die Stadt selbst änderst du dadurch nicht. Du solltest ...» Er brach den Satz ab und entfernte sich ziemlich abrupt.

Jock blickte ihm betroffen nach. *Dasselbe, was ich mir einmal überlegt habe*, sagte er zu sich selbst. Einen Sprühhubschrauber stehlen und tatkräftig damit arbeiten. Aber das werde ich ihm auf keinen Fall erzählen; der Knabe wäre imstande, es wirklich zu versuchen ... Er konnte es nicht lassen, sich kurz auszumalen, wie er es machen würde: Man kann natürlich herausfinden, wo die Farbsprüher aufbewahrt werden; wenn man schnell ist und technisch versiert, könnte man mit ein paar Helfern bestimmt an solch ein Ding herankommen. Um es dann sofort zu demontieren und die Einzelteile irgendwo zu verstecken, wo sie nicht so schnell danach suchen werden ... In meinem Fall also hier, in den Gewölbekellern. Man würde ... Er lächelte. Er konnte jedoch nicht länger über diese Wahnsinnsidee nachdenken, denn Kilian hatte noch nicht zu Ende geredet.

Der Vormittag war zur Hälfte vorbei, als fast alle an der Arbeit saßen. Jock hatte seine Müdigkeit vergessen; er hatte Kilian versprochen, wenigstens einen freien Tag in der Woche für ihn zu beantragen, an dem er das Zentrum verlassen durfte, um in der Stadt Fotos zu machen. Er hatte Roos, Daan und Dickon versichern können, dass sie ein interessantes Still-Leben aufgebaut hatten. (Ob sie das dann auch malen würden, war natürlich noch die Frage.) Er hatte – auf die halb zögernde, halb herausfordernde Bitte von Niku und Bart – seine Zustimmung gegeben, dass am Nachmittag das Fernsehen angemacht werden dürfte, wegen einer Sendung über die Abendstern. Und jetzt hatte er das Gespräch mit einer noch kleinen Gruppe wieder aufgenommen, die mit «viel Wasser und Farbe» etwas Sinnvolles zu machen hoffte.

«Ich selbst bin auch damit beschäftigt», erzählte Jock. «Aber nicht mehr einfach zufällig. Ich versuche jetzt, echte, existierende Landschaften zu malen.»

«Wirklich existierende?», fragte Djuli, der ältere, aufsässige Mann, der trotz seiner Aufsässigkeit bei der Gruppe geblieben war. «Welche? Wo?»

Jock warf ihm einen kurzen, eisigen Blick zu. «Wo?», sagte er kühl. «Das wirst du schon sehen. Vielleicht schon bald.»

«Nein, Jock! Wirst du denn ausstellen?», rief Roos laut durch den Werkraum.

Jock wollte noch eisiger dreinschauen, aber es gelang ihm nicht ... Ach, warum sollte er auch! «Kommt darauf an», sagte er betont leichthin, «ich hab nicht so viel Zeit ...»

«Du hast satt genug Zeit», meinte Roos.

«Ja», sagte Bart, der sich den ganzen Morgen über mit allem und jedem beschäftigt hatte, jedoch nie länger als zehn Minuten. «Du kannst doch auch hier malen!»

«O ja, mach das, dann haben wir vor dir Ruh», sagte Roos. Einige lachten.

Jock lachte ebenfalls. «Ach ja, ich kann es versuchen.»

Kurz darauf war er an der Arbeit – wenn er sich auch nicht viel davon versprach, bei dem ganzen Stimmengewirr und den verstohlenen, neugierigen Blicken. Als jedoch das Signal zur Mittagspause ertönte, hob er erstaunt den Kopf: JETZT schon? Und er ging nicht mit den anderen in die Kantine oder zu den Sesseln und Bänken im Garten, der mit blaugrünem Kunstgras ausgelegt war.

«Ich finde das schön», sagte Bart nachmittags, während er mit einem Fuß auf ein Blatt Kunstpapier zeigte, das Jock auf den Boden geworfen hatte. «Warum du nicht?»

«Dem Bild fehlt etwas», antwortete Jock. «Es muss etwas hinzu ... Aber ich möchte nichts daran ändern.»

«Es sieht aus wie ein paar Bäume», sagte Bart. «Komische, orange-rosa Bäume. Du schmeißt das doch wohl nicht weg?»

«Wenn du es haben möchtest, Bart, dann nimm es dir ruhig. Vielleicht kannst DU es fertig malen.»

Bart hob das Papier auf. «Du bist verrückt, Jock Martin. Ich würde es nur versauen.»

«Da bin ich noch nicht so sicher», sagte Jock, einer plötzlichen Eingebung folgend. «Wer weiß, ob du nicht ergänzt, was daran fehlt ... Du könntest mich totschlagen, ich wüsste nicht, was.» (*Vielleicht*, dachte er, *fängt er jetzt endlich ernsthaft an zu arbeiten.*)

Bart fragte: «Meinst du das tatsächlich?»

«Ja, natürlich», antwortete Jock. Er schaute nachdenklich auf das Blatt nieder, mit dem er jetzt beschäftigt war. *Ich habe es ...*

beinahe ... Das sind die Wandernden Berge! Jetzt brauche ich meinen eigenen Schwamm ... und meine Pinsel ...

Er sah auf die Uhr; es war fast drei. Er stand auf und fragte: «Seid ihr damit einverstanden, wenn ich kurz nach Hause gehe, um etwas zu holen? Ich bin in einer halben Stunde zurück.»

«Natürlich, ist okay», lautete die allgemeine Antwort.

Mit übertriebener Flüsterstimme fügte Roos hinzu: «Geh durch die Kellertür; wir werden es niemand verraten!»

12
Xan

Eine knappe Viertelstunde später stand Jock Martin vor seiner Wohnung. Er hob die Hand, um die Tür zu öffnen, die nur auf seinen persönlichen Fingerabdruck oder einen Impuls seines Roboters reagierte. Zufällig war es besonders still in dem großen Wohnturm, und plötzlich glaubte er, in der Wohnung Geräusche zu hören. Er zog seine Hand zurück – das war doch nicht möglich. Er horchte ... Ja, es war so: Xans Stimme: «Ich wiederhole: vorgestern Besuch ... Ja. Dienstagnacht ein Visiphongespräch, aber er stellte mich auf nicht-aktiv ... Er deaktiviert mich immer wieder ...»

Jock beugte sich vor, in der Tür saß ein ganz kleines Guckloch, aber von draußen nach drinnen konnte man kaum etwas dadurch erkennen ... Es schien so, als spräche Xan mit jemand am Visiphon ... Eine unbekannte Stimme, die sehr fern klang, murmelte etwas und war nicht zu verstehen. Danach wieder Xan:

«... hat gestern den ganzen Tag gemalt ... sagte er ... Ich war nicht-aktiv ... jetzt ... im Zentrum.»

Jock bewegte seine Hand so schnell er konnte und war mit einem Schritt in der Wohnung.

Und natürlich, Xan vor dem Visiphon. Auf dem Bildschirm erkannte Jock gerade noch einen undeutlichen Schatten –

verdammt noch mal, er scheint maskiert zu sein –, dann wurde die Verbindung durch Xan oder diesen andern abgebrochen. Der Roboter wandte sich ihm zu, weder verwundert noch erschrocken. Das *kann* er auch nicht sein – aber er ist es trotzdem, dachte Jock, während er die Tür hinter sich zufallen hörte.

«Xan! Wer war das?»

«Herr Martin, ich hatte nicht erwartet, dass Sie ...»

«Ich komme nur etwas holen, Xan. Mit wem hast du da gesprochen?»

«Ich bitte um Entschuldigung, Herr Martin. Einfach falsch verbunden.»

«Ach ja?», sagte Jock und ging auf den Roboter zu. «Würdest du dann bitte die Verbindung wieder herstellen?»

«Das kann ich nicht, Herr Martin.»

Jock schwieg. Er zögerte plötzlich zu sagen: DAS IST EIN BEFEHL. Wenn Xan gegen mich ist, ist er zweifellos der Stärkere ... Ein einziger Schlag mit dem Metallarm, und ich liege am Boden ...

Der Roboter sagte: «Ich versichere Ihnen, Herr Martin, dass niemand hier gewesen ist. Und das Visiphongespräch war ein Irrtum. Falsch verbunden.»

Wenn *er* stärker ist, muss *ich* schlauer sein! dachte Jock, und er sagte: «Du lügst, Xan! Sprich die Wahrheit, und das ist ein Befehl.» Er wusste nicht, ob er sich die geistige Verwirrung seines Roboters einbildete oder sie spürte *(Man muss sich einmal vorstellen: zwei Meister, zwei sich widersprechende Befehle!)*, aber er dachte nicht weiter darüber nach, sondern deaktivierte Xan hastig.

Nicht-aktiv, jawohl! dachte er. Doch wer weiß, inwieweit? Was soll ich jetzt tun: seinen Kopf aufschrauben oder zuerst einen harten Schlag darauf geben, sodass er auf keinen Fall Böses anrichten kann? Aber eine tüchtige Ohrfeige könnte zur Folge haben, dass sich etwas verzieht, und dann kann ich ihn vielleicht nicht mehr aufschrauben.

Inzwischen hatte er seinen – vielmehr Xans – Werkzeugkasten hervorgeholt.

Er schaltete das Notsignal ebenfalls aus und schraubte die Platte auf dem Brustkasten ab – das Einzige, was der Besitzer eines Roboters ohne Gefahr tun konnte und in besonderen

Fällen sogar durfte. Er tippte auf Tasten und begann, die Sicherungen herauszudrehen ...

Xans Stimme, widerlich verzerrt, fing an zu sprechen: «*Kein* Kurzschluß, ich teile Ihnen mit: Kein Kurzschluß. Alles in Ordnung. HXan3 an Martin, Jock. Jock Martin mein Meister laut Programm und allen In-ten-tionen ... Bringen Sie die Schaltungen wieder in Ordnung.»

Jock erfüllte diese Bitte nicht, obwohl er sich, ohne es zu wollen, fast wie ein Mörder vorkam.

Xan verstummte.

Jock untersuchte die Brustöffnung; soweit er etwas davon verstand, war nicht Besonderes zu sehen. Die Reserveteile waren komplett und sahen unbenutzt aus. Er tastete vorsichtig an dünnen Drähten und Leitungen; dann hörte er ein klingelndes Geräusch – da war etwas lose ...

Kurz darauf schaute er verdutzt auf den Gegenstand nieder, den er in der Hand hielt. Ein Metallband, genau so eins, wie er selbst um sein linkes Handgelenk trug, das Armband, das alle Türen des Kreativ-Zentrums öffnete. Wie kam Xan daran, und was sollte er damit? Auf jeden Fall durfte er diesen Gegenstand nicht besitzen. Heimlich nachmachen lassen oder wahrscheinlich selbst nachgemacht, dachte Jock. Er trug sein Band zu Hause längst nicht immer, und Xan legte es an den Tagen, an denen er zum Zentrum ging, jedesmal für ihn zurecht. Jock schob das Band über sein rechtes Handgelenk – er musste es nachher, wenn er zurückging, testen. «Hiermit ist bewiesen», sagte er leise, «dass man dir tatsächlich nicht trauen kann.»

Er ließ die Brustöffnung so, wie sie war, tat einen tiefen Atemzug und begann am Kopf zu hantieren. Ja, es war kein Haupt, sondern ein *Kopf!* Maler sprechen immer von einem *Kopf*, auch Tiere haben einen Kopf, und du, Xan, hast mit Sicherheit einen hellen Kopf. Aber ich wette: einen Kopf mit einem geänderten oder einem doppelten Programm!

Nach einer Weile blickte Jock ziemlich ratlos auf das Gewirr von Drähten und winzigen Chip-Konstruktionen, die zusammen Xans Gehirn bildeten.

Von einigen Teilen wusste er so ungefähr, wo sie saßen. (Dort sind Sprech- und Hörzentrum, von hier aus werden seine Armbewegungen gesteuert ...) Er hob die Hand und ließ sie wieder sinken. Nein, *hier* dürfen meine Fingerabdrücke nicht gefunden werden ... Verflixt noch mal, ich wüsste auch gar nicht, was ich damit machen sollte ...

Mit dem dünnsten Schraubenzieher tastete er behutsam umher, drehte Dinge los und schraubte sie wieder fest ... Dann blieb er regungslos stehen und traute seinen Augen nicht.

Sehe ich richtig? Dort hinten ... dieses Teil hat eine *andere* Form, eine *andere* Farbe. Es könnte ein *Ersatzteil* sein oder etwas *neu Hinzugefügtes* ...

Nach einer Weile schüttelte er den Kopf und seufzte tief. Er war sich sicher, dass es so war ... Aber nur ein Robo-Techniker könnte den Beweis liefern. Plötzlich fühlte er Wut in sich aufsteigen – Wut auf die unbekannten Techniker, die in heimtückischer Art und Weise an seinem – im Wesen unschuldigen – Xan herumgebastelt hatten, die ihn verändert und zu einem ... ja, wozu? ... gemacht hatten. Zu einem, dem man nicht mehr trauen konnte, zu einem Spion! Und warum? *Warum nur?*

Jock fluchte leise. Er drehte vorsichtig eine Anzahl Schräubchen heraus, in diesem (falls er sich nicht irrte) zugefügten oder veränderten Teil des Robotergehirns, und unterbrach so viele Verbindungen, wie er sich traute. Danach machte er den Kopf langsam wieder zu. Als er damit fertig war, packte er die Schultern des Roboters und schüttelte ihn hin und her ... Ja, da drinnen klirrte es ...

«Niemand darf wissen, was ich entdeckt und getan habe», sagte er nachdenklich zu sich selbst. «Vermuten, ja ... das ist vielleicht sogar wünschenswert. Aber ich werde ihnen nicht auf den Leim gehen!» Er lachte stumm und grimmig. «*Alle* Robo-Techniker werden vermuten, dass ich an deinem *Gehirn* gearbeitet habe, Xan; aber selbst dann wird man mir nichts anhaben können – es sei denn, sie würden mir verraten, was sie mit dir angestellt haben und auf wessen Befehl!»

Er drehte die Sicherungen in der Brustöffnung fest, tippte auf Tasten, holte noch einmal tief Luft und drückte dann auf den AKTIONS-Knopf.

Nichts geschah.

«Dann hab ich es also wirklich geschafft, dich außer Gefecht zu setzen», flüsterte er. Um kein Risiko einzugehen, drehte er die Sicherungen wieder heraus und berührte jene Tasten, die Xan unter allen Umständen machtlos gemacht hätten. Überflüssigerweise deaktivierte er den Roboter auch noch, schloss dann die Brustöffnung und schraubte die Platte fest.

So, das ist erledigt! Jetzt bist du *ganz und gar* ausgeschaltet. Nur noch ... Jock biss die Zähne zusammen, griff nach seinem schwersten Hammer und verpasste Xan einen wohlgezielten Schlag auf den Hinterkopf.

Siehst du wohl, eine Delle, genau an der richtigen Stelle! *Jetzt* kann ich die Robo-Techniker rufen und ihnen erzählen, dass du *gefallen* seist, ein ganz normaler Unfall ... Es gelang ihm mit viel Mühe, den schweren Roboter in eine halb liegende, halb sitzende Haltung zu zwingen, gegen eine Wand gelehnt. Wer will behaupten, dass es so *nicht* passiert ist: Du bist gefallen, und ich konnte dich nur zum Teil wieder aufrichten.

Jock räumte den Werkzeugkasten weg, blickte auf sein Werk nieder und sagte laut: «Schlaf gut, Xan!» Seine Stimme klang unsicher; plötzlich wurde ihm schwindelig und ihm war übel. Er musste sich an die andere Wand lehnen, um nicht neben Xan auf den Boden zu sinken. Er versuchte, gegen diesen Schwächeanfall anzukämpfen. Ich muss zurück ins Zentrum ... Ich kann nicht ... *Ja, doch* ...

Er sah auf die Uhr, ungläubig: Erst halb fünf! Er hob den Kopf. Es ging schon wieder besser, und er *musste* zum Zentrum. Und zwar schon deshalb, um das zweite Armband auszuprobieren.

Jock hatte die Türklinke schon in der Hand, als ihm etwas einfiel. Er ging in die Wohnung zurück und schaute vom Roboter auf sein Visiphon. Nein, stellte er fest. Niemand kann dich auf meinem Schirm sehen, Xan.

Er nahm Kontakt mit der Visiphon-Zentrale auf und nannte seinen Namen und die Code-Nummer. Währenddessen sagte er ärgerlich zu sich selbst: Jetzt ist es bestimmt zu spät, ich hätte sofort daran denken sollen.

«Hier Zentrale», meldete sich der diensthabende Roboter auf dem Bildschirm. «Was wünschen Sie?»

«Ich hatte heute Nachmittag Kontakt mit jemandem», sagte Jock, «aber bevor das Gespräch zu Ende war, wurde die Verbindung unterbrochen. Können Sie für mich herausfinden, wer das gewesen ist?»

«Um welche Uhrzeit fand das Gespräch statt?»

«Zwischen drei und viertel nach drei.»

«Und WER hat den Kontakt gewählt, Sie oder der andere?»

Das war die Frage, die Jock gefürchtet hatte. Er musste einfach raten.

«ICH ... Aber ich glaube, dass ich mich verwählt habe. Ich bekam nicht denjenigen, den ich anrufen wollte, sondern jemand anderes, einen Unbekannten ...» Jock fantasierte weiter: «Er sagte, na ja ... er war ziemlich ... unhöflich und unterbrach dann abrupt die Verbindung.»

«Gedulden Sie sich einen Augenblick», sagte der Roboter und verschwand vom Bildschirm.

Jock wartete, ohne viel Hoffnung auf Antwort. – Dieser *Andere* wird bestimmt auch seine Maßregeln getroffen haben. Wenn er mich hat hereinkommen sehen ...

«Herr Martin», sagte der Roboter aus der Zentrale, der wieder auf dem Schirm erschien, «es ist eine allgemeine Code-Nummer, nicht die einer Person. Möchten Sie sie trotzdem wissen?»

«Ja sicher!»

«Ich erinnere Sie daran, dass Ihre Anfrage registriert werden wird», sagte der Roboter.

«Ja, ja », sagte Jock ungeduldig. «Welche Nummer? Von welcher Instanz?»

Eigentlich erwartete er nur eine einzige Antwort: A.f.a.W. Das war am wahrscheinlichsten; ALLE Roboter standen letztlich unter der Aufsicht des A.f.a.W. Und Akke hatte ihn vor Xan gewarnt ...

Die Code-Nummer flitzte über den Bildschirm, gefolgt von drei Buchstaben: R.A.W.

«Rat für Außenwelten», sagte der Roboter. «Guten Tag.» Der Schirm wurde dunkel.

13
Planetenforscher Nummer elf

Jock erinnerte sich nicht, wie er das Kreativ-Zentrum erreicht hatte; irgendwann jedoch stieg er von der hinabführenden Rolltreppe und hielt nicht sein linkes, sondern sein rechtes Handgelenk an die Kellertür. Diese öffnete sich sofort.

«Also tatsächlich ein Duplikat», murmelte er. «Und dabei dürfen nur Betreuer ein einziges Exemplar besitzen.» Er streifte das Armbandduplikat langsam vom Handgelenk und verbarg es in seiner Hand.

Was werden sie oben wohl von mir denken? überlegte er, während er sich auf den Weg zu seiner Abteilung machte. Ungefähr zwei Stunden weg gewesen, und ich hab noch nicht mal einen Pinsel bei mir ... Hoffen wir, dass sie schon vor dem Fernseher sitzen. Das will ich natürlich auch sehen ... Abendstern ... Außenwelten. R.A.W.

Tatsächlich lief im Werkraum bereits der Fernseher, und fast alle Kursteilnehmer schauten zu.

«Noch einige Minuten», erklärte ein Ansager.

Jock ging zu seinem Schreibtisch, ließ sich in den dahinter stehenden Sessel fallen und schloss für einen Moment die Augen. Als er sie wieder öffnete, fiel sein Blick auf Bart, der zu seiner Verwunderung nicht auf den Fernseher blickte, sondern über ein Blatt Papier gebeugt zu arbeiten schien. Jock umklammerte das metallene Armband in seiner Linken und dachte: Hoffentlich sehen sie mich nicht sofort ... Einen Moment ruhig sitzen bleiben. Aber ein paar sahen ihn doch, Bart und Roos als Erste.

Bart blieb, wo er war; Roos kam zu ihm. «Du bist ja doch da!», rief sie. «Seit wann ...»

Jock zog rasch eine Schreibtischschublade auf und warf das Duplikatband hinein. Als Roos ihm gegenüberstand, war die Schublade schon wieder zu. «Jock! Was ist denn ...» Sie wollte weiterreden, aber er schüttelte den Kopf und legte seinen Finger auf seine Lippen.

«Still. Nichts», flüsterte er. «Mir fehlt nichts.»

Sie sah ihn besorgt an. «Ich ... äh ... Einige dachten, dass du bis nach der Sendung wegbleiben würdest», sagte sie leise, «aber es gab immer wieder Unterbrechungen, und die wichtige Mitteilung ist zurückgestellt worden bis ...»

«In wenigen Sekunden beziehungsweise in einer Minute ...» sagte der Fernsehansager.

Roos zog fragend die Stirn kraus. «Willst du weg?», erkundigte sie sich mit gedämpfter Stimme.

Jock dachte: Habe ich mir denn die ganze Zeit so deutlich anmerken lassen, dass ich nichts mehr mit den Außenwelten ... *Wichtige Mitteilung?* Laut sagte er: «O nein! Gerade das interessiert mich besonders. Echt wahr.»

Er überlegte, wie er es schaffen sollte, normal aufzustehen; aber inzwischen hatte er dies schon getan, und er ging durchs Atelier. Roos hakte ihn unter. «Jock», flüsterte sie, «du bist doch nicht krank? Was ...»

«Nichts!», sagte er nochmals. «Ein unerwarteter Aufenthalt und ein wenig Kopfschmerzen, das ist alles.»

Dann saß er wieder, irgendwo hinten im Kreis, der sich um das große 3D-Fernsehgerät gebildet hatte, das eine halbe Wand des Ateliers in Beschlag nahm. Er wich dem Blick von Bart aus, der gerade hinzukam und so aussah, als ob er ganz viel sagen wollte, und blickte auf den Bildschirm.

Welch ein Glück – was jetzt zu sehen und zu hören war, lenkte alle von ihm ab. Nach einer Weile vergaß er sogar sich selbst – jedenfalls die Probleme, die ihn beschäftigten.

Verschiedene Menschen erschienen auf dem Bildschirm, von unsichtbaren Kameras abwechselnd gezeigt: lebensgroß, dreidimensional und täuschend echt. Ein Ansager außerhalb des Bildes nannte ihre Namen und ihren Rang: den Chef der Raumflugleitung auf der Erde, einen Planetenwissenschaftler vom R.A.W. *(nicht Dr. Topf)*, einen Recorder, einige Vertreter der Presse und des Informationsdienstes, Ärzte und Psychologen des A.f.a.W. Letztere waren für die Quarantäne verantwortlich, in der jeder Reisende aus den Außenwelten eine Zeit lang bleiben musste. Anschließend erschienen Leute, die von der Venus gekommen waren – alle im grünen Quarantäne-Hausmantel, der Jock von früher her wohl bekannt war: der Flugkapitän des Raumschiffes Abendstern, ein weiterer Planetenwissenschaftler ... All diese Leute waren vergessen, als zum Schluss zwei junge Männer im Bild erschienen, die schweigend nebeneinander saßen:

DIE PLANETENFORSCHER NUMMER ELF UND ZWÖLF.

Es wurden einige Fragen gestellt und beantwortet; aber jeder, einschließlich Jock, wartete auf die angekündigte «wichtige Mitteilung».

Nach kurzer Zeit waren nur noch die beiden Forscher zu sehen. Jock blickte unentwegt auf den Forscher Nummer elf: Edu Jansen.

Er ist es! Und doch ... *Verändert?* Ja und nein. Älter? *Ein wenig* ... Etwas wettergegerbter ... *Natürlich!* Das Gesicht war so nah und vertraut, aber zugleich so verschlossen und weit weg, dass es Jock Angst machte. «Was hat *der* wohl erlebt? Warum schaust du nicht zu uns hinüber, in die Kamera?»

Sofort schlug Edu die Augen auf und suchte die von Jock – so schien es zumindest. Graue Augen mit dunklen Pupillen, genau so, wie er sie in einer Vision gesehen hatte. Diese Augen hielten ihn fest: befehlend und freundlich, unbarmherzig und voller Mitgefühl. Sie sagten: «Hör aufmerksam zu, schweige, warte ab.»

Die Stimme des Fernsehreporters führte Jock wieder in die normale Realität zurück.

«Und welches ist nun die wichtige Nachricht, die nur durch Sie bekannt gemacht werden konnte?»

Die Kamera lenkte die Aufmerksamkeit auf den Forscher Nummer zwölf, einen braun gebrannten, blonden jungen Mann von einnehmendem Äußeren, der auf den ersten Blick bei weitem nicht so undurchschaubar wirkte wie sein Kollege. «Mick Tomson, bis zu seinem Abflug Leiter des Forscherteams auf der Venus.»

Der junge Mann schien plötzlich verärgert – so, als fühle er sich nicht wohl in seiner Haut. Er machte eine abwehrende Geste. «Leiter, ja gut, aber nach meinem Gefühl nur dem Namen nach. Edu Jansen war zuerst unser Leiter, und seit er es nicht mehr sein durfte, ist er es trotzdem noch – nur auf eine andere Art und Weise.»

«Wie meinen Sie das?», fragte der Reporter.

Mick Tomson begann plötzlich ein bisschen zu lachen; es war ein entwaffnendes, spöttisches Grinsen. «Na ja, seit sie ihn degradiert haben. So ist es doch, Edu?»

Jetzt waren wieder beide Forscher im Bild. Edu lachte ebenfalls, er sah plötzlich entspannt und viel normaler aus. «Ja, so ungefähr», sagte er.

«Aber danach», fuhr Mick unerwartet ernst fort, «mussten sie ihm dann doch einen anderen, einen ganz besonderen und höheren Rang verleihen.»

Edu schüttelte kurz den Kopf, als wolle er sagen: «Hör damit jetzt endlich auf.»

Mick fuhr fort: «Nun ja, es handelt sich um folgendes. Jemand hat sämtliche Regeln auf dem Planeten ... äh ... dem Planeten VENUS übertreten, und dadurch hat er etwas entdeckt. Edu Jansen, Planetenforscher Nummer elf, hat gewagt, was noch nie jemand gewagt hatte. Auch ich nicht, o nein; ich bin hier nur als Zeuge zugegen. Erzähl es ihnen, Edu!»

Jetzt war nur noch Edu zu sehen, ein ganz normaler junger Mann, der ruhig sagte:

«Ich bin im Wald spazieren gegangen.»

Kurzes Schweigen. Danach deutlich ein undefinierbares Geräusch des Reporters, Flüstern und Seufzen von nah und fern, auch im Atelier der Abteilung vier.

«SPAZIEREN GEGANGEN?», fragte der Reporter. «IM WALD? Aber

die Wälder der Venus sind doch lebensgefährlich, heiß wie die Hölle, feindlich den Menschen gegenüber, sie machen geisteskrank, sie fressen alles auf ...»

«Die Wälder der Venus», sagte Planetenforscher Nummer elf, «sind turmhoch und meilenweit; sie sind prachtvoll, erfrischend, beruhigend, aufmunternd ...»

Er sprach ohne den geringsten Nachdruck; aber ob es nun an dem lag, was er erzählte, oder an den durchdringenden und doch unergründlichen grauen Augen – wer ihm zuhörte, war still.

«Die Wälder», sagte der Planetenforscher Nummer elf, «sehen manchmal aus wie Flammen, lodernde Bäume in einem rauchigen Nebel – aber unter den Bäumen ist es kühl. Die Wälder sind wild, ungebändigt und voll lebender Geschöpfe ... ganz und gar Geraschel und Gesang ...» Er machte eine kurze Pause und fügte in einem ganz anderen, sachlichen, ja fast kalten Ton hinzu: «Für uns Menschen neu, fremd und daher manchmal beängstigend. Nur nackt kann man dort umhergehen und es lebend überstehen. Aber dann ist es dort auch herrlich – jedenfalls meiner Meinung nach.»

Wieder hatte Jock das Gefühl, dass sie einander anschauten. Er sah die herrlichen Bäume vor sich, voll Heimweh und Bedauern. *Warum habe ich es damals nicht gewagt? ... Aber du hast erfahren, was echte Angst ist, und du hast es nicht nur überlebt, sondern ... Was hast du entdeckt?*

Der Reporter sagte: «Unglaublich! Ist das wirklich wahr? Wie kamen Sie ...»

«Ich war neugierig», antwortete der Forscher, immer noch kühl und zurückhaltend.

«Und es ist genau so, wie er es geschildert hat», pflichtete sein Kollege ihm bei.

«Dass die Wälder prachtvoll, herrlich und UNgefährlich sind?»

«Ich habe nicht gesagt: ungefährlich», sagte Forscher Nummer elf.

«Die meisten von uns fanden sie anfangs einfach abscheulich!», sagte Forscher Nummer zwölf. «Ich auf jeden Fall! Ich musste mich wirklich erst daran gewöhnen. Alle diese ungebändigten, wilden Gewächse ... Der eine Mensch gewöhnt sich eben leichter daran als der andere, und ...» Er schwieg ziemlich abrupt.

Beide Forscher schauten auf etwas oder auf jemanden außerhalb des Bildschirms.

«Erzählen Sie bitte weiter», sagte der Reporter.

«Ein andermal», erklärte Forscher Nummer elf freundlich, aber entschieden. «Für heute muss es genug sein. Sobald es uns erlaubt wird, werden wir Ihnen ausführlich Bericht geben. Sobald ...»

Bild und Ton verschwanden unvermutet, als habe man sie absichtlich unterbrochen. Kurz danach kam der Ton wieder; ein Ansager protestierte, und ein anderer entschuldigte sich bei seinem Publikum. Dazwischen hörte man Gemurmel und Geflüster von vielen Stimmen.

Jock achtete nicht darauf; er hörte etwas ganz anderes:

> *Und ich, ich habe den Wald betreten,*
> *In dessen goldrosa Flammen ...*

DRITTER TEIL

Verbirg dein Gesicht
hinter einem Schleier aus Licht ...
Walter de la Mare

1
Jock Martin

Jock sah auf, er war verwirrt und ihn schwindelte, als hätte er tief geschlafen und wäre grob geweckt worden. Vielleicht war auch etwas Wahres daran, denn Roos hatte sich über ihn gebeugt, ihre Hände umklammerten seine Schultern, und sie sagte:

«Jock ... Jock! Du bist krank.»

«Nein ...», begann er.

«Du siehst aus wie ein Gespenst! Du gehörst nach Hause und ins Bett, jetzt sofort!»

«Nein», sagte er noch einmal. Er nahm Roos' Finger, machte sie sanft los und sah sich um.

Das Fernsehen war abgeschaltet. Seine Kursteilnehmer waren aufgestanden; einige liefen hin und her, die meisten jedoch standen einfach nur da und starrten ihn an.

«Ich glaube, Roos hat Recht, Martin», sagte Djuli.

«Wie spät ist es?», fragte Jock. «Ich bin schon einmal und noch dazu lange fort gewesen.»

«Ab nach Hause, Martin!», sagte Daan. «Keine Ausflüchte mehr. Du kannst doch kommen und gehen, wie es dir passt.»

Dieser letzte Satz klang ziemlich unfreundlich. Aber, dachte Jock, er ist natürlich nur eifersüchtig, weil Roos sich so um mich kümmert. Er versuchte seine Antwort etwas lebhafter klingen zu lassen: «Wie es *mir* passt? Kommen kann ich nur mit diesem Armband. *(Ich darf das andere nicht vergessen.)* Gehen ohne Probleme, jederzeit. Aber so oder so, Daan: Der Computer registriert mein Kommen und Gehen, genau wie bei euch.»

Er stand auf, musste sich dazu aber einen Moment an der Lehne seines Sessels festhalten. «Ich bin nicht krank», sagte er. «Lasst mich nur kurz ...»

«Erst kommst du mit uns in der Kantine etwas essen, und dann ab nach Hause», sagte Roos entschlossen.

«Nichts essen, bitte», sagte Jock matt. «Lasst mich einen Moment ausruhen.»

Langsam machte er ein paar Schritte, aber nicht in Richtung Kantine, sondern zum Kellerausgang. Er bemerkte, dass Roos neben ihm ging. Hinter ihm erklang Gemurmel. Plötzlich tauchte Bart Doran vor ihm auf und sprach ihn an.

«Deine Wasserfarbzeichnung, Martin», sagte er. «Hier, nimm sie mit. Ich habe noch eine andere hinzugetan; auch von dir und ein wenig von mir. Und ... äh, alles Gute.»

Jock nahm eine Papierrolle entgegen. «Danke, Bart», sagte er. «Ich werde dir nachher, heute Abend ...»

Roos schnitt ihm das Wort ab. «Jock, sei jetzt vernünftig und einfach nur krank. Ich bringe dich nach Hause.»

«Kann ich dir helfen?», fragte Bart wie aus weiter Ferne.

«Nein danke, Bart. Aber du kannst es melden. In diesem Zustand lasse ich ihn nicht allein auf die Straße ...»

Wozu diese Aufregung? ... Jemand – nicht niemand – ist in den Wald gegangen. Und mein Roboter ist ein Spion.

Jock stellte fest, dass er im Freien auf einer Bank saß, im Garten mit dem blaugrünen Gras.

«Ich habe ein Mobil gerufen», sagte Roos neben ihm.

«Ach Roos, Rosa», sagte Jock, «kannst du mir nicht eine Flasche besorgen?»

«Bist du jetzt völlig ...»

«Ich kann es bezahlen!»

«Nichts essen, aber Alkohol trinken! Du bist ein Dummkopf, Jock Martin ... Hast du eine Freundin?»

«Nein ... nicht mehr.»

«Wohnst du ganz allein? Jock ...»

«Ssscht. Wie alt bist du eigentlich, Roos? Sechzehn, siebzehn?»

«Du hältst jetzt besser den Mund. Bleib einfach ruhig sitzen.»

Wenig später saßen sie dicht nebeneinander, eingezwängt in einem Minimobil. Dann endlich standen sie vor dem Turm, in dem Jock wohnte. Jock klemmte sich die Papierrolle unter den Arm, um eine Flasche Alkohol und ein Päckchen VV-Brötchen mitzunehmen.

«Iss auch etwas, bitte», sagte Roos. «Ah, da kommt der Lift. Ich fahre mit dir nach oben.»

«Nein!», protestierte Jock. Auf einmal war sein Kopf wieder klar. «Nein, meine liebe Roos; ich danke dir, aber das schaffe ich wirklich alleine ... *Nicht auszudenken*, dachte er, *wenn sie Xan sähe*. Er beugte sich zu ihr herab und küsste sie. «Du bist ein Engel, Rosa! Aber jetzt: Marsch, zurück zum Zentrum.»

«Und du?» Ihr Blick war ernst und besorgt zugleich.

«Nein, wirklich, bitte, glaub mir, lass mich ...»

Sie gab nach. «Na gut. Versuch ein wenig zu essen und trink nicht so viel, Jock. Und geh bald zu Bett. Alles Gute und auf Wiedersehen.»

Als er in den Lift stieg, gelang ihm ein Lächeln und er sagte: «Auf Wiedersehen.»

Erst als er die zwanzigste Etage erreicht hatte, fiel ihm ein, dass er völlig vergessen hatte, das Armbandduplikat aus der Schreibtischschublade zu nehmen. *Was soll's! Außer Xan weiß niemand etwas davon; also kann ich es ruhig noch einen Tag dort lassen.*

Xan saß beziehungsweise lag noch in derselben Haltung und starrte mit blinden Augen geradeaus, wie ein Toter ... *Nein, wie eine groteske Puppe!*

Jock ging ins Wohnzimmer, machte Licht, legte die Papierrolle und die VV-Brötchen auf den Tisch und stellte die Flasche ab. Er setzte sich, öffnete die Flasche und nahm einen großen Schluck. Er befolgte den Rat von Roos und würgte ein Brötchen hinunter. Nach einem weiteren Schluck aus der Flasche schob er diese von sich. Nein, *mehr nicht* – von dem Zeug wird einem nur noch elender ... Es ist nicht nur wegen Xan, sondern auch wegen Edus Bericht ... Er lehnte sich zurück in den Sessel.

Weiß Anna es auch? Ja, natürlich. Wichtige Mitteilung ... Aber sie weiß nicht alles. Oder doch? Nein ... *Geh schlafen*, sagte eine Stimme in seinem Inneren. Ja, schlafen, dachte er. Morgen grübele ich dann weiter.

Er ging ins Schlafzimmer, schüttelte die Schuhe ab und ließ sich angezogen aufs Bett fallen. Sobald er das Licht ausgemacht hatte, fühlte er, wie ihn ein freundliches, lebendiges, schützendes Dunkel umfing ... *Recht hast du, Jock Martin, alle Gedanken bleiben fern von dir.*

Er schlief und wurde unmessbare Zeit später vom Rufzeichen seines Visiphons geweckt. Schlaftrunken fragte er sich, ob er das Gespräch annehmen sollte, aber der Summer verstummte, bevor er einen Entschluss gefasst hatte. Er war beinahe wieder eingeschlafen, als das Ding von neuem begann. Er richtete sich auf und machte Licht. Es war gerade erst elf Uhr. Wer könnte das sein? Anna? Aber jetzt wollte er nicht einmal mit Anna sprechen; manches – zum Beispiel, was mit Xan passiert war – hoffte er sogar vor ihr geheim halten zu können. Er versuchte eine Mauer um seinen Geist zu errichten und murmelte: «Nein, ich gehe nicht dran.»

Nach einer Weile verstummte der Summer. Jock war inzwischen hellwach und fühlte sich etwas besser. Er ging ins Wohnzimmer hinüber, aß noch ein Brötchen und trank etwas Wasser.

Sein Blick fiel auf die Papierrolle, die Bart ihm mitgegeben hatte. Er entrollte sie; es waren zwei Aquarellskizzen darin: seine eigene von den fast fertigen Wandernden Bergen und die Skizze, die er Bart geschenkt hatte. Der Junge hatte tatsächlich etwas hinzugefügt. Jock betrachtete es verwundert, dachte an Barts im Handumdrehen hingezeichnete AUGEN HINTER GITTERN und an Akkes Worte: «... ein Maler wird er niemals werden.»

Und jetzt das! Ich könnte es nicht besser machen.

Unter den Bäumen befanden sich nun zwei kleine Gestalten; trotz der insektenhaften Umrisse erinnerten sie stark an Menschen. Sie waren in einem hellen Smaragdgrün gemalt, eine Farbe, die – völlig unerwarteterweise – hervorragend mit dem Rest harmonierte.

«Woher hat er das nur?», murmelte Jock. Ihm war, als hätte er so etwas irgendwo schon einmal gesehen, aber gleichzeitig war er sich sicher, dass das nicht stimmte. Seine gelassene Stimmung geriet wieder ins Schwanken. Er legte die Zeichnung auf den Tisch zurück, auf seine eigene Skizze, mit der Rückseite nach oben.

Nach der Bekanntmachung von heute Nachmittag ist die Ausstellung eigentlich überflüssig geworden, dachte er. Und Dr. Topf wird nun wohl mehr als genug Aufmerksamkeit und ein größeres Budget erhalten. Dr. Topf, R.A.W. ... Er stand auf. *O Jock, du hattest dir doch vorgenommen, heute nicht mehr nachzudenken. Geh zurück ins Bett!*

Er löschte das Licht und sah hinaus. Sterne waren nicht zu sehen, wohl aber Abertausende von großen und kleinen Lichtern der Stadt. Einige zwinkerten freundlich, andere starrten ihn gleichgültig an. Wie Augen. Langsam begann er sich auszuziehen.

«Konzentriere dich auf das Nichts», flüsterte er. «Fluss des Vergessens ... Niemand, niemand hat dir erzählt, was niemand, niemand weiß ...»

Konzentriere dich auf das Nichts.

Es funktionierte, denn als er wieder im Bett lag, fiel er sofort in Schlaf und träumte nicht einmal.

2
Anna

Anna schaute zum Visiphon und dachte: Es ist schon wieder etwas mit Jock; immer ist irgendetwas mit Jock. Soll ich Kontakt zu ihm suchen? Sie fragte sich, ob er die Neuigkeiten über die Venus gehört hatte, und wusste, dass dem so war. Aber nicht nur das hatte ihn aus dem Gleichgewicht gebracht ... «Woher weiß ich das?», fragte sie sich laut.

Lass ihn, sagte eine Stimme in ihrem Kopf. Sie achtete jedoch nicht gleich darauf, sondern versuchte weiterhin zu Jock hinüber zu denken. Es gelang ihr nicht; es war, als stoße sie gegen eine Wand.

Lass ihn, dachte sie. Sie erhob sich und ging zum Webstuhl. Ich suche keinen Kontakt mehr, Jock; wenn du mich brauchst, musst du mich schon rufen. Sie seufzte. Aber ich brauche dich auch. Warum machst du mich so unruhig? Sie starrte auf das Gewebe. Jock ist ein Knotenpunkt vieler Fäden, zufällig oder auch nicht ... ein wichtiger Knotenpunkt eines eigenartigen Musters.

Beunruhige dich nicht, sonst machst du es ihm nur noch schwerer. Ich versuche, ihn eine Zeit lang abzuschirmen, damit er heute Nacht schlafen kann. Ab morgen wird er seine ganze Kraft brauchen.

Anna starrte auf das komplizierte Fadengewirr, das sie vor kurzem begonnen hatte, und lauschte ihren Gedanken ...

DAS SIND NICHT MEINE GEDANKEN!

Sie hob den Kopf und sah sich um. Außer Flamme war niemand im Zimmer.

Ich bin allein hier ... Wer bist du?

Flüchtig erkannte sie ein paar graue Augen, dieselben, die sie am vergangenen Tag im Fernsehen gesehen hatte; sie hörte eine Stimme. *Die Wälder von Afroi/Venus sind herrlich, unvergesslich ...*

Wer bist du?

Jocks Freund ... Jetzt ein Bild von Jock: nicht genau so, wie sie ihn meistens sah – immer ein wenig schlampig, in normaler Kleidung wie im Malergewand; sein Gesicht, von dem ihr jeder Zug und jede Stimmung vertraut waren, war dasselbe, wirkte aber jünger, verschlossener. Und er trug eine Art Raumanzug, den Helm hatte er abgenommen ... *Jocks Freund.*

Ich kenne dich! Der Planetenforscher ... Edu Jansen. Ich sah dich, heute Mittag ... Aber ich habe dich schon früher gehört ...

Vorsicht Anna!

Wie kannst du mich erreichen? Damals aus dem Weltraum und jetzt von einem anderen Kontinent?

Entfernung ... kein Hindernis ... Du kannst es ... auch. Hör zu. Sei behutsam ... Die Gedanken des anderen wurden schwächer, schwerer verständlich ... Dann flackerten sie unvermittelt wieder auf, wurden wieder schwächer ... Es waren die Gedanken eines Menschen, der mit einer komplizierten Arbeit beschäftigt war, der verschiedene Fäden im Auge behalten, viele Gespräche führen musste.

«Ich bin froh, dass es dich gibt», flüsterte Anna. «Ich werde dir helfen, wenn ich kann; tun, was du sagst ...»

Versprich nicht zu viel. Ich ... froh, dass ich dich gefunden habe ... Niemand, niemand hat dir erzählt –

Du kennst das Gedicht auch?

Ja. Durch dich. Ich habe nicht gelauscht / du strahltest es aus. Für Jock und ...

Jock verstand mich nur kurz; ich musste ihm den Rest laut aufsagen!

Geduld ... ich wollte / wünschte ... dass du es für mich aufsagst ...

Das werde ich. Jetzt?

Ja! Die zweite Strophe ...?

Anna stand hoch aufgerichtet in ihrem Zimmer und blickte in die grünen Augen von Flamme, die auf dem Tisch saß und ihr das Köpfchen keineswegs erstaunt entgegenreckte. Sie dachte nicht nur an die zweite Strophe, sondern sprach sie mit sanfter Stimme auch laut aus:

> Niemand, niemand hat mir erzählt,
> Was niemand, niemand weiß.
> Verbirg dein Gesicht hinter einem Schleier aus Licht.
> Der du silbernes Schuhwerk trägst,
> Du bist der Fremde, den ich am besten kenne,
> Den ich am meisten liebe.
> Du kamst aus dem Land zwischen Wachen und Traum,
> Kühl noch vom Morgentau.

Die aus weiter Ferne kommende Antwort erschien ihr wie ein Seufzer der Dankbarkeit. Danach, etwas deutlicher:

Ich muss jetzt ... zurück. Unter der Rose, geheim. Bis ...

Nahezu ungläubig blickte sich Anna im stillen Zimmer um. Auch in ihr war es still geworden. Die Katze begann zu schnurren, ohne diese Stille zu durchbrechen.

3
Jock Martin

Jock legte die restlichen VV-Brötchen auf einen Teller und wärmte sich ein wenig Kaffeetrank auf. Es war Morgen, viertel nach acht; er war aufgestanden und angezogen, erfrischt und viel ruhiger als am Tag zuvor. Das war auch gut so, denn es gab viel zu tun. Wie lange war es her, dass er sein Frühstück eigenhändig hatte machen müssen? Er nahm die beiden Aquarellskizzen vom Tisch – er vermied bewusst, sie noch einmal anzusehen, und versteckte sie im Atelier. Er verweilte einen Augenblick vor Xan. «Ich vermisse dich, wirklich wahr; ich vermisse dich! Ich werde nachher einen Techniker kommen lassen ...»

Nach dem Frühstück rief er über das Visiphon den Robo-Technischen-Dienst an. «Ist dort der R.T.D.? Mein Roboter ist gestürzt und – wie ich fürchte – ernsthaft beschädigt», meldete er. «Könnten Sie so schnell wie möglich jemanden vorbeischicken, der ihn repariert?»

Er brauchte nicht lange auf die Antwort zu warten. «Zwischen halb zehn und halb elf wird ein Techniker bei Ihnen sein.»

Das war flott! Aber: je schneller, desto besser – doch zuerst musste er noch einige Vorkehrungen treffen ...

Jock sah auf seine Uhr und bemerkte dabei das Armband, das er, ganz entgegen seiner Gewohnheit, nachts nicht abgelegt hatte ... Ich muss so schnell wie möglich das andere Band holen; aber nicht vor halb elf ... Er schaute in den Dienstplan: Wusste ich's doch! Samstags wird die Abteilung vier nicht benutzt; also ist das Band dort sicher, bis ... Doch zuerst muss ich noch ein Treffen vereinbaren, ein dringendes ...

Das Visiphon summte.

Es sollte mich nicht wundern, dachte Jock, als er hinüberging, wenn mir Akke zuvorkommt ...

Es war Herr Akke.

«Guten Morgen. Zwei Seelen, ein Gedanke», sagte Jock, alle Formalitäten umgehend. «Ich wollte gerade Kontakt mit Ihnen suchen.»

«Ach, tatsächlich?», sagte Akke. «Auch Ihnen einen guten Morgen, Herr Martin. Ich habe bereits gestern Abend – nachdem das Zentrum geschlossen war – zweimal versucht, Sie zu erreichen. Aber Sie hörten mich wohl nicht.»

Also du warst es, dachte Jock, und antwortete währenddessen: «Das stimmt. Ich war leider ziemlich damit beschäftigt, ein paar Probleme zu lösen ...» Er starrte Akkes Abbild durchdringend an. «Ein Unfall mit meinem Roboter.»

Akke reagierte jedoch nicht erkennbar darauf; er sagte nur: «Ach ... nichts Ernstes, hoffe ich?»

«Doch, ziemlich», sagte Jock. «Totalschaden, fürchte ich. Nachher kommt der R.T.D.»

Jetzt runzelte Akke allerdings die Stirn. «Ich möchte Sie gerne sprechen, Herr Martin; so schnell wie möglich.»

«Und ich möchte mit Ihnen reden, Herr Akke ... Heute noch!»

«Heute noch! Dann sind wir uns ja einig ...»

«Aber nicht hier», sagte Jock, «nicht in meiner Wohnung. Und auch nicht in Ihrem Hauptquartier Nord!»

«Sie haben Recht, Herr Martin. Sollen wir uns irgendwo in der Stadt treffen? Nennen Sie einen Ort; ich werde da sein.»

Er ist vertrauenswürdig, dachte Jock. Aber ich glaube es nur, ich weiß es nicht. Schließlich arbeitet er für das A.f.a.W. Er sagte: «Wir könnten in ein Restaurant oder eine Kneipe gehen ... oder einfach spazieren ... Ich hab's! Wir werden uns in Mos Maans GALERIE treffen.» Er lächelte. «Ich habe meine Gründe dafür, Herr Akke.»

«Bei Mos Maan? Ausgezeichnet. Wann? Um elf Uhr?»

«Ich habe keine Ahnung, wie lange der R.T.D. brauchen wird. Ginge es auch um halb zwölf?»

«Einverstanden. Dann auf Wiedersehen, Herr Martin», sagte Akke und verschwand vom Bildschirm.

Viertel nach neun; jetzt brauchte er nur noch auf den R.T.D. zu warten. Jock hatte aufgeräumt, was aufzuräumen war; er hatte sich auf das bevorstehende Gespräch vorbereitet und war dann in sein Atelier gegangen, in der Hoffnung, dort ein wenig Ablenkung zu finden. Noch nicht einmal eine Minute später verließ er es wieder: Alles, was er dort sah oder tun konnte, würde ihn nur noch unruhiger machen ...

Um halb zehn ging er auf den Balkon hinaus und beugte sich über das Geländer. Gestern Abend, im Dunkeln, durchzuckte es ihn, habe ich auch über die Stadt geblickt und sah alles ganz anders. Ich selbst war auch anders ... Was dachte, was tat ich doch gleich? Sein Gedächtnis ließ ihn jedoch im Stich, vielleicht weil er just in diesem Augenblick auf der Straße unter sich jemanden erkannte, der sehnsüchtig hinaufschaute ... genau in sein Gesicht.

Bart Doran! Aber das konnte doch nicht sein; der Junge war viele Stockwerke von ihm entfernt ... Jock konnte nicht wissen, wie er schaute ... Und doch wusste er genau, dass es Bart war und wie dieser dreinschaute ... Und, dachte er, ich wette, dass ich ihn besser sehe als er mich, wie immer. Manchmal wird einem erst später etwas bewusst, was man schon lange zuvor bemerkt und registriert hat, also hätte wissen müssen ... *Bart Doran ist kurzsichtig; trotz der Kontaktlinsen, die in einem bestimmten Winkel, im Profil zum Beispiel, so deutlich zu erkennen sind.*

Die kleine Gestalt dort unten machte eine unentschlossene Bewegung: Soll ich ihm jetzt winken oder nicht?

Jock zog sich zurück und ging wieder in seine Wohnung. Fehlt nur noch, dass ihm einfällt, heraufzukommen! Er hat sich schon einmal selbst eingeladen ... Das stimmt nicht, Jock; *du* hast das getan! Aber ... jetzt passt es wirklich nicht! Mit Xan hier und dem R.T.D., der jede Minute kommen kann.

Nicht ganz fünf Minuten später hörte Jock seinen Türsummer. Ein kurzer Blick durch den Türspion reichte aus. Er deckte ihn mit seiner Hand ab. *Bart!* Er könnte versuchen hineinzuspähen – und so womöglich Xans Zustand mitbekommen. Er sprach in das Schall-Loch: «Wer ist da?»

«Bart ... Bart Doran, Martin. Ich ... äh ...»

«Tut mir Leid, Bart. Im Moment kann ich dich nicht hereinlassen. Ich ... ich bin mit etwas Wichtigem beschäftigt. Könntest du heute Nachmittag ...»

«Oh!», unterbrach ihn Barts Stimme. «Ich wollte wirklich nicht stören!»

Jock redete weiter, aber der Junge war bereits fort. Verärgert zuckte er mit den Schultern, aber dann fiel ihm etwas ein, und er rannte auf den Balkon.

Deine Zeichnung! dachte er. *Und dein Vertrauen!*

Nach kurzer Zeit sah er den Jungen in der Tiefe unter sich. «Holla, he, hallo!», rief er. «Bart! Bart Doran!»

Seine Stimme hallte von den Wänden der Wohntürme ringsum wider; er war überzeugt, dass Bart ihn gehört hatte, obwohl dieser auf einen Rollsteig sprang und aus seinem Blickfeld verschwand.

Jock murmelte einen Fluch. «Dein Pech, du hättest mir schon einen Augenblick zuhören können.» Obwohl er keinen Grund hatte, sich etwas vorzuwerfen, wurde er das ungute Gefühl nicht los, dass er – indem er Bart den Zutritt verweigerte – etwas getan oder unterlassen hatte, das unberechenbare Folgen haben könnte. Wenig später schwand dieses Gefühl: Der R.T.D. stand vor der Tür.

«Robo-Technischer-Dienst», sagte der Mann im Türrahmen. «Hier ist meine Karte.»

«Kommen Sie herein», sagte Jock.

Dem Mann folgten noch zwei Roboter; der größere trug eine Werkzeugkiste. «Ah, da ist er ja», sagte er, als er Xan erblickte. Erst dann begrüßte er Jock und stellte sich vor: «Manski.»

Er war ziemlich klein, hatte etwa Jocks Alter, ein intelligentes Gesicht und abstehendes, sehr lockiges Haar, das viel zu rot war, um echt zu sein. Er kniete vor Xan nieder und kramte ein paar Werkzeuge aus der Kiste, die der größere Roboter neben ihm abstellte. Er arbeitete schnell und schien sehr geschickt zu sein. Bereits nach wenigen Minuten stellte er fest: «Sie haben seinen Brustkasten geöffnet ...»

«Ja, natürlich», sagte Jock. «Zwangsläufig. Er hätte doch nach seinem Sturz die verrücktesten Dinge anstellen können; ich war nicht sicher, ob er wirklich völlig außer Gefecht war. Wie Sie sehen können, habe ich ihn nur komplett abgeschaltet.»

«RR1, Stand-by», befahl Techniker Manski dem Roboter hinter der Werkzeugkiste. Nach kurzer Untersuchung stand er auf und sah Jock streng an. «Sie haben dem R.T.D. gemeldet, dass er gefallen sei. Wie KAM es dazu? Roboter des Typs HXan fallen nicht so leicht ...»

Da kehrte der zweite Roboter aus Jocks Wohnzimmer zurück; Jock erschrak im ersten Moment, denn er hatte ihn nicht hineingehen sehen.

«Dies ist ein kleiner Hausroboter des Typs HXin4, mitgebracht für den Fall, dass Sie für Ihren HX-und-so-weiter einen Ersatz benötigen», sagte Techniker Manski.

«Ich will keinen Ersatz», sagte Jock mit Nachdruck und ziemlich unfreundlich. «Und ich wünsche auch keine ungebetenen Besucher in meinem Wohnzimmer.»

«Entschuldigung, Herr Martin», murmelte Techniker Manski, machte dabei aber nicht den Eindruck, als meine er das auch. «HXin4, stelle dich neben die Haustür und deaktiviere dich.» Er wandte sich wieder Jock zu. «In aller Planeten Namen, wie ist Ihr Roboter zu Fall gekommen?»

«Er rutschte aus», sagte Jock mit stählernem Gesicht. «Vielleicht spielten wir ein Spiel, habe ich ihm ein Bein gestellt, ihn stolpern lassen.»

Techniker Manski musterte ihn voller Misstrauen von Kopf bis Fuß. «Jede Wette, dass Sie auch in seinen Kopf geschaut haben!»

«Und wenn ich das wirklich getan hätte?», sagte Jock freundlich. «Anschauen ist doch nicht verboten. Daran herumbasteln könnte doch nur ein erfahrener Robotechniker! Und das ist genau das, was ich von Ihnen erwarte und worauf ich ein Recht habe.» Seine gespielte Freundlichkeit verflog, als er fortfuhr: «Ich bitte Sie eindringlich, meinen Roboter besonders gründlich zu untersuchen, bevor Sie ihn reparieren. Meiner Meinung nach verhielt er sich nämlich bereits einige Zeit vor dem Sturz – wie heißt doch gleich der Fachausdruck? – zumindest anders als gewöhnlich. Und ich will meinen EIGENEN Roboter zurückhaben, so wie er früher war.»

«Dafür sind wir vom R.T.D. ja da.» Techniker Manski wirkte etwas verunsichert. Er winkte dem Roboter mit der Werkzeugkiste. «Ich habe schon gesehen, dass ich ihn hier nicht reparieren kann; wir müssen ihn ins Labor mitnehmen. Sie können inzwischen gratis von HXin4 Gebrauch machen.»

«Ich will keinen Ersatz», sagte Jock noch einmal. «Ich will Xan, meinen Roboter zurück, wiederhergestellt, so wie er früher war.»

«Wir werden unser Möglichstes tun, Herr Martin», sagte Techniker Manski, «aber nach so einem Sturz können wir nicht garantieren, dass ...»

«Ach nein? Dort ist das Visiphon. Rufen Sie für mich die höchste Person, Personen, Instanzen an, die für die Zuverlässigkeit der Roboter zuständig sind! Beim R.T.D. oder wo auch immer! Damit ich in Ihrem Beisein erzählen kann, warum ich meinen eigenen Roboter wiederhergestellt zurückhaben will und keinen anderen ... Ich betone: WIEDERHERGESTELLT.»

Techniker Manski wich einen Schritt zurück. «Nicht nötig», sagte er. «Ich ... ich stehe im Dienst der ... derjenigen, die Sie sprechen wollen. Aber ich versichere Ihnen, dass Sie Gespenster sehen.»

«Mag sein», sagte Jock. «Hauptsache, Sie sehen zu, dass mein Roboter repariert wird ...» Er machte eine Pause. «Ich bin sicher, dass Sie unser Gespräch komplett aufgezeichnet haben, in Bild und Ton. Ich war so frei, es ebenfalls aufzunehmen – leider nur den Ton; die Bilder werde ich allerdings im Kopf behalten.»

Die beiden Männer maßen einander schweigend. Techniker Manski wandte als Erster die Augen ab.

«Wir nehmen Ihren Roboter mit. Hier ist Ihr Belegformular – es ist bereits ausgefüllt; Sie brauchen nur noch zu unterschreiben.»

«Und wann erhalte ich Xan zurück?», fragte Jock.

«Wie soll ich das jetzt denn schon wissen?»

«Ich verlange eine Garantie, dass ich ihn in einer Woche zurückbekomme», sagte Jock. «Selbst wenn ich mich deswegen an die höchsten Instanzen wenden muss ... Und wäre es der Rat für Außenwelten!»

Techniker Manski (*Oder war er mehr als ein einfacher Techniker: ein Doktor der Robotik, ein Angehöriger des Geheimdienstes?*) musterte Jock noch einmal von oben bis unten. Dann nickte er und sagte langsam: «Wie Sie wünschen, Herr Martin. Als guter Staats- und Stadtbürger haben Sie Anspruch auf diese Garantie und deswegen erhalten Sie sie.»

Nachdem Techniker Manski und seine beiden Roboter gegangen waren, bemerkte Jock, wie ihm der Schweiß ausbrach. Jetzt konnte er nur hoffen, daß er sich, ohne sich zu viele Blößen gegeben zu haben, hatte anmerken lassen, dass er wusste, was mit Xan gemacht worden war. Er nahm das Magnetband aus dem Aufnahmegerät, das er im Verborgenen hatte mitlaufen lassen, und versteckte es in einer leeren Farbdose im Atelier. Währenddessen fragte er sich, ob er sich nun von allen Spionageapparaten befreit hatte. Plötzlich zweifelte er daran: Dieser kleine Roboter, HXin-oder-so, war eine Weile alleine in seinem Wohnzimmer gewesen.

Auf Anhieb war jedoch nichts Verdächtiges zu entdecken, und viel Zeit hatte er nicht, denn er wollte noch wegen des Armbandduplikats zum Zentrum. Und gegen halb zwölf musste er in Mos Maans GALERIE sein, um sich dort mit Akke zu treffen.

Auf dem Weg durch den Keller in seine Abteilung begegnete er niemandem, obwohl aus dem ganzen Gebäudekomplex Arbeitsgeräusche zu hören waren. Die anderen Abteilungen waren samstags geöffnet und auch sein Werkraum war Kursteilnehmern, die zeichnen wollten, unter Aufsicht eines Betreuerkollegen zugänglich. Heute lag das große Atelier jedoch wie ausgestorben da. Und das ist gut so, dachte er, als er zu seinem Schreibtisch ging. Er öffnete die Schublade und erstarrte.

DAS ARMBAND WAR VERSCHWUNDEN.

4
Bart Doran

Bart Doran stand in einer Nische, die gleichzeitig der Eingang eines unterirdischen Geschäfts war, an der Ecke einer engen Straße zwischen hoch aufragenden Gebäuden. Die schmale Straße führte auf eine breitere, mit Rollsteigen und einer Minimobilbahn, und lag beinahe direkt dem Wohnturm gegenüber, in dessen zwanzigstem Stock sich Jock Martins Wohnung befand.

Bart sah Jock aus dem Haus kommen und zog sich ein wenig tiefer in den Schatten zurück. Er geht ins Zentrum, dachte er.

Er plante, unauffällig in seinem strategisch günstigen Versteck zu warten; er wollte es zu gerne miterleben, wenn Martin zurückkam! Es gab genug, worüber er in der Wartezeit nachdenken konnte ...

Der Tag hatte abscheulich begonnen, und das nach einer fast schlaflosen Nacht.

Nein, schon gestern hatte alles begonnen. Als Kreativ-Betreuer Martin mit einem GESICHT zurückgekommen war ... Als hätte er einen schweren Kampf ausgefochten, mit Augen, die irgendein schreckliches Geheimnis verbargen. Bart durchlebte es noch einmal: Wir warteten auf die Fernsehsendung; ich war fast fertig gewesen mit der Skizze, die Jock mir zum Vollenden gegeben hatte. Komisch, ich kapiere immer noch nicht, wieso sie mir so gut gelungen ist. ... Ich sah es einfach vor mir ... Aber dass ich es auch noch so zeichnen konnte! Und dann sprachen die Planetenforscher im Fernsehen über die Wälder. Ich hatte Martin meine Zeichnung zeigen wollen, aber ich traute mich nicht mehr. Er schien plötzlich völlig abwesend zu sein, ich hatte Angst um ihn ... Nein, nicht Angst, ich weiß nicht was ... Sorge?

Bart blickte sich um, fischte etwas aus der Hosentasche und betrachtete es eine Weile nachdenklich. Ein metallenes Armband. Wann hatte er gesehen, dass Jock es in der Schreibtischschublade versteckte? Er musste es gesehen haben, aber es war ihm erst viel später klar geworden. Nach der Fernsehsendung, als außer Roos und ihm auch die anderen merkten, dass es Jock schlecht wurde ... *Aber ihm war nicht schlecht; es war etwas anderes ...* Genau – nach der Fernsehsendung. Martin hatte es noch vorgezeigt: Er trug sein Armband am Handgelenk; in der Schublade lag also ein anderes. Bart wusste, dass nur Betreuer so ein Armband tragen durften, damit sie jederzeit das Zentrum betreten konnten. Wie wichtig das Armband sein würde, ahnte er da noch nicht.

Abends, nachdem Jock gegangen war – *Ich habe ihm noch die Zeichnungen gegeben; Daan und ich haben ihn krankgemeldet* –, hatte der Assistent von Betreuer Erk die Aufsicht übernommen.

Viel getan hatten sie nicht, aber viel miteinander diskutiert: am meisten natürlich über die Neuigkeiten von der Venus. Einige hatten sich gefragt, was Jock Martin wohl davon hielt; Daan hatte Bart zugeflüstert, dass er davon krank geworden sein könnte. Und irgendjemand (Wer doch gleich? ... Natürlich Niku, dieser Schuft) hatte geschworen, dass Martin als Planetenforscher wegen schlechter Führung entlassen worden sei ...

An jenem Abend hatte er in einem unbeobachteten Augenblick die Schublade geöffnet und das Armband gestohlen. *Nicht gestohlen!* sagte er sich. Ich wollte nur sehen, ob ich mich geirrt hatte; ich wollte es zurücklegen, sobald ich konnte ... *Hattest du das wirklich vor?* fragte er sich. Warum hast du es dann überhaupt erst aus der Schublade genommen?

Bart tat einen Schritt vorwärts und zog sich gleich wieder in den Schatten der Nische zurück. Er kann noch nicht wieder da sein ... Warum bin ich so sicher, dass er zum Zentrum wollte? Wegen des Armbands, weil er nämlich überhaupt kein zweites besitzen darf! *Duplikate sind strengstens verboten.*

Das hatte ihm Betreuer Erks Assistent erzählt; Bart hatte scheinbar zufällig ein Gespräch über dieses Thema angefangen, einfach mit der Frage: «Warum trägst du eigentlich kein Armband?»

Nur Kreativ-Betreuer erhielten eines, und natürlich die Chefs und Inspektoren des A.f.a.W. und solche Leute ... Was wollte Jock Martin mit einem zweiten Armband?

Bart holte es noch einmal hervor und dachte dabei: Und ich, ich kann es bestimmt irgendwann einmal gut gebrauchen. Dass das Band funktionierte, wusste er; abends, nachdem das Zentrum geschlossen hatte, war er in der Gegend geblieben und, als niemand mehr zu sehen war, zur Kellertür gegangen. Er hatte sie geöffnet und war sogar kurz hineingeschlüpft. Lange war er in der fast gruseligen Stille jedoch nicht geblieben. Als er wieder draußen stand und die Tür sich hinter ihm schloss, wusste er, dass er nun jederzeit hineingelangen konnte ...

Er stopfte das Armband wieder in die Tasche. *Wann habe ich mich entschieden, es zu behalten?*

In der Nacht hatte er kein Auge zugetan, und frühmorgens war es – nicht zum ersten Mal – zu einem bösen Streit zwischen ihm, Tru und ein paar anderen aus der Unterkunft gekommen. Natürlich wieder wegen Ak, dem halbwilden Kater, den er (auch wenn nur Li das wusste) so sehr ins Herz geschlossen hatte. Aber das Tier *blieb* eigensinnig. Es klaute Essen aus der Küche, ruinierte die Möbel, und jeder, der damit nicht einverstanden war, lief Gefahr, mit seinen Krallen Bekanntschaft zu machen. Sperrte man ihn ein, miaute, nein: kreischte er die ganze Unterkunft zusammen ... Li schwor Stein und Bein, dass er dann sehr laut weinte. Nur wenn sie mit ihm redete und ihn streichelte, beruhigte sich das Tier wieder.

Die Unterkunft hatte einen kleinen Garten; unterirdisch natürlich, aber schön hell, mit Kunstgras, Sitzbänken, einem Ballspielnetzpfosten und einem echten Sandkasten für die Kleinen. Ak missbrauchte Gras und Bänke dazu, seine Krallen zu schärfen, und den Sandkasten hatte er zu seiner Katzenkiste erkoren ... Wie es Herr Akke prophezeit hatte: Der Kater hatte vom ersten Tag an nur Schwierigkeiten gemacht.

Und heute Morgen hatte Tru erklärt, dass sie einen Tierarzt rufen werde. Der müsse das Tier kastrieren, oder besser noch, gleich einschläfern. Li hatte geschnieft und geheult und war beinahe in Ohnmacht gefallen. Tru hatte ihre Worte später zurückgenommen, aber betont, dass Ak nicht in der Unterkunft bleiben könne; sie müssten eben eine neue Bleibe für ihn suchen.

Bart lächelte boshaft bei der Erinnerung. «O ja?», hatte er gesagt. «Es ist MEINE Katze, mein Kater; Herr Akke, Chef des A.f.a.W. hat ihn mir geschenkt, mir und Li. Ich werde mich bei ihm beschweren, ich werde ihm genau erzählen, wie gemein du bist. Das Tier ist noch keine Woche hier, wie soll es sich denn schon an alles gewöhnt haben und zahm sein?» Er hatte es auch wirklich getan, über ein Öffentliches Visiphon. Es war nicht ganz einfach, zu Herrn A. Akke durchzukommen, aber schließlich war es ihm geglückt. Der einflussreiche Mann war ein wenig kurz angebunden gewesen, hatte ihm aber aufmerksam zugehört und versprochen, so schnell wie möglich etwas zu unternehmen ... «Ich werde selbst mit dir und der Leiterin reden.»

«Heute noch?», hatte der Junge gefragt.

«Ich bin sehr beschäftigt, Bart. Vielleicht klappt es heute Mittag. Ansonsten auf jeden Fall morgen früh. Das Tier umbringen? Auf gar keinen Fall! Mach dir deswegen keine Sorgen.»

Nach dem Gespräch war Bart nicht zur Unterkunft zurückgegangen, und deshalb fühlte er sich schuldig, denn Li wartete dort. Sie hatte sich mit dem Kater in ihr Zimmer eingeschlossen; selbst ihre Zimmergenossinnen ließ sie nicht herein. Aber Bart musste einfach kurz an die frische Luft, herumstreunen, von Rollsteig zu Rollsteig springen. Und so war er – zufällig oder vielleicht auch nicht – an dem Wohnturm vorbeigekommen, in dem Jock Martin wohnte. Als er hinaufschaute, wusste er auf einmal, dass er mit diesem Mann reden wollte: über die Venus, über die Tigeraugen, über Ak, und vielleicht auch über sich selbst ... und über das Armband.

Aber Jock Martin hatte ihn fortgeschickt.

Er hatte Wichtigeres zu tun!

Wütend und enttäuscht war Bart davongelaufen – o ja, er hatte Jock rufen hören, aber da war es schon zu spät.

Er war zur Unterkunft gegangen und hatte Li von seinem Anruf bei Herrn Akke erzählt. Dann hatte er auch Tru einen Bericht geliefert, allerdings mit ganz anderen Worten. Später war er wieder abgehauen und auf Umwegen in den Bezirk zurückgekehrt, in dem Jock wohnte. Diesmal als Spion, versteckt in einer Nische ...

Wo bleibt er nur? Bart kratzte sich vorsichtig an der Stirn; ein Pflaster war heute Morgen abgegangen. Die Schramme war beinahe verheilt; sie juckte nur noch. Er begann an einem anderen Pflaster zu zupfen.

DAMALS *hat es angefangen. Wäre ich nicht Route Z gefahren, hätte ich nicht, hätte ich nicht ... hätte ich doch, nein ... Da ist er!*

Bart sah Jocks Gesicht nur kurz und konnte nichts darin lesen. *Er ist bestimmt wütend ... nein, eigentlich erschrocken.* Aber, dachte er, natürlich lässt er sich das nicht anmerken.

Er verließ die Nische und folgte Jock vorsichtig. Er sah, dass dieser an seinem Wohnturm vorbeiging und auf einen anderen Rollsteig umstieg. Dann verlor er ihn aus den Augen.

Wie spät ist es? Fast halb zwölf, um zwölf zum Essen zu Hause sein ... Wohin wollte Martin? Vielleicht zu Herrn Akke. Der war auch so beschäftigt. Nein, nicht zu Herrn Akke, das A.f.a.W.-Gebäude liegt in der anderen Richtung ... Was stehst du hier herum und trödelst? Hier gibt es nichts mehr zu tun! Ich komme heute Mittag bestimmt nicht zurück, Jock Martin. Dich besuche ich nie wieder!

Er umklammerte das Armband in seiner Hosentasche. Einen Moment lang sah er die Aussicht von Jocks Balkon deutlich vor sich, im zwanzigsten Stock ...

Ich behalte das Armband ... Zurück zu Li und Ak. Und ich ... ich lass mich, verdammt noch mal, von niemandem in einen gehorsamen Roboter verwandeln.

5
Jock Martin

Jock stand auf einem Rollsteig, wechselte von Zeit zu Zeit auf einen anderen, wobei er einen oder gar zwei übersprang (was verboten war), und fluchte über sich selbst. Deine Schuld, du *Dummkopf*. Aber *wer* hat das Armband gestohlen: *jeder* aus meiner Gruppe, ja, jeder aus dem Zentrum könnte es getan haben. Nur, wer konnte wissen, wo das Band lag, wer hatte sehen können, dass ich es dorthin legte? ... Sei vernünftig, Jock: die meisten Kursteilnehmer im Zentrum sind nicht besonders verlässlich oder ehrlich, geschweige denn ‹gute Stadtbürger›; unter ihnen sind einige, denen zuzutrauen wäre, dass sie in Schubladen herumschnüffeln und etwas daraus stehlen ...

Unter diesen ganzen Gedanken war einer, der unbeirrbar immer wiederkehrte, ein unbeweisbares Wissen: *Bart hat es.*

Was nun? Er konnte sein eigenes Armband verstecken und melden, dass er es verloren hätte. Dann würden ALLE Armbänder und die dazu passenden Türschlösser des Zentrums vernichtet und durch neue ersetzt werden. Damit wäre das zweite Armband wertlos ... Aber was für Schwierigkeiten würde er sich dafür einhandeln! Zumindest einen ernsten Tadel und eine Geldbuße, Befragungen oder noch Schlimmeres. Vor allen Dingen durfte er nicht vergessen, woher das verwünschte Duplikat stammte. *Ach, Xan ...*

Und wenn er *nichts* unternähme? Dann konnte jemand – wer auch immer – frei im Zentrum ein und aus gehen. Nicht unbegrenzt häufig, aber bestimmt eine Woche lang – oder länger, bis es dem Computer auffiel ...

Wüsste ich nur, wer! Ein Außenstehender? Jemand vom A.f.a.W. oder dem R.A.W., niemand aus dem Zentrum, nicht Bart? Nein, sehr unwahrscheinlich ... *Wäre* es doch Bart, dachte Jock. Vielleicht wollte er es mir heute Morgen zurückgeben ... Je länger er darüber nachdachte, desto stärker wurde die Versuchung, lautstark zu fluchen: Wenn *dem* so ist, fürchte ich, dass er es *jetzt* nicht mehr tun wird.

Von welcher Seite er das Problem, wie er nun reagieren sollte, auch betrachtete: Immer würde er aus irgendeinem ihm immer noch verborgenen Grund gezwungen sein, seine unauffällige und zurückgezogene Lebensweise aufzugeben, sie in die Waagschale zu werfen. Und das wollte er nicht, gerade JETZT nicht, bestimmt nicht gezwungenermaßen und erst recht nicht, wenn dieser Zwang ausging von großen, bekannten Namen, anonymen Instanzen: A.f.a.W., R.A.W., R.T.D. ...

So eigenartig es auch scheinen mochte, er war davon überzeugt, dass er Recht hatte. Seit der letzten – noch dazu traumlosen – Nacht war er endgültig davon überzeugt.

6
Akke

Es war beinahe halb zwölf: keine Zeit mehr, nach Hause zu gehen. Jock nahm einen anderen Rollsteig und versuchte, auf dem Weg zu Mos Maans GALERIE seine Probleme von sich abzuschütteln und sich auf das Gespräch mit Akke vorzubereiten. Aber was er Akke fragen wollte, hing insbesondere mit den Ereignissen der letzten Tage zusammen ...

Um ihn herum wurde es lebhafter; einige Geschäfte, Werkstätten, Zentren und Schulen öffneten ihre Türen zur Mittagspause. An verschiedenen Straßenecken und Plätzen versammelten sich Menschen vor den Fernsehschirmen und Radiomasten ... Die interessanteste Neuigkeit betraf zweifellos die Venus; auch den Gesprächen der Rollsteiggänger konnte Jock das entnehmen. Neue Mitteilungen waren noch nicht erfolgt – nur Kommentare, Fragen ohne echte Antworten und Kommentare über Kommentare. Niemand hatte die Passagiere der Abendstern noch einmal zu Gesicht bekommen; diese saßen noch in Quarantäne, eingeschlossen wie in einem Asozialen-Heim – wahrscheinlich noch schlimmer, denn aus einem A.S.-Heim drangen zumindest noch Nachrichten nach draußen ...

Die GALERIE von Mos Maan befand sich in einer stillen, alten schmalen Straße, ohne Rollsteig. Als Jock um die Ecke bog, erkannte er Akkes stämmige Gestalt sofort – nicht im Dienstgewand. Es war bereits nach halb zwölf; offensichtlich war er ungeduldig geworden.

Wenige Schritte später standen sie einander gegenüber. Jock bemerkte sogleich, dass Akke zornig oder über irgendetwas bestürzt war. Aber was er zu hören bekam, hatte er nicht erwartet:

«Martin, bist du jetzt völlig verrückt geworden! Du selbst hast mir gesagt: VERTRAULICH. Und hier zeigst du es Hinz und Kunz!»

«Was ...», begann Jock.

Akke sah sich flüchtig um. Außer ihnen war kein Mensch auf der Straße. In der Ferne wurde Radiomusik von einer Stimme unterbrochen: «Achtung! Aufruf für A.O. Lahore, Bezirk eins ...»

«Dein Gemälde, DIE AUGEN EINES TIGERS. Warum stellst du das aus? Und dann auch noch so auffällig?»

«AUFFÄLLIG?» Jock wurde wütend. «Weil ... weil ich DEINEN Rat befolgte, Akke! (*Wenn er mich duzt, tue ich das auch ... Wie war sein Vorname doch gleich?)* Ich sollte doch endlich einmal ausstellen?»

«Sei mir nicht böse», sagte Akke mit einem tiefen, ungeduldigen Seufzer. «Nur ... Komm erst mal mit und sieh selbst.»

Mos Maans GALERIE lag beinahe völlig unter der Erde; nur der Zugang war oberirdisch. Eine geräumige, nischenartige Öffnung mit Türen in den Seitenwänden und einer Rückwand ... Diesmal hing an der Rückwand nur ein einziges Bild: Goldglänzende Augen sprangen fast aus einer dunklen Wildnis heraus. Unsichtbare Lampen bewirkten, dass das Licht zu strahlen schien, schön und mysteriös zugleich.

«Aber ... das wusste ich nicht», flüsterte Jock. «Das hat Mos Maan veranlasst. Es ist ... Nein, so scheint es viel mehr, als es ist.»

«Jeder, der durch diese Straße geht, wird stehen bleiben und es sich ansehen», sagte Akke. «Vielleicht näher treten und lesen, wie es heißt und wer der Maler ist: JOCK MARTIN ... Wer hat es gekauft?»

«Es ist unverkäuflich», sagte Jock, als sie den Raum betraten. «Das Kärtchen ist ein Trick von Mos Maan. Ich wusste nicht ...»

«Dieses Gemälde muss sofort hier weg», sagte Akke leise, aber nachdrücklich. «Unterbrich mich nicht. Ich kaufe es.»

«Es ist nicht ...»

«Gut. Wenn es nur niemand sonst zu sehen bekommt. Ich will versuchen, es dir zu erklären ... Oder weißt du es bereits?»

Verwirrt schüttelte Jock den Kopf.

«Nimm dich in Acht bei dem, was du sagst, wenn wir drinnen sind. Es wird viel zu viel gelauscht in dieser Stadt.»

Jock folgte Akke schweigend; er wusste auch nicht, was er noch hätte sagen sollen.

Im winzigen Empfangszimmer begrüßte Mos Maan sie händereibend.

«Ah, da sind Sie ja wieder», sagte er zu Akke. «Und in Gesellschaft, wie ich sehe ... Guten Tag, Herr Martin. Sie haben sich bereits bekannt gemacht?»

«Ja, Herr Maan», sagte Akke. «Ich habe ihm gesagt, dass ich sein Bild kaufen will; Sie wissen, welches ich meine.»

«Aber ...», begann Jock.

Mos Maan warf ihm einen halb flehenden, halb beschwörenden Blick zu. «Lassen Sie uns ehrlich sein, Herr Martin: VERKAUFT heißt noch nicht verkauft, solange das letzte Gebot noch aussteht ...» Entschuldigend sagte er zu Akke: «Künstler müssen doch auch leben.»

«Ich habe gesagt, dass es unverkäuflich ist!», platzte Jock heftig heraus. «Und dabei bleibe ich. Ich habe Ihnen auch nicht gestattet ...»

Mos Maan schien ehrlich verletzt. «Sie brachten Ihre Gemälde doch hierher, um ...»

«Um sie auszustellen», fügte Akke hinzu. «Es gibt in diesen Räumen noch mehr zu sehen, das weiß ich bereits. Wenn Sie einverstanden sind, Herr Maan, möchte ich mir alles noch einmal UNGESTÖRT ansehen und dabei in aller Ruhe mit dem Maler Jock Martin reden.»

«Jetzt sag mir doch endlich ...», flüsterte Jock erbost.

Akke sah hinüber zu einem Kunstliebhaber, der den Allgemeinen Raum betreten hatte und mit kritischem Blick umherging. Jocks andere drei Gemälde waren zwischen vielen weiteren an günstigen Stellen platziert.

Jock drehte Akke den Rücken zu und ging durch die Halle und die Treppe hinunter.

Akke folgte ihm – und unversehens standen sie einander wieder gegenüber, in einem runden Raum voller Glaszylinder, in denen Lichter aufblitzten und wieder erloschen.

Einen betrachtete Jock unverwandt ... Bizarre Formen: Zitronengelb, Giftgrün, Grasgrün, Smaragdgrün ... Ein Teil seines Geistes überlegte: Auch auf *diese* Weise könnte man es darstellen. Wie würde *ich* ...

Aber Akke stand ihm gegenüber, und das war die Wirklichkeit.

«Jock Martin, was bist du mehr?», fragte Akke. «Maler oder Planetenforscher?»

Jock wandte sich halb ab, zuckte nachdenklich mit den Schultern und gab keine Antwort.

«Dann lass mich die Frage anders stellen», sagte Akke. «Bist du dir bewusst, was du meinst, wenn du einem Bild seinen Namen gibst, beispielsweise DIE AUGEN EINES TIGERS?»

Jock konnte Akkes Blick nicht länger ausweichen, und dieser überraschte ihn nicht nur, sondern jagte ihm auch eine unbestimmte Furcht ein.

Die graugrünen Augen warnten ihn: *Spiel nicht mit dem Feuer. Und du selbst, A. Akke,* dachte Jock, *was tust du? Spielst du nicht ebenfalls mit dem Feuer?*

Akke wiederholte seine Frage, leise, als koste es ihn Mühe: «Bist du dir bewusst, was du meinst mit ... den AUGEN EINES TIGERS?»

«Ja, natürlich», antwortete Jock, aber noch während er das sagte, ging ihm auf, dass dem NICHT so war und dass auch Akke nicht alles wusste. Trotz dieser Gedanken sagte er: «DU weißt natürlich viel mehr darüber ... Du hast doch, soweit ich weiß, auch Biologie studiert?»

«Soll ich dir einmal erzählen», fuhr Akke in gedämpftem Ton fort, «warum die großen, wilden, furchtbaren Tiere immer selten gewesen sind? Warum sie ausgestorben sind, wie der TYRANNOSAURUS REX?»

«Das hast du schon einmal gesagt ... Was?», fragte Jock, plötzlich gereizt. Es kam ihm vor, als spiele er mit Akke eine Szene aus einem absurden Theaterstück, wobei er den Text seiner Rolle improvisieren musste, in der Gewissheit, dass sich hinter dem Text noch viel mehr verbarg.

Akke machte eine Geste der Entschuldigung. Irgendwo in der GALERIE hallten Schritte ...

«Der Tyrannosaurus war einer der letzten Saurier, eine unvorstellbar große Echse, mit Zähnen von etwa einem halben Meter Länge – na ja, ich übertreibe vielleicht; bereits ausgestorben, bevor der MENSCH auf der Erde erschien! Weißt du, wann er lebte, Jock Martin? Das ist ein Thema für ein Gemälde! Zu jener Zeit, als in der Natur die BLUME entstand und sich die ersten Blütenkelche öffneten ... Das war vor Millionen von Jahren, und heute sind Blüten auf der Erde selten geworden.»

Er lächelte unaussprechlich traurig. Jock sagte nichts.

Um sie herum blitzten die Lichter in den Zylindern: *Gelb, Orange, Rot ... Karminrot, Zinnoberrot, Orange, Gelb, Grün, Blau, Violett ... Das Ende des Regenbogens ... Licht ... Verbirg dein Gesicht ...*

Die Schritte kamen näher, ganz nahe ... und entfernten sich langsam wieder.

Jock starrte Akke an ... *hinter einem Schleier aus Licht.*

«Der TIGER», redete Akke weiter, «das prächtigste, schrecklichste aller Säugetiere, die große Raubkatze, ist ausgestorben. Weil er unzähmbar war, sagt man, oder wegen seines herrlichen Fells. Und doch jagte und tötete er nur, um selbst zu überleben! Das allerschrecklichste Säugetier, MENSCH mit Namen, trägt vielleicht die Schuld daran, dass es keine Tiger mehr gibt. Ich sage ‹vielleicht›, denn sterben müssen wir alle einmal, und es starben auch Tiere aus, bevor es den Menschen gab ...»

Jock sah ihn unverwandt an, faszinierter, als er es sich anmerken lassen wollte. Er öffnete den Mund, um etwas zu sagen, aber Akke schien kein Ende zu finden.

«Still. Warum benennst du, um aller bekannten und fremden Welten willen ein Gemälde nach SEINEN Augen? Weißt du auch nur irgendetwas darüber? Kennst du beispielsweise die uralten Erzählungen über den wahren Tiger, dessen Namen man niemals laut aussprechen darf? Über die uralte Feindschaft von Mensch und Tiger? Über das Zähmen des Unzähmbaren ... Ach verdammt, ich hätte das alles vielleicht nicht sagen sollen. Sorg nur dafür, dass dein Gemälde von hier verschwindet. Maler und Dichter und Analphabeten, die von Tigern inspiriert wurden, sind oft genug auch von Tigern getötet worden.»

«Aber», sagte Jock ganz langsam, sorgfältig seine Worte abwägend, «ich habe doch nur seine Augen gemalt. Und es gibt doch keine Tiger mehr?»

«Nein, wohl aber Planetenforscher und auch andere Forscher. Und Journalisten. Und Spione.»

Gleichzeitig mit Akke machte Jock einen Sprung in die Wirklichkeit zurück. «Hat das ganze Gerede etwas mit dem zu tun, was gestern ...»

«Ja», sagte Akke. «Ich kaufe das Bild, wirklich oder nur zum Schein, und nehme es gleich mit.»

«Du bekommst es nicht; es ist für Anna.»

«Ach ja ... Anna Rheen. Deine Schwester ... Halbschwester.

«Woher weißt du ...»

Im Flüsterton sagte Akke: «Muss ich deinem Gedächtnis nachhelfen, Jock Martin? Ich habe deine komplette Akte! Und jetzt halt endlich den Mund, versprochen?»

Jock folgte ihm verwirrt. Im Allgemeinen Raum hielt sich jetzt nur noch Mos Maan auf, der ihnen sogleich entgegenkam.

«Guten Tag, die Herren. Und ...?», fragte er, untertänig und herausfordernd zugleich.

«Herr Martin hat zugestimmt, mir sein Gemälde zu verkaufen», sagte Akke. «Er überlässt es Ihnen, den Betrag festzusetzen. Ich habe nur einen Wunsch beziehungsweise eine Bedingung: Ich will es auf der Stelle mitnehmen.»

«Ja, aber ...», setzte Mos Maan an.

«Ich bin damit einverstanden», sagte Jock. «Sie haben es sehr schön präsentiert, aber ohne meine Zustimmung und nicht ganz richtig beleuchtet.»

Mos Maan bedachte ihn mit einem vorwurfsvollen Blick, rückte dann nachdenklich seine goldene Perücke zurecht und sagte: «Ah ja! Herr ... äh ... das Bild gehört Ihnen für ...» Und er nannte einen Betrag, der Jock beinahe den Atem nahm.

Akke verzog keine Miene. «Gut. Packen Sie es gleich ein.»

«In bar», sagte Mos Maan.

Akke zog ein paar Schecks aus der Tasche – jene seltenen grünen, die überall einlösbar waren, auf denen nur eine Nummer stand, kein Fingerabdruck oder Name. Mos Maan verneigte sich respektvoll vor ihm.

«Nach Abzug der Kommissionssumme», sagte er an Jock gewandt, «werde ich Ihnen Ihr Honorar überweisen, Herr Martin.»

«In Ordnung», sagte Jock, obwohl er bezweifelte, dass es wirklich in Ordnung war.

Wenig später, draußen auf der Straße, sagte er zornig: «Gib mein Gemälde her; es gehört mir und ist nicht verkäuflich!»

«Ich weiß, für deine Schwester Anna», sagte Akke ruhig. «Nur, an deiner Stelle würde ich es ihr nicht gleich aufhalsen. Es ist ein schönes Bild, aber selbst wenn es wirklich mein Eigentum wäre, würde ich es mir nicht gerade jetzt in mein Haus oder Sprechzimmer hängen. Du solltest es vorläufig besser unter Verschluss halten ... Ist das möglich? In deinem Haus? Vielleicht klebst du etwas darüber oder so ...» Er drückte das sorgfältig verpackte Gemälde Jock in die Hand. «Bitte sehr, da hast du es zurück.»

«Ach ja? Und wer hat es bezahlt?»

«Du bekommst doch Geld dafür, oder? Überweise es mir, und wir sind quitt.»

«Und die Kommission, die Mos Maan abzieht? Wer zahlt die?»

«Oh!» Akke war einen Moment lang sprachlos. «Daran hatte ich nicht gedacht. Wie hoch ist die?»

«Dreiunddreißigeindrittel Prozent!»

«Na ja, das geht dann wohl auf meine Rechnung.»

«Die Rechnung des A.f.a.W., meinst du?»

«Bleib ruhig!», sagte Akke. «Können wir unser Gespräch nicht wie normale Spaziergänger fortsetzen?»

Jocks Wut verpuffte im Handumdrehen. Ihn befiel stattdessen ein unbändiges Verlangen zu lachen ... ausgiebig hysterisch zu lachen. Er beherrschte sich jedoch und sagte: «Gern, sehr gern sogar ... Einfach spazieren?»

«Ja, nichts anderes steckt dahinter; nur ein Privatgespräch ... Und das mit mir, der ich Spaziergänge überhaupt nicht mag», murmelte Akke. «Aber ab und zu ein langsamer Rollsteig, dann sollte es schon gehen.» Er warf einen Seitenblick auf Jock und ergänzte: «Es ist eine idiotische Situation, aber glaube mir, ich halte dich nicht zum Narren.»

7
Jock Martin, A. Akke

Es stimmte also tatsächlich! Vor den Schwierigkeiten mit Xan hatte es Jock kaum Probleme bereitet, oder besser gesagt: er hatte es sich, seitdem er wieder zurück auf der Erde war, selbst beigebracht, so viel wie möglich zu vergessen. – *Überall konnte man bespitzelt werden. Überall ... Durch nahezu unsichtbare, nicht erkennbare Apparaturen – oder ganz einfach durch den eigenen Roboter.*

Selbst ein so mächtiger Mann wie Akke, noch dazu vom A.f.a.W., war nicht dagegen gefeit.

Deshalb liefen sie kreuz und quer durch die Stadt, fuhren von Zeit zu Zeit bequem auf einem Rollsteig, ruhten sich manchmal auf einer Bank oder an einem Platz aus – und unterhielten sich dabei. Jock bestimmte den Weg, der sie mehrfach an denselben Ort zurückführte; so blieben sie innerhalb eines bestimmten Stadtbezirks.

«Du kennst diesen Bezirk wie deine Westentasche», stellte Akke nach einer Weile fest. «Magst du die Stadt?»

«Nein», sagte Jock.

«Überflüssige Frage! Das habe ich schon vor längerer Zeit bemerkt.» Das war etwa zur Halbzeit ihres Gesprächs beziehungsweise Spaziergangs, und Jock fragte sich unwillkürlich, vor wie langer Zeit Akke das bemerkt hatte – vor ziemlich langer Zeit vermutlich ...

Als sie die Straße, in der Mos Maans GALERIE lag, verließen, klopfte Jock mit dem Finger auf das Gemälde, das er unter dem Arm trug. «Ich habe dich eine Menge zu fragen, zuallererst hierüber, auch wenn ich damit nicht gerechnet habe. Genauso wenig wie du, denke ich.»

Akke nickte. «Das stimmt. Müssen wir nach links?»

«Links, dann gleich wieder rechts», sagte Jock. «Und jetzt warte ich auf deine Ausführungen oder eine Erklärung. Ich habe allerdings das eigenartige Gefühl, dass du mir keine geben wirst.»

«In der Tat», sagte Akke, «du bekommst keine. Ich wollte es

versuchen, habe aber eingesehen, dass das vergebliche Liebesmüh wäre.»

Das ist sein Ernst, dachte Jock und wusste nicht, ob er ruhig bleiben oder erneut protestieren sollte. Unvermittelt fiel ihm ein anderes Augenpaar ein, ebenfalls gezeichnet und hinter Gittern. «Hat Bart Doran etwas damit zu tun?»

«Nein!» Akke blieb stehen und sah ihn offenkundig verblüfft an. «Wie kommst du darauf?», fragte er immer noch erstaunt, aber auch mit einem Anflug von Misstrauen in der Stimme.

«Dir das zu erklären wäre vergebliche Liebesmüh», sagte Jock. «Nein, Akke, ICH bin immer noch an der Reihe. Nächste Frage: Warum warntest du mich – zwar durch die Blume, aber doch deutlich genug –, warum warntest du mich vor meinem Roboter? Vor noch nicht einmal einer Woche, Montagabend um genau zu sein.»

«Weil ...» Akke zögerte nicht, er suchte nur nach den richtigen Worten. «Damit hat Bart Doran in gewisser Weise doch zu tun, allerdings nur insofern, als ich in dir den besten Betreuer für ihn sah und nicht, weil ich zufällig in den Tagen davor immer wieder deinen Namen hörte. Daran musste ich an jenem Montagabend denken: dass mir immer wieder, offen oder auf Umwegen, Fragen über dich gestellt wurden.»

«Warum?»

«Lass mich ausreden. Ich habe dich bereits daran erinnert, und das wirklich mit Widerwillen, dass ich eine ausführliche Akte über dich habe; seit der Zeit, als du von der Venus zurückkamst und Widerspruch gegen deine Entlassung einlegtest.»

Jock nickte schweigend; das war etwas, an das er nicht gern zurückdachte. Drei Psychologen hatten ihn ausführlich getestet und befragt, unter Akkes Federführung, dem Einzigen der drei, der nie eine Außenwelt – nicht einmal den Mond – betreten hatte. Die vom Rat für Außenwelten ausgesprochene Entlassung sei gerechtfertigt gewesen, da sein Widerspruch «durch Stimmenmehrheit» für ungerechtfertigt erachtet wurde ... *Wie hat Akke gestimmt?* fragte sich Jock einen Augenblick lang; er wagte nicht, danach zu fragen – das war nun wahrlich ein Berufsgeheimnis.

Akke fuhr fort: «Um aufs Thema zurückzukommen, die unterschiedlichsten Leute schienen sich plötzlich auch an diese Akte zu erinnern, denn sie fragten mich nach dir, klopften deswegen an meine Tür ... Hochgestellte und als rechtschaffen bekannte Personen, aber ich fragte mich doch, weshalb; es ging sie schließlich nichts an. Das Sonderbare daran war, dass Leute darunter waren, die nichts oder nichts mehr mit dir zu tun haben.»

«Vom R.A.W.», sagte Jock leise, «und dem R.T.D. vielleicht ...»

«Auch vom A.f.a.W.», ergänzte Akke. «Ich sagte dir letztens, dass ich nur Chef von Hauptquartier Nord sei und nicht in die höchsten Regierungsgeheimnisse eingeweiht wäre. Das hat sich jetzt, vor kurzem erst, geändert. Aber ich traute dem Ganzen nicht, und darum warnte ich dich ... Können wir nicht diesen Rollsteig nehmen?»

«Besser den nächsten», sagte Jock. «Und ...?»

«Nun möchte ich dir eine Frage stellen: Was ist in der Zwischenzeit mit deinem Roboter passiert?»

«Warum wolltest du mich sprechen?»

«Was ist mit deinem Roboter passiert?»

«Also gut ...» Jock schilderte Xans Schicksal, so kurz und bündig er konnte – nur die Existenz des Armbandduplikates und was sonst noch damit zusammenhing verschwieg er.

«Noch schlimmer als ich dachte», war Akkes Kommentar. Er sah Jock vorwurfsvoll an, bevor er den Rollsteig nahm. «Deinen eigenen Roboter zu demolieren!»

«Denkst du, mir hat das Spaß gemacht?», sagte Jock. «Ich hatte einfach keine andere Wahl.»

«Ja, das sehe ich ein», stimmte Akke zu. «Eine ganz üble Geschichte ...»

Jock schwieg einen Moment. Dann sagte er: «Und jetzt wiederhole ich noch einmal meine Frage: Warum wolltest du mich sprechen?»

«GEBRAUCH DOCH ENDLICH MAL DEINEN VERSTAND!», sagte Akke. «Vorhin, bei Mos Maan hast du doch selbst davon angefangen ... Ja, es hat mit den Nachrichten von der Venus zu tun. Ein Planetenforscher spaziert in den Wäldern herum und stirbt nicht daran; im Gegenteil: er erzählt, wie herrlich und erfrischend sie seien, und noch mehr ... Jock, warum hast du Dr. Topf angelogen?»

«Was denn nun schon wieder?»

«Dass du den Planetenforscher nicht kennen würdest? Edu Jansen.»

«Weil ... weil ich damals ... Nur ein Gefühl ...»

«Deine Gefühle, Jock Martin! Du konntest dir doch denken, dass diese Lüge auf jeden Fall auffliegen würde? Man vergisst nicht jemanden, mit dem man ein Jahr lang in einem Team gearbeitet hat. Und das auch noch auf einem gefährlichen Planeten.»

«Was ging das Dr. Topf an? Außerdem traute ich ihm nicht.»

«Du trautest ihm nicht!»

Akke vergaß beinahe, rechtzeitig den Rollsteig zu verlassen; Jock half ihm im letzten Moment, das Gleichgewicht zu behalten, und ließ dabei das verpackte Gemälde fallen.

Er hob es auf, dann gingen sie weiter: links, rechts, links ... Sie ruhten sich einen Moment aus und setzten dann ihren Weg durch eine ruhige Schlucht zwischen hoch aufragenden Mauern fort.

«Trautest du Dr. Topf nicht oder mochtest du ihn einfach nicht?», sagte Akke etwas später. Langsam setzte er hinzu: «Ich muss zugeben, dass deine Gefühle vielleicht in Richtung Wahrheit weisen. Dein Roboter ... Der Rat für Außenwelten hat mit Robotern nichts zu schaffen ...»

«Und Dr. Topf *ist* der R.A.W.», sagte Jock.

«Jemand, der als untadelig bekannt ist, Jock! Der Rat hat noch mehr Mitglieder, und die sind bei weitem nicht alle einer Meinung ...»

«Red weiter», sagte Jock.

Akke schüttelte den Kopf. «Wir wollen uns lieber nicht weiter in Unterstellungen ergehen. Du fragtest, warum ich dich sprechen wollte.»

«Du nimmst Topf in Schutz!»

«Ich nehme niemanden in Schutz», sagte Akke schroff. «Außer ... Nun ja. Auch nach unserem Gespräch von Montagabend fiel mir auf, dass verschiedene Personen und Instanzen

Interesse an deiner Person bekundeten ... Und einerlei wie besonders du auch sein magst, Jock Martin, *so* etwas Besonderes bist du nun auch wieder nicht! Unterbrich mich nicht schon wieder ... Um es kurz zu machen: Ich versuchte herauszufinden, woher dieses Interesse rührte. Nicht aus purer Neugierde, sondern auch, weil ich mich schon geraume Zeit darüber geärgert hatte, dass ich von Dingen ausgeschlossen wurde, die ich von Rechts wegen hätte wissen müssen ...»

«Diese Neuigkeiten von der Venus», flüsterte Jock. «Wie alt sind die? Ich meine: Wie lange wissen die Eingeweihten, Parlamentarier, Leute wie Dr. Topf davon? Seit Monaten oder noch länger. Es besteht ein regelmäßiger Funkkontakt zur Venus, von vier, fünf Minuten Laufzeit pro Strecke ... Wie lange wissen einige Leute auf der Erde bereits Bescheid?»

Akke zuckte mit den Schultern. «Die Neuigkeit über die Wälder ... In den höchsten Kreisen, in der Weltregierung wissen sie es tatsächlich seit Monaten, wenn auch nicht so lange, wie du vielleicht denkst: erst kurze Zeit vor dem Start der Abendstern. Der Kommandant der dortigen Niederlassung scheint sehr lange geschwiegen zu haben ... Bis er das nicht mehr konnte.»

«Warum diese Geheimniskrämerei? Im Wald herumspazieren ...»

Akke blieb stehen. «Jock, du schweifst vom Thema ab. Ist dir immer noch nicht klar, woher das Interesse an deiner Person rührt? Planetenforscher Nummer elf, ein gewisser Edu Jansen, wagt sich in die Wälder. Ein anderer Planetenforscher, ein gewisser Jock Martin, wird entlassen, weil er sich zu viele Tadel eingehandelt hat – unter anderem, weil er sich auf verbotenes Gebiet begeben hat ... Jock, du hast daran gedacht und es nicht getan; aber du wolltest es ebenso, das ergibt sich aus deiner Akte.»

«Was?»

«In den Wäldern herumspazieren. Danach hielt man das für gefährlich und anomal. Jetzt aber hat dein jüngerer Kollege es tatsächlich getan, ohne dadurch verrückt zu werden oder gar zu sterben. Nein, er kommt kerngesund und mit besagten

Neuigkeiten zurück.» Akke schwieg einen Moment und sagte dann: «Schau nicht so düster drein! Du könntest dich eigentlich auch freuen: weil du im Nachhinein Recht behalten hast ... Würdest du immer noch, erneut, als Planetenforscher auf der Venus arbeiten wollen?»

Diese Frage erschütterte Jocks angeschlagenes Gleichgewicht vollends. Er bemühte sich – ungeachtet der Anstrengung, die ihn das kostete –, ein wenig Ruhe zurückzugewinnen, wenngleich diese nur äußerlich war. «Dr. Topf sagte mir», antwortete er, «falls ich mich jetzt noch einmal bewerben würde, könnte ich ... Nun, damals glaubte ich ihm nicht und tue das auch heute nicht, nicht ernsthaft. Also, warum sollte ich mich damit beschäftigen?»

«Meinst du das ernst?», fragte Akke.

Jock blickte starr geradeaus. «Ja», antwortete er. Sehnsüchtig dachte er: *In die Wälder gehen, stell dir vor! Aber es ist wahr, dass ich mich dort nicht mehr sehe; trotz Edu, trotz Topfs Versprechen.*

Akke sagte bedächtig: «Ich muss zugeben, dass du mit dieser Beurteilung wohl richtig liegst.»

Erst jetzt wagte es Jock, ihm wieder ins Gesicht zu sehen. Akke begegnete seinem Blick – nicht mitleidig, sondern verständnisvoll, mit einer Spur von Zustimmung. Eine neue Frage schoss Jock durch den Kopf (vielmehr war sie gar nicht so neu, er hatte schon einmal daran gedacht): «Sind wirklich ALLE Neuigkeiten von der Venus bekannt gemacht worden? Was genau wurde in den Wäldern entdeckt?»

Akke antwortete: «Darüber erscheint in den nächsten Tagen ein offizieller Bericht, der mit Filmen und Fotos im Fernsehen gesendet werden wird.»

«Das meine ich nicht, Akke. Was wurde entdeckt, das NICHT im offiziellen Bericht erwähnt wird?»

«Ich weiß es nicht», sagte Akke.

«Du weißt es sehr wohl!»

«Gut, ich weiß mehr, als bekannt gemacht wird, aber ich ... Können wir uns nicht mal wieder setzen?»

Sie saßen nebeneinander auf einer städtischen Bank, jeder einen Becher mit lauwarmer, hellbrauner Flüssigkeit in der Hand, die Jock als «Kaffeenektar» aus einem Automaten geholt hatte.

Akke nahm einen Schluck und verzog das Gesicht. «Ich gehöre inzwischen – lach nicht, Jock! –, zum Teil vermutlich, weil ich einmal ein psychologisches Gutachten über dich erstellt habe –, zu den Eingeweihten, wie du sie nennst. Guck nicht so misstrauisch; Berufsgeheimnis bleibt Berufsgeheimnis. Die Manipulation deines Roboters – falls es wirklich eine war, was mich nicht erstaunen würde – ist völlig inakzeptabel ... Und das ist der Grund, warum ich dich sprechen wollte: um dich noch einmal und diesmal ganz eindringlich zu warnen! Versuche so wenig wie möglich aufzufallen.» Akke lächelte flüchtig, aber seine Augen lachten nicht mit. «Also keine auffallenden Gemälde ausstellen ... So weit die Erklärung für mein Verhalten bei Mos Maan.»

«Das ist nicht wahr!», sagte Jock. «Du redest viel, Akke, aber du verschweigst, worum es geht.»

«Jock, ich kann dich nur warnen! Ein Einzelner allein gegen einflussreiche Personen, die Regierung oder große Organisationen: das ist ... glatter Selbstmord.»

«Wovor warnst du mich denn? Ich habe nichts Auffälliges getan, im Gegenteil. Was habe ich verbrochen, dass Eingeweihte auf meine Akte scharf sind, dass mein Roboter zum Spion umfunktioniert wird? ICH habe das nicht herausgefordert!»

«Ich weiß, Jock», sagte Akke sanft, «und es tut mir Leid, dass ich nicht mehr sagen kann. Selbst dieses Gespräch muss ‹unter der Rose› bleiben.»

«UNTER DER ROSE?» *(Niemand, niemand hat mir erzählt ...)*

«Oh! Ein sehr alter, mythischer Ausdruck; er bedeutet: geheim, vertraulich.»

«Was wurde dort gefunden ...»

«Verdammt, Jock, ich bin so deutlich gewesen, wie ich sein kann und darf. Ich habe schließlich Geheimhaltung geschworen ...»

Jock zielte mit dem leeren Plastikbecher auf den Recycler neben dem Automaten, verfehlte ihn aber. «SEHR deutlich», sagte er höhnisch. «Zum Glück werde ich meinem Ex-Kollegen

Edu Jansen selbst begegnen *(das zumindest steht fest)*, auf Mary Kwangs Ausstellung ... an der ich mich jetzt doch beteilige, falls du das noch nicht weißt.»

«Ich habe davon gehört, das stimmt», sagte Akke. «Ich frage mich, ob das im Moment wirklich vernünftig ist ...»

«Ich nehme daran teil und fertig!», fiel Jock ihm ins Wort. «Ich habe eigens NEUE Bilder dafür gemalt. Ich hoffe nur, dass ich nicht noch eines meiner Gemälde verstecken muss.»

Akke legte die Hand auf sein Knie. «Junger Mann, ich bin den Sechzigern näher als den Fünfzigern und habe genug erlebt, um in der Lage zu sein, meine Versprechen nicht einzuhalten und Schwüre zu brechen. Aber jetzt kann ich das nicht. Du wirst selbst herausfinden müssen, worum es geht! Wenn du es wirklich nicht weißt, dann gebrauche deinen Verstand ... oder deine Gefühle. Bis jetzt jedenfalls ...»

«Bis jetzt ... Was?»

Akke blickte stirnrunzelnd zu Boden und gab keine Antwort.

«Akke, ich finde, dass du ... Wie heißt du eigentlich? Ich meine: Wie ist dein Vorname?»

«Was hat das denn damit zu tun? Jeder nennt mich Akke.»

«Und du nennst mich Martin und Jock. Wie ...»

Akke hob den Kopf und sah Jock mit einem verschmitzten Lächeln an. «Rate einmal.»

«Was soll der Unsinn ...» Jock unterbrach sich selbst. «Glaube es oder nicht, und es hat tatsächlich gar keine Bedeutung, aber ich habe es mich schon früher gefragt. A. AKKE also ... Und immer spukten mir zwei Namen im Kopf herum: Aaron und Anton. Anton und Aaron. Es kann nur einer von beiden sein, denn es steht nur ein A Punkt vor AKKE.»

Akke verzog das Gesicht; es schien (dachte Jock ein wenig erschrocken), als ob es gleich aus ihm herausbrechen würde ... *ja, was?* Jähzorn? Wutanfall? Tränen? Nein, dieser Mann würde niemals ...

Akke hatte sich tatsächlich gleich wieder unter Kontrolle; auf einmal saß er unglaublich still. Er starrte geradeaus. «Woher weißt DU, dass ich nur A Punkt AKKE heiße.»

«Das weiß ich nicht», flüsterte Jock.

Akke hatte seine Selbstbeherrschung wieder gefunden und seine graugrünen Augen ruhten erneut auf Jock. «Du traust mir nicht», sagte er. «Nun, ich traue dir ebenso wenig! Du weißt, genau wie ich, mehr als du sagst ... Hör zu: Meine Eltern nannten sich zusammen nach meinem Vater: AKKE, und so wurde das auch mein Nachname. Aber als sie nach ein paar Jahren ihre Beziehung bereuten, lautete mein Vorname für meinen Vater ANTON, für meine Mutter AARON. Ich begriff ihre ewigen Streitereien überhaupt nicht, nur das: ‹Für Mutter heiße ich Aaron, für Vater bin ich Anton.› Als sie sich später trennten, wohnte ich mal bei dem einen, mal bei dem anderen Elternteil. Die Streitereien gingen weiter; manchmal wurde ich mit hineingezogen, manchmal wüteten sie ohne mich. An meinem dreizehnten oder vierzehnten Geburtstag hatte ich genug und lief von zu Hause fort; zufällig war es das Haus meines Vaters. Ach ja ... eigentlich waren beide ganz nett, aber ... Als ich volljährig wurde, wählte ich – wie es das Gesetz erlaubt – meinen eigenen Namen. AKKE war ich für beide Eltern gewesen, Aaron und Anton warf ich über Bord. Ich hatte nicht genug Mut oder Fantasie, mir einen neuen Vornamen auszudenken; daher beließ ich es bei A Punkt ...»

Wieder sah er Jock an, sehr intensiv, aber seine Frage wiederholte er nicht.

Jock dachte: Ob er *auch* in einer oder gar verschiedenen Unterkünften gewohnt hat, so wie Bart Doran? Ihm war nicht wohl in seiner Haut; ihm war, als hätte er neugierig das innerste Wesen eines Menschen ausgespäht. Er riss sich zusammen. Noch immer hatte er nicht alle Antworten auf seine Fragen erhalten, wusste jetzt aber, dass er sie von Akke auch nicht erhalten würde. Er stand auf, klemmte sich das Gemälde unter den Arm und sagte knapp: «Lass uns weitergehen. Ich weiß nicht, wie viel Zeit du noch hast.»

«Nicht mehr viel», sagte Akke, der ebenfalls aufstand. «Es wartet noch ein Haufen Arbeit auf mich. Bart Doran hat plötzlich Probleme, und dann sind da noch andere ... Was dich angeht ... Denk immer daran, Jock Martin, und das ist mein Ernst, mein Wort darauf. Du musst ...»

Die Stimme aus einem Radiomast unterbrach ihn unerwartet:
«ACHTUNG! AUFRUF FÜR HERRN A. AKKE, CHEF DES A.F.A.W.-HAUPTQUARTIERS NORD.

HERR A. AKKE, CHEF DES A.F.A.W., WIRD GEBETEN, SICH SCHNELLSTMÖGLICH ZUM HAUPTQUARTIER NORD ZU BEGEBEN. ICH WIEDERHOLE ...»

«Das hat mir gerade noch gefehlt!», murmelte Akke. «Was wollen sie denn jetzt schon wieder?» Er ging zum Mast hinüber und drückte wütend auf den Knopf, der in kürzester Zeit ein Minimobil rief.

«Denk immer daran, Jock», wiederholte er hastig. «Wenn du es noch nicht verstehst, dann erschrick nicht, wenn du es herausfindest. Sei auf der Hut, rede dich nicht um Kopf und Kragen. Vertraue vorläufig nur dir selbst, so hässlich das auch klingen mag. Lass dir nicht anmerken, dass ... Nicht bevor ...»

Ein Minimobil brauste heran.

«Behalte dich selbst im Auge und mach deine Arbeit wie gewöhnlich», sagte Akke. «Auf Wiedersehen; ein baldiges, wie ich hoffe, Martin.» Er stieg ein; das Mobil sauste davon.

8
Jock Martin, Bart Doran

Jock blickte dem Mobil nicht hinterher, sondern betrat ein Geschäft und kaufte dort zwei Sojamahlzeiten, drei Flaschen Vitamingetränk und – sehr verschwenderisch, außerhalb der normalen Ration – je eine Flasche Kaffeenektar und echten Alkohol. So kam er schwer bepackt (denn das Gemälde trug er schließlich auch noch) nach Hause.

Noch am vorigen Tag hatte Xan seinen ganzen Bedarf besorgt und ihm alles – warm oder kalt – zubereitet, wann immer ihn danach verlangte. Jock sah sich um: Wie still es doch in der Wohnung war.

Anna hat eine Katze, dachte er. Ich habe nicht einmal einen Roboter.

Er sortierte seine Einkäufe in die dafür vorgesehenen Fächer der Miniküche, goss sich ein Glas Vitamingetränk ein, setzte sich ins Wohnzimmer und aktivierte den Fernseher.

«... diese Entdeckung auf unserem Schwesterplaneten», sprach eine salbungsvolle Stimme, «lässt uns zurückdenken an unsere eigene, oftmals vergessene irdische Vergangenheit.» Jock verzog gelangweilt das Gesicht, aber die gezeigten Bilder interessierten ihn doch. «Betrachten Sie einmal diese Rekonstruktionen und die – leider nur eindimensionalen – Filme über die untergegangenen Wälder auf Terra ... Dieses Gebiet nannte man früher den Indonesischen Archipel, ein Gürtel aus Smaragd am Äquator ... tropischer Regenwald, Java, Sumatra ... Der Urwald war ein biologisches Wunder ...»

Jock ließ die Stimme verstummen und betrachtete die Bilder. «TIGER ... Ist es *das*? WAS hat man in den Venuswäldern entdeckt? Tiger, nein! Biologisch sehr unwahrscheinlich. Andere, genauso schöne Tiere, das könnte sein ...»

Er drehte den Ton wieder lauter und vernahm einen anderen Kommentator, der sich ausließ über die «möglichen Folgen, wenn die Venus tatsächlich ungefährlich wäre und viel mehr Menschen als bisher Wohnraum bieten könnte ...»

Die Venus voller Menschen, na ja, dachte Jock, als er den Ton wieder abstellte. Kein sonderlich angenehmer Gedanke ...

Er stand auf und ging zum Visiphon. Durch den Türbogen zum Wohnzimmer konnte er die Fernsehbilder weiterhin sehen. Nachdenklich und wohl überlegt suchte er Kontakt zu Unterkunft acht.

«Jock Martin, Kreativ-Betreuer im Zentrum Bezirk zwei», sagte er irgendeinem Hausroboter. «Ich möchte Bart Doran sprechen.»

Es dauerte eine Weile, bevor eine Frau auf dem Bildschirm erschien, die sich als die Leiterin Tru Paula vorstellte. Jock wiederholte seine Bitte.

«Ich weiß schon Bescheid», sagte sie, sichtlich unangenehm berührt, «und Bart auch. Aber er will nicht ans Visiphon kommen.»

«Der ist wohl völlig übergeschnappt!», meinte Jock. «Sagen Sie ihm nur, dass ich warte, bis er kommt.»

Die Frau verschwand. Aus der Unterkunft waren sich

streitende, unverständliche Stimmen zu hören. Unerwartet erschien ein kleines Mädchen auf dem Schirm. Wie alt sie wohl war? Zehn, elf? Ostasiatisches Gesicht, nicht direkt schön, aber als Jock ihre Mandelaugen erblickte, hielt er den Atem an und dachte: Wie jung, wie alt? ... Viel zu weise!

Das Kind schleppte eine große, grauschwarz getigerte Katze auf den Armen und setzte sich hin. Die Katze musterte Jock anfangs tückisch, aber das stimmte nicht ... Es schien ihm nur so: wegen ihres wuscheligen, ziemlich mitgenommen aussehenden Kopfes und der gekräuselten, teils abgebrochenen Schnurrhaare.

«Guten Tag», sagte Jock, an das Mädchen gewandt. «Wer bist du denn?»

Sie gab keine Antwort, sondern betrachtete ihn nur.

Nicht hübsch? dachte Jock. Mit *diesen* Augen wird sie sich in ein paar Jahren vor Verehrern kaum retten können.

Das Mädchen lachte plötzlich amüsiert auf – sie hatte kleine, spitze Zähne –, als spüre sie seine Gedanken.

«Ich bin Li. Und das ist Ak.»

«Ak? Das ist AKKES Katze?»

«Woher weißt du das?»

«Geraten», sagte Jock unsicher. «Was für Augen er hat! Wie ein Tiger.»

Li starrte ihn weiter an; sie nickte, sagte aber kein Wort.

«Ich bin Jock Martin, Kreativ-Betreuer von ...»

«Von Bart!», sagte das Kind. «Er will nicht ans Visiphon kommen, also kam ich einfach.»

«Sehr nett von dir, Li», sagte Jock. «Aber könntest du Bart nicht überreden, doch kurz mit mir zu sprechen?»

«Er sitzt neben mir», sagte Li. «Er hört alles, was du sagst ...» Sie drehte ihren Kopf und beantwortete ein wütendes Gemurmel: «Ich kann sagen, was ich will, Bart! Dann hättest du eben selbst drangehen sollen.»

Jock lächelte nicht, obwohl die Versuchung groß war. «Nun, wenn er mich hören kann, meine liebe Li, brauche ich nicht den ganzen Tag am Visiphon zu bleiben. Ich bitte Bart, mich nachher zu besuchen ... Sagen wir, in einer Stunde? Er kennt die Adresse.»

Die Katze entwand sich Lis Armen und verschwand mit einem Satz. Li lachte Jock noch einmal an und verschwand dann ebenfalls, hinter dem Tier her. An ihrer Stelle erschien Bart; er machte ein mürrisches Gesicht und sagte grußlos: «Warum willst du, dass ich zu dir komme?»

«Weil ich dich heute Morgen wegschicken musste, Bart. Außerdem ... Wir waren bereits verabredet.»

«Das ist nicht wahr», sagte der Junge.

Er sah ein wenig verändert aus ... *Die Pflaster fehlen,* bemerkte Jock schlagartig – nur noch ein paar verheilende Schrammen und ein blitzeblauer Fleck.

«Was starrst du mich so an?», fragte Bart.

«Sorry. Ich sehe gerade, dass deine Pflaster abgegangen sind; bestimmt ein tolles Gefühl, auch wenn es juckt ... Keine Kratzer von einer K ...» Jock schwieg abrupt; die letzte Bemerkung hätte er sich verkneifen sollen.

Der Junge sagte, jetzt offen feindselig: «Was willst du von mir?»

«Stell dich nicht so an», sagte Jock ungeduldig. «Ich bitte dich einfach um einen Besuch.»

«NICHT einfach! Du hast einen Grund.»

«Ja», sagte Jock, «dafür habe ich tatsächlich einen Grund. (*Hast du mein Armband?* fragte er ihn in Gedanken.) Nur nenne ich den besser nicht am Visiphon.»

«Ich komme nicht», sagte Bart. «Ich habe keine Zeit.»

«Und morgen? Dann ist Sonntag. Ich habe noch dein Aquarell ...»

«Was meinst du?»

«Deine Wasserfarbzeichnung.»

«*Deine* Wasserfarbzeichnung!»

«Nein, eher deine als meine, Bart. Sie ist sehr gut ...»

Das Gesicht des Jungen sagte deutlich: *Mich legst du nicht herein.* «Du kannst die Zeichnung behalten, Martin! Ich sehe dich am Montag wieder, im Zentrum.» Damit beendete er die Verbindung.

Wenn er jetzt hier in der Wohnung wäre, hätte ich ihm eine Tracht Prügel verpasst, dachte Jock wütend. Als ob ich nicht schon genug am Hals hätte ... Wie sagte Akke doch? Bart Doran hat Probleme ... Egal, da halte ich mich raus.»

Im Fernsehen wurde gerade irgendein Sportfest gezeigt; er ließ das Bild verschwinden. Danach wollte er ein zweites Visiphongespräch führen, überlegte es sich jedoch anders. Zuerst war wichtige Arbeit zu erledigen.

9
Jock Martin

Jock seufzte, nahm seine AUGEN EINES TIGERS in die Hand und ging damit in sein Atelier. Hier befreite er das Gemälde von der Verpackung und übermalte es zügig, aber sorgfältig mit schnell trocknender, wasserlöslicher Deckfarbe. Er seufzte noch einmal, ging zurück ins Wohnzimmer, schaltete alle Lampen ein und ließ die Fensterläden herunter. Er begann das Zimmer und die angrenzende Miniküche gründlich und systematisch auf Abhör- oder andere Spionageapparate hin zu untersuchen. Das beschäftigte ihn eine gute Stunde. Einmal zog er einen schimmernden Knopf aus der Wand, aber nach eingehender Untersuchung kam er zu dem Schluss, dass es wohl doch nur ein Nagel war. Sonst fand er nichts.

Er sah sich um. Erneut fiel ihm auf, wie still es war. Wurde er jetzt von neugierigen und doch gleichgültigen Augen beobachtet oder nicht? Wurden seine Gespräche nun abgehört, ja oder nein? Nichts deutete darauf hin, und er wollte sich nicht vor Gefahren ängstigen, die nicht existierten – außer in seiner Einbildung ... und der von Akke.

Jock ließ das Tageslicht wieder herein und schaltete die Lampen aus. Dann ging er zum Visiphon und rief das A.f.a.W.-Hauptquartier Nord an. Vielleicht handelte er damit nicht vernünftig, aber so langsam hatte er von der ganzen Geheimniskrämerei die Nase voll.

«Jock Martin, Kreativ-Betreuer im Zentrum Bezirk zwei. Kann ich Ihren Chef, Herrn Akke, sprechen?»

«Bedaure», sagte ein Roboter-Sekretär nach kurzer Pause.

«Herr Akke ist nicht im Hause. Kann ich ihm vielleicht eine Nachricht übermitteln?»

«Nein ... nein. Wann wird er zurück sein?»

«Das weiß ich nicht, Herr Martin. Er ist erst vor kurzem abgereist.»

«Abgereist?»

«Eine Dienstreise, Herr Martin.»

«Wohin?»

«Ich bin nicht befugt, Ihnen das mitzuteilen, Herr Martin. Ich werde aber Herrn Akke bei seiner Rückkehr ausrichten, dass Sie angerufen haben.»

Jock lag noch eine Frage auf der Zunge, aber er hielt sich zurück und sagte: «Einen Moment noch. Können Sie mir seine Privatanschrift geben?»

«Wozu, Herr Martin? Er wird nicht dort sein; er ist auf Reisen.»

«Das glaube ich gern, aber eine Privatanschrift ist doch nicht geheim. Ich kann auch den Zentral-Computer danach fragen.»

«In diesem Fall kann ich sie Ihnen genauso gut selbst geben», sagte der A.f.a.W.-Roboter.

Sobald Jock die Privatanschrift und die Visiphonnummer von Akke kannte, benutzte er sie für sein drittes Visiphongespräch.

Ein Roboter – Modell HXan2 – teilte ihm höflich mit, dass Herr A. Akke nicht zu Hause sei.

«Ist außer Ihnen noch jemand im Haus? Angehörige vielleicht?», erkundigte sich Jock. «Könnte ich denn seine Frau sprechen?»

«Ich werde fragen, Herr Martin», sagte der Roboter.

Akkes Frau erschien unverzüglich; eine Frau, die Jock auf Anhieb sympathisch war. Nicht mehr jung, aber mit einem intelligenten und freundlichen Gesicht, umrahmt von lockigem, lilagrauem Haar. «Herr Jock Martin», sagte sie, «Kreativ-Betreuer, wenn ich richtig informiert bin ... und Maler.»

Ob Akke ihr von mir erzählt hat? fragte sich Jock. *Er spricht bestimmt mit ihr über seine Arbeit. Ich könnte wetten, dass die zwei fast dreißig Jahre zusammen sind; er nannte sie seine Frau, nicht seine Freundin.* Laut sagte er: «Das bin ich, ja. Bitte entschuldigen Sie, dass ich Sie belästige, aber ich wollte Ihren Mann etwas fragen, und beim A.f.a.W. sagte man mir, dass er auf Reisen sei.»

«So ist es», antwortete Frau Akke. «Etwas unerwartet; er ist vor einer halben Stunde abgereist.»

«Und wohin?»

Für einen kurzen Augenblick zog sie die Augenbrauen hoch.

«Eine indiskrete Frage, entschuldigen Sie ...», sagte Jock. «Wissen Sie, wann er zurückkommt?»

«In drei Tagen, hoffe ich. Aber wohin er gereist ist, kann ich Ihnen leider nicht ...»

«Er fliegt nach Amerikontinent.»

Sie sah ihn verblüfft an.

«Zur Raumfahrtbasis Abendstern, wo sich die Venusreisenden in Quarantäne befinden.»

«Woher wissen Sie das, Herr Martin?»

«Nochmals: Entschuldigung, Frau Akke; es war nur so eine Vermutung, aber sie stimmt anscheinend.»

«Ich werde nicht leugnen, dass Ihre Vermutung zutrifft», sagte sie. «Aber ich wäre Ihnen sehr verbunden, wenn Sie es nicht weitererzählten. Akke ist mit einem vertraulichen Auftrag auf Dienstreise; es scheint mir, sowohl in seinem wie auch in Ihrem ...»

«Selbstverständlich werde ich es nicht herumerzählen», unterbrach Jock sie. «Sie können mir vertrauen, Frau Akke.»

Sie sah ihn nachdenklich an und sagte dann: «Ich vertraue Ihnen, Herr Martin. Haben Sie sonst noch etwas auf dem Herzen?»

«Nein ... Ja, doch. Aber das betrifft wohl eher Ihren Mann. Einer meiner Kursteilnehmer aus dem Kreativ-Zentrum scheint Probleme zu haben.»

Frau Akke lächelte ein wenig traurig. «Die haben dort beinahe alle, mal der eine, mal der andere. Aber Sie meinen bestimmt Bart Doran?»

Jetzt war Jock an der Reihe, verblüfft auszusehen.

«Bei mir ist es jedoch keine blasse Vermutung», sagte sie. «Auf Bitten meines Mannes gehe ich nachher zu seiner Unterkunft, um mit dem Jungen und der Heimleitung zu reden.»

«Oh!», sagte Jock. «Das halte ich für eine gute Idee.»
«Danke», sagte sie.

Jock zögerte einen Moment und begann dann: «Ich möchte Sie nicht länger aufhalten ...»

«Sehr gut, Herr Martin», sagte sie schnell. «Noch eine Bitte: Suchen Sie vorläufig lieber nicht über das Visiphon Kontakt zu meinem Mann, weder hier noch im A.f.a.W.» Die freundliche Warnung in ihren Augen war ein scharfer Kontrast zu ihrer plötzlich kühlen Stimme. «Er ist jetzt auf Reisen, aber auch, wenn er in der Stadt ist, ist er sehr beschäftigt. Wenn etwas Wichtiges passiert, wird er sich bei Ihnen melden.»

Nach dem Gespräch ließ sich Jock in seinen bequemsten Sessel fallen. Der Psychologe Akke ist unterwegs nach Amerikontinent, um mit den Venusreisenden zu sprechen, insbesondere mit Edu Jansen. Im Auftrag des A.f.a.W.? Oder noch höherer Instanzen? Und mir, mir gab seine Frau noch einmal zu verstehen, dass ich auf der Hut sein muss ...

Ihm war, als habe Akke die Wahrheit gesagt: dass er selbst wissen könne, warum. Was hat Edu Jansen auf der Venus entdeckt? An was erinnere ich mich aus der Zeit, die ich dort war? Habe ich damals, ohne es zu wissen, irgendetwas gesehen oder gehört, das wichtig war oder ist?

Eine Erinnerung sprang ihm unerwartet klar ins Gedächtnis:

Er selbst, Edu und noch ein paar andere außerhalb der Kuppel auf der Venus, eingehüllt in Außenanzüge. Sie waren bereit für irgendeinen Ausflug. Sie hatten die Helme abgesetzt und atmeten voller Wohlbehagen die prickelnde Luft ... Sie liefen über die azurblauen und goldgelben, moosartigen Pflanzen, die die Kuppel umgaben – ein dichtbewachsener, von Tautropfen bedeckter Teppich. Wie alle Venuspflanzen waren sie beinahe unverwüstlich. Und auf einmal waren sie wie die Verrückten herumgesprungen. – Ich glaube, wir sangen sogar dabei. – Als sie außer Atem gerieten, legten sie eine Pause ein und sahen zu, wie sich die plattgetretenen Pflanzen wieder aufrichteten.

Später hatte man sie für ihr unziemliches Verhalten gerügt. Und danach war es verboten worden, ohne Helm hinauszugehen; das Einatmen der reinen Venusluft könnte auf den menschlichen Geist einen verwirrenden, vielleicht sogar noch schädlicheren Einfluss haben ...

Jock erhob sich. Die lebhafte Erinnerung machte ihn auch nicht klüger, sondern erfüllte ihn nur wieder mit Heimweh. Er ging ins Atelier; die Deckfarbe auf dem Gemälde war inzwischen getrocknet. Er nahm ein paar Pinsel und begann, innerlich widerstrebend, die jetzt unsichtbaren AUGEN EINES TIGERS mit Farben in den übelsten Kombinationen, die er finden konnte, zu übermalen. Nach einer Weile betrachtete er das Resultat.

Grauenhaft, aber perfekt getarnt. Soll ich auch noch schwarze Gitterstäbe darübermalen? Nein! Wenn die Zeit gekommen ist, werde ich meinen Tiger freilassen.

10
Jock, Anna

Am folgenden Morgen, einem Sonntag, wurde Jock viel zu früh und ausgesprochen übellaunig wach. Er hatte zu überhaupt nichts Lust, am wenigsten dazu, nachzudenken («Gebrauch deinen Verstand», hatte Akke gesagt), und falls das möglich war, noch weniger dazu, zu malen. Nach dem Entschluss, ein wenig mit Anna zu plaudern, fühlte er sich einige Augenblicke lang besser. Aber sie ging nicht ans Visiphon; sie war also nicht zu Hause.

Ihm wurde bewusst, dass er in den vergangenen Tagen nur selten an sie gedacht hatte – nein, das war nicht die Wahrheit: Er hatte bewusst versucht, nicht so oft an sie zu denken. Und er glaubte zu wissen, dass es ihr ebenso ging.

Niedergeschlagen und in noch schlechterer Stimmung als zuvor ging er ins Atelier. Arbeiten war vielleicht doch die beste Medizin. Das Erste, was ihm ins Auge sprang, war das grauenvolle Gemälde, unter dem sich DIE AUGEN EINES TIGERS verbargen. Er stellte es beiseite, holte seine Aquarelle der Venuslandschaften hervor und begutachtete sie noch einmal. Die meisten missfielen ihm. Nicht, dass sie schlecht waren, aber ... *Seit Freitag ... Wenn Edu malen könnte, was würde er dann ...*

Nun ja, etwas konnte er auf jeden Fall tun: die WANDERNDEN BERGE vollenden; das war noch ein gutes Stück Arbeit ... Wenn er doch nur vergessen könnte, warum er das Bild nicht fertig gemalt hatte!

Als er erst einmal begonnen hatte, vergaß er das tatsächlich. Nicht einmal eine Stunde später blickte er zufrieden drein und setzte mit wenigen sicheren Pinselstrichen seinen Namenszug darauf. Von seiner mürrischen und düsteren Stimmung war kaum etwas übrig geblieben; nur das Gefühl der Einsamkeit hielt weiter an. Darum verordnete er sich eine neue Aufgabe: alles, was sich für die Ausstellung bei Mary Kwang eignete, sorgfältig zu rahmen oder mit Passepartouts zu versehen ... Damit war er geraume Zeit beschäftigt. Ab und zu machte er eine Pause, um seinen Fernseher einzuschalten, aber es gab keine Neuigkeiten über die Venusreisenden in Amerikontinent.

Außer seinen eigenen Zeichnungen und Gemälden rahmte er auch die Skizze, die Bart so seltsam vollendet hatte. *Die nehme ich morgen für ihn mit ... Da wird er aber Augen machen!*

Er war gerade damit fertig, als das Visiphon ihn rief.

Es war Anna, und unversehens war er nicht mehr allein zu Hause. *Was sind wir doch für Narren,* dachte Jock, als er sie begrüßte. *Wenn wir wollen, können wir uns doch jeden Tag sehen und sprechen!*

Anna sah fröhlich, ja sogar ziemlich aufgeregt aus. «Jock!», sagte sie. «Ach, Jock ...»

«Neuigkeiten?»

«Ja! Nein ... Ja ...»

«Du machst mich aber wirklich neugierig.»

Ihr Gesichtsausdruck veränderte sich; sie schien plötzlich zu zögern. «Ich bin nicht sicher, ob ...»

«Niemand, niemand hat mir erzählt ... Komm, Liebes, sag schon!»

«Das Gedicht! Du kennst die zweite Strophe immer noch nicht.»

«Dann sag sie mir!»

«Ist das dein Ernst? ... Hör zu:

>Niemand, niemand hat mir erzählt,
>Was niemand, niemand weiß.
>Verbirg dein Gesicht hinter einem Schleier aus Licht.
>Der mit ...

Sie brach ab. «Sieh mich nicht so an!», sagte sie, leise und doch scharf.

Aber Jock sah sie unverwandt an, er konnte nicht anders. «Sprich weiter», befahl er.

Anna wandte ihren Kopf ab. «Nicht jetzt», sagte sie. «Ein andermal, Jock. Wenn ich ...» Wieder schwieg sie.

Jock betrachtete ihr Profil; sie schien nachzudenken und auch ein wenig durcheinander zu sein. Er wurde unruhig.

«Anna?»

Jetzt erst erkannte er auf dem Visiphonschirm etwas von dem Raum, in dem sie sich befand. «Anna!» Er schrie beinahe. «Wo BIST du?»

Erschrocken sah sie ihn wieder an. «Was?»

«Du bist nicht zu Hause!»

Sie seufzte erleichtert; Schreck und Verwirrung schwanden. «Nein. Ich bin woanders; in deiner Stadt, um genau zu sein ...»

«Wo? Und warum? Und warum tatest du, tust du so ... geheimnisvoll?»

«Tat ich das? Das wollte ich nicht, Jock. Ich ... zweifle plötzlich, ob du ...» Unvermittelt wechselte sie das Thema. «Jock, du glaubst, dass ich weiß, was du denkst.»

«Ja. Ist es denn nicht so?»

Langsam sagte sie: «Manchmal schon ... wenn ich es will. Aber ich werde es nicht mehr tun. Wenn es dir unangenehm ist ... Ich werde versuchen ...»

«Du darfst alles von mir wissen», begann Jock. «Nein! Nicht alles!», verbesserte er sich. «Aber, Anna, bilden wir uns das beide nicht nur ein? Früher habe ich nie darüber nachgedacht, dass du ... Und jetzt weiß ich nicht, was ich sagen soll!»

«Vielleicht», sagte sie, «sollten wir überhaupt nicht darüber sprechen.»

Sie waren einige Zeit still, beide angespannt.

Jock dachte: *Wenn ich mich konzentrierte, würde ich sogleich etwas entdecken ...*

Irgendwo aus dem Raum, in dem sich Anna befand, war eine Stimme zu hören. Anna warf einen Blick über die Schulter. «Ja, danke; ich habe ihn am Apparat ...» Einen Moment später sagte sie zu Jock: «Das war ein Bewohner des Hauses, in dem ich jetzt bin: Stan Kaliem. Er macht Plastiken und Mobiles; ich durfte sein Visiphon benutzen. Jetzt hat er das Zimmer wieder verlassen. Jock ...»

«Ein Freund?»

«Ich bin ihm heute das erste Mal begegnet. Er ist der Freund – oder Mann – meiner Freundin Marya ... Erinnerst du dich noch an sie? Jock! Meine Neuigkeit: Ich habe die Erlaubnis erhalten, hier in Neu-Babylon zu wohnen! Das ist eines der Häuser auf der Adressenliste, die ich bekam. Und ich konnte es heute, am Sonntag, besichtigen ... Marya und Stan Kaliem, wirklich nette Leute. Sie wohnen hier zu dritt, mit ihrem Sohn Mark. Sie dürfen ein zweites Kind bekommen, deshalb werden sie umziehen ...» Annas Augen begannen zu leuchten, aber ihre Stimme klang ein wenig unsicher, als sie fortfuhr: «Die Wohnung liegt im zwanzigsten Stock, genau wie deine, ist aber größer. Viel zu groß für mich. Mit einem wundervollen, geräumigen Atelier. Ach Jock, ich dachte daran, dass wir hier ZUSAMMEN wohnen könnten! Ich hätte dich erst fragen sollen, aber ich dachte, dass du bestimmt ...»

Jocks Herz machte einen Freudensprung. Eine Wohnung zusammen mit Anna, was wollte er mehr?

Annas Unsicherheit verflog. «Jock, willst du sie dir gleich ansehen?» – Sie nannte die Adresse. – «Wenn du ebenfalls die Zustimmung erhältst, können wir vielleicht schon nächsten Mittwoch hier ...»

Genau in diesem Augenblick fiel Jock etwas auf – etwas, das

er schon lange vorher hätte erkennen müssen, so sehr er jetzt auch darüber erschrak. Er sah Annas Gesicht, liebenswert, fröhlich, voller Verlangen.

Anna, meine Schwester ... Ich, dein großer Bruder ... Aber ich liebe dich nicht wie eine Schwester! Ich liebe dich zu sehr, ich habe nie eine andere Frau so geliebt.

Er konnte kein Wort herausbringen, nur versuchen, seine Gefühle zu verbergen, seinen Geist vor ihr zu verschließen.

Aber Anna bemerkte doch etwas. Sie beugte sich vor. «Jock ...?», begann sie fragend.

«Tu's nicht!», brachte er heraus. «Es geht dich nichts an, was ich denke ...» Er holte tief Luft. «Ein schöner Plan», sagte er dann mit normaler Stimme. «Im ersten Moment dachte ich JA, aber ... Anna, du kennst mich doch! Wir können uns jeden Tag besuchen, meinetwegen auch länger als einen Tag. Nichts lieber als das! Aber WOHNEN will ich allein, nur ICH allein. So bin ich nun einmal! Schon immer gewesen.» Er sah, wie die Fröhlichkeit aus ihrem Gesicht wich. «Es tut mir leid», fuhr er mühsam fort, «dass ich dich enttäuschen muss, aber so etwas sagt man besser gleich, oder? Ich hoffe, dass du ...»

Er brauchte nicht weiterzusprechen, denn Anna unterbrach die Verbindung.

Jock presste die Hände gegen seine Augen. Sie waren trocken. Er fragte sich, warum er nicht weinte; schließlich weinte sein ganzes Inneres.

Später – er wusste nicht, wie viel später – saß er in seinem Atelier, mit der Flasche Alkohol und einem Glas. Aber er trank nicht, denn seine Hand musste fest bleiben. Er hatte seinen Skizzenblock aufgeschlagen und zeichnete. Einmal, zweimal, dreimal, und noch einmal ... *Anna.*

Es war lange her, dass er ein Porträt gezeichnet hatte, und es war – eigenartig genug – noch genauso wie früher: Es glückte ihm nur, wenn derjenige, den er zeichnete, NICHT anwesend war.

Nicht anwesend, dachte er. Er schlug den Block zu und goss sich ein Glas ein. *Anna, denk an mich. Vielleicht verstehst du mich dann. Vielleicht fühlst du genau wie ich.*

Aber eben das war es, woran er zweifelte, zweifeln musste ... *Obwohl* ... Ist das nicht eigentlich Unsinn? In weiten Teilen der Welt ist das schon längst kein Tabu mehr! *Es geht nur darum, was du selbst fühlst. Warum kann meine Schwester nicht meine Freundin, meine Frau sein?*

Er trank das Glas leer, schenkte es noch einmal voll und begann durch die Wohnung zu gehen; ab und zu nahm er einen Schluck, und immer wieder blieb er vor dem Visiphon stehen.

Wenn du weißt, was ich denke ... Wenn du weißt, wie ich fühle, dann wirst du mit mir Kontakt aufnehmen, ganz bestimmt! Zumindest ... wenn du genauso fühlst! Sonst nicht. Du könntest auch davor zurückschrecken oder Mitleid bekommen ...

Ihn schauderte. *Nur das nicht! Bau eine Mauer um deinen Geist, bau eine Mauer um dein Herz. Lass niemanden, auch nicht Anna, merken, was du weißt.*

11
Anna, Edu

Anna war wieder in ihrer Wohnung. Sie gab Flamme ihr Futter und schob sich eine Mahlzeit in den Ofen. Ihr Roboter würde erst morgen aus der Inspektion zurückkommen; sie hatte also glücklicherweise etwas zu tun. Sie zog ein anderes Gewand an, wusch sich das Gesicht und färbte ihre Augenlider.

«Ich denke nicht mehr an dich, Jock!», sagte sie ihrem Spiegelbild. «Jahrelang war ich es, die dir jederzeit zuhörte und antwortete, aber wie oft hast du mir zugehört? Du gingst auf die Reise zu fernen Planeten; auch als du schon lange zurück warst, tatest du immer noch so, als wärst du unterwegs. *Ich denke nicht mehr zu dir hinüber, keine Angst!* Bleib doch allein.»

Und doch sah sie Jocks Gesicht deutlicher vor sich als ihr eigenes Spiegelbild; es jagte ihr einen Schreck ein: eine abweisende, kalte Maske ... ausgenommen seine Augen. Sie schloss die ihren und sagte halblaut, als spreche sie eine Beschwörung aus: «Verbirg dein Gesicht hinter einem Schleier aus Licht ... Was bedeutet das? FREMDER, DEN ICH AM BESTEN KENNE ... Wer ist das?»

Sie schob Jocks Abbild beiseite und dachte zu einem anderen hinüber, viel weiter entfernt ... in Amerikontinent. Es kostete sie große Mühe, aber schließlich:

ICH HABE DICH GEFUNDEN!

Anna! Was ist los ...

EDU, du bist müde. Zu müde, um mir zu antworten?

Anna, du hast Kummer ...

Fremde Gedanken überlagerten für einen Moment die ihren: wilde Gefühle eines Unbekannten, voller Wut und Hass. Anna konnte sich keinen Reim darauf machen; sie erschrak. – Was war das?

So etwas wie eine – Störung, antwortete Edu, und er zeigte ihr ein gestörtes Fernsehbild; wäre sie nicht so traurig gewesen, sie hätte bestimmt gelacht.

Danach sahen sie beide dasselbe: Annas Gesicht, *gezeichnet von Jock,* aber es verschwand, sobald sie es erkannte.

Was ist los?

Frag nicht, frag nicht!

Eine Weile schien der Kontakt abgerissen ... Nein, doch nicht; da war Edu wieder: *Ich versuchte, Jock zu erreichen ... Es klappt nicht. Er will nicht ... Anna! Vorsicht! Lass niemanden wissen ...*

Was?

Das! Was du jetzt tust ... Ein Gespräch führen ... Es war sehr anstrengend für sie, ihm zu folgen. Immer wieder wurde ihr Gespräch von anderen Gedanken gestört; einige stammten von Edu selbst, aber nicht alle. Verschiedene Unbekannte dachten an Jock; die Inhalte entgingen ihr, was sie nur noch unruhiger werden ließ.

Edu gelang es schließlich, alle zu übertönen. Er warnte sie noch einmal. *Richte deine Aufmerksamkeit nicht auf ihn.*

Jock?

Nicht auf Jock, nicht auf dich oder auf mich. Ich komme bald, sobald sie mich herauslassen.

Du bist müde; ich werde dich in Ruhe lassen.

Gut. Wenn du mich nur nicht – allein läßt.

12
Jock Martin, Bart Doran

Jock schrak aus einem Alptraum hoch, von dessen Inhalt er sich, als er sich schwitzend aufsetzte, nur noch an die bedrohliche Atmosphäre erinnern konnte. Und dazu Akkes Stimme: *Erschrick nicht ... Sei auf der Hut ... Nur würde ich es deiner Schwester nicht gleich aufhalsen ...*

Was? DIE AUGEN EINES TIGERS. Wenn *ich* in Gefahr bin, ist *sie* es auch ... Roboter ... Ihrer war zur Inspektion.

Er war sofort hellwach und stellte fest, dass er sich beeilen musste, um noch rechtzeitig im Zentrum zu sein. Ich kann genauso gut nicht hingehen ... Aber ach, was sollte ich sonst tun? *Mach deine Arbeit wie gewöhnlich.* Vertraue nur dir selbst.

Jock erreichte das Zentrum im allerletzten Moment; die große Tür schloss sich hinter ihm, sobald er hindurch war. Diesmal hatte er den Haupteingang genommen, durch den die Kursteilnehmer den Gebäudekomplex betraten – eine Tür, die zwischen halb neun und halb zehn immer offen stand, sodass er kein Armband benötigte. Kurz bevor er das Zentrum erreicht hatte, war ihm diese Idee gekommen, und während er in seine Abteilung ging, zog er das Armband vom Handgelenk und stopfte es in die Hosentasche. Nachher würde er sagen ... *Ach je,* dachte er plötzlich. *In der Eile habe ich Barts Zeichnung völlig vergessen!*

Seine Schüler waren vollzählig; einige beschäftigten sich bereits; die meisten jedoch standen in Grüppchen herum und diskutierten, mitten in einer Gruppe stand Bart Doran. Roos war – wie so oft – die Erste, die ihn bemerkte und begrüßte.

«Guten Morgen, Martin! Wir dachten schon, dass du noch krank wärst.»

«Aber nicht doch», sagte Jock. «Ich habe nur verschlafen.»

«Oh, deshalb siehst du so zerrupft und schlampig aus», sagte Roos.

«Ach ja?» Jock rieb sich das Kinn. Zum Rasieren hatte er keine Zeit mehr gehabt. «Verschlafen. Und obendrein», fuhr er fort, «merkte ich erst an der Kellertür, dass ich mein Armband vergessen hatte; ich musste also einen Umweg machen und den Haupteingang nehmen.» Während er das sagte, richtete er seinen Blick auf Bart und hielt ihn damit fest. «Ich müsste eigentlich nach Hause zurück, um es zu holen! Wenn es heute eine Inspektion gäbe …» Er schwieg, jetzt gänzlich überzeugt davon, dass Bart das Duplikat besaß. Der Junge zwinkerte nicht einmal mit den Augen, schien aber gleichzeitig zu erstarren. *Und jetzt darf ich wohl hoffen*, dachte Jock, *dass du es mir heute zurückgibst?*

Mit einem Ruck drehte Bart sich um und ging zu einem Zeichentisch. Jock folgte ihm und legte eine Hand auf seine Schulter. Der Junge machte eine heftige Bewegung, schüttelte Jocks Hand ab und fragte: «Was ist?» Er war ein wenig bleicher geworden; die fast verheilten Schrammen auf seiner Stirn waren plötzlich viel deutlicher erkennbar.

«Was soll sein?», sagte Jock.

«Keine Ahnung!», sagte Bart. Er erholte sich schnell wieder und es gelang ihm sogar, Jock herausfordernd anzusehen. «Ich würde jetzt gerne malen.»

«Eine lobenswerte Absicht», sagte Jock. «Ach ja, Bart, ich habe noch etwas vergessen – wirklich vergessen: die Zeichnung von dir, von uns … Ich habe sie gerahmt.»

«Sie was?»

«Sie mit einem Bilderrahmen versehen. Sie sieht toll aus. Ich bring sie dir morgen mit.»

«Absolut nicht nötig, Jock», sagte Bart abwehrend. «Behalt sie, wenn sie dir so gut gefällt. Mir ist sie egal.» Er beugte sich über den Tisch und begann ziemlich übertrieben damit, Farben und Pinsel zusammenzusuchen.

Jock unterdrückte einen Seufzer und musste sich selbst daran erinnern, dass Bart Doran nicht der Einzige im Werkraum war. Er wandte seine Aufmerksamkeit wieder den anderen zu und fragte sich unwillkürlich, ob sie etwas von den Spannungen zwischen Bart und ihm bemerkt hatten.

Roos, Daan und Dickon sahen zu ihm herüber; Ini, Djuli, Jon und Niku ebenfalls. Die beiden Letzteren flüsterten miteinander und feixten unfreundlich. Jock nahm sich vor, ruhig zu bleiben und sich vor allen Dingen nichts einzubilden. Was Niku und Jon anging: sie gehörten zu den wenigen Kursteilnehmern, die er – außer dass er ihnen nicht über den Weg traute – auch nicht mochte. Und er wusste, dass sie ihn ebenso wenig ausstehen konnten.

Eine Viertelstunde später schien alles wieder seinen gewohnten Gang zu gehen. Nach einer halben Stunde setzte sich Jock hinter seinen Schreibtisch. Er zog ein paar Schubladen auf, legte Verschiedenes hinein, holte ein paar Dinge heraus ... Das Armband war noch nicht zurückgelegt worden. Er bemerkte, dass Roos ihn beobachtete, nicht mit ihrem üblichen lakonisch-freundlichen Gesicht, sondern ernst, die Stirn nachdenklich gerunzelt.

Es versetzte ihm einen kurzen Schock. *Roos* ... Roos war die Einzige, von der er sicher sein konnte, dass sie hätte sehen können, wie er das Armband am Freitagnachmittag in die Schublade legte ... Aber Roos doch nicht ... Nein, nicht Roos!

Jock ließ seinen Blick durch den Raum schweifen. Beinahe jeder arbeitete jetzt, nur in einem Grüppchen um Kilian flüsterten sie miteinander: Dickon, Daan, Jon, Huui, Niku ... und natürlich Bart.

Er tut schon wieder nichts, wie beim ersten Mal ... *Das erste Mal!*

Jock erhob seine Stimme: «Bart!» Zu seiner Verwunderung kam der Junge sogleich zu ihm. «Ich dachte, du wolltest malen.»

«Werd ich auch, Martin! Werd ich auch!», antwortete Bart. «Ich muss nur noch ... ein wenig nachdenken, mich warm laufen.» Sein Grinsen war schlichtweg dreist.

«Versuch es einmal mit etwas mehr Schwung», sagte Jock. «Und noch eins: Wo hast du deine erste Arbeit gelassen, Bart? Ich meine ...»

«Oh, äh ... Die mit den Augen?»

«Ja. Würdest du sie mir geben? Für mein Archiv.»

«Wie du willst, Martin.»

Jock dachte: *Ich weiß nicht, ob es Sinn macht oder nicht, aber auch diese Augen sollten meiner Meinung nach besser nicht offen herumliegen.*

Wenig später stand Bart ihm wieder gegenüber. *Er grinst jetzt boshaft ... oder eher ängstlich?* Jock blickte auf das, was der Junge ihm auf den Tisch legte, und war nicht erstaunt, als er sah, dass das Bild in kleine Stücke gerissen worden war.

«Du fandest doch auch: Es war nichts wert!»

«Ich leugne es nicht, Bart», sagte Jock ruhig. «Am besten wirfst du die Schnipsel in den Recycler.»

Er achtete genau darauf, dass Bart das auch wirklich tat.

13
Betreuer?

Nachdem auf diese Weise auch Barts Bild verschwunden war – nicht vorläufig, sondern endgültig –, krochen die Minuten und Stunden dahin. Jock Martin spielte die Rolle eines Kreativ-Betreuers, aber nur kraft seiner Routine und Erfahrung. Fortwährend behinderte ihn die Furcht, dass die Taubheit, die seinen Geist einhüllte, plötzlich verschwinden und Kummer oder Schlimmerem den Weg freimachen würde. Seine Gedanken drehten sich im Kreis und waren voller Zweifel:

Ich muss *doch* wieder zu Anna Kontakt aufnehmen, ihr helfen bei der Wohnungssuche, sie warnen vielleicht ... *Wovor? Vor mir selbst?* Oder sollte ich mich lieber fern halten? ... *Ich hätte Bart anders anpacken müssen* ... Was hat er für Probleme?

Frau Akke kennt sie ... Was mache ich mir eigentlich Sorgen! Bart ist einfach ein Gassenjunge ... *Nein!* ... Niku ist einer, genau wie Jon; sie haben bestimmt noch Kontakt zu ihren Freunden aus dieser verbotenen Jugendbande ... Ach, vielleicht sind sie auch gar nicht so schlimm. *Hier* stellen sie zumindest nichts an ... Arbeiten? Nein, sie tun nur so, als ob ... Na und? Das tue ich doch auch: *so, als ob.*

Mittags schaltete Jock kommentarlos den Fernseher ein; etwas, das nur zu ganz besonderen Gelegenheiten gestattet war. Aber es könnten Neuigkeiten über die Venusreisenden bekannt gemacht werden, und die waren nun zweifellos «etwas Besonderes».

Es gab jedoch keine neuen Nachrichten über die Reisenden. Es wurde nur mitgeteilt, dass sie immer noch in Quarantäne seien, in Obhut von Ärzten, Psychologen und Planetenwissenschaftlern. Jock dachte voller Mitleid daran. Er erinnerte sich noch genau daran, dass jeder es wie die Pest hasste ... in der sicheren Obhut der Ärzte und Psychologen des A.f.a.W. zu sein.

Edu Jansen, Planetenforscher Nummer elf, trug jetzt das grüne A.f.a.W.-Gewand und saß dem Mann gegenüber, der sich am gestrigen Tag nur als Herr Akke vorgestellt hatte. Dieser hatte zwar seinen Doktortitel in mehreren Disziplinen erworben, war aber in seiner Funktion als Psychologe zur Raumfahrtbasis Abendstern, Amerikontinent, eingeflogen worden.

«Als gäbe es hier noch nicht genug Psychologen!», hatte Edus Freund Mick dazu bemerkt.

Den ganzen Montagmorgen hatte Edu vor großem Publikum Fragen beantwortet, zugehört und verschiedene Male gesprochen, ohne dass man ihm zuhörte, noch mehr Fragen beantwortet und ... war Fragen ausgewichen. Jetzt war er allein mit diesem Herrn Akke, der nur seinetwegen hierher gerufen worden war, zu einem Gespräch unter vier Augen ...

Unter vier Augen? Alles wird aufgezeichnet!

«Sie werden bestimmt froh sein», sagte Herr Akke, «dass die Quarantäne tatsächlich im Laufe des Mittwochs aufgehoben wird ... Vielleicht sogar noch einen Tag früher.»

Edu sah ihn an, wach und aufmerksam. Er sagte nichts.

Akke wartete einen Moment und fuhr dann fort: «Sie wissen zweifellos, warum man mich hinzugezogen hat.»

Edu schwieg weiterhin.

«Ich fürchte allerdings», sagte Akke, «dass ich dem Allgemeinen Bericht nur wenig oder gar nichts hinzuzufügen habe. Sehr gesprächig sind Sie nicht ...» *Und Recht hast du*, dachte er. *Was kann ich schon tun, als dich ansehen mit dem Wissen, dass mein Geist für dich ein offenes Buch sein kann?*

Der Planetenforscher lächelte, unsicher, traurig und so flüchtig, als habe es dieses Lächeln nie gegeben. Aber als er zu reden begann, war seine Stimme ruhig:

«Es tut mir Leid, Herr Akke, wenn ich nicht sehr redselig bin. Nahezu jeder hier stellt mir Fragen, hat mich befragt, fragt mich noch, informiert sich, untersucht mich, testet mich ... Manchmal scheint es mir fast ein Verhör dritten Grades zu sein. Ich habe nichts mehr zu erzählen. Und ich brauche auch nicht alles zu sagen. Gedanken sind schließlich immer noch frei.»

Sie blickten einander eine Zeit lang schweigend an.

«Dr. Topf hat ...», begann Akke.

«Ich weiß», sagte Edu.

«Sie stimmen ihm nicht zu ... dieser ganzen Geheimhaltung, die Sie schwören mussten.»

«Das habe ich bereits viele Male deutlich gemacht», sagte der Planetenforscher. «Und mir ist nicht entgangen, dass die Eingeweihten bis in die höchsten Kreise darüber uneins sind. Die große Entdeckung auf Afroi kann nicht geheim gehalten werden.»

Akke nickte. «Und was ... Sie selbst betrifft?», fragte er langsam. «Wissen Sie wirklich, warum ich hier bin?»

«Ja», sagte Edu. «Jetzt weiß ich es.»

Jock fragte sich, wie Akkes Auftrag wohl lauten mochte. Mit Planetenforscher Nummer elf sprechen, so dachte er zumindest ... Aber *worüber?*

«Alle Reisenden sind bisher bei bester Gesundheit», fuhr der Nachrichtensprecher fort. «Des Weiteren können wir Ihnen mitteilen, dass übermorgen – Mittwoch, den 21. – um zehn Uhr vormittags, ein ausführlicher Bericht mit 3D-Filmen und Fotos freigegeben werden wird, den wir anschließend auf allen Kanälen ausstrahlen werden.»

Ein anderer Reporter sagte: «Anlässlich dieses außergewöhnlichen Berichts, eines Meilensteins in der Forschung auf unserem Schwesterplaneten, werden überall Veranstaltungen stattfinden: in Amerikontinent, Eurafrikontinent, Ostasien ... kurz: der ganzen Welt ... So wird zum Beispiel in der berühmten GALERIE von Mary Kwang in Neu-Babylon eine Kunstausstellung stattfinden, unter der Schirmherrschaft des R.A.W. Thema: Die Außenwelten. Viele Maler, Objektkünstler, Bildhauer, Lichtkünstler haben ihre Teilnahme zugesagt. Obendrein soll einzigartiges Bildmaterial, mitgebracht vom Raumschiff Abendstern, gezeigt werden. Die Ausstellung wird am kommenden Sonntag durch die beiden Planetenforscher, deren Namen sie mittlerweile sicher kennen, eröffnet werden ...»

Jock schaltete den Apparat ab. Längst nicht alle Kursteilnehmer hatten dem letzten Beitrag ihre Aufmerksamkeit geschenkt; manche hatten wahrscheinlich noch nie von Mary Kwang gehört. Aber einige sahen spontan zu ihm herüber: Daan, Roos und Kilian, Niku, Bart und Djuli.

Roos flüsterte Daan etwas zu und der fragte dann: «Wäre das nichts für dich, Martin?»

«Dann solltest du Venuslandschaften gezeichnet haben», sagte Djuli. «Du warst doch mit irgendwelchen Landschaften beschäftigt?»

Jock antwortete: «Ja, in der Tat, ich nehme an der Ausstellung teil.»

«Wirklich? Bei Mary Kwang?», sagte Djuli. «Zu der Ehre kommt man doch nur, wenn man sehr ... wenn man eingeladen wird.»

«So ist es», sagte Jock. «Sie hat mich eingeladen.»

Es wurde still. Seine Kursteilnehmer waren beeindruckt.

«O je!», sagte Roos schließlich. «Nachher wirst du noch berühmt, Jock Martin! Bleibst du dann trotzdem unser Kreativ-Betreuer?»

«Kreativ-Betreuer bleiben», antwortete Jock spöttisch, «wenn ich berühmt werden kann? Mir nicht jeden Tag euer Geschwätz anhören zu dürfen? Macht euch doch nicht lächerlich!»

Er selbst lachte jedoch nicht, und auch niemand sonst lachte. Jock fühlte sich plötzlich nicht mehr wohl in seiner Haut.

Ich kann ebenso gut nicht an der Ausstellung teilnehmen, teilte er seinen Kursteilnehmern in Gedanken mit. *Warum seid ihr jetzt plötzlich so still? Warum hast du deine Tigeraugen vernichtet, Bart? Warum musste ich die meinen verbergen? Wie kann ich, um Venus willen, ein Betreuer sein, wenn ich selbst längst jeglichen Überblick verloren habe?*

VIERTER TEIL

Du bist der Fremde,
den ich am besten kenne ...
Walter de la Mare

1
Jock Martin

Jeden Abend schlossen sich die Türen des Kreativ-Zentrums zwischen zehn und halb elf hinter den beiden Betreuern, die laut Dienstplan als Letzte das Gebäude zu verlassen hatten. Jock schickte seine Kursteilnehmer an diesem Montagabend früher nach Hause. Es war daher noch nicht einmal zehn Uhr, als er seine Wohnung betrat, die ihm sofort wieder unerträglich still erschien.

Mitten im Wohnzimmer blieb er stehen und sah sich um. Was, in Gottes Namen, soll ich jetzt tun? Er holte sein Armband aus einer Tasche und streifte es über. Was würde Roos tun, wenn sie das Duplikat hätte? Aber sie *hat* es nicht! Trotzdem könnte es sein ... obwohl ich eher Bart im Verdacht habe. Unwillkürlich musste er lächeln. – Wenn Roos es hat, wird sie es dazu benutzen, um abends oder nachts durch die Kellertür hineinzuschlüpfen und sich mit Daan auf dem Blinkenden Bett zu vergnügen ... Ach, Roos!

Er wusste, dass sie als Dreizehnjährige mit einem erwachsenen Mann durchgebrannt war, der aus einem Asozialen-Heim geflohen war und der sie, noch bevor ihre Eltern oder das A.f.a.W. sie finden konnten, wieder sitzen gelassen hatte. Danach hatte sie in verschiedenen Unterkünften gewohnt, und ihre Erziehung wurde dem A.f.a.W. übertragen. Seit drei Jahren besuchte sie nun pflichtgemäß Jocks Kurse. An den anderen Tagen ging sie – zumindest, wenn sie Lust dazu hatte – zum Technikunterricht einer Gesamtschule. Und immer hatte sie einen Freund, wenn auch nie mehr als einen zur selben Zeit. Vor zwei Jahren hatte sie versucht, mit Jock engere Bande anzuknüpfen, aber darauf war er nicht eingegangen. Nicht nur, weil er sich für zu alt und zu verbittert hielt, sondern auch, weil er nun einmal ihr Betreuer war. Ungeachtet dessen – oder vielleicht gerade deswegen? – war so etwas zwischen ihnen entstanden, das man Freundschaft nennen konnte. Roos war ihm wirklich zugetan, und auch er mochte sie wie eine jüngere Schwester.

Bei dem Gedanken *jüngere Schwester* spürte Jock wieder seinen Kummer. Komm schon, schweif nicht ab, sagte er sich. Roos ist mit Daan zusammen, und das bereits seit einem ganzen Jahr. Ich finde, sie passen gut zueinander. Er blickte wieder auf das Armband. – Natürlich, das ist es! Nachher gehe ich noch einmal zum Zentrum. Vielleicht erwische ich jemanden, der sich dort hineinschleichen will. Die einzige Erfolg versprechende Methode, um herauszubekommen, wer es hat.

Er war gleich viel munterer – jetzt, da er einen klaren, ausführbaren Plan hatte ... Aber nicht gleich, sicher nicht vor elf, halb zwölf ... Noch eine Stunde Geduld also.

Das Visiphon summte. *Anna! Würde das Anna sein? Nein, das macht sie nicht. Dann muss ich ...*

Eine schöne Frau blickte ihn vom Bildschirm her an.

Mary Kwang.

«Ich habe gewartet, bis Sie aus dem Kreativ-Zentrum zurück sein würden», sagte sie. «Ich hoffe, es ist nicht zu spät für ein Gespräch?»

«Aber nein, Frau Kwang», sagte Jock. «Was kann ich für Sie tun?»

«Morgen sind Sie – wenn ich richtig informiert bin – wieder den ganzen Tag im Zentrum und übermorgen ist ein bisschen knapp, daher ...»

«Die Ausstellung.»

Sie nickte. «Man hat es bereits bekannt gemacht, und wahrscheinlich wird die Quarantäne für die Reisenden der Abendstern schon vor Mittwoch aufgehoben. Die Vernissage wird am kommenden Sonntag, dem 25., eröffnet. Es gibt noch viel vorzubereiten, und daher hätte ich alle Exponate gerne so bald wie möglich in meiner GALERIE. Erst dann können wir daraus eine schöne Gesamtkomposition erstellen.»

«Ich habe, wie Sie wissen, nicht besonders viel», sagte Jock. «Ich denke, dass ich Sie nicht mehr um Ihre Meinung über die Qualität meiner Arbeit fragen muss ...»

Ihr Gesicht veränderte sich nicht, nur ihre Augen musterten ihn kühl. «Sie bleiben dabei: nur eine einzige Wand?»

«Mehr als ausreichend für mich. Meine Erinnerungen an die Venus werden wohl hoffnungslos veraltet sein, nach ...»

«Das ist egal», fiel sie ihm ins Wort. «Haben Sie Arbeiten da, die ich heute Abend schon mitnehmen könnte?»

«Ja sicher, Frau Kwang.»

«Dann hole ich sie persönlich ab. Jetzt gleich – wenn Sie einverstanden sind, Jock Martin?»

«O ja, sehr gern sogar», sagte er. «Dann bin ich sie los.»

Er wusste nicht, ob sie seine letzten Worte noch gehört hatte, denn der Visiphonschirm war bereits dunkel, bevor er geendet hatte.

Jock ging in sein Atelier, nahm eine Gemäldetragetasche und stopfte alles hinein, was er für die Ausstellung bereitgelegt hatte, ohne noch etwas durchzusehen und auszusortieren. «Sie wählt die Geeignetsten schon selbst aus.»

Danach ging er noch einmal zum Visiphon und rief Anna an.

Als er ihr Gesicht vor sich sah, wusste er, dass sich seine Gefühle für sie nicht geändert hatten, sogar eher stärker geworden waren. Ohne Worte sprach er so eindringlich, wie er konnte: *Du darfst nicht wissen, was ich denke, aber ich muss dich warnen.*

«Anna», sagte er laut. «Ist dein Roboter aus der Inspektion zurück?»

Sie zog die Augenbrauen hoch. Diese Frage hatte sie nicht erwartet.

«Falls ja, deaktiviere ihn. Sofort!»

Ihr Gesicht verschwand vom Schirm, kehrte aber wenig später zurück. Erst dann fragte sie: «Warum?»

«Hast du es getan?»

Sie nickte.

«Anna, das ist schwer zu erklären. Und was ich denke, das darfst du …»

«Ja, Jock.» Es kam ihm so vor, als verberge sie ihre Gedanken – genau wie er – hinter einer Barriere, der Barriere ihres geliebten Gesichts.

«Ich will dich nicht ängstigen, aber du musst auf der Hut sein vor … Ich weiß nicht genau, wovor. Deaktiviere deinen Roboter bei jedem Gespräch – egal ob Visiphon oder persönlich. Lass ihn nicht mithören. Sei schweigsam, unauffällig … Ach verdammt.» Er brach ab. «Wenn ich mich so reden höre, klingt es idiotisch, übertrieben.»

Sie sah ihn ernst an. «Sprich weiter, Jock.»

«Kümmere dich nicht um mich, bis ...» *Ja, bis wann?* fragte er sich.

Der Summer seiner Haustür ertönte. Unwillig runzelte Jock die Stirn. *Jetzt schon? Was wollte ich noch sagen? Ach ja ...* «Geh nicht in die GALERIE von Mos Maan.»

Es summte abermals. «Du bekommst Besuch», sagte Anna.

«Ja. Das war alles, Anna. Alles Gute, wirklich, und auf Wiedersehen.»

Er unterbrach die Verbindung und ging zur Tür.

Mary Kwang war allein. Kein Roboter oder menschlicher Assistent begleitete sie, und sie sah viel schöner ... farbiger aus als vor kurzem auf dem kleinen Visiphonschirm. Silberne Augenlider, rote Lippen, nachtschwarzes Haar mit silbernen und roten Glanzlichtern und ein Gewand, das – so trügerisch einfach es auch schien – eher für einen Empfang geeignet war.

«Darf ich hereinkommen?», fragte sie, während Jock sie in der Türöffnung betrachtete. Mit gespielter Bescheidenheit blickte sie zu ihm auf.

«Oh, Entschuldigung, natürlich», sagte Jock.

Sie ging direkt in sein Wohnzimmer und ließ sich auf der Couch nieder, wo sie auch das letzte Mal – fast eine Woche war das her – gesessen hatte. Neben ihr war noch Platz, denn jetzt fehlte schließlich Dr. Topf.

«Möchten Sie etwas trinken, Frau Kwang?», fragte Jock.

«Kaffeenektar, bitte», sagte sie. «Ich gehe doch nie früh zu Bett.»

Jock ging in seine Miniküche und kehrte mit zwei Gläsern zurück. «Mein Roboter ist ... defekt, in Reparatur», sagte er. «Daher muss ich Sie selbst bedienen. Bitte, Frau Kwang.»

«MARY! Jeder, der bei mir ausstellt, nennt mich Mary», sagte sie.

«Ich habe ja noch nichts ausgestellt; vielleicht werde ich ...»

«Sie werden bestimmt bei mir ausstellen, Jock Martin. Das wissen Sie genau», fiel sie ihm ins Wort. «Ihr Roboter ist in Reparatur? Aber dann bekommt man doch immer einen Ersatz?»

Jock nahm bewusst nicht neben ihr, sondern ihr gegenüber Platz. «Ich wollte keinen Ersatz», sagte er. «Ich kann bestimmt auch eine Woche ohne Roboter auskommen. Wer weiß, wofür es gut ist ... Nehmen Sie Süßstoff in Ihren Nektar, Frau Kwang?»

«Mary», verbesserte sie.

«Mary», sagte er gehorsam. «Ich hoffe, du bist mit einem Mobil gekommen. Meine Arbeiten stehen schon neben der Haustür. Nicht viele, und sie sind auch nicht schwer, aber ...»

«Oh, einer meiner Assistenten holt mich ab, wenn ich ihn anrufe», unterbrach sie ihn. Sie fragte NICHT, ob sie seine Arbeiten sehen dürfe.

«Sind Sie ... Bist du sicher, dass du meine Bilder ausstellen willst?»

«Ja, das habe ich doch bereits gesagt, Jock Martin. Und jetzt würde ich es sogar tun, ohne ein Einziges gesehen zu haben.»

Vielleicht hast du bereits einige gesehen? dachte Jock. «Warum?», fragte er laut.

«Weil ich ein wenig Menschenkenntnis habe. Weil ich jetzt bereits zum zweiten Mal den MANN treffe, der sie geschaffen hat.» Sie lächelte ihn an, ein ebenso vielsagendes wie geheimnisvolles Lächeln.

Jock lächelte zurück. Aber in der Zwischenzeit musterten und schätzten sie sich wie zwei Boxer vor einem Fight.

«Du fragtest, ob es noch nicht zu spät für ein Gespräch sei», hörte Jock sich sagen. «Worüber? Mary Kwangs GALERIE ist so berühmt, dass ich jeden Vorschlag akzeptieren muss. Aber ich möchte doch ...»

«Nun mal nicht so bescheiden, Jock! Darüber hinaus sind alle deine Arbeiten versichert, sobald sie dein Haus verlassen, und ...»

«Lass mich bitte ausreden, Mary. Du darfst nichts ohne meine Zustimmung verkaufen. Und noch etwas ... Ich habe alles Mögliche hineingetan: Gemälde, Skizzen, Aquarelle. Ich erwarte, dass du kritisch genug bist, um daraus eine gute Auswahl zu treffen. Eine Wand, nicht mehr!»

«Aber sicher, Jock. Überlass das ruhig mir. Hast du noch etwas Nektar ... ohne Süßstoff.»

Jock füllte beide Gläser auf und dachte: *Jetzt sitze ich hier mit einer prachtvollen Frau, und ich ...* «Weißt du», sagte sie sanft – ihre Stimme klang wirklich sehr melodisch –, «dass ich mir nichts mehr wünsche, als dass du mir einmal von deinen Erlebnissen als Planetenforscher erzählst. Nicht so objektiv und wissenschaftlich wie der biedere Fritzi Topf ...»

... ich denke: Würdest du doch bloß so schnell wie möglich wieder verschwinden! Jock betrachtete die prächtige, einflussreiche Frau. «Fordere doch die Berichte an, die ich vor Jahren auf Venus und Mars angefertigt habe, sieh dir meine Zeichnungen an. Ich meine, sieh sie dir genau an! Ich habe nichts zu erzählen, Mary. Nicht eine einzige spannende Geschichte.»

Sie lächelte wieder und sagte leichthin, ein wenig spöttisch: «Du bist mir ja einer, Jock Martin.»

Und plötzlich spürte er, dass er sie bewunderte, obwohl er ihr immer noch nicht vertraute. *Eine knallharte Geschäftsfrau? Eine Spionin im Dienste des R.A.W. oder für was-weiß-ich-wen? Aber sie hat Klasse!*

Er überlegte, ob er sich neben sie setzen sollte, blieb jedoch auf seinem Platz, weil sie wieder zu reden begann.

«In zwei Tagen ist Donnerstag. Alle Raumfahrer werden bereits früher aus der Quarantäne entlassen. Wahrscheinlich besuchen einige von ihnen schon am Donnerstag unsere Stadt. Die können mir – und auch dir – sicherlich viel erzählen.» Sie machte eine Pause. «Das war vertraulich, Jock Martin.»

Er nickte.

«Sie werden bislang noch unveröffentlichte Fotos mitbringen und mir vielleicht mit Rat zur Seite stehen können, was das Einrichten der Ausstellung angeht.»

«Wer wird es sein?» – «Das weißt du ganz genau, Jock! Die Planetenforscher werden immerhin die Ausstellung eröffnen. Als ihr Ex-Kollege und Aussteller bekommst du noch eine schriftliche Einladung. Und du bist von jetzt an jederzeit in meiner GALERIE willkommen. Die ist jeden Tag geöffnet. Komm doch einfach in den nächsten Tagen einmal vorbei.»

«Gerne. Donnerstag zum Beispiel», sagte er.

«Am Donnerstag oder wann immer du magst ... Was den Sonntag betrifft: Der wird sehr offiziell und exklusiv, aber wenn du ein paar persönliche Freunde einladen möchtest ...»

Der Türsummer unterbrach sie, was ihr sichtlich ungelegen kam.

Jock stand auf, um zu öffnen.

Auf der Schwelle stand ein junger Mann im Malergewand mit genau der gleichen Frisur (oder Perücke) wie Mary Kwang.

«Guten Abend», sagte er frostig. «Sie sind Jock Martin? Ich bin Frau Kwangs Assistent, und ...»

Mary Kwangs Assistent ... Freund, dachte Jock, während er ihn einließ. *Und ein eifersüchtiger dazu, jede Wette. Armer Kerl! Mary wird doch immer nur das tun, wozu sie Lust hat ...*

«Mein Mobil steht bereit, Mary», sagte der junge Mann. «Ich hoffe, dass ich rechtzeitig komme, um dich und die Gemälde in die GALERIE zu bringen.»

«Du bist überpünktlich», sagte sie kühl. Sie erhob sich und reichte Jock die Hand. «Falls du mich noch etwas fragen möchtest – du weißt, wo du mich findest.» Sie schenkte ihm ihr einnehmendstes Lächeln. «Auf Wiedersehen, Jock.»

Wenig später waren sie fort: Mary Kwang, ihr Assistent und die Gemäldetragetasche mit den Zeichnungen.

So, die bin ich los ... Aber für wie lange? Wie spät ist es inzwischen? Jetzt aber auf zum Zentrum!

Jock stand auf einem Rollsteig. Es war auffallend still. Er blickte sich um. Die Straßenbeleuchtung war eingeschaltet; weiteres Licht fiel aus den vielen Fenstern. Über seinem Kopf sah er kein einziges Licht; da war es eigenartig dunkel, ja pechschwarz. Kein Mensch war zu sehen. Und doch hatte er auf einmal das Gefühl, dass er beobachtet wurde. So intensiv, dass er Angst bekam.

«Leidest du jetzt auch noch unter Verfolgungswahn?» fragte er sich. «Du lässt dich nicht von deinem Plan abbringen.»

Er verließ den Rollsteig und bog in eine schmale Straße ein, die er schon oft benutzt hatte, weil sie den Weg abkürzte. Seine schnellen Schritte hallten laut in der Stille, und das Gefühl, beobachtet zu werden, wich nicht. Er blieb stehen, spähte in die Schatten zwischen den beleuchteten Passagen und lauschte ... Nichts!

Oh, deine Gefühle, Jock Martin!

Das hatte Akke gesagt. Schöne Worte, aber Akke war klammheimlich auf Reisen gegangen und wollte nur Kontakt, wenn er es für wichtig erachtete. Jock dachte an DIE AUGEN EINES TIGERS. Hätte er seine Arbeit nicht direkt Mary Kwang mitgeben müssen?

Er ging weiter. – Gleich springt mich jemand an ...

Unfug! Aber so etwas kam vor, meist abends, in jeder Stadt. Auch wenn es heutzutage nicht mehr häufig vorkam, da die Täter fast jedes Mal geschnappt wurden. Aber was hätte man davon, wenn man zuvor selbst geschnappt und zum Schweigen gebracht worden war?

Jock war ziemlich erleichtert, als er die breitere Querstraße erreichte und nahm einen weiteren Rollsteig. Wurde er verfolgt? Nichts zu erkennen. Nur die unbestimmte Drohung: *Geh nach Hause. Du kommst uns zu nah! Wir kriegen dich doch!*

Wenn mich hier jemand angreift, dauert es mindestens zehn Minuten, bevor ich mit Hilfe rechnen kann.

Jock drehte sich um und ging zurück. Unvermittelt prasselte Regen auf ihn nieder.

Ein paar Minuten später war er bereits völlig durchnässt.

Selber schuld! Ich habe nicht auf den Wetterbericht geachtet.

Er hob sein Gesicht in den dunklen Himmel. Das Regenwasser war kalt, schmeckte aber wie immer gut. Und je länger es regnete, desto schwächer wurde das Gefühl der Bedrohung ... Entweder sind sie vor dem Regen geflohen oder ... mein Kopf hat sich abgekühlt!

Trotzdem ging er jetzt nach Hause. Bei diesem Wetter würde sicherlich niemand ins Zentrum gehen.

Als er zu Hause war und die nassen Sachen ausgezogen hatte, schalt er sich einen Feigling. In die Flucht geschlagen von etwas, das vermutlich niemals da gewesen war. Er goss sich ein ordentliches Glas ein und sah aus dem Fenster. Es regnete noch immer. Dieser grauenhafte Tag war vorbei – glücklicherweise. Mitternacht war vorüber, und es gab einen Gedanken, der ihm irgendwie Trost spendete, ihn mit Verlangen und der wilden Hoffnung erfüllte: *Am Donnerstag werde ich vielleicht wissen, woran ich bin. Nur noch zwei Tage bis Donnerstag.*

2
Dienstag:
Noch zwei Tage bis Donnerstag

Die Ausstellung in Neu-Babylon wird am Sonntag eröffnet», sagte Akke zu Edu Jansen. «Aber einige Leute dort wollen Sie schon eher sprechen. Am Donnerstag werden Sie in Westeuropa erwartet. Ich reise Mittwoch zurück, und dann begleiten Sie mich, wie Sie natürlich längst wissen.»

«Es ist mir bereits beiläufig erzählt worden», sagte Edu entschuldigend. «Durch das A.f.a.W., die Flugaufsicht und jemanden vom R.A.W. Ich wünschte nur, mein Kollege Tomson könnte morgen auch mitkommen. Er soll mich am Sonntag zur Ausstellung begleiten und ...»

«Ich werde es sofort in die Wege leiten», sagte Akke. «Ich lade sie beide gemeinsam ein ... Nein, nicht als Gäste des A.f.a.W., sondern als meine persönlichen Gäste. Wir haben noch das ein oder andere zu besprechen, ob es Ihnen nun gefällt oder nicht ...» *Du wirst bei mir wohnen,* fuhr er in Gedanken fort. *In deiner Heimatstadt. Da wohnt übrigens auch ein alter Bekannter, ein Maler.*

Bevor er am Dienstagmorgen ins Zentrum ging, betrat Jock Martin kurz noch einmal sein Atelier. Heute würde er Barts Zeichnung nicht vergessen! Aber er konnte sie nicht finden, so sehr er auch danach suchte ... Und plötzlich begriff er, wo sie abgeblieben war. Zwischen meine *eigenen* Aquarelle gerutscht! Und die habe ich fatalerweise Mary Kwang mitgegeben. Ich muss diesen Irrtum so schnell wie möglich ungeschehen machen!

Jock fragte sich einen Moment lang, wie er es wohl fände, wenn Mary Kwang auch Barts Arbeit ausstellte, und was sie ... und Bart davon halten würden. – Eigentlich ganz amüsant, aber das geht natürlich nicht. Obendrein müsste Bart dann seinen Namen darunter setzen – das müsste er in jedem Fall.

Er verließ sein Atelier und das Haus und dachte: Es würde mich nicht wundern, wenn Bart mich nachher sofort danach fragt. Auch wenn er schwört, dass es ihm egal ist. Dem Jungen ist alles zuzutrauen.

«Ich nehme Ihre Einladung gerne an», sagte Edu zu Akke. «Und ich ... ich kann es kaum erwarten, meine Heimatstadt wiederzusehen.»

Und welche Gefühle haben Sie dabei? fragte sich Akke. *Angst, Spannung, Verlangen? Auf meine Hilfe können Sie zählen – zumindest soweit ich sie geben kann.*

Sie saßen sich gegenüber, äußerlich ruhig und beherrscht. Und doch hatten sie beide schweißnasse Hände.

Edus Augen sagten: *Sie meinen es ernst. Nur noch zwei Tage, oder weniger ...*

Akke nickte ihm zu. «Es wird Ihnen und Ihrem Freund in Neu-Babylon bestimmt gefallen.»

Edu ließ endlich ein echtes, warmes und frohes Lachen hören und sagte: «Ich wünschte, ich wäre schon dort. In persona, meine ich.»

«Nicht zu fassen», murmelte Akke, der versuchte, seine plötzliche Verlegenheit zu verbergen, «dass Sie vom A.f.a.W. noch nicht die Nase voll haben.»

Jock Martin war sich bewusst, dass er wie schon am Tag zuvor seine Aufgabe als Betreuer nicht ausfüllte. Er bemühte sich zwar seine Arbeit gut zu machen, aber in Wirklichkeit war er abgelenkt und desinteressiert. Der Tag war noch lange nicht vorüber, als ihm klar wurde, wie viel Einfluss seine Stimmung auf die meisten seiner Kursteilnehmer hatte. Noch niemals war so wenig zustande gebracht worden, wurde so viel geflüstert in kleineren und größeren Gruppen.

Nachmittags merkte er, dass eine ganze Reihe von ihnen nicht mehr im Werkraum war ... *Wie lange schon? Eine halbe Stunde? Länger! Beinahe eine Stunde! Wo sind sie? Daan, Dickon, Ali, Niku, Jon, Ini, Huui und – natürlich – Bart!*

Ärgerlich erhob sich Jock aus seinem Sessel hinter dem Schreibtisch.

«Wo willst du hin?», fragte er Roos, die gleichzeitig aufgestanden war.

«Ach, nirgendwohin. Einfach nur so», murmelte sie ausweichend. «Ich wollte Daan etwas fragen.»

«Dann bleib ruhig hier! Wo steckt Daan eigentlich?»

Sie zuckte mit den Schultern, aber er las in ihrem Gesicht, dass sie es wusste. Er fragte nicht weiter, sondern begab sich ohne zu zögern in das Kellergewölbe.

Und ja, da waren sie – alle acht! Schon von weitem hörte er sie reden. Aber sie hörten ihn auch, denn sie unterbrachen ihr Gespräch, bevor er sie erreicht hatte.

«Was macht ihr hier?», sagte er. «Wenn ihr euch ein Viertelstündchen zurückziehen wollt, meinetwegen. Aber keine Dreiviertelstunde!»

Bart war derjenige, der sofort eine Antwort parat hatte. «Wir suchen nur Objekte für ein neues Still-Leben.»

«Versuch nicht, mich zum Narren zu halten», sagte Jock müde. «Alle nach oben. Jeder nimmt mit, was er in der Hand hält. (Niemand hatte etwas in der Hand.) Wenn ihr euch unterhalten oder nichts tun wollt, dann macht das wenigstens, wenn ich dabei bin.»

Er drehte sich um und ging zurück nach oben. Hinter ihm erhob sich Protestgemurmel, aber trotzdem folgten ihm alle.

Im großen Atelier gingen die meisten wieder an die Arbeit oder taten zumindest so. Und: beinahe alle blieben in Kilians Nähe. Einer der wenigen, die seit dem Morgen eifrig gearbeitet hatten.

Das muss ich mir auf der Stelle einmal ansehen … Aber Jock setzte sich doch wieder hin und beobachtete stattdessen stirnrunzelnd Djuli, der mit finsterem Gesicht ein Blatt Recy-Papier zerknüllte, Roos und Daan, die leise und unverständlich, aber heftig miteinander diskutierten, und Bart, der überhaupt nichts tat. Der Junge bemerkte, dass er hinüberschaute, und kam zu ihm.

«He, Martin», sagte er. «Hast du meine Skizze dabei?»

«Nein», sagte Jock kurz angebunden.

«Du hattest versprochen …»

«Vergessen!», schnitt ihm Jock das Wort ab. Er hatte keine Lust, es lang und breit zu erklären.

In Barts Gesicht las er überdeutlich: Du lügst! Der Junge sagte jedoch nichts mehr, sondern drehte sich um und gesellte sich zu Roos und Daan.

Jock stand auf und ging zu Kilian hinüber. Dieser deckte gerade seine Arbeit mit einer weißen Plastikfolie ab.

«Und?», fragte Jock.

«Ach, nichts Besonderes … Du darfst es dir ansehen, wenn es FERTIG ist. Jetzt noch nicht.» Kilian, der sich immer etwas träge gab (viel träger, als er in Wirklichkeit war), schien zumindest für seine Verhältnisse ziemlich aufgeregt. Seine Augen funkelten. Vor Spannung? Unterdrückter Fröhlichkeit?

«Ich bin gespannt», war Jocks einziger Kommentar. Aber seine missmutige Stimmung war auf einmal verflogen.

Auch Barts Augen funkelten, ebenso wie die von Ini, Huui und Ali. Roos und Daan hielten die Augenlider gesenkt. Niku lachte ihn an; es wirkte beinahe echt. Er hatte ebenfalls – wie Huui und Ali – schnell seine Arbeit umgedreht, sodass nur die blanke Rückseite des Papiers zu sehen war. Nur Jon und Dickon arbeiteten weiter an einer Art abstraktem Muster aus sich im rechten Winkel kreuzenden Linien und mathematisch exakten Krümmungen.

Jock ließ sich nichts anmerken, aber er war erstaunt, neugierig und gleichzeitig ein wenig misstrauisch. Fast alle seine Schüler strahlten etwas aus. Selbst die Luft, die er atmete, schien elektrisch geladen.

Bart Doran durchbrach diese Atmosphäre – absichtlich? zufällig? –, indem er ein großes Glas schwarzer Tusche umwarf. Als die Folgen davon zum größten Teil beseitigt waren, verhielt sich wieder jeder normal.

Nach dem Abendessen in der Kantine wurden tatsächlich Objekte für ein Still-Leben aus dem Keller geholt und im Atelier aufgestellt. Jeder – sogar Bart – zeigte sich interessiert, und Jock musste viele Fragen zu diesem Thema beantworten. Er ging darauf ein, obwohl sein Misstrauen nicht völlig schwand.

Ach, dachte er, besser ich tue so, als merkte ich nichts, dann geht es bestimmt von alleine vorüber.

Er hatte Spätdienst an diesem Dienstagabend und während des Abendessens hatte er beschlossen, die Nacht – oder zumindest einen Teil davon – im Zentrum zu verbringen. Er hoffte immer noch, dass jemand eine Zugangstür mit dem Armbandduplikat öffnen würde, und die Kellertür eignete sich am besten dazu.

«Nun ja, Geselligkeit sieht für mich anders aus», sagte sein Kollege Bob Erk, nachdem alle Schüler den Gebäudekomplex verlassen hatten. «So ganz alleine in dem Riesenatelier.»

«Aber schön ruhig», sagte Jock. «Ich muss mir noch einige Zeichnungen ansehen und ein paar Berichte schreiben.»

«Ich habe gehört», sagte Erk, der selbst Fotografien und Lichtskulpturen machte, «dass du an einer Ausstellung teilnimmst. Ist das wahr?»

«Ja», sagte Jock.

«Bei Mary Kwang?»

«So ist es», sagte Jock.

«Nun ja, du bist sicher eingeladen worden, weil du früher Planetenforscher warst.» Erks Gesicht blieb freundlich, mit Ausnahme seiner Augen.

«Nein», sagte Jock, der ebenfalls eine freundliche Miene aufgesetzt hatte. «Ich wurde eingeladen aufgrund meines grossen Talents.»

Kurz darauf war er im Zentrum allein. Die meisten Lichter waren abgeschaltet worden, bis auf die wenigen, die immer brannten. Er machte eine Runde durch das Gebäude, stieg hinunter ins Kellergewölbe und lehnte einen dünnen Metallstab gegen die verschlossene Ausgangstür. Dann ging er wieder zurück in seine eigene Abteilung. Am großen, offenen Stahlregal, in dem jedem Kursteilnehmer ein Regalbrett zur Verfügung stand, zögerte er kurz. Es wäre ein Leichtes, nachzuschauen, was Kilian geschaffen hatte. Nicht, dass er es tun wollte – das wäre unehrlich, fast so wie Lauschen. Warum war er nur so neugierig darauf? Es konnte ihm doch gleichgültig sein. Wahrscheinlich irgendein Stadtpanorama. Die Versuchung nachzuschauen, wurde so stark, dass er darüber erschrak. Schnell ging er zurück in seine Nische und setzte sich an den Schreibtisch. Er schaltete die kleinste Lampe ein und sah auf die Uhr.

Ich bleibe am besten hier ... Die breite Tür zum Kellergewölbe am Ende des Ganges und der Treppe stand weit offen und in der jetzt herrschenden Stille war er sicher, dass er das Fallen des Metallstabes hören würde ... Danach die Schritte ... Falls jemand käme! Man würde sehen. Er brauchte nur abzuwarten – und dafür zu sorgen, dass er wach blieb.

«Ich an Ihrer Stelle würde früh zu Bett gehen», sagte Akke den beiden Planetenforschern Edu und Mick. Alle drei saßen in dem Zimmer, das Akke im Quarantänegebäude der Raumfahrtbasis Abendstern bewohnte.

«Noch einen Schlummertrunk für jeden von uns», fügte er hinzu, «um auf unsere morgige Reise anzustoßen. Auch wenn Sie das Wort Reise für diesen Ausflug vielleicht übertrieben finden. Dr. Topf wird morgen auch zu unserer Gesellschaft gehören, aber das ist zweifellos keine Neuigkeit für Sie.»

«Bitte, Akke», sagte Edu. «Hören Sie doch mal auf damit. Nebenbei bemerkt: Es gibt wirklich vieles, was ich nicht weiß. Nein, bitte keinen Alkohol.» Er spürte, dass sowohl Mick als auch Akke sich Sorgen um ihn machten. Nicht, weil er den Schlummertrunk abgelehnt hatte, sondern weil ...

«Sie sollten endlich einmal versuchen abzuschalten», unterbrach Akke seinen Gedankengang. «Darin haben Sie doch sicher genug Erfahrung.»

«Ja, Edu, Herr Akke hat Recht», sagte Mick. Du solltest eine Weile an gar nichts mehr denken – notfalls, indem du viel redest.»

«Worüber?», fragte Edu. «Nenn mir ein Thema.»

«Nun, zum Beispiel die ganz besondere Ausstellung, die du mit einer Ansprache eröffnen sollst.»

«Die WIR eröffnen sollen, Mick! ... Auf die bin ich wirklich gespannt», fuhr Edu fort. «Gemälde können manchmal viel mehr zeigen als Fotos oder Filme.»

«Das ist dein Ernst, oder?», sagte Mick. «Nun ja, was Afroi ... Venus betrifft, hast du sicher Recht. Das ist nicht zu filmen. Wie werden die Menschen die Fernsehsendung morgen finden? Schön? Beängstigend? Oder unglaubwürdig wie einen Traum ...»

Der Maler, den ich kenne, sah genau hin und beobachtete scharf, dachte Edu. *Er bemerkte vieles, hörte zu, beobachtete und wusste ... Aber er antwortete nie. Er behielt seine Antworten für sich und machte etwas anderes daraus: Aquarelle, Zeichnungen ... Nicht einmal jetzt will er Antwort geben.* Stirnrunzelnd sah er Akke an. *Wie kann ich meine Gedanken aussprechen, ohne sie Außenstehenden zu verraten?* «Wie ein Traum», sagte er laut. «Ich kenne jemanden, der endlich aufwachen muss.» Er versuchte mit seinem Geist den Kontinent zu erreichen, den er am folgenden Tag bereisen würde. *Jock Martin, wird es nicht langsam Zeit ...*

Jock nahm sich einige Blätter Kunstpapier und begann zu zeichnen. Erst einfach drauflos, abstrakt, wirre Linien ... dann – vielleicht, weil er sich im Zentrum befand – begann er die Gesichter seiner Schüler zu skizzieren: Roos, Daan, Dickon ... Kilian ... Ini ... Huui ... Bart. Bart kostete ihn einige Mühe, obwohl er gerade diesen am deutlichsten vor sich sah ... Aber wie war das doch gleich: Porträts konnte er nur zeichnen, wenn die betreffende Person nicht anwesend war. Als er daran dachte, gelang ihm das Porträt ... Nun ja, einigermaßen zumindest ... Er zeichnete weiter: den aufsässigen Djuli, den aalglatten Niku ...

Plötzlich hielt er inne. Er hatte sich viel zu sehr dahinein vertieft. Wie spät war es inzwischen? Bereits nach halb eins!

Aber wenn jemand hineingekommen wäre, hätte er es doch sicher gehört, oder? Er legte die Zeichnungen in eine Schublade, stand auf und lief lautlos zum Kellereingang. Er ging die Treppe hinunter, doch so viel Mühe er sich auch gab: Seine Schritte waren deutlich zu hören. Die Außentür war geschlossen, der Metallstab noch an Ort und Stelle. Er kehrte ins Atelier zurück, blieb eine Weile regungslos stehen und lauschte. Stille. Er hörte nur eine Stimme aus dem Nichts oder in seinem Kopf, die ihn verspottete: *Du Idiot, was denkst du eigentlich? Dass ich darauf hereinfalle? Ich komm nicht.*

Eine weitere Stunde später war immer noch niemand aufgetaucht, also ging er nach Hause. *Noch ein Tag bis Donnerstag.*

3
Mittwoch: Morgen

MITTWOCH VORMITTAG UM 10 UHR SENDEN WIR EINEN AUSFÜHRLICHEN BERICHT ...

Jock Martin saß vor seinem Fernseher und blickte auf die Venus. Die ersten Bilder waren ihm noch vertraut. Die Umgebung des Hauptquartiers, die große Kuppel, in der die Menschen wohnten. Nein, sie hatten sich darin eingeschlossen; allem entfremdet, was dort wuchs. Nur die Planetenforscher – das war schließlich ihr Job – gingen regelmäßig hinaus, gut geschützt durch Anzug und Helm.

Die sanft hügeligen, goldenen und azurblauen Felder in der näheren Umgebung der Kuppel ...

Weißt du noch, dass wir dort wie Verrückte herumgesprungen sind? – Ja, wir hatten unsere Helme abgenommen ...

Das Glitzern des Nordstroms, der sich verändernde Nebel, Wind, Regen, Regenbogen ... hier und da ein kurzer Blick auf die Wandernden Berge ...

Du hast einmal versucht, sie zu malen. – Ja, aber es begann zu regnen, und die Farben liefen ineinander.
Prachtvolle Bilder, aber die Wirklichkeit war noch schöner.

Ein Kommentator entschuldigte sich: «Wie Sie wissen, greift die feuchte Hitze in den Wäldern der Venus alle menschlichen Instrumente an. Die Qualität der folgenden Aufnahmen ist daher nur mäßig ...»

Und da waren sie endlich: turmhohe Bäume, die meisten mit gezackten, sich immerzu bewegenden Blättern – orange, rosa, gold. Manchmal glichen sie eher Flammenzungen als Bäumen. Blumen ... Insektenartige Tiere ... und vogelartige ... Auch Geräusche (obwohl nur schwach und undeutlich): Rascheln, ein trillerndes Pfeifen ...

Die Qualität des Films war in der Tat nicht besonders. Von Zeit zu Zeit wurden die Bilder so unscharf, dass sie beinahe abstrakt wirkten. Und doch gab es so viel zu sehen, das lebendig, neu und so unirdisch war, dass es sogar Jock manchmal den Atem verschlug.

Dann waren Menschen zu sehen. Sie wanderten umher, in dem bis vor kurzem für tödlich gehaltenen, verbotenen Wald. Die meisten waren nackt oder trugen nur ein Minimum an Kleidung. Einige winkten der unsichtbaren Kamera, lachten und nickten: «Das ist kein Trick! Hier sind wir, im Wald.»

Der Kommentator sagte: «Inzwischen ist wohl bekannt, dass ein Planetenforscher – Nummer elf, sein Name ist Edu Jansen – der Erste war, der die Wälder betrat und zurückkehrte, ohne krank oder verrückt geworden zu sein. Er entdeckte, dass unsere SCHUTZANZÜGE FÜR AUSSENUNTERSUCHUNGEN in den Wäldern keinen Schutz boten. Im Gegenteil, dass sie geradezu lebensgefährlich waren ...»

Edu Jansen erschien auf dem Schirm, die Augen leicht zugekniffen, als ob er in grelles Licht schaute, ernst und ein wenig verlegen. Seine Lippen bewegten sich, aber was er sagte, war nicht zu verstehen.

«Edu Jansen war der Erste», fuhr der Kommentator fort. «Nach ihm wagten es auch andere, auf seine neue Weise. Einige benötigten dazu ein gewisses Training. Wir Menschen sind bereits seit langer Zeit nicht mehr an die ungezähmte Natur mit Pflanzenwuchs gewöhnt. Um die Wälder wirklich zu lieben, ist wahrscheinlich sogar eine besondere Mentalität erforderlich ...»

Die Kamera schwenkte vom Wald ab und zeigte wieder die nähere Umgebung der Kuppel. Jetzt liefen dort viele Menschen umher. «Nicht nur Planetenforscher», sagte der Kommentator.

Wieder die Wälder, aus einem Luftschiff gefilmt ... Danach ein einzelner, besonders bizarrer Baum ... die Nahaufnahme eines Blattes ...

Unvermittelt wurde der Schirm weiß.

«Dieser Film wird in zehn Minuten noch einmal auf Kanal 44 ausgestrahlt», sagte der Kommentator. «Auf unserem Kanal erhalten Sie noch weitere Informationen zum Thema. Als Gäste im Studio begrüßen wir heute einige Planetenwissenschaftler, von denen einer gerade von der Venus zurückgekehrt ist, Geologen, Psychologen ...»

Jock zögerte nicht länger und schaltete auf Kanal 44 um.

Wieder betrachtete er mit seiner ganzen Aufmerksamkeit ... die goldenen und azurblauen Felder außerhalb der Kuppel ... das Glitzern des Nordstroms, den sich verändernden Nebel, Regen, Wind, Regenbogen ... Jock schaute mit seinem ganzen Wesen, BIS:

«ER HAT GEANTWORTET!», flüsterte Edu.

«Was?», sagte Akke.

«Psst», sagte Mick.

Sie saßen nebeneinander auf einer Couch im Luxusklasse-Wartezimmer der Raumfahrtbasis Abendstern. Es waren noch andere Menschen zugegen; gemeinsam hatte man die Fernsehsendung verfolgt.

«Ich würde es gerne noch einmal sehen», sagte Edu. «Ist das möglich?»

«Ja sicher», antwortete Mick. «Unser Luftschiff startet erst in einer Stunde.»

Edu fragte: «Sind Sie einverstanden, wenn ich auf Kanal 44 schalte?»

Die meisten Anwesenden murmelten zustimmend. Nur ein Einziger dachte verwundert: ER? Er hat es doch schon so oft gesehen. Und dann auch noch in Wirklichkeit ...

Ein Robo-Diener hatte inzwischen auf den gewünschten Kanal geschaltet. Planetenforscher Nummer elf war schließlich eine der wichtigsten Personen in der gesamten Raumfahrtbasis.

Akke und Mick sahen sich um. Niemandem schien etwas aufgefallen zu sein. Dann blickten sie wieder Edu an.

Der saß ganz ruhig und entspannt neben ihnen und hielt die Augen auf den Bildschirm gerichtet.

«... Er entdeckte, dass unsere SCHUTZANZÜGE FÜR AUSSENUNTERSUCHUNGEN in den Wäldern keinen Schutz boten», sagte der Kommentator. «Im Gegenteil, dass sie geradezu lebensgefährlich waren ...»

Edu Jansen erschien auf dem Schirm, die Augen leicht zugekniffen, als ob er in grelles Licht schaute, ernst und ein wenig verlegen. Seine Lippen bewegten sich, er sagte: *Schalte den Ton ab, Jock Martin. Jock Martin! Schalte den Ton ab!*

Jock gehorchte. Für das, was er in diesem Moment empfand, würde er niemals Worte finden können. Er dachte nicht nach; er lauschte nur dem, was Edu vom Schirm her NICHT sagte.

Jock Martin, schließe deine Augen.

Jock schloss die Augen.

Hör gut zu und schau hin. Siehst du sie noch?

Ja! Jock sah sie für einen Moment so deutlich, als hätte er die Augen offen ... NOCH DEUTLICHER BEINAHE ... nicht wie ein Film, sondern wirklich ... Sehe ich ...?

Ja, du siehst sie jetzt mit meinen Augen. Jock, antworte mir. Hör gut zu und antworte mir ... Gerade eben hast du auch geantwortet. Du dachtest gerade nicht nur deine Gedanken.

Weißt du noch, dass wir dort wie Verrückte ... Du bist Edu Jansen! Wo bist du?»

Meilen von dir entfernt. Die Entfernung ist unerheblich.

Ist das ...?

Ein Kontakt zwischen dir und mir. Direkt. Kein Hören, kein

Sehen. Versuche mich festzuhalten. Fühlst du, dass ich meine Finger bewege?

Jock bewegte seine eigenen Finger, aber es kam ihm vor, als befänden sie sich nicht an SEINER Hand. Er sah nun gar nichts mehr ... Aber er hatte immer noch Kontakt. – Ist es das ... Ist es das, was du entdeckt hast? fragte er. Und sogleich sah er wieder etwas. Schnell aufeinander folgende Bilder, die sich manchmal sogar überlagerten: Der Film auf dem Fernsehschirm – obwohl er seine Augen immer noch geschlossen hielt –, ein Weg durch den Wald, ein Wasserfall, Barts Aquarellskizze, Akkes Profil und ... undeutlich, wie aus weiter Ferne folgte Edus Antwort:

Ja! Eines der Dinge –

Plötzlich war Jock im Wartesaal, für den Bruchteil einer Sekunde. Neben ihm saß Akke, auf der anderen Seite Planetenforscher Nummer zwölf. An einem Tisch, ein Stück entfernt, erkannte er Dr. Topf, in Gesellschaft einer blonden Frau, die er nicht kannte.

Jock sah hinunter auf die braungebrannten Finger seiner linken Hand, die sanft auf sein Knie trommelten. Und er wusste, dass es nicht seine Hand und sein Knie waren, sondern die von Edu Jansen ...

Erschrick nicht, entspann dich! Versuche, den Kontakt aufrechtzuerhalten.

Jock spürte, dass er noch immer in seinem eigenen Sessel, seinem eigenen Zimmer saß.

Nicht der Erste und nicht der Einzige, fuhr Edu fort. *Und doch sind es nur wenige.*

Ein Streiflicht von Edus Gesicht.

Wenige.

Ein Streiflicht von Annas Gesicht.

Es gibt nur wenige – wären es doch nur mehr!

Akkes Gesicht im Profil ... WEN sieht er jetzt an, Edu? Dich oder mich? Was ist das ...?

Es gibt nur wenige Menschen, die das können. Verstehst du mich, Jock Martin?

Ja.

220

Du bist einer der wenigen .... Eine (UNDEUTLICH) verfluchte (?), mächtige (?), beängstigende (?) Gabe ...
Ist das Telepathie?
Das ist einer der Namen. Es gibt andere: (bessere?)
Edus Stimme – oder was immer es war – wurde schwer verständlich. Die Gedanken eines anderen überlagerten sie. *Edu hat Kontakt. Mit Jock? Hoffentlich merkt Topf nichts!*
Das ist AKKE! dachte Jock.
Edu antwortete Akke: *Topf merkt gar nichts!* Akke fing die Antwort nicht auf, beruhigte sich aber, weil Edu ihm kurz zulächelte. Jock wusste das alles, ohne lange darüber nachzudenken. Er begriff, dass er für einen Moment wieder im Wartezimmer gewesen war.
Wie ist es möglich, dass ..., begann er.
Nicht erstaunt sein, nicht ängstlich ... Du schweifst ab.
Wieder ein Bild aus dem Wald, viele sich kreuzende Pfade ... und dann, urplötzlich: DIE AUGEN EINES TIGERS.
Jock merkte, dass Edu vor Überraschung der Atem stockte. *Damit ... begann ... es! Ich komme wieder ... Versuche es noch einmal ...*
Wann?
Heute Abend.
Vor Jocks geschlossenen Augen verschmolzen die Tigeraugen und veränderten sich zu einer goldenen Zahl, erst liegend ( ), dann aufrecht stehend: 8!
ACHT Uhr?
So etwas wie ein zustimmendes Lachen folgte. *Jetzt, wo du es endlich – (weißt?), lernst du sehr schnell!* Endlich ... Einsamkeit, die plötzlich geringer wird ... *Wir sind, Gott sei Dank, nicht die Einzigen ... Freund!*
Unvermittelt riss der Kontakt ab.

Jock öffnete die Augen, schloss und öffnete sie noch einmal. Auf dem Schirm gegenüber sah er die Venuswälder, aus einem Luftschiff gefilmt ... Ein einzelner, bizarr gewachsener Baum ... Die Nahaufnahme eines Blattes ...
Er ließ das Fernsehbild verschwinden und rieb sich das

Gesicht. Das war keine Vision, keine Sinnestäuschung gewesen.

Er hatte mit Edu Jansen, Planetenforscher Nummer elf, ein Gespräch geführt, ohne die normalen Sinnesorgane zu benutzen.

4
Mittwoch: Mittag

Anna hatte gesagt: «Ich erzähle dir nichts, nichts außer dem, was du schon weißt. Alles andere musst du selbst entdecken.»

Akke hatte gesagt: «Du wirst selbst herausfinden müssen, worum es geht ... Erschrick nicht, wenn du es herausfindest.»

Jock Martin stand auf seinem Balkon und starrte mit leerem Blick über die Stadt. JETZT WEISS ICH ES.

Anna und Akke hatten gesagt, dass er es selbst herausfinden müsse, aber Edu Jansen hatte ihn sozusagen mit seinen Gedanken ergriffen und zu einer Antwort gezwungen. Warum?

Weil es endlich Zeit wurde!

Denke ich das nun selbst? fragte sich Jock. Oder ist es wieder Edu? Jetzt, wo er es wusste, war er nur erstaunt, dass er es nicht bereits früher erkannt hatte.

Ich kann es schon geraume Zeit. Aber immer unbewusst, unabsichtlich, zufällig ... «per Unglück». Im Zentrum sagten sie: *Ihm kann man nichts weismachen.* Habe ich sie das wirklich einmal sagen hören oder habe ich es auf eine andere Weise herausgefunden? Wie oft haben sie mich aufgefordert: «Rate mal!» Das habe ich nie wirklich getan, ich wusste es einfach ... EINFACH? Eine GABE. Verflucht? Schön? Mächtig? Beängstigend?

Nicht weil er etwas wusste oder etwas getan hatte, waren die eingeweihten und hochgestellten Personen an ihm interessiert, sondern weil er etwas konnte ... weil sie vermuteten, dass er es könnte, vielleicht fürchteten, dass er es konnte ... oder können WÜRDE.

Und ob ich es wirklich kann, ist noch die Frage, dachte Jock. MICH BEWUSST in jemandes Gedanken vertiefen, mit ihm fühlen, eindringen in anderer Leute Geist ... weil ich es WILL, weil ich etwas WISSEN will. O du weiter Weltenraum, dann gäbe es für mich keine Geheimnisse mehr. Unmöglich, unvorstellbar ... Beängstigend ... Macht ...

Er drehte sich um, lehnte sich mit dem Rücken an das Geländer und musterte sein Spiegelbild – vertraut und doch ungewohnt – in der Glastür des Balkons. Dahinter die Spiegelung der Stadt ... ebenso ungewohnt. Vielleicht weil es nur eine Spiegelung war.

Millionen von Menschen – wie kann man jemals ... *Es gibt nur wenige, die ...* Wie viele? Wer? Edu und ich und ... Anna.

Anna! Stell dir einmal vor, sie säße dort. Dass hinter den Glastüren nicht deine Wohnung ist, sondern ihre ... Und ICH ... schaue hinein.

JOCK STAND DICHT HINTER ANNA.

Er sah mit ihren Augen und unterdrückte gleichzeitig das unerfüllbare Verlangen, sie in den Arm zu nehmen. Er sah, wie eine Idee langsam Gestalt annahm – aus einem Gewirr vieler farbiger Fäden. Feuervögel vor einem blaugrünen Hintergrund. Er folgte Annas flinken Fingern und kannte alle Gedanken, die diese Bewegungen steuerten. Aber er wusste, dass sich unter diesen Gedanken andere befanden, tiefere, traurige ... Fragen, Zweifel.

Plötzlich bemerkte er, dass sie seine unsichtbare Anwesenheit spürte ... Erschreckt? Überrascht? Wütend? Froh? *Jock!*

Er zog sich zurück und starrte schwitzend auf sein Spiegelbild in der Glastür. VERGISS ES, ANNA! Vergiss es! Ich werde es nicht noch einmal tun!

Jock! wiederholte sie.

NEIN! rief er schweigend zurück. Nein, nein! Ich bin bereits weg, lass mich! (BAU EINE MAUER UM DEIN HERZ, DEINEN GEIST.)

Er war wieder allein. Zitternd vor Anspannung und Müdigkeit drehte er sich zur Stadt um. Er stützte seine Ellbogen auf das Geländer und legte das Kinn in seine Hände.

Nach einer Weile dachte er: Irgendwo dort draußen wohnt Bart, in Unterkunft acht. Ob ich ihn auch ... Er schloss die Augen. Er dachte an Route Z und an das Armbandduplikat ...

Als seine Gedanken Bart erreichten, war der Kontakt nur von kurzer Dauer und der Empfang sehr undeutlich. Bart dachte nicht an Route Z oder an das Armband. Seine Gefühle kreisten ausschließlich um eine Katze, einen wilden Kater. Für einen Moment sah Jock das Tier ganz deutlich vor sich ...

Oder war es nur die ERINNERUNG an eine Katze, die er vor kurzem im Visiphon gesehen hatte? Er begriff langsam, dass er, wenn er die Gabe besaß, noch viel mehr Kenntnis, Weisheit und Erfahrung erlangen musste.

PLÖTZLICH
    war es,
        als explodiere
            in seinem Kopf die HÖLLE,
eine Hölle aus überschall-lautem Lärm und schwindelerregend schnell wechselnden Bildern. Ab und zu sagte ihm ein Bildfetzen etwas, aber die Gesamtheit war sinnlos und erschreckend.

«Sind das wahllos aufgefangene Gedanken von den Menschen dieser Stadt?»

Irgendwie gelang es Jock, diesem Chaos zu entkommen.

Er ging, nein: wankte in sein Wohnzimmer, schnappte sich ein Glas und die Flasche Alkohol.

Ganz ruhig! befahl Edu. *Verdammt, was hast du angestellt?*
Edu! Bist du es wirklich?
Ja, Jock. Trink lieber keinen Alkohol.
Wo bist du?
In einem Luftschiff. Wir nähern uns der Stadt ...

Jock sah flüchtig einige andere Passagiere. Dr. Topf war darunter, Mick Tomson und Akke. Letzterer ein wenig mürrisch, nein: besorgt.

Er denkt an dich, Edu, wusste Jock. Auch an mich. Aber er ...
... hört uns nicht. Nein, er kann es nicht, antwortete Edu. *Obwohl er davon weiß, und du ... Nicht lauschen!* Gleichzeitig

erhielt Jock ein beinahe lächerliches Bild. Er sah sich selbst mit übergroßen Ohren an einer Tür horchen.

Hör sofort damit auf, sagte Edu.

???

Hör auf damit!

Jetzt erst spürte Jock, wie müde der andere war. Eine Müdigkeit, die an Erschöpfung grenzte.

Tut mir Leid, dachte er voller Gewissensbisse.

Mach einfach keine Versuche mehr, unterbrach ihn Edu. *Auch um deinetwillen! Bis heute Abend, Jock. Ich habe etwa ein halbes Jahr dazu gebraucht. Die Jahre davor ahnte ich es nicht einmal. Ein halbes Jahr, bevor ich etwas Vernünftiges damit anstellen konnte.* Er schien nun aus weiter Ferne zu kommen. *Noch eins: unter der Rose ...*

VISION einer sehr schönen Blume, die entfernt an eine Rose erinnerte.

Sie gleicht einer Venusblume, dachte Jock, während er sie mit seinen – unbemerkt wieder geschlossenen – Augen bewunderte. Erst als sich das Bild aufgelöst hatte, öffnete er sie wieder. Sie tränten, und er musste blinzeln.

5
Mittwoch: Abend

Jock betrat seine Wohnung. Er hatte den Rest des Nachmittags Zerstreuung in einem Sportzentrum gesucht, intensiv Titwik und andere Ballspiele betrieben. Danach hatte er in der Stadt gegessen und fühlte sich nun wieder viel besser. Er sah auf seine Uhr und fragte sich plötzlich voller Zweifel, ob die doch sehr eigenartige Verabredung mit Edu zustande kommen werde.

WER DENKT HIER AN WEN? Edu ist darin geübt, aber ich ... werde ich ihn dieses Mal wieder empfangen können? Und dann noch genau zur rechten Zeit? Wer ist eigentlich wichtiger: der Sender oder der Empfänger?

Er stellte die Flasche Alkohol beiseite, ebenso den Kaffeenektar. – Wenn mein Gehirn dazu in der Lage ist, dann muss es das auch ohne Hilfe … Aber ich kann es nicht ohne deine Hilfe, Edu.

Er ging ins Atelier, nahm sich den Skizzenblock und einen Stift und ging damit wieder ins Wohnzimmer.

Der EMPFÄNGER ist der wichtigere Teil, beantwortete er nachdenklich seine selbst gestellte Frage. Alle Menschen strahlen andauernd ihre Gedanken aus. Aber nur wenige sind in der Lage, diese aufzufangen … Letztendlich wird es ein Dialog. Bin ich also Sender und Empfänger in einer Person?

Er sah erneut auf die Uhr. Zwanzig vor acht.

Akke wusste oder vermutete es zumindest. Warum hat er es mir nicht direkt gesagt? Akke! Er hat diese Gabe nicht, schade eigentlich. Er könnte damit viel mehr vollbringen als ich … Nicht einmal viertel vor acht! Du musst dich entspannen, nicht deinen eigenen Gedanken nachhängen.

Jock schlug den Skizzenblock auf und verspürte einen schmerzhaften Stich, weil ihn Annas Gesicht anblickte. Er blätterte schnell weiter, bis er ein freies Blatt fand. Er nahm den Stift und dachte: Was kann ich Besseres tun, als dein Porträt zu zeichnen? Edu Jansen, Planetenforscher und Entdecker.

Er zeichnete ein paar Minuten, schlug dann die Seite um und begann noch einmal. Was hast du noch alles entdeckt, Edu Jansen? Wer lehrte dich, zu hören und zu reden, ohne deine Sinnesorgane zu benutzen? Oder hat dich nur jemand dessen bewusst gemacht, wie du es bei mir getan hast? Und was haben meine AUGEN EINES TIGERS damit zu tun?

Es ist nicht das erste Mal, dass du die AUGEN EINES TIGERS gemalt hast. Vor Jahren hast du es bereits einmal getan. Obwohl es vielleicht nicht deine Absicht war. Zumindest waren sie es, die ich darin gesehen habe. In einer deiner Aquarellskizzen, die du auf Afroi/Venus gemacht hast. Sie werden heute noch von den Psychologen des A.f.a.W. für den Farbfleckentest benutzt.

Jock ließ den Stift fallen. Ziemlich entrüstet sagte er: «MEINE Skizzen für einen psychologischen Test des A.f.a.W.?» Dann erst wurde ihm bewusst, dass er wieder Kontakt hatte. Er warf einen kurzen Blick auf seine Uhr, fünf nach acht.

Hör nun auf zu zeichnen, sagte Edu. Anfangs ist es gut geeignet. Aber wenn du dich erst einmal darin vertieft hast, denkst du an nichts anderes mehr ...

Und vergesse zu antworten.

Zeichnungen, Gemälde sind manchmal auch eine Antwort.

Oder eine Frage.

Du hast viel zu fragen ... Deine Zeichnung ist gut getroffen, finde ich. Wie gut kennst du mich denn ... Zeig sie lieber nicht anderen.

Schön, das zu hören! Genau wie DIE AUGEN EINES TIGERS!

Schließ die Augen, das macht es einfacher. Schau ...

Ich sehe nichts.

Nicht so ungeduldig. Falle in Schlaf, werde hellwach – gleichzeitig.

Ich sehe etwas ... Ein Zimmer ... eine Art Sprechzimmer ... und eine Frau ... schön ... ihr Haar glänzt wie rotes Kupfer ...

Jock merkte, dass Edu peinlich berührt war. Er spürte wortlosen Kummer, danach so etwas wie:

Das wollte ich dir nicht ...

Sorry.

Meine Schuld. Ich dachte an jemand, den ...

Edu, ich wollte wirklich nicht lauschen.

Versuch es noch einmal.

Wieder sah Jock das Zimmer und an einer Wand eine Aquarellskizze; einen Moment später nur noch das Aquarell, immer deutlicher. Ein Aquarell, das er kannte. Das er schon zweimal zuvor in einer Vision gesehen hatte, und das er – noch länger zurück – in Wirklichkeit gesehen hatte ... Das er auf der Venus SELBST gemalt hatte, schon fast vergessen hatte und an das er sich erst jetzt wieder erinnerte. Abstrakt, aber ...

Darin sah ich die Augen eines Tigers, sagte Edu. Und ich habe den Psychologen erzählt, dass du es gemacht haben könntest. Daran erinnerten sie sich später, als ich ...

Als du in die Wälder gegangen warst?

Noch später. Als ich entdeckte, dass ich ... nun ja, das hier ... Es war – sehr einsam; kein anderer Mensch antwortete mir. Doch dann hörte ich, dass ich nicht der Erste, der Einzige war. Dass du ...

Jock fiel Edu ins Wort mit der Frage:
Woher wusstest du das? Von wem?
Nach einer Minute etwa folgte die mühsame Antwort: *Du fragst zu schnell, zu viel.*
Edu, auf diese Weise kann man doch nur EHRLICH sein, oder etwa nicht? Kannst du doch eine Mauer/Schranke zwischen uns aufrichten?
Ja, jetzt noch. Weil du – noch ungeübt bist. Später geht das nicht mehr. Hör zu – Warte einen Moment, Jock. Ich weiß nicht, wie ich es anders – Ehrlich müssen wir sein, ob wir es wollen oder nicht. Und noch etwas: bescheiden.
SCHWEIGEN. Der Kontakt schien abgerissen. Jock versuchte erst ruhig, dann beinahe fieberhaft, die Verbindung wieder herzustellen. Aber er wusste nicht wie. – Hellwach sein und gleichzeitig in Schlaf fallen? Wie macht man das?
Unerwartet begann Edu wieder zu reden, eindringlich: *Beginnst du – begreifst du schon, wie viel Anstrengung es kostet? Für dich viel mehr als für mich ... Werde dich alles wissen lassen, aber ich kann – nicht alles auf einmal.*
Er seufzte im Geiste, Jock ebenfalls.
Es erforderte von ihnen beiden äußerste Konzentration. Den einen das Erzählen, den anderen das Verstehen. Manchmal schien es Jock, als lausche er einer Stimme; ein anderes Mal, als nehme er Gefühle wahr, dazwischen Worte oder Sätze, die er – teilweise oder ganz – wie Filmfragmente auffing. Ungefähr so:*

Du (ein Bild von Jock selbst, malend im Regen, vor Jahren auf der Venus) *warst einer von den anderen, die es konnten/können sollten.* (Gesicht von Edu mit geschlossenen Augen): *Gedanken-*

---

* Der folgende Abschnitt ist eine realistischere Wiedergabe eines «außersinnlichen» Gesprächs als die meisten anderen in diesem Buch. Diese sind – nicht den Inhalt, sondern die Form betreffend – vereinfacht wiedergegeben, um den Handlungsablauf nicht unnötig zu komplizieren.

sprache (Hierzu Bildfragmente des Waldes, ein Bach, ein Wasserfall, Augen, noch einmal Augen ... auch zweimal die Augen eines Tigers, die Ziffer 8). *Seit ich herausfand, dass ich die Gabe besitze, ist viel geschehen. Viele Menschen* (Bilder von Gesichtern; die meisten waren Jock unbekannt. Eines, etwas deutlicher: Dr. Topf) *und verschiedene Mächte* (Leitung auf der Venus?, A.f.a.W. und R.A.W., Erdregierung/Weltparlament?) *wollen etwas, oftmals etwas Gegensätzliches. Mich + uns alle auf Afroi* (= VENUS? Hierzu Bilder der großen Kuppel und vom Planeten Venus, aus dem Weltraum gesehen) *(wurde?) Geheimhaltung auferlegt* (das Bild einer Rose, ein Finger vor geschlossenen Lippen). *Schweigepflicht.* (Undeutliches Geräusch höhnischen Lachens). *Ich darf dir nichts erzählen* (sich bewegende Lippen, ein Schild mit der Aufschrift VERBOTEN), *aber niemand kann mich daran hindern zu denken.*

Jock fragte: Wissen sie auf Venus, dass du Gedanken lesen kannst?

Ja, und eine Anzahl Menschen auf der Erde weiß es auch. Sie wissen, dass ich nicht der Einzige bin. Sie spionieren mich aus, um herauszubekommen, wer die anderen sind.

Ich glaube, dass ich langsam zu verstehen beginne!

(EIN STARKES GEFÜHL VON SORGE): *Ich war/bin in Sorge, dass ich dich in Schwierigkeiten bringe/bringen werde. Die meisten Menschen wollen ihre Gedanken geheim halten – können (aus Furcht?) zu Feinden werden. Jock, vielleicht droht dir hier auf der Erde Gefahr, und ich habe deinen Namen genannt, dort, vor einiger Zeit, sodass sie sich erneut für deine Gemälde interessierten. Und sie kennen alle Rapporte, die du als Planetenforscher gemacht hast, einige Dossiers – auch hier!*

Edu unterbrach seine Erzählung, aber nicht den Kontakt. Wenig später überfiel Jock eine Vision, die ihn an etwas erinnerte, das er früher mehrmals durchgemacht hatte. Aber jetzt um vieles stärker:

Fragen, Fragen, Tests, noch mehr Fragen, Fragen, Fragen. Wie kommt es, dass du – Woher weißt du – Warum – Was denkst du – Freundliche Gespräche. Mit Fragen. Elektroenzephalogramm. Fragen. Sogar Hypnoseversuche, die aber misslangen, weil ich (Nein, nicht ich – Jock –, sondern Edu!) *die Absichten der Fragesteller durchschaute ...*

Edu, rief Jock voller Mitgefühl, hör auf! Ich habe verstanden!

Ja, aber – nicht alle Menschen handelten so, nur einige. Obendrein war/bin ich Studienobjekt für die Wissenschaft. Ich habe dich nicht verraten, Jock, aber sie vermuten es doch. Wir sind verwandt in vielen Dingen (DIE WÄLDER!). Sie spionieren auch dich aus, aber sie wissen noch nichts. Hier – auf der Erde – weiß ich es, und Akke, mein Freund Mick ... und vielleicht wird noch jemand etwas merken. Sie kann es auch ...

WER? ... Wer? ANNA!

Ja.

Wie ... Hast du mit ihr Kontakt gehabt?

Bereits früher als mit dir, Jock. Sie ist schon länger daran gewöhnt zuzuhören. Ich versuchte zu dir hinüber zu denken, aber du hörtest mich nicht. Ich begegnete ihr, als sie an dich dachte ... In Edus Gedanken schlich sich so etwas wie Unsicherheit und Zögern: *Deine Freundin.*

MEINE SCHWESTER!

Oh!

Unbewusst schüttelte Jock abwehrend den Kopf und sandte eilends seinen Wunsch aus, zeichnete in Gedanken das Schild ZUTRITT VERBOTEN.

Edu wechselte sofort das Thema: *Was die augen eines tigers angeht ...*

Musste ich sie deshalb verbergen? fragte Jock. Um die Verbindung, den Kontakt zwischen uns geheim zu halten?

Genau. Sie kennen das Aquarell, das du damals ...

Es gibt noch jemanden, der DIE AUGEN EINES TIGERS gezeichnet hat ...

Was?! (Ungläubiges Staunen)

Jock fuhr fort: Ja, wirklich. Obwohl die Zeichnung vernichtet wurde. Ich vermute, dass er vielleicht auch ...

Edu betrachtete das Porträt von *Bart Doran*.

Sehr jung! Hier aus der Stadt?

Ja. Er ist sechzehn.

Zu jung, um sich dessen bewusst zu sein. Pass gut auf ihn auf – das tust du bereits –, aber lass ihn sich noch nicht dessen bewusst werden, Jock. Das Beste ist immer, es selbst zu erfahren, genau wie du, wie ich ... wie Anna. Aber sie ist wirklich etwas ganz Besonderes ... Sei still. Zu bestimmten Zeiten haben wir alle Hilfe nötig, wir alle. Selbst sie ... selbst ...

Edu wurde durch einen ziemlich starken Gedanken unterbrochen, den sie beide sofort erkannten: AKKE!

Akke macht sich Sorgen; insbesondere um dich, Edu!

Überfordert er nicht langsam seine Ausdauer?

Wie ein Echo, direkt danach: *Zu viel ... Er sitzt hier bereits seit acht Uhr ...* (Die Gedanken, das wussten Edu und Jock gleichzeitig, stammten von Edus Freund Mick Tomson.)

Mick und ich wohnen als Gäste bei Akke und seiner Frau Ida, teilte Edu ihm einen Moment später mit. *Akke ist ein Mann, der sehr viel weiß, ohne dass es ihm erzählt wurde. Wenn die Gabe überall auf der Erde bestünde, würde er als Erster – und jetzt, da sie nicht überall vorhanden ist, ist er doch ... Jetzt findet er, dass wir ...*

Er hat Recht, dachte Jock. Ich spüre selbst, dass ...

Man gewöhnt sich daran ... Erzähle dir morgen mehr. Dass Venus eigentlich Afroi heißt ... Wie wir ...

Wieder sah Jock etwas von dem Wald, schuppige Baumstämme, farnartige Pflanzen und ... – schon wieder – AUGEN. Keine Tigeraugen, ebenso wenig menschliche Augen ... dunkel, glänzend ... Sie verschwanden hinter der Gischt eines Wasserfalls ...

Du sahst ..., begann Edu, wurde aber erneut unterbrochen. Diesmal durch etwas, das vollkommen unbegreiflich war, aber atemberaubend schön. *Die Gedanken einer Blume? Eines jungen, ungezähmten Tiers?*

Edu, hast du das auch gespürt.

Ja!

Es wurde ihnen nun doch etwas zu anstrengend ...

Akke hat Recht. Wir müssen aufhören.

Wir müssen aufhören. Aber es klappte doch fantastisch.

Und? fragte Jock. Er war todmüde, aber plötzlich wollte er nicht aufhören.

Morgen begegnen wir uns in Wirklichkeit.
Wie ... wahnsinnig, Edu! Ja, Donnerstag! In der GALERIE von Mary Kwang.
Bis morgen. Halt die Ohren steif.
Bis morgen. Halt die Ohren steif.

6
Donnerstag: Afroini

Jock ging zu Bett und fiel unverzüglich in Schlaf, einen traumlosen Schlaf geistiger Erschöpfung. Er wurde früh wach – sofort hellwach! – ohne eine Spur von Schläfrigkeit, was ziemlich ungewöhnlich war.

«Aber», sagte er zu sich selbst, «gibt es denn noch ETWAS, das normal ist? In nur einem Tag bin ich ein völlig anderer Mensch geworden ... Nein, das ist nicht wahr – ich habe nur die Möglichkeit, anders zu werden ... Oder gerade mehr ich selbst zu werden.

Er fragte sich, ob er sich deshalb sein ganzes bisheriges Leben so einsam gefühlt hatte, weil er – außer von Anna – nie Antworten auf seine Gedanken erhalten hatte. Anna. An sie sollte er besser nicht denken. Nur – würde er das wirklich durchhalten können? Wahrscheinlich nicht. Jetzt weiß ich sicher, dass es nicht klappen würde.

Er versuchte, die Möglichkeiten der außersinnlichen Wahrnehmung auszuloten, aber es glückte ihm nur unvollständig. Er kam schließlich zu dem Ergebnis, dass die Möglichkeiten unendlich groß waren, die Gefahren jedoch vermutlich ebenfalls ... Und als er sich auf den Weg zu Mary Kwangs GALERIE machte, kam es ihm vor, als unternehme er nun einen Ausflug, der riskanter war als eine Reise zum fernsten Planeten. Eine Reise, die eine Rückkehr ausschloss.

Mary Kwangs GALERIE befand sich in einem der schönsten Viertel der Stadt – an einem tagsüber jederzeit in der «Sonne» liegenden Platz, umringt von allen wichtigen Gebäuden und luxuriösen Cafés. Der Platz selbst war groß, voller Bänke und Sessel. In der Platzmitte befand sich auch das große Standbild von Constant*, und zumeist wimmelte es hier von Menschen.

Ein Mann im weiten grünen A.f.a.W.-Gewand schlenderte langsam auf Jock zu. Er hatte seine Kappe tief ins Gesicht gezogen; in der Hand hielt er ein zusammengerolltes Stück Papier.

O ja, stimmt, dachte Jock. Ich darf nicht vergessen, Barts Zeichnung mit nach Hause zu nehmen.

Als er an dem Mann vom A.f.a.W. vorbeigehen wollte, hielt dieser ihn auf. «Jock Martin?», fragte er leise.

Jock blickte in das Gesicht des Mannes und erkannte zu seiner Verwunderung Edus Kollegen, den Planetenforscher Mick Tomson.

«Ja», sagte er. «Aber wieso ...»

«Inkognito!», sagte der junge Mann mit einem Grinsen. «Bis Sonntag gelten Edu und ich als A.f.a.W.-Arbeiter.»

«Woher weißt du, wer ich bin?»

«Akke hat mir ein Foto von dir gezeigt. Ich bin einer, der noch ein Foto braucht, um jemanden zu erkennen.» Der junge Mann lachte, aber seine Augen blieben ernst. «Begleite mich ein Stück.»

Jock tat dies und fragte: «Wo ist Edu?»

«In diesem Kunstschuppen; ich komme auch gerade daher. Ich hoffte, dich abzufangen ... Wir gehen gleich dorthin, aber zuerst muss ich dir das hier geben.» Mick Tomson reichte Jock die Papierrolle. «Ich habe es unbemerkt – so hoffe ich zumindest – aus der Galerie gestohlen», fuhr er mit gedämpfter Stimme fort. «War gar nicht so einfach. Ich musste es aus dem Rahmen schneiden und aufgerollt in meinem Ärmel verstecken ... Schau es dir nicht hier an, es ist eines deiner Werke.»

---

* Constant: Künstler des 20. Jahrhunderts; wahrscheinlich Gründer der Stadt Neu-Babylon, die er in seinen futurologischen Schriften, Gemälden und Objekten abbildete. (Der Große W.W.U., Wortschatz der Westlichen Umgangssprache, berühmte künstler – 11. Auflage)

Er sah Jock ins Gesicht. «Unglaublich», murmelte er. «Ich sollte daran gewöhnt sein, aber das hier ... Noch *bevor* Edu ...»

Jock war so überrascht, dass er stehen blieb. «Wovon zum Teufel redest du?»

«Von deiner Zeichnung. Geh weiter und verhalte dich ganz normal. Wir wollten sie natürlich nicht vernichten, aber es schien uns doch besser, dass sie nicht dort blieb. Können wir hier in der Nähe einen Köcher kaufen oder, besser noch, eine gewöhnliche Tasche, um sie dort hineinzutun?»

«Willst du mir etwa sagen», flüsterte Jock ungläubig, «dass ich schon wieder eines meiner Gemälde verschwinden lassen muss?»

«Es ist kein Gemälde, sondern eine Art Skizze, mit Wasserfarben gemalt ... Später, wenn du allein und in Sicherheit bist, kannst du es dir anschauen. Aber ich wette, du ahnst bereits, um welche Skizze es geht.»

Sie gingen weiter. Jock betrachtete das steife, aufgerollte Stück Kunstpapier, ertastete die Struktur mit den Fingern und vermutete langsam, dass er in der Tat wusste ... Lag das daran, dass ihm das Papier bekannt vorkam oder fing er irgendwie die Erinnerung des neben ihm gehenden Mick daran auf oder die Edus, aus der GALERIE? Schließlich hatten beide die Skizze betrachtet ... Es war mit ziemlicher Sicherheit das Aquarell, das nur zu einem kleinen Teil von ihm stammte ...

BART DORANS ZEICHNUNG.

Leise fragte er: «Sind es ... zwei grüne Gestalten unter Venusbäumen?»

Mick nickte.

Was bedeutet das alles? fragte sich Jock. *Wie kann Bart etwas gemalt haben, das ... Warum gerade seine Zeichnung?*

Die Antwort auf seine Frage fand er unverzüglich, sie war ebenso offensichtlich wie bestürzend: *Zwei grüne Gestalten ... Edu und Mick kennen sie, haben sie erkannt. Es sind keine Fantasiefiguren! Sie existieren wirklich.*

Jock blieb erneut stehen und starrte Mick sprachlos an.

Sollte es wahr sein, dachte er, *dass auf der Venus Geschöpfe wohnen, die mit Menschen vergleichbar sind?*

Mick sagte nichts; er runzelte nur die Stirn, packte Jock am Arm und zwang ihn weiterzugehen. Aber Edu – irgendwo in der GALERIE – antwortete ihm:

Afroini. Mit Vernunft begabte Wesen. Venus heißt Afroi. Es ist eine telepathische Welt.

Jock nahm den Platz und die ihn umgebenden Gebäude nicht mehr wahr: Vor seinem geistigen Auge erschienen Visionen, die sich beinahe sofort wieder auflösten. Grüne Gestalten bewegten sich zwischen schuppigen Bäumen und gezackten Blättern. Ein dunkles Augenpaar sah ihn an, aus einem wirklichen Gesicht, nicht menschlich, aber …

«Dir wird doch nicht schwindelig?», sagte Mick. «Hier ist eine Kneipe mit Geschäft. Setz dich, dann werde ich …»

«Nicht nötig», flüsterte Jock. Er fühlte sich durch grenzenlose Verwunderung umzingelt, die von ihm und von Edu stammte, der nun begriffen hatte, dass die Zeichnung …

«Okay», hörte er Mick sagen. «Aber dann kaufe ich erst eine Tasche für deine Zeichnung. Und dann auf zur GALERIE.»

«Nein, noch nicht zur GALERIE», sagte Jock beinahe unhörbar. «Lass uns noch ein Weilchen hier draußen herumlaufen, einmal um den Block oder so.»

«Ganz wie du willst», sagte Mick.

Von jetzt an bestimmte Jock ihren Weg, genau wie vor einigen Tagen mit Akke. Er nahm Mick die Tasche ab und sagte: «Edu hat mir bereits viel erzählt, aber normal reden und hören ist immer noch einfacher für mich.»

«Ich wusste schon, dass ihr Kontakt habt!», sagte Mick. «Seit gestern nun endlich wirklich, oder? ICH kann es überhaupt nicht. Sogar auf Afroi sind es nur ein paar Menschen, die es ein wenig gelernt haben; sehr bruchstückhaft, denn es gelingt ihnen nur ab und zu, und dann eigentlich nur zufällig. Edu ist der einzige Mensch, der es wirklich …» Er sah Jock von der Seite an. «Jetzt ist er nicht mehr der Einzige, glücklicherweise.»

«Warum wurde noch nicht bekannt gegeben, dass die Venus bewohnt ist?», fragte Jock leise.

«AFROI», verbesserte ihn Mick ebenfalls flüsternd. «So nennen SIE ihren Planeten; sich selbst bezeichnen sie als AFROINI. Sie sind sehr intelligent. Die meisten können sprechen und alle können Gedanken lesen.»

«Hat Edu …»

«Es von ihnen gelernt? Nein, er konnte es bereits. Aber er wusste es nicht, bevor er in den Wald ging und dort den Afroini begegnete. Sie haben es ihm … Wie sagt man jetzt …»

«Bewusst gemacht?»

«Genau! Und ihm erzählt, wie er die Gabe weiterentwickeln könnte. Aber das meiste scheint man selbst herausfinden zu müssen. Nun ja, ich bin einer derjenigen, die es niemals zustande bringen werden – wie fast jeder, übrigens. Die Afroini halten uns für Blinde und Taube …» Mick hielt kurz inne. «Wir müssen nun wirklich zurück in die GALERIE. Frau Kwang erwartet uns, und Edu …»

«Ja, ja. Warum wurde es geheim gehalten, dass …»

«Aus vielen Gründen, Jock Martin. Nicht zuletzt politischen … Ich könnte stundenlang darüber reden. Was ich dir erzählt habe, tat ich nur deswegen, weil du es doch schon wusstest oder erfahren würdest. Sieh mal, wir mussten Geheimhaltung schwören, aber niemand kann uns verbieten zu denken …» Mick lächelte bitter. «Es ist nur schade, dass hier nur ein Einzelner wie du unsere Gedanken auffangen kann. Deine Skizze zum Beispiel …»

«Genau, die Skizze», unterbrach ihn Jock. «Darüber muss ich …»

«Psst, leise», sagte Mick warnend.

«Nicht der Einzige», murmelte Jock, während er mit Mick zur GALERIE ging. Bevor sie eintraten, hielt Mick ihn zurück. «Ich weiß nicht, ob du es weißt. Der Laden ist gespickt mit Abhörapparaten.»

«Danke», sagte Jock leise. «Dann werde ich dir jetzt etwas erzählen, was du noch nicht weißt: DIESE SKIZZE HABE ICH NICHT GEMACHT! Sie ist zufällig – wie man so sagt – zwischen meine Arbeiten gerutscht. Ich hatte vor, sie selbst von dort wegzuholen …»

«Ist das wahr?», flüsterte Mick.

«Ehrenwort», antwortete Jock.

7
Donnerstag: Edu Jansen, Galerie Mary Kwang

In der GALERIE überkam Jock mehrfach das Gefühl, aus zwei Personen zu bestehen, jede mit einer eigenen Umgebung. Die ruhige, kühle Atmosphäre in den stilvollen Räumen um ihn herum schien von Zeit zu Zeit einer völlig anderen, liebevollen, aber auch beängstigenden Platz zu machen: der Atmosphäre der Wälder auf Venus/Afroi. Und dann war da noch die ziemlich beunruhigende Mary Kwang, die ihm gegenübertrat, in einem schlichten Arbeits- und Malergewand, das sie mehr gekostet haben musste als drei Abendkleider.

«Da bist du ja endlich, Jock Martin. Ich bin sehr froh, dass du gekommen bist. Bitte entschuldige meinen Aufzug und die Unordnung hier; wir haben viel zu tun.»

In der Tat standen überall Gemälde und Objekte herum; Roboter waren damit beschäftigt, noch weitere auszupacken. Andere Roboter schoben Stellwände hin und her, stellten Lichtspots auf und richteten die Lampen aus. All dies geschah unter der Aufsicht von Mary Kwang und einem menschlichen Assistenten, dem jungen Mann, den Jock bereits kennen gelernt hatte.

Und dann kam zu allem Überfluss auch noch Edu Jansen im A.f.a.W.-Gewand auf ihn zu. Sie begrüßten einander wie alte Kameraden, die sie letztendlich ja auch waren. Aber es war noch mehr zwischen ihnen. Jock fing Bruchstücke aus Edus Gedanken auf; und er war sicher, dass Edu auch beinahe all die seinen kannte ... *Nein, die kennt er nicht; meine Gedanken sind ein wildes Durcheinander, wie ein tausendfach verknotetes Garnknäuel ...*

Edus Gesicht und Augen – diesmal WIRKLICH; dazu die Erinnerungen an ihre Gedankengespräche des vorigen Tages und die immer heller werdenden Erinnerungen an die Zeit, die sie zusammen auf Venus – nein: Afroi – gewesen waren ... *Normal verhalten, sich nichts anmerken lassen ... Verdammt, wie soll ich das nur, Edu? Mick hat mich gewarnt. Und die Skizze hier in meiner Tasche ...*

Wenig später hörte Jock sich selber mit Mary Kwang sprechen, während er gleichzeitig herauszufinden versuchte, was sie hinter ihrem freundlichen Lächeln, den kühlen Augen versteckte ... *Mary, hast du meine Gemälde und Skizzen betrachtet, heute, Montagabend oder vorher? Und hast du bereits eine vermisst?* «Mick Tomson hat mir erzählt», sagte er leichthin, «dass Edu und er bis Sonntag inkognito sein werden, verkleidet als A.f.a.W.-Arbeiter.» Sie lachten alle über diesen gelungenen Witz.

«Du hattest durchblicken lassen, dass sie heute hierher kommen würden», fuhr Jock fort. «Also kam ich auch her.»

«Es überrascht und freut mich», sagte Mary Kwang, «dass du Planetenforscher Edu Jansen doch zu kennen scheinst.» Ihr Gesicht blieb freundlich, ihre Augen jedoch waren von kaltem Spott erfüllt.

«O ja! Ja», sagte Jock, einen Augenblick lang aus der Fassung gebracht. «Gleich während der Fernsehsendung letzte Woche habe ich ihn erkannt. Das Foto, das Dr. Topf mir zeigte, war wirklich sehr undeutlich.»

«Ich war noch nie sonderlich fotogen», sagte Edu neben ihm. «Dr. Topf hat dir ein Foto von mir gezeigt, Jock? Meines Wissens habe ich ihm nie eines gegeben ...»

«Ach, wie dem auch sei», sagte Mary Kwang. «Ich finde es schön, zwei ... nein, drei Planetenforscher, die auch noch Kollegen sind, in meiner Galerie zu Gast zu haben ...»

«Zwei Kollegen», sagte Jock. «Ich bin einzig und allein als Künstler hier.»

Sie hat meine Arbeiten bereits gesehen, wusste er. *Wann ... Das ist mir noch unklar. Sie ... sie ist auch verwirrt, aber sie hat die eine Skizze noch nicht vermisst. Zumindest glaube ich das ... Sie weiß ... Wie viel weiß sie?* Inzwischen plauderte er weiter über ein paar vom Mars inspirierte Objekte, die in ihrer Nähe standen, und bezog auch Edu und Mick ins Gespräch ein. Schließlich waren sie alle drei außer auf Venus auch auf Mars gewesen ... *Mick, Edu, musstet ihr das wirklich tun? Vielleicht war es unvermeidlich, nur ... Nun ja, ich bin kein Eingeweihter.*

Doch, antwortete Edu unerwartet, *das bist du, jetzt ja.*

Jock beobachtete Mary weiterhin. *Was wird sie tun, wenn sie merkt, dass Barts Zeichnung verschwunden ist?*

Er wusste nicht, inwieweit er selber ihre Gedanken erraten oder auffangen konnte, oder ob es Edu war, der die Antwort gab. Wahrscheinlich eine Kombination von beidem:

Sie weiß viel, nicht alles ... Wenn wir/du die Zeichnung hier gelassen hätten, was hätte sie dann damit gemacht ... Sie vernichtet? ... Nein, das nicht ... Sie ausgestellt? ... Bestimmt nicht ... Warum?

GANZ KURZ SAH ER DAS GESICHT VON DR. F. P. TOPF:

Die Erde ist überfüllt! Mehr Menschen auf die Außenwelten,
   auf die Venus ...
      Aber wenn die Venus
         offenbar bewohnt ist –
           WAS DANN?

In Jocks Kopf drehte sich alles. Er wunderte sich über die Ruhe, mit der er sich nach außen hin gab; er vermutete, dass ihn Edus Anwesenheit und die Freundschaft zwischen Edu und Mick dabei unterstützten.

«Es gibt noch einen Grund, warum ich hergekommen bin, Mary», sagte Jock. «Ich habe inzwischen entdeckt, dass ich eine Skizze ... *(Nein, das ist viel zu auffällig)* ... dass ich dir zwei Skizzen mitgegeben habe, die ich bei näherem Überlegen nicht gut genug finde, um sie auszustellen. Ich möchte die beiden gerne wieder mit zurücknehmen.»

Sie sah ihn an und hinter ihren Augen – unsichtbar – spürte er die Anwesenheit einiger Höherrangiger, Mitglieder des R.A.W. vielleicht ... *Wer weiß, vielleicht auch desjenigen, der Xans Gehirn manipuliert hat.*

«Ja, natürlich kannst du das», sagte sie ruhig. «Wenn es nur nicht die WANDERNDEN BERGE sind oder die erblühende Blume ... Es ist doch eine Blume? Sehr schön, die würde ich gerne selber kaufen.»

Jock schrak geistig zurück. Auch sie bestand aus zwei Personen, sogar noch schlimmer. *Du siehst und verstehst viel, Mary. Aber du bist auch imstande, alles zu verkaufen und zu verraten, was du verstehst.* Er lächelte heuchlerisch und nickte. «Ich danke Ihnen, äh ... dir», sagte er und machte sich nach ein paar belanglosen Bemerkungen davon – zu der Stelle, an der seine Arbeiten abgestellt worden waren. Er zählte darauf, dass Edu und Mick in der Zwischenzeit Mary und ihren Assistenten ablenken würden, sodass sie ihm nicht sofort folgen könnten.

Drei Aquarelle waren bereits aufgehängt worden; die WANDERNDEN BERGE in der Mitte. Jock zögerte nicht lange. Hastig nahm er eine kleine Zeichnung aus dem Kartonpassepartout und stopfte sie zu der Papierrolle in seiner Tasche.

Wenig später sagte er zu Mary Kwang: «Ich habe sie. Eine ist einfach nur schlecht – ich habe viel bessere –, und es ist doch zu viel für eine einzige Wand. Die andere ist zwar ganz nett, entspringt aber einzig und allein meiner FANTASIE. Daher ...»

Er erkannte, dass sie ahnte, welche Skizze er meinte – *sie weiß bestimmt von den Afroini* –, aber das konnte sie ihm natürlich nicht zeigen.

Ihr Assistent (ihm inzwischen als Pam Ling vorgestellt) zeigte es deutlicher: hochgezogene Augenbrauen und ein misstrauischer Blick. *(Er ist kein Eingeweihter. Er hat alle eingegangenen Arbeiten genau betrachtet und die entfernte Skizze sofort vermisst.)* Aber ein Seitenblick auf Mary Kwang genügte ihm; auch er schwieg. Was hätte er auch sagen können?

Jock ließ sich mit Edu und Mick herumführen, um die anderen Arbeiten zu betrachten; einige von sehr berühmten und von ihm bewunderten Künstlern. Er hörte seine eigenen Kommentare dazu, gab sogar Tips zu Platzierung und Beleuchtung – fast schien es ihm ein anderer zu sein, der da sprach. Nur einmal wurde er kurzzeitig wieder er selbst; bei den aufrichtigen, lobenden Worten von Edu und Mick über seine Venuslandschaften. Schließlich sagte Mary Kwang, ruhig und lächelnd wie immer (aber inzwischen mit vollkommen anderen, ängstlichen Augen):

«Ihr bleibt doch sicher noch zum Lunch?»

Edu bedankte sich für die Einladung, lehnte aber freundlich und entschieden ab. «Mein Freund und ich sind inkognito hier und werden deshalb besser in einer A.f.a.W.-Kantine essen. Und unser alter Kollege Jock Martin wird uns begleiten. Wir haben uns Jahre nicht gesehen, daher haben Sie bestimmt Verständnis dafür, dass ... Kommenden Sonntag sehen wir uns in jedem Fall wieder. Und wenn Sie noch Fragen haben oder uns etwas mitteilen möchten, können Sie uns Samstag bei Herrn Akke erreichen; Sie haben doch seine Code-Nummer und Adresse?»

8
Donnerstag:
Drei Planetenforscher

Eine A.f.a.W-Kantine», sagte Jock leise, als sie über den Platz gingen. «Wie kommt ihr nur darauf? Die ist doch hundertprozentig mit Abhörgeräten gespickt.»

«Klasse», sagte Mick. «Sag das gleich noch einmal, wenn wir dort sind. Gerade so laut, dass der Leiter dich verstehen kann ... Das ist mein Ernst», fügte er mit Blick auf Jocks Gesicht hinzu. «Akke hat uns die Adresse genannt, und er hat dafür gesorgt, dass es dort sicher ist. Aber man kann ja nie wissen ... Was meinst du, Edu?»

Dieser nickte und sagte: «Sechsundzwanzigste Straße, Bezirk Drei.»

«Das ist ja ganz in der Nähe», sagte Jock. «Alles mir nach.» Er seufzte einmal. «Ich weiß nicht, wie es euch geht, aber ich ...

«Nicht so laut», warnte Edu. «Nachher können wir normal reden, hoffe ich. Ich meine WIRKLICH: NORMAL REDEN. Jock, es war erst gestern, dass ... Lass es etwas ruhiger angehen. Ich sage das nicht ohne Grund; du willst dich doch nicht überanstrengen, oder?»

Die drei betraten einen Rollsteig und schwiegen eine Zeit lang. Schließlich sagte Jock flüsternd: «Afroini, so heißen sie doch? Grün, dunkle Augen, telepathisch ... Und das ist wirklich wahr? Das kann doch nicht geheim bleiben.»

«Nein, natürlich nicht; da stimme ich dir zu», antwortete Edu. «Aber seit ich hier auf der Erde bin, kann ich den Entwicklungen auch nicht mehr ganz folgen.»

«Wieso?», fragte Jock.

«Auf Afroi war man sich nicht einig», sagte Mick. «Aber hier ... Edu, erkläre du es, bitte.»

Edu sagte: «Du hast leicht reden, aber ... Es ist so, als ob du versuchst, eine bestimmte Sendung zu empfangen, die ein Radiosender auf einer einzigen aus einer Million Wellenlängen ausstrahlt, die alle direkt nebeneinander liegen.»

«Ich glaube, ich verstehe», sagte Jock langsam.

Sie schwiegen wieder, bis sie die A.f.a.W-Kantine erreichten.

Mick gab Jock einen Rippenstoß. «Du weißt, was du zu sagen hast!» Sie gingen hinein. Jock fand es ein wenig lächerlich, aber nach einem Seitenblick auf Edu und seinen Freund wiederholte er gehorsam die Bemerkung, die er vorhin gemacht hatte. «... ist doch hundertprozentig mit Abhörgeräten gespickt.»

Der Kantinenwirt, ein A.f.a.W.-Angestellter, kam ihnen entgegen. Als er Jocks Bemerkung aufschnappte, hielt er einen Moment inne, war aber wenig später bei ihnen und hieß sie beinahe übertrieben freundlich willkommen. «Nehmen Sie doch Platz. Mein Roboter kommt gleich, um Ihre Bestellung aufzunehmen.»

Die Kantine war sehr klein, außer ihnen gab es nur noch zwei andere Gäste. Sie setzten sich so weit wie möglich von diesen entfernt hin. Jock wollte etwas sagen, aber als er seine Begleiter musterte, überlegte er es sich anders. *Was haben die beiden vor?*

«Der Roboter», sagte Edu – so leise, dass es gerade noch zu verstehen war.

«Dann müssen wir ...» begann Mick.

Edu nahm sich eine Serviette. «Du hast bestimmt etwas zu schreiben dabei?», sagte er zu Jock.

«Ja sicher», sagte dieser. Ihm war immer noch nicht klar, was die anderen wollten. Der Roboter kam an ihren Tisch.

«Was nehmt ihr?», fragte Mick. «Kaffeenektar, natürlich, und dazu?»

Der Roboter verlas das Tagesmenü. Dann nahm er ihre Bestellung entgegen und verschwand.

«Eine Eilnachricht für Herrn Akke», sagte Edu.

«Wir lassen sie durch den Roboter überbringen», ergänzte Mick. «Sein Meister kann uns das nicht abschlagen.»

Edu schob Jock die Serviette hinüber.

«Schreib einfach hier drauf.»

Und was? dachte Jock.

Was du willst, dachte Edu. *Der Roboter muss hier weg!*

Und endlich fiel bei Jock der Groschen. Es kostete ihn einige Mühe, ein Lächeln zu unterdrücken. Aber was sollte er schreiben?

Mick sah zum Wirt hinüber, der mit den anderen Gästen redete. «Wenn es dringend ist, finden wir bestimmt jemanden, der es überbringen kann», sagte er laut.

«Sehr dringend», sagte Jock, während sein Stift über die Serviette huschte; nicht schreibend, sondern zeichnend. Edu, der neben ihm saß, konnte sehen, was er malte. *Das ist Akke!*

Darunter schrieb Jock: «Wenn ich eine STUNDE Zeit hätte, könnte ich ein besseres Porträt machen. JOCK.» Er faltete die Serviette, die Zeichnung nach innen.

Nachdem er dies getan hatte, rief Mick den Kantinenwirt an ihren Tisch.

«Mein Freund hier hat eine dringende Nachricht für jemanden», sagte Mick. «Sie muss so zuverlässig und schnell wie möglich überbracht werden. Könnte Ihr Roboter das erledigen?»

Der Wirt zog die Stirn kraus. «Eine dringende Nachricht?», wiederholte er nicht sonderlich zugänglich.

«Ja», sagte Jock. «Für Herrn A. Akke, Chef des A.f.a.W.-Hauptquartiers Nord.»

Das machte den nötigen Eindruck. «O ja, selbstverständlich», sagte der Wirt. Er gab den Auftrag an den Roboter weiter, der soeben den Kaffeenektar und die drei Mahlzeiten servierte und holte sogar noch höchstselbst einen Umschlag. Jock stopfte die Serviette hinein, schrieb Namen und Adresse darauf und sagte dem Roboter:

«Hier. Übergib diesen Brief Herrn Akke persönlich und warte auf Antwort.»

«Und jetzt», sagte Mick zufrieden, als der Roboter gegangen war, «können wir ungestört reden ... Zumindest solange wir den Wirt im Auge behalten. Glücklicherweise hat ein Mensch bei weitem kein so gutes Gehör.»

Es sei denn, er ist ein Telepath. Nun war auch Jock klar, was geschehen war: Edu hatte sofort nach seiner Bemerkung über die Abhöranlagen im Geist des Kantinenleiters gelesen, dass nur der Roboter dazu in der Lage wäre.

Er sah Edu an, der nickte und halb herausfordernd, halb entschuldigend sagte er: «Das war so, wie es NICHT sein sollte. Ich habe unbemerkt gelauscht und ohne Zustimmung in jemandes Geist geblickt ...»

«Du konntest nicht anders», fiel Mick ihm ins Wort.

«Vielleicht», sagte Edu. «Ich habe auch die beiden anderen Gäste nicht vergessen. Ich habe es bereits früher getan und werde es noch öfter tun müssen, fürchte ich ...» Er lächelte Jock an, spöttisch und absolut nicht fröhlich. «Wenn du einmal darüber nachdenkst, ist es wirklich eine bizarre Situation. Ich weiß nicht mit Sicherheit, ob der Roboter den Auftrag hatte, abzuhören – nur, dass er automatisch jedes Gespräch hier registriert. Die anderen Geräte sind tatsächlich abgeschaltet. Auf Akkes Wunsch ... oder Befehl.»

«Dann wollen wir hoffen, dass Akke versteht, dass er uns mindestens eine Stunde Zeit lassen soll», sagte Jock so leichthin, wie er konnte, und versuchte den Trübsinn in Edus Augen nicht auf sich übergreifen zu lassen.

«Ich habe nicht einmal gesehen», sagte Mick, «was du eigentlich hingekritzelt hast.»

«Was Tolles! Akke zeigt es dir sicherlich nachher», sagte Edu. Er erhob sein Glas Kaffeenektar. «Lasst uns anstoßen ... Worauf?»

«Auf drei Planetenforscher», sagte Mick.

«Zwei Planetenforscher», verbesserte Jock ihn. «Und einen ...»

«Einen Maler ... Du bist viel mehr Künstler, als ich dachte», sagte Edu ernst. «Trotzdem: Auf DREI Planetenforscher! Im Augenblick auf einem sehr gefährlichen Planeten stationiert, der Erde.»

Die Erde – eine einzige große Stadt, die Menschen untergebracht in Häusern oder Zellen, miteinander verbunden durch ihre bewundernswerte Technik – 3D-Fernsehen, Radio, Visiphon – Bild, Ton.

Die meisten Menschen blind und taub gegenüber den Gefühlen, Gedanken der Mitmenschen ... Aber doch neugierig: sich ausspionierend mit den ausgetüfteltsten Apparaten ... Verdammt! A.f.a.W.

Gefährlicher Planet. Tiger ausgestorben. Bäume und sogar Gras nur noch in Naturreservaten. Millionen von Menschen ...

Die Erde ist zu voll. Wer sagte das doch gleich?

Edu stellte sein Glas ab. «Ich weiß mehr von Dr. Topf als von den meisten Planetenwissenschaftlern hier auf der Erde. Weil ich ihn persönlich getroffen habe.» Er nahm eine Gabel, schaute nachdenklich auf seinen Teller und sah dann wieder Jock in die Augen. «Was für ein Mensch er auch ist ... für DICH, Jock, ist er ein Feind.»

«Weiter so», sagte Mick. «Endlich erzählst du wieder etwas laut. So bekomme ich auch etwas mit.»

«Warum sollte Dr. Topf vom R.A.W. mein Feind sein?», fragte Jock.

«Weil er dich auf seine Seite ziehen will, egal mit welchen Mitteln. Er denkt so, wie ich vor noch nicht einmal einem Jahr noch einen Planetenwissenschaftler auf der Venus denken hörte: ‹Auch wir könnten einen Telepathen gut gebrauchen.› GEBRAUCHEN!»

Jock sagte langsam: «Topfs größter Wunsch wird wohl nicht in Erfüllung gehen können. Es sollen immer mehr Menschen auf andere Planeten, auch zur Venus. Aber Venus ist bewohnt, und das weiß er bereits seit Monaten.»

«Nein», sagte Edu leise. «Was die Wälder betrifft, ja ... Aber den Rest hat er erst vor kurzem erfahren; vor ein paar Wochen vielleicht, nicht viel länger.»

Jock starrte ihn an. Es gelang ihm nicht sofort, darauf eine Antwort zu finden. Tatsächlich dauerte es sogar ziemlich lange, bis er sagte: «O du weiter Weltenraum! Aber wie dem auch sei: Venus heißt Afroi! Und ... AFROI GEHÖRT DEN AFROINI.»

Ein warnendes Zeichen von Mick brachte ihn zum Schweigen. Der Kantinenwirt kam zu ihnen herüber.

«Schmeckt es den Herren ...», begann dieser und blickte einen Moment lang verwundert auf die nicht angerührten Teller.

«Ob es schmeckt? Aber sicher doch!», antwortete Mick. «Wir sind alte Freunde und über dem ganzen Gerede lassen wir das leckere Essen noch kalt werden.» Als der Wirt wieder gegangen war, fügte er hinzu: «Wir sollten wirklich essen. Und sei es auch nur, weil es Essenszeit ist. Ich fange jedenfalls an. Mahlzeit.» Er ließ seinen Worten die Tat folgen, Edu und Jock schlossen sich seinem Beispiel an.

«Afroi gehört den Afroini, das versteht sich von selbst», sagte Edu mit gedämpfter Stimme. «Wir sind auf ihrem Planeten willkommen, als BESUCHER! Wenn nicht zu viele kommen, und wenn wir ... ihrer Gesinnung sind. Beinahe jeder in unserer Siedlung – allen voran unser Kommandant – stimmt ihnen darin zu. Aber es gibt auch Ausnahmen. Es sind nur wenige Afroini, ihr Planet ist nur dünn bevölkert. Platz gibt es also genug – auch für mehr Menschen, als jetzt dort leben.»

«Fürchtest du, dass ...» begann Jock.

«Es gibt Menschen – gerade hier auf der Erde –, vor denen ich mich zuweilen fürchte», sagte Edu. «Obwohl ich hoffe, dass diese Furcht unbegründet ist. Wir sind doch schließlich zivilisiert, oder? Obendrein ist es unwahrscheinlich, dass es jemanden gibt, der den Afroini wirklich Schaden zufügen kann. Sie kennen überhaupt keine Angst.»

«Weil ...», flüsterte Jock.

«Weil niemand sie betrügen oder ihnen etwas vorgaukeln kann.»

«Erzähl mehr von ihnen», bat Jock. «Weißt du, ich kann mir noch immer nicht so ganz vorstellen, dass es sie wirklich gibt ... Ist das der wahre Grund, warum ihr uns ihre Existenz verschwiegen habt?»

Edu schüttelte lachend den Kopf: «Du hast vielleicht Ideen! Obwohl ... vielleicht ist es gar nicht so verrückt. Es wird für viele Menschen wohl ein Schock sein, wenn sie hören, dass in unserem Sonnensystem Geschöpfe leben, die mindestens ebenso intelligent sind wie wir. Ja, manche Afroini halten uns für ...»

«Mick sagte es bereits: Blinde und Taube», unterbrach ihn Jock. *Und du?* schoss es ihm durch den Kopf. *Wie siehst du inzwischen die Menschen?*

Edu antwortete ihm sofort, laut und kurz angebunden. «So wie früher: als Menschen, wie auch ich einer bin.» Ruhiger fuhr er dann fort: «Am Anfang wurde die Geheimhaltung vor allem deswegen aufrechterhalten, weil die Menschen auf Afroi – damals für die meisten noch: Venus – durch diese Entdeckung sehr verwirrt waren; einige sind es immer noch. Der Kommandant entschied, dass wir noch Zeit bräuchten, um uns an die neue Situation zu gewöhnen. Damit hatte er sicherlich Recht ...»

«Und du? Die Tatsache, dass auch du ...?», fragte Jock.

«Auch ich habe erst einmal versucht, es für mich zu behalten», antwortete Edu knapp. «Nicht so lange, wie ich gewünscht hätte ... Aber das ist eine andere Geschichte.»

«Vielleicht ist es wirklich besser, dass hier auf der Erde alles erst allmählich bekannt wird», sagte Mick nachdenklich. «Viele Leute werden zu Tode erschrecken.»

«Ich finde, dass wir damit nicht viel länger warten dürfen», sagte Edu. «Aber es gibt Menschen hier, Jock – und es ist wirklich nicht nur Dr. Topf –, die die Fakten vorläufig totschweigen möchten. Warum? Sie denken wirklich, dass sie die Situation dadurch zu ihrem Vorteil beeinflussen können ... oder zum Vorteil für die Menschheit, wie manche es sehr geschickt formulieren. Ebenso sinnlos wie unmöglich, scheint mir. Aber wie ich schon sagte, bin ich ...» Er unterbrach sich. «Ich muss mehr Vertrauen haben zu den Afroini, die jedermanns Gedanken erfahren können, sogar die Gedanken, die ...» Er schwieg.

«Erzähl mir von ihnen», sagte Jock noch einmal.

«Wie soll ich in nicht einmal einer Stunde erzählen, was ich in einem halben Erdenjahr alles gelernt habe?», sagte Edu.

Schließlich begann er doch zu erzählen. Von Firth, seinem besten Freund unter den Afroini. «ER war es, der mir von dir erzählte, Jock. Er hat alle deine Gemälde und Zeichnungen betrachtet. Nur indem er in deinen Geist geschaut hat, NICHT dadurch, dass er spioniert hat, das würde ein Afroin niemals tun; erst recht kein Erwachsener. Firth hat dich bestimmt tausendmal gerufen, aber du hast niemals geantwortet.» Edu lächelte wieder. «Die Mühe, die es mich gekostet hat, zu dir durchzudringen ...» Er schilderte seine erste Begegnung und die spätere Freundschaft mit den Venusgeschöpfen; er erzählte von seinem Verhältnis zu den anderen Menschen in der Kuppel, nachdem sie erfahren hatten, was sich in den Wäldern verborgen gehalten hatte ...

Jock lauschte wie verzaubert; vielleicht, weil er neben Edus Stimme auch dessen unausgesprochene Erinnerungen wahrnehmen konnte.

Am Ende war es Edu selbst, der den Zauber durchbrach. «Doch jetzt genug davon. Es gibt zu viel wirklich Wichtiges. Die Wasserfarbzeichnung! Die Zeichnung, die ...»

Jock warf einen Seitenblick auf die Tasche, die neben ihm – in Sicherheit – stand. Er wollte noch so viel fragen. *Wie fandet ihr es in der Galerie? Edu, was hältst du von Mary Kwang?*

Noch bevor er ein Wort ausgesprochen hatte, sagte Edu in ziemlich scharfem Ton: «Wie ich über Mary Kwang denke, geht dich nichts an, Jock! Ich weiß nicht, was du aufgefangen hast, und will es auch gar nicht wissen.» Er sprach weiter, so leise, dass Jock und Mick sich zu ihm hinüberbeugen mussten, um ihn zu verstehen. «Das Schlimme daran ist ... Nein, was es so schwierig macht, ist: Wie weit darf man gehen, wenn man diese Gabe einsetzt? Für die AFROINI ist das völlig normal, aber sie tun es bereits seit Jahrhunderten oder noch länger. Sie kennen das Wort ‹Lüge› überhaupt nicht. Der Begriff ‹Lauschen› ist ihnen fast völlig unbegreiflich.» Er schob seinen Teller fort. «Wollt ihr noch Kaffeenektar?»

Jock sagte: «Kommenden Sonntag – in drei Tagen also – eröffnet ihr, du und Mick, die Ausstellung bei Mary Kwang. Kommt es euch jetzt auch so verrückt vor? Und ich, was habe ich da verloren?»

«Ich glaube, dass du ein ganz guter Künstler bist», sagte Edu. Er sprach so, als denke er laut. «Und du wirst sicherlich noch ein viel besserer werden ... Ich verstehe nicht allzu viel davon, aber ich glaube, dass ... Was haben sie dir dafür versprochen, Jock Martin? Ruhm und Ehre! Bekanntheit! Die Chance, einhundert Tage pausenlos malen zu können – wenn nötig im Regen – und ein sorgloses Leben, indem du in dieser Zeit ein einziges Mal ein Bild teuer verkaufst? Auch eine Art, jemanden zu bestechen.»

Jock flüsterte: «Das macht auch noch Sinn! Schön ausgedacht, aber ich lasse mich nicht bestechen.»

«Bestimmt nicht», sagte Mick.

Jock sah unschlüssig von ihm zu Edu. «Da sei dir mal nicht so sicher ...»

«Red keinen Unsinn», unterbrach ihn Edu.

«Der ganze Aufwand – nur für mich? Denkst du, dass ich das glaube?», sagte Jock. «Noch dazu wissen sie, Mary Kwang, Dr. Topf, nicht einmal, dass ich ...»

«...dass du Gedanken lesen kannst», ergänzte Edu. «Ich bin davon überzeugt, dass sie schnell genug dahinter kommen werden. Mary Kwang braucht Dr. Topf nur von der Zeichnung zu berichten. Die zeigt schließlich etwas, das du unmöglich wissen konntest. Es sei denn ...» Er musterte Jock, halb lachend, halb seufzend. «Monatelang habe ich versucht, dich abzuschirmen, die Aufmerksamkeit nicht auf dich zu lenken. Und Akke versucht es seit mehr als einer Woche auch von hier aus. Und dir gelingt es, an einem einzigen Tag ...»

«Das ist nicht wahr. ICH habe die Zeichnung nicht gemacht; zumindest nicht ...»

«Was macht das jetzt noch? Nun ja ... Besser, sie denken, du hättest die Zeichnung gemacht. Jetzt, wo du dir selbst deiner Fähigkeiten bewusst geworden bist ...»

«Selbst? Ohne dich, Edu ...»

«Psst. Jetzt, wo es so weit ist ... Ach, solche Dinge kann man nie sehr lange geheim halten.»

«Und doch», sagte Jock noch einmal, «der ganze Aufwand nur meinetwegen. Ich bin ungeübt ...»

«Das verbessert sich mit jedem Tag, wenn du dir dafür Zeit

nimmst. Und, Jock, es gibt nur wenige Menschen, die das können oder lernen können.» Edu beugte sich vor. «So wenige, dass sie ... eine MINDERHEIT sind.» Er warf einen kurzen Blick auf Mick. «So, wie du dich jetzt uns beiden gegenüber in der Minderheit fühlst.»

Mick lächelte verlegen und ein bisschen gequält.

Edu fuhr fort: «Als wir uns von Afroi hierher auf den Weg machten ... nein, schon viel früher ... wusste ich, dass ich nicht der Erste und auch nicht der Einzige war. Du warst einer von ihnen – jemand, den ich kannte. Ich habe dir bereits erzählt, dass es noch mehr sind, sogar mehr, als ich gehofft habe. Aber trotzdem sind es nicht viele, nur eine Handvoll. Menschen, die – wenn sie einander kennen, einander vertrauen und geübt sind – vielleicht mächtiger sein können als eintausend andere mit elektronischen Sendern und Empfängern. Nichtsdestotrotz: Für die nächsten hundert Jahre oder noch länger eine Minderheit. Jock, wie ist es Minderheiten früher nur allzu oft ergangen!»

Die drei Planetenforscher schwiegen wieder, weil der Kantinenwirt an ihren Tisch kam und sich erkundigte, ob sie noch etwas wünschten.

Beim zweiten Glas Kaffeenektar sagte Edu: «Die Zeichnung ... Soviel ich begriffen habe, hast du sie begonnen und dann durch einen anderen beenden lassen. Einen Jungen, der unter deiner Obhut steht. Er hat bereits früher etwas gezeichnet, das ...»

«... das er sich vielleicht nicht selbst ausgedacht hat: AUGEN EINES TIGERS oder EINER KATZE», sagte Jock. «Ich bin davon überzeugt, dass er unbewusst vieles von dem auffängt, was mir durch den Kopf geht. So wie auch ich bei ihm. Aber die Zeichnung kann er nicht aus meinem Geist haben. Ich wusste damals noch nichts über die Afroini.»

«Er könnte sie aber über dich empfangen haben», sagte Edu. «Das kommt öfter vor. Über dich, den er kennt; du warst der unbewusste Mittler.»

«Das glaube ich kaum, Edu! Zu der Zeit hatte ich andere Dinge im Kopf. Er machte sie kurz vor der Fernsehsendung, am Freitag ...»

«Von deinen damaligen Problemen habe ich das ein oder andere mitbekommen», sagte Edu leise. «Aber selbst unter solchen Umständen ist ein Gedankenkontakt möglich ...»

«Ich glaube eher, dass er es direkt von dir hat, Edu», flüsterte Mick. «Oder von dir und mir zusammen und den anderen, die es wussten. Wir saßen doch schon zurechtgemacht vor den Fernsehkameras und warteten nur darauf, dass die Sendung anfing.»

«Das stimmt», gab Edu zu. «Ich musste immer wieder daran denken, was ich geheim zu halten versprochen hatte: die Afroini. Ich glaube nicht, dass wir so bald herausfinden werden, wie der Junge das aufgefangen hat. Gehirn und Geist bleiben ein Rätsel.»

«Apropos: Fernsehsendung», sagte Mick zu Jock. «Sie hatten eine Heidenangst davor, dass Edu mehr verraten würde, als abgesprochen war.»

«Das hätte ich niemals getan», sagte Edu. «Nicht zu dem Zeitpunkt.»

«Aber sie brachen die Sendung trotzdem ab», murmelte Mick.

«Morgen sehe ich Bart wieder – so heißt er: Bart Doran. Was soll ich tun?», fragte Jock. «Die Zeichnung erwähnen und ihn fragen, wie er auf die Idee kam?»

«Das kannst du natürlich tun, aber erwarte keine sinnvolle Antwort», sagte Edu. «Und sei bitte vorsichtig! Er ist viel verletzlicher als du.»

Jock sagte langsam: «Ich könnte ja bewusst einmal versuchen ... Keine Sorge, Edu, ich werde es nicht tun, wirklich nicht. Obwohl die Versuchung in dieser Situation groß ist. Unser Verhältnis ist seit kurzem ziemlich ... gespannt.»

«Sechzehn Jahre», sagte Edu. «Weißt du noch, wie du in diesem Alter warst?»

«Zu sehr mit sich selbst beschäftigt», sagte Mick, «um auch noch damit belastet zu werden ... Nun ja ...»

«Der Junge muss hineinwachsen», fuhr Edu fort. «Es selbst entdecken, wenn es irgendwie geht. Du bist dazu bestimmt, ihm dabei zu helfen, ihn zu betreuen.»

Jock schüttelte mit einem flüchtigen Lächeln und einem sehr besorgten Blick den Kopf. *Wenn ich das gewusst hätte, als ich zustimmte, sein Kreativ-Betreuer zu werden.*

Du bist für ihn verantwortlich, sprach Edu schweigend, *ob es dir nun gefällt, oder nicht. So ist es nun einmal.*

«Okay», sagte Jock. «Aber nicht nur ICH alleine! Frag unseren Freund Akke einmal danach!»

«Sicher», sagte Edu und schwieg abrupt.

Weitere Gäste betraten die Kantine: drei Personen und ... der Roboter. Letzterer kam sogleich zu ihnen und wandte sich Jock zu:

«Ich habe Ihren Auftrag im Auftrag meines Meisters ausgeführt und auf Antwort gewartet. Bitte, mein Herr, hier ist sie.»

Der Roboter glitt zum Wirt zurück, und die beiden schenkten ihre ganze Aufmerksamkeit – so schien es zumindest – den neuen Gästen.

Jock wischte sein Messer ab und öffnete damit den Umschlag, der das blassgrüne A.f.a.W.-Siegel trug. Er las das Gekritzel auf dem Papier und reichte es dann Edu und Mick.

> Herzlichen Dank für Ihren Bericht. Und auch noch gut getroffen! Als Antwort – genauso dringend – ein guter Rat: Bitte nehmt euch alle drei frei; einen Tag und eine Nacht oder länger.
>
> AKKE

«Da hat er Recht», nickte Mick.

«Allerdings», sagte Edu. Er sah Jock ernst an. «Insbesondere du ... Halte dich zurück, versuche nicht, etwas zu erzwingen, und sei auf der Hut.»

«Dein ‹Halte dich zurück› solltest du dir auch hinter die Ohren schreiben, Edu!», sagte Mick. «Du solltest dir wirklich bis Sonntag frei nehmen; das hattest du doch sowieso vor.»

«Ich hatte vor, morgen ...», begann Edu.

«Morgen auf jeden Fall», sagte Mick. Er erzählte Jock, dass sie in die Nachbarstadt zu Edus Eltern fahren wollten. «Ich selber kenne dort noch ein nettes Mädchen. Zumindest, falls sie mich nicht längst vergessen hat ...»

Die Nachbarstadt! Dort wohnte auch Anna!

Jock versuchte Edus Blick aufzufangen, aber der hatte sich gerade zum Kantinenwirt umgedreht.

Edu, dachte Jock. *Planst du ... Du hattest Kontakt zu ihr.*

Edu wandte sich ihm zu und zog fragend seine Augenbrauen hoch. Er sagte jedoch nichts. «Nur einen Tag Urlaub, und Samstag auch», redete Mick unterdessen weiter. «Dabei haben wir Anspruch auf einen viel längeren Urlaub. Und du, Jock, was ...»

Jock starrte Edu an. *Besuchst du Anna?*

«Wenn du ...», brach Edu sein Schweigen.

Mick hielt augenblicklich den Mund.

«Ich habe ihr versprochen, dass ich ...», fuhr Edu kaum hörbar fort. «Aber wenn du es lieber nicht ...» *Wenn du nicht einverstanden bist ...*

Ob ich einverstanden bin oder nicht, tut nichts zur Sache. Mach was du willst ... Das ist mein voller Ernst.

Edu sah Jock unverwandt an. Schließlich senkte dieser den Kopf und schlug die Augen nieder. *Aber bitte sprich nicht so viel über mich. Verrate ihr noch nicht, dass ich ... dass ich es vielleicht auch lernen kann.* Er hob den Kopf wieder und fügte halblaut hinzu: «Noch nicht, Edu!»

«Ich glaube», sagte Mick, «es wird Zeit, wieder aufzubrechen. Es sei denn, ihr wollt noch etwas ... Nein?» Er winkte dem Wirt. «Ich zahle.»

Einige Minuten später standen sie auf der Straße.

«Ich begleite euch noch ein Stück», sagte Jock. «Oder wollt ihr lieber ein Mobil nehmen?»

«O nein! Herumzuspazieren war und ist Teil unserer Arbeit», sagte Mick. «Was meinst du, Edu?»

«Ich stimme dir voll und ganz zu. Allerdings ...» Edu legte seine Hand auf Jocks Arm. «Lass uns nicht mehr viel reden ... auf welche Weise auch immer. Für heute ist es nun wirklich genug gewesen.» Er sagte es warnend, aber freundlich.

Jock begriff, was er meinte, und nickte.

«Und du? Was machst du morgen?», fragte Mick.

«Das Übliche, meine Arbeit», antwortete Jock. «Im Kreativ-Zentrum. Wenn ich nachher nach Hause komme, werde ich als Erstes Barts Zeichnung verbergen.»

9
Freitag: Kreativ-Zentrum

In der Nacht von Donnerstag auf Freitag schlief Jock schlecht ... Was allerdings nicht bedeutete, dass er wach blieb – im Gegenteil! Aber seine Träume waren zahlreich – mit einem Male erschreckend fremd und wirr, dann wieder trügerisch echt und außerordentlich klar –, sodass er sich am Freitagmorgen fühlte, als hätte er kaum geschlafen.

Jede Stunde war er hochgeschreckt ... nur um gleich darauf in einen neuen Traum zu versinken. *Traum?* Genau das war es, was ihn immer aufs Neue schaudernd hellwach werden ließ. *Sind es wirklich nur Träume? Oder ist es auch ... etwas anderes?*

Er führte – tiefsinnige, sinnlose – Gespräche mit Edu, Edu und Mick, Edu und Akke, Akke und Edu, Bart Doran und Mary Kwang. Er suchte und fand Anna, folgte ihr, floh aber, sobald sie ihn erblickte. Er führte Streitgespräche mit Dr. Topf und Techniker Manski. Er begegnete sogar einigen lebendigen, grünen, nicht menschlichen und ihm sympathischen Afroini.

Obendrein wurde er (in der Nacht) auch noch einmal angegriffen und sehr zerkratzt ... Von einem TIGER ... nein, nur von einer KATZE ... wahrscheinlich AK, aber da war er nicht sicher. Denn in einem anderen Traum war es zwischen ihm und Annas Katze Flamme plötzlich zum Streit gekommen. Mit Augen, verdammt ... *Nein, nicht die eines Tigers!* dachte er, als er zum x-ten Male aufschrak – ohne irgendeinen Kratzer von einer Katze oder einem Tiger. Da war es drei Uhr morgens.

Unverzüglich fiel er wieder in Schlaf ... nein, er FIEL – wie in eine Grube – sogleich wieder in einen Traum, ein Traum voller Papierschnipsel und blutroter Farbspritzer ... Er jagte seinen Kursteilnehmern durch die Kellergewölbe nach und zerrte ganz gegen seinen Willen (obwohl er es im Traum doch tat!) Roos und Daan aus dem Blinkenden Bett. Mitten in einer hitzigen Diskussion mit Bart über das verschwundene Armband erwachte er zum letzten Mal in dieser Nacht. Er saß im Bett und hörte sich selber sagen:

«WARUM BIN ICH NICHT IM ZENTRUM? ICH HÄTTE SCHON LÄNGST IM ZENTRUM SEIN MÜSSEN!»

Aber das stimmte nicht; es war erst fünf Uhr.

Jock legte sich wieder hin und fiel, endlich, in einen traumlosen Schlaf.

Morgens wachte er – vielleicht aus Gewohnheit – gerade noch rechtzeitig auf. *Freitag, aufstehen, und zwar schnell! Zum Zentrum. Und jetzt wirklich.*

Woher kam das ganze Zeug heute Nacht nur – das, was hier passiert sein soll? fragte sich Jock, als er auf dem Weg zu seiner Abteilung durch das stille, verlassene Kellergewölbe lief. Die Atmosphäre hier schien ihm anders zu sein als gewöhnlich. *Kommt das durch meine Träume, dass ich mich hier auf einmal wie ein Fremder, ein Eindringling fühle?*

Nein! dachte er schließlich. Wahrscheinlich kam es daher, dass so viel geschehen war seit Dienstag, als er das letzte Mal hier gewesen war ... Vor ein paar Tagen erst! Es schien ihm beinahe, als wären es Monate gewesen.

Obwohl er nicht gerade früh dran war, waren nur wenige Kursteilnehmer an ihren Plätzen. Und zwar (*auch das war ungewöhnlich*) genau diejenigen, die ansonsten gerne zu spät kamen. Ini, Niku, Huui, Kilian und Bart.

Bart! Mit ihm muss ich reden. Wie? Wo? Wann?

Jock war vage erstaunt, dass sich der Junge überhaupt nicht verändert hatte. *Bist du jetzt völlig verrückt geworden? Warum sollte er ... Aber er sieht schlecht aus. Müde. Dunkle Ringe unter den Augen.*

Bart spürte, dass er beobachtet wurde, und schenkte ihm dieses herausfordernd offene, spöttische Grinsen, das Jock manchmal so sehr irritierte. «Guten Morgen, Martin!»

Ich werde nachher mit ihm reden, beschloss Jock. *Wenn sie alle da sind und jeder arbeitet.*

War es Einbildung oder Wirklichkeit, fragte er sich einige Zeit später, dass sich dieser Freitag von allen anderen Tagen im Zentrum so unterschied. Viele Kursteilnehmer kamen auf den letzten Drücker (ausgerechnet diejenigen, die für gewöhnlich rechtzeitig oder sogar zu früh waren) ... VIER kamen sogar zu spät. Roos und Daan waren darunter, und sie entschuldigten sich nicht einmal. Sie sorgten nur für unerwartete Aufregung.

«Jock Martin!», rief Roos. «Hast du dich gesehen, gestern?»

«Mich gesehen?», sagte Jock. «Wo?»

«Im Fernsehen natürlich. Gestern Mittag, gegen halb zwei, in dieser Kunstsendung. Daan hat es mitgebracht, ein Stück davon. Auf seinem Video aufgenommen ... Hast du es wirklich nicht gesehen?»

«Nein», sagte Jock, der plötzlich unruhig wurde. *Gestern Mittag ... Da war ich mit Edu und Mick in der A.f.a.W-Kantine ...* «Wie? Wo ...», begann er.

«Schau nur, Martin», sagte Daan und machte ein zufriedenes Gesicht. «Es ist wirklich kein Witz.»

Wenig später versammelten sich alle um den Fernseher. Jock war bereits wieder erleichtert, aber auch ein wenig ärgerlich.

Zuerst sah man den berühmten Bildhauer Reuz, der zwischen einigen seiner Werke stand. Dann war ein Kommentator zu hören: «Die gerade gezeigten Bilder wurden in den Ateliers der Künstler aufgenommen. Doch wollen wir nun einen ersten Blick in die GALERIE selbst werfen. Frau Mary Kwang ist damit beschäftigt, ihre einzigartige Ausstellung einzurichten. Zwischendurch führt sie ein Gespräch mit dem – ebenfalls einzigartigen – Maler Jock Martin.»

Jock sah sich selbst, wie er Mary Kwang gegenüberstand, hörte Fetzen ihres Gesprächs über die Marsobjekte ... *Das haben sie heimlich aufgenommen*, begriff er. *Apparate waren ja genug da gewesen. Nur hätten sie es zumindest vorher sagen oder um Erlaubnis fragen können ...*

Edu und Mick kamen nicht ins Bild. Mary Kwang hatte ihr Inkognito glücklicherweise respektiert ... Für einen Moment erschrak er:

Eine Nahaufnahme von mir. Wann haben sie die nur gemacht?

«O Martin, du blickst ja grässlich drein!», sagte Ini kichernd.

«Gut getroffen, oder?», fand Niku.

«Psst!», zischte Roos.

Der Kommentator sprach weiter: «Jock Martin begann seine Karriere als Astronaut und Planetenforscher. Er hat sein ganzes Leben lang gezeichnet. Zuerst als Amateur und dann nach seiner definitiven Rückkehr auf die Erde als offiziell anerkannter Berufsmaler. Er wird als eines der originellsten Talente in Neu-Babylon gehandelt ...»

Jocks Gesicht verschwand vom Schirm, eines seiner Aquarelle trat an die Stelle: DIE WANDERNDEN BERGE AUF DER VENUS.

«He!», erklang Barts überraschte Stimme. «Das hast du ...»

«Das hast du hier gemacht», sagte Djuli. «Ist es nicht so, Martin?»

Der Schirm wurde weiß. «Das war's», sagte Daan.

Alle blickten Jock an. Einige waren beeindruckt, vielleicht sogar ein wenig stolz auf ihren Betreuer, aber es gab auch ein paar unter ihnen, die ihn ein wenig neidisch ansahen. Oder vielmehr in diesem Sinne: *Der wird noch übermütig und lässt uns im Stich.*

«Zeig es uns noch einmal, Daan», sagte Dickon.

Fragend sah Daan zu Jock hinüber. Der schüttelte den Kopf und sagte: «Nein, einmal reicht». Es wurde ihm bewusst, wie kurz angebunden und beißend er sprach. «Ich danke dir, Daan», fügte er freundlicher hinzu. «Sehr nett von dir, aber ich könnte vielleicht übermütig werden. Und das ...» Er brach ab; auf einmal wusste er nicht mehr, was er sagen sollte.

Nach Jocks Empfinden dauerte es endlos lange, bis jeder – mehr oder weniger – wieder arbeitete. Von Zeit zu Zeit gab er ein paar Tips und setzte sich schließlich an seinen Schreibtisch. Erst viele Minuten – fast eine Stunde – später ging ihm auf, warum ihn niemand störte oder mit einer Frage zu ihm kam. Er sah es an den Blicken von Roos und Daan, Dickon, Kilian und Bart. *O du weiter Weltenraum! Ich muss wohl mein grässlichstes, abweisendstes Gesicht aufgesetzt haben ...*

Er rieb sich die müden Augen. *Noch eine ganze halbe Stunde bis zur Mittagspause ...* «Kilian», sagte er laut.

Kilian sprang schnell auf *(auch das war sehr ungewöhnlich)* und kam *(glücklicherweise normal)* in seinem langsamen Schlenderschritt zu ihm. «Ja, Martin?»

«Ist deine Arbeit vom Dienstag inzwischen fertig? Ich würde sie wirklich gerne einmal sehen.»

«Nein», flüsterte Kilian. «Nein», sagte er noch einmal etwas lauter. «Tut mir Leid, Martin. Das Stück ist misslungen, also habe ich es ...»

« ... in den Recycler geworfen», ergänzte Jock mit einem unwillkürlichen Seufzer. «Schade, Kilian, ich hätte es trotzdem gerne ...»

«Tut mir Leid, Martin», wiederholte Kilian ein wenig unglücklich. «Ich ... ich dachte ...»

Jock winkte ab und verzog den Mund zu einem Lächeln. «Egal», sagte er. «Mach nur so weiter. Tu nur, was du für richtig hältst. Das gilt für euch alle!»

Ich hätte heute Urlaub nehmen sollen, dachte er in der beängstigenden Stille, die seinen Worten folgte ... und die er sich *(natürlich!)* nur einbildete. *Akke hatte Recht. Aber mittlerweile bin ich verantwortlich für ...* Erneut erhob er seine Stimme. «Bart!»

«Ja?», sagte Bart. Er kam herüber und stand kerzengerade vor seinem Schreibtisch. «Was gibt's?»

Jock suchte nach den richtigen Worten ... *(Ich für dich verantwortlich? Das nehme ich nicht hin ...)* «Ich will mit dir reden», begann er langsam. «Über, über ... Nun ja, über das, was du hier bisher gemacht hast.»

Gemacht? Hier? Verdammt, es ist erst eine Woche ...

Wer denkt das, er oder ich ... oder ... wir beide?

Sie sahen sich in die Augen. Bart befeuchtete seine Lippen mit der Zunge und beugte sich zu Jock herüber. «Warum fängst du davon an? Was starrst du mich so an?», begann er flüsternd.

«Was meinst du?»

«Als ob ... als ob ...»

Und jetzt bilde ich mir nichts ein, dachte Jock, hin- und hergerissen zwischen Wut und Mitleid. *Er wird tatsächlich blass, er ...* «Nur ruhig, Bart», begann er.

Aber Bart hörte ihn nicht. Er stellte seine Frage noch einmal und vollendete den Satz, leise und eindringlich. «WARUM schaust du mich so an? Als dächtest du, dass ich ein Dieb sei?»

Jock wandte die Augen nicht ab. «Warum sollte ich nicht?», fragte er. «Nimm dir das nicht zu Herzen, mein lieber Bart! Du und ich, wir dürfen beide denken, was wir wollen. Gedanken sind frei – zumindest sagt man das. Um ehrlich zu sein, ich habe dir etwas viel Wichtigeres zu ...»

Das durchdringende Klingeln zur Mittagspause unterbrach ihn ... *Zu früh, verdammt ...*

Bart drehte sich um und ging.

Nach der Mittagspause ging Jock nicht wie gewöhnlich mit den Kursteilnehmern zurück ins Atelier. Er machte noch einen Spaziergang durch den Garten mit den Skulpturen, Objekten und dem blaugrünen Gras. Und erst geraume Zeit später (nach einer viertel oder halben Stunde, das konnte ihm ganz egal sein) betrat er die schmale Rolltreppe, die hinunterführte, und ging durch die Kellertür hinein.

In den Gewölben war es diesmal nicht still ... Das brauchte es auch nicht: Tagsüber durfte jeder holen, was er brauchte – Objekte für ein Still-Leben, zum Beispiel.

Aber ... im Blinkenden Bett zu schmusen, dachte Jock und blieb stehen. *Nichts ‹aber› ... Wer bestimmt eigentlich, wann man schmusen darf? Morgens, mittags oder abends? Ich jedenfalls nicht ...*

Tatsächlich jedoch schmuste dort niemand ... obwohl sich eine ganze Reihe seiner Schüler um das prächtige Bett versammelt hatte. Einige saßen darauf und sie alle lauschten ... niemand anderem als Djuli. Einem Mann, der ansonsten allen unter Zwanzigjährigen fernblieb und bislang kein Interesse für das Blinkende Bett gezeigt hatte ... (*Obwohl er viel mehr darüber weiß,* vermutete Jock, selbst von diesem Einfall überrascht, *als ich jemals gedacht habe.*)

«... kann es Leuten, die keine Lust haben, sich mit den Fähigkeiten eines Computers zu beschäftigen, nicht deutlicher erklären», sagte Djuli. «Aber ich hoffe, ihr versteht, wo ...» Er bemerkte Jock und schwieg sofort.

«Wo?», wiederholte Jock. «Was, wo? Was tut ihr ...?»

«Wo? Wir sind hier», unterbrach ihn Djuli. Nicht frech, sogar in seinen aufsässigsten Phasen blieb er höflich. «Ich frage mich allerdings, wo Herr Jock Martin die letzte halbe Stunde verbracht hat ... Jedenfalls nicht im Atelier! Viele haben dort vergebens auf ihn gewartet.»

Jemand lachte hämisch. Bart (*natürlich* war Bart dabei) nickte zustimmend.

«Du hast recht, Djuli», gab Jock zu. «Ich bin heute kein guter Betreuer.»

«Ach, jeder von uns hat einmal einen schlechten Tag. Ich frage mich heute Morgen allerdings, wie lange du das noch bleibst – wie formuliert es das A.f.a.W. so schön: unser KREATIV-BETREUER.»

«Ich *weiß*, dass es eine schwachsinnige Bezeichnung ist!», brach es aus Jock heraus. «Aber ich habe sie mir nicht ausgedacht, Djuli!»

Djuli sah ihn ernst und nachdenklich an. «Entschuldigung, Martin», sagte er schließlich leise mit einer fast unmerklichen Verbeugung.

Du bist alt genug, um Barts Vater zu sein, und Akke könnte fast dein Großvater sein. Und ich ... ich – keiner von beiden ... Was für ein Gedanke. Hilfe, dachte Jock.

Aber Djuli hatte sich bereits umgedreht und ging hinaus. Die anderen folgten ihm wortlos.

Jock blieb stehen und ballte seine Fäuste, so fest, dass sich seine Nägel in die Handflächen gruben.

Bart!

Er sah, wie seine Schüler provozierend langsam den Keller verließen und nach oben gingen. Ungeachtet dessen war er sicher, dass Bart ihn «gehört» hatte und zurückkommen würde.

Und jetzt? fragte sich Jock, als Bart zurückgekommen war und vor ihm stehen blieb. Zwischen ihnen stand das Blinkende Bett. *Jetzt muss ich ... was? Armband! Ach, Bart, du weißt doch, dass ich weiß, dass du es hast. Aber warum?*

Er erschrak, als der Junge heftig begann: «Warum, warum ...»

«Bart, wovon redest du?»

«Warum», sagte der Junge, «musst du immerzu auf MIR herumhacken, Jock Martin? Immer wieder, schon von Anfang an ...»

«Jetzt lügst du, Bart!», schnitt Jock ihm das Wort ab. «So einfach ist das nicht, und das weißt du ganz genau.»

Der Junge zuckte die Achseln und murmelte etwas Unverständliches.

Jock setzte sich auf das Bett. «Was sagtest du?»

«Nichts», antwortete Bart unwillig. «Du weißt es genau.»

«Nein! Ich weiß ...» Jock schwieg einen Augenblick. «Ich sagte NEIN, aber vielleicht meinte ich JA ... Setz dich zu mir, Bart.»

Trotzig schüttelte der Junge den Kopf und blieb, wo er war.

«Auch gut», sagte Jock, der die in ihm aufsteigende Unsicherheit verdrängen musste. «Hör mir jetzt einmal gut zu, Bart Doran. Ich würde dir gerne eine Menge Fragen stellen und dir auch genauso viel erzählen. Aber du willst mir anscheinend weder antworten noch zuhören. Das ist schade – das meine ich wirklich – für uns beide.»

Der Junge sah ihn an. Er hörte zu, auch wenn er keine Miene verzog.

«Aber ich werde dich doch etwas fragen», fuhr Jock fort. «Eine Frage nur für heute. Wir haben zusammen eine Zeichnung gemacht, vor genau einer Woche. Ich werde dir erzählen – soweit ich es kann, denn auch in meiner Skizze gibt es etwas Zufälliges –, warum ich sie gemacht und dann dir gegeben habe. Willst du mir dann erzählen, wie und warum du die Zeichnung vollendet hast – ich meine, in dieser Form VOLLENDET hast? Woher hattest du diese Ideen?»

Jock war zwar auf etwas Unerwartetes vorbereitet, aber er erschrak doch, als er Barts weit aufgerissene, für einen kurzen Moment SEHR offene Augen sah und ihn stammeln hörte: «Das? Das? Willst du mich DAS fragen?»

Eine unmessbare Zeitspanne später war die Situation immer noch fast unverändert: Jock war aufgestanden, und sie sahen einander über das plötzlich unglaublich breite, viel zu breite Blinkende Bett hinweg an.

Unsicher begann Bart: «Ich weiß es nicht. Es fiel mir einfach ein ...» Dann sagte er plötzlich heftig: «Das geht dich nichts an, Jock Martin! Ich will nur die Zeichnung zurück.»

Jock nickte: «Natürlich, Bart. Aber du bekommst sie nur, wenn du sie persönlich bei mir zu Hause abholst.»

Bart drehte sich auf dem Absatz um und lief schnell fort. Jock hörte, wie er durch den Gang rannte und die Stufen der Treppe hinaufsprang. Er löschte das Licht und folgte dem Jungen, den er – kreativ oder wie auch immer – begleiten sollte. Er ging langsam, ohne zu zögern, obwohl seine Schuhsohlen aus Blei zu sein schienen.

«Nein, damit bin ich nicht einverstanden», hörte Jock Roos sagen, als er die Tür des Ateliers erreicht hatte.

«Hab dich nicht so ...», sagte Daan. Er sah, dass Jock hereinkam, und schwieg abrupt.

Roos warf ihrem Freund einen bösen Blick zu.

Jock sagte ruhig und kühl: «Ich bitte euch höflichst, wieder an die Arbeit zu gehen. Oder zumindest so zu tun, als ob ihr arbeitet.»

Nach einem kurzen Augenblick der Stille sagte Niku: «Manchmal wünschte ich wirklich, dass wir hier einen ROBOTER hätten. Einen kreativen Roboter, der alles für uns erledigen würde.» Er seufzte übertrieben laut.

Einige Kursteilnehmer lachten leise über seine Bemerkung.

Jock lachte jedoch nicht, denn er musste an Xan denken. *Eine Woche ist es jetzt her! Morgen soll ich ihn zurück* ... Nachdenklich ging er an seinen Schreibtisch zurück und öffnete geistesabwesend eine Schublade ... Nikus Gesicht blickte ihm von einem Blatt Papier entgegen; darunter schimmerten Djulis dunkle Augen. Er schloss die Schublade schnell wieder, immer noch in Gedanken. Er stand auf.

«Entschuldigt», sagte er laut, «dass ich euch wieder im Stich lassen muss. Diesmal nur für einen Moment.»

Er begab sich in die Zentralhalle, in der sich ein Öffentliches Visiphon befand. Er rief den Robo-Technischen Dienst an, nannte seinen Namen und Code und fragte nach Techniker Manski.

«Techniker Manski ist nicht im Hause», sagte der Roboter auf dem Visiphonschirm. «Kann ich Ihnen vielleicht helfen?»

«Aber sicher», sagte Jock. «Es geht um meinen Roboter HXan3, der durch den R.T.D. repariert werden sollte.»

Der R.T.D.-Roboter befragte eine Kartei. «Das ist richtig, Herr Martin», sagte er. «Hochspezialisierte Laborarbeit. Mehr kann ich Ihnen darüber nicht mitteilen.»

«Aber ich habe doch die Garantie, dass ich Xan ... dass ich meinen Roboter binnen einer Woche zurückbekommen sollte! Das wäre somit morgen.»

«Natürlich, Herr Martin. Wenn Sie die Garantie erhalten haben – und die haben Sie – wird HXan3 Ihnen morgen frei Haus geliefert. So steht es auf der Karte: Samstag, der 24.»

«Sehr gut», sagte Jock. «Und dann habe ich noch eine Bitte, eine sehr dringende Bitte sogar: dass Techniker Manski mir persönlich meinen Roboter bringt.»

«Ich werde Ihr Ersuchen weiterleiten», antwortete der R.T.D.-Roboter. «Aber ich kann Ihnen nicht versprechen, dass dem stattgegeben wird. Ich weiß nicht, welche Termine Techniker Manski morgen wahrnehmen muss.»

«Dann soll er einen Termin absagen», forderte Jock. «Sagen Sie Manski, dass ich ihn gerne persönlich sprechen möchte ... *(Wie stelle ich es nur an, dass er auch kommt?)* Ich ... ich würde mich gern bei ihm entschuldigen.»

«Ihr Wunsch und die Begründung wurden registriert», sagte der Roboter.

«Vielen Dank», sagte Jock. Er beendete die Verbindung und ging zurück ins Atelier.

Ich kann nicht mehr, dachte er, während er durch das Atelier wanderte und ab und zu neben einem Kursteilnehmer stehen blieb. Er fragte sich, was Edu und Mick jetzt taten und ob Edu an ihn denke ... Er schüttelte die Überlegungen ab und beobachtete Bart, der wirklich arbeitete oder nur so tat.

Ihn beschäftigt eine ganze Menge, er führt etwas im Schilde. Auf die andere Weise könnte ich dahinter kommen, was ... Nein, Jock, das darfst du nicht.

Kurz, ganz kurz versuchte er es doch und erschrak heftig. Über sich selbst (weil er es doch getan hatte) und über Bart. In diesem Sekundenbruchteil hatte er NICHTS und zugleich doch etwas herausgefunden, etwas Beunruhigendes: *Das Gefühl, vor einer undurchdringlichen Mauer zu stehen.*

Kann er das jetzt schon? Eine Barriere errichten? Was weiß er, was hat er vor? Was soll ich um Himmels willen nur mit ihm anfangen?

Jock verschloss seinen Geist vor Bart und widerstand der Versuchung, zu Edu hinüber zu denken. Halb unbewusst stellte er fest, dass Roos und Daan sich gestritten hatten und immer noch wütend aufeinander waren.

Wie komme ich darauf? Nicht, weil sie so weit voneinander entfernt sitzen, wie nur möglich ... Und Kilian hat seine Arbeit nicht in den Recycler geworfen ...

Die Klingel, die die Pause zum Abendessen verkündete, hallte durch das Atelier.

Jock – und er war nicht der Einzige – seufzte erleichtert auf.

Es ist mir einerlei, was ihr von mir denkt, aber noch heute Abend melde ich mich krank, beschloss er, bevor er als Letzter den Raum verließ. *Ich fürchte, dass ich ansonsten zu einer Gefahr werden könnte. Für mich, noch mehr aber für euch.*

10
Freitag: Anna, Edu, Jock

Anna stand vor ihrem Webstuhl und betrachtete kritisch ihr Werk. *Beinahe fertig!* Und schön war es geworden. Doch auch anders, als sie es sich anfangs vorgestellt hatte. Aber ... kam es nicht meistens ganz anders, als man vorher dachte? Das eine besser, das andere schlechter ... Das hier war schöner, aber auch viel verwirrender, geheimnisvoller geworden, als sie ursprünglich gewollt hatte: zu unruhig, hier und da nahezu unheimlich. Nicht alle Vögel waren die fröhlichen, freien Vögel geworden, die sie vor sich gesehen hatte ... Oh, die meisten zogen unbekümmert ihre zierlichen Bahnen vor und durch alle Blauschattierungen, die hier und da von wollweißen Tupfen durchbrochen wurden. Feuerflügel vor luftigen Wolken und einem grünblauen, ultramarinblauen und azurblauen ... Aber es gab auch Vögel, die sich hoffnungslos in Netzen verstrickt hatten, deren Fäden sie SELBST gewebt hatte. Und das unbewusst! Sie konnte immer noch einige Dinge verändern, Akzente verschieben ... Auch wenn sie den Gesamteindruck nicht mehr verändern konnte. Es sei denn, sie würde alle Fäden herausziehen und neu beginnen. Doch selbst eine Änderung dieser paar Kleinigkeiten bedeutete, die Arbeit vieler Stunden zu vernichten ... Nein, nicht jetzt, nicht heute Abend, dachte Anna. Ich bin zu müde.

Ihre Augen und der Kopf schmerzten, und sie hatte ihre Finger kaum noch unter Kontrolle. Warum hatte sie in den letzten Tagen so fieberhaft gearbeitet? Sie hatte nur Pausen eingelegt, um etwas zu essen, und die Arbeit nur unterbrochen, um zu schlafen, wenn sie wirklich nicht mehr konnte ... Um nicht denken zu müssen, nicht an mich, nicht an Jock, nicht an die Stimmen in meinem Kopf, wenn ich wach bin, meine Träume, wenn ich schlafe ... TRÄUME?

Ein zaghaftes «Miau» unterbrach ihre Gedanken.

Ach, Flamme! Ich habe dir in den letzten Tagen alles gegeben, außer ... etwas von mir. Ein wenig reden, ein wenig spielen ...

Sie nahm einen Faden und spielte mit der Katze. Nach einer Weile achtete sie nur noch auf die Bewegungen der Augen, des Schwanzes und der Schnurrhaare, der lieben, aber auch so scharfen Krallen.

Dann vernahm sie Edu. Er dachte an sie: *Anna.*

Sie horchte auf. Er ist ganz in der Nähe, wusste sie. Geht hier durch die Straßen ... Er zögert.

Anna, hörte sie noch einmal. *Du hast mich verstanden. Darf ich zu dir kommen?*

Edu! Ja, ja.

Sie verharrte unbeweglich, vergaß Flamme, die immer noch zu ihr aufblickte. *(Wo ist mein Faden? Wo bist du?)*

Edu!

Es kostete sie Mühe, zu glauben, dass sie ihn tatsächlich, wirklich würde sehen, berühren können.

Edu. Der Erste, der alle ihre Gedanken beantworten könnte, wenn er das wollte. Nicht der Einzige, dessen sämtliche Gedanken sie erfahren könnte, wenn sie das wünschte …

Plötzlich erinnerte sich Anna an Jocks Rat und deaktivierte ihren Roboter. Sie warf noch einen schnellen Blick in den Spiegel. Weiß er, wie ich aussehe? Ich weiß, wie er aussieht, aber woher? Weil ich ihn im Fernsehen gesehen habe … oder …

Sie lauschte seinen Gedanken, während er das Wohngebäude betrat und im Lift hinauffuhr, zu ihr kam.

Verlangen, Freude. (Ich bin nicht mehr allein!) Auch ein bisschen Sorge. (Wird unsere Begegnung so sein, wie ich sie mir vorgestellt habe?)

Komm schnell, Edu, dachte sie. Wir kennen uns doch schon, nicht?

Sie öffnete die Tür, bevor er den Summer betätigen konnte. Endlich standen sie einander gegenüber. Einen Moment lang wunderte sie sich über das A.f.a.W.-Gewand, das er trug; dann wusste sie, warum: eine Art Verkleidung.

Einen Augenblick später war er eingetreten. Sie fassten sich bei den Händen.

«Anna!»

«Edu!»

Mehr sagten sie nicht.

Ich war so froh, endlich jemanden zu finden, der mir sofort antwortete. Dich, mein lieber Edu.

Und ich, ich hätte niemals zu hoffen gewagt, einer Frau zu begegnen wie dir.

Sie machte eine Hand los und streichelte sein Gesicht. Er nahm ihre Hand und drückte die Finger gegen seine Lippen.

Zusammen gingen sie ins Wohnzimmer, umarmten sich und verharrten so eine Zeit lang bewegungslos.
Fühltest du dich manchmal auch so allein?
Jetzt nicht mehr.
PLÖTZLICH ließen sie sich gleichzeitig los.
Du verbirgst etwas! dachte er.
Du verbirgst etwas, antwortete Anna.
Aber das geht doch nicht!? riefen sie sich in Gedanken zu.
Anna wandte sich ab und setzte sich.
Edu blieb stehen und begann langsam zu reden: «ZWEIFEL ... UNSICHERHEIT ... FURCHT.» Er sprach die Worte aus, als seien sie ihm völlig neu. «Ich will nichts verbergen», fuhr er fort, «aber ich tue es doch. Auch wenn du ...»
Ich werde nicht in dein Innerstes blicken, antwortete Anna schweigend, *wenn du versprichst, es auch nicht bei mir zu tun ... Ich wage nicht einmal, meine eigenen Gedanken weiterzudenken! Wie könnte ich dann nach deinen suchen?*
Sie flüsterte: «Hab keine Angst. Nicht vor mir, Edu. Es ist nur ... Ich verstehe es nicht ...» *Du bist der Fremde, den ich am besten kenne ... Ist das wirklich wahr?*
Edu betrachtete die fast fertige, runde Webarbeit. *Wie schön! Rätselhaft ... Ein wenig beängstigend ... Phönixe ... Ach, Anna, das alles bist du. Niemand, niemand hat mir erzählt ...*
Ruckartig drehte er sich um, ging zu ihr und setzte sich neben sie auf die kleine Couch. «Wie war das doch gleich wieder?», fragte er leise. «Verbirg dein Gesicht hinter einem Schleier aus ... Licht?»
Anna sah zu ihm auf und lächelte kurz. Sie wiederholte seinen letzten Satz, und zitierte dann für ihn *(noch einmal)* die restlichen Zeilen des Gedichts.

Jock Martin betrat sein Wohnzimmer und öffnete den Umschlag, den er aus seinem Briefkasten geholt hatte. Zwei Schecks, beide von Mos Maan. Der eine für DIE AUGEN EINES TIGERS und – das war eine freudige Überraschung – einen zweiten, viel geringeren Betrag für eines seiner anderen Gemälde. In seiner Tasche fand er einen Stift und schrieb den Namen A. AKKE auf den ersten Scheck.

Die dreiunddreißigeindrittel Prozent Kommission muss dann wohl das A.f.a.W. tragen, sagte er sich. Oder sollte ich das? Nein, ich kann das Geld viel zu gut gebrauchen. Vielleicht, wenn ich bei Mary Kwang etwas verkaufe ...

Er zog noch etwas aus der Tasche und betrachtete es ärgerlich, beinahe mit Abscheu. Es war die Karte, die der Computer im Zentrum ausgespuckt hatte, als er sich «krankmeldete»:

AN JOCK MARTIN, KREATIV-BETREUER,
BEZIRK ZWEI, ABTEILUNG VIER

– SIE MELDEN SICH BEREITS ZUM DRITTEN MAL INNERHALB VON 14 TAGEN KRANK.
– ERSCHEINEN SIE DAHER AM KOMMENDEN MITTWOCH, DEM 28., BEIM A.F.A.W. IHRES BEZIRKS – MEDIZINISCHE ABTEILUNG
– ZWECKS KÖRPERLICHER & GEISTIGER UNTERSUCHUNG
– PS: DIESER AUFFORDERUNG NACHZUKOMMEN IST IHRE BÜRGERPFLICHT.
– DIESE KARTE BITTE MITBRINGEN

Das hatte ihm gerade noch gefehlt! Jock hörte in seiner Fantasie einige der unzähligen Fragen, die man ihm stellen würde. Aber was sollte er darauf antworten?!

Ich habe erst vor kurzem entdeckt, dass ich Gedanken lesen kann. Ja, auch die Ihren wahrscheinlich. Leider bin ich noch ein ungeübter Anfänger, daher macht es mir bisweilen noch zu schaffen ...

Nun ja! Bevor es so weit war, hatte er noch Zeit genug, sich ein paar glaubwürdigere Antworten einfallen zu lassen ...

Und es macht mir tatsächlich zu schaffen, dachte er. Nicht an Edu denken, der hat genug um die Ohren und jetzt auch Urlaub ... Ich könnte mit Akke darüber sprechen, der ist doch Psychologe und der Einzige, dem ich vertraue ... Aber Akke ist Chef des Hauptquartiers Nord, nicht von Bezirk zwei, und außerdem ... Ich kann und darf nicht darüber sprechen, nicht offiziell ... Verdammt, was bin ich müde. Soll ich ins Bett gehen? Das wage ich nicht. Schlafen wäre zwar herrlich, aber so zu träumen wie letzte Nacht ... Nein, dann lieber wach bleiben!

Wach bleiben bedeutet denken – noch schlimmer ... Mich betrinken? Das wage ich auch nicht. Ich traue mir schon so kaum noch, geschweige denn, wenn ich ...

Er schob die Glastür zur Seite und trat auf den Balkon hinaus. Er ging ein paar Mal auf und ab, blieb schließlich stehen, stützte die Ellenbogen auf das Geländer und schloss die Augen.

Wie hieß es doch wieder ... Fluss des Vergessens ... Anna! Nicht an Anna denken! Überhaupt nicht denken. Verbirg dein Gesicht ...

Annas Stimme wiederholte seine letzten Gedanken und vervollständigte das Gedicht – laut und deutlich in seinem Kopf:

Verbirg dein Gesicht hinter einem Schleier aus Licht.
Der du silbernes Schuhwerk trägst,
Du bist der Fremde, den ich am besten kenne,
Den ich am meisten liebe.
Du kamst aus dem Land zwischen Wachen und Traum,
Kühl noch vom Morgentau.

Jock richtete sich auf und umklammerte das Geländer mit beiden Händen. Tief unter ihm standen Menschen auf dem Rollsteig, waren Stimmen zu hören, aber er achtete nicht darauf.

Sie sagt es nicht zu mir, fühlte er. *Sie spricht es für Edu ... Edu, meinen Freund.*

Er öffnete die Augen und fluchte – leise.

Fremder, den ich am besten kenne,
Den ich am meisten liebe.
Edu! Es kann und konnte nicht anders sein ... Vielleicht auch nicht besser ...
Verbirg deinen Geist hinter einem Schleier aus Trug.
Bau eine Mauer um dein Herz.

Edu beugte sich zu Anna hinüber und küsste sie. *Ich danke dir.*

Sie erwiderte seinen Kuss, und wieder umarmten sie sich. Doch gleich darauf war sie es, die sich plötzlich losmachte. Edu ließ sie sofort gewähren und versuchte seinen Geist vor den verwirrten, überraschten Gedanken abzuschirmen, die auf ihn einstürmten. Ihre und – für einen kurzen Augenblick – die eines anderen: *Jock.*

Du bist so einsam, Edu, dachte Anna. *Und du bist der Einzige, der ... oder nicht? Und selbst, wenn du der Einzige bist ... Ich fühlte mich auch oft allein. Ich wünschte, ich würde so gerne ... Ich liebe dich, aber warum tritt Jock stets wieder in meinen Geist? ... Jetzt ist er wieder fort, voller Groll und Zorn ... Oder vielleicht doch nicht? Ist er nur betrübt? Auch einsam? So wie wir? Edu, was soll ich dir sagen?*

Sie starrte Edu an. «Fremder-den-ich-am-besten-kenne», stammelte sie. «Ich *weiß* nicht, wen ich am besten kenne oder wen ich am meisten liebe.»

Edu sagte nichts.

Sie wagte nicht, seine Gedanken aufzuspüren. Auf einmal hatte sie Angst, auch dort auf eine Mauer zu stoßen. «Wie dem auch sei», sprach sie weiter. «Jock liebt mich nicht so sehr wie ich ihn. Wenn er das täte, dann ...»

Edu dachte, halb bei sich, halb für sie: *Aber er kann dich niemals so lieben wie ich!* Leise sagte er: «Jock ist dein Bruder.»

«Was hat denn das damit zu tun?», sagte Anna.

Edu schwieg wieder. Darauf wusste er keine Antwort.

Anna lehnte sich an ihn und begann zu weinen. «Ach Edu, ich freue mich noch immer, dass es dich gibt. Und mag dich auch sehr. Vielleicht ... mit der Zeit ...» – «Ssscht!», sagte er.

«Ich kann es nicht ändern, aber ich muss immerzu an Jock denken. Obwohl er sich vor mir versteckt, obwohl er mir nicht antwortet.»

Ist es denn umgekehrt nicht genauso? Versteckst du dich denn nicht auch vor ihm, Anna? Ich bin sicher, dass du ihn dazu bringen könntest, dir zu antworten.

Anna trocknete ihre Augen. *Vielleicht hast du Recht, Edu. Aber ich traue mich nicht mehr, es zu versuchen. Jetzt nicht mehr ...*

Aber ja doch, sagte er. *O ja, ganz sicher. Doch meine Meinung ist: besser nicht.*

Sie saßen still, dicht nebeneinander. Sie hingen ihren eigenen Gedanken nach, aber gleichzeitig sprachen sie ohne Worte miteinander.

Weißt du, Edu, wie froh ich war, als du das erste Mal mit mir gesprochen hast? Vor so vielen Tagen. Du kamst aus der Ferne; der Fremde, den ... Ich dachte, ihn kann/will ich am meisten lieben. Davor gab es nur einen, der manchmal, manchmal ... Und ich bin mir noch nicht einmal sicher, warum ich Jock so liebe. Er ist mein Bruder, du bist es nicht, und ich ... ich bin nicht nur Jocks Schwester.

Mach es mir nicht so schwer, Anna! Du fragst doch nicht etwa mich um Rat, oder? Den kann ich dir nicht geben, wirklich nicht.

Warum verletzen wir gerade die Menschen, die wir sehr lieben? Jock denkt vielleicht so wie du, Edu. Selbst wenn er mich noch so sehr lieben würde, darf/kann er das nicht. Weil ich seine Schwester bin. Meinst du, dass es so ist?

Du spürst doch sicher, Anna, dass ich es auch nicht weiß ... und erst recht nicht begreife. Nein, das ist nicht wahr – ich begreife es schon, glaube ich. Aber ich will es nicht ... Ich kann damit nichts anfangen ... Und du, Anna, du zweifelst immer noch.

Warum, fragte sich Anna zum soundsovielten Mal, *verbirgt sich Jock vor mir? Das tat er doch früher nie! Er hörte mir oft nicht zu, aber das tat er nie absichtlich.*

Edu sandte seine Gedanken zu Jock hinüber, der in der Tat seinen Geist vor Anna ... und auch vor ihm verschlossen, verbarrikadiert hatte ... ZUTRITT VERBOTEN! Er wusste, dass er in der Lage war, diese Schranke zu durchbrechen, aber er wusste auch, dass er es nicht versuchen würde – das wäre furchtbar, unzulässig; das konnte er nicht.

Nur du, Anna, kannst ihn vielleicht dazu bringen, dass er dich freiwillig hineinlässt.

Edu schrak aus seinen Gedanken auf. Flamme war auf seine Knie gesprungen und starrte ihn mit grünen Augen an. «Ach», flüsterte er überrascht, «schon wieder die Augen eines Tigers.» Er streckte eine Hand aus, um die Katze zu streicheln.

«Vorsicht», flüsterte Anna. «Sie ist sehr scheu.»

Aber Flamme sprang nicht fort, im Gegenteil: Sie legte sich hin und fuhr ihre Krallen genüsslich ein und aus.

«Das hat sie noch nie gemacht, bei einem ...»

«... Fremden», ergänzte Edu. «Sprich es ruhig aus, Anna.» Er lachte sie an, völlig unerwartet. «Der Fremde. So nennst du mich doch?»

Sie lachte zurück. *Ich finde dich sehr nett. Können wir nicht ...*
Einfach unser Beisammensein genießen, für den Augenblick leben. Edu streichelte Flamme und dachte auf einmal an die Afroini, an Firth und seine Freundin Aill ... einen kurzen Moment an Petra.

Liebtest du diese Frau? dachte Anna.

Ja ... Manchmal bin ich noch ein wenig verliebt oder ... sehne mich nach ihr. Aber nicht mehr als das. Es ist vorbei. Noch dazu kann sie nicht Gedanken lesen, sie will es auch nicht, fürchtet sich sogar ein wenig davor. Wohingegen du ...

Denk für mich an die Wälder, unterbrach ihn Anna. «Erzähle mir von den Afroini», sagte sie mit sanfter Stimme.

Edu fragte: «Woher weißt du von den Afroini?»

«Von dir natürlich!», antwortete sie verblüfft. «Aber ich weiß nur wenig, Edu. Ich kann zwar Gedanken lesen, aber lange nicht so gut wie du. Erzähl mir von den Afroini, mit Worten oder Gedanken, mit beidem.»

Unwillkürlich musste Edu an Jock denken, der ihn am vorigen Tag ebenfalls darum gebeten hatte.

Jock war in sein Atelier zurückgegangen, das jetzt, da sich ein Teil seiner Arbeiten an einem anderen Ort befand, ein wenig anders aussah als gewöhnlich. Er klopfte gegen das Glas eines abstrakten, gerahmten Aquarells. Dahinter hatte er Barts Zeichnung verborgen: *Zwei Afroini unter Bäumen* ... Er betrachtete seine Farben, nahm sich eine Palette und legte sie doch wieder aus der Hand. Er fühlte sich zu müde, zu leer, um zu malen. Er fürchtete sich noch immer vor seinen eigenen Gedanken und denen anderer Leute.

Wie hatte Edu doch wieder gesagt? *Nicht an Edu denken! ... Wohl aber an das, was er erzählt hat, über einen der Afroini –*

Firth –, der in meinem Geist gewesen ist und meine Gemälde betrachtet hat. Wundersam!

Auf einmal befand er sich im Wald; unter den flammenden Bäumen war es kühl. Er hörte Wasser rauschen. *Leg dich auf das Moos, lausche dem Wasserfall, denk nicht an mich, denk nicht an dich selbst, dann erzähle ich dir eine Geschichte.*

Die Vision *(aber es war keine Vision)* verblasste; die Stimmung und die Atmosphäre blieben erhalten.

Jock verließ sein Atelier, zog seine Sachen aus und ging ins Bett. Egal, welche Träume es auch werden würden, nicht alle müssten gleich Alpträume sein.

«Ich würde zu gerne selbst einmal dort sein, alles sehen, hören, berühren», sagte Anna. *Afroi.*

«Du würdest dich dort bestimmt heimisch fühlen», antwortete Edu. Er blickte zu Flamme hinüber, die auf den Boden gesprungen war und sich jetzt ausgiebig putzte.

Kann man auch wissen, was ein Tier denkt? fragte sich Anna.

«Natürlich», sagte Edu. «Und sie weiß auch, was du denkst; zumindest soweit eine Katze Menschen verstehen kann.»

«Flamme zu verstehen, fällt mir genauso schwer», sagte Anna.

«Es ist eher ein Spüren als ein Verstehen», sagte Edu. «Und …» Er verstummte und zog die Augenbrauen zusammen.

«Was ist?», fragte Anna. Flamme sprang auf ihren Schoß.

Still! Edu saß jetzt unbeweglich. Es schien, als lausche er angestrengt.

Auch Anna versuchte es, aber es gelang ihr nicht, mehr aufzufangen als einige unzusammenhängende Gedankenfetzen unbekannten Ursprungs. Dann, urplötzlich, sah sie SICH SELBST – nicht wie in einem Spiegel, sondern mit den Augen eines anderen … nicht Edus Augen … den Augen eines Unbekannten, ihrer Person gegenüber gleichgültig und doch …

«Anna!», brach Edu sein Schweigen. «Hattest du schon einmal das Gefühl, verfolgt zu werden?»

«Nein», sagte sie. «Nein … Bis jetzt nicht, bis eben gerade. Aber ich habe auch nie darauf geachtet oder daran gedacht …» *Jock hat mich gewarnt und du, Edu, du auch.*

«Roboter inaktiv», murmelte Edu. *Anna, du wirst beobachtet, bespitzelt.*

Warum? «Warum?», flüsterte sie. «Durch wen?»

«Das weiß ich nicht. Durch jemanden, den ich nicht kenne. Unten auf der Straße. Er hat den Auftrag, jedem deiner Schritte zu folgen. Er weiß auch nicht warum. Und er ... er langweilt sich. Er hat keinen Mikroempfänger ... Nein, er kann nicht hören, was wir sagen ...» Edu rieb sich die Stirn, seufzte und schaute Anna ernst an. «Ich finde, du solltest nicht länger hier alleine wohnen, zumindest nicht die nächsten Tage. *(Ich will dich nicht ängstigen.)* Kannst du woanders unterkommen, bei Freunden ...?»

«Aber Edu ...», begann Anna. *(Er meint wirklich, was er sagt.)* «Ja», sagte sie, «bei meiner Freundin Marya und ...»

«Sprich es nicht laut aus. Ich glaube zwar, dass hier im Haus keine Abhörgeräte sind, dein Roboter ist deaktiviert ... Aber man kann nie wissen ...»

Meine Freundin Marya und ihr Freund Stan Kaliem in Neu-Babylon ... Aber sie wollen nächste Woche umziehen ... Ach, dort hatte ich wohnen wollen mit Jock.

Denk jetzt mal einen Moment nicht an Jock! «Nächste Woche sehen wir weiter», sagte Edu laut. «Kannst du jetzt ... *(Sofort!)*»

«Jetzt noch? Heute Abend? Nein, Edu! Ich muss sie erst fragen und noch ein paar Dinge packen. Und Flamme, Flamme muss auch mit ... Oh, sie finden es schon in Ordnung, auch wenn ich unerwartet komme, aber es ist bereits spät. Morgen.»

Edu nickte zustimmend, runzelte aber erneut die Stirn. *Der Mann unten wird bald abgelöst ... und dann? Wie kann ich etwas erfahren von jemandem, der selbst nichts weiß? ... Bezahlter Spitzel ... Muss einen Bericht abliefern bei ... einer anonymen Person ...* Er zog sich aus dem Geist des Unbekannten zurück und dachte entschlossen: *Ich lasse dich heute Nacht nicht allein, Anna! Ich werde hier irgendwo auf dem Boden schlafen, notfalls vor der Tür.*

«Das brauchst du wirklich nicht», sagte Anna freundlich. Sie gab Flamme einen Schubs und stand auf. «Diese Couch lässt sich ausziehen, dann ist es ein Bett. Etwas schmal zwar, aber ...»

«Also bist du einverstanden?»

«Das weißt du doch genau, Edu.» *Aber ich will nicht mit dir zusammen ... schlafen ...*

Du weißt doch genau, dass ich nicht deswegen ...

Natürlich ... «Natürlich, Edu!» *Auch wenn du nichts dagegen hättest ...*

Er sah zu ihr auf und lächelte wehmütig. Er liebkoste sie einen Augenblick lang mit seinen Gedanken ... nein, mit seinen Gefühlen. Anna konnte nicht anders, als darin zu baden: Liebe, Zärtlichkeit ... Sie schlug die Augen nieder, um zu verbergen, dass sie feucht geworden waren, und dachte einen Augenblick lang an Jock, wie er sie an jenem Montag umarmt hatte, als er das letzte Mal bei ihr gewesen war. Auch in seinen Gefühlen hatte sie gebadet ... *Liebe?*

Edu zog seine Gedanken zurück und nahm sich vor, für den Rest des Abends einfach nur mit ihr zu reden – es zu versuchen, zumindest.

«Soweit ich weiß, ist meine Tarnung noch nicht aufgeflogen», sagte er. «Du wirst also die Nacht in Gesellschaft eines kleinen A.f.a.W.-Arbeiters verbringen, nicht mit Planetenforscher Jansen. Aber das ist auch gut so. Sie sollten besser nicht wissen, dass wir uns kennen. *(Schöne Worte! Dass ich zu ihr gegangen bin, war bereits riskant ... für sie!)*

«Edu, mir scheint, du machst dir ... zu viel Sorgen. Oder ...» Anna suchte nach einem anderen Wort (*fürsorglich*) und fragte dann: «Warum werde ich beobachtet? Wer tut das? Wer sind diese SIE?»

«Das ist gerade die Schwierigkeit. Die Personen, die dich beobachten, sind nicht weiter wichtig; ich spüre sie auch kaum. Spione im Dienste großer Organisationen oder politischer Mächte ...» *Ich fing die Gedanken des Mannes auf der Straße auch nur zufällig auf. Danach bin ich brutal in seinen Geist eingedrungen – etwas, das man eigentlich nicht darf!*

Anna nickte verständnisvoll. *Abhören. Einbrechen.* Sie fragte: «Kannst du alles erfahren, Edu?»

«O nein! Wirklich nicht. Ich weiß zwar einiges, und ich vermute auch viel. Aber die ... *Gedanken lesen* ... die Gedanken erraten ... von politischen Mächten, anonymen Instanzen: das ist beinahe unmöglich. Man kann natürlich die Atmosphäre auffangen ... Manchmal eine Atmosphäre voller Widersprüche, voller Uneinigkeit ...» Er seufzte wieder. «Hinzu kommt, dass ich eigentlich nicht tun will, was sie tun: spionieren.»

«Du bist sehr müde, Edu. Ich werde dir etwas fertig machen. Kaffeenektar. Und etwas zu essen ...»

«Ich danke dir, liebe Anna. Ein halbes Glas reicht. Und dann ... Es ist wirklich spät geworden.»

Kurze Zeit später sagte Anna: «Du hast mir immer noch nicht erzählt, warum ...»

«Das ist eine lange Geschichte; ich werde sie dir irgendwann einmal erzählen.»

Aber unvermittelt erfuhr Anna sie doch schon. *Du denkst, dass Gedanken lesen gefährlich ist! Das hast du mir bereits früher gesagt. Sind sie darum ...?*

Edu nickte. «Ja. Das fürchte ich. Zumindest hier und jetzt.»

«Woher wissen sie, dass ich ...?»

«Sie vermuten es wahrscheinlich nur. Du bist schließlich ...» Edu schwieg abrupt. *Jocks Schwester,* hätte er beinahe gesagt. *Und Jock hat mich gebeten, es ihr nicht zu erzählen, dass er jetzt auch ...* Schnell verschloss er seinen Geist vor ihr, aber es war bereits zu spät. *Wie konnte es auch anders sein?*

«Jock?», flüsterte Anna. «Ja, Jock sollte es auch können. Ich hoffe schon so lange, dass er es herausfindet.»

«Jock war schließlich Planetenforscher auf Afroi, genau wie ich. Auch ihn zog es in die Wälder.»

Aber Anna ließ sich nicht ablenken. «Hat Jock es herausgefunden? Kann er es jetzt auch? Ja! Durch dich, ist es nicht so, Edu?»

Er nickte. Leugnen war nicht mehr möglich.

Jocks Schwester ... Was ... «Was meinst du damit?»

«Bestimmte Gaben oder Talente kommen in einer Familie häufiger vor als in anderen», antwortete Edu. «Eine Frage der Vererbung. Ich verstehe nicht sehr viel von diesen Theorien, aber eines ist sicher: Jock steht bereits seit einiger Zeit im Verdacht, diese Gabe zu besitzen. Weißt du, Anna, eigentlich ist es verrückt: Er ist sich ihrer erst seit kurzem bewusst, und du ... du hast es bereits jahrelang getan ...»

«Solange ich mich erinnern kann», sagte Anna nach kurzem Überlegen. «Sie dachten früher sogar, dass ich zurückgeblieben sei, weil ich nicht genug redete. Ich erwartete einfach, dass sie verstehen würden, was ich dachte. Nur Jock verstand mich manchmal *(nicht über Jock reden)* ... Was sagtest du gerade? Vererbung?» Nachdenklich fuhr sie fort: «Sie sagen, dass ich meiner Mutter sehr ähnlich sei. Nur: Sie hatte immer wieder andere Männer, während ich gerade ... Vielleicht war sie doch wie ich und somit immer auf der Suche nach jemandem, der ... *(den sie nie finden konnte)*. Jock war verrückt nach ihr, mit meinem Vater kam er überhaupt nicht zurecht. Ich erinnere mich kaum noch an sie. Das meiste hat Jock mir erzählt. Sie starb, als ich vier oder fünf Jahre alt war ... Nein, noch keine fünf.»

«Und dann?», fragte Edu sanft. «Wer hat euch erzogen, für euch gesorgt?»

«Mein Vater, Mutters vorletzter Mann. Und eine ganze Reihe von Internaten. Jocks Vater war ein hochrangiger Techniker in Lunastadt, der aber nie von sich hören ließ ...» Anna sah Edu an. «Du hast einen Vater und eine Mutter», stellte sie fest. «Sie leben noch, und das auch noch zusammen! Aber keine Brüder oder Schwestern ..., Freunde schon.» *Und doch bist du einsam,* dachte sie traurig. *Ein Fremder auf Afroi und auf der Erde. Warum dürfen sie hier auf der Erde nichts über Afroi wissen? Erzähle es ihnen, dann wirst du dich weniger einsam fühlen.*

11
Samstag:
Robo-Technischer Dienst

Jock erwachte und wollte sich noch einmal umdrehen. Samstag. Ich muss nicht ins Zentrum ... *Samstag!* Heute kommt Xan nach Hause! Er fuhr hoch. Ich hoffe, vollkommen in Ordnung, und ... in Begleitung von Manski, dem R.T.D.-Techniker. Einen Moment lang blieb er noch auf der Bettkante sitzen. Heute Nacht habe ich wieder geträumt, aber nicht so schlimm wie gestern ... Von Anna, wie sie früher war, mit vier oder fünf Jahren. Und von Mutter. Eigenartig! Ach ja, genau weiß ich es nicht mehr. Ich sollte wohl besser aufstehen; dies könnte ein wichtiger Tag werden ...

Um acht Uhr hatte er bereits gebadet, sich rasiert und angezogen. Er stellte Gläser bereit für den Kaffeenektar – den besten, den es zu kaufen gab ... Aber was zum Teufel machte Xan noch damit, statt ihn nur aufzuwärmen?

Gegen halb neun ging er auf seinen Balkon. Dort blieb er allerdings nicht lange, weil das unangenehme Erinnerungen an den gestrigen Abend weckte. Er ging in sein Atelier und zwang sich, die Atemübungen zu machen, die er vor langer Zeit während seiner Ausbildung zum Planetenforscher gelernt hatte.

Entspanne dich, konzentriere dich. Leere deinen Geist, aber sei wachsam. Sei ruhig und voller Selbstvertrauen.

Um Punkt zehn Uhr ertönte der Haustürsummer. Und ja, da waren sie: Xan und Techniker Manski. «R.T.D.», sagte Letzterer. «Guten Morgen, Herr Martin. Hier ist meine Karte.»

«Treten Sie doch ein», sagte Jock. «Komm herein, Xan. Willkommen zu Hause, sollte ich wohl besser sagen. Du siehst genauso aus wie früher.»

«Ich danke Ihnen, Herr Martin», sagte der Roboter.

«Genauso wie früher; dazu habe ich Ihnen noch etwas mitzuteilen», sagte Techniker Manski. «HXan3 weiß schon Bescheid, also kann ich offen reden.»

«Gehen Sie doch weiter, Techniker Manski», sagte Jock und wies zum Wohnzimmer hinüber. «Ich weiß es zu schätzen, dass Sie selbst ...»

«Ich habe Ihr Gesuch erhalten», sagte Manski höflich, aber kühl. «Ich wäre in jedem Fall persönlich gekommen, weil die Reparatur Ihres Roboters keine alltägliche war ...» Zusammen mit Jock ging er ins Wohnzimmer, Xan folgte ihnen.

«Nehmen Sie Platz», sagte Jock. «Möchten Sie etwas trinken? Kaffeenektar vielleicht?»

«Wenn Sie welchen haben, gerne, Herr Martin.» Techniker Manski setzte sich.

Jock dachte: *Gott sei Dank, bis jetzt hat alles geklappt ...*

Xan sagte: «Ich werde sogleich den Kaffeenektar für Sie und Techniker Manski zubereiten.» Beinahe unglaublich, dass er vor einer Woche starr wie eine Leiche an der Wand gelehnt hatte.

«Ja, prima; tu das, Xan», sagte Jock, während er seinem Besucher gegenüber Platz nahm. «Du kennst ja den Weg.»

Techniker Manski nickte dreimal zustimmend. Einmal für sich selbst, dann zu Xan und ein drittes Mal zu Jock hinüber. Xan glitt in die Miniküche.

«Sehr gut, dass Sie ihn direkt wieder mit seinen Aufgaben beginnen lassen», sagte Techniker Manski beinahe freundlich. «Wissen Sie, außer Betrieb zu sein aufgrund eines Unfalls plus der anschließenden Reparatur ist für einen Roboter noch schwerer zu verkraften als häufige Deaktivierung. Folgendes muss ich Ihnen noch mitteilen: Ihr Roboter HXan3 ist vollkommen wiederhergestellt, jedoch ... Die letzten zweiundzwanzig Tage sind definitiv aus seinem Gedächtnis gelöscht.» Er hob die Hand, als fürchte er einen Einwand von Jock. «Es ging nicht anders, Herr Martin. Die Schäden an diesem Teil seines Gehirns waren zu schwer, irreparabel, nicht zu ersetzen ... Aber ansonsten ist HXan3 derselbe Roboter, der er vor zweiundzwanzig Tagen war. Und wenn ich Ihnen noch einen guten Rat geben darf: Erzählen Sie ihm über diese Zeit nur das, was für seine optimale Funktion notwendig ist.»

Zweiundzwanzig Tage ... So lange – beziehungsweise kurz – ist es also her, dass Xan manipuliert wurde. Jock ließ sich nicht anmerken, woran er dachte. Seine Stimme war ruhig, als er antwortete: «Das verstehe ich, Techniker Manski. Und ich werde Ihren Rat bestimmt beherzigen.»

Xan glitt mit dem duftenden Nektar ins Zimmer und stellte zwei Gläser sowie Schalen mit Süßstoff und kleinen Häppchen auf den Tisch.

«Danke», sagte Jock. Er stand auf und folgte dem Roboter zum Durchgang zur Küche. «Xan, bleib einen Moment stehen», fügte er hinzu und deaktivierte ihn dann kurzerhand.

Dann drehte er sich zu Manski um, der jetzt kerzengerade saß und ihn halb überrascht, halb misstrauisch beobachtete.

«Erschrecken Sie nicht, Techniker Manski», sagte Jock gelassen. «Was ich Ihnen sagen möchte, braucht Xan nicht zu hören. Unfall plus Reparatur – wenn er es für immer vergessen hat, sollten auch wir es vergessen, so weit das möglich ist. Aber zuerst ...» Er setzte sich und erhob sein Glas: «Zum Wohl!» Er lehnte sich, anscheinend ganz entspannt, in seinen Sessel zurück und sah zu, wie auch Manski sein Glas ergriff. Und sogleich – fast schon zu schnell, obwohl er sich darauf vorbereitet hatte – fing er einige von Manskis Gefühlen auf, daneben Fragmente verschiedener sinnloser Gedanken:

Eine Falle? Oder meint er es wirklich so? Er wollte mich ... sagte er. Jetzt trinkt er. Aus seinem eigenen Glas, wie er denkt. Ich trinke auch, aus seinem ... meinem ...

Jock rief all seine geistige Kraft zu Hilfe. Er würde nur kurze Zeit zur Verfügung haben. Er war «ungeübt» und wusste kaum etwas über sein Gegenüber. *Für einen Gedankenkontakt sind Vertrautheit und Vertrauen notwendig ... Aber dir vertraue ich nicht, Manski! Du bist ein anderer; nicht derjenige, der du zu sein vorgibst. Auch wenn du eine ganze Menge von Robotik verstehst ...*

Inzwischen bemerkte er leichthin: «Ich muss sagen, auch wenn ich nicht den besten gekauft hätte: Niemand bereitet Kaffeenektar so schmackhaft zu wie Xan.»

«In der Tat, er schmeckt sehr gut», sagte Manski. Er entspannte sich ein wenig und lehnte sich ebenfalls zurück.

Sein Haar ist nicht gefärbt, sondern eine Perücke, stellte Jock fest.

Er nahm die Schale mit den Imbisshäppchen und bot sie seinem Gast an, während er weitersprach: «Zuallererst, Herr ... Techniker Manski, möchte ich Ihnen meine Entschuldigung anbieten für ... *(Warum blitzt nun so etwas wie Triumph in seinem Geist auf, während er meinen Nektar trinkt, meinen Imbiss annimmt?)* für mein ungehobeltes Benehmen letzte Woche.»

Techniker Manski murmelte *(scheinbar freundlich)* etwas Unverständliches, wie: «Ach was, nicht doch ...»

«Doch, doch», fuhr Jock fort. «Ich habe gegen Sie, zwar nicht persönlich, aber gegen den R.T.D. einige Beschuldigungen geäußert ... Dafür möchte ich mich entschuldigen! Ich wollte niemanden dunkler Machenschaften bezichtigen.» Er schwieg einen Moment, trank seinen Nektar und beobachtete Techniker Manski, der es ihm gleichtat. «Die Wahrheit ist», fuhr er dann fort, «dass ich in der vergangenen Woche angespannt und voller Misstrauen war.» Er hörte sich selber sehr überzeugend reden; er hatte seine Rolle gut einstudiert. *(Nur ... kann ich das durchhalten: laut reden und in aller Stille lauschen – beides gleichzeitig?)* Misstrauen gegenüber allem und jedem. Sogar mein Roboter erschien mir weniger gehorsam als früher. Armer Xan! Er musste es schließlich ausbaden.»

Techniker Manski schien sich nun wirklich behaglich zu fühlen. Er schlug die Beine übereinander und fragte: «Wieso?»

«Ich deaktivierte ihn alle naselang ... Ich fürchtete, bildete mir ein, auspioniert zu werden ...» sagte Jock. «Aber selbst wenn es so gewesen wäre, dann doch wohl kaum durch meinen Hausroboter Xan! Ich frage mich jetzt nur, ob ich mich nicht auch ihm gegenüber entschuldigen ...»

«Bist du ... Sind Sie verrückt», fiel Manski ihm ins Wort. «Das wäre das Verhalten eines Kindes, das denkt, sein Spielzeugtier oder seine Puppe sei lebendig. Aber dem ist nicht so! Jede Puppe, jeder Roboter ist, was wir darin sehen. Ein guter Roboter ist er immer, wissenschaftlich für Sie programmiert.»

Jetzt ist er endlich ehrlich und somit ... verletzlich, wusste Jock. «Sie haben Recht», sagte er. «Und dies alles ist auch – im Vertrauen ...» *(Unverzüglich empfing er wieder eine Gedankensalve seines Besuchers: Ja, Martin? Im Vertrauen? Hochinteressant.*

Sprich weiter!) «Wie ich schon sagte, ich fürchtete, bespitzelt zu werden ... Also lehnte ich sogar die Hilfe des üblichen Austauschroboters ab ...» Jock hörte sich weiterhin reden, spann das Thema weiter, während er ein zweites Glas einschenkte.

Und schließlich erhielt er eine klare Antwort: die hochmütigen, abscheulichen Gedanken von Techniker Manski – der zwar Techniker war, aber nicht Manski hieß, der obendrein hochgebildet war, mächtig und ... inkognito.

Jock musste sich auf seine Finger konzentrieren, damit sie nicht zusammen mit dem Glas, das sie umschlossen, zu zittern begannen, während er in den Geist des Mannes eindrang, den er als Gast eingeladen hatte ... Nein! Den er listig in sein Haus gelockt hatte.

Da sitzt du also! Trink nur, Jock Martin! Du wusstest, was mit HXan3 passiert war. Also musste ich ihn wieder reparieren und reprogrammieren. Eine Schande! Nun ja ... Durch HXan3 wussten wir, dass du ganz gern ein Gläschen trinkst, Jock Martin. Nektar, Alkohol ... Was war also einfacher, als einen Satz Gläser auszutauschen! In jedem Trinkglas ein Sender, ein unglaublich feiner Sender aus Kristall. Manche Menschen trinken alleine; fast jeder schenkt etwas ein, wenn Besuch kommt ... Das macht jedes Gespräch angenehmer ... Prachtidee! Meine Idee! Und HXin4 hat dafür noch nicht einmal zehn Minuten gebraucht. Zu schade, dass er keine Gelegenheit mehr bekam, das kleine Extra an der Tür ... Schade auch um ...

In diesem Moment verspürte Jock einen deutlichen Bruch in den Gedanken dessen, der sich Techniker Manski nannte. ... *Das Armband, verdammt ... Martin, du hast deinen Roboter absichtlich unbrauchbar gemacht! Du hast also das Armband gefunden und behalten ... Ist das hier doch eine Falle?*

«Ich war überarbeitet», sagte Jock gerade. «Und ich hatte Angst, dass mich jemand – wer auch immer – verfolgte. Ich traute niemandem mehr...» Er lächelte. «Nehmen Sie noch ein Häppchen. Die Psychologen sagen, solche Gefühle seien keineswegs anomal.»

«Ja? Aber ...», sagte Techniker Manski. (*Oder wie du auch*

heißen magst, dachte Jock. *Warum ist dein Gesicht plötzlich so weiß, mit den wilden roten Haaren darum herum?)* «Jetzt, Herr Martin, haben Sie doch wieder Vertrauen in R.T.D. und A.f.a.W.?»

Jock zog die Schultern hoch. «Selbstverständlich ... Aber was würden Sie tun, wenn Sie nach Hause kämen und Ihr vertrauter Roboter täte gerade etwas ... etwas ...»

«... etwas Ungewöhnliches?», ergänzte Techniker Manski. Seine Stimme klang hart und gepresst. «Ich würde unverzüglich R.T.D. und A.f.a.W. informieren.» Er musterte Jock, fragend und auch mit einigem Widerwillen ... *Du, Martin, hast zwar den R.T.D., nicht aber das A.f.a.W. informiert. Du spielst dein eigenes Spiel ... Worauf willst du hinaus?* Er erhob noch einmal seine Stimme: «Herr Martin, was täten Sie, wenn Sie nach Hause kämen, und jemanden – Mensch oder Roboter – anträfen, der gerade eine Abhöranlage in Ihrer Wohnung installiert?»

Jock antwortete, in keinster Weise theatralisch, sondern vollkommen ehrlich: «Was ich täte? Ihn zusammenschlagen wahrscheinlich.»

Techniker Manski stand hastig auf. Jock spürte Verwirrung, Furcht und Bedauern in seinen Gedanken.

Er hat mich ins Messer laufen lassen, ganz bestimmt. Aber er kann nichts beweisen ... Es sei denn ... Nein, das niemals ...

«Sie müssen schon gehen?», sagte Jock, der ebenfalls aufstand. «Und die Rechnung ... ?»

« ... schickt Ihnen der R.T.D. zu.» Techniker Manski machte eine kurze Pause und ließ dann folgen: «Sie können Ihren Roboter ruhigen Gewissens wieder aktivieren!»

«Sie haben Recht!» *(Das zumindest weiß ich sicher: Xan ist reprogrammiert, wirklich repariert.)*

Mit einigen höflichen Worten ließ Jock den Mann, der sich Techniker Manski nannte, hinaus. *Und jetzt, sofort: meine Gläser!*

Er verweilte noch einen Moment hinter der geschlossenen Tür. *Was hatten sie damit anstellen wollen? Meine Besucher registrieren?*

Er sah sich um und dachte: Visiphongespräche können sie jederzeit abhören, über die Zentrale – auch wenn es gesetzlich verboten ist. Aber ... jegliches Abhören ist sozusagen verboten! Mit wem habe ich über das Visiphon gesprochen? *Anna!* Mit welchen Leuten hier in meiner Wohnung geredet und etwas getrunken? *Eines ist sicher: die Gespräche zwischen Edu und mir hat niemand abhören können ... zumindest nicht mit irgendeinem Apparat ...*

Er ging zurück ins Wohnzimmer und betrachtete Xan, der noch immer bewegungslos im Durchgang zur Miniküche stand. Er machte einen Schritt auf ihn zu, überlegte es sich dann jedoch anders. *Es ist wirklich besser, wenn du hiervon nichts weißt.*

Er zwängte sich an seinem Roboter vorbei in die Küche, nahm einen Einweg-Vernichterbeutel, öffnete einen Schrank und musterte sein karges Geschirr.

Sechs Gläser insgesamt; vier hier, zwei im Wohnzimmer. Er nahm eines heraus und schnippte mit dem Finger gegen den Rand; es ließ das feine, klare Klingen von Kristall hören. Alle vier Gläser machten dieses schöne Geräusch ... *Meines Wissens habe ich nie echte Kristallgläser besessen ... Auch wenn diese sehr gewöhnlich aussehen, genau wie meine bisherigen.*

Jock warf die vier Gläser in den Vernichterbeutel, schaute sich noch einmal um und dachte: Da steht noch ein Glas, ein anderes Modell ... Und die Schale, das kleine Ding dort? *Auch das gibt einen kristallenen Ton von sich ...* Und diese Glasvase? Wirklich nur eine Vase?

Er warf alles, was irgendwie verdächtig schien, in den Beutel, verfuhr danach im Wohnzimmer ebenso mit den beiden Gläsern, den Schalen, in denen Xan Süßstoff und Häppchen serviert hatte ... Sogar mit dem Wasserglas aus der Nasszelle – obwohl er ziemlich sicher war, dass der kleine Roboter HXin-wie-auch-immer dort nicht gewesen war.

Wie hat dieses Miststück nur alles transportieren können? Natürlich in seinem Brustkasten! Da war Platz genug für sechs bis acht Gläser und noch mehr ... Und erst recht, wenn er für solche Scherze konstruiert wurde!

Jock wog den Beutel in seiner Hand. Er hatte garantiert auch unschädliche Gegenstände hineingeworfen, aber er wollte lieber auf Nummer Sicher gehen.

Weg mit allen Spionierapparaten – auch wenn ich selbst kein schlechter Spion gewesen bin! Fort mit allem, was aus glitzerndem Glas oder Kristall ist!

Er verließ seine Wohnung. Es gab zwar auf jeder Etage einen Vernichter, aber er hatte beschlossen, den großen Vernichter im unbewohnten Souterrain zu benutzen.

Gerade als er den Lift betreten wollte, begegnete er einer Nachbarin. Er grüßte höflich und ignorierte ihren verwunderten Blick auf den Sack in seiner Hand; wahrscheinlich fragte sie sich, was er wohl vernichten wollte … was so unerwünscht oder gefährlich war, dass es nicht einfach auf der zwanzigsten Etage entsorgt werden konnte.

Wenige Minuten später war es vorbei: Kein Klirren, Klingeln oder sonstiges Geräusch des Zerschmetterns oder in Scherben Zerberstens. Alle Vernichter arbeiteten geräuschlos. Jock fragte sich, wie lange es wohl dauern würde, bevor Techniker Manski (denn *so* nannte er ihn weiterhin) merken würde, dass seine Sender aus Jock Martins Wohnung nichts mehr meldeten.

Tüchtiger Bursche, wenn er sich was Neues einfallen lässt. Und jetzt gleich neue Gläser kaufen. Etwas Ausgefallenes, in Farbe und Form.

Er verließ den Lift im Erdgeschoss, betrat den Laden auf der anderen Straßenseite und bemerkte erst dort, dass er gerade noch genug Geld bei sich hatte, um einige billige, hässliche Pseudo-Gläser aus Plastik zu kaufen … und eine Münze für das Öffentliche Visiphon.

Seit Manskis Besuch hatte er ein wachsendes Verlangen verspürt, jemandem von den Ereignissen zu ERZÄHLEN. Jemanden zu sich einzuladen, mit dem er – jetzt ohne irgendwelche Zurückhaltung – reden könnte … Wen? Edu und Mick? Die beiden hatten ihn auf die Idee gebracht … Nein! Sie hatten Urlaub genommen, und obendrein wollte er mit *Edu* lieber nicht reden, jetzt nicht, noch nicht. – Jock stand vor dem Öffentlichen Visiphon. Es gab noch jemanden …

Ist er zu Hause oder in seinem A.f.a.W.-Hauptquartier?

Er zögerte keinen Moment länger, sondern wählte A.Akkes Privatnummer.

12
Samstag: Akke und andere

Jock! Was ist los?»

Akke war unverzüglich selbst auf dem Schirm erschienen, im Dienstgewand. Er sah aus, als wäre er gerade irgendwoher gekommen oder müsse schnellstens irgendwohin.

«Ich hoffe, ich störe nicht …», begann Jock.

Akke runzelte die Stirn. Er blickte nachdenklich … oder eher forschend? «Nein, nein», sagte er nach einer kleinen Pause kurz angebunden, aber nicht unfreundlich. «Was ist los?»

«Was …» Beinahe bereute Jock seinen impulsiven Anruf. Aber nachdem er einen Blick auf Akke geworfen hatte, wusste er, dass er nicht mehr zurück konnte. «Ich glaube», sagte er leichthin, unwillkürlich darauf hoffend, dass Akke den ernsten Unterton überhören würde, «dass ich in Therapie muss! Und du bist doch Psychologe. Könntest du mich besuchen? Bei mir zu Hause? … Ja? So schnell du kannst. Jetzt gleich?»

«Jetzt gleich? Wenn ich zu Mittag gegessen habe, in zehn Minuten … Oder ist es dringend?» Akke kniff die Augen zusammen; sein Gesichtsausdruck wurde düster.

«O nein!», sagte Jock schnell. «Du brauchst dich nicht zu beeilen. In einer Stunde ist vollkommen in Ordnung.»

«Ich komme, so schnell ich kann», sagte Akke. Er verschwand vom Schirm, noch bevor dieser völlig dunkel war.

Jock ging mit seinen Plastikgläsern zurück in die Wohnung.

Ich habe nichts gegen durchsichtiges Plastik, sagte Jock zu sich selbst. Es sei denn, es wäre hässliches Plastik. Und selbst das ist immer noch besser als spionierendes Kristall! Er stellte seine Einkäufe in der Küche ab. – Was würde Xan davon halten? Was auch immer in den letzten zweiundzwanzig Tagen passiert ist, solche Gläser habe ich noch niemals besessen ...

Er ging zu seinem Roboter und aktivierte ihn wieder.

«Zu Diensten, Herr Martin», sagte dieser.

«Ich bin froh, dass du wieder zurück bist, Xan», sagte Jock. «Auch wenn ich dich sofort wieder deaktiviert habe. Ich möchte dir erklären, warum. Erstens, weil ich Techniker Manski etwas Hässliches sagen wollte. Und zweitens, weil ... weil ich mich ein wenig schäme.»

«Ich verstehe Sie nicht ganz, Herr Martin», sagte Xan. «Nicht etwa, weil ich aus der Reparatur komme – darüber weiß ich nichts mehr und leide daher nicht darunter. Darf ich Sie fragen, ob Sie Techniker Manski wirklich etwas Hässliches gesagt haben? Er ist ein ausgesprochen geschickter Robotechniker, wussten sie das? Und wenn Sie – zu Unrecht – Ihren Plan ausgeführt haben, schämen Sie sich dann deshalb, Herr Martin? Das ist nach meiner Ansicht nicht richtig. Vollendete Tatsachen lassen sich nicht mehr ändern.»

«O Xan, bester Xan. Techniker Manski ist sehr, sehr tüchtig, aber er ist auch ein SCHURKE. Findest du das Wort in deinem Speicher? Und ich schäme mich nur deswegen, weil ich – während deiner Abwesenheit – alle Gläser zerbrochen habe. Gerade, als du deaktiviert warst, auch die beiden letzten.»

«Es ist schade um Ihre Gläser, Herr Martin. Aber Sie können, ich kann ...»

«Wir werden gemeinsam neue kaufen, Xan; sobald ich Zeit habe ... Wie fühlst du dich jetzt?»

«Wie ich mich fühle? Ich fühle nichts, Herr Martin. Es betrübt mich nur, dass Sie, wie Techniker Manski mir erzählt hat, eine Woche ohne Hausroboter auskommen mussten.»

«Ich habe dich wirklich vermisst.»

«Das tut mir leid für Sie», sagte Xan. «Nicht um meinetwillen, denn ein Hausroboter kann schließlich besser vermisst als nicht vermisst werden. Kann ich etwas für Sie tun?»

«Im Augenblick nicht. Außer, dass du mir deine Zustimmung geben musst, dass ich dich nachher wieder deaktivieren darf.»

«Sie sind mein Meister, Herr Martin, also ...»

«Sei still, Xan. Ich ... ich mache es nur, weil niemand erfahren darf, wer mein nächster Besucher ist. NICHT, dass ich dir nicht vertraue, aber du registrierst und behältst nun einmal alles.»

«Es hat sich gezeigt, dass ich nicht alles behalte, Herr Martin. Sie wissen doch, dass zweiundzwanzig Tage ...»

«... aus deinem Gedächtnisspeicher gelöscht wurden! Aber das ist nicht deine Schuld, Xan, das waren ... unglückliche Umstände. In dieser Zeit ist einiges geschehen. Was soll ich dir darüber erzählen? Raumschiff Abendstern ist sicher auf der Erde gelandet, und die zwei Planetenforscher mit ihrem Zwischenbericht waren wirklich an Bord.»

«Herr Martin, ich erinnere mich, dass die Abendstern auf dem Weg zur Erde war. Aber Planetenforscher an Bord, Zwischenbericht?»

«Dr. Topf erzählte uns davon. Ach je, das ist noch keine zweiundzwanzig Tage her! Zum großen Teil Weltnachrichten, nein, interplanetare Nachrichten. Nun ja, das kannst du einfach genug erfahren.»

«Das ist wahr, Herr Martin. Alle Veränderungen in der Weltpolitik und derlei wichtige Ereignisse kann ich mittels der Instruktionskanäle des Fernsehens in einer Stunde aufnehmen und in meinem Gehirn speichern. Wenn ich von Ihrem Fernsehgerät Gebrauch machen dürfte ...»

«Selbstverständlich, Xan!»

Der Türsummer ertönte. Jock deaktivierte den Roboter und öffnete die Tür.

Akke trat ohne große Umstände ein; so schnell, dass sein locker hängendes Dienstgewand flatterte. «Guten Morgen ... Vielmehr: Guten Tag, Jock Martin.»

Erst als er Xan sah, stoppte er und blickte – genau wie bei seinem letzten Besuch – zwischen dem Roboter und Jock hin und her. «So, dein Roboter ist zurück. Wie ich hoffe, repariert? Und dann gleich wieder deaktiviert, na prima! Warum ...»

«Dieses Mal wirklich wegen deines Besuchs», fiel Jock ihm ins Wort. «Xan ist repariert und wieder zuverlässig, aber er kann nun einmal nicht anders als jeden Besucher zu sehen, jedes Gespräch mitzuhören und alles im Gedächtnis zu speichern.»

Akke sagte nichts, sondern musterte ihn forschend mit gerunzelter Stirn.

«Setz dich», sagte Jock. «Ich habe noch etwas Kaffeenektar, vom Besten. Allerdings keine schönen Gläser mehr, um ihn zu servieren. Willst du welchen?»

«Gerne», sagte Akke, der Platz nahm. «Also Jock, was hast du jetzt wieder angestellt?»

«Sprich nicht mit mir, als ob ich zwölf wäre!», sagte Jock und ging in die Küche.

«Was ist geschehen?», erkundigte sich Akke, als Jock mit den gefüllten Gläsern in den Händen zurückkam.

«Etwas, wodurch ich – auf unbestimmte Zeit – in meiner Wohnung sagen kann, was ich will. Oder mit dir reden zum Beispiel, ohne dass mich jemand abhört», antwortete Jock. Er ließ sich in einen Sessel fallen. «Eine ausgesprochen nette Idee, doch ich habe …»

«Du hast … was?», fragte Akke.

«Kurz vor unserem Visiphongespräch habe ich meine Trinkgläser und alles andere Glas in den Vernichter geworfen», sagte Jock. «Noch lieber hätte ich allerdings Stück für Stück eigenhändig zerschlagen!»

«Du meinst …», begann Akke ungläubig.

«Ja! Meine Gläser. Gespickt mit Abhörgeräten!»

Einen Augenblick lang zeigten sich kleine Lachfalten um Akkes Augen. «Die Wahrheit ist manchmal verrückter als man sie sich in einer noch so verrückten Laune ausdenken kann.» Dann sah er wieder ernst drein. «Du wolltest doch eine Therapie. Bevor ich eine Diagnose stellen kann: Erzähl schon!»

Und Jock erzählte. Als er anfing, wollte er nichts lieber; aber nachdem er begonnen hatte, änderte sich das. Es kostete ihn immer mehr Mühe. *Warum?* Akke zeigte weder Zustimmung noch Ablehnung; er hörte nur aufmerksam zu.

«So habe ich also», endete Jock, «Xan zurückbekommen – auch wenn ihm jetzt zweiundzwanzig Tage Erinnerung fehlen – und mich von den Spionageapparaturen befreit. Ich muss nur noch herausfinden, wer Techniker Manski in Wirklichkeit ist.»

«Willst du das wirklich wissen?», fragte Akke. «Ich bin sicher, dass es einen echten Manski gibt, der im Dienste des R.T.D. steht. Der Mann, der bei dir war, hat sich wahrscheinlich seinen Namen ausgeliehen.»

«Weißt du ... Hast du eine Ahnung, wer ...»

«Nein, ich weiß es nicht. Ich vermute, dass er über den R.T.D. in Verbindung steht mit dem R.A.W. und dem I.S.D.»

«Dem Irdischen Sicherheits-Dienst?»

«Spionage auf höchstem Niveau. Jock, das kann dir ...»

«Warte mal!» Jock sprang auf und ging ins Atelier, ohne auf Akkes protestierende Bemerkung zu achten. Wenige Augenblicke später war er mit Skizzenblock und Zeichenstift zurück. Er legte den Block – ganz bewusst – mit der Rückseite nach oben auf den Tisch und schlug ihn auf. «Einen Moment Geduld, Akke. Ich will versuchen ...» Er begann zu zeichnen.

Akke trank sein Glas Nektar aus und sagte: «Das Porträt, das du von mir gemacht hast, ist wirklich sehr gut getroffen. Auch, wenn es mir nicht gerade schmeichelt; sogar meiner Frau gefiel es. Ich würde dir gerne einmal eine Stunde ...»

«Psst», sagte Jock ungeduldig. «Modell stehen braucht für mich niemand. Nach Modellen kann ich überhaupt nicht zeichnen.» Aufgebracht strich er durch, was er gezeichnet hatte, und schlug das Blatt um.

Wie saß er mir gegenüber, wie blickte er ...? Manski ... Techniker ... Wer bist du?

Er stützte den Kopf in die linke Hand und begann erneut.

Nach knapp zehn Minuten schob er Akke den Skizzenblock hinüber. «Kennst du diesen Mann?»

«Nein.» Akke zögerte. «Und doch ...»

Jock verharrte in seiner Haltung, mit dem rechten Zeigefinger malte er unsichtbare Figuren auf die Tischplatte. «Deck einmal das Haar ab», schlug er leise vor. «Das ist meiner Meinung nach eine Perücke. Ich habe mit einem schwarzen Stift gezeichnet, aber es ist feuerrot. Eine Farbe, die überhaupt nicht zu ihm passt. Ich denke, dass sein echtes Haar darunter stoppelig kurz und blond ist, hellblond vielleicht.»

«Ja», hörte er Akke sagen. «Jetzt sehe ich jemand anderen, und der ist mir nicht unbekannt.»

Jock seufzte, teils vor Befriedigung, teils vor Erschöpfung.

«Er gleicht ihm wie ein Zwillingsbruder», hörte er Akkes Stimme, wie aus weiter Ferne ... «Und dann heißt er nicht Manski und ist erst recht kein einfacher Techniker.» Auf der weißen Tischplatte vor seinen Augen bemerkte Jock plötzlich viele grauschwarze Flecken, die langsam ineinanderflossen und ein grinsendes Gesicht formten, das sich gleich danach wieder auflöste. Er schloss die Augen und fragte: «Wer ist er?»

«Begonnen hat er als einfacher Techniker beim R.T.D. Dann Aufstieg zum Chef, inzwischen Doktor der Robotik und Fachmann auf dem Gebiet der Mikrotechnik ... Er ist ein FREIER MITARBEITER, das heißt nirgendwo offiziell angestellt. Sein Name wird dir nicht viel sagen. Aber es kursieren Gerüchte, dass er als Berater oder noch mehr für viele wichtige Organisationen tätig sei – alle direkt oder indirekt mit dem R.T.D. verbunden –, mit Vorliebe Geheimdienste, wie den I.S.D. oder ähnliche.»

Akkes Stimme erstarb zu einem unverständlichen Gemurmel.

Jock setzte sich auf und umklammerte die Armlehnen seines Sessels. «Also habe ich doch ...», sagte er flüsternd. *O du weiter Weltenraum,* dachte er. *Was fehlt mir? Ich werde doch nicht ...*

«Zurück in die bisherige Haltung», sagte Akke, nun ganz dicht neben ihm. «Oder noch besser: Die Arme auf den Tisch, und den Kopf darauf legen.»

Jock tat, wie ihm gesagt wurde. Das Gefühl – *Ich werde ohnmächtig!* – verschwand langsam. Er hörte, wie Akke durch das Zimmer ging, dann das Rauschen eines Wasserhahns. Wenig später wusste er, dass Akke wieder neben ihm saß. Mit unendlicher Mühe hob er den Kopf und sah, wie dieser etwas in ein Plastikglas mit Wasser fallen ließ, das sich daraufhin erst orange, dann hellrosa verfärbte, um schließlich wieder durchsichtig zu werden.

«Setz dich jetzt wieder aufrecht hin und trink das in einem Zug.»

«Was ist das?», fragte Jock abwehrend. Ihm war schlecht.

«Etwas Beruhigendes und gleichzeitig Erfrischendes», antwortete Akke und hielt ihm das Plastikglas hin. «In erster Linie ein Stärkungsmittel, aber in diesem Augenblick sehr nützlich und vollkommen ungefährlich.»

Jock trank das Glas aus. Das Wasser hatte einen undefinierbaren Geschmack.

«Hol noch ein paar Mal tief Luft ... Langsam!», befahl Akke.

Jock tat auch dies. Er seufzte noch einmal; diesmal allerdings, weil er sich wieder besser fühlte. «Danke», sagte er. «Hast du immer solche Mittelchen dabei?»

«Nein», antwortete Akke gelassen. «Aber ich habe nicht umsonst ein paar Jahre als Arzt gearbeitet. Seither habe ich immer das eine oder andere dabei ... wenn ich etwas vermute oder bemerkt habe ...»

«Wenn du *was* bemerkt hast?»

«Zum Beispiel dein Gesicht auf dem Visiphonschirm heute Morgen. Und nicht zu vergessen ... Was denkst du dir eigentlich? Ich sehe ein, dass manches unvermeidlich ist, aber wenn du so weitermachst, Jock ... Hast du etwas gegessen?»

«Nein», sagte Jock. «Aber es ist noch ...»

«Du hast mich selber hierher gerufen», fuhr Akke fort, «also werde ich nun das Heft in die Hand nehmen ... Wagst du es, deinen Roboter zu aktivieren und mich ihm vorzustellen als ... sagen wir: als A. Akke vom A.f.a.W., deinen Arzt und Psychologen?»

Jock war zu müde und zu verwirrt, um sich zu widersetzen. «Ja, aber ... Akke, ich bin nicht krank!»

«Das bist du sicher nicht! Aber du wirst es ganz bestimmt, wenn du nicht besser auf dich Acht gibst. Und du hast in Kürze sicher noch mehr Schwierigkeiten am Hals, Jock Martin! ... Kannst du aufstehen?»

Jock gab ihm keine Antwort, sondern stand auf und ging einigermaßen festen Schrittes zu Xan und aktivierte ihn. «Xan, das ist mein Vertrauensarzt Herr Akke, ein Freund vom A.f.a.W.», sagte er mit einem Kopfnicken zu Akke hinüber, der sich neben ihn gestellt hatte. «Und ...» Er vollendete den Satz nicht, plötzlich genervt von Akkes gelassener Autorität. «Stell dich ruhig selbst vor», fügte er mürrisch hinzu.

«Ausgezeichnet», sagte Akke ungerührt. «Und du legst dich inzwischen aufs Bett, flach ausgestreckt. Sofort! ... Hast du mich verstanden, Jock? Ich habe nicht viel Zeit ...»

Jock gehorchte. Wenig später hörte er Gesprächsfetzen zwischen Akke und Xan ... «Ist Essen im Haus? ... Nein? Dann musst du sofort welches einkaufen ... Sorge für eine nahrhafte Mahlzeit, leicht verdaulich. Ja, so schnell du kannst ... Und heute Abend ... Hier, behalte diese Tabletten; um sechs Uhr muss er noch eine einnehmen, in Wasser aufgelöst. Und morgen, bevor er zur Ausstellung geht ... Oh, davon weißt du nichts? Er wird es dir sicher noch mitteilen ...»

Später kam Akke herein und setzte sich auf die Bettkante. «Es ist jetzt halb eins», sagte er. «Dein Roboter sorgt für Essen, danach gehst du wieder zu Bett ... Sagen wir bis halb drei, drei Uhr. Um diese Zeit wird jemand kommen, der ...»

«Wer? Du?»

«Nein, ich habe noch anderes zu tun. Jemand, den wir beide kennen. Ich hoffe zumindest, dass er Zeit hat. Nur zur Sicherheit: Hast du Geld oder Schecks im Haus?»

«Ja. Oh, und den Scheck von Mos Maan! Für DIE AUGEN EINES TIGERS. Ich habe ihn bereits auf deinen Namen ausgestellt. Nimm ihn mit, wenn du magst. Nur die Dreiunddreißigeindrittel Prozent ...»

«Die übernimmt das A.f.a.W. Und jetzt, Jock ...»

«Warte noch einen Moment! Erst muss ich dir, Akke ...»

Jock war aus dem Bett gesprungen und zum Schlafzimmer hinaus, bevor Akke etwas einwenden konnte. Wenig später sprach er wieder, jetzt aus seinem Wohnzimmer: «ICH MUSS DIR ZUERST NOCH DIES HIER ZEIGEN!»

Jock legte ein Aquarell auf den Tisch, schob das Glas aus dem Rahmen, der das dahinter liegende Papier festhielt, und holte etwas anderes zum Vorschein:

BART DORANS WASSERFARBZEICHNUNG.

«Du weißt es bereits seit einiger Zeit, Akke. Du bist ein Eingeweihter und hast Geheimhaltung geschworen. Ich weiß es jetzt auch, aber ich ... habe nichts geschworen. Und ... Bart Doran weiß überhaupt nichts, obwohl ER diese Skizze gemacht hat von ... den AFROINI.

Schweigend betrachteten beide Barts Zeichnung.

Nachdem Jock die Skizze wieder verborgen hatte, sagte Akke leise: «Edu hat mir davon erzählt. Aber du weißt mehr, denn mit dir spricht er ... auf jene andere Weise ...» Er unterbrach sich: «Bitte setz dich, bevor du wirklich noch aus den Latschen kippst.»

Jock ließ sich schwer in einen Sessel fallen. Dumpf sagte er: «Ich weiß mir KEINEN RAT mehr mit dem Jungen. Er hat, fürchte ich, viel mehr im Kopf, als ich jemals gedacht oder du je vermutet hast. Ich habe ihn völlig falsch angefasst ... Das weiß ich wohl ... Ich habe sogar probiert, nun ja ... Eins weiß ich SICHER: Er hat Probleme, die mit einer Katze zusammenhängen.»

«Darüber weiß ich alles – zumindest sehr viel», sagte Akke beruhigend; er setzte sich ebenfalls. «Das ist meine Schuld.»

«Außer, dass Bart und ich beide die AUGEN EINER KATZE gezeichnet haben ...»

«Eines TIGERS, dachte ich?»

«Katze? Tiger? Der Tiger war doch auch eine Katze ... Und Edu sandte mir die Vision von weiteren Augen, die ich auf Venus ... auf Afroi gemalt habe. Akke, ich weiß zwar etwas mehr als vor ein paar Tagen, aber ich verstehe immer weniger.»

«Das geht mir genauso, Jock! Aber du steckst in einer viel verzwickteren Situation als ich. Ich meine, was ich sage: Schone deine Kräfte; setze sie nur ein, wenn es wirklich nötig ist. Und du wirst sie brauchen, davon bin ich überzeugt.» Akke hatte, während er sprach, geistesabwesend Jocks Skizzenblock genommen und noch einmal die Zeichnung des sogenannten Manski betrachtet. Jetzt legte er ihn wieder zurück, blätterte ihn erneut auf und stieß unerwartet auf ein Porträt von Anna, woraufhin er ihn sogleich zuschlug.

Jock hatte es trotzdem bemerkt. Er spürte, wie das Blut aus seinem Gesicht wich, aber er war nicht in der Lage sich zu bewegen, etwas zu sagen oder gar seine Augen abzuwenden.

«Sorry, Jock», sagte Akke.

Er machte eine kurze Pause und fuhr dann fort: «Ich hätte es dich sowieso heute wissen lassen. Aber da ich schon einmal hier bin: Deine Halbschwester Anna wohnt seit heute Morgen nicht mehr in ihrer Wohnung. Sie ist jetzt bei Freunden hier in der Stadt. Weil Edu – und darin stimme ich ihm zu! – es für sicherer hält, wenn sie nicht allein wohnt ... Zumindest nicht in den nächsten Tagen.»

«Wo?», flüsterte Jock. «Wo ist sie?»

«Das kann sie dir nur selbst sagen ... Obwohl du es jetzt zweifellos jederzeit erfahren kannst, auf deine Weise. Zum Beispiel durch mich.»

Jock brauchte Akkes Gedanken nicht zu erraten. *Tu, was du nicht lassen kannst. Aber dann ohne meine Zustimmung.*

«Warum ...», begann er heiser.

«Ihr Wunsch», sagte Akke knapp. «Sei davon überzeugt, dass sie so sicher wie möglich wohnt. Das A.f.a.W. – meine Abteilung – hält ein Auge darauf. Im Moment sehe ich keinen Grund, mich in eure Privatangelegenheiten einzumischen.» Unvermittelt lächelte er warm und freundlich, nach all den kühlen und sachlichen Worten. «Kopf hoch, Jock! Ich glaube, dass ich da Xan höre ... so heißt er doch, dein Roboter? Versteck die Zeichnung in deinem Atelier, iss etwas und geh dann ins Bett.» Er stand auf. «Bis morgen.»

«Morgen?», wiederholte Jock verständnislos.

«Auf der Ausstellung, bei Mary Kwang. Vertreter aller Kreativ-Zentren sind eingeladen. Zu denen gehöre ich zwar nicht, aber ich komme trotzdem, offiziell geladen als Chef des A.f.a.W.-Nord und noch einmal von Edu und Mick persönlich ...»

«Ich habe völlig vergessen, jemanden einzuladen», murmelte Jock. «Nun ja, denk dir halt, dass auch ich dich einlade. Auch wenn das nicht offiziell ist.»

«Danke», sagte Akke. «Auf Wiedersehen.»

Erst als er fort war, fiel Jock auf, dass er immer noch nicht Manskis wahren Namen kannte.

Er befolgte Akkes Rat (oder Befehl), aß eine gehörige Portion des gesunden (und teuren) Mahls, das Xan ihm servierte, und ging danach sofort zu Bett. Er war beinahe eingenickt, als der Türsummer ertönte.

«Herr Martin», erklang Xans Stimme bescheiden. «Ein Besucher für Sie. Vom A.f.a.W., aber ohne Karte ...»

«Wenn er von Akke kommt, lass ihn herein», sagte Jock. «Ich halte nur meinen Kopf kurz unter den Wasserhahn ...»

«Das solltest du auf jeden Fall», sagte eine bekannte Stimme.

Jock fuhr hoch. «Mick!»

«Genau der. Und jetzt: Raus aus den Federn und feste Kleidung angezogen. Ich trage auch welche, unter diesem schönen Gewand. Und Stiefel.»

«Was ...», begann Jock.

«Eine Super-Idee von Akke. Für dich, mich und Edu. Nur ... Edu kann leider nicht mit von der Partie sein. Wir gehen auf eine exklusive Exkursion. Ein Maximobil fährt am Blauen Platz ab, Punkt viertel nach drei. Also beeil dich ein wenig! Das nächstgelegene Waldreservat ist zu weit entfernt, aber unser Ziel ist auch der Mühe wert: ‹Naturreservat MEER-STRAND-DÜNEN von Babylon-West.› Dorthin geht die Reise, zum frische Luft Tanken, im Wasser Waten, Wolken und vielleicht auch ein paar Wasservögel Sehen.»

Jock war schon dabei sich anzuziehen. «Mick, du musst es doch hier auf der Erde ziemlich langweilig finden.»

«Hmm, ja ... manchmal ... Auch, wenn es schön ist, mal wieder in ein gutes Speisehaus oder einen Tanzpalast zu gehen. Danach sehnte ich mich sehr, als ich auf Afroi war», sagte Mick. «Jetzt werde ich bereits aufgeregt, wenn ich an eine Welle Seewasser denke oder einen Baum sehe, der älter als fünf Jahre ist.»

«Warum kommt Edu nicht mit?», fragte Jock. Wobei er Mick nicht ansah, weil er sich gerade sorgfältig die Stiefel anzog, die Xan ihm gereicht hatte.

«Er sollte und wollte auch! Aber vor einer Stunde wurde er von irgendeiner wichtigen Person des Weltparlaments, R.A.W. oder was-weiß-ich angerufen. Als hätte der Junge noch nicht genug zu tun! Es wird sich wohl um die Konferenz drehen.»

«Konferenz?»

«Hallo Erdling, hast du die letzten Nachrichten verpasst? Die Große Konferenz des Weltparlaments und des R.A.W. in Sri Lanka wurde völlig unerwartet (Lach nicht, Jock Martin) eine Woche vorgezogen. Sie beginnt jetzt bereits am Mittwoch, den 27. oder 28. ...» Mick unterbrach sich. «Aber bitte, lass uns heute Mittag nicht über diese Dinge reden! Vielleicht kommt Edu nach, um uns abzuholen. Dann jammere ihm bloß nicht die Ohren voll, Jock. Die Ausstellung ist bereits morgen; angeblich KUNST pur und völlig unpolitisch, aber ich denke anders darüber ... Okay, du bist fertig; komm schon.»

Jock wandte sich noch kurz an Xan: «Wenn du dich mittels des Fernsehers noch über das Weltgeschehen informieren willst, dann tu das ruhig. Von der Ausstellung erzähle ich dir später.»

Naturreservat MEER-STRAND-DÜNEN: Ein Nachmittag dort würde Jock mehr als den gesamten Scheck kosten, den er von Mos Maans GALERIE bekommen hatte. Dünen (auf einer natürlich ein Restaurant, luxuriös und beinahe unbezahlbar), Strand, Meer; sogar ein paar Möwen und Muscheln auf einem steinalten Wellenbrecher aus Basalt, der ein Stück ins Wasser hineinragte. Eine kleine Gruppe betrachtete das alles in Begleitung eines Aufsehers. Zwei junge Männer sonderten sich bald ab und betrugen sich, zumindest nach Ansicht der Personen, die sie beobachteten, wie «Nette Jungs» (*Wäre ich nur mit ihnen gegangen*), «Ungehörig, Angeber» (*Die gehören doch in eine Therapie*) oder «Unverantwortlich, waghalsig» (*Ich werde einen Ordnungshüter rufen*). Ganz entfernt vernahm Jock all diese Gedanken, aber er nahm sie sich nicht zu Herzen. Er stapfte mit Mick durch den nassen Sand, bestieg die schönsten Dünen (leider: DAS VERLASSEN DER PFADE IST VERBOTEN), atmete die salzige Seeluft tief ein und genoss den

Wind, der ihm durchs Haar fuhr. Die Zeit flog nur so dahin ... hier gab es keine Zeit.

Am Ende des Nachmittags stand Jock allein auf dem Wellenbrecher. Die meisten Exkursionsteilnehmer hatten sich in das Restaurant zurückgezogen. Mick war etwas zurückgeblieben, hinter ihm auf dem Strand. Aus größerer Entfernung kam jemand auf sie zu, bemerkte Jock. Er wusste auch sofort, wer es war: *Edu*. Und Edu dachte an ...

Jock verschloss seinen Geist, blickte aufs Meer hinaus, dann empor zu den dunklen Wolken mit ihren hellen Rändern. Er wusste sogleich, dass auch *Anna* in diesem Moment solche Wolken betrachtete, vielleicht sogar dieselben, und dass er ohne die geringste Mühe erfahren könnte, wo sie war.

Ich versuche es nicht, sagte er zu sich und vielleicht auch zu Anna. *Ich weiß nur, dass ich dich bald treffen werde; wie auch immer.* Ein unerwarteter, höchst interessanter Gedanke stieg in ihm auf. *Die Zeilen eines sehr alten Dichters; von dir, von mir, von Edu – womöglich von uns allen ... – Kann man sie auch anders verstehen?*

Fremder, den ich am besten kenne,
den ich am meisten liebe.

Du bist meine Fremde, Anna! Auch, wenn ich dich nicht gut genug kenne, lange nicht gut genug ...

Verschiedene Dinge, die dicht aufeinander folgten, ließen ihn aufschrecken. Eine kurze Gedankenwoge, *nicht* für ihn bestimmt, aber doch so intensiv, dass sie beinahe körperlichen Schmerz verursachte. Das Gefühl, in die Tiefe gezogen zu werden, unter Wasser ... Fast gleichzeitig hörte er Mick rufen. «Edu!» Dann noch einmal Micks Stimme, eindringlich: «Jock, Jock! Komm her, schnell!»

Anstatt weiter auf sie zuzugehen, war Edu zur Wasserlinie hinuntergegangen und in die Fluten gewatet. Jetzt stand er bis an die Knie im Wasser, unbeweglich wie ein Standbild, den Kopf leicht geneigt.

Er reagierte weder auf Micks noch auf Jocks Worte. Schließlich packte jeder einen Arm und indem sie ihn in ihre Mitte nahmen, brachten sie ihn dazu, wieder ins Trockene zu gehen.

Beide musterten Edus Gesicht und sahen sich dann beunruhigt an.

Was ist das? fragte sich Jock. *Eine Art Trance?*

Von der Düne beim Restaurant winkte ihnen eine Gestalt: «Zurückkommen; die Exkursion ist beendet!»

Jock und Mick erschraken, als Edu unvermittelt zu sprechen begann. «Macht euch keine Sorgen! Ich wollte mich nicht ertränken ... Wisst ihr, wie viele Fische noch immer hier im Wasser herumschwimmen? Sogar hier?»

«Nein ...», flüsterte Mick. Edus Frage schien für ihn eine besondere Bedeutung zu haben. «Wo ... wo warst du?»

Jock sagte nichts. Nach der Gedankenwoge (*die von Edu stammte!*) war er immer noch wie betäubt. Er starrte Edu unverwandt an. *Was hast du jetzt wieder gesehen? Noch mehr Afroini?*

«Ja», sagte Edu. «Noch mehr ...» Er sah nun wieder normal aus. «Jock, du wagst es, Dinge zu malen, die NICHTS bedeuten, die nicht bestehen und die trotzdem etwas SIND! Also schau nicht so verwundert drein. Morgen ist die Ausstellung, und die ist – traurig, aber wahr – größtenteils eine LÜGE. Jock Martin, hilf mir, hilf uns morgen. Bitte!»

13

Sonntag: Die Ausstellung

Lag es an der Exkursion zum Naturreservat (trotz des von Edu verursachten unerwarteten Abschlusses), an Akkes zweiter Tablette oder dem schmackhaften Mahl, das Xan ihm bereitet hatte: In keiner der letzten Nächte hatte Jock so gut geschlafen.

Erst gegen Morgen kamen die Träume, die (wie er richtig vermutet hatte) nicht nur seinem eigenen Geist entsprangen.

An zwei Bruchstücke erinnerte er sich noch mehr oder weniger, als für ihn – von Xan geweckt – dieser wichtige Sonntag begann.

Meine Kursteilnehmer im Zentrum, sie hecken etwas aus. Und Bart ist der Anstifter ... Was ist es? Ich weiß es nicht oder nicht mehr ... Es hat wahrscheinlich mit der Ausstellung zu tun, aber sie sind heute nicht eingeladen!

Das zweite, an das er sich erinnerte, beunruhigte ihn umso mehr: *Da ist jemand, der sich ernstlich Sorgen macht, jemand mit viel Verantwortungsgefühl, jemand, den ich kenne ... Wer?* Und plötzlich wusste Jock es: Der Mann, den er immer für stark und ausgeglichen gehalten hatte ... *Eine unerschöpfliche Kraftquelle ... Und das ist er immer noch ... Akke! Worum sorgt er sich?*

Während des Frühstücks erzählte er Xan einiges über die Ausstellung. Der Roboter hatte sich inzwischen über die Geschehnisse der vergangenen Wochen informiert. Gleichwohl wusste er natürlich nichts von den Afroini und ebenso wenig von Jocks sich schnell entwickelnder, paranormaler Gabe. Xan war reprogrammiert und (nach seiner Reparatur neu) auf seinen Meister eingestellt worden: den Ex-Planetenforscher, Maler und Kreativ-Betreuer ... Vollkommen korrekt nach dem Stand von vor drei Wochen. Aus seinem Gedächtnis waren jedoch Ereignisse gelöscht worden, die selbst Jock ihm nicht erzählen konnte, so bedeutsam sie für ihn auch waren:

Du weißt nicht, Xan, dass ich mich gestern, exakt vor vierzehn Tagen absichtlich auf meinem Balkon habe nassregnen lassen.

Du kennst keines meiner Gemälde, die ich seitdem geschaffen habe.

Du erinnerst dich nicht, dass du mir vorgeworfen hast, zu oft das Wort «Befehl» zu gebrauchen. Aber du erinnerst dich glücklicherweise auch nicht daran, dass ich dich unschädlich gemacht, ja, in gewisser Weise halb tot geschlagen habe.

Und du kannst nicht einmal erahnen, was danach geschehen ist.

Der heutige Jock Martin war ein anderer als der Jock Martin von vor dreiundzwanzig Tagen – und das konnte selbst während eines belanglosen Geplauders am Frühstückstisch zu ernstem Grübeln verleiten ... *Aber ich grübele nicht mehr; es ist mir gleichgültig. Ich schone meine Kräfte. Fortan kümmere ich mich nur noch um meine eigenen Angelegenheiten, nicht um die anderer Leute. Und gewiss nicht um die von R.A.W., A.f.a.W., K.R.N.B., R.T.D., W.P., I.S.D. Nein!*

Und doch konnte Jock nicht aufhören, sich zu fragen, wie viele Vertreter großer Organisationen und mächtiger Instanzen von Mary Kwang eingeladen worden waren, natürlich in Abstimmung mit Dr. F. P. Topf, P. W., MdWP (ST)*. *Ach, wenn alles anders gewesen wäre, hätte ich Anna eingeladen.* Und er fragte sich mehr als einmal, wie Edu und Mick die Ausstellung eröffnen würden. Was hatte Edu gemeint mit: «Hilf uns bitte»?

Du weißt von den Afroini auf dem Land, flüsterte Edus Stimme in seinem Geist. *Es gibt auch Afroini im Wasser. Diese können nicht reden wie wir, aber ihre Gedanken überbrücken die Entfernungen zwischen allen Planeten unseres Sonnensystems. Vielleicht reichen sie sogar noch weiter, ich weiß es nicht ... Gestern suchten sie zum ersten Mal Kontakt zu mir – den ganzen Weg von Afroi hierher. Sie wollen, glaube ich, dass ich, ein Mensch, hier für sie ...*

Seine Gedanken wurden schwächer, wirrer. Jock wusste nicht, ob es an ihm lag oder an Edu selbst.

Er versuchte sich diese völlig neuen Afroini vorzustellen, aber es gelang ihm nicht. Er schloss die Augen und schüttelte sich. *Was wollen sie?* fragte er.

Weiß ich nicht genau ... Dass ich als ihr Vertreter im Namen aller Afroini ... Edu verstummte.

Der Kontakt war abgerissen.

«Herr Martin», sagte Xan, «fühlen Sie sich nicht wohl?»

Angespannt schüttelte Jock den Kopf. So sehr er auch grübelte, was er auch fragte: Es gelang ihm nicht, einen neuen Kontakt herzustellen; Edu schwieg beharrlich.

«Herr Martin», sagte Xan, «nehmen Sie es mir nicht übel, aber

---

* P.W., MdWP (ST): PlanetenWissenschaftler, Mitglied des WeltParlaments (Senator Terrae). Quelle: Der Große W.W.U. (Wortschatz der Westlichen Umgangssprache); Supplement: Abkürzungen – 11. Auflage.

es scheint mir angebracht, dass Sie jetzt eine Tablette einnehmen. Ich erhielt noch eine als Reserve von Ihrem Arzt und Psychologen, Herrn A. Akke, für unvorhersehbare Notfälle.»

Jock öffnete die Augen.

«Meiner Meinung nach benötigen Sie sie jetzt», fuhr Xan fort und löste die Tablette bereits in einem Glas Wasser auf. «Heute Nachmittag dann die zweite, bevor Sie zur Ausstellung gehen.»

«Die Ausstellung, die zum großen Teil eine Lüge ist», murmelte Jock.

«Wie meinen Sie, Herr Martin?», fragte Xan.

«Ach, nichts», antwortete Jock. «Gib schon her, Xan! Ein Stärkungsmittel, um mit Akke zu sprechen, kann nie schaden.»

«Das ist etwas, das mir neu ist», sagte der Roboter. «Bis vor zweiundzwanzig, nein: dreiundzwanzig Tagen kam niemals ein Arzt oder Psychologe in unsere Wohnung. Ihnen fehlt doch nichts Ernstes, Herr Martin?»

Jock trank das Glas aus. «Nein», antwortete er. «Ich habe in den letzten Tagen nur zu viel gearbeitet.»

Xan sagte: «Hoffentlich nicht, weil Sie keinen Hausroboter hatten, der ...»

«Nein», fiel Jock ihm ins Wort, verbesserte sich aber sogleich: «Ja, doch, das ist einer der Gründe. Manchmal passiert zu viel auf einmal, Xan. Und dann ... Ach ...»

Xan begann damit, den Tisch abzuräumen. «Ich verstehe schon wieder nicht ganz, was Sie meinen», sagte er. «Ich glaube, Sie müssen eine Sonderinspektion für mich beantragen, Herr Martin!»

Jock war verblüfft. «Xan, bist du nun völlig ...»

«Völlig was?», fragte Xan. Als Jock keine Antwort gab, sprach er weiter. «Ich erwähnte das nur, weil ich den Eindruck habe, dass mein Programm nicht mehr exakt auf Sie abgestimmt ist. Mir scheint, Sie haben sich in den dreiundzwanzig Tagen verändert. In all den Jahren, die ich bei Ihnen gearbeitet habe, Herr Martin (ich meine damit die Zeit minus dreiundzwanzig Tage), haben Sie jeden Tag Alkohol getrunken – meistens mehr, als gut für Sie war. Es befindet sich eine angebrochene Flasche im Haus, aber Sie haben gestern keinen Tropfen getrunken. Das ist ziemlich ungewöhnlich. Zudem bin ich in meiner Funktion als Verwalter

Ihrer Haushaltskasse – unter anderem durch Kontrolle der Scheckdurchschriften und das Zählen leerer Flaschen – zu dem Schluss gekommen, dass Sie schon mindestens seit vier Tagen keinen Tropfen Alkohol mehr angerührt haben.»

Jock starrte seinen Roboter an, mit dem verrückten (oder vielleicht doch nicht so verrückten?) Gefühl: *Soll ich jetzt lachen oder weinen?*

«Dies alles kann eine vorübergehende Erscheinung sein und mit einer Veränderung Ihres körperlichen oder geistigen Zustands zusammenhängen», fuhr Xan fort. «Aber – nochmals meine Entschuldigung, Herr Martin – es gibt noch mehr Tatsachen, die ungewöhnlich sind und die ich in Übereinstimmung zu bringen versuche: Herrn Akkes Besuch, den sie bereits länger als einen Tag zu kennen scheinen, Ihre eigenartigen, beiläufig fallengelassenen Bemerkungen, die Tatsache, dass Sie ungewöhnlich viel gemalt haben müssen, sodass Sie in einer großen GALERIE ausstellen, die Tatsache, dass sich Ihr Verhalten mir gegenüber zweifellos verändert hat ...

«Hör auf!», rief Jock. «Bitte, Xan, hör auf! Es hat sich etwas verändert, aber das betrifft nur mich selbst ... Ich fürchte, dass ...» Er vollendete den Satz nicht.

«Sie fürchten sich? Fürchten ... Wovor?», sagte Xan. «Ich habe die letzten Nachrichten studiert, und in der Tat hat sich das ein oder andere verändert.» Er schwieg für einige Sekunden. «Ich bin nur Ihr Diener, Herr Martin», sagte er dann. «Aber ich habe nicht vergessen, dass Sie Planetenforscher gewesen sind – zuletzt auf dem Planeten Venus, der jetzt in aller Munde ist. Es könnte sein, dass Sie durch Ihren früheren Beruf auch heute noch mehr mit diesem Planeten verbunden sind, als Sie mir erzählt haben. Nehmen Sie es mir nicht übel, aber: vielleicht sogar mehr, als Sie sich selbst eingestehen ...»

Endlich war es so weit: die den Außenwelten gewidmete Ausstellung würde gleich eröffnet werden. Edu und Mick standen bereit, beide im offiziellen weiß-gelben Paradegewand der Planetenforscher. Mary Kwang – an diesem Nachmittag wirklich bildhübsch – lächelte, schüttelte Hände, ließ sich die Hand küssen und begrüßte die Neuankömmlinge. Die GALERIE war zum Bersten voll. Die Künstler – manche prunkvoll, andere absurd oder gar armselig gekleidet (Jock musste einsehen, dass er viel zu gewöhnlich angezogen war) – waren in der Minderheit ... Auffallend viele hochrangige Persönlichkeiten, Männer und Frauen: von der Stadtverwaltung und dem Kulturrat für Neu-Babylon, Planetenwissenschaftler wie Dr. Topf im himmelblauen Gewand, A.f.a.W.-Funktionäre in blassem Grün ... Jock sah Akke zum ersten Mal mit all seinen Kokarden.

Eine bunte Mischung von Farben. Es waren auch ausgesprochen viele Reporter und Kameraleute zugegen.

Akke war in Gesellschaft seiner Frau gekommen; mit ihr kam er zu Jock herüber. «Das ist Ida», sagte er. «Ihr habt ja schon einmal miteinander gesprochen, da ist weiteres Vorstellen wohl unnötig ...»

Frau Akke sprach mit Jock über die ausgestellten Arbeiten (soweit die vor lauter Menschen überhaupt zu sehen waren) und lobte lachend die Skizze, die er von ihrem Mann gemacht hatte. «Eine ganz andere Seite deines Talents, Jock – ich darf dich doch Jock nennen? Mir gefallen deine Arbeiten sehr, das ist mein voller Ernst ...»

Jock glaubte es ihr unbesehen. Sie war ihm immer noch sehr sympathisch. Während er sich mit ihr unterhielt, fing er ein wenig von Akkes Zärtlichkeit und Stolz auf seine Frau auf. (*Würde Jock ihr Porträt für mich malen?*) Aber es schien ihm auch, als habe Akke sie eigentlich nicht mitnehmen wollen ... *Ist er noch immer besorgt?* fragte sich Jock. *Was könnte hier schon geschehen? Und was werden Edu und Mick nachher ...?*

Dr. Topf drängte sich – groß und himmelblau – zwischen Mick und Edu, räusperte sich eindrucksvoll und sprach einige einleitende Worte.

Jock folgte seinen Worten nur mit halbem Ohr; der Planetenwissenschaftler sagte wenig Neues (Kombination von Kunst und Kenntnis der Außenwelten ... Große Entdeckung ... Venuswälder für Menschen bewohnbar ...) und hörte inzwischen auf die Gedanken hinter den Worten: *Die Afroini – schön und gut – dürfen/müssen bleiben. Aber ein ganzer Planet? Das ist doch zu viel für sie ... Aber wie ... Wie? Hier! Sie denken nicht bis hierher, bis auf die Erde ...*

Was meint er damit? fragte sich Jock. Dann erst wurde ihm bewusst, dass er wieder lauschte ... *Aber ist man nicht geradezu verpflichtet, seinen Feind zu belauschen?*

«Und damit», schloss Dr. Topf, «übergebe ich das Wort an die Planetenforscher, die diese Ausstellung eröffnen werden.»

Nachdem Dr. Topf sich zurückgezogen hatte, rückten Edu und Mick wieder enger zusammen. Micks Gedanken waren überdeutlich vernehmbar. *Topf, dieser Schuft ... Ein wenig Lampenfieber ... Sorge um Edu ...*

Edus Geist war *vollkommen undurchdringlich*, bemerkte Jock, auf einmal gleichfalls besorgt.

Es wurde still. Beinahe jeder schaute zu den beiden weiß-gelb gekleideten jungen Männern hinüber. Mick stieß Edu beinahe unmerklich an. *Nun fang schon an!*

Mary Kwang sagte: «Diese beiden Planetenforscher, von denen Edu Jansen der Erste war, der sich in den Venuswald wagte ...» Sie sprach, als souffliere sie ein Theaterstück.

Edus Gesicht wurde plötzlich lebendig. «Ich danke Ihnen, Frau Kwang! Aber ich war nicht der Erste. Nun ja ... Es ist mir eine Ehre, zusammen mit meinem Freund und Kollegen Mick Tomson diese Ausstellung, gewidmet den ...» Nachdenklich runzelte er die Stirn und schwieg.

«Gewidmet den Außenwelten ...», sagte Mick.

«Außenwelten», wiederholte Edu abwesend. «Wir eröffnen diese Ausstellung, weil ...» Wieder hielt er inne.

Aber, wurde Jock schlagartig klar, *es ist nicht Abwesenheit, eigentlich sogar das Gegenteil. Es steckt mehr dahinter!*

Um ihn herum wurde gehüstelt, geseufzt und geflüstert.

«Weil du, Edu Jansen», sagte Mick laut, «der Erste warst, der ...»

«Das ist nicht wahr!», schnitt Edu ihm das Wort ab, nachdrücklich und überhaupt nicht mehr abwesend. «Andere taten es bereits vorher. Nur kehrten sie krank oder verrückt zurück!»

Die jetzt entstandene Stille war echt – gespannt und voller Aufmerksamkeit. Aus den Augenwinkeln sah Jock Dr. Topfs Gesicht: wütend, gerötet und misstrauisch.

Mick nickte und sagte dann deutlich und ruhig: «Das ist wahr, Edu. Zumindest dachte man das. Aber lass uns ...»

«Ja, lass uns heute ... bei dieser festlichen Gelegenheit nicht darüber reden», ergänzte Edu. *(Es scheint ein Theaterstück zu sein? Ist alles nur Theater?)* «Nun wissen wir also», fuhr Edu fort, «warum du und ich diese Ausstellung eröffnen dürfen. Weil keiner von uns krank oder verrückt ist! Das stimmt doch, Mick, oder? Nicht krank, nicht verrückt ... Vielleicht dumm, unvernünftig oder ... einfach nur verwirrt.» Die letzten Worte klangen vollkommen aufrichtig. Edu redete weiter: «Verwirrt! Wäre es nur wegen der vielen Kunstwerke, die uns hier umgeben! Darunter sind anrührende, wirkliche, beinahe echte, fremdartige und sehr schöne ... Ich habe sie alle betrachten können, vor ein paar Tagen bereits. Ihnen dürfte das schwerer fallen, denn heute befinden sich hier mehr Menschen als Kunstwerke ...» Er lächelte ironisch. «Entschuldigen Sie, Frau Kwang, ich weiß, dass diese Ausstellung länger als einen Tag ...»

«Drei Wochen», sagte sie leise.

«... noch drei Wochen zu besichtigen sein wird.»

«Aber bevor es so weit ist», ergänzte Mick ein, «muss diese Ausstellung erst ERÖFFNET werden! Wird es nicht langsam Zeit, dass du damit beginnst?» Die beiden Kollegen grinsten sich an und schlossen damit für einen Moment alle anderen Anwesenden aus.

«Du hast Recht», sagte Edu. «Man erwartet, dass ich NAMEN nennen werde, aber es sind zu viele. Schau dir einmal dieses Objekt an! Inspiriert von den alten, kalten, roten Felsformationen des Mars; Reuz heißt der Bildhauer. Er ist nur einer, dessen Arbeiten hier ausgestellt sind ... Ich kann nicht alle aufzählen. Und doch gibt es jemanden, dem mein Freund und ich in diesem Augenblick besonders danken wollen. Dem Maler ...» Er stockte.

Mick vollendete seinen Satz jedoch sogleich *(Vielsagend?* dachte Jock erschreckt): «Dem Maler der WANDERNDEN BERGE.»

Jock sah plötzlich direkt in das Gesicht von Akke – sogar er schien seine Fassung verloren zu haben.

Nach kurzem Schweigen kam Flüstern auf: «Welcher Maler ist das?» Jemand antwortete: «Jock Martin.» Ein anderer: «Jock Martin? Wer, um alles im Universum, ist das?»

«Ruhe bitte!», sagte Edu energisch darüber hinweg. «Dies ist eine einzigartige Ausstellung, weil manche Menschen dadurch begreifen werden, was eine ANDERE WELT wirklich bedeuten kann ...» Er sprach ruhig weiter, sodass die Bedeutung seiner Worte den meisten Zuhörern erst einige Zeit später deutlich wurde. «So gesehen, ist diese Ausstellung eine einzige LÜGE.»

Mick beendete kurzerhand: «Und hiermit erklären wir diese verlogene Ausstellung für eröffnet.»

Einige Leute begannen zu klatschen, andere folgten ihrem Beispiel. Es wurde gemurmelt und durcheinander geredet, doch dahinter spürte Jock «Verwirrendes», wie Edu es genannt hatte: *Ungläubigkeit, Erstaunen, Erschrecken, Ärger, Wut ... noch mehr Wut.*

Aber die beiden Planetenforscher schienen überhaupt nicht verwirrt, im Gegenteil. Sie lächelten und verbeugten sich, verbeugten sich noch einmal, als Mary Kwang neben sie trat. Irgendwer reichte Edu ein Bukett aus echten Blumen, das er ihr übergab. Sie stand jetzt zwischen ihnen, ihr Mund lachte, aber ihre Augen nicht. Ein grelles, helles Licht beleuchtete die drei plötzlich. Stimmen riefen: «Vorsicht bitte! Machen Sie Platz!»

Pam Ling und einige Roboter kamen herein mit Tabletts voller Gläser und Flaschen, die in weiße Servietten gehüllt waren.

«Hat er das wirklich gesagt, oder nicht?», hörte Jock einen Mann hinter sich fragen. «LÜGE?»

«Ruhe bitte», bat Pam Ling wirkungslos.

«Ruhe!», brüllte Dr. Topf, und das half sofort.

«Und jetzt», sagte Mary Kwang, «einen Toast!»

Sie, Edu und Mick waren die Ersten, die ein Glas bekamen. Korken knallten; ein paar flogen bis an die Decke.

«Dieses edle, moussierende, alkoholische Getränk», sprach Dr. Topf feierlich, «hat jahrhundertelang in Kellergewölben auf diesen Augenblick gewartet.»

Die Roboter begannen mit dem Ausschenken. Das Getränk glitzerte wie durchsichtiges, blasses Gold.

Auch Dr. Topf erhielt ein Glas und erhob es: «Auf diese erhabene Ausstellung.»

«Erhabene», sagte dieselbe Stimme hinter Jock.

«Nein, verlogene», warf ein anderer ein. «Der Planetenforscher sagte: ‹Verlogen›.»

Mary Kwang, Edu und Mick folgten Topfs Beispiel. Jock bemerkte, dass Edu nur so tat, als ob er trinke. Inzwischen machten Roboter die Runde, um die Anwesenden mit gefüllten Gläsern zu versorgen. Irgendwo wurde eine Musikanlage eingeschaltet, ein Stimmengewirr erhob sich: Die Ausstellung war eröffnet.

Wie? fragte sich Jock, jetzt auch mit einem Glas in der Hand. *Indem die Lüge an den Pranger gestellt wurde? Oder ist das Ganze hier einfach lächerlich?* Ihm fiel auf, dass die Kunstwerke, um die es doch eigentlich gehen sollte, kaum Beachtung fanden. *Edu! Mick! Was soll ich …?*

Eine junge Reporterin stand plötzlich vor ihm: «Sind Sie Jock Martin?»

«Ja …», begann Jock; er musste wegen eines Blitzlichts blinzeln.

«Wie finden Sie diese Ausstellung?»

«Erhaben», sagte Jock, «hervorragend.»

«Ist das Ihr Ernst? Sie sind doch der Maler der Anderen Berge …»

«Der Wandernden Berge», sagte Jock.

«Cam, nimm auch die Wandernden Berge auf», sagte die Reporterin dem Kameraroboter. «Herr Martin, wollen Sie …»

«Jock Martin», fiel ihr ein dicker, dunkler Mann ins Wort, «wie ist Ihre Meinung zur Absicht dieser Ausstellung?»

Ein hagerer, grauer Mann tauchte neben ihm auf: «Was halten Sie von dieser Ausstellung?»

«Hervorragend, erhaben», sagte Jock. Er nahm einen Schluck aus seinem Glas. «Ausgezeichnet … Wahnsinnig … *gut*, meine ich.»

«Warum wurde Ihnen besonders gedankt?», fragte der dicke, dunkle Journalist.

Ja, warum? «Ich habe nicht die geringste Ahnung», antwortete

Jock. «Nehmen Sie es mir nicht übel, aber ich sehe dort jemanden, den ...»

Es gelang ihm, den Reportern zu entkommen und auch Dr. Topf, der – jovial lachend, aber mit kalten Augen – auf ihn zustürzte. Er wusste nur zu gut, dass diese Atempause nur von kurzer Dauer sein würde.

Das leuchtend goldene, durchsichtige Getränk schmeckte sehr gut, aber bereits nach einem Glas hatte Jock das Gefühl, dass sein Gehirn nicht mehr in seinem Kopf eingeschlossen war. Er lehnte daher ein zweites ab; Mick nicht, der aussah, als wolle er noch sehr viel trinken. Edu bat mit leiser Stimme um ein Glas Wasser.

«Herr ... Herr Martin», sagte eine Stimme hinter Jocks linkem Arm. Ich bin (unverständlich) vom S.J.it.-TV, Kanal (unverständlich), Europakontin ...»

«Sib Reuz», fragte die junge Reporterin zwischen ihnen hindurch, «würden Sie mir ein Interview geben?»

«Herr Martin!», sagte der Mann vom S.J.it.-TV. Er hatte sich durch das Gedränge gezwängt, stand Jock nun gegenüber und schaute mit seinem schmalen, freundlichen, sehr wissbegierigen Gesicht zu ihm auf. «WAS HALTEN SIE VON DIESER AUSSTELLUNG?»

«Ich habe diese Frage, glaube ich, schon einmal beantwortet», sagte Jock.

«Sie finden dies alles erhaben und hervorragend?»

«Unglaublich, wahrhaftig», sagte Jock, der sah, dass Dr. Topf näher kam. «Außer, dass ... Einen Aspekt habe ich vermisst.»

«Was meinen Sie damit?», fragte der Reporter des S.J.it.-TV.

Ein anderer Mann, der eine Minikamera zwischen zwei Fingern hielt, versuchte vergeblich, ihn zur Seite zu drängen und musste halb hinter ihm stehen bleiben.

Dr. Topf rückte noch dichter heran. Edu und Mick waren nicht zu sehen, obwohl sie noch in der Nähe sein mussten.

«Was haben Sie vermisst?», fragte der Fernsehreporter.

«Das wollte ich Sie auch gerade fragen, Jock Martin», sagte Dr. Topf.

Vor ihm weichen die meisten Menschen sofort zur Seite, bemerkte Jock, bevor er antwortete. «Ich vermisse das ABSTRAKTE. Ich durfte nur KONKRETE, realistische Arbeiten abliefern, und das ...»

Ein unerwarteter Schlag auf seine Schulter brachte ihn zum Schweigen.

«Ha, Martin!», polterte der berühmte Bildhauer Reuz aufgekratzt und ein wenig angetrunken. «Ich auch. Nur Konkretes! Was erwartest du denn von einer solchen Ausstellung ...»

«Aber, Herr Reuz», sagte der Reporter des S.J.it.-TV, «Sie wollen doch nicht etwa Jock Martins Aussage kritisieren, dessen Arbeiten äußerst konkret, realistisch und echt sind. Die auf eigener Wahrnehmung basieren, oftmals an Ort und Stelle entstanden sind?»

«Das ist doch völlig egal!», sagte Reuz. «Das geht nicht gegen dich persönlich, Martin. Aber ein Bild oder Objekt, Gemälde, Hologramm oder was auch immer, kann, selbst wenn es nur auf Tatsachen, die auf Tatsachen beruhen, beruht, auf Fotos oder Fotos von Fotos, auf Videobildern, auf mündlichen Überlieferungen oder auf Hörensagen ... Was wollte ich eigentlich sagen? ... Ach ja! Eine solche Arbeit kann ebenso konkret ... oder besser gesagt: genauso wirklichkeitsgetreu sein, wie ... nun ja, wie deine Arbeit Martin, vor Ort gemalt.»

«Ich verstehe Sie und stimme Ihnen zu», sagte Jock. «Wissen Sie, Reuz, dass meine Arbeit zu einem großen Teil nicht mehr wirklichkeitsgetreu ist? Die Venus-Aquarelle sind unvollständig; damals wusste ich kaum etwas über ... über die Wälder dort. Doch ich bleibe bei meinem Standpunkt, dass ich gerne auch ABSTRAKTE Arbeiten hier gesehen hätte.»

«Warum?», fragten Reuz und Dr. Topf gleichzeitig.

«Ich möchte diese Frage mit einem anderen WARUM beantworten», sagte Jock langsam. (*Topf ist wütend und ... ängstlich. Akke ist neugierig, aber auch unruhig ... Edu? Edu ist gespannt ... Mach weiter, beinahe alle hören dir zu.*) «Warum durfte ich nur konkrete Arbeiten einreichen?»

Von irgendwoher sagte Mary Kwangs liebliche Stimme: «Konkret, realistisch! Das ist schließlich die Intention dieser Ausstellung.»

«Und was», fragte der dicke, dunkle Journalist, «meinten Sie dann mit ‹verlogen›?»

«Die Intention dieser Ausstellung ist», sagte Dr. Topf überlaut, «zur besseren Kenntnis der Außenwelten beizutragen.»

«Genau», sagte der Reporter des S.J.it.-TV. «Ihre Gemälde sind sehr faszinierend, Herr Martin. Ich verstehe, ehrlich gesagt, nicht ...»

«Fallen Sie mir doch nicht immer ins Wort!», sagte Jock. «So verliere ich nur jedes Mal den Faden. Ich frage noch einmal: Hier sind ausschließlich konkrete Arbeiten zu sehen. Warum nichts Abstraktes? Vor Jahren, als ich Planetenforscher war, wurden immer wieder bestimmte Dinge, Tatsachen, Entdeckungen verschwiegen, waren GEHEIM...»

«Was hat denn das hiermit zu tun?», fragte Reuz.

«Viel, sehr viel!» Jock sah sich um und ließ dann seinen Blick auf Dr. Topf ruhen. Leichthin, beinahe spöttisch, fuhr er fort: «Wenn man etwas Konkretes verschweigt, muss es anscheinend ZU konkret sein! So habe ich es als Planetenforscher erfahren. Warum verschweigt man etwas, das realistisch und wahr ist – und somit konkret? Meistens, weil man es fürchtet ... oder weil es unglaubwürdig ist ... Bitte lassen Sie mich ausreden! ABSTRAKT bedeutet: Etwas, das nicht KONKRET ist ...»

Hier und da erklang unterdrücktes, teils nervöses Lachen. Dr. Topf hingegen tat einen Schritt nach vorne und musterte Jock mit funkelnden Augen. Und der dicke Reporter fragte eindringlich: «Wollen Sie nicht endlich einmal deutlich sagen, was Sie meinen?»

Jock holte tief Luft und sagte, nun vollkommen ernst: «Aber selbstverständlich. Es gibt Dinge, die ... schon wieder ein konkretes Wort: DINGE! Aber gut: Es gibt Dinge, Begriffe, die – das gilt zumindest für mich – am besten ABSTRAKT dargestellt werden können. Lassen Sie mich Ihnen ein Beispiel geben. GEDANKEN! Was sind Gedanken? Ein Sammelsurium aus vielen kleinen Einzelheiten: Gefühle, Erinnerungen, Pläne, Fragen, Vermutungen, Antworten, Unterstellungen, Wissenschaft, ererbtes Wissen, registrierte Wahrnehmungen, Fantasien, Wünsche ... und so weiter. Das kann man doch nicht alles begreifbar, hörbar oder sichtbar machen? Außer sie ganz oder teilweise abstrakt wiederzugeben ... Wohlgemerkt: GEDANKEN. Und jetzt zu dieser Ausstellung. Warum sollten nicht auf einer oder mehreren Außenwelten Gedanken existieren? Intelligente Gedanken, echte Gefühle ... Ich meine: nicht nur von MENSCHEN!»

Für einen kurzen Moment wurde es sehr still.

Dann folgten ganz konkrete Reaktionen: verständnislose, nachdenkliche, verwunderte und entsetzte Gesichter ... Geflüster, Gerede und Getuschel, alles durcheinander, Fragen, Blitzlichtgewitter, lautlose Kameratätigkeit – alles um Jock im Mittelpunkt.

Und zu gleicher Zeit gab es auch abstrakte Reaktionen, vielleicht besser ausgedrückt als Gedanken: *Bestürzung, Freude, Unglauben, Verblüffung, Schrecken, Stolz, Wut, Sorge und ...*

Jock schrak zurück vor der überdeutlich wahrnehmbaren *Furcht,* die er ausgelöst hatte, und der dadurch hervorgerufenen *Wut und Raserei* unter Dr. Topf und seinen Anhängern. *Wenn diese Worte ausgestrahlt werden ... Was dann? Und er kann doch gar nichts wissen ... Oder doch? Wenn ja, wie? Wie?*

War es das, was ihr wolltet? fragte Jock viel später, während eines flüchtigen Gedankenkontakts mit Edu. *Ihr mit eurer idiotischen Ansprache ...*

... und deine waghalsigen Äußerungen gegenüber den Reportern, fügte Edu hinzu. *Ja, das wollten wir ... Eine Geheimhaltung unmöglich machen! Ist es uns geglückt?*

Der Abend war inzwischen weit fortgeschritten: Jock hatte die GALERIE verlassen und war mit anderen zum großen weißen Künstlerhaus gegangen, das ein Stück entfernt am Großen Platz lag. Wo auch der Bildhauer Reuz sein Atelier hatte, und wo es immer etwas zu essen und sehr viel zu trinken gab. Die meisten Menschen in seiner Umgebung waren daher auch mehr oder weniger angetrunken. Jock saß seit seiner Ankunft im Allgemeinen Raum, vor sich ein unberührtes Glas Alkohol. Nach dem goldglänzenden Getränk bei der Eröffnung würde ihm nichts anderes mehr schmecken, und er wollte auch den müden Kopf so klar wie möglich behalten.

Viele Künstler waren hier, aber nur noch wenige Journalisten. Akke war da (er hatte ein paar Kokarden eingebüßt); seine Frau nicht, sie war von der Galerie nach Hause gefahren. Neben Akke saßen Edu (nüchtern) und Mick (ein wenig beschwipst). Letzterer in Gesellschaft einer künstlerisch aussehenden jungen Frau, die hier offenbar auch ihr Atelier hatte. Bob Erk aus dem Kreativ-Zentrum war auch da (angetrunken), Mos Maan (sturzbetrunken) und viele Unbekannte. Mary Kwang fehlte, ebenso Dr. Topf.

Wo mochten sie nur sein? fragte sich Jock.

Reuz, der neben ihm saß (auch betrunken, aber immer noch recht wach und sehr munter), stieß ihn an. «He, Martin, trink dein Glas endlich aus. Ich gebe eine neue Runde aus.»

«Danke nein, Sib», sagte Jock. «Ich möchte gerne einigermaßen nüchtern nach Hause kommen.»

«Aber du brauchst doch gar nicht nach Hause!», rief Reuz aus. «Hier sind Zimmer genug, gut und nicht teuer. Du bleibst doch bestimmt über Nacht, Jock? Dann kann es so spät und w-w-wild werden, wie du willst.»

Jock fing einen Blick von Akke auf, der fast unmerklich nickte: *Ja, tu das! Du hast dich zu weit aus dem Fenster gelehnt, Jock Martin. Und hier gibt es einige Menschen, denen ich nicht über den Weg traue.*

Was können sie mir schon antun? Warum sollten sie mir etwas ...? fragte Jock Akke und sich selbst.

Hier, im Künstlerhaus zwischen den vielen Menschen bist du einigermaßen sicher. Geh nicht allein nach Hause!

Jock sah in kurzen Streiflichtern einige abscheuliche Bilder vor sich. *Fantasie? Angst? Ernsthafte Bedrohung?* – *Einsam gehst du durch die Straßen, und plötzlich eine Laserpistole ... oder, ganz altmodisch, ein Messer zwischen die Rippen. Oder du betrittst die Eingangshalle deines Wohnturms, aber noch bevor du den Lift erreichst, schlägt man dich nieder ... Du Angsthase! Wer sollte dir das antun?*

Unverzüglich erhielt er eine Antwort, aber auch jetzt war er nicht sicher, ob es seine eigenen Gedanken waren oder die anderer Leute: *Rache! Du hast keine Geheimhaltung geschwo-*

ren. *Solange über Afroi nicht alles bekannt geworden ist, bist du eine Bedrohung ... für einige ... Du hast dich selbst verraten. Jetzt wissen sie, auf welcher Seite du stehst und dass du ...* Nein, protestierte Jock stillschweigend. *Sie wissen nicht, dass ich Gedanken lesen kann – zumindest dann und wann ... Ach nein? Ich wünschte, ich könnte es nicht. Oder dass ich es sehr gut könnte, denn dann –*

Dr. Topf kam herein, zusammen mit Mary Kwang.

Jock wandte sich an Reuz neben ihm: «Ich bleibe gerne über Nacht, Sib», sagte er laut. «Geht das auch wirklich in Ordnung?»

«Natürlich, Kunstbruder!», rief Reuz. «Notfalls in meinem Atelier!» Er schnappte sich Jocks Glas, trank es aus und winkte dem Robo-Kellner. «Schenk noch einmal allen nach, auf meine Rechnung! Ah, da ist ja unsere liebe Mary; schön, dass sie doch noch gekommen ist ...»

«Dann bleibe ich also hier», sagte Jock. «Ich muss nur meinem Roboter Bescheid sagen, dass ich heute Nacht nicht nach Hause komme.»

«Tu das, Martin. Dann hast du auch gleich alle Interviews vom Hals», lachte Reuz.

In allen Künstlerhäusern waren Interviews – gleich welcher Art – verboten, ja nahezu tabu. Vielleicht waren deshalb die wenigen anwesenden Reporter (bis auf einen) die Betrunkensten von allen.

Als Jock nach einem kurzen Visiphongespräch mit Xan zur Gesellschaft zurückkehrte, sah er, dass Dr. Topf sich neben Edu gesetzt hatte. Sie schienen sogleich ein ernstes Gespräch begonnen zu haben.

Jock spürte, dass Edu ihn rief, und gesellte sich zu ihnen. Das schien dem Planetenwissenschaftler nicht zu behagen, obwohl er versuchte, sich nichts anmerken zu lassen. Sein Blick war stechend und eiskalt.

«Ich möchte es nur noch einmal wiederholen, Dr. Topf», sagte Edu in gedämpftem Ton, «dass ich mich nicht mehr als an diesen unsinnigen Eid gebunden betrachte. Ich werde das auch meinem ganzen Team, allen Mitreisenden auf der Abendstern mitteilen.»

«Was meinen Sie damit, Planetenforscher Nummer elf?»

Edu sagte: «Kein Mensch kann und darf eine GANZE WELT verbergen.»

Topf fragte, ebenfalls ganz leise: «Ach so! Und wann ist Ihnen dieser ... dieser GEDANKE gekommen? Oder ist es ein ENTSCHLUSS?»

«Seit gestern», antwortete Edu, «ist es mein fester Entschluss!»

Er stand auf und sandte Jock einen Gedanken, der einem aufmunternden *Augenzwinkern* glich. «Dem habe ich nichts mehr hinzuzufügen. Guten Abend.»

Etwa eine Minute später verließ er das Künstlerhaus in Gesellschaft von Akke und einem (leise protestierenden) Mick.

Mary Kwang sagte mit schmeichelnder, fast flehender Stimme: «Jock Martin, hör mal ...»

Aber Jock beachtete sie nicht, sondern folgte seinen drei Freunden nach draußen. «Muss frische Luft schnappen; bin gleich zurück» sagte er, zuerst zu Reuz, dann zu Mos Maan, als dieser ihn aufhalten wollte.

«Euer Entschluss ist auch der meine», sagte Akke zu Edu. «He, Jock, wir dachten, dass du ...»

«Ist das wirklich noch nötig?», fragte Jock. «Jetzt, da Eide gebrochen werden, brauchen sie doch vor mir keine Angst mehr zu haben? Also habe ich selbst auch nichts mehr zu fürchten.»

«Vielleicht ist dem so ... Du solltest jedoch, zur Sicherheit ...», begann Akke. Zum ersten Mal ließ er deutlich Zweifel erkennen.

«Ich glaube, dass Akke Recht hat», sagte Edu.

Drei Minimobile glitten heran und hielten neben ihnen.

«Okay, das ist auch einfacher. Ich bleibe also hier», sagte Jock – und in diesem Moment meinte er auch, was er sagte. «Kommt gut nach Hause. Auf Wiedersehen!»

«Ich lasse bald von mir hören», flüsterte Edu. Er bestieg mit Mick das erste Mobil; Akke nahm allein das zweite.

Jock blickte den davonschnellenden Fahrzeugen nach. Doch plötzlich hatte er das Gefühl, so schnell wie möglich nach Hause zu müssen.

Ach ja, deine Gefühle, Jock Martin! spottete er über sich selbst. Aber er ignorierte sie nicht. Er winkte das dritte Mobil heran, stieg ein und nannte seine Adresse.

Kurz vor Mitternacht war er zu Hause.

FÜNFTER TEIL

Kühl noch vom Morgentau ...
Walter de la Mare

1
Lügen, Wahrheit

Als Jock seine Wohnung betrat, glitt ihm Xan unverzüglich entgegen.

«Guten Abend, Herr Martin», sagte er ohne Überraschung zu zeigen. «Ich nehme an, dass Sie Ihre Meinung geändert haben. Oder ist etwas geschehen, weshalb Sie doch …»

Das Visiphon summte. – «Warte … Nimm das Gespräch nicht an, Xan», sagte Jock. «NIEMAND darf wissen, dass ich hier bin. Wer es auch ist, erzähle ihm, was ich dir gesagt habe: Dass ich im Weißen Künstlerhaus bin und dort übernachten werde.»

«Wie Sie wünschen, Herr Martin.»

Xan wartete, bis Jock im Wohnzimmer verschwunden war, und nahm dann das Gespräch an.

Jock hörte, wie eine Stimme, die ihm vage bekannt vorkam, nachfragte, ob der Maler Martin zu Hause sei.

«Nein, mein Herr», antwortete Xan. «Darf ich Sie fragen …»

«Ich bin (unverständlich), Reporter des S.J.it.-TV. Ich würde gerne einen Termin für ein Interview vereinbaren …»

«Es tut mir Leid, aber Herr Martin ist nicht zu Hause. Er kommt auch diese Nacht nicht zurück. Sie erreichen ihn im Weißen Künstlerhaus am Großen Platz …»

«Gut gemacht, Xan», sagte Jock wenig später. Er reckte sich und gähnte. «Machst du mir einen Kaffeenektar?»

«Ja, Herr Martin. Aber möchten Sie wirklich noch einen? Es ist schon spät, und so kurz bevor Sie schlafen gehen …»

«Du hast Recht», sagte Jock. «Dann eben etwas anderes.»

«Ich kenne ein wohlschmeckendes Getränk auf Milchpulverbasis …»

Jock verzog das Gesicht. «Na gut, mach mir das. Wenn es gesund ist …»

Das Visiphon summte.

«Denk daran …», begann Jock.

Diesmal war es eine unbekannte Journalistin, die von Xan an das Künstlerhaus verwiesen wurde.

«Ich habe an diesem Abend bereits elf, nein mittlerweile dreizehn Visiphongespräche für Sie entgegengenommen», teilte ihm Xan mit. «Fast alle von Reportern, die um Interviews baten und Fragen zur Ausstellung hatten. Ich habe alle – außer in meinem Gedächtnis – auch auf Band gespeichert. Mit Ausnahme des ersten Gesprächs, da war mir die Idee noch nicht gekommen.»

«Eine hervorragende Idee!», sagte Jock. Er ließ sich in einen Sessel fallen und legte die Beine hoch. «Die erste echte, große Ausstellung, an der ich teilgenommen habe. Und wahrscheinlich auch die eigenartigste, an der ich je teilnehmen werde. Nicht, was die ausgestellten Arbeiten betrifft, sondern ...» Er gähnte noch einmal.

«Ich habe – mit Ihrer Erlaubnis – die Vernissage im Fernsehen verfolgt», sagte Xan. «Eine eigenartige Eröffnungsansprache. Ich habe sie nicht ganz verstanden. Und was Sie danach sagten, war mir ebenso wenig deutlich; auch wenn mir der Unterschied zwischen konkreter und abstrakter Kunst bekannt ist. Darum habe ich mir noch die kommentierte Zusammenfassung auf einem anderen Kanal angesehen. Doch die war noch unverständlicher. Herr Martin, darf ich Sie etwas fragen?»

«Schieß los, Xan!»

«Was sagten die beiden Planetenforscher wirklich? Dass die Ausstellung eine LÜGE sei, eine ‹verlogene› Ausstellung? Das habe ich bei der Live-Übertragung verstanden. Oder sagten sie, dass es eine ERHABENE, eine ‹hervorragende› Ausstellung sei. Das verstand ich bei der kommentierten Zusammenfassung. Aber die schien mir an einigen Stellen nachsynchronisiert zu sein.»

Jock starrte Xan an. «Unglaublich», flüsterte er. Und dann kraftvoller: «Wie können sie es nur wagen! LÜGE und VERLOGEN sind die wahren Worte. Gibt es noch eine Zusammenfassung? Die würde ich mir gerne einmal anschauen.»

Xan sagte: «Ich habe beide Sendungen auf Video aufgenommen, also können Sie, wann immer Sie wollen ...»

«Xan, du bist ein Prachtstück! Und dass du nichts verstanden hast, liegt nicht an dir. Das kommt daher, weil diese verlogene Ausstellung vermischt wurde mit politischer Kungelei.»

«Was ist das: Kungelei?», fragte Xan.

Das Visiphon summte wieder.

«Sind Sie noch immer nicht zu Hause?», fragte Xan. «Auch das ist eine Lüge, Herr Martin.»

«Eine Notlüge, Xan! Vielleicht bin ich feige, aber … Geh ans Visiphon und erzähl dieselbe Lüge, auf meinen Befehl.»

Dieses Mal war es wieder eine bekannte Stimme – nicht nur vage, sondern sogar sehr bekannt!

Ein Mann fragte: «Ist Herr Martin inzwischen nach Hause gekommen?»

«Herr Martin hat mich vor einundvierzig Minuten wissen lassen, dass er heute nicht nach Hause kommt», antwortete Xan. «Er übernachtet im Weißen Künstlerhaus … Darf ich Sie noch nach Ihrem Namen fragen? Dann kann ich meinem Herrn später mitteilen, wer ihn sprechen wollte.»

«Dann sage ihm … ein KUNSTLIEBHABER», antwortete die vertraute Stimme mit einer Spur von Spott. Jock lauschte aufmerksam. Aus irgendeinem Grund verursachte sie ihm eine Gänsehaut.

«Das haben Sie beim letzten Mal auch schon gesagt», hörte er Xan antworten.

«Kunstliebhaber», sagte der Mann am Visiphon noch einmal. «In gewissem Sinne sogar ein KunstBRUDER, auch wenn ich einen anderen Zweig der Kunst ausübe …» Er lachte kurz auf und schwieg dann … *HXan3, Martins Roboter … Jock Martin, du hast einige meiner besten Kunstwerke vernichtet! Und das verzeihe ich dir nie, wenngleich du als Spionageobjekt nicht mehr von großem Interesse bist …*

Jock stockte der Atem. MANSKI! Die bösen, rachsüchtigen Gedanken wurden schwächer oder änderten ihre Richtung. Die Gedanken von … *Wie heißt er? Künstler in Abhörkristallglas, Genie im Entwerfen, Bearbeiten und Verändern von Robotergehirnen.*

«Verbindung unterbrochen», sagte Xan. «Dieser Mann war schon einmal am Visiphon. Er wollte Sie persönlich sprechen, aber er weigerte sich zu sagen, warum, und wollte auch seinen Namen nicht …»

«Hast du ihn denn nicht erkannt, Xan?»

«Erkannt? Nein, ich kenne ihn nicht, Herr Martin.»

«Doch, du kennst ihn, Xan! Wie sah er aus? Welches Alter ungefähr? Was für eine Haarfarbe, Augenfarbe …»

«Etwa 35 Jahre alt – zumindest soweit ich Menschenalter schätzen kann –, blonde Haare …»

«Hellblond? Widerspenstig?»

«Ja, Herr Martin, und sehr kurz ….»

«Xan, wenn er sich jetzt eine Perücke aufsetzen würde, eine Perücke mit roten Locken … Würdest du ihn dann erkennen? Du registrierst und behältst doch alles: Gesichter, Stimmen, jemandes Haarfarbe. Kombiniere nun einmal verschiedene Erinnerungen in deinem Gedächtnis miteinander … Die Daten sind alle vorhanden!»

«Ich kenne ihn doch, Herr Martin», sagte Xan nach einer kurzen Pause. «Es war Techniker Manski. Darf ich Sie fragen, warum …»

«Techniker Manski ist viel mehr als ein Techniker, Xan. In Wirklichkeit ist er jemand anderes, hat einen anderen Namen. Einflussreich, geschickt … künstlerisch begabt, o ja! Und sehr, sehr gefährlich.»

«Woher wissen Sie das, Herr Martin?»

Jock erhob sich und begann auf und ab zu gehen. «Ich bin in etwas verwickelt worden, über das ich dir nur sehr wenig erzählen kann. Geheimnisse, Spionage. Ich weiß etwas, das ich nicht wissen darf … Zumindest finden das einige Personen, wie zum Beispiel dieser sogenannte Manski.» Er setzte sich wieder. «Xan, ich habe heute Abend ernsthaft befürchtet, ein Messer zwischen die Rippen zu bekommen, oder etwas Ähnliches.»

Xan erschrak nicht und war auch nicht erstaunt; dafür war er schließlich nicht gebaut worden. «Herr Martin», sagte er, «was Sie sagen, scheint einer dieser Fernsehserien oder einem Film zu entstammen, die die Menschen so spannend finden. Ist es wahr, was Sie mir erzählt haben?»

«Mein Ehrenwort», sagte Jock, «es ist wahr.»

«Woher wussten Sie, dass der Mann Techniker Manski war?»

«Ich ... ich erkannte seine Stimme.»

Das Visiphon summte.

«Nicht annehmen», befahl Jock. «Oder ... ja, doch. Es könnte etwas Wichtiges sein.»

Es war wieder eine Reporterin, diesmal von den Kunstnachrichten, TV Neu-Babylon.

«Jetzt reicht es», sagte Jock, nachdem Xan wieder sein Sprüchlein aufgesagt hatte. «Sie sind alle verrückt geworden; schalt das Ding ab! Ich befinde mich im Künstlerhaus. Die meisten Menschen dort waren so betrunken, dass sie wahrscheinlich nicht einmal merken, ob ich da bin oder nicht. In Wahrheit bin ich zu Hause, ohne dass es jemand weiß – außer dir, Xan, weil *(Ja, warum eigentlich?)*, weil es mir sicherer schien ... *(Das ist nicht wahr: nur so ein Gefühl)* Aber eines steht fest: Dadurch bin ich gewarnt vor dem Mann, der sich Techniker Manski nennt.»

Wieder kroch echte Angst in Jock empor. *Warum nur? Weil er mich wirklich hasst! Ich habe seine Kunstwerke vernichtet. Weil er Angst hat, dass ich ihn völlig durchschaut habe. Er selbst würde es auch gerne können: jedermanns Gedanken oder Gefühle kennen ... einfach so. Oder ... um sie zu missbrauchen, sie zu manipulieren ...* Für einen kurzen Moment vermischte sich Jocks Angst mit Abscheu. Es schien ihm besser, sich nicht zu lange in den anderen zu vertiefen. *Ich könnte damit seine Gedanken auf mich lenken ... Unsinn! Ja, aber ich verstehe ihn, auch wenn er ein Schurke ist, ein Feind, der fürchterlicher ist als Dr. Topf. Und wer weiß ... vielleicht wurde er mit derselben Gabe geboren und hat sie verloren ... Wie komme ich denn jetzt darauf ...*

«Herr Martin», sagte Xan, «ich weiß nicht, wie Sie sich fühlen, aber ich habe registriert, dass Sie sehr blass aussehen. Dr. Akke hat mir aufgetragen, darauf zu achten, dass Sie Ihre Gesundheit schonen. Ich rate Ihnen daher, ins Bett zu gehen. Ich werde Ihnen das Milchgetränk dorthin bringen.»

«Danke, Xan», sagte Jock. «Ein guter Rat. Ich bin froh, dass ich zu Hause bin. Auch wenn ich noch immer nicht weiß ...» Er schwieg abrupt. *Ist es das? Das Kreativ-Zentrum. Ich dachte auch einen Moment an Bart und die anderen. So, als wären sie hier in der Gegend. Für sie kann ich nur hier sein … Bin ich deswegen nach Hause gekommen? Ja? Nein? Ich weiß es wirklich nicht. Und es kann mir auch egal sein! Schlafen …*

Er erhob sich und stützte sich dabei mit den Händen schwer auf die Tischplatte. «Ich habe es mir überlegt, Xan. Das Visiphon muss doch wieder eingeschaltet werden. Es könnte sein, dass jemand Kontakt sucht, mit dem ich reden will. Herr Akke zum Beispiel. Oder die beiden Planetenforscher … aber die kennst du ja nicht.»

«Doch, doch, Herr Martin. Ich habe sie schließlich im Fernsehen gesehen.»

«Stimmt. Für Akke, Edu und Mick bin ich zu Hause. Verflixt, aber sie denken, dass ich im Künstlerhaus übernachte …» *(Außer Edu vielleicht.)* Jock richtete sich auf. «Nur … Kannst du den Summer leiser stellen? O du weiter Weltenraum, bin ich müde …»

«Herr Martin, ich kann einen Kopfhörer an das Visiphon anschließen. Sie brauchen gar nichts zu hören. Ich werde Sie nur wecken, wenn die genannten Personen Kontakt suchen.»

«Xan, du hast sehr viele gute Ideen heute Nacht. Und du schläfst niemals, oder?»

«Das wissen Sie doch, Herr Martin: Roboter benötigen keinen Schlaf. Ganz im Gegensatz zu den Menschen, darum sollten Sie, Herr Martin, sofort ins Bett gehen. Es ist beinahe eine Stunde nach Mitternacht.»

«Ja, ja. Nur eines noch: Es gibt noch ein paar Menschen, für die ich immer zu Hause bin. Die Erste kennst du bereits seit mehr als zweiundzwanzig, dreiundzwanzig Tagen … meine Halbschwester Anna.»

«Die junge Frau Anna Rheen. Ja, Herr Martin.»

«Den anderen kennst du nicht und du sollst ihm auch nichts erzählen, bevor du mich nicht dazu befragt hast. Ich denke zwar nicht, dass er Kontakt suchen wird … aber man kann nie wissen.»

«Wer ist es, Herr Martin?»

«Ein Kursteilnehmer aus dem Zentrum. Sechzehn Jahre, dunkles Haar und dunkle Augen. Sein Name ist Bart Doran.

Aber wie ich bereits sagte ...» Jock merkte, dass er, von einem stählernen Arm gestützt, ins Schlafzimmer geführt wurde.

«Überlassen Sie alles Weitere ruhig mir, Herr Martin. Sie sollten sich morgen vielleicht besser krankmelden.»

«Leider, leider kann ich das nicht! Ich habe mich bereits zweimal krankgemeldet, als ich es nicht war. Und jetzt bin ich es auch nicht, Xan; ich bin nur müde. Morgen bin ich wieder fit.»

«Ich werde Sie rechtzeitig wecken.»

«Gut! Ansonsten lass mich schlafen, auch wenn dieser Wohnturm oder der Himmel einstürzen sollten.»

«Das scheint mir einigermaßen übertrieben ausgedrückt», sagte Xan. «Aber ich verstehe, was Sie meinen.»

Gerade als Jock ins Bett steigen wollte, kam Xan mit dem warmen Milchgetränk herein. «Damit Sie besser schlafen, Herr Martin. Ich wünsche Ihnen eine gute Nacht.»

Langsam trank Jock das Plastikglas aus (*Nicht einmal völlig ungenießbar, das Zeug*), legte sich hin und war eingeschlafen, noch bevor sein Roboter das Licht gelöscht hatte.

2
Träume, Wirklichkeit

Als die Träume kamen, sagte Jock sich im Schlaf, dass er keine Träume wolle und dass er ein Recht habe, sie fortzuscheuchen. Ungeachtet dessen plagten sie ihn noch eine Zeit lang.

Eigentlich ganz gewöhnliche Träume; die meisten voller wirrer Erinnerungen an die Ausstellung. Nur waren jetzt zwei Menschen zugegen, die dort in Wirklichkeit nicht gewesen waren: *Manski*, den es ihm zu verbannen gelang, und *Anna*, vor der er beinahe verzweifelt floh. *Werde ich denn keine Nacht mehr schlafen können, ohne Anna zu begegnen?*

Er wandelte zwischen den Bildern und Objekten, den Wän-

den voller Fotos und Gemälden umher; auch die AUGEN EINES TIGERS hingen dort. *Gefährlich,* sagte Edu neben ihm. *Hüte dich vor Manski. Er denkt jetzt an dich, im Künstlerhaus. Und dort ...*
Unbekannte Stimmen fielen ihm ins Wort:
«*Sie wissen doch, dass die große Konferenz früher beginnt?*
Sie werden eine Erklärung abgeben müssen! Haben Sie sich schon vorbereitet?
Nein, sagte Jock, *ich habe mich auf gar nichts vorbereitet. Ich habe anderes zu tun.*

Jock wusste, dass er träumte, und wieder fasste er einen Entschluss: *Aufwachen! Dann verschwinden die Träume.*

ICH STEHE WIE ÜBLICH AUF MEINEM BALKON UND SCHAUE ÜBER DIE STADT; HELLWACH – DESSEN BIN ICH SICHER.

Aber wie kommt es dann, dass ich plötzlich einen Wohnturm pechschwarz sehe, einen anderen gesprenkelt, dass ich (und das ist beinahe ein Alptraum) mich über das Geländer lehne und die Minimobilbahn und der Rollsteig nicht hell- und dunkelblau, sondern gelb und violett sind?

Und ... grinsende Münder auf anderen Gebäuden und dunkle Pupillen auf allen Straßenlampen und anderen Leuchten. Und Radiomasten in den absurdesten Farben. Und die Fenster des Turms direkt gegenüber zugekleckst mit Farbe rot grün gelb blau.

ICH TRÄUME NICHT! *Ich habe das alles wirklich getan. Beschäftigt mich, verdammt noch mal, immer noch. Astronaut in einer Raumfähre,*
  nein, Maler in einem Sprühhubschrauber;
    ein Gerät, das ich gestohlen habe,
      und es ist nach Mitternacht.
        Es wird später und später
          und der Scheißturm ist
            noch nicht ganz
              SCHWARZ.

Entfernte Stimmen in seinem Kopf:

Schau dir die Karte von Jon und Dickon an.
Halte dich an Kilians Skizze.
Eine Superidee von Bart Doran.
Er hat Zugang zum Zentrum.
Eine Superidee von Jock Martin.
Er hat Zugang zum Zentrum.
O du weiter Weltenraum! Es ist noch verwickelter als ich dachte, sagte sich Jock. *Ich weiß, dass ich träume, aber ... Vor Sonnenaufgang muss das Werk fertig sein.*

Jock öffnete die Augen und schloss sie sogleich wieder halb. Es war bereits hell, und er vernahm leise Geräusche von irgendwoher aus der Wohnung. Xan war wahrscheinlich in der Küche beschäftigt.
Aber es ist noch früh ... Jock gähnte hingebungsvoll. *Ich kann noch einen Moment liegen bleiben.*
«Ich bin der Meinung, Herr Martin», hörte er Xan sagen, «dass das sehr ungewöhnlich ist. Ich habe bemerkt, dass Sie wach sind. Würden Sie, wollen Sie jetzt aufstehen und sehen, was ich entdeckt habe?»

Wie oft hatte Jock – manchmal ohne wirklich etwas wahrzunehmen, aber meistens doch sehr bewusst – aus seiner Wohnung über die Stadt geblickt, so schön und kalt und nie etwas Unerwartetes? Aber jetzt!
JETZT war der Wohnturm schräg links PECHSCHWARZ wie ein Loch in einem Gemälde, ein Stück Negativ mitten in einem Farbfoto. Die Fenster des Turms daneben waren in allen nur erdenklichen Farben zugekleckst ... So hatte er es sich einmal ausgemalt und vor kurzer Zeit noch geträumt. Aber dies hier war REAL und noch dazu schlampig ausgeführt. Unfertig ...
Er stürzte auf den Balkon hinaus, ohne auf Xan zu achten, der ihm folgte.
«Herr Martin, Sie tragen keine Kleidung. Sie werden sich erkälten!»
So früh am Morgen war es in der Tat kalt, aber das spürte Jock kaum. Er schaute hinunter, hörte den Lärm vieler Stimmen aufsteigen, erstaunt, fassungslos, wütend ... Er sah eine

gelbe Minimobilbahn und einen teils blauvioletten Rollsteig. Er sah rote und giftgrüne sowie gelbschwarz gestreifte Radio- und Laternenmasten. Und überall Kleckse und Farbstreifen, und ...

«Herr Martin, halten Sie sich fest. Fallen Sie nur nicht», sagte Xan. Der Roboter ergriff seinen Meister und zog ihn (was ihm in Notfällen gestattet war) mit stählerner Hand zurück in Sicherheit.

«Ist ... ist es wirklich wahr ... was ich sehe?», flüsterte Jock.

«Ja, Herr Martin.»

Aus der Ferne erklang Sirenengeheul.

Jock sank mehr als dass er sich bewusst setzte auf den erstbesten Sessel nieder und sagte: «DAS IST MEIN WERK.»

«Aber, Herr Martin, Sie haben bestimmt die ganze Nacht geschlafen», sagte Xan. «Das ist die Wahrheit und ...»

Das Visiphon summte.

«Nicht drangehen!», sagte Jock. «Schütte mir erst einen Eimer kaltes Wasser über den Kopf ... Nein, lass es – das ist nicht mehr nötig ...»

Das Visiphon summte erneut. Von draußen stieg noch immer das Geräusch vieler Menschenstimmen empor, jetzt überlagert vom Heulen näher kommender Sirenen.

«Schließ die Balkontüren. Nein, Xan, tu erst etwas anderes! Nimm meine 3D.P.-Kamera und fotografiere die Stadt vom Balkon aus. Mit der Panoramalinse, jeden Standpunkt zweimal ...»

Das Visiphon verstummte.

«Bleiben Sie ruhig, Herr Martin», sagte der Roboter. «Mir ist es gleich, ob ein Wohnturm weiß, gelb oder schwarz ist. Ich begreife jedoch, dass Sie als Mensch verblüfft oder erschreckt sind. Ich werde alles fotografieren. Machen Sie sich keine Sorgen, es kommt bestimmt alles wieder in Ordnung.»

«Ach ja? Die Frage ist nur: Was heißt für dich ‹in Ordnung›?» flüsterte Jock. «ICH habe das getan, Xan! Ich habe das ersonnen, ich wollte, dass es so aussehen sollte. Ich träumte davon ... und daher bin ich hierfür verantwortlich, AUCH WENN ICH KEINEN FINGER DAZU GERÜHRT HABE!» Er machte eine Pause und setzte dann hinzu: «Sonst hätte ich das Ganze wohl etwas ordentlicher ausgeführt ... Ich habe dies ausgelöst ...» *Wie?* fragte er sich. *Weißt du noch, als du mit Bart Doran auf dem Balkon standst?*

Und was du damals – nicht zum ersten Mal – dachtest? Erinnere dich, wie Bart dich ansah ... Er schmunzelte in sich hinein ... Nette Idee, war damals sein Gedanke. Aber die Idee hatte er von mir. Und jetzt hat er sie ausgeführt, so als hätte er sie sich selbst ausgedacht. Und das hat er auch in gewisser Weise, denn er weiß nicht um die Zusammenhänge ...

Das Visiphon meldete sich wieder.

«Sag, dass ich nicht zu Hause bin, Xan», befahl Jock.

Nicht nur Bart alleine, alle haben sie mitgemacht ... oder fast alle. Und die Sprühhubschrauber oder deren Einzelteile liegen jetzt im Keller des Zentrums. Und die Farbe ... aus dem Zentrum gestohlen wahrscheinlich. Jock fluchte leise. *Sie hatten alles gut vorbereitet. Skizzen dafür gezeichnet ... (Kilian!) Alles Notwendige zusammengestohlen, gelagert und verborgen ... an einem ganz sicheren Platz! Darum kam Bart das Armband so gelegen ... Und ich? Ich war taub und blind, während alles unter meinen Augen geschah ... Nicht völlig, aber ich war mit meinen Gedanken zu oft woanders. Und sie waren clever genug, ihren Plan in einer Nacht in die Tat umzusetzen, von der sie erwarten durften, dass ich nicht sonderlich wachsam sein würde: nach der Ausstellung ...* «Gottverdammt!», sagte er hörbar.

«Sie sollten nicht so laut fluchen, Herr Martin», sagte Xan, der gerade vom Visiphon zurückkehrte. «Das war kein Reporter, sondern ein Ordnungshüter aus diesem Bezirk, Bezirk zwei. Er fragte, ob Sie von der Tat heute Nacht etwas bemerkt hätten. Er nannte es Vandalismus. Ich habe ihm mitgeteilt, dass Sie im Künstlerhaus übernachtet hätten und noch nicht nach Hause gekommen seien.»

«Danke ... danke, Xan.» Jock stand auf. «Ich hätte es wissen müssen! Aber ich kann doch nicht an alles denken ...»

«Ich hätte es auch wissen müssen, ich meine: wahrnehmen, Herr Martin», sagte Xan. «Aber ich war die ganze Nacht im Flur, neben dem Visiphon. – Ein Zwischenbericht: noch drei weitere Reporter und noch einmal, für eine halbe Minute, der vorgebliche Techniker Manski. – Was die Farbveränderungen draußen betrifft, so bedauere ich, dass sie für mich unerwartet kamen. In anderen Nächten hätte ich vielleicht etwas sehen können –

zum Beispiel auf welche Weise und wann es geschah. Gerade, weil ich Ihr Roboter bin und nicht der eines anderen ...»

«Was meinst du damit, Xan? Mein Roboter ...»

«Sie lassen die Rollläden niemals herunter. Was das angeht, sind Sie immer etwas außergewöhnlich gewesen. Sie wünschen oftmals, hinaussehen zu können; wahrscheinlich, weil Sie ein Maler sind.»

Jock fuhr sich durch die Haare, die er dadurch nur noch mehr zerwühlte. *Und ich habe geschlafen! Ich hatte das dringende Gefühl, nach Hause zu müssen ... Zu Recht! Aber ich ...*

«Xan», sagte er, «ich brauche heute Morgen nur zwei Dinge: eine kalte Dusche und ein großes Glas Kaffeenektar. Wie spät ist es mittlerweile?»

«Zeit sich zu beeilen, Herr Martin. Sie müssen schließlich zum Zentrum.»

«KREATIV-Zentrum! O Xan, wenn du nur wüsstest, wie kreativ meine Kursteilnehmer sind!»

«Es tut mir Leid, Herr Martin. Aber Sie verhalten sich, als litten Sie unter mir unbekannten Emotionen. Ich meine daraus schließen zu können, dass Sie vermuten, welche Personen das hier verursacht haben.»

«Vergiss die Fotos nicht, Xan! Ja, ich weiß, welche Vandalen mit Farbe herumgekleckst haben. O ja, ganz sicher! Und ich weiß auch, wer der URHEBER des Ganzen ist ...» Jock stockte. *Das bin ich!* «Aber die Folgen, Xan, die Folgen ...»

Das Visiphon begann wieder zu summen.

«Ich bin im Bad», sagte Jock. «Ich liege noch im Bett. Ich stehe unter dem Wassersprüher. Ich bin nicht zu Hause; ich bin im Künstlerhaus. Ich bin im Zentrum ... Ich bin einfach spurlos verschwunden! Ich bin ... Sag einfach irgendetwas!» Er ging in die Nasszelle und drehte den Hahn auf.

«Was soll ich sagen, Herr Martin?», fragte Xan. «Einander widersprechende Befehle kann ich nicht befolgen.»

Jock stand bereits unter dem Wassersprüher. «Dann sag: NOCH NICHT ZU HAUSE!», rief er über das Rauschen des Wassers hinweg. *Und es stimmt auch beinahe! Ich fühle mich hier nicht mehr zu Hause, nicht wenn ich hinausschaue ...*

3
Ursachen, Folgen

«Herr Martin», sagte Xan. «Kaffeenektar allein genügt nicht; Sie müssen auch etwas essen.»

«Gieß mir noch einen Nektar ein», sagte Jock kurz angebunden. Ohne großen Appetit begann er an einem Stück VV-Brot zu kauen und verglich inzwischen Xans Fotos mit dem, was er draußen sah.

«Herr Martin, ich erinnere Sie daran, dass Sie in fünf Minuten gehen müssen. Obendrein muss ich Ihnen …»

Das Visiphon ließ zum x-ten Male ein Summen hören.

«Sind Sie immer noch nicht zu Hause?», fragte Xan.

Ein anderer Ton erklang: der Türsummer.

«Ich bin vom Künstlerhaus direkt ins Zentrum gegangen», sagte Jock. Er stand auf. «Lass das Visiphon. Wir wollen erst nachsehen, wer schon um diese Zeit vor meiner Tür steht. Lass niemanden herein, bevor …»

Der Türsummer ertönte nochmals, und eine barsche Stimme sprach ungeduldig in das Schall-Loch: «ORDNUNGSHÜTER fordert Zutritt! Behindern Sie mich nicht in der Ausübung meiner Pflichten!»

Jock seufzte tief und machte eine hilflose Geste: *Das muss ich wohl akzeptieren …*

«Bitte ihn noch um einen Moment Geduld, Xan», sagte er. Er schob die Balkontüren zur Seite, trat ans Geländer und schaute hinunter. Überall Ordnungshüter! Er ging zurück in die Wohnung, quer durch das Wohnzimmer bis zum Flur und unterbrach Xan, der vor der geschlossenen Tür stand und unter vielen Entschuldigungen um Geduld bat. «Öffne ruhig», sagte er.

Das Visiphon verstummte.

«Und Sie, Herr Martin?», begann Xan.

«Ich bin mittlerweile nach Hause gekommen.»

Xan öffnete die Tür.

«Ordnungshüter sechs, Bezirk zwei», sprach ein großer Mann in dunkelviolettem Gewand. «Hier ist meine Karte.»

«Guten Morgen, Ordnungshüter sechs», sagte Xan. «Was können wir für Sie tun?»

«Ich will und muss einige FRAGEN stellen ...» Er brach ab, als er Jock sah. «Ah, dein Meister ist doch zu Hause! Herr Martin, wenn ich recht informiert bin. Warum sagte mir Ihr Roboter am Visiphon, dass Sie ...»

«Ich bin gerade nach Hause gekommen», sagte Jock und ging auf ihn zu.

Der Ordnungshüter zog die Augenbrauen hoch. «Ach ja? Komisch, dass niemand von uns Sie gesehen hat, als Sie das Gebäude betraten.»

«Denken Sie etwa, dass ich Sie anlüge?», sagte Jock frostig. «Kommen Sie herein. Ich habe allerdings nicht viel Zeit, ich muss zur Arbeit.»

Das Visiphon summte wieder.

Xan nahm das Gespräch an. Auf dem Bildschirm erschien der Reporter des S.J.it.-TV. «Ah, Herr Martin!», sagte dieser, als er Jock sah, der noch mit dem Ordnungshüter im Flur stand. «Endlich! Gewähren Sie mir ein Interview, so schnell wie möglich? Jetzt sofort, heute ...» Außer seiner Stimme waren im Hintergrund auch noch viele ungeduldige Summer zu hören.

«Es tut mir Leid ...», sagte Jock.

«Nennen Sie Ihre Bedingungen! Das S.J.it.-TV geizt nicht, wenn es um Berühmtheiten wie Sie geht ...»

«Es tut mir Leid», sagte Jock noch einmal, «aber heute habe ich wirklich keine Zeit! Ein anderes Mal, guten Tag.» Er unterbrach die Verbindung und wandte sich wieder dem Ordnungshüter zu, der ihn nachdenklich gemustert hatte und nun den Mund öffnete: «Sie sind ...»

Das Visiphon summte.

Langsam, aber sicher verspürte Jock das starke Verlangen, das Gerät zu zertrümmern oder aufs Übelste zu fluchen. Er tat jedoch keins von beiden, sondern sagte ruhig: «Würdest du bitte das Visiphon abstellen, Xan. Und Sie, Herr ...»

«Ordnungshüter sechs ... Und ich bitte Sie, das Visiphon eingeschaltet zu lassen. Es könnte einer meiner Kollegen oder mein Chef sein ...»

Tatsächlich war es diesmal ein Kollege: Ordnungshüter sieben. «Ich komme auch nach oben», teilte dieser mit, «und nehme dir einen Teil deiner Arbeit ab. Dann können wir schneller unseren Bericht schreiben – es eilt! Anweisung der Stadtverwaltung!»

«Was genau ist Ihre Arbeit?», fragte Jock, während er mit seinem ungebetenen Gast ins Wohnzimmer ging.

«Die Bewohner dieses Wohnturms zu befragen. Ich bearbeite die zwanzigste Etage», antwortete Ordnungshüter sechs. «Gönnen Sie mir ...» Er schob die Glastüren zur Seite und ging auf den Balkon hinaus. Er betrachtete kurz die Aussicht und schüttelte dann den Kopf. «Von hier aus gesehen, ist es völlig ...», murmelte er.

Völlig ... was? fragte sich Jock. *Er findet es nicht schön, das ist sein gutes Recht. Er findet ... dass es gegen alle Regeln der Schicklichkeit verstößt, et cetera!*

Der Ordnungshüter zog die Balkontüren wieder zu und holte einen kleinen Apparat hervor, um Bild und Ton aufzunehmen. «Darf ich Platz nehmen?», fragte er.

«Aber bitte», sagte Jock und setzte sich ebenfalls. Xan glitt herbei, um das kaum angerührte Frühstück zu entfernen.

«Bitte sag im Zentrum Bescheid, Xan», sagte Jock, «dass ich durch unvorhergesehene Umstände (ein Blick auf den Ordnungshüter) eine Viertelstunde später kommen werde.»

Der Roboter wiederholte seinen Wunsch und verschwand. (*Aus Sicht-, aber nicht aus Hörweite,* wusste Jock.)

«Wie ich sehe, haben Sie von Ihrer neuen Aussicht bereits Fotos gemacht», sagte der Ordnungshüter. Aus seiner Stimme hörte Jock mehr heraus, als er sagte. *Verdächtig? Sensationslüstern?*

«Nun, das versteht sich doch von selbst», sagte er. «So etwas sieht man schließlich nicht alle Tage! Stellen Sie Ihre Fragen, Ordnungshüter sechs. Wie ich schon sagte, habe ich nicht viel Zeit.»

Der Ordnungshüter schaltete sein Aufnahmegerät ein, holte eine Mappe mit Karteikarten hervor und zog eine heraus. «Sie sind Herr Martin – Vorname: Jock – Beruf: Maler und Kreativ-

Betreuer des A.f.a.W.» Er musterte Jock noch einmal aufmerksam. «Sie sind doch der Maler, den ich gestern im Fernsehen gesehen habe! Auf einer Ausstellung, in der GALERIE, Galerie ...»

«GALERIE Mary Kwang, richtig.»

Der Ordnungshüter räusperte sich kurz. Seine Gedanken waren so deutlich, dass selbst ein anderer als Jock sie mit Leichtigkeit hätte lesen können: *Eine Berühmtheit! Vorsicht bei deinen Fragen ...*

«Ich werde Sie nicht lange aufhalten, Herr Martin. Haben Sie ETWAS GESEHEN ODER GEHÖRT, das Licht in die Farbschmiererei dort draußen bringen könnte?»

«Ich würde es eher als FARBORGIE bezeichnen», sagte Jock. «Nein, ich habe nichts gesehen oder gehört.»

«Es muss heute Nacht passiert sein», sagte Ordnungshüter sechs. «Und zwar nach zwölf Uhr ... Aber Sie waren ja nicht zu Hause, das stimmt leider! Ihr Roboter teilte mir am Visiphon mit, dass ...»

«Ich bin von der Galerie aus zum Weißen Künstlerhaus gegangen ...»

«Sie haben dort übernachtet?»

«Ja ...» *Habe ich damit ein überzeugendes Alibi oder nicht*, fragte sich Jock. Es schien ihm das Beste – vielleicht auch unvermeidlich –, bei seiner ursprünglichen Geschichte zu bleiben und nicht zuzugeben, dass er doch zu Hause gewesen war.

«Wann sind Sie hierher, in Ihre Wohnung gekommen?»

Jock rechnete fieberhaft. «Vor einer halben Stunde, denke ich.»

«Da war es längst passiert! Waren Sie erstaunt?»

«Ja, sehr erstaunt ... Wie haben sie das nur ...» Jock schwieg.

Der Ordnungshüter räusperte sich wieder. «Wie Sie wissen, ist dieser Teil von Bezirk zwei erst vor kurzem renoviert und saniert worden. Dabei wurden einige Arbeiten nachts ausgeführt. Diese sind noch nicht allzu lange abgeschlossen ... Es scheint, dass das noch nicht im Programm einiger Robo-Ordnungshüter von der Nachtpatrouille vermerkt war... Ein Sprühhubschrauber in der Nacht kam ihnen daher nicht verdächtig vor.» Er räusperte sich noch einmal. «Das ändert jedoch nichts an der Tatsache, dass alle Handlungen dieser vandalischen Schmiererei unglaublich listig vorbereitet worden sein müssen. Letzte Nacht gegen drei Uhr haben zum Beispiel unbekannte Jugendliche unter großem Gejohle auf dem ziemlich entfernten Gelben Platz ein Feuer entzündet. Als die Ordnungshüter dort eintrafen, waren sie bereits verschwunden ... Als einzige Spur fand man die Buchstaben HA, HA – mit roter Farbe auf einige Häuserwände gepinselt ...»

Jock hatte Mühe, eine ernste Miene zu wahren. Der Ordnungshüter beobachtete ihn misstrauisch: «Was halten Sie von ... wie nannten Sie es doch gleich ... von dieser Farborgie?»

«Was meinen Sie damit?»

«Wie ist Ihre Meinung darüber?» Der Ordnungshüter beugte sich vor. «Ihr Urteil?»

«Meine Meinung», antwortete Jock förmlich, «tut nichts zur Sache. Und ein URTEIL zu fällen, bin ich nicht befugt.»

«Aber an irgendetwas denken Sie doch, wenn Sie hinausschauen!»

«Ja, sicher! Es soll wohl eine Art Scherz sein. Oder ein Protest gegen das Farbengamma unserer Stadt.»

Ordnungshüter sechs hatte inzwischen immer unfreundlicher dreingesehen. *Berühmt! Ha ... Wieder so ein halbgarer Künstler. Nein, dieser scheint mir nicht halbgar zu sein, eher aalglatt ... Die meisten Künstler sind gegen die Ordnung, unzuverlässig ...* Er fragte: «Haben Sie einen Verdacht, wer die Täter sein könnten?»

«*Die* Täter?»

«Das kann keinesfalls von einer einzigen Person ausgeführt worden sein. Und Sie ... als Maler ...»

«Ich mache Aquarelle und Gemälde; ich färbe keine Gebäude ein! Und ich besitze auch keinen Sprühhubschrauber; Sie können sich gerne davon überzeugen. In meinem Atelier», sagte Jock ironisch, «ist dafür auch nicht genug Platz.»

Der Ordnungshüter sah wieder auf seine Karte. «Sie sind auch Kre-a-tiv-Betreuer ... Sie arbeiten also in einem Zentrum, in dem – lassen Sie es mich so sagen – nicht sonderlich angepasste Personen mit sogenannten künstlerischen Arbeiten beschäftigt werden?»

«Exakt! Kreativ-Zentrum, Bezirk zwei ...» *Langsam geht er mir wirklich auf die Nerven!*

«Gibt es, äh ... gibt es Kursteilnehmer in Ihrem Zentrum, denen Sie einen solchen Vandalismus zutrauen?»

«Wie kommen Sie denn darauf?», fragte Jock. Er sprach ruhig und beinahe freundlich weiter; ja, einen Moment lang lächelte er sogar. «Im Vertrauen, Ordnungshüter sechs: es bereitet mir bereits mehr als genug Mühe, sie einen ganzen Tag und Abend ein einziges Blatt Kunstpapier bemalen zu lassen. Der Gedanke, dass sie mit einem ganzen Wohnturm beginnen würden, ist einfach ... absurd. Obendrein: Im Zentrum haben wir auch keine Sprühhubschrauber!»

«Das Gerät haben sie natürlich gestohlen», sagte der Ordnungshüter.

Verdächtigt er Kursteilnehmer aus meinem Zentrum? fragte sich Jock. *Nein! Er kann mich nur auf den Tod nicht ausstehen ... Er traut mir auch nicht sonderlich ... Soll er doch ...* Ohne Skrupel las er weiter im Geist von Ordnungshüter sechs:

Drei Sprühhubschrauber vermisst ... Zwei von ihnen vor einer, anderthalb Stunden aufgefunden; beide benutzt, einer leicht beschädigt ...

«Haben Sie noch weitere Fragen?», sagte Jock. *Ich muss wie der Blitz zum Zentrum! Dafür sorgen, dass sie den dritten Sprühhubschrauber – und was weiß ich noch alles! – aus dem Kellergewölbe entfernen ...*

«Nein, keine weiteren Fragen», sagte der Ordnungshüter. «Sehr schade, dass Sie nicht zu Hause waren. *(Davon ist er nicht überzeugt.)* Ihr Roboter war allerdings zu Hause, Herr Martin. Mit Ihrer Erlaubnis werde ich ihn daher auch befragen.»

«Selbstverständlich», sagte Jock. Er wusste, dass Xan alles mit angehört hatte und dessen Aussage niemals der seines Meisters widersprechen würde.

«Dann spiele ich Ihnen jetzt unser Gespräch noch einmal vor», sagte Ordnungshüter sechs. «Wenn Sie keine Änderungen oder Bemerkungen hinzufügen haben, können Sie es mit einer Berührung des rechten Zeigefingers offiziell anerkennen.»

«Gut gemacht, Xan», sagte Jock, als der Ordnungshüter fort war.

«Ich musste nur einmal lügen, Herr Martin», sagte Xan. «Nämlich, dass Sie heute Nacht nicht zu Hause waren. Ansonsten konnte ich mich mühelos an Ihren Antworten orientieren. Ich habe gesagt, dass Sie von nichts wussten und ich ebenso wenig weiß. Ich weiß nur noch, was Sie mir heute Morgen, in ziemlicher Verwirrung, gesagt haben …»

«Bitte erzähl das nicht weiter!», sagte Jock.

«Ich habe davon doch nichts erwähnt, Herr Martin?»

«Ich meine: erzähle das NIEMANDEM. Es ist kein Verbrechen, Xan; es ist nur ein Scherz. Allerdings zu einem sehr ungünstigen Zeitpunkt. Wenn ich aufgewacht wäre, hätte ich dem Treiben sicher einen Riegel vorgeschoben, es versucht zumindest …» *Wirklich? fragte sich Jock. Oder hättest du mitgemacht? Nein … jetzt nicht mehr! Nicht in diesem Moment.*

«Sie waren übermüdet und haben geschlafen», sagte Xan. «Sie haben sich nichts vorzuwerfen.»

Jock schüttelte den Kopf und seufzte.

Lenke die Aufmerksamkeit nicht auf dich
und noch weniger auf Bart Doran.
Und schon gar nicht auf die Weise,
wie diese Farborgie entstanden ist!
Ich habe sie verursacht. Unbewusst zwar,
bewusst hätte ich es niemals getan.
Bart hat – ebenfalls unbewusst –
meine Wünsche und Gedanken übernommen
und dann die anderen motiviert – mit diesen Folgen.
Kann es nicht gefährlich werden, wenn der Junge weiter unbewusst bleibt?
Wie dem auch sei: keine weiteren Folgen …

Er nickte Xan zu. «Lass niemanden herein, außer den fünf Personen, die ich dir genannt habe. Nein! Den fünften, Bart Doran, lässt du NICHT herein – es sei denn, ich wäre daheim … Sag jedem, der danach fragt, dass ich vorläufig kein einziges Interview gebe. Ich gehe jetzt ins Zentrum; bereits eine halbe Stunde zu spät. Danke für deine erstklassige Pflege, Xan, und auf Wiedersehen.»

4
Gedanken, Taten

«Wohin wollen Sie?», fragte ein Ordnungshüter, als Jock im Begriff war, seinen Wohnturm zu verlassen.

«Zur Arbeit, ins Zentrum für Kreative Bildung, Bezirk zwei», antwortete Jock und zeigte seine Karte vor.

«In Ordnung, Sie können passieren», sagte der Ordnungshüter. «Halten Sie sich rechts; Sie werden bis ans Ende der Straße laufen müssen.»

Eine Straßenseite war abgesperrt. Der – jetzt teilweise – blauviolette Rollsteig stand still; auf der Minimobilbahn befand sich nur ein einziges Minimobil – auch das unbeweglich, vielleicht war es in der noch frischen, neongelben Farbe kleben geblieben.

Überall wimmelte es von Ordnungshütern und anderen Menschen, einer großen Anzahl A.f.a.W.-Arbeitern (*unvermeidlich, natürlich*) und Reporter mit allen Arten von Kameras. Und nie zuvor hatte Jock so viele Menschen auf ihren Balkonen oder in den Fenstern gesehen; natürlich nicht an den Fenstern, die mit Farbe zugekleistert worden waren. Ein stechender – aber nicht unangenehmer – Farbgeruch hing in der Luft.

Jock blieb stehen und nahm alles mit intensiver Aufmerksamkeit in sich auf. Die Realität war noch verrückter und irrer als seine Fantasien ... *Das vergesse ich nie mehr*, wusste er, als er seinen Weg zum Zentrum fortsetzte. Ein hübsches Beispiel übrigens ... für den Unterschied zwischen abstrakt und konkret, Gedanken und Taten ...

Er blieb noch einmal stehen und betrachtete eine Lampe, die oben auf einem schlampig mit gelb-schwarzen Streifen bemalten Radiomast saß. Genau in der Mitte war ein grau-violetter Klecks. *Wenn die Lampe brennt: wie ein Auge ... Wenn das nicht Barts Handschrift ist ...*

Er ging weiter und wurde unerwarteterweise aufgehalten. Ein schmales Gesicht schaute wissbegierig und aufgeregt zu ihm auf.

«Herr Jock Martin!», sagte der Reporter des S.J.it.-TV. «Was für ein wunderbarer Zufall, dass ich Sie heute Morgen doch noch treffe! WAS halten Sie als Maler HIERVON?»

«Kein Kommentar», sagte Jock.

«Bitte!», flehte der Reporter des S.J.it.-TV.

«Eine FARBORGIE», sagte Jock kurz angebunden.

«Bitte weitergehen!», befahl ein Ordnungshüter. «Und alle TV-Reporter haben auf den zugewiesenen Plätzen zu bleiben.»

Ein paar Straßen weiter wurde es glücklicherweise ruhiger; die meisten Menschen arbeiteten bereits ... oder sahen vielleicht die Live-Sendung über den übermütigen Ausbruch von Malwut im zweiten Bezirk im Fernsehen.

Recht so, sagte Edu zu Jock. Vertusche den Zusammenhang zwischen deinen Fantasien und ihren Taten. Schütze Bart.

Edu! Jock war sehr überrascht, dessen Gedanken so unerwartet und deutlich zu empfangen. *Seit wann weißt du ...?*

Erst seit kurzem! Auch ich hatte heute Nacht andere Dinge im Kopf. Und Müdigkeit! Obendrein bin ich deinen Kursteilnehmern nie begegnet ...

Ich hätte es wissen ...

Nein! Man kann nicht alles wissen, Jock. Wirklich nicht.

Aber was jetzt? fragte Jock.

Das weißt du genau, antwortete Edu.

Jock spürte jetzt, dass Edu noch viel mehr Dinge berücksichtigen musste als er ... *Sorry, mein Freund, du hast Recht. Das ist meine Sache oder Aufgabe. Aber du? Du?*

Die Konferenz am Mittwoch.

R.A.W. und Weltparlament, erinnerte sich Jock.

Ja, Jock, ich muss dabei sein. Als ich selbst und als Vertreter der Afroini. Dann wird ... denke ich, die Wahrheit ...

O Edu! Sieg!

Danke, Jock. Noch etwas: Hüte dich vor ...

Vor Manski! Wie heißt er wirklich?

??? Frag das Akke. Noch eine Warnung: Möglicherweise werden wir seit gestern bei Akke zu Hause abgehört ... Und die Anlage kann – wie du weißt – auf unsere Weise nur unschädlich gemacht werden, wenn man weiß, wer sie eingebaut hat.

Inzwischen hatte Jock das Zentrum erreicht; er durchquerte den Garten und legte sich, halb verdeckt durch eine sehr hässliche Skulptur, der Länge nach in das blaugrüne Gras. Nur so könnte er das Gespräch mit Edu vielleicht fortführen ... *Schwieriger und ermüdender als normales Reden. Nun ja, man gewöhnt sich daran ... Edu, warum fürchte ich mich vor Manski?*

Ich schrak heute Nacht auf, antwortete Edu, *durch seinen gegen dich gerichteten Haß. Er hat die Gabe nicht, aber die Kraft seiner Gedanken ist sehr stark. Auch ich fürchte ihn, Jock. Ich weiß noch nicht genau, warum.*

Edu schwieg plötzlich. Andere Gedanken überlagerten – zuerst schwach, dann immer deutlicher – die ihren.

Schon wieder in der Tinte, sagte Anna. *Immer ist irgendetwas mit Jock, und jetzt auch mit dir, Edu. Noch dazu sehe ich Jocks eingefärbtes Stadtviertel. Eigentlich ziemlich schön, aber ... Ich habe mich dumm aufgeführt; die Welt ist gefährlich. Kann ich euch helfen?*

Ja! Bleib weg! dachte Jock. *(Ich liebe dich.)*

Ja. Ich liebe dich! Sei wachsam, aber bleib, wo du bist, dachte Edu.

Jock setzte sich auf und blickte für einen Augenblick verblüfft der hässlichen Skulptur ins Gesicht; gerade jetzt hatte er dort Edus Gesicht erwartet. In der Zwischenzeit hörte er, was Edu noch zu Anna sagte: *Sei wachsam. Pass auf, aber unternimm nichts.*

Ich will nicht, dass du merkst, was ich fühle, Anna, dachte Jock. *Lass mich in Ruhe, ich habe genug zu tun.* Er rieb sich das Gesicht. *Schone deine Kräfte! Das gilt auch für dich, Edu!* Er merkte auf einmal, dass Edu sich zurückgezogen hatte. *Anna, Edu hat Recht. Eine Bitte an dich, ganz konkret. Hörst du mich?*

Ja, Jock.

Richte Akke aus – ganz normal über das Visiphon oder über Edu – dass ich in der Mittagspause, zwischen ein und zwei Uhr, zu Hause sein werde. Ein Ort, wo man sicher reden kann, das weiß er. Und, mein Schatz, wünsche uns – Edu und mir – Glück.

Jock spürte Annas Antwort wie ein Lächeln, einen Kuss ... Dann schwand ihre Anwesenheit.

Anna, Edu, bleibt jetzt erst einmal weg ... Ich will jetzt nur noch auf die Gedanken eines Einzigen achten: Bart Doran ... Hätte ich vielleicht schon viel früher tun müssen ...

Jock war aufgestanden und ging nicht zum Eingang des Kellergewölbes, sondern zu einem der Haupteingänge.

Eigentlich verrückt, dass wir nicht einmal unbeschwert über einen solchen Ausbruch von Fantasie lachen können ... Ja sicher, ein wenig aufrührerisch, ein Protest, ein Scherz.

Als er das Zentrum betrat, fühlte er sich gestärkt durch das Wissen: *Es gibt Menschen, die mit mir fühlen; ich bin nicht allein.*

Jock meldete sich am Computer in der großen Halle an; eine Erklärung für seine Verspätung abzugeben erwies sich als unnötig: die Malorgie in Bezirk zwei war bereits Stadtgespräch.

«Noch etwas», sagte Jock. «Es könnte sein, dass Journalisten, TV-Reporter und so weiter wegen eines Interviews nach mir fragen. Würden Sie diesen mitteilen, dass ich nicht gestört zu werden wünsche?»

Der Computer ließ seine Antwort, auf eine Karte gedruckt, unverzüglich in Jocks Hand springen.

AN: J. MARTIN, BETR. KR.Z. II-4, MO 26

- IHREM ERSUCHEN WURDE DIREKT STATTGEGEBEN
- SEHR LOBENSWERT
- KREATIV-BETREUER SOLLEN SICH NICHT ABLENKEN LASSEN – BEI DER AUSÜBUNG IHRER WICHTIGEN TÄTIGKEIT

«Danke», murmelte Jock. Er machte sich schnell auf den Weg zur Abteilung vier. *Lobenswert ... Lächerlich – oder doch nicht? Auf, auf, zu meiner wichtigen Tätigkeit!*

Im großen Atelier von Abteilung vier ging es sehr lautstark zu. Der Fernseher lief. (Ein Blick verriet Jock, was – nicht ganz unerwartet – gezeigt wurde.) Nicht ein einziger Kursteilnehmer arbeitete; fast alle redeten, flüsterten und lachten miteinander, ohne die Proteste eines verzweifelten jungen Assistenten zu beachten.

Jock sagte kein Wort, sondern schaltete den Fernseher aus und bedeutete dem Assistenten mit einer Handbewegung, dass er gehen könne.

Fast schlagartig wurde es still – eine gespannte Stille. Ganz kurz lauschte er den Gedanken hinter dieser Stille.

Weiß er, dass wir ???

Nein! Ja?? Ja! Nein!

Darunter die deutliche Frage: *Er ist nicht durch den Keller gekommen. Warum?*

(Das ist Bart.) Jock musterte seine Kursteilnehmer der Reihe nach – was ihn ziemliche Anstrengung kostete – und versuchte dabei eine unbewegliche Miene zu wahren.

Nur seine Augen sind's nicht!

(Wieder: Bart.) Deutlich spürte er ein wenig *Angst* bei einigen und *Erleichterung* bei anderen, als er schließlich sein Schweigen brach.

«An die Arbeit», sagte Jock. «Aber ein bisschen plötzlich.» Langsam und vielsagend ließ er folgen: «Bevor dieser Tag zu Ende ist, muss noch sehr viel getan oder ungeschehen gemacht werden …» Er machte eine Pause und fügte dann hinzu: «Wer zu MÜDE ist, um zu arbeiten, kann sich zum Schlafen meinetwegen auf den Fußboden legen … Wenn ihr nur mir und auch einander nicht auf die Nerven geht. Mit keinem Wort!»

Dann drehte er sich um und verließ das Atelier. Niemand wagte es, ihm zu folgen; eine ganze Zeit lang blieb es dort still.

Im Keller brannten nur ein paar Lampen; Jock schaltete alle ein und streifte suchend umher. Und tatsächlich! Gut getarnt und auf verschiedene Verstecke verteilt, fand er die Einzelteile eines kompletten, sauberen und trockenen Sprühhubschraubers.

Die heute Nacht benutzten, klebrigen und nach Farbe riechenden Teile haben sie irgendwo anders verschwinden lassen. Und der hier? Haben sie etwa die Absicht, weiterzumachen? Er konzentrierte sich kurz aufs Atelier. *Manche wollen das schon; die meisten nicht oder nicht mehr.*

Er ging hinüber zum Blinkenden Bett, das so ordentlich zurechtgemacht war, als hätte dort nie jemand geschmust, kniete nieder und holte verschiedene Dinge darunter hervor.

Ein großes Foto, aus seinem Wohnturm aufgenommen – nicht aus der zwanzigsten Etage, sondern tiefer, die sechzehnte vielleicht. Vor seinem geistigen Auge sah Jock *Kilian* vor der Tür einer der vielen anderen Wohnungen stehen. Er hörte ihn sagen: *Ich bin ... Kunststudent ... mache Stadtpanoramen ... Dürfte ich von Ihrem Balkon ...?* Das Foto war mit verschiedenen Farben übermalt, sehr sauber und exakt. Ein Wohnturm war geschwärzt ... DIE ARBEITSVORLAGE!

Es gab noch weitere Fotos: Abzüge davon und auch andere. Alle aus dem zweiten Bezirk, auch bemalt, aber nur skizzenhaft und schlampig ausgeführt; obendrein mit unleserlichen Anmerkungen, Pfeilen und Ausrufezeichen versehen. *Barts Arbeitsanweisungen!*

Jock konnte sich ein Schmunzeln nicht verkneifen. *Donnerlittchen! Was müssen sie für einen Spaß gehabt haben! Zu schade, dass ich nicht zusammen mit ihnen darüber lachen kann ...*

Er legte die Fotos zur Seite und betrachtete die Zeichnung darunter: sich rechtwinklig kreuzende Linien, dazwischen gebogene; er hatte gesehen, wie Jon und Dickon damit beschäftigt gewesen waren ... Sie hatten gar keine abstrakte Zeichnung gemacht, sondern einen STADTPLAN von Bezirk zwei, mit allen Straßen, Häuserblocks, Mobilbahnen und so weiter.

Jock schob alles, kopfschüttelnd und noch immer lächelnd, wieder zurück unter das Bett. Er stand auf und ging dann – einer plötzlichen Eingebung folgend – auf die andere Seite, kniete sich noch einmal hin und tastete umher, ob auch auf dieser Seite etwas verborgen war. Das schien tatsächlich der Fall zu sein ... Nur war es etwas völlig anderes. Entgeistert starrte er das Ding an, das er fest, aber vorsichtig in Händen hielt. Das Lachen war ihm vergangen.

Es war eine LASERPISTOLE.

Jock hockte vor dem Bett, den Blick auf die tödliche Waffe in seiner Hand gerichtet. *Das hier hat nichts mehr mit dem Fest der Farben zu tun. Jemand hielt diesen Platz für besonders geeignet, um seine eigenen Dinge zu verbergen. Bart und die meisten anderen ahnen wahrscheinlich nicht einmal etwas ... Nein, sicher nicht.*

Langsam stand er auf. WER seiner Kursteilnehmer war imstande, eine geladene Pistole zu besitzen und ... sie vielleicht auch zu benutzen? *Meiner Meinung nach nur Jon und Niku ... Aber das werde ich herausfinden!*

Jock war beinahe sicher, dass die Waffe Niku gehörte, dass dieser sie «für kurze Zeit» versteckt hatte und sie sich holen würde, wenn es ihm sicher schien. Er widerstand der Versuchung, Niku nach unten zu rufen, ihn mit dem Fund zu konfrontieren und ihn dann windelweich zu prügeln.

Schlag dir das aus dem Kopf, Jock, sagte er sich. *Das hier ist viel zu ernst. Sorge zuerst dafür, dass du hundertprozentig sicher bist. Und dann ...?* Er legte die Pistole aufs Bett. Er durfte in keinem Fall die Beherrschung verlieren. Obendrein, wenn er sich wirklich mit Niku schlagen würde, konnte das für ihn auch schlecht ausgehen ...

Er betrachtete den blauglänzenden Gegenstand auf der ausgeblichenen Bettdecke und schließlich erinnerte er sich an etwas. Er nahm die Waffe wieder in die Hand, kontrollierte noch einmal den Sicherungshebel und stopfte sie dann in die Jackentasche. Er verließ den Raum und ließ sich wenig später von der inneren Treppe nach oben fahren.

In der Ateliertür blieb er stehen. Einige Kursteilnehmer waren müde bei der Arbeit oder taten zumindest so; die meisten machten einfach nichts. Verschiedene flüsterten miteinander; niemand redete laut. Es dauerte einen Moment, bis sie ihn bemerkten. Jock ignorierte die fragenden, ausweichenden, aufgesetzt unschuldigen oder herausfordernden Blicke; er sagte nur: «Djuli! Würdest du einmal kurz zu mir in den Keller kommen?»

Es wurde leise geseufzt – verblüfft, misstrauisch, unsicher ... Djuli zeigte keines dieser Gefühle.

«Okay, Martin», sagte er ruhig.

Wenig später standen Jock und Djuli in dem Gewölbekeller mit dem Blinkenden Bett.

«Ich habe dich aus verschiedenen Gründen als Ersten hierher gebeten», sagte Jock. «Einer davon ist ..., dass du älter und vielleicht weiser bist als ich. Der andere ...» Er brach ab.

Djuli sagte nichts; er sah ihn nur gelassen abwartend, mit einem unergründlichen Ausdruck an.

«Vorigen Freitag», fuhr Jock fort, «platzte ich hier in ein Gespräch zwischen dir und ein paar anderen ... ein Gespräch, das sich wahrscheinlich um den Computer hier im Zentrum drehte. Du bist Fachmann auf diesem Gebiet ...» Wieder stockte er. «Ich denke», sagte er dann, «dass du nicht WIRKLICH mitgemacht, sondern nur TIPS gegeben hast. Du hast ihnen vielleicht verraten, inwieweit der Zentralcomputer Gespräche mithört und registriert ... oder ob er es feststellen kann, wenn GEGENSTÄNDE HIER IM KELLER AUFTAUCHEN ODER VON HIER VERSCHWINDEN! Ist dieser Raum sicher genug für ein vertrauliches Gespräch?»

«Einer der sichersten», antwortete Djuli ohne zu zögern. «Darf ich fragen, Martin, worauf du deine Unterstellungen stützt?»

«Das darfst du sicherlich», sagte Jock knapp. «Aber eine vollständige Antwort kann ich dir wirklich nicht geben!» Er ging zum Bett hinüber, bückte sich, zog die Fotos und den Stadtplan darunter hervor und legte sie aufs Bett. «Schau dir diese Dinge einmal an, Djuli! Oder hast du sie bereits früher gesehen?»

Djuli setzte sich auf das Bett und betrachtete alles in Ruhe – nachdenklich? aufmerksam? um Zeit zu gewinnen?

Er ist einer der Menschen – und die sind wahrscheinlich selten, wusste Jock –, *die es akzeptieren würden, wenn ich erzählte, worauf sich meine Vermutungen gründen. Aber er würde niemandem vergeben, der ohne sein Wissen und seine Zustimmung in seinen Geist eindringt. Er würde zu jeder Zeit Ehrlichkeit erwarten. Er ist selbst sehr ehrlich ...*

Djuli sah mit seinen dunklen Augen zu ihm auf. «Was willst du wissen, Martin? Ob ich Mittäter bin? Wenn ich JA sage, was ...»

«Was ich dann tun werde? Das hier vertuschen. Ich stehe auf ihrer, auf eurer Seite, zumindest was dieses Fest der Farben betrifft. Aber ... es steckt noch mehr dahinter.»

«Der Computer im Zentrum weiß sehr viel, aber nicht alles», sagte Djuli. «Was er nicht weiß, ist das, was – verstandesgemäß betrachtet – unwichtig ist. Diese Gerümpelkeller zum Beispiel werden kaum überwacht. Die Keller mit technischen Geräten oder den mehr oder weniger kostbaren Materialien dagegen schon. Ich habe ihnen daher geraten, nicht – oder nur begrenzt – von hier zu stehlen, sondern sich die Sachen anderswoher zu besorgen ...» Er fuhr mit seinem leicht bräunlichen Zeigefinger über den Stadtplan von Jon und Dickon. «Es ist wohl unnötig, dich daran zu erinnern, dass hier genug Menschen sind, die Erfahrung haben im Stehlen oder noch Schlimmerem ... Die Sprühhubschrauber wurden nur ausgeliehen und dann irgendwo in der Stadt wieder abgestellt. Außer diesem hier ...» Er machte eine vage Handbewegung. «Er ist noch unbenutzt, kann auch wahrscheinlich nicht mehr gebraucht werden.»

«Sehr richtig bemerkt», sagte Jock. «Er muss weg, noch diese Nacht, bevor jemand vermutet, wo er und die beiden anderen versteckt waren.»

Djuli nickte. «Ein idiotischer Scherz! Ich werde keine Namen nennen, du kannst ja raten. Wir nahmen sie auseinander (WIR, denn ich habe auch einmal geholfen) und schleppten die Einzelteile hierher ...» Er sah wieder zu Jock auf; seine Augen wurden plötzlich groß und blickten verwundert. «Letzte Nacht erst! Es scheint viel länger her zu sein. Ich ließ sie gewähren. Lass sie, dachte ich, ICH habe nie die Chance bekommen, meine Scherze ungestraft auszuführen ...» Er nickte, mit einem Mal melancholisch. «Ich fand die Idee sehr amüsant.»

«Eine amüsante Idee! Von WEM stammt sie?»

«Das musst du selbst herausfinden, Martin!»

«Vom demjenigen, der das Armband – ein Duplikat vom meinem – besitzt, das ihm Zugang zum Zentrum gewährt!», sagte Jock scharf. «Und das, Djuli, ist kein Scherz, keine amüsante Idee mehr! Ich will nicht darauf eingehen, dass das Armband dazu missbraucht wurde, um hier ein- und ausgehen zu können, wie es euch gefiel ... Aber es gibt Grenzen!»

Djuli senkte den Kopf. *Ich habe genug gesagt; ich brauche nicht alles ...*

Jock zog die Pistole aus der Tasche. «Dann schau dir DAS mal an!»

Djuli sah hin, erschrak für einen Moment und sagte dann: «Hast du das hier ...»

«Nicht anfassen; sie ist geladen. Ja, hier gefunden», fiel ihm

Jock ins Wort. «Das kompliziert die Sachlage, oder? Ich bin kein Freund geladener Laserpistolen, und ganz bestimmt nicht, wenn ich hier eine finde. Ja, unter diesem Bett! Djuli, gibt es außerhalb von Abteilung vier jemanden, der von der Existenz des Armbandes weiß?»

Djuli schüttelte den Kopf.

«Hast du eine Ahnung, wem die Waffe gehört?»

Djuli schüttelte wieder den Kopf.

«Aber du verdächtigst doch einen oder zwei», sagte Jock. «Niku ... oder Jon.»

Djuli sprang auf. «Martin! Was machst du da?»

«Ich mache das Ding hier unschädlich», sagte Jock kühl, «bevor ich es in den Vernichter werfe.»

«Beweismaterial.» Djulis Stimme klang nicht anklagend, eher zögernd.

«Ja ... Es beweist ALLES, was hier geschehen ist und geschehen kann! Ich will, dass meine Kursteilnehmer und die anderen im Zentrum so weitermachen können wie bisher, ohne zusätzliche Probleme wie: Der-hat-irgendwann-etwas-angestellt und Der-ist-immer-der-erste-Verdächtige. Was den Eigentümer dieser Pistole angeht: Mit dem gedenke ich persönlich abzurechnen.»

Djuli sagte, beinahe als koste es ihn Mühe: «Du bist jünger als ich, Martin, aber du wirst mit jedem Tag weiser ... Bevor ich es vergesse: Für ein vertrauliches Gespräch sind die Halle, die Kantine, und – in unregelmäßigen Abständen – auch ALLE Betreuernischen NICHT ABHÖRSICHER.»

«Hätte ich das nur früher gewusst, Djuli!»

«Was?»

«Dass du dich mit diesen Dingen so gut auskennst! Dann hätte ich ...»

Djuli sah Jock verblüfft an. «Aber das wusstest du doch längst?!»

«Wieso?»

«Nun, in meiner Akte steht – außer UNANGEPASST und so weiter – auch, warum ich schließlich arbeitslos wurde. Weil ich ein Computerprogramm so veränderte, dass ich – und ein paar andere – von Zeit zu Zeit eine Gehaltserhöhung bekamen.

Beziehungsweise einen Bonus, auf den wir unserer Meinung nach ein Anrecht hatten. Als er es entdeckte, war unser Chef allerdings völlig anderer Meinung ... Also steckten sie mich für einige Zeit in ein Asozialen-Heim. Und als ich entlassen wurde ... Aber das kennst du doch alles?»

«Ich lese Akten nur selten», sagte Jock, die Augen auf die Laserpistole gerichtet. «Außer, wenn ich das Gefühl habe, es tun zu müssen.»

«Warum meine nicht?»

«Ach, ich wusste vom A.f.a.W., dass du arbeitslos warst, ein entlassener Programmierer und Computerfachmann ... und dass du NICHT freiwillig kamst. Will sagen: genug ...» Jock wagte jetzt wieder, Djuli anzusehen. «Was passierte mit den anderen?»

«Welchen anderen?»

«Nun, die auch von den Gehaltserhöhungen profitierten.»

«Nichts, soweit ich weiß», sagte Djuli fast bitter. «Ich weiß es nicht genau; ich habe nie mehr etwas von ihnen gehört.»

Jock beendete das Thema. «So, jetzt kann das Ding problemlos in den Vernichter. Djuli, nimm auch die Fotos und die Zeichnung mit. Ein Jammer, aber wir können kein Risiko eingehen. Nicht nur die Pistole, auch diese Arbeiten müssen verschwinden, so gut sie auch sind.»

Schweigend ließen sie alles auf immer verschwinden und sahen sich hinterher ein wenig verlegen an.

«Danke, Djuli», sagte Jock. «Das war und bleibt ...»

«Etwas, das man sozusagen vergessen sollte.» Djuli setzte sein höfliches Lächeln auf und fügte hinzu: «Auch dir, Martin: Danke.» Er wollte gehen, aber Jock hielt ihn zurück.

«Die Betreuernischen! Und wenn ich etwas im Atelier sage?»

«Ziemlich sicher», antwortete Djuli. «Es sei denn, das A.f.a.W. denkt, dass du die Kursteilnehmer nicht im Griff hast ... und das, Jock, war bei dir noch nie der Fall.»

«Was ist mit der Registrierung der Kommenden und Gehenden?»

«Das Rein und Raus mit dem Armband, meinst du? Daran

habe ich nur wenig getrickst; schließlich fiele der Verdacht zuerst auf mich, den Computerfachmann. Aber wir haben es einigermaßen geschickt angestellt: mit mehreren gleichzeitig hinein oder hinaus, hier übernachten, und so weiter. Darüber hinaus werden in dieser Woche immer wieder einige Leute zu spät oder viel zu spät kommen ... nur um es dem Computer zu erschweren, hinter das TATSÄCHLICHE GESCHEHEN zu kommen. Und wenn das Armband vernichtet ist ...»

«Djuli! Mir fehlen einfach die Worte ...»

«Die brauchst du auch nicht, Martin. Kann ich sonst noch etwas für dich tun?»

«Vergiss dieses Gespräch nicht, Djuli. Und halt den Mund, wenn es sein muss. Und vielleicht heute spätabends oder nachts ...»

Für einen Augenblick ließ Djuli seine Maske völlig fallen. Er strahlte übers ganze Gesicht: «Zu Diensten, Kamerad!»

Jock und Djuli gingen gemeinsam hinauf. Im Atelier ging Letzterer wieder an den Zeichentisch zurück, an dem er vorher gesessen hatte, nahm sich einen Pinsel und starrte grübelnd auf ein leeres Blatt Papier. Jock sah, wie die Augen der anderen zwischen ihm und Djuli hin- und herwanderten; er registrierte ihre Gefühle: Misstrauen – *Djuli hat doch nichts verraten?* –, Unsicherheit und Zweifel: *Wie viel weiß Martin? Und was hat er vor?*

Er postierte sich so weit entfernt wie nur möglich von der Nische, die «Betreuerbüro» genannt wurde und begann zu sprechen – leise, aber doch gut verständlich:

«Ich habe unten – bevor ich Djuli zu mir rief – einige interessante OBJEKTE gefunden. Ich glaube nicht, dass einer von euch sie jemals für ein Still-Leben gebraucht hat, obwohl man mit ihnen zweifellos sehr künstlerische Resultate schaffen kann.»

Die Stille ringsum war jetzt fast atemlos.

«Ich fand noch ein paar andere Dinge ... Unter dem schönen Bett ...» Jock warf Niku einen flüchtigen Blick zu. *Er ist es! Jon weiß von der Waffe, aber nicht, wo sie versteckt ist ... war!* Es *herrscht zwar ein wenig Misstrauen hier und da ... Und sie wissen alle, was sonst noch ...*

«Fotos», sagte er, «übermalte Fotos und eine Zeichnung. Schade, dass ich sie nicht schon früher gesehen habe. Schade auch, dass ich alles, was ich unter dem Bett fand – Djuli ist mein Zeuge –, in den Vernichter werfen musste. Es tut mir wirklich Leid, aber es gibt nun einmal Menschen – einige Ordnungshüter, bestimmte A.f.a.W.-Inspektoren –, die nicht so künstlerisch veranlagt sind wie ihr und die solche Arbeiten besser nicht zu Gesicht bekommen sollten. Es könnte sie vielleicht auf den Gedanken bringen, dass ...»

Er schwieg, betroffen von dem Ausdruck auf verschiedenen Gesichtern und ihren Gedanken: *Er weiß es! Er findet es nicht schlimm ... Vielleicht sogar witzig ... Er ist auf unserer Seite!* Auch ein: *Gut so, Jock, mach weiter!* von Djuli und ein etwas rätselhaftes *Glaubst du es jetzt!* von Roos an Daan. Aber zugleich verspürte er auch Gedanken, die weniger angenehm waren; von Niku: *Hat der Dreckskerl nun auch meine Pistole gefunden, ja oder nein?* Und ganz deutlich von Bart, der nicht ungeteilt froh oder erleichtert war: *Verdammt, woher weiß er das? Woher?*

«Denkt bloß nicht», fuhr Jock, immer noch leise, fort, «dass ihr ungeschoren davonkommt! Ich werde euch, noch bevor dieser Tag zu Ende ist, sehr deutlich sagen, was ich von euch halte; NACHDEM einige ... Freiwillige die interessanten Objekte – ohne Fingerabdrücke zu hinterlassen – an einen geeigneteren Ort gebracht haben. Ich werde persönlich darauf achten, dass es in aller Stille erledigt wird ...»

Daan, Roos, Dickon und Kilian bewegten ihre Lippen: HEUTE NACHT?

Jock nickte zustimmend: «Noch diesen Montag!» Er hob die linke Hand. «Weiter möchte ich kein Wort mehr hierüber verlieren. Nur ...»

Der dröhnende Summton zur Mittagspause unterbrach ihn rüde. Er verharrte unbewegt, bis der Ton verklungen war, und sagte dann: «Nur noch eine Kleinigkeit.» Er umfasste sein linkes Handgelenk mit der rechten Hand, sodass sein Armband verborgen war. «Ich vermisse mein Armband! Ich wünsche es unverzüglich nach der Pause zurück ...» *Ich warte auf dich im Keller, Bart,* fügte er stillschweigend hinzu. «Und jetzt», schloss er, «alle raus aus dem Atelier.» *(Ich muss schnell nach Hause, für den Fall, dass Akke ...)* «Ein bisschen Beeilung! Guten Appetit, und bis nachher!»

5
Konkret, Abstrakt

Die Straße, in der Jock wohnte, war noch immer in hellem Aufruhr: noch genauso viele Ordnungshüter, weniger Reporter, aber mehr Kameras, ein paar A.f.a.W.-Arbeiter, Mitglieder der Bezirksverwaltung und eine Horde Roboter, die Rollsteig und Mobilbahn mit Besen und Lösungsmittel bearbeiteten. Der große Wohnturm war noch immer pechschwarz. Ein Reinigungshubschrauber sprühte Lösungsmittel gegen die Fenster des daneben stehenden Gebäudes – verdünnte Farbe rann in Fäden die Wand hinunter und bildete Pfützen auf der Straße: wässeriges Rosa und Grün, mattes Blau und fahles Gelb ... Die Lösungsmittel verbreiteten Gerüche und Dämpfe, die den Menschen die Tränen in die Augen trieben. Aus diesem Grund harrten nur sehr wenige Neugierige weiter aus; die meisten waren dienstlich hier.

Jock schaffte es – nicht ohne Mühe – seinen Wohnturm zu erreichen. Er atmete tief aus, dann ein-und-aus, ein-und-aus, als er im Lift nach oben fuhr. *Würde Akke kommen?* fragte er sich, während er den Reflex unterdrückte, sich die Augen zu reiben. *Ach ja, ich weiß schon – kann es nicht ändern. Er ist schon da.*

Akke sah durch die jetzt hermetisch verschlossenen Glastüren des Balkons hinaus, drehte sich aber sofort um, als Jock das Wohnzimmer betrat.

Jetzt sehe ich dich zum ersten Mal – noch dazu in der Öffentlichkeit – ganz und gar fassungslos! «Na, was hältst du davon?», fragte Jock laut. «Sind deine Gefühle auch so gemischt ... wie Farben auf einer feuchten Palette?»

«So etwa, ja», murmelte Akke. «Guten Tag; ich meine verstanden zu haben, dass DU in irgendeiner Weise hierin ...»

«Wenn man alle Farben durcheinander laufen lässt», setzte Jock seinen Vergleich fort, «erhält man etwas, das man kaum noch eine Farbe nennen kann: etwas Dunkles ... Graues, Schlammiges ...»

«Finsternis?», fügte Akke in fragendem Ton hinzu. «Etwas ziemlich Gefährliches, scheint mir ...» Er rückte sein Dienstgewand zurecht und setzte sich. «Dein Roboter hat mich eingelassen und mir Nektar angeboten ...»

Xan kam mit einem voll beladenen Tablett aus der Miniküche. «Guten Tag, Herr Martin.»

«Ein ordentliches Mahl für zwei Personen», sagte Akke zufrieden. «Gute Idee, findest du nicht? Du siehst aus, als könntest du auch etwas vertragen. Setz dich.»

Jock gehorchte. «Danke, Xan. Eine ausgezeichnete Idee, Akke! Aber denk daran, dass ich rechtzeitig wieder im Zentrum sein muss.»

Akke nahm ein VV-Brötchen und bestrich es dick mit appetitlich aussehender Pastete. «Haben das deine Kursteilnehmer auf dem Gewissen?»

«SIE haben es ausgeführt, ICH habe es auf dem Gewissen. Hat Edu dir nicht erzählt ...?»

«Nur ganz kurz ... Seit gestern Abend führen wir zu Hause keine vertraulichen Gespräche mehr.» Akke schenkte Jock und sich selbst ein Glas Nektar ein. «Als Ida von der Ausstellung zurückkam, stand unser Hausroboter deaktiviert neben der Tür. Nachdem sie ihn aktiviert hatte, konnte er ihr nur sagen, dass ein unbekannter A.f.a.W.-Arbeiter Zutritt gefordert hatte. Aufgrund des vertrauenswürdigen A.f.a.W.-Gewands öffnete unser Roboter ihm die Tür, verweigerte ihm jedoch den Zutritt, da wir nicht zu Hause waren. Aber noch bevor er zu Ende gesprochen hatte, schaltete ihn der Unbekannte ab! Haro – ich meine: unser Roboter – muss etwa eine halbe Stunde inaktiv gewesen sein, und in der Zeit kann ein Mensch eine ganze Menge anstellen. Wir haben heute Morgen ein paar Techniker kommen lassen, aber bis jetzt konnten sie noch nichts Verdächtiges finden. Unsere Gläser sind es jedenfalls nicht – und du wirst doch nicht im Ernst annehmen, dass ich unseren gesamten Hausrat kurz und klein schlage ...»

Akke biss genüsslich in sein Brötchen, aber seine Augenbrauen hatten sich sorgenvoll zusammengezogen.

«Das wird mir wirklich ...», Jock fand nicht auf Anhieb ein passendes Wort dafür, «... zu bunt, Akke! Wie geht es deiner Frau?», fragte er, um wenigstens irgendetwas zu sagen. «Und Edu, und Mick?»

«Alles in bester Ordnung! Allerdings habe ich Edu und Mick befohlen, sich heute Mittag ins Bett zu legen», antwortete Akke kauend. «Und ihnen gedroht, ihnen ein Schlafmittel ins Essen zu mischen, wenn sie das nicht versprächen. Der R.A.W. hat Edu gebeten, einen Tag früher nach Sri Lanka zu kommen. Er reist bereits heute Abend ab; Mick wird ihn begleiten. Ehrlich gesagt, wünschte ich, dass die Konferenz schon morgen begänne statt erst am Mittwoch; je eher, desto besser ... Na ja ...» Er legte ein Brötchen auf Jocks Teller und reichte ihm die Pastete. «Die Geheimhaltung ist meiner Ansicht nach eigentlich schon durchbrochen worden. Du hast heute wahrscheinlich noch nicht die Weltnachrichten gesehen, aber Edus und Micks Ansprache und deine Äußerungen auf der Ausstellung haben (gerade, weil irgendein Fernsehfritze die Aufnahmen verfälscht hat) eine Lawine von Fragen losgetreten. Und Gerüchte: einige ziemlich dicht an der Wahrheit, aber auch unrichtige, falsche und unsinnige ... Erdregierung, W.P.* und der Rat** haben keine Wahl mehr; sie müssen die Wahrheit bekannt geben. Jock! Als ich heraufkam, nahm dein Xan gerade die x-te Visiphonanfrage um ein Interview entgegen. Aber sie wollen nicht den Maler, nein! Sie wollen dich befragen als Ex-Planetenforscher und vermutlich Eingeweihten. Sie wollen von dir den Unterschied erfahren zwischen ‹verlogen› und ‹erhaben›, zwischen konkret und abstrakt, zwischen Wirklichkeit und

---

* W. P.: Weltparlament
** R. A.W.: Rat für Außen-Welten (Der Große W.W.U., Supplement: Abkürzungen – 11. Auflage)

Fiktion! – Bitte iss etwas! In der Zwischenzeit darfst du über die Komplikationen nachdenken, die – wenn du einmal vorausschaust – entstehen werden, wenn die Welt die Neuigkeit erfahren hat. Um nur ein Beispiel zu nennen: Die Afroini scheinen weit weg zu sein, aber es wird sicher Menschen geben, die denken werden: GEDANKENLESER ... WARUM NICHT AUCH HIER? ODER VIELLEICHT LÄNGST SCHON?» Akke seufzte. «Ich wollte mich nie viel um politische Dinge kümmern und jetzt steht bei mir – nur wegen zweier Planetenforscher – ein Wachmann vor der Tür. Dank des Schurken im A.f.a.W.-Gewand werde ich vielleicht abgehört; ich dachte, dass diese Verkleidung *meine* einzigartige Idee war! Und es gibt noch mehr, aber ... Nicht jetzt! Jetzt bist du an der Reihe ... Hast du dir diese FARBORGIE (wie du es im Fernsehen genannt hast) einfallen lassen, ausgedacht?»

«Ja, so könnte man sagen», antwortete Jock bedächtig. «Fantasie. Eine Art Protest. Aber ich habe niemals darüber gesprochen, geschweige denn ernsthaft erwogen ...» Er nahm einen Schluck Nektar. «Und doch kannst du mit eigenen Augen sehen», fügte er dann hinzu, «wie schnell etwas Abstraktes konkret werden kann.» Er begann zu essen.

Akke hatte sich noch ein Brötchen genommen und geschmiert, aber er aß nicht weiter.

«BART?», sagte er nach einer kurzen Pause.

Jock nickte. «Und durch Bart auch die anderen. Ein toller Scherz! Und Bart denkt immer noch, dass er es sich selbst ausgedacht hat. Vielleicht hat er das ja auch! Du hast mir früher einmal gesagt, dass wir einander ähnlich sind ...» Er sah von seinem Teller auf. «Akke! Dass unsere Fantasien bis in das kleinste, idiotischste Detail identisch sind, kann doch nicht nur daher kommen! Außerdem ist da noch etwas, das ich dir jetzt wohl erzählen muss ...»

«Red weiter», sagte Akke.

Jock warf einen Blick auf seine Armbanduhr. «Als ich ...» Er brach ab, sprang auf, stürzte in die Küche, in die sich Xan höflich zurückgezogen hatte, und deaktivierte den Roboter. Dann kehrte er zurück, setzte sich wieder und begann von

Neuem: «Als ich Xan demolierte, fand ich ...» So kurz wie möglich erzählte er alles über das Armbandduplikat, das Verhalten seiner Kursteilnehmer – insbesondere Barts – und berichtete abschließend von den heutigen Ereignissen.

Akke, der langsam weiter aß, hörte ihm kommentarlos zu, augenscheinlich nicht besonders überrascht, aber doch mit großer Aufmerksamkeit.

«Schau nicht schon wieder auf deine Uhr», sagte er, als Jock aufhörte zu reden. «Wer auf der Grenze zweier Zeiten lebt, sollte nicht auf die Zeit achten!» Er lächelte. «Ich glaube, das ist ein Zitat, Jock. Ich kenne noch eines, einen uralten Fluch aus Ostasien: Mögest du in interessanten Zeiten leben! Und du musst mindestens drei dieser wirklich ausgezeichneten VV-Brötchen essen. Dein Xan sollte schon eine Wiedergutmachung dafür erhalten, dass er wieder deaktiviert wurde.» Dann beantwortete er die Frage, die Jock ihm stellen wollte, noch bevor dieser sie ausgesprochen hatte: «Ich glaube, dass du im Zentrum prima zurechtkommst! Bart ist und bleibt eine Schwachstelle; das weißt du besser als ich. Und du hast Recht: der Junge muss auf irgendeine Weise lernen, was er tun darf und was er lassen muss ...»

Akke strich sich über den kahlen Kopf. «Noch vor kurzer Zeit, Jock, hätte ich mir keinen Rat gewusst, was ... Ja, wie sage ich es am treffendsten? ... diese unerwarteten Zusammenhänge von abstrakten Theorien und konkreten Ereignissen angeht. Oder ist es andersherum: Führen konkrete Ereignisse zu abstrakten Theorien? ... Was für ein Geschwafel!» Er endete abrupt, schenkte sich noch ein Glas Nektar ein und stand auf, das hässliche Plastikglas in der Hand. «Iss weiter, Jock, und hör gut zu, was ich dir jetzt sagen werde; auch wenn du dadurch zu spät zurück ins Zentrum kommst ... Du hast Bart durchschaut, und der Junge weiß das. Aber an deiner Stelle würde ich mir eher über Niku und Jon Sorgen machen ...»

Akke sprach weiter. Aber Jock hörte nicht mehr zu, denn plötzlich vernahm er Anna.

Jock! Du willst mich vielleicht nicht hören, aber ich rufe dich trotzdem. Es gibt jemanden – nicht weit von hier – der dich abgrundtief hasst.

Jock verharrte bewegungslos. *Wer?*

Ich weiß nicht wer.

Manski?

???

«Manski, Anna?» *Nein, der Name sagt dir nichts ...* Jock wurde sich unvermittelt bewusst, dass er die beiden Namen laut ausgesprochen hatte. Er sah auf, direkt in Akkes graugrüne Augen. Er meinte in ihnen zu lesen, was für den Augenblick seine Antwort an Anna sein sollte:

Danke, Liebling. Ich weiß es, Anna. Ich wusste es bereits eher als du. Und jetzt musst du schweigen. Um deinetwillen, meinetwillen, um Edus und aller anderen willen, die hier auf Erden so sind wie wir ... Lass dir nicht anmerken, was wir können. Suche nur Kontakt, wenn es wirklich nötig ist.

Er lehnte sich in seinen Sessel zurück und war milde erstaunt darüber, dass Akkes Haltung und Gesichtsausdruck unverändert geblieben waren, seit er Anna geantwortet hatte. «Anna ist betrübt», sagte er langsam. «Fast wütend ... Nein, das ist es nicht. Sie fühlt sich ausgeschlossen ...»

«Anna?» Akke benötigte nur einen Augenblick, um ihn zu verstehen. «Oh, Anna! Und sie fühlt sich ... Was für ein Unsinn», fuhr er energisch fort. «Ich werde ihr das einmal ...» Er beendete den Satz nicht.

«Du bist ihr begegnet, Akke?», fragte Jock. «Ich wusste nicht, dass ihr euch kennt.»

«Ich habe sie nur zweimal gesehen, Jock. Vorgestern, als sie mit Edu nach Neu-Babylon kam und ...»

Mit Edu ...

« ... vor Jahren, bei der Bearbeitung deines Widerspruchs gegen die Entlassung als Planetenforscher. Ich musste sie damals befragen ... über dich.»

Was hat sie über mich erzählt? Wie denkst du über sie? Ich will alles darüber wissen! Jock verdrängte diese Fragen in einen abgelegenen Teil seines Gehirns. *Nicht jetzt. Erst etwas anderes: Zentrum, Bart, Niku. Zuerst jedoch muss ich wissen ...* «Akke», flüsterte Jock, «WIE HEISST MANSKI WIRKLICH? Und hast du eine Ahnung, warum, warum er ...»

Dann schlug er die Hände vors Gesicht, denn er erhielt unmittelbar die Antwort. Nicht von Akke, sondern von dem anderen. Nicht als Antwort gedacht; der andere wusste schließlich nicht, dass nach ihm gefragt wurde. Es waren einfach seine Gedanken; sie kamen schubweise, einmal undeutlich, dann wieder erschreckend konkret.

Jock begann sie – vielleicht aus einem Gefühl der Selbsterhaltung heraus – laut zu ‹übersetzen›:

«Ruhe, Akke. Das ist es, was Manski mir erzählt: Gedankenlesen ist weder NEU, noch etwas Besonderes. Im Gegenteil: ru-di-men-tär, regressiv. Viele Tiere konnten es immer besser als der Mensch. Es ist eine ... Gabe, die wir VERLOREN, NICHT ERWORBEN haben!»

Akke beugte sich vor, ergriff Jocks Hände und hielt sie fest. «-Ruhig», sagte er leise. «Man kann etwas ZURÜCKERHALTEN, das ...»

Jock bewegte seine Finger wild in Akkes Griff; der ließ sie jedoch erst los, nachdem sie sich wieder beruhigt hatten.

«Was du sagst, Akke, könnte wahr sein, aber es geschieht dann nicht auf die gleiche Weise, NICHTS kommt in gleicher Weise zurück. Niemals!» *Darum ist es so schrecklich schwierig, zumindest was mich betrifft ... Was will er?* «Es war einmal ein Roboter ...», begann Jock mühsam und schwieg dann wieder. «Wie habe ich das jetzt gehört?»

Akke hatte sich wieder hingesetzt. «Edu hat mir einmal von einem Roboter erzählt», sagte er. «Einem, der die Menschen ziemlich unpraktisch zusammengesetzt fand, so unvollkommen, was ihre Kommunikationsmöglichkeiten betrifft.»

«Ja? Ja! Jetzt weiß ich es wieder! Oha Akke, das ist eine der Ideen, mit der sich der sogenannte Manski beschäftigt! Ich glaube zu verstehen, dass er sich die Hilfe von ein paar Menschen wünscht, am liebsten Telepathen – als Helfer? Oder als Versuchskaninchen? – ENTWIRF DEN IDEALEN HAUSROBOTER, ausgestattet mit einem Gehirn, das so programmiert ist, dass er seine Gedanken aussenden und obendrein die Gedanken oder

Gehirntätigkeit aller Roboter gleichen Typs auffangen kann ... Ich bin noch nicht fertig mit meiner Geschichte, Akke. Einer oder mehrere ausgewählte Menschen könnten dann einen solchen Roboter erwerben, der noch ein Zusatzprogramm beherrscht: einen Roboter, der seinem Meister ALLES mitteilen muss, was er erfährt, sodass ...»

«ABSCHEULICH!», war Akkes einziger Kommentar. Er verteilte den letzten Rest Kaffeenektar auf die beiden Gläser.

«Aber naheliegend, oder nicht?», sagte Jock. «Eigentlich geschieht das doch schon längst? Nur noch nicht so zielgerichtet, nur in kleinem Maßstab ... WER IST MANSKI? Wie heißt er? Ich dachte einen Moment, dass ich ihm vor langer Zeit einmal begegnet bin. Aber das stimmt nicht ...»

Akke antwortete wie jemand, der seinen Text auswendig gelernt hat:

«Zunächst einmal: Es gibt wirklich einen Techniker Manski, beschäftigt beim R.T.D., mit echtem rotem Haar. Er wurde am Samstagmittag aus heiterem Himmel in eine unbekannte Stadt in Amerikontinent versetzt ... Erschrick nicht; er ist freiwillig und wahrscheinlich höchst erfreut abgereist, mit einer enormen Gehaltserhöhung.»

Jock zuckte mit den Schultern und schlug die Arme übereinander, als fröstele ihn; mit schmerzlich verzogenen Augenbrauen und geschlossenen Augen horchte er wieder hinaus. Aber er vernahm den sogenannten Manski nicht mehr; nur noch Akkes ruhige Stimme.

«Zweitens», fuhr dieser fort, «gleicht der Mann, den du für mich gezeichnet hast, frappierend ... beziehungsweise ist: E. TORVIL. Doktor Ernst Torvil, Ro. DT-1, Robotiker, Diplomtechniker des Ersten Grades und noch mehr. Dieser Mann ist, soweit ich es herausfinden konnte, Sonntagnacht oder heute Morgen in Urlaub gefahren. Ziel: unbekannt. Anderen – weniger zuverlässigen – Quellen zufolge kannst du zwischen einem Skigebiet in Amerikontinent, einem Kurort in der Antarktis, Asien (in der Nähe von Sri Lanka) und Nordwesteuropa wählen ... und, meines Erachtens, auch zwischen zweien der drei unbenutzten Häuser, die er hier in Neu-Babylon besitzt ...»

«Ich kann seine Gedanken nicht mehr empfangen», sagte Jock, und seine Stimme klang, als wäre er im Halbschlaf. «Aber er ist hier in der Nähe, davon bin ich überzeugt. In Neu-Babylon.»

Bereits zum zweiten Mal an diesem Mittag verlor Akke die Selbstbeherrschung. «Verdammt, was unternimmt man nur gegen so einen Kerl, wenn wir uns in ihm nicht täuschen?»

Jock öffnete langsam die Augen. «Wenn man ihn zu fassen kriegt! Das hängt wohl von den Umständen ab», antwortete er verträumt. «Schick ihn – aus gesundheitlichen Gründen oder mit einem Spezialauftrag – auf den Planeten, den wir Venus nennen, der aber eigentlich Afroi heißt. Lass ihn dort in den Wäldern frei, am besten in der Nähe einer großen Anzahl Afroini.»

«Du bist …», flüsterte Akke. Dann fand er zu seinem normalen Verhalten zurück. «Ich werde mich an diesen Rat – oder ist es ein Urteil? – erinnern, Jock Martin, auch wenn du ihn vergessen solltest.» Er stand auf.

«Wo, was …», begann Jock, auf einmal wieder sachlich und hellwach.

«Was ich tun werde?», antwortete Akke freundlich. «Dir noch eins meiner Stärkungsmittelchen verpassen. Und deinen Roboter reaktivieren. Danach müssen wir Abschied nehmen. Du hast Recht: Du solltest nicht *zu* spät wieder im Zentrum sein.»

6
Glaub es oder lass es bleiben

Obwohl sich Jock beeilt hatte, zurück ins Zentrum zu kommen, war er doch fast zwanzig Minuten zu spät. Er nahm den Kellereingang und hoffte wider besseres Wissen, dass Bart in den Gewölben noch immer auf ihn warten würde. Aber die Kellerräume waren verlassen; kein einziger Kursteilnehmer hielt sich dort auf.

Jock sah sich um: die getarnten Einzelteile des ‹Sprühhubschraubers befanden sich noch an ihren Plätzen. Und doch war hier, seit er den Raum mit Djuli verlassen hatte, Verschiedenes geschehen. Mehrere Personen waren hier gewesen, nicht nur eine ... *(Bart?)* Der verbeulte Zylinder war von seinem Sockel gefallen, andere Gegenstände waren verstreut oder verschoben worden und ... das Blinkende Bett war nicht mehr nett zurechtgemacht: die Bettdecke war halb heruntergerutscht, überall hatte sie Druckstellen und Falten, als wäre jemand darübergelaufen ... als hätte ein Kampf darauf stattgefunden ... oder vielleicht auch nur eine Balgerei, oder ... *Nein, hier hat niemand geschmust, da bin ich mir sicher ... nicht heute Mittag!*

Er hob den Kopf; aus dem Atelier drangen verschiedene Geräusche nach unten – Fußgetrappel, unverständliche Stimmen. Er konzentrierte sich auf einige Kursteilnehmer: *Bart, warum hast du nicht auf mich gewartet? ... Niku! Jon! ... Roos, Daan ... Bart!*

Er bekam keine Antwort und zögerte nicht länger. Mit immer schnelleren Schritten rannte er los. *Warum müssen sie jetzt – ausgerechnet heute – bereits zum zweiten Mal solchen Lärm machen?*

Jock stürmte die Rolltreppe hinauf, so schnell er konnte. Im Atelier wurde es immer lauter; viele Stimmen schrien durcheinander; endlich konnte er das ein oder andere verstehen:

«Siehst du jetzt, wie kitzelig du bist?» *(Roos)*
«Mach keinen Quatsch. Lass mich ...» *(Bart)*
«Nicht so wild, Kinder ...» *(Djuli)*
«Schnapp ihn dir, Daan!» *(Roos)*
Gepolter und Getrampel, Reden und Murmeln, dann lauter:
«Jetzt hab ich dich!» *(Niku)*
«Bleib mir vom Hals!» *(Bart)*
«Halt ihn fest!» *(Jon)*
«Hört auf! Seid ihr denn ...» *(Kilian)*
«Schluss jetzt!» *(Djuli)*

Jock betrat den Raum und wiederholte den letzten Ausruf, laut und zornig: «SCHLUSS JETZT!»

Die Kursteilnehmer, die ihm zuerst auffielen, waren Roos,

Bart, Daan und Djuli. Roos' hektisches Lachen – ihr langes Haar offen und zerzaust – brach augenblicklich ab, als sie ihn erblickte; sie sah ihn erst erschreckt, dann herausfordernd an. Bart, dessen Haar ebenfalls zerwühlt war – und der auch sonst sehr mitgenommen aussah –, schaute wütend und beunruhigt zugleich drein; er wich Jocks Blick aus. Daan grinste einfältig – auch er ziemlich ramponiert ... genauso wie Niku, Huui und Ini im Hintergrund. Djuli machte den Eindruck, als habe er versucht, etwas abzuwenden oder zu bremsen ...

«Nun, was?!», sagte Jock, halb fragend, halb anklagend.

«Eine harmlose Rauferei», antwortete Bart, ohne Jock anzusehen. Seine Stimme klang gequält.

«Nichts Besonderes», sagte Niku leise. Er sah Jock zwar an, aber von seinem Gesicht war wenig mehr abzulesen, als ... Wachsamkeit ... *Misstrauen.*

«Sehr unvernünftig», sagte Djuli. «Gerade jetzt.»

Einige Kursteilnehmer brummten etwas; fast alles nichtssagend und unverständlich. Die meisten – vermutete Jock – waren nur Zuschauer gewesen ... *Doch wobei?*

«Ich stimme Djuli zu», sagte Jock streng. «Ein unauffälliges Verhalten ist doch wohl das Mindeste, was ich von euch erwarten darf! Und war es wirklich nur eine ... Rauferei?»

«Wir meinten es bestimmt nicht böse, Jock», sagte Roos hastig, als sei sie außer Atem. «Glaub es oder nicht: wir haben uns nur ein wenig gehänselt ...»

«Ihr habt nur einen gehänselt», sagte Djuli, «und alle gegen einen, das finde ich ...»

«Unfair!», fiel Roos ihm ins Wort. «Das ist nicht wahr, Djuli! Wir haben nichts Unfaires getan. Dann sollte er nicht so ...»

«Schluss jetzt!», sagte Jock zum zweiten Mal. *Es geht/ging um Bart*, wusste er. *Bursche, ich muss dich ...*

Lass mich in Ruhe! schrie ihm Bart unerwartet entgegen, ohne ein Wort zu sagen. *Warum müsst ihr ... musst du immer auf mir herumhacken?*

Was mich betrifft: weil du mein Armband hast, beantwortete Jock seine Gedanken. Er redete sogleich ganz allgemein weiter: «Bringt euch wieder in Ordnung! Pflichtbewusstsein und Fleiß sind Begriffe, die für euren Verstand zu hoch sind, aber ...» *Du hast es doch, Bart?*

Ja – weißt du doch längst! Nur ... Komm schon, Jock ... Ich wusste nicht –

Jock spürte, dass in Barts Gedanken die *Verwirrung* zunahm, aus der sowohl er als auch der Junge zu diesem Zeitpunkt nicht schlau wurden. Auf einmal machte er sich wirklich Sorgen. *Ein ernsthafter Kampf zwischen Bart und Niku?*

«An die Arbeit!», befahl er, noch immer in strengem Ton. «Glaubt mir oder lasst es bleiben: Das ist die einzige Art und Weise ...»

«ACHTUNG!», rief eine durchdringende Stimme durch das Intercom. «ACHTUNG, KURSTEILNEHMER UND BETREUER ...»

Jock überkam – nicht zum ersten Mal – das Gefühl: *Das ist nicht wahr. Ich glaube es nicht. Ich spiele in einem Theaterstück mit und kenne meinen Text nicht. Was soll ich improvisieren?*

«ICH WIEDERHOLE: ACHTUNG!», fuhr die Stimme fort. «Ausnahmsweise erhalten – unangemeldet – ORDNUNGSHÜTER Zutritt zu unserem Kreativ-Zentrum, Bezirk zwei, um alle hier anwesenden Personen zu befragen. Bitte unterstützen Sie sie durch Ihre Mitarbeit. Das ist Bürgerpflicht.»

«KLICK!» Und Stille.

Fast unverzüglich war es wieder da: das Zusammengehörigkeitsgefühl, ein Zusammenrücken – welcher Art auch immer – aller Kursteilnehmer der Abteilung vier, Bezirk zwei. Alle blickten auf Jock. *Was jetzt? Ist es wegen ...*

Jock sagte: «Ich weiß genauso wenig wie ihr, warum. Verhaltet euch normal. Nicht übertrieben und erst recht nicht nervös. Ach verdammt, gebt euch wie immer! Roos, lauf hinunter und bring das Blinkende Bett in Ordnung. Und wenn du zurückkommst, bring ein paar Objekte für ein Still-Leben mit.»

«Ja, Martin», flüsterte Roos und verschwand wie der Blitz.

Die Übrigen gingen schnell und geräuschlos wieder an ihre Arbeit oder nahmen sich neues Material, um daraus etwas zu machen.

Aus dem Intercom drangen leise, undefinierbare Geräusche.

«Sie werden gleich hier sein», sagte Jock. «Denkt daran, dass ich lügen werde, wenn ich in meiner Nische sitze.» Er wartete einen Moment. «Ja, wahrscheinlich betrifft es das Farbengekleckse. Denkt daran: es gibt viele Mal-Akademien und Kreativ-Zentren in dieser Stadt ...» Und plötzlich fühlte er sich tatsächlich wie ein Schauspieler, ein Akteur, der genüsslich und überzeugend das «So-Tun-Als-Ob» beherrscht. «Wisst ihr eigentlich, was KREATIV bedeutet? Ob ihr es wisst oder nicht: genau das müsst ihr jetzt tun: kreativ sein. Ihr ...» Er brach ab.

Zwei Personen, ein hochrangiger und ein gewöhnlicher Ordnungshüter, gefolgt von einem Roboter – alle drei violett gekleidet – betraten das Atelier.

Jock ging ihnen entgegen. «Guten Tag!»

«Guten Tag», antwortete der hochrangige Ordnungshüter, ein grauhaariger Mann, dessen Gesicht und Stimme viel unauffälliger waren als seine beeindruckende Uniform. Er fragte nach einem flüchtigen Blick auf Jocks linkes Handgelenk: «Sie sind der Kreativ-Betreuer dieser Gruppe?»

«So ist es. Martin ist mein Name.»

«Chef Aref», sagte der Ordnungshüter. Er deutete mit dem Kopf auf seine Begleiter. «Ordnungshüter zwanzig und ein Assistent.» Er sah sich im Atelier um, wobei er sich viel Zeit ließ. Schließlich schaute er wieder Jock an, mit diesen sehr intelligenten Augen in seinem unauffälligen Gesicht. «Wir müssen Ihnen und den Kursteilnehmern einige Fragen stellen im Zusammenhang mit dieser Aktion, die Sie – wie ich gehört habe, Herr Martin – als Farborgie bezeichnet haben. Ich denke, dass inzwischen wohl jeder davon weiß ...»

Roos kam herein; sie hatte ihr Haar gekämmt und zusammengebunden, sah aber noch immer etwas aufgeregt aus. In der einen Hand trug sie eine Vase, unter dem Arm den verbeulten Zylinder.

Chef Aref ging auf sie zu.

«Bist du Kursteilnehmer der Abteilung vier?», fragte er.

«Ja, Herr Ordnungshüter. Ich habe ein paar Objekte geholt. Für ein Still-Leben.»

«Still-Leben», wiederholte der Chef. Es war deutlich zu sehen, dass ihm das Wort nichts sagte. «Du musst mir nachher einmal zeigen, was du mit diesen Objekten anstellst. Wie heißt du?»

«Roos ... Rosa Smit.»

Ordnungshüter zwanzig hatte inzwischen ein Aufnahmegerät eingeschaltet. Der Roboter postierte sich an der Kellertür.

Chef Aref zog eine Karte aus der Tasche. «Ich habe hier eure/ihre Namen. Mein Kollege und ich werden jeder die Hälfte der Anwesenden hier in Abteilung vier befragen ...»

«In alphabetischer Reihenfolge», ergänzte Ordnungshüter zwanzig in barschem Ton. Er musterte Roos, als verdächtige er sie gleich mehrerer Straftaten.

Vermutlich möchten sie am liebsten vom ganz sympathischen ... und ungefährlich scheinenden Chef befragt werden, dachte Jock. *Nicht von Ordnungshüter zwanzig. Doch damit liegen sie völlig falsch!*

«Geh jetzt wieder an die Arbeit, Rosa Smit», sagte der Chef. «Du wirst aufgerufen, wenn du an der Reihe bist.» Er wandte sich wieder Jock zu. «Ich werde mit Ihnen, dem Betreuer, beginnen», sagte er. «Wollen wir nicht in Ihrem Büro Platz nehmen? Vielleicht kann für meinen Kollegen ein Tisch im Atelier freigemacht werden ...»

Kurze Zeit später saß Chef Aref auf Jocks Platz hinter dem großen Schreibtisch. Jock gelang es, seinen Sessel so zu stellen, dass er aus dem Augenwinkel das ganze Atelier überblicken konnte. Der Chef hatte in der Zwischenzeit sein Aufnahmegerät mitten auf den Tisch gestellt.

Weiß er nicht, dass das an diesem Ort völlig unnötig ist? fragte sich Jock. *O doch! Er weiß es genau ...* Danach nahm er sich vor, nur noch Gedanken zu lesen, wenn er es für wirklich notwendig hielt; zum Schutz seiner Kursteilnehmer zum Beispiel.

«Jock Martin», sagte Ordnungshüter Aref, während er noch einige Papiere durchging. «Kreativ-Betreuer am Montag, Dienstag und Freitag im Zentrum von Bezirk zwei. Den Rest der Woche als offiziell registrierter Maler tätig ...» Er lehnte sich in

Jocks Sessel zurück. «Unterbrechen Sie mich ruhig, wenn ich etwas Falsches sage! Den A.f.a.W.-Berichten zufolge sind Sie ein kompetenter Betreuer und der Einzige im Zentrum, der die Kursteilnehmer MALEN lässt.» Er ließ die Papiere auf den Schreibtisch flattern und fragte: «Lassen Sie sie nur ... oder bringen Sie ihnen das bei?»

«Was hat denn das ...», begann Jock.

«... mit dem Geschehenen zu tun?», unterbrach ihn der Ordnungshüter. «Vielleicht mehr, als Sie denken ... Die Farborgie (er sagte das beinahe genüsslich) ist nicht nur clever vorbereitet, sondern – meiner Ansicht nach – auch mit riesiger Freude ausgeführt worden ...» Er machte eine kurze Pause, wiederholte ein Wort: «RIESIG ...» Dann ließ er folgen: «ERHABEN, HERVORRAGEND ... VERLOGEN! Ich habe mich genau über Sie informiert, Jock Martin, und könnte gut verstehen, wenn Sie diese Aufregung um ein paar bemalte Gebäude etwas übertrieben fänden ... vor dem Hintergrund Ihrer (durch das Fernsehen bei vielen bekannt gewordenen) Äußerungen auf der Ausstellung bei Frau Mary Kwang als Ex-Planetenforscher nach der Ansprache zweier anderer Planetenforscher ...»

Jock verlor einen Augenblick die Kontrolle über seinen Gesichtsausdruck. «Sie wissen davon?»

«Selbstverständlich! Darf ich fortfahren? Wenn ich mir die Geschehnisse durch den Kopf gehen lasse und die daraus entstandenen Gerüchte; die vorgezogene Konferenz von E.R., W.P. und dem Rat für Außenwelten mit einbeziehe, dann denke ich ...»

Ordnungshüter zwanzig, der feierlich an einem Tisch Platz genommen hatte, sagte: «Herr Djuli Ankh! Dürfte ich Sie ...»

Jock entspannte sich etwas. *Djuli weiß sich zu helfen!* «Was denken Sie?», fragte er den Mann an seinem Schreibtisch.

Chef Aref richtete sich auf. «Was ich denke, tut nichts zur Sache; ich brauche es zumindest nicht auszusprechen. Ich versuche nur, meine Arbeit – ich sagte Arbeit, nicht Pflicht – so gut wie möglich zu erledigen. Wir werden bei allen Akademien, Schulen, Zentren und Einrichtungen, die mit MALEN zu tun haben, Informationen einholen. Und Kreativ-Zentren beherbergen nun einmal viele Personen, die unangepasst oder aufsässig sind! Manche von ihnen haben das, was heute Nacht geschehen ist, schon in kleinem Maßstab ausgeführt: Beschmieren von Gemeineigentum, Sprayen von Protesten oder Parolen auf Wände und Straßen. Etwas, das falsch und verboten ist. Und in DIESEM Zentrum, Herr Martin, sind Sie, wie gesagt, der Einzige, der seine Kursteilnehmer zum Malen anleitet.»

Jock setzte sich ebenfalls auf. «Und welche Schlüsse ziehen Sie daraus, Chef Aref? Dass ich meine Kursteilnehmer auf die Idee gebracht haben könnte, einen Scherz dieser Größenordnung durchzuführen? Das ist doch wohl nicht Ihr Ernst! Wenn Sie sie verdächtigen, sind Sie weniger intelligent, als ich angenommen habe. Das ist das Zentrum für Kreative Bildung, Bezirk zwei. Sie denken doch nicht etwa, dass meine Kursteilnehmer in ihrem eigenen Bezirk, noch dazu gegenüber MEINER Wohnung, Wohntürme anmalen würden? Sie sind vielleicht aufsässig und unangepasst, aber sie sind bestimmt nicht dumm, schon gar nicht verrückt ...»

«Ini Barnart», erscholl die Stimme von Ordnungshüter zwanzig. Und er dachte dabei: *Oh! Was für eine Figur, was für ein Schnuckelchen ... Wenn nur Aref nichts merkt ...*

«Sie haben Recht, Herr Martin», sagte Chef Aref ruhig. «Aber ich muss nun einmal einen Bericht für die Stadtverwaltung verfassen – so vollständig wie möglich. Ich bin sicher, dass Sie – wenn Ihre Kursteilnehmer diese außergewöhnliche Protestaktion ausgeheckt hätten – dem Ganzen sicherlich rechtzeitig ... Nun, Sie wissen schon, was ich meine.»

«Ich hätte dem rechtzeitig einen Riegel vorgeschoben», ergänzte Jock. (*Nein, von oder durch Ini ist nichts zu befürchten; Nummer zwanzig wird alles glauben, was sie ihm erzählt ... wie groß die Lügen auch sein mögen.*)

«Aber Sie waren NICHT ZU HAUSE, Herr Martin!», fuhr der Chef fort. «Sie waren nicht zu Hause, als es geschah ... Aus den Informationen, die mir aus dem Künstlerhaus vorliegen, geht nicht eindeutig hervor, dass Sie dort die Nacht verbracht haben ...»

«Aber sicher habe ich das!», sagte Jock. «Ich war der Einzige, der heute Morgen frühzeitig aufgestanden ist, um ...»

«Stimmt das auch? Die Aussagen aus dem Künstlerhaus gehen da ziemlich auseinander.» Der Ordnungshüter sprach betont langsam.

«Kein Wunder!», sagte Jock. «Wir ... wir – und auch ich – hatten alle einen in der Krone ... ich meine: Wir waren betrunken.»

Chef Aref nickte. «Und warum verließen Sie das Haus so frühzeitig und gingen in Ihre Wohnung?»

«Weil ich DIENST hatte, Chef Aref. Heute, hier! Und ich ging in meine Wohnung, um mich umzuziehen.»

Der Ordnungshüter nickte nochmals. «Stimmt, Herr Martin.» *Glaubt er mir? Er will mir glauben, er würde sogar so tun als ob – wenn er das könnte. Aber noch zweifelt er; er verdächtigt ... Obgleich er streng und rechtschaffen ist ... Er versteht, vermutet etwas und versteht doch nicht alles, aber das weiß und akzeptiert er ...*

Jock sah sein Gegenüber mit einem Gefühl von Respekt an. Dieser nickte ein drittes Mal, lächelte, einerseits abwehrend, andererseits fast einvernehmlich: *Das ist eine eigenartige Geschichte, eine verrückte Welt ...* Währenddessen redete er weiter: «Nun gut. Ich habe noch einige allgemeine Fragen, Herr Martin, aber die können warten. Ich werde zuerst die mir zugewiesene Anzahl Ihrer Kursteilnehmer befragen. Sie dürfen dabei anwesend sein, wenn Sie wünschen ... Gerne sogar.»

Einen Moment später hallte seine Stimme deutlich durch das Atelier: «DORAN! Bart Doran, würdest du einmal herkommen?»

Jock dachte: *Bart, bitte sei ...* und wurde sich überrascht bewusst, dass er auf diesen Jungen STOLZ war: die Weise, wie er sich wieder hergerichtet hatte, die Selbstbeherrschung, die er zeigte.

Die Befragung begann exakt so, wie er erwartet hatte: – «Du weißt doch, dass in Bezirk zwei ...» – «Kannst du mir vielleicht etwas erzählen, das ...» – Aber schließlich: «WO warst du, wo hieltest du dich auf, in der Nacht von Sonntag auf Montag? ... Wo gestern tagsüber? Du warst NICHT in Unterkunft acht, wie es sich gehört.»

Bart antwortete ohne zu zögern: «Nein, Chef. Warum muss ich denn jede Nacht dort sein? Es ist doch nur eine Unterkunft, nicht mein Zuhause! Ich übernachtete bei Kilian.»

Chef Aref blätterte in seinen Karten. «Kilian Gawan?»

«Ja!», sagte Bart.

Kilian! dachte Jock. *Er wusste genug über Kilian, um zu vermuten, dass viele seiner Kursteilnehmer – vorgeblich oder tatsächlich – bei ihm übernachtet haben könnten ... Kilian wohnt bei seiner Mutter, aber die ist nur selten zu Hause, und Kilian durfte bereits seit dem zehnten Lebensjahr tun, was er wollte – und nutzte das auch aus, manchmal mit fast katastrophalen Folgen ... Daher muss er auf Anweisung des A.f.a.W. wieder einmal an meinen Kursen teilnehmen ... Bei ihm daheim hat sich nicht viel verändert; selbst, wenn seine Mutter zufällig doch einmal daheim ist: Kilians Freunde und Freundinnen: Mach, was du willst ... solange du mich nicht störst ...*

«Das ist alles, glaube ich», sagte Chef Aref. Er stoppte Bart, der schon gehen wollte, mit einer Handbewegung: «He, Doran, wie geht es der KATZE?»

Jock erschrak. Schlagartig erkannte er – und wahrscheinlich auch der Ordnungshüter –, wie angespannt Bart war. Dieser wurde kreidebleich und stammelte:

«W-was, was meinen Sie damit?»

Der Chef lächelte, freundlich, aufrichtig: «Hast du mich nicht wieder erkannt, Bart Doran? Ich meine die Katze von Route Z. Ist es dir gelungen ...?»

Jock hatte für einen Moment das Gefühl, mitten in einem Erdbeben zu stehen; wenngleich er sicher war, dass äußerlich nichts davon zu bemerken war.

«Den Kater zu zähmen? ... O ja, es klappt ganz gut mit dem Tier», sagte Bart. *Frag bloß nicht weiter,* dachte er verzweifelt. *Jock weiß nichts davon. Niemand darf davon wissen; nur Li und Herr und ... Frau Akke ... Sei still, bitte sei still!*

«Schön zu hören», sagte Chef Aref. «Es ist immer gut zu wissen, mein Junge, dass man ein Leben gerettet hat. Auch das eines Tieres.»

Bart ging fort und Jock hoffte, dass es ihm gelungen war, drei Dinge gleichzeitig zu tun:

Zu Bart hinüber zu denken – *Wir sprechen uns nachher noch, halt die Ohren steif!* – seine eigenen Gefühle – ein Gemisch aus Verblüffung, Schuld, Mitleid und anderem – zu verbergen und sich währenddessen ruhig mit dem Ordnungshüter zu unterhalten: «Das war einer der Neuzugänge; netter Bursche, aber kein guter Maler. Wer ist der Nächste?»

Chef Aref blickte Bart nach. «Ach, Sie wissen natürlich Bescheid über die Katze, die er auf Route Z beinahe überfahren hätte. Aber am nächsten Tag ...» Er schwieg plötzlich. «Wussten Sie das nicht?»

«Ich weiß das», sagte Jock kühl, «was in seiner Akte steht. Der Rest geht mich nichts an.»

Aber inzwischen verfolgte er – nicht aus Neugier, sondern wie selbstverständlich – Bart mit seinen Gedanken ... bis er sich erschreckt zurückzog. In diesem Augenblick wusste – und begriff – er vieles.

Für eine Weile bekam Jock kaum etwas von dem weiter andauernden Frage-und-Antwort-Spiel mit. Aber auf einmal war er wieder tatsächlich und vollkommen anwesend bei Chef Aref in der Betreuernische ... Das war, als Kilian im Büro auftauchte und gedehnt sagte: «Ich? Ich war zu Hause, wie üblich. Und noch ein paar andere ...»

«Wer?»

«Ach je. Weiß ich nicht mehr genau. Bart Doran, der blieb über Nacht. Und auch Roos und Daan, und ... ääh ... Dickon. Und Huui ... mit Ini und ...»

«Also jeder?», fragte Chef Aref so ironisch, wie es ihm möglich war. Ironie war offenkundig nicht seine Stärke.

Er kennt Kilians Akte natürlich auswendig, dachte Jock.

«O nein, so viel Platz ist bei mir zu Hause auch wieder nicht», sagte Kilian.

«Niku?», fragte Chef Aref. «Jon Hoensen?»

Just in diesem Moment stand Jon vor Ordnungshüter zwanzig.

«Nein», sagte Kilian. «Nein, der nicht!»

«Sie kennen die beiden Burschen wahrscheinlich besser als ich», sagte Chef Aref, nachdem Kilian gegangen war. «Ich meine Jon und Niku ...»

Jock sah, dass Kilian *(Verdammt, er ist ein junger Mann, volljährig, fast neunzehn)* zu Roos hinüberschlenderte. Sie steckten die Köpfe zusammen, flüsterten. *(Und Daan? Ach, wieder einmal völlig grundlos eifersüchtig).*

«Die beiden», sagte der Chef vertraulich – *Von wem spricht er jetzt? ... O ja, Niku und Jon* –, «haben wir seit Monaten besonders im Auge. Das hat nichts mit ihrer Arbeit im Zentrum zu tun, sondern mit ihrer reichlich kriminellen Vergangenheit. Wir befürchten, dass sie noch immer Kontakt zu den ehemaligen Mitgliedern der von uns ausgehobenen Jugendbande haben. Schade ... Am meisten für sie selbst. Na ja ...»

Jock unterdrückte einen Schauder der Unsicherheit und Angst. *Niku, Bart, Laserpistole ... Was soll ich tun?*

Er erschrak über den violetten Roboter, der offenbar ohne dass er es bemerkt hatte, gegangen und wieder zurückgekommen war.

«Aha!», sagte der Chef, als er die Karte betrachtete, die ihm der Roboter ausgehändigt hatte. «Wir müssen alle möglichen Quellen überprüfen, Herr Martin ... Woher zum Beispiel haben die Täter diese Menge Farbe bekommen?» Er las vor:

KREATIV-ZENTRUM, BEZIRK ZWEI, MO 26
In den letzten zwei Wochen wurden vermisst:
– Farbe, rot: 1 Liter
– Farbe, blau: ½ Liter
– Tusche, schwarz: 1 Glas (¾ Liter)

«Eine Flasche schwarzer Tusche reicht nun wirklich nicht für einen ganzen Wohnturm», begann Jock und hielt dann abrupt den Mund, weil er merkte, dass er sonst keine Wahl mehr hatte als: tief erleichtert zu seufzen ..., einen hysterischen Lachkrampf zu bekommen ... oder noch Schlimmeres ...

«Und doch: DREI vermisste Gegenstände», sagte Ordnungshüter zwanzig laut von seinem Tisch aus.

«Sorry, Martin ... Herr Martin, erinnern Sie sich ... Die blaue Farbe hatte ich geliehen ... um zu Hause etwas auszuprobieren ... Aquarelle», sagte Djuli, der zum Schreibtisch kam. «Es ist noch eine Menge übrig; ich bringe sie morgen zurück. Und was die schwarze Tusche betrifft: Wir wissen doch alle, dass Bart das Glas in der letzten Woche zufällig umgestoßen hat!»

Leises Gelächter und zustimmendes Gemurmel aller Kursteilnehmer.

Chef Aref erhob sich aus Jocks Sessel. «In wenigen Minuten ist die Befragung beendet. Dürfte ich jetzt, begleitet von unserem Roboter und Ihnen, Betreuer Martin, einen Blick ins Kellergewölbe werfen?»

Dem Wunsch – oder Befehl – wurde entsprochen. Es wunderte Jock überhaupt nicht, dass nichts Verdächtiges oder Unerwartetes gefunden wurde. Die Einzelteile des Sprühhubschraubers waren wirklich sehr gut getarnt.

Ich glaube, dass die größte Gefahr überstanden ist! Selbst, wenn sie euch weiter verdächtigen (und das wird Aref sicherlich tun), kann niemand, wenn die Einzelteile erst einmal fort sind, auch nur irgendetwas beweisen ...

Das Beschmieren oder Bemalen von städtischen Gebäuden mit Parolen ist verboten und somit strafbar ... Aber steht irgendwo in unserem Gesetzbuch, was die Strafe für, sagen wir, das Einfärben eines ganzen Wohnturms ist?

Kurze Zeit später geleitete Jock die Ordnungshüter freundlich (dem Chef gegenüber) und höflich (zu allen dreien) hinaus. Als sich die Tür hinter ihnen geschlossen hatte, bemerkte er, dass in etwa zehn Minuten Pause zum Abendessen sein würde.

Glücklicherweise habe ich heute Abend Spätdienst ... zusammen mit Bob Erk. Und der geht gerne etwas früher ... Ganz bestimmt heute, nach dem, was er gestern getrunken hat ... Die Ausstellung, war die wirklich erst gestern?

Jock wandte sich an seine Kursteilnehmer und sagte laut: «Mein Kompliment an euch alle! Heute Abend gehen wir wieder an die Arbeit. Ihr könnt ruhig jetzt schon Pause machen, wenn ihr nichts anstellt. Und ... NIEMAND geht ohne meine

Begleitung in den Keller.» Er ging zur Tür, die ins Kellergewölbe führte. Bei Bart verweilte er einen Augenblick. «Ich erwarte dich dort», sagte er leise. «So bald wie möglich.»

Jock wanderte in dem Gewölberaum mit dem jetzt wieder ordentlich hergerichteten Blinkenden Bett auf und ab. Als er Barts Schritte hörte, blieb er stehen. Es ging doppelt so schnell, weil dieser die abwärtsfahrende Hälfte der Rolltreppe mit hinunterlief, und Jock hoffte inbrünstig, dass er die richtigen Worte finden würde.

Als Bart schließlich vor ihm stand, wusste er, dass es nur wenige Worte gab, die wie selbstverständlich zwischen ihnen gewechselt werden konnten.

«Schön, dass du endlich gekommen bist, Bart.» Er streckte seine Hand aus, die Handfläche nach oben gekehrt. «Die größte Gefahr ist vorüber. Auch dank deiner Hilfe. Gib mir jetzt das Armband.»

Bart stand bewegungslos da. «Geben? Was? Ich habe es nicht!»

Über ihnen rief der Summer, weniger durchdringend als im Atelier, zum Abendessen.

«ICH HABE ES NICHT!», übertönte Bart das Geräusch. «Ich habe es wirklich nicht! Durchsuch mich oder schlag mich tot, Martin. Aber ich habe das Ding nicht, verdammt ...»

«Und verdammt ...» unterbrach ihn Jock, jäh und heftig aufbrausend wie seit Jahren nicht mehr. «Du lügst, Bart! Geradezu dreist nutzt du mich und jeden anderen aus, der etwas für dich tun will!» Er versuchte sich etwas zu zügeln; eine echte oder vorgetäuschte Ruhe zu finden ... und brach doch noch heftiger los:

«Du hast das Armband nur behalten, weil du sauer auf mich warst. Dir war völlig egal, ob du damit mich, dich selbst oder meinetwegen die ganze Welt vernichtet hättest. Und dann? Eine tolle, prachtvolle Idee! Färbe die ganze Stadt rot, violett, grün und gelb, nur weil du selbst rot, violett, grün und gelb bist. Wovon? Vor Eifersucht, gebrochenem Herzen, schrecklichem Kummer? Anstatt dich darüber zu freuen, dass du eine Katze –

entschuldige: einen Kater – vor dem Tod gerettet hast, willst du nicht zwischen dem wählen, was das Tier will und was du willst! Wenn du das Tier wirklich mögen würdest, hättest du es schon längst in ein Naturreservat gebracht. Und wegen deiner Trauer oder Wut mussten – außer dir – auch wir alle mitspielen und über deinen Scherz lachen: Wirf mit Farbe, färbe einen Wohnturm schwarz! Fein ausgedacht, Bart – aber nicht von DIR ... von MIR! Deswegen behieltest du mein Armband. Und sorgtest so dafür, dass ich und noch andere lügen und betrügen mussten ... Als ich dich ein zweites Mal bat, mich zu besuchen, sagtest du NEIN. Warum? Weil ich wusste, dass du Route Z gefahren bist? Weil ich weiß, dass du aus allen Schulen fortgelaufen bist? Dass dich dein Vater vor die Tür setzte und deine Mutter nicht will, dass du bei ihr zu Hause wohnst? Weil du in der Zukunft – genau wie ich – niemals Planetenforscher werden kannst? ALLES RICHTIG, Bart Doran! Aber räche dich deshalb nicht an anderen, die daran keine Schuld tragen. Ich habe dafür gesorgt, dass du und deine Spießgesellen nicht gefasst werden, nicht einmal verdächtig sind. Ich habe eure Fotos und Skizzen vernichtet, zusammen mit Nikus Scheißpistole. Ist das nicht genug? Ich will jetzt nur noch mein Armband ...»

Bart wich zurück. «Woher ... woher weißt du ...»

«Woher ich das weiß?», sagte Jock fuchsteufelswild. «Das musst DU gerade MICH fragen! Ich weiß es einfach, genau wie du. Du ...» Er stockte kurz. *O du weiter Weltenraum*, merkte er, *ich fange an durchzudrehen.*

«Genauso wie ...», fuhr er etwas beherrschter, aber vielleicht umso bedrohlicher fort. «Genauso wie ich offenen Auges zugestimmt habe, DICH ohne Akte hierher kommen zu lassen. Ich wusste nicht mehr von dir als deinen Namen. Aber ich brauche nun mal kein Dossier ...» Er stockte erneut und rieb sich die Stirn.

«Lieber Bart», sagte er, auf einmal sehr müde. «Gib mir das Armband zurück und geh. Tröste Li, kraule deinen Kater Ak und beschließt gemeinsam, was Ak will. Trauere nicht wegen deiner Kontaktlinsen, denn echte Planetenforscher wird es auf der Venus nicht mehr geben ...»

Er tat einen Schritt auf Bart zu; der Junge wich weiter zurück.

«Jock Martin, woher …?»

«Woher ich das weiß? Woher wusstest DU, was ich dachte und fantasierte? Sogar, was ich gemalt habe, wie die AUGEN EINES TIGERS …» Jock schwieg. Plötzlich ernüchtert, erkannte er nur zu deutlich, was er angerichtet hatte und wieder gutmachen musste. *Aber wie? Ich bin bereits zu weit gegangen* … «Das ist jetzt egal, Bart. Ich will dir wirklich nichts Böses. Ich hätte dir das alles nicht sagen dürfen. Es ist auch nicht alles so, wie ich gesagt habe. Vielleicht wollte ich dich nur warnen. Vor anderen, die nichts über dich und mich wissen. Gib mir jetzt das verfluchte Armband, bevor es dir irgendjemand stiehlt.»

«Ich habe es nicht gestohlen, nur ausgeliehen!»

«Ach ja? Trotzdem hast du es behalten!»

«Ich gebe es dir nicht Martin. Nur … nur, wenn du mir verrätst, woher du alles weißt!»

«Hast du das noch immer nicht begriffen, Bart? Einfach so, von alleine.»

Einen Moment lang sah Jock nur die beiden großen, wilden, schwarzen, ängstlichen Augen des Jungen in einem verschwommenen, bleichen Gesicht.

«DU WEISST, WAS ICH DENKE?» *Er weiß, was ich denke!*

«Ja», sagte Jock. «Hör mal, Bart, das ist …»

«Du weißt, was ich denke? Du … Spion!», fiel Bart ihm ins Wort, zitternd vor Schreck und Wut. «Du … Wie sagtest du doch …» *Was du/ich fantasierte? Ich verstehe nicht. Oder doch …* Jemand – ein Schuft, und ich weiß auch schon wer – hat mir das Armband gestohlen, aber du bist ein noch schlimmerer Schuft. Du schaust in anderer Leute Kopf. Du stiehlst anderer Leute Gedanken …»

Jock ging auf ihn zu, packte ihn bei den Schultern und schüttelte ihn. «Bist du jetzt völlig übergeschnappt? Verstehst du es noch nicht? Es ist umgekehrt … oder beidseitig. DU TUST EXAKT DASSELBE WIE ICH! Ist dir das niemals bewusst geworden? Wir haben einander NICHTS gestohlen, Bart. Wir haben nur einander …»

«Hyp … hypnotisiert. Du hast mich hypnotisiert», sagte Bart leise. Mit einem Ruck machte er sich frei. «Ich bin froh, dass mir das verdammte Band gestohlen wurde. Sonst hätte ich es dir heute gegeben, während du ...» Seine Stimme brach ab mit einem Schluchzen.

«Bart! Bart, bitte!», flehte Jock. «Bitte beruhige dich! Dann wirst du erkennen, wie alles zusammenhängt. DU BIST GENAU WIE ICH! Ich kann deine Gedanken lesen, das ist wahr – aber du auch die meinen ...»

«Du lügst ...», begann der Junge.

«Warum sollte ich? Denk doch einmal nach, Bart.»

«Niemand, niemand darf meine ...», begann der Junge.

«Du hast Recht, Bart! Aber glaube mir: meine Gedanken sind auch für dich offen.»

Der Junge sah Jock einen Augenblick an, der nicht enden wollte ... *Deine Gedanken – meine Gedanken?* Dann sagte er leidenschaftlich: «Schön, schön, Martin. ABER DAS GLAUBE ICH NICHT!»

Er hatte sich umgedreht und war fort, bevor Jock wusste, wohin. Durch die Kellertür nach draußen oder zurück nach oben in die Kantine?

Na prima, sagte sich Jock bitter und voller Reue. *Jetzt hast du ihn fortgejagt. Freigelassen. Wohin? Wozu? Er wollte nicht glauben, dass er ... Kein Wunder! Ein toller Betreuer bin ich.*

7
Flucht und Angriff

Bart war nicht in der Kantine. Jock blieb eine Weile stehen und reagierte nicht auf die Winke verschiedener Kollegen und Kursteilnehmer.

Was jetzt? Wo ist er hin?

Er versuchte, Barts Gedanken aufzufangen, aber es gelang ihm nicht. Das machte ihn noch unruhiger, als er schon war. Hatte er nun endgültig seinen Kräften zu viel abverlangt?

Ihn suchen gehen ... Wo? Er kommt doch bestimmt zurück ... Er muss einfach aus Solidarität mit den anderen? Er, der Anstifter? Nein, ich bin der Anstifter. Ob er zurückkommt? Wenn er das nicht tut, ist es meine Schuld. Jock wurde es eiskalt vor Angst. *Wie kann ich, in Gottes Namen, vorhersehen, was der Junge tun wird? Er war völlig verwirrt.*

Langsam ging er zu einem Tisch und versuchte noch einmal, Bart zu erreichen. *Höre, hör zu! Wo bist du?*

Keine Antwort.

Er setzte sich. *Normal verhalten. Essen. Der Abend ist noch lang.* Neben ihm saß Djuli und ihm gegenüber ein müder Bob Erk.

«Hallo, Martin», sagte Letzterer. «Du siehst auch nicht mehr besonders frisch aus. Was für ein Tag! Nach einem verkaterten Morgen auch noch Ordnungshüter in unserem Atelier. Was hältst du von der Geschichte?»

Er sah Jock ungeachtet seiner Müdigkeit neugierig, beinahe forschend an.

«Nichts», antwortete Jock kurz angebunden. «Zumindest jetzt nicht. Ich habe keine Lust, heute noch darüber zu reden.»

Erk sah zuerst verärgert aus, aber dann nickte er. «Eigentlich hast du Recht ... Wir haben heute Abend zusammen Spätdienst. Bist du einverstanden, wenn wir es nicht allzu spät werden lassen?»

«Ja ... ja, sicher», sagte Jock. «Lass uns alle wegschicken, sobald es vertretbar ist!»

Erk warf einen Seitenblick auf Djuli, seinen Assistenten und zwei seiner Kursteilnehmer, die an ihrem Tisch saßen. «Betreuer sind auch nur Menschen», sagte er in verschwörerischem Ton. «Und ihr habt doch sicher auch nichts dagegen, einen Abend früher frei zu haben!»

Nach dem Essen – so weit es ihm möglich gewesen war, etwas herunterzubekommen – ging Jock zum Visiphon in der Halle und teilte Xan mit, dass er an diesem Abend später als gewöhnlich zu Hause sein würde. «Vielleicht komme ich auch überhaupt nicht», setzte er hinzu. *Dieses Gespräch wird registriert!* erinnerte er sich. «Ich wurde noch einmal ins Künstlerhaus eingeladen.»

Bart war nicht im Arbeitsraum, und er erschien auch nicht, als alle anderen bereits eine ganze Zeit dort waren. Jock schnappte verschiedene Bemerkungen darüber auf; die meisten ziemlich unfreundlich, eine einzige verwundert oder besorgt.

«Martin?», fragte Roos. (Sie war sichtlich beunruhigt.) «Weißt du, wo Bart steckt?»

«Nein», antwortete Jock. «Aber er kommt bestimmt. Ganz sicher kommt er noch.»

Ich wollte, ich wäre mir wirklich so sicher! Jock erinnerte sich, dass er selbst früher verschiedene Male fortgelaufen war, nach Auseinandersetzungen mit einem seiner Stiefväter. Manchmal war er erst nach ein paar Tagen zurückgekommen ... *Aber das hier ist etwas anderes. Wenn Bart Teamgeist hat, kommt er nachher, wenn das Zentrum geschlossen ist, um euch zu helfen ...*

Nachdenklich betrachtete er seine Kursteilnehmer. Sie waren alle sehr still. Auch wurde kaum gearbeitet.

Wer von euch hat Bart das Armband gestohlen oder abgenommen? Bei der Rauferei heute Mittag oder beim Kampf im Keller, als ich zu Hause war. Niku?

Aber noch immer gelang es ihm nicht, sein vor kurzem entdecktes Talent einzusetzen. *Und das gerade jetzt, wo ich es wirklich brauche!* Jock sah auf die Uhr – *Wie lange noch?* – und sagte sich: *Du hast es jahrelang ohne diese vielleicht nichtmenschliche Gabe geschafft. Warum solltest du es jetzt nicht können? Zwing dich nicht; lass es auf dich zukommen und reagiere dann ...* Er versuchte sich davon zu überzeugen, dass er Bart wiedersehen würde, bevor dieser Montag vorüber war. *Und wenn ich dich festbinden muss, dann werden wir es ausdiskutieren!* Halb hoffte, halb fürchtete er, dass Bart all seine Gedanken «gehört» hätte.

Bart beobachtete seine Unterkunft, die einen Steinwurf entfernt lag. Das einzige Zuhause, das er hatte; mit eigentlich ganz netten Mitbewohnern. Für ihn jedoch nur ein Zuhause, weil Li dort wohnte ... mit Ak.

Aber wenn ich jetzt dorthin gehe, nachdem ich so viele Nächte fort war, könnten sie versuchen, mich festzuhalten! Und das geht nicht, gerade heute nicht.

Bart zitterte, nicht nur vor Einsamkeit und abendlicher Kälte, sondern auch wegen der vielen Gedanken, die er nicht alle zugleich verarbeiten konnte.

Jock kann Gedanken lesen ... Aber das gibt es doch nicht; ich glaube es einfach nicht. Wenn ich das glauben würde, müsste ich durchdrehen. Verrückt werden. Das sagten doch die Planetenforscher im Fernsehen, Jocks Freunde ... Wo soll ich noch hin, wenn jemand – auch wenn es Jock ist – wissen kann, was ich denke. Meine eigenen Gedanken ... das Einzige, was ich habe, das Einzige, was mir allein gehört.

Li gestattete ihm, seine eigenen Gedanken zu denken, und er ließ ihr die ihren. Sie blieben dadurch frei voneinander und vielleicht gerade darum besonders verbunden.

Li, ich komm wieder nicht, heute Nacht. Aber ich komme bald, morgen ... Jock Martin, es ist nicht wahr, dass ich mich an anderen rächen will. Ich will nur frei sein. Auch wenn ich weiß, dass das nicht geht ... nicht sein darf. Und niemand, niemand darf meine Geheimnisse kennen. Außer, wenn ich sie freiwillig preisgebe.

Bart wandte Unterkunft acht den Rücken und begann kreuz und quer durch die Stadt zu streifen, auf oder neben den Rollsteigen. Er mied die Umgebung von Jocks Wohnturm.

Das Fest der Farben hatte ausschließlich verrückt, schön und geheimnisvoll sein sollen ... Warum war es so anders geworden?

Er sah die Kursteilnehmer der Abteilung vier vor sich. Ihm war es gelungen, beinahe alle zum Mitmachen zu motivieren: Ein Komplott gegen die Stadt, die festgefügte Ordnung, Schönheitskommission und das A.f.a.W. ... Also auch ein bisschen gegen Jock Martin ... *Roos war dagegen gewesen; nicht gegen den Plan, aber sie fand es Martin gegenüber gemein; sie wollte sogar, dass wir ihm davon erzählen. Aber darauf ist niemand hereingefallen! Einen Moment lang fürchtete ich, dass Roos ... Nein, sie hat uns nicht verraten, aber Jock wusste es trotzdem sofort. Kann er denn wirklich ... Wann bin ich auf die Idee gekommen? Als ich bei ihm zu Besuch war! Er sagte ... Nein, und nochmals nein. Hypnose. Und als ich das Armband fand, wusste ich, wie es klappen könnte ... Niku hat es gestohlen, wer sonst? Dieser miese Gauner mit seiner Pistole ...*

Langsam, auf vielen Umwegen, wählte Bart halb unbewusst seine Route in Richtung Zentrum.

Niku und Jon sind ganz krumme Hunde, das wissen wir alle. Auch wenn sie mitgemacht haben. Vielleicht sind sie sogar eifersüchtig ... Was hat Jock gesagt? ‹Grün und gelb vor Eifersucht, gebrochenem Herzen und schrecklichem Kummer.› Wie kommt er darauf? Und was fällt ihm ein, mir solche Sachen lautstark an den Kopf zu werfen?

Bart holte tief Luft. *Ich muss zurück zum Zentrum; ich habe es mir überlegt. Und ich muss sie warnen vor Martin, der Gedanken lesen kann. Abscheulich, wenn man jemandes Gedanken kennt!*

Er ging jetzt bewusst zum Zentrum. Für kurze Zeit hielt er inne.

«Was für ein UNSINN das alles ist!», sagte er laut, um eine Stimme zu hören – wenn es auch nur die eigene war. *Niemand glaubt daran, außer bescheuerte wissenschaftliche Vorlese-Ohrknöpfe und die Personen in verrückten Fantasiegeschichten. Gedankenlesen ... Es gibt noch ein anderes Wort dafür.* Er blieb stehen. *Telepathie.*

Glaubst du das wirklich, Bart Doran? Ach komm!

Diese Gedanken stiegen in ihm auf, als spreche sie ein anderer aus, sage sie ihm laut ins Gesicht. Mit der Stimme einer Frau, jung, zärtlich und schön ... Ein wenig ähnelte sie der Stimme seiner Mutter, vor langer Zeit.

Du traust dich nicht zu glauben, was wahr ist, fuhr die Stimme fort. *Es ist wahr und wirklich, deswegen sehr, sehr schwierig.*

Was soll ich dagegen tun? rief er lautlos. Aber er erhielt nicht sofort eine Antwort. Die Nacht war dunkel, ungeachtet des Schimmers vieler Lichter auf der Straße, hoch in der Luft und aus den Wohntürmen um ihn herum. Er bewegte sich nicht und wartete ab.

Geh weiter zum Zentrum, sagte die geheimnisvolle Stimme aus der Ferne ... oder in seinem Kopf. *Glaub mir: Jock ist dein bester Freund. Hilf ihm!*

Bart fürchtete sich mit einem Mal sehr. *Bist du ... bin ich ... verrückt ... Ich bilde mir ein, eine Stimme zu hören! Jock mein bester Freund ... Habe ich mir einen Augenblick lang gewünscht ... Aber das ist nicht wahr, und ich bin auch nicht verrückt!*

Nein, mein Junge ... das bist du nicht. Auch wenn du denkst, dass du in deiner Fantasie eine Stimme hörst. Geh jetzt zum Zentrum.

Barts Angst schwand. *Natürlich! Jeder fantasiert irgendwann einmal. Und jetzt solltest du deinen Malerfreunden helfen, den Sprühhubschrauber wegzuschaffen. Es wäre gemein, sie im Stich zu lassen ...* Er dachte einen Moment nach. *Das Zentrum schließt zwischen halb zehn und halb elf. Nach dem, was heute alles geschehen ist, vielleicht sogar früher ... Zehn Uhr? Wenn ich um halb elf ... Nein, zu gefährlich. Ich werde zusehen, gegen elf Uhr dort zu sein.*

«Wir schließen das Zentrum heute Abend etwas früher», sagte Jock in gedämpfter Lautstärke; er stand mitten im Atelier, von seinen Kursteilnehmern (bis auf einen) umringt. «Ich erwarte euch um halb elf ... nein, das ist zu früh, das könnte zu sehr auffallen ... gegen ELF Uhr jeden von euch hier zurück, um – nun ihr wisst schon.» Er zögerte einen Augenblick. «Ich bleibe hier und erwarte euch an der Kellertür. Ich warte auch immer noch auf mein, ja, *mein zweites Armband.*»

Warum, fragte er sich, der Verzweiflung nahe, *fühle, weiß oder errate ich nicht, wer es jetzt hat? Bart nicht mehr. Niku? Ich bin nicht ganz sicher ... Eigentlich schon, wenn ich die richtigen Schlüsse gezogen habe. Soll ich es darauf ankommen lassen, ihn mir schnappen und durchsuchen? Die anderen – außer Jon – werden mich kaum davon abhalten.*

Niku ging zur Tür und öffnete sie weit. «Erks Kursteilnehmer sind schon weg», sagte er. «'n Abend, Martin, bis später! Komm schon, Jon, gehn wir.» Er verschwand sehr schnell. Jon und ein paar andere folgten ihm sofort, die meisten jedoch gemächlich.

«Wen möchtest du hier nachher am liebsten wiedersehen?», fragte Djuli sehr leise neben Jock. «Die beiden wohl kaum ...»

«Dich, Djuli, und ... Daan, Roos, Kilian, ... Ach, wir werden sehen ...»

Zwanzig Minuten später wusste Jock, dass er sich ganz allein im Kreativ-Zentrum des Bezirks zwei befand. Alle Türen – das hatte er kontrolliert – waren elektronisch fest verschlossen. Er ging in das Kellergewölbe und machte überall Licht. Sehnsüchtig betrachtete er das Blinkende Bett. *Ich wünschte, ich könnte mich einen Moment ausruhen. Aber das geht nicht ... Ich würde einschlafen ...* Er sah auf die Uhr. *Bart, du kommst doch auch?*

Kurz vor halb elf ging Jock durch die Kellertür hinaus, die sich sofort hinter ihm schloss. Er lehnte sich dagegen und wartete, bis beide Hälften der Treppe (aufwärts/abwärts) automatisch wieder zum Stillstand kamen. Jetzt war es eine gewöhnliche Treppe – das heißt, genau genommen waren es sogar zwei. Aber das konnte man nur sehen, wenn die Rolltreppe lief. Und eine Rolltreppe würde sie automatisch am Morgen wieder sein, wenn der neue Arbeitstag begann. Jock konnte sich jetzt auf eine der unteren Stufen setzen. Er wartete, bis sich seine Augen an das Dunkel gewöhnt hatten; kein richtiges Dunkel, denn im Garten des Zentrums standen Laternen, aber natürlich dunkler als der jetzt hell erleuchtete Keller, aus dem er kam. Er musste nicht mehr lange warten. Um viertel vor elf schlichen Djuli, Ini, Dickon, Huui, Daan und Kilian leise die Treppe herunter.

«In der Umgebung scheint die Luft rein zu sein», flüsterte Djuli. «Mach auf, Martin, und wir besorgen den Rest.»

Jock war aufgestanden. Er hielt sein linkes Handgelenk vor die Tür, woraufhin sie unverzüglich lautlos zur Seite glitt. *Bart ist nicht dabei. Aber noch ist es nicht elf ... He, und Roos?*

Er ging mit den sechsen hinein und sorgte sicherheitshalber dafür, dass sich die Tür hinter ihnen schloss. Djuli, Ini, Dickon, Huui und Kilian begannen sogleich – mit Handschuhen – die Einzelteile zusammenzutragen, Daan jedoch blieb neben ihm stehen.

«Martin, weißt du, wo Roos ist? Sie wollte hier im Garten auf mich warten, aber sie ist nicht da! Höchst ungewöhnlich ...»

(Ja, tatsächlich!) «Vielleicht ist sie inzwischen gekommen», sagte Jock. «Schau noch mal nach.»

In Daans Gesicht spiegelte sich Sorge, als er nach draußen verschwand.

«Und wie dachtest du ...», begann Djuli.

«Je zwei Mann ein Teil, denke ich», sagte Jock. «Ihr seid zu sechst, und wahrscheinlich *(so hoffe ich)* kommen Roos und Bart auch noch ... Aber ... eigentlich ist das eure Sache! Was habt ihr vor?»

«Wir haben ein schönes, stilles Plätzchen ausgesucht. Hinter der alten Energiezentrale, nicht weit von hier. Dorthin bringen wir alles. Huui und Dickon setzen das Ding wieder zusammen, vielleicht mit Hilfe von Jon oder Niku, wenn die noch kommen. Einer fliegt ihn dann irgendwohin und stellt ihn ab ...»

«Wer wird das sein?», fragte Jock.

«Huui kann das», sagte Dickon. «Und ich; Bart und Niku auch. Aber die sind nicht hier ... Nun ja, das werden wir sehen, wenn wir alles von hier weggeschafft haben. In einer Viertelstunde, zwanzig Minuten sollte es erledigt sein ... Wenn die andern kämen, noch schneller, dann bräuchten wir nur einmal zu gehen.»

Djuli sagte: «Es scheint mir das Beste zu sein, dass wir, wenn alles erst einmal fortgeschafft ist, nicht vor morgen früh zurückkommen.»

Jock nickte. «Ich schaue noch einmal nach, ob die Luft wirklich rein ist», sagte er.

«Wenn Bart gekommen wäre, hättest du nach Hause gehen können, Martin», flüsterte Dickon. «Ein dämlicher Streich von ihm. Er hat ...» Er brach plötzlich ab. *Nicht petzen!*

«Vielleicht kommt er ja noch», sagte Jock kurz angebunden. «Und ich wäre IN JEDEM FALL bis zuletzt geblieben ... um abzuschließen.»

Er öffnete die Tür und ging die Treppe hinauf. Daan kam ihm entgegen, allein.

«Verrückt, dass Roos ...», begann er.

«Psst!», zischte Jock.

Unter ihnen erklang ein gedämpftes: «Alles okay?»

Jock und Daan sahen sich um. «Ja, kommt nur.»

Djuli und Ini kamen herauf, sie schleppten einen undefinierbaren großen Gegenstand. Sie verschwanden im Dunkel. Kurz darauf traten Dickon und Kilian aus dem Keller, stiegen mit ihrer Last die Treppe hinauf und verschwanden ebenfalls.

«Sorry, Martin», flüsterte Daan. «Ich werde auch helfen. Sag Roos, wenn sie ...» Er wollte bereits hinuntergehen, wo inzwischen Huui in der Tür erschienen war.

Warte ... «Warte», flüsterte Jock hektisch. «Warte einen Moment, Daan!»

Er sah ... nein, fühlte/sah mit seinem geistigen Auge, dass sich drei Personen näherten. Den ersten hätte er gerne mit einem freudigen Aufschrei begrüßt:

Bart!

Den beiden anderen sah er mit Misstrauen entgegen: *Jon und Niku.*

Er wusste, dass er seine Gabe wieder beherrschte, und darum hielt er Daan einigermaßen grob zurück, während Huui heraufkam, seine Last auf dem Kopf balancierend.

So viele Nächte konnte ich mühelos abhauen. Und jetzt, gerade jetzt ...

Jock hörte es deutlich: *Das ist Roos!*

Gerade jetzt haben sie mich erwischt und eingeschlossen. Eingeschlossen, Hilfe!

Daneben, dazwischen spürte er die Gedanken von einem oder mehreren anderen, aber er hatte keine Zeit sich ihnen zu widmen.

«Hör gut zu, Daan. ROOS WURDE EINGESPERRT! Von der Leitung ihrer Unterkunft. Kannst du, weißt du, wie ...»

«Ja», flüsterte Daan. «Aber woher weißt du ...»

«Das erzähle ich dir später. Befreie sie und komm dann mit ihr hierher. Aber sei vorsichtig! Versteckt euch im Garten oder so, bis ich euch rufe.»

Daan sprintete davon.

Jock sah ihm nicht nach. Er stand verwundert oben neben der Treppe. *Ich verstehe es immer noch nicht, aber Roos hat das Armband ... Roos, nicht Niku!*

Er fragte sich, warum er Niku und Jon nicht wirklich kommen sah, und auch Bart nicht.

Sie sind in der Nähe, aber sie bleiben stehen. Jon und Niku verstecken sich vor Bart, oder umgekehrt. Sie müssen mich deutlich sehen können, dachte er, beinahe krank vor Spannung. *Warum kommen sie nicht her?*

Bart hatte den Garten des Zentrums betreten, den schmalen, abschüssigen Teil an der Seite. Als er Jock an der Kellertreppe stehen sah, ging er hinter einer der hohen geraden Säulen in Deckung, die die Grenzen des Zentrumbereichs an dieser Seite markierten. Er sah die Gestalten von Daan und Huui verschwinden und zögerte. *Sie haben schon angefangen!* Auf einmal war er unsicher, ob er die anderen wirklich vor Betreuer Martin, der Gedanken lesen konnte, warnen sollte. Der daher alles wusste, was geschehen war, sodass er ihnen jetzt helfen konnte. *Helfen, ja, aber er ist auch ... beängstigend.*

Er blieb seinem Gefühl nach eine ganze Zeit lang stehen, unschlüssig, ob er weitergehen sollte oder nicht. Er sah vier seiner Mitschüler zurückkommen: Dickon, Kilian, Ini und Huui. (*Warum ist Roos nicht dabei?*) Sie gingen hinunter, kehrten wenig später mit allerlei Einzelteilen beladen zurück und verschwanden wieder. Bart wusste, wohin. Er selbst hatte den Platz ausgesucht. *Ich muss hingehen, schnell; ich kann sie nicht alles allein machen lassen.*

Jock sah, dass Bart hinter der Säule hervorkam – *endlich!* Gleichzeitig geschah etwas (*Was? In mir? In ihm? In uns beiden ... oder irgendwo anders?*); etwas, das ihn dazu brachte, zu erstarren, die Muskeln anzuspannen, die Fäuste zu ballen – als müsse er sich auf einen Kampf vorbereiten, einem drohenden Angriff entgegensehen.

Bart zögerte nicht länger, sondern ging wachsam weiter. Er hatte den Seiteneingang beinahe erreicht, als er wieder zögerte. Da waren Niku und Jon!

Sie schlichen sich von der anderen Seite heran, auf eine Weise, die ihm ganz und gar nicht gefiel. Er versuchte sich erneut zu verstecken. Diesmal hinter einem abstrakten Objekt mit abstehenden Metallstäben, wütend fuchtelnden Armen gleich.

Er hoffte, dass Niku und Jon ihn nicht gesehen hatten, sodass er einen Moment abwarten könnte, was sie planten.

«Ah, Jon! Niku!», hörte er Jock mit leiser Stimme sagen.

Die beiden Jugendlichen schienen kurz zu erschrecken, gingen aber dann doch auf ihn zu. «'n Abend, Martin. Was können wir tun?»

«Ihr kommt ein wenig spät, Jungs», sagte Jock. «Es ist nur noch ein Teil, und das können Djuli und ich ...»

«Warum nicht wir?», fiel Niku ihm ins Wort. «Warum hasst du uns, Martin? Wir sind nicht einen Deut schlechter als der Bursche dort drüben .... He, Bart!»

«Ja, Bart», sagte Jon boshaft. «Komm her, wenn du dich traust.»

Bart tat sofort, was von ihm gefordert wurde.

Beinahe im selben Moment tauchte Djuli auf. Er blieb neben Jock stehen und sagte leise: «Martin, es liegt was in der Luft, das mir gar nicht gefällt ...»

Er und Jock beobachteten die drei Jungen. Für einen kurzen Augenblick standen sie alle fünf so bewegungslos wie die Standbilder und Objekte im Garten.

«Meinst du?», flüsterte Jock. – *Ja, eine deutliche Bedrohung.* – «Du hast Recht», sagte er. «Ein Feind. Ganz in der Nähe. Wer?» Er sah sich um. Seine Augen streiften kurz Bart, und bevor er sie abwenden konnte, machte dieser einen Sprung nach vorne.

«FEIND!», rief er.

«Halt den Mund!», sagte Djuli streng.

«Der Feind», sagte Bart und rückte – wie von einem Magneten angezogen – näher an Jock heran, «BIST DU, JOCK MARTIN! Gestehe!» Er wandte sich an die anderen, die er plötzlich undeutlich, wie durch einen Schleier, wahrnahm. «Er ist gefährlich, wirklich gefährlich. Wie sonst konnte er alles wissen? Er ... er kann ... Gedanken lesen, wirklich. Er kennt ALLE GEDANKEN. Von mir, von euch, von jedem und darum ...»

Er drehte sich zu Jock um, der ihn anstarrte. «Stimmt's, Martin?»

Jock sagte sehr leise durch die Zähne: «Und du, Bart? Du liest die meinen ...»

Blind vor Wut sprang Bart ihn an, trat und schlug nach ihm, wo er ihn treffen konnte.

Im ersten Moment war Jock so überrascht, dass er ihn gewähren ließ. Dann verteidigte er sich und schlug ein paar Mal zurück ... *Pass auf, schlag ihm kein blaues Auge – bei Kontaktlinsen weiß man ja nie* ... Also verpasste er Bart einen Kinnhaken wie aus dem Lehrbuch, der ihn zappelnd zu Boden schickte.

Niku sagte, zuerst ängstlich, dann jedoch sehr wütend: «Ah, also du ... du hast meine Pistole ...»

«Ja, und sie vernichtet», antwortete Jock. «Komm nur, wenn du dich traust. Aber mit bloßen Händen!»

Halb betäubt richtete Bart sich auf und sah – nein, spürte –, dass der Kampf begann.

Kein fairer Kampf!

«Pass auf, Jock», riefen er und Djuli nahezu gleichzeitig. «Er hat ein MESSER!»

Die Warnung war unnötig. Jock wusste es bereits, bevor er das Messer sehen konnte. Er ergriff Nikus Handgelenk, und es gelang ihm, dem Stich auszuweichen. Dann versuchte er, Niku das Messer zu entwinden. Schließlich glückte es ihm, aber erst nachdem es schmerzhaft seine rechte Schläfe und Stirnseite gestreift hatte. – Kein Auge, *Gott sei Dank!* – Wenngleich jetzt hinderliches Blut zu tropfen begann. Jon sprang hinzu und trat ihm von hinten tückisch in die Beine. Djuli packte den Jungen an Nacken und Haar und schleifte ihn fort. Jon riss sich jedoch los und suchte sein Heil in der Flucht. In Barts Nähe blieb er stehen. Dieser war inzwischen – so schwindelig ihm auch war – aufgestanden, zu Tode erschrocken über das, was er mit seinen Worten ausgelöst hatte.

An der Kellertreppe kämpften Jock und Niku noch immer. Jetzt wirklich mit bloßen Händen, Mann gegen Mann.

«Nein! Du wirst Niku nicht helfen!», rief Bart Jon zu. Er hatte einen Stab vom Objekt abgebrochen und hielt ihn mit beiden Händen fest. «Das Ding hier ist schwer und sehr scharf; damit schlag ich dich tot. Das ist mein Ernst!»

«Halt den Mund», sagte eine unbekannte Stimme hinter ihnen. Ein ebenfalls unbekannter Mann – kein Ordnungshüter – trat zwischen sie und fasste die Jungen am Arm, sodass Bart seine Waffe fallen lassen musste. «Schaut!», sagte er leise. «Jock Martin hat die Oberhand gewonnen ... Aber langsam wird er müde, sein Bein schmerzt ... Lange hält er nicht mehr durch ... Wie dem auch sei: Er muss sterben.»

Bart und Jon starrten ihn an. «Wer sind Sie?»

Inzwischen hatte sich Djuli tapfer in das Gefecht geworfen. Es gelang ihm, die Kampfhähne zu trennen. Jock und Niku wankten ein paar Schritte auseinander. (*Jock hinkt wirklich*, sah Bart.) Djuli redete auf sie ein, aber Bart und Jon konnten seine Worte nicht verstehen, weil der Unbekannte, der sie noch immer festhielt, wieder zu sprechen begann.

«Wer ich bin? Ich habe verschiedene Namen. Jock Martin kennt mich als Manski, aber so heiße ich nicht ... Interessant, ich habe ihn tagelang mit meiner Technik verfolgt und jetzt beinahe einen ganzen Tag persönlich. Ich weiß viel über ihn. Hört zu! Bevor sie wieder anfangen, solltet ihr eines wissen. Darum lasse ich euch laufen, Jungs: Weil euer BETREUER die Schuld an allem trägt. Er ist lebensgefährlich: ein Telepath, Gedankenleser und all das Schreckliche, was damit zusammenhängt. Darum muss er sterben ...» Er ließ sie los. «TÖTET IHN!»

Jon rannte davon, hinüber zu Niku, Jock und Djuli. Bart wollte ihm folgen, wurde jedoch zurückgehalten.

«Lass ihn nur machen, Junge!»

Bart musterte den Unbekannten noch einmal und bemerkte voller Abscheu in einer leuchtend hellen Sekunde, was dieser für ein Mensch war. «Warum sollen WIR das tun? Warum traust du dich selbst nicht, du Mistkerl?»

Bei diesen Worten zerbrach etwas; er wusste nicht, was. Der Mann, der sich Manski genannt hatte, ließ ihn los und verschwand im Dunkel.

Djuli hielt Jon auf, indem er ihm ein Bein stellte. Jon fiel, rappelte sich jedoch auf und ergriff zum zweiten Mal die Flucht. Djuli verfolgte ihn ein kurzes Stück und kam dann zurück. «Und jetzt hört endlich auf», keuchte er atemlos.

Aber Niku griff Jock erneut an, mit erbitterter Mordlust. *Du Dreckskerl, dir werd ich's zeigen ...*

Bart nahm das alles wahr, ohne zu wissen, ob er das wirklich sah. Als sähe er einen Film, aber gleichzeitig wusste er: *Das geht ins Auge!*
«Jock! Jock ... Jock, hör auf. Flieh!» *Die Treppe.* «Die Treppe!»

8
Alptraum

Auch Jock empfand das Geschehen als unwirklich. Alles, was er seit dem Augenblick, in dem Bart ihn als Feind angegriffen hatte, tat und erlebte, war ein Alptraum.

Warum musste es gerade Bart sein? Edu hatte Recht: Wer Gedanken lesen kann, ist seines Lebens nicht sicher. Furcht, Hass, Alptraum! Wäre es nur so, dann würde ich vielleicht gleich aufwachen ...

Er schlug Bart zu Boden, und dieser verschwand.

Dann kämpfte er mit Niku. Der war nicht nur, wie Jock erwartet hatte, ein gefährlicher Gegner – jünger und geübter als er –, sondern ... *auch jemand, der mich hasst und fürchtet.* Er wusste, dass er schnell sein, dem Ganzen so schnell wie möglich ein Ende machen musste. Niku war ihm zweifellos an Kampfeslust und Ausdauer überlegen, aber ... *Ich kann ihn überwältigen, wenn ich meine Gedanken zusammenhalte!*

Ungeachtet dieser Überlegungen hätte er wahrscheinlich nicht so entschlossen weitergekämpft, wenn er nicht – in Gedanken und Taten – HILFE bekommen hätte. Von Djuli und ... *glücklicherweise* auch von Bart. Die Unterstützung von weiteren Gedanken drang nur halb zu ihm durch. Und von Anfang an war da etwas, das ihn fortwährend behinderte, etwas, wodurch der Kampf Mann gegen Mann – so rauh, wild und verzweifelt er auch war – ihm manchmal wie ein Scheingefecht erschien ... *Lebensgefährlich, ja ... Aber da ist etwas Bösartigeres, etwas, das mich hemmt, mich lähmen will ...*

Erst nach einiger Zeit wurde ihm klar, was es war: DIE ZERSTÖRERISCHEN, FINSTEREN GEDANKEN VON MANSKI/TORVIL: *Lange hält er nicht mehr durch. Er muss sterben.*

Djuli stand urplötzlich zwischen ihm und Niku.
«Seid ihr jetzt völlig verrückt geworden? Ist es noch nicht genug? Ihr wollt doch wohl nicht weiterkämpfen? Einander zusammenschlagen und dann gemeinsam in ein A.S.-Heim ...»
Er redete weiter, aber Jock achtete kaum noch auf seine Worte. *Dieser Tritt von Niku – oder war es Jon gewesen? – hat ... Ich kann auf dem Bein beinahe nicht mehr stehen.*
Er wischte sich Blut und Schweiß vom Gesicht.
Er muss sterben, tötet ihn!

Eins weiß ich nun sicher, dachte Jock, als er wieder einmal – *zum wievielten Male eigentlich?* – einen Angriff abwehrte. *Ich will nicht sterben. Und Bart will auch nicht, dass ich ... Und Anna ... Ich lass mich nicht ...*

Nikus überdeutliche Mordlust: *Du Dreckskerl. Dir werd ich's zeigen ...*
Manski/Torvils Prophezeiung: *Lange hält er nicht mehr durch ...*
Und dann Bart: «Jock, hör auf. Flieh!» *Die Treppe.* «Die Treppe.»
Jock sammelte seine Kräfte. Er trieb Niku ein Stück zurück, holte noch einmal aus und schlug zu.

Ein paar Augenblicke Vorsprung, so hoffte er, als er rannte, stolperte und endlich halb laufend, halb hinkend die Treppe erreichte, die hinunterführte ... *Hinunter zur Kellertür, hinter der ich sicher sein werde. Denn ich habe mein Armband.* Dieser Gedanke wirkte wie das Erwachen aus dem bösen Traum.

Hastig warf er einen Blick über die Schulter – kein Niku in Sicht – und begann hinunterzugehen, so schnell sein schmerzendes Bein es zuließ. Doch plötzlich befand er sich wieder in seinem Alptraum. WIE KONNTE ES SEIN, DASS SICH DER FUSSBODEN AM ENDE DER TREPPE UND DIE KELLERTÜR VON ALLEIN ZU BEWEGEN BEGANNEN ... AUF IHN ZU?

Wenn ich weitergehe, werde ich dagegenlaufen, nein: vornüberfallen. Wie kann das nur sein?

Einen Wimpernschlag später wusste er die Antwort:
Jemand hat die Rolltreppe eingeschaltet!

Aber das begriff er
  einen winzigen Moment
    ZU SPÄT.

Eine Reflexbewegung rückwärts, um das, was er sah, auszugleichen *(der Boden kommt auf mich zu, ich fahre zu schnell hinunter)*, hatte ihn bereits aus dem Gleichgewicht gebracht. Sein linkes Bein prallte gegen eine Treppenstufe, genau auf die schmerzende Stelle über dem Knöchel ... *(Und jetzt bricht wirklich etwas, falls das noch nicht ...)* Er fiel HINTENÜBER und landete auf der immer noch abwärts laufenden Treppe.

Als das Ende der Treppe erreicht war, wurde sein Körper noch einen Moment weiter vorwärts bewegt. Jock rollte sich herum und merkte – begleitet von einem Schmerz, als hätte man ihn durch eine Mangel gedreht –, dass er fast direkt vor der verschlossenen Tür gelandet war, auf Händen und Knien.

Und jetzt muss ich ... kann nicht ... muss ich aufstehen. In einer schier endlos langen Sekunde glückte es ihm. Währenddessen hörte er Barts Schrei – oder dessen Echo – voller Angst, Schreck und Reue und Nikus Schritte, die die Treppe herabstürmten.

Aber er konnte sich auf den Beinen halten, indem er sich schwer mit beiden Händen an der Tür abstützte. Das Armband bewirkte, dass sie sich öffnete. Er taumelte hinein, und die Tür glitt hinter ihm zu, alle Geräusche aussperrend. Er war seinen Feinden entkommen.

Niku kam zurück nach oben und sah sich Bart gegenüber. Der hatte den tückisch spitzen Stab wieder aufgehoben, den er zuvor fallen gelassen hatte. «Ich bring dich um», sagte Bart. Aber als er zuschlug, verfehlte er. Niku flüchtete, flüchtete wirklich. Er hatte vielleicht nicht verloren, aber ganz sicher auch nicht gewonnen.

Und Jock dort unten? Er lebt. Aber wie?

Bart schauderte bei der Erinnerung an das Gesehene und halb bewusst Gespürte, als Jock das Gleichgewicht verloren hatte und gestürzt war. *Hätte ich jetzt nur das Armband. Was soll ich jetzt –*

Er starrte die sich noch bewegende Rolltreppe an, die endlich langsamer wurde und anhielt. Kurz darauf spürte er jemandes harten Griff: Djuli!

«So, ich habe die Treppe angehalten. Ich wünschte, ich wüsste, WER sie eingeschaltet hat. ICH weiß, wie man das kann, Niku auch (aber der kämpfte) und ... Jon. Also Jon oder jemand anders, oder die beiden zusammen? Es war noch jemand hier auf dem Gelände! Aber ich kann nicht glauben, dass ...» Djuli ließ Bart los. «Weißt du vielleicht, wer?

Bart starrte ihn an. Er sah einen sehr betroffenen, zerzausten, erhitzten, wütenden, kampfeslustigen ... und völlig anderen Djuli. *Jocks Freund.*

«Ich weiß es nicht», antwortete er, noch immer wie betäubt. «Also du hast jetzt gerade die Treppe angehalten ... Ja, da war noch jemand ... Manski. Was sagte er doch gleich ... Bestimmt hat er es getan – die Treppe eingeschaltet, meine ich. Ein mörderischer Scherz ... JOCK IST DA DRINNEN, DJULI!»

«In Sicherheit!»

«Ach ja? Wie schwer verletzt ist er? Und wir können nicht zu ihm, Djuli», sagte Bart verzweifelt, «denn ich habe das Armband nicht mehr. Gestohlen, von Niku ... So muss es sein ... Wer sonst? Und jetzt liegt Jock dort, und wenn, wenn ...» Er schluckte. «Dann ist es meine Schuld. Dann habe ich ... habe ich ihn getötet, ermordet.»

Djuli packte ihn noch einmal grob an den Schultern und schüttelte, nein: rüttelte ihn tüchtig. «Tolle Rede, Bart Doran. Nutzt aber keinem etwas. In einem Kreativ-Zentrum kann doch niemand sterben!? Wir könnten doch ...»

«Und alles verraten? Selbst Jock würde das nicht wollen», sagte Bart erst zähneklappernd, dann beherrschter.

Djuli hielt ihn immer noch fest. «Das Armband muss doch irgendwo sein! Aber wenn Niku ... Verdammt noch mal, Bart, wir lassen Jock nicht im Stich. Er muss – egal wie – in eine Klinik ... Also das A.f.a.W. ... Auch wenn ich wieder in ein Asozialenheim muss: Ich rufe das A.f.a.W. an. Tut mir Leid, was

Besseres fällt mir nicht ein, Bart. Außer den Betreuern können alle Chefs des A.f.a.W. ...»

Bart riss sich los. «Oh, Djuli, ich weiß jemand, der uns ... der Jock helfen wird: A.f.a.W.-Chef Akke. Ein Visiphon ... Hier steht doch irgendwo ein Öffentliches ...»

«An der Straßenecke dort hinten. Komm mit», sagte Djuli.

Wie spät ist es? fragte sich Bart, als er die Nummer vom A.f.a.W.-Hauptquartier Nord heraussuchte. Eine der zwanzig wichtigen Nummern, die deutlich über dem Rufknopf neben dem Bildschirm vermerkt waren. Die Leitung war frei. *Akke ist natürlich schon längst zu Hause ...* Noch bevor er weiter denken konnte, leuchtete der Schirm auf und Akke blickte ihm entgegen. *Wütend ... Nein, erschreckt, beunruhigt.*

«Bart! Was ist los?», sagte Akke streng. *(Besorgt und daher ungeduldig.)*

«Jock ... Herr Akke, Jock ist im Keller des ...» *(Ruhig bleiben, sonst kapiert er gar nichts. Und das hilft Jock überhaupt nicht.)*

Akkes Gesicht entspannte sich. «Gut so! Erzähle ruhig, aber auch kurz, Bart.»

«Jock ist im Keller des Zentrums. Nach ... nach einem Kampf von der Treppe gefallen. Ziemlich verletzt, fürchte ich ... Herr Akke, ich ... wir haben kein Armband ... Können nicht zu ihm ...» Barts Stimme überschlug sich. «Wenn er stirbt, ist es meine Schuld. Können Sie ...»

«Ich komme sofort!»

«O prima ... Es ist vielleicht gefährlich ...»

«Ich weiß ...» Akke unterbrach sich. «Bart, würdest du ...»

Bart beendete die Verbindung und stürmte aus der Visiphonzelle. Genau in die Arme von Djuli, der draußen gewartet hatte.

«Er kommt, ein Freund von Jock ... *(Woher weiß ich das?)* ... und auch Arzt. Er verrät bestimmt nichts.»

«Psst. Ich sah gerade einen Ordnungshüter, da drüben. Komm, wir werden zusammen ...»

Wieder machte Bart sich los. «Nein, du wartest, Djuli. An der Treppe. Ich nicht, ich habe ... Es ist ...» Er rannte davon, in den Garten des Zentrums hinein. Blindlings zwischen Standbildern und Objekten hindurch, auf der Suche nach einem Platz, an dem er sich vor Djuli, vor Akke, vor jedem verstecken konnte ... auch vor sich selbst.

Jock hatte sich aufgerichtet und stolperte halb humpelnd, halb strauchelnd den Gang hinunter. Mit der linken Hand stützte er sich immer wieder an der Mauer ab. Seine andere Hand fand hier und da Halt an einem soliden Objekt. Nicht immer allerdings: Manchmal gab der Gegenstand nach und fiel um. Dann hatte Jock Mühe, sich auf den Beinen zu halten. *Und auf den Beinen bleiben muss ich, gehen sogar. Wenn ich falle, komme ich nicht mehr hoch.* Er sah die blutigen Spuren seiner Finger auf Wand und Objekten. Sein Kopf dröhnte und einfaches Atemholen kostete Mühe. Aber das war nicht das Schlimmste. Das war der Schmerz in seinem linken Bein oberhalb des Knöchels. Er wusste es nun genau: *gebrochen,* und gleichzeitig: *Nur das Wadenbein, Gott sei Dank! Wäre es das Schienbein gewesen, hätte ich überhaupt nicht mehr laufen können ... Warum muss ich laufen?* Er suchte nicht erst lange nach einer Antwort. Er verhielt sich wie ein wildes Tier auf der Flucht in ein sicheres Versteck. Aber während er instinktiv danach suchte, blieb ein Teil seines Geistes auf völlig andere Weise beschäftigt:

Was tut Djuli? Was macht Bart? Hat Roos wirklich das Armband? Und wird sie mit Daan ... Und immer wieder, mal wütend, mal mitleidig, mal verzweifelt, mal dumpf: *Bart? Wo bist du? Bart! Was machst du gerade?*

Er erreichte den Raum mit dem Blinkenden Bett. Das war das Versteck, nach dem er gesucht hatte. Er hinkte auf das Bett zu und setzte sich darauf. Sich hinzulegen wagte er nicht ... *Kann mein Bein nicht heraufziehen.* Er schlang den Arm um ein paar Stäbe des Kopfendes, versuchte mit der anderen Hand noch einmal das Blut abzuwischen, das von seiner Stirn und aus seiner Nase tropfte, keuchte, hustete und schmeckte noch mehr Blut auf Zunge und Lippen. *Schade um die alte, aber schöne Decke ... Und jetzt muss ich irgendwie ...*

9
Nacht: Freundschaft und mehr

Jock versuchte tief durchzuatmen, aber das tat höllisch weh. Und er musste über die Schmerzen hinweg denken, sich konzentrieren ...

Jock, lieber Jock, halte durch. Ich werde ...

ANNA! Nein, Liebes, du spürst doch jetzt, was davon kommen kann, wenn man ... wenn sie erfahren, dass du Gedanken lesen kannst. Das hier muss ich alleine durchstehen. Und Hilfe ist unterwegs, das weiß ich ... Warte einen Moment, bis ... mein Kopf wieder klar ist ...

Da ist noch jemand –

Jock, ich bin auf dem Weg zu dir ...

EDU! Aber du warst doch unterwegs nach Sri Lanka –

Irgendwann in ein paar Stunden geht wieder ein Luftschiff. Wo bist du genau?

Kreativ-Zentrum, Bezirk zwei. Anna weiß, wo das ist ... Anna, hast du Edu gehört? Sprich du mit ihm ...

Jock, beiß die Zähne zusammen! Ich bin gleich bei dir. Bart hat mich alarmiert. Und zuvor Edu ...

AKKE! Akke, Bart ...

Du hast wahrscheinlich genug, worüber du nachdenken musst; zumindest, wenn du bei Bewusstsein bist. Aber ich verstehe diese Sprache nun einmal nicht. Ich komme gleich.

Edu, wenn du kommst, versuche Bart zu finden. Und ihr alle: Seid vorsichtig ...

Jock lächelte. Nicht wirklich, sondern in Gedanken. Es war noch immer Nacht, aber der böse Traum war vorüber.

Er versuchte noch einmal tief Luft zu holen, aber das gelang ihm nur zum Teil. *Zähle bis zehn und versuche es noch einmal,* sagte er sich. *Ich bin in Sicherheit, Hilfe ist unterwegs. Aber Bart ... Bart Doran!*

Er konzentrierte sich, aber was er fand, war keine Mauer ... Eher etwas, das ihn an ein wildes, in die Ecke getriebenes Tier denken ließ, dem es im letzten Moment gelungen war zu entkommen. Und das sich vor der Außenwelt abgeschottet hatte, zusammengerollt in einem unzugänglichen Versteck.

Edu, Anna! Bart ist geflohen ... mit seinem Geist. Aber er ist ganz in der Nähe, hier beim Zentrum. Fang ihn mit deinen Gedanken ein, Anna ... Edu, rette ihn, hilf ihm ... Ach verflucht, dieser verdammte Junge ... Ich habe ihn verletzt ... Ich mag ihn, bring ihn zu mir, wenn du kannst.

Jock brach ab, geistig und körperlich am Ende seiner Kraft.

Wir verstehen dich. Wir helfen dir, dir und Bart ...

Die Stimmen in Jocks Kopf verstummten. Beinahe zur gleichen Zeit vernahm er ein echtes Geräusch. Die Kellertür hatte sich geöffnet, und Schritte näherten sich.

Wo ist die Pistole? dachte er einen Moment lang verwirrt. *Wer kommt da?*

Einen Augenblick später hörte er seine eigene Stimme, heiser und beinahe unkenntlich: «Roos! Daan! Djuli!»

Ihre Augen verrieten Jock, wie er aussah. «Ich lebe noch», brachte er heraus. «Und es sieht schlimmer aus, als es ist ...» Er schmeckte wieder Blut in seinem Mund, hob mühsam eine Hand und zog einen lockeren Zahn aus dem Kiefer.

«Ach, Jock», sagte Roos mitleidig, ohne eine Spur von Ekel oder Furcht. «Haben sie dir auch noch die Zähne aus dem Mund geschlagen?»

«Nur einen Zahn», antwortete Jock träge. «Und das war ein künstlicher, glaube ich.»

Roos nahm ihn ihm aus der Hand. «Ich werde ihn für dich aufbewahren. Wenn er nicht beschädigt ist, ist es auf jeden Fall billiger, ihn wieder einzusetzen, als einen neuen anfertigen zu lassen.»

Wäre Jock in der Lage gewesen zu lachen, er hätte es getan. «Also DU hattest ... mein Armband die ganze Zeit.»

«Seit heute Mittag erst. Hätte ich es nicht genommen, hätte Niku es getan.»

«Ich hätte es wissen müssen ... Aber, ich war, ich bin ...»

«Leg dich hin», sagten Roos und Daan. «Warum sitzt du so krumm da? Lass uns ...»

«Gerne! Aber nicht sofort ... Ich ...»

«Verstehe, Jock», fiel Djuli ihm ins Wort. «Du fürchtest, dass du dir etwas gebrochen hast.»

«Ich bin sogar sicher. Mein Bein! Also ...»

Wenige Minuten später lag Jock, den sie ungemein vorsichtig hochgehoben und dann hingelegt hatten, der Länge nach und mit geschlossenen Augen auf dem Blinkenden Bett.

«Was weißt du von ...» hörte er Roos flüstern.

«Nichts», sagte Daan.

«Gerade so viel», sagte Djuli, «um zu wissen, dass wir ihn ruhig liegen lassen sollten, bis ... bis ...»

«Bis wann?», flüsterte Roos beunruhigt.

«Hilfe ist unterwegs», sagte Djuli. «Jemand, der ...»

«Mein Freund Akke», flüsterte Jock. «Djuli, es gibt doch Verbandskästen im Zentrum ...»

«Ich weiß ... Jock, wie ...» Djuli verstummte. «Ich hole einen.» Jock hörte, wie er davoneilte.

«Und was sonst noch alles nötig ist», sagte Roos. «Saubere Decken, warmes und kaltes Wasser ...» Auch sie verschwand.

Daan blieb mit Jock allein. Er ging ein wenig umher und fragte plötzlich, ganz dicht neben ihm: «Geht's dir jetzt etwas besser, alter Knabe?»

«So leidlich», antwortete Jock und schlug seine Augen auf. «Kannst du die Lampe über meinem Kopf ausschalten? ... Danke.» Wenig später sagte er: «Du fragst dich jetzt bestimmt alles Mögliche. Woher ich wusste ... Vielleicht hat Djuli dir schon etwas erzählt. Warum sie ... Warum Niku mich angegriffen hat ... Bitte verrate den anderen nicht, was du denkst ...» Sein Gesicht verzerrte sich vor Schmerz. «Außer Roos natürlich», fügte er dann hinzu. «Wie hast du sie ...»

«Scheibe eingeschlagen», antwortete Daan lakonisch. «Zum Glück wohnt sie im Erdgeschoss.»

Jock schloss die Augen wieder, um nicht sehen zu müssen, wie alles um ihn herum zu schwanken begann.

«Hier, nimm einen Schluck», sagte Daan und schob eine Hand unter Jocks Kopf. «Das wird dich wieder auf die Beine bringen.»

Jock spürte, dass etwas an seine Lippen gesetzt wurde und tat, was Daan ihm sagte. Sehr reiner, guter Alkohol brannte in seinem Mund und seiner Kehle, ließ ihn einen Augenblick nach Luft schnappen und gab ihm danach etwas von seiner Frische und Kraft zurück. «Danke», sagte er, während er wieder die Augen öffnete. «Wo hast du den denn her?»

«Eingeschmuggelt», sagte Daan mit einem Grinsen. «Glücklicherweise hast du diese Flasche hier heute Morgen nicht gefunden. Sonst hättest du sie bestimmt auch in den Vernichter geworfen. Noch einen Schluck?»

«Nein, danke. Das war gerade genug ...»

Djuli und Roos kamen gleichzeitig zurück. Der Mann stellte eine große Dose ab und sagte: «Der Streich mit der Treppe ist das Werk von Jon oder dem anderen Schurken; aber beide sind geflüchtet.»

Roos kniete sich neben das Bett und begann sehr behutsam, Jocks Gesicht mit einem nassen Tuch abzutupfen.

«Prima, Roos», flüsterte Jock und fragte dann: «Ein anderer Schurke? Wer?» Gleichzeitig suchte er mit seinen Gedanken wieder nach Bart. Er spürte die vage Anwesenheit von Anna und Edu, und – beängstigend: das taubblinde Schweigen von Bart. Inzwischen vernahm er Djulis Antwort:

«Es war noch jemand im Garten; ein Außenstehender. Ich sah ihn nur einen Moment lang. Und konnte es nicht glauben ...»

«Manski», murmelte Jock. *(Er ist jetzt weg, weit weg.)*

«Diesen Namen habe ich schon einmal gehört, von Bart glaube ich ... Nein, Jock, ich glaubte jemanden zu erkennen, der jedem bekannt ist, der mit ... Computern, Robotern und derlei Dingen zu tun hat. Und das kann einfach nicht sein.»

«O doch. Dr. Ernst Torvil.»

«Woher weißt du das? Jock, dahinter steckt viel mehr, als ich geahnt habe.»

«Ja, viel mehr», sagte Jock leise.

Nach einer Weile stillen Grübelns sagte Djuli: «Ich will dich nicht beunruhigen, aber hast du irgendeine Ahnung, wo Bart hingegangen sein könnte? Er war völlig außer sich und ist fortgelaufen.»

«Ich weiß», flüsterte Jock. «Er ist ganz in der Nähe, aber er …»
Er begegnete Djulis fragendem Blick. «Was … Wessen Bart mich beschuldigte, ist … wahr, Djuli.» Er bewegte seinen Kopf, sodass Roos ihre Arbeit unterbrechen musste, und ballte krampfhaft eine Hand zur Faust.

«Bleib ruhig!», sagte Djuli. «Ich bin froh, dass du es mir gesagt hast. Das erklärt eine ganze Menge …»

«Ich habe jemanden zu Bart geschickt», fuhr Jock fort. «Jemanden, der es viel besser kann als ich … Er wird hoffentlich…»

«Gibt es denn … Es gibt also noch mehr Menschen, die …», begann Djuli. Es klang überrascht, nicht ungläubig oder entsetzt.

«Sehr, sehr wenige. Und jetzt verstehst du wohl auch, dass sie damit nicht hausieren gehen.»

«Ja, ja», sagte Djuli. «Du solltest wirklich nicht so viel reden, Jock. Das kannst du später immer noch.»

Jock merkte, dass auch Roos und Daan ihn jetzt – intensiv – betrachteten; Letzterer mit einem *Jetzt verstehe ich es!* und ein wenig Furcht.

«Wenn es Vorschriften gäbe … zum Gebrauch dieses … ungezähmten Talents», sagte er langsam, mit immer größerer Mühe sprechend, «dann wären es diese: BESCHEIDENHEIT … NICHT LAUSCHEN … NIEMALS SPIONIEREN … Ich frage mich manchmal, ob diese Gabe ein Segen ist oder … ein Fluch …» Er machte einen vergeblichen Versuch, sich aufzurichten. «Ich bitte euch drei eindringlich … zu vergessen, was heute Abend hier … Bitte erzählt es nicht weiter!»

«Natürlich nicht», sagte Roos. Sie hatte sich über ihn gebeugt; ihre Hände ruhten leicht auf seinen Schultern. «Bitte bleib ruhig liegen, Jock Martin.» Er spürte keine Berührung mehr. «Schließ deine Augen. Hätte ich nur etwas mehr gewusst, ich hätte dir das Armband sofort zurückgegeben. Niku wollte es Bart abnehmen. Sie kämpften darum, hier … hier, an dieser Stelle.» Sie legte etwas Kühles und Nasses auf Jocks geschwollenes linkes Auge. «Ich und noch ein paar andere erwischten sie dabei. Und dann traute sich Niku nicht mehr … Später bei der Rangelei …»

«Bart ist sehr kitzelig», warf Daan ein.

«... habe ich das Armband heimlich gestohlen. Besser ICH als Niku, dachte ich. Selbst Daan hat es nicht gemerkt.»

«Nein», sagte Daan, «hätte ich das nur ...»

«Und dann», sagte Roos, «waren da auf einmal die Ordnungshüter. Und nach der Pause war Bart abgehauen ...»

Jock fragte, ein wenig entspannter: «Roos, wo hattest du ... wo hast du das Ding versteckt?»

«In meinem Haar», sagte Roos. «Nein, schau nicht hin, Jock. Sonst fällt deine schöne KOMPRESSE herunter ... So heißt das doch? Ich werde ...» Ihre Stimme stockte.

«Ja, jemand ist hereingekommen», sagte Djuli und verließ das Versteck.

Jock flüsterte: «Das kann nur AKKE sein, mein Freund vom A.f.a.W.»

Jock hörte, dass Akke und Djuli im Gang stehen blieben. Sie redeten eine Weile leise miteinander, Djuli am meisten; er schilderte Akke natürlich, was geschehen war. Wenige Minuten später kamen sie herein.

Akke kam sofort ans Bett und entfernte vorsichtig Roos' Kompresse. «Es ist ziemlich dunkel hier. Könnt ihr nicht mehr Licht machen?», fragte er.

«Doch, sicher», sagte Daan.

Die Lampe über dem Bett ging an.

Mit einer Grimasse kniff Jock die Augen zu. «Bitte nicht.»

«Sorry, Jock. Aber ich muss doch etwas sehen können.» Akke setzte sich behutsam auf die Bettkante. «Hast du Kopfschmerzen?»

«Was denkst du denn?», sagte Jock.

«Schau mich einmal an ...» Akke ließ ein anderes grelles Licht in Jocks Augen blitzen. «Danke. Ist dir schlecht?»

«Nein, jetzt nicht mehr. Es ist ...»

«Lass mich das machen, Jock. Tut mir Leid, wenn ich ... Nun ja, der Bettbezug ist sowieso hinüber ...»

Jock fühlte Akkes Finger auf seinem Kopf, in seinem Haar, in seinem Gesicht ... «Gut gemacht, Mädel. Kalte Kompresse aufs Auge. Ausgezeichnet ... Was sich sonst noch unter dem ganzen Blut versteckt, werde ich mir gleich ansehen ...»

«Vor allem mein BEIN», sagte Jock.

«Ja? Das dachte ich mir schon», sagte Akke. Sehr vorsichtig begann er damit, Jock die Schuhe und Socken auszuziehen. «Nun mal ehrlich: Bist du wirklich von der Kellertür hierher gelaufen?»

«Laufen kann man dazu wohl kaum sagen», antwortete Jock ziemlich stoßweise. «Es war eher ein ... Humpeln.»

«Aber doch aus eigener Kraft ...» Akke tastete Jocks linkes Bein ab. «Das Wadenbein ist gebrochen ... Ja, das tut weh! Aber das hast du zumindest gut gemacht: Nur das Wadenbein und kein offener Bruch – obwohl das vielleicht mehr Glück als Verstand war.» Er ließ Jocks Bein los und gab ihm einen aufmunternden Klaps auf die Hand. Dann sagte er zu den anderen: «Ich kann ihn zwar ein wenig zusammenflicken, aber er muss morgen früh so schnell wie möglich in eine Klinik ... Ich habe schon verstanden, dass hier diese Nacht sozusagen NICHTS geschehen ist.»

«Ja, Herr Akke», sagte Djuli. «Ich habe eine Art Programm gemacht, ein Szenario, dafür, wie es hätte passieren können ... besser gesagt: wie es passieren wird ... Hörst du mich, Jock?»

Jock öffnete die Augen und sah Djuli aufmerksam an, auch wenn er nichts sagte.

Djuli stand am Fußende, seine hellbraune Hand auf einem kupfernen Knauf. «Betreuer Martin geht Dienstagmorgen wie immer ins Zentrum, diesmal ziemlich früh. Wie üblich betritt er das Haus durch die Kellertür und geht dann ins Atelier, wo die meisten von uns Kursteilnehmern auch schon früh anwesend sein werden. Martin geht mit Roos oder mir wieder hinunter, um dort ... äh ... etwas zu holen ...»

«Objekte für ein Still-Leben», flüsterte Roos.

«So etwas, ja. Und dann stolpert er – nicht draußen, sondern hier drinnen – und fällt die Treppe hinunter. Wir legen ihn auf dieses Bett und alarmieren das A.f.a.W.»

«Gut ausgedacht», sagte Akke. «Die Türen des Zentrums öffnen sich um halb neun, wenn ich richtig informiert bin ...»

«Die Haupteingänge!», sagte Djuli. «Betreuer können jederzeit hinein. Man erwartet von ihnen, IMMER schon um acht Uhr hier zu sein. Ist es nicht so, Jock?» Über beider Gesichter huschte ein Lächeln oder ein Anflug davon. «Kursteilnehmer dürfen vor halb neun nur hinein, wenn ein Betreuer sie einlässt», endete Djuli.

«Um Ihr Szenario abzurunden und glaubwürdig durchzuführen», sagte Akke, «scheint es mir notwendig, dass ICH ihm morgen früh sozusagen als Erster Erste Hilfe leiste.»

«Exakt!», sagte Djuli.

«Also werde ich morgen als Chef des A.f.a.W. eine unangemeldete Inspektion des Kreativ-Zentrums, Bezirk zwei durchführen», fuhr Akke fort. «So kommt es, dass ich zufällig anwesend bin, wenn das Unglück passiert.»

Djuli nickte zufrieden.

«Klasse!», sagte Daan.

«Noch etwas», sagte Akke. «Alarmiere, nachdem es geschehen ist, NICHT das A.f.a.W. von Bezirk zwei, sondern meines – das Hauptquartier Nord. Ich sorge dafür, dass ein Krankenwagen bereitsteht.» Er legte seine Finger um Jocks rechtes Handgelenk. «Dann kann er bereits vor neun Uhr in einer Klinik sein. Mit ein wenig Glück sind dann innerhalb einer Stunde alle Aufnahmen gemacht und sein Bein geschient.»

«Abgemacht, Herr Akke», sagte Djuli. «Jock! Jock, ist es in Ordnung, wenn ich jetzt gehe? Hier liegt noch ein Teil, das fort muss, und die anderen wissen nicht, wo ich bleibe.»

«Ja ... Ja, Djuli», sagte Jock schwach. «Ich habe dir bereits gedankt, also ... Warte noch einen Moment ... Würdest du mir persönlich noch heute Nacht – auf die eine oder andere Weise – mitteilen, ob alles geklappt hat?»

«Selbstverständlich», sagte Djuli. «Darum hättest du mich nicht extra zu bitten brauchen. Ich werde ...»

«Und jetzt solltest du dich beeilen», fiel Jock ihm mit etwas kräftigerer Stimme ins Wort. «Ich glaube, dass Ini und Huui vor der Tür stehen.»

«Was kann ich noch tun?», fragte Daan, als Djuli das Versteck verlassen wollte.

«Hilf mir das letzte Teil durch den Gang zu schleppen.»

«Dann nimm auch gleich dieses nasse Tuch mit, junger

Mann», sagte Akke. «Und wisch damit, wenn du zurückkommst, die Spuren ab, die Jock im Gang hinterlassen hat.»

Djuli und Daan gingen fort.

«Sie denken wirklich an alles», sagte Roos voller Ehrfurcht zu Akke.

«Ich hoffe es», sagte Akke. «Kannst du mir noch etwas sauberes Wasser bringen?» Dann richtete er seine ganze Aufmerksamkeit wieder auf Jock. «So, und jetzt lass mich nur machen. Wenn es zu weh tut, schrei einfach ‹Au›.»

Jock begab sich voller Vertrauen in Akkes Hände, die ihn flink und gekonnt untersuchten, manchmal fast grob, aber ihm niemals unnötigen Schmerz zufügten. Er beantwortete Akkes Fragen und gehorchte seinen Anweisungen ... «Dreh deinen Kopf etwas nach rechts ... und nach links ... Bewege deinen rechten Arm ... den linken ... die Finger ... Atme einmal tief ein und aus ... Spürst du etwas? Wo? Mach es noch einmal ...» Er fühlte Akkes Finger unter seinen Schultern, seinen Hals- und Rückenwirbeln und auf seinen Rippen. «Tut das weh? Gib es ruhig zu. Beweg einmal dein rechtes Bein ... den rechten großen Zeh ... Nein, den linken brauchen wir nicht ... Jetzt beug dich einmal vor, bis hierher und ... Stopp. Leg dich wieder hin ...»

Eine Weile später sagte Akke: «Meiner Meinung nach hast du noch einmal Schwein gehabt.»

«Kann das Licht jetzt endlich aus?», fragte Jock.

«Tut mir Leid, Jock. Noch nicht.»

Jock schloss also wieder die Augen. Er hörte, dass Roos zurückkam, und dann Daan; wenig später Akke Stimme, die Roos und Daan etwas zumurmelte. Und dann, lauter, zu ihm:

«Verstehst du mich, Jock? Ich weiß es natürlich erst hundertprozentig, wenn die Aufnahmen gemacht sind, aber du hast wahrscheinlich nicht einmal eine Gehirnerschütterung. Ein paar gequetschte Rippen – meiner Ansicht nach nicht gebrochen –, zwar ziemlich schmerzhaft, aber nicht gefährlich, ein paar Schrammen und Beulen, eine blutige Nase, blaue Flecken ... und ein gebrochenes Bein. Dafür müssen wir sofort etwas tun. Aber zuerst ...»

Jock öffnete langsam die Augen. Er blinzelte einen Moment, weil Roos gerade eine neue Kompresse darauf legen wollte. «Akke», fragte er, «was machst du da?»

Akke hatte eine Injektionsspritze in der einen Hand, in der anderen eine Ampulle.

«Nichts Besonderes.»

«Stärkungsmittel? Ich will nicht, dass du mir das gibst», sagte Jock.

«Heute Nacht gibt es keine Stärkungsmittel, nur ein …», begann Akke.

«SCHMERZMITTEL», fiel Jock ihm ins Wort. «Stimmt's?»

«Ja. Irgendwelche Einwände?»

«Bitte nicht. Hör mir zu, Akke. Könnte es sein, dass mir davon benommen wird … dass ich dösig, schläfrig werde? Dass es mich weniger wach sein lässt?»

«Hältst du dich denn jetzt für besonders wach, Jock?» Aber Akke legte Spritze und Ampulle in die Tasche zurück und fragte: «Was genau meinst du?»

«Habe ich doch gesagt … Kann es sein, dass …»

« … dir davon benommen, et cetera wird? Ja, bestimmt», sagte Akke. «Warum auch nicht?»

«Weil BART noch nicht zurück ist, Akke! Weil ich alles, was mir noch an Hirn geblieben ist, beisammenhalten muss. Ich will nicht, dass mir schwindelig und … und so weiter wird. Das kann ich …» Jock musste einen Moment nachdenken, um die richtigen Worte zu finden. Er schloss kurz die Augen. (*Diese Scheißlampe!*) «Das kann ich mir nicht leisten, Akke … Edu ist hier – ich meine: auf dem Gelände – und Bart auch. Und ich, Akke, trage die Schuld daran, dass Bart … Gott, ich tat es nicht absichtlich, und doch … Ich habe ihn zu … hart angepackt. Und ich … ich bin verantwortlich. Sogar Edu hat seine Abreise verschoben, um …»

«Still jetzt! Reg dich nicht so auf», sagte Akke. «Ich habe verstanden, worum es geht.»

Aber Jock redete weiter, weil er nun doch einmal beim Reden war und auch weil er Akkes Gedanken nicht erfahren wollte. «Bitte, lass mich so wach wie möglich bleiben, sodass ich vielleicht ... Und dann mach weiter, jetzt sofort.» Er wollte Akke ein tapferes Lachen schenken, war dazu aber nicht mehr in der Lage. «Man kann mir nicht mehr Schmerzen zufügen, als ich bereits gehabt ... habe.»

«Ich könnte schon einen Assistenten gebrauchen.» Akkes Stimme klang ruhig. Er hatte Jocks Hose ein Stück aufgetrennt und hochgeschoben. «Du, Daan, hast starke Hände, scheint mir. Sie müssen auch FEST bleiben. Schau, sein Fuß muss senkrecht zu seinem Bein stehen ...» Er nahm den Fuß in seine feinfühligen und unbarmherzigen Finger. «Sieh her, so setzt du alles wieder an seinen richtigen Platz.»

Daan umfasste Jocks Fuß und befolgte Akkes Anweisungen genau. Jock wusste, dass die Anweisungen korrekt waren und durchlitt alles, ohne einen Laut von sich zu geben. Einmal jedoch warf er seine Arme wild empor und umklammerte mit den Händen die Metallstäbe des Kopfendes.

«Gut so», sagte Akke ruhig. «Halt dich ordentlich fest! Mit beiden Händen, Jock, und stemm dich dagegen. Ich denke, die Stäbe sind massiv genug. So ein antikes Bett, Roos, hat doch viele Vorteile. Interessant, in früheren Zeiten verband man es – außer um einfach darin zu schlafen – mit Heirat, Geburt ... Und ein Kind ohne Betäubung zu gebären (unvorstellbar, aber so geschah es bis ins zwanzigste Jahrhundert) ist bei weitem schmerzhafter, als die provisorische Behandlung eines gebrochenen Knochens.»

«Ach ja?», sagte Jock, trotz seiner Schwäche so boshaft, wie er nur konnte. «Aber sie bekamen für ihren Schmerz wenigstens ein Kind.»

«Wen meinst du mit SIE? Frauen, unterstelle ich einmal. WIR werden es niemals so weit bringen, Jock. Vergiss nicht zu atmen, regelmäßig: ein – aus, ein – aus, ein – aus», sagte Akke. «Halt den Fuß fest, Daan; senkrecht auf seinem Bein.»

«Werden Sie es schienen?», flüsterte Roos.

«Nein, ein simpler Druckverband reicht völlig aus. Ich gebrauche sein Schienbein als Schiene ... Ja, gib mir noch mehr Watte. Muss darunter, weil ...»

Jock umklammerte die Stäbe des Blinkenden Bettes, lauschte mit verbissenem Gesicht dem Kurs in Erster Hilfe und versuchte seine Gedanken auf etwas anderes zu richten.

Edu, Edu, hast du Bart gefunden?
Ja, ich spreche mit ihm. Er hört mich endlich, und er hört mir zu. Jock, lass nun alles geschehen, was geschehen muss.

«Herr Akke, Doktor, ich glaub, er wird bewusstlos», sagte Roos.

«Nein», sagte Jock, «ich denke gar nicht daran.» Er glaubte, geschrien zu haben, merkte aber dann, dass er nicht mehr von sich gegeben hatte als ein rauhes Flüstern.

«Dann wollen wir zur Abwechslung einmal über Bart reden», sagte Akke. «Jock, ist ER schuld daran, dass du die Treppe hinunterfielst?»

«Nein, das war er nicht ... auch wenn er selbst das denkt.»

«Wieso, wenn du das nicht findest?»

«Er war ... durch das, was er sagte ... in gewisser Weise ... der Auslöser für den Kampf.» Jock musste abbrechen, wenn auch nur zum Luftholen. Akke fuhr mit dem Anlegen des Druckverbands fort; Daan hielt seinen Fuß weiterhin fest im Griff.

«Und der Kampf führte zu deinem Sturz», sagte Akke.

«Nein, das nicht ... Ich gebe ihm überhaupt keine Schuld daran ... das ... habe ich doch schon gesagt. Du weißt auch, warum ...» Wieder brach Jock ab. *Dass Schmerzen einen so durcheinander bringen können! Ich bin nicht ganz bei mir ... nicht mehr. Was ich momentan spüre, ist nichts für dich, Bart, für niemanden außer mir allein! Lass es schnell vorbei sein ...*

Wieder hörte er Roos sagen: «Ich glaube, er wird bewusstlos, diesmal wirklich.»

«Lass ihn; es sei ihm von Herzen gegönnt», antwortete Akke. «Solange er sein Bein nicht bewegt. Ich bin beinahe fertig, und dann –»

«Ich hoffe, ich habe dir nicht zu weh getan», sagte Edu, «aber ich wusste nicht, wie ich dich anders hierher zurückbringen sollte.»

Bart sah ihn an, noch nicht ganz wieder bei sich. Er rieb sich die prickelnde Wange – *Eine Ohrfeige; er hat mich geschlagen!*

Seine linke Kieferseite war angeschwollen und schmerzte. *Das hat Jock getan ... Jock!*

Er saß auf dem Boden und lehnte an etwas Hartem. Ihm gegenüber kniete ein junger Mann, der ihm bekannt vorkam. Er hatte keine Lust, länger darüber nachzudenken, und ließ die Augenlider wieder langsam sinken.

«He, nein! Nicht. Wach bleiben», sagte der andere. «Setz dich ein wenig anders hin. Ja, so – jetzt sehe ich dein Gesicht etwas besser, Bart. Bleib wach!»

Nur widerwillig gehorchte ihm Bart; er zwinkerte wegen des Scheins einer Laterne. Er saß im Garten des Kreativ-Zentrums, Bezirk zwei, an irgendein Objekt gelehnt, und ihm gegenüber kniete noch immer *der Planetenforscher ... Der aus den Wäldern ...*

«Edu Jansen», sagte der junge Mann, «Jocks Freund.» Er hielt ein Taschentuch vor Barts Gesicht. «Spuck einmal hierauf!»

Wozu? dachte Bart, aber er reagierte nicht.

«Du hast einen hässlichen Schnitt auf der Stirn», sagte Edu. «Es blutet zwar nicht mehr, aber ich habe nichts bei mir und dein eigener Speichel ist das beste Heilmittel.»

Bart spürte jetzt, dass etwas auf seiner Stirn brannte und klopfte. «Trottel! Eine alte Schramme», murmelte er, ohne sich zu rühren.

«Nun ja», meinte Edu, «nachher im Keller wird jemand diesen Schnitt schon nähen oder ein Pflaster darauf sprayen.»

Ein paar seiner Worte drangen sehr deutlich zu Bart durch. *Im Keller ...* «Wie kommst du, kommen Sie ...» begann er.

«Du kannst mich ruhig duzen», unterbrach ihn Edu. «Jock hat mich geschickt.»

«J-Jock? Hat Jock ... Das k-kann doch nicht», stammelte Bart.

«Es ist wirklich wahr, Bart. Er hat sich das Bein gebrochen und wird am ganzen Körper grün und blau sein. Ansonsten ist er quicklebendig.»

«Woher weißt du das?»

«Akke ist bei ihm, also ist er in guten Händen. Und wir, Bart, gehen jetzt beide zu ihm.»

«Nein», sagte Bart. «Nein!»

Edu schlug die Beine übereinander und setzte sich neben ihn. «Warum nicht?»

Bart gab keine Antwort, sondern schüttelte nur den Kopf, einem Weinkrampf nahe.

«Weil du Angst vor ihm hast?», fragte Edu. «Weil du es bereust? Oder beides? Hör gut zu, Bart Doran, für beides gibt es keinen Grund. Eigentlich solltest du froh sein!» Noch einmal hielt er Bart das Taschentuch hin – «Putz dir die Nase!» – und fuhr fort: «Jock bereut es auch. Dazu hat er genauso viel Grund wie du. Er kann sehr jähzornig sein, das hast du sicher gemerkt ... Aber wenn du mal darüber nachdenkst, wirst du es schon verstehen ...»

Bart putzte sich die Nase. «Woher weißt du das alles?»

«Von Jock und von dir», antwortete Edu sanft. «Ich kann Gedanken lesen.»

Bart versteifte sich und blieb unbeweglich sitzen.

«Hast du mich verstanden? Gedanken lesen bedeutet nicht, heimlich lauschen oder spionieren, Bart. Selbst, wenn du es wolltest: Es geht nicht, zumindest nicht lange ...»

Bart starrte zu Boden. SCHWEIGEN.

«Antworte endlich. Sieh mich an.»

Zuerst wollte Bart nicht, aber schließlich hob er doch den Kopf und sah Edu in die Augen ... verstehende Augen. *Und noch mehr als das* ... Ihm war überhaupt nicht wohl in seiner Haut.

«Gedanken lesen», wiederholte Edu, «oder besser gesagt: Gefühle wissen.»

Bart musste plötzlich an die Wälder denken. *Hat es mit der Venus zu tun, dass du ...*

«Nein, und auch ja», beantwortete Edu seine unausgesprochene Frage. «Es gibt nur wenige Menschen, die das können: Jock und ich und ... DU!»

«ICH?», flüsterte Bart. «Jock sagte das auch ...»

«Warum glaubtest du ihm nicht?», fragte Edu. «Oder WOLLTEST du ihm nicht glauben?»

«Ich ... ich weiß es nicht», sagte Bart unsicher. «Ich wollte es nicht glauben. Und ich glaube es auch jetzt noch nicht, ich glaube es nicht.» *Dann ... wüsste ich ja, was Jock denkt. Auch jetzt.*

Er hörte sich selbst wieder sagen: ‹DER FEIND, JOCK, DER BIST DU!› Und er sah noch einmal Jocks wilde, wütende ... NEIN ... erschreckte und traurige Augen, als er

PLÖTZLICH *Hände um seinen linken Fuß spürte. Schmerz, Schmerz, Schmerz, etwas oberhalb in seinem Bein. Es war gebrochen. Finger brachten den Knochen wieder in die richtige Lage und er wusste, dass er es nicht herausschreien wollte. Er schnappte nach Luft, griff wild um sich, um einen Halt zu finden. Aber er fand keinen. Der Schmerz war überall, am schlimmsten in seinem Bein.* WIRRE GEDANKEN: *Nichts für dich, Bart ... Lass es schnell vorbei sein.*

Dann war es vorbei. Bart merkte, dass er sich halb aufgerichtet hatte. Edu war ganz dicht bei ihm und hatte seine Arme um ihn geschlagen.

«Was ...», flüsterte Bart, dem noch schwindelig und schlecht war von den Schmerzen, die soeben erst verflogen waren ... *Wessen Schmerzen? Wessen ...*

«Wessen? Das war Jock», sagte Edu.

Bart zitterte in seinen Armen. «Hast du es auch gespürt?», brachte er heraus.

«Ein wenig davon. Du erhieltest die volle Ladung, weil ...»

«Weil es MEINE Schuld ist, dass ...»

«Blödsinn. Weil du stärker mit ihm verbunden bist, Bart! Glaubst du es endlich?»

«Und warum», fragte Bart nach einer kurzen Pause, «spüre ich dann jetzt nichts mehr?»

«Man kann nicht fortwährend alles empfangen. Das könnte kein Mensch aushalten. Aber ... was diese Situation betrifft: ich nehme an, dass Jock ... bewusstlos ist.»

Bart dachte kurz darüber nach, was diese Antwort bedeutete. Vor seinen Augen wurde Edus Gesicht undeutlicher; Jocks Gesicht nahm seine Stelle ein. Aber bevor er es deutlich vor sich sah, wurde alles dunkel.

Edu spürte, wie der Körper des Jungen in seinen Armen erschlaffte. Vorsichtig und gefühlvoll legte er ihn der Länge nach ins Gras.

Wie kommen sie bloß darauf? dachte Jock. *Ich werde nicht bewusstlos.* Eine Art Nebel hüllte ihn ein, aber NICHTS wurde nebelig, im Gegenteil. Es schien beinahe, als läge er in klarem Wasser und sänke langsam zu Boden. Aber er ertrank nicht, sondern konnte normal weiteratmen. Er erkannte noch immer das Kellergewölbe, sah Akke, Roos, Daan ... Der Schmerz nahm ab. Er ließ seine Finger von den Stäben des Blinkenden Bettes gleiten ...

und lag auf einmal im Garten mit dem blaugrünen Gras. *Das kann nicht sein,* wusste er, *und doch ist es so. Nur einen kurzen Moment, vielleicht. Bart, Bart, wo bist du?*

Dann war kaum noch etwas normal. Kein Bett, kein Gras ... kein grelles, blendendes Licht und auch kein beruhigendes Dunkel. Nur Zwielicht. Keine Schmerzen mehr, sondern nur noch Gefühle – so tief, dass sie manchmal schmerzten.

In diesem Niemandsland zwischen Wachen und Träumen begegneten sie einander aufs Neue. Ohne jegliche Neigung, einander anzugreifen oder voreinander fortzulaufen.

Bart, es tut mir Leid. Habe ich dich verletzt?

Darauf kannst du wetten! Aber das war dein Schmerz, nicht meiner. Für dich Wirklichkeit, also schlimmer.

Junge, wenn ich wieder wach bin, werde ich dir ... Aber wie wach bin ich denn jetzt? fragte sich Jock selbst, nicht Bart.

Jock, ist es wahr, sprichst du mit mir?

O ja, und es ist auch wahr, dass wir beide äußerst wach sind. Und daher beide ...

Ich verstehe dich nicht.

Ich verstehe es auch nicht! Es ist manchmal sehr schwierig, mit dir umzugehen, Bart, aber ... ich mag dich. Lass dir solche Streiche nie wieder einfallen.

Kannst du wirklich meine Gedanken lesen?

Ja. Wir führen doch jetzt ein echtes Gedankengespräch. Du verstehst mich genauso gut wie ich dich. Nur muss ich dich nun ... Nein, ich tue es nicht. Ich bin zu froh, zu müde. Soll Edu dich warnen.

Wovor?

Sei still! Jock spürte, dass irgendwer an ihm zog. Fort aus dem Dämmerland, zurück in … Realität und Schmerz.
Auch ich mag dich, Jock. Ich bin schuld daran, dass du …
Es gibt zwischen uns keine Schuld, Bart, sagte Jock eindringlich. Ich habe ebenfalls falsch gehandelt. Das ist jetzt vorbei. Sprechen wir nicht mehr davon; bitte nicht mehr. Morgen werden wir beide wacher sein.

Jocks Augenlider zitterten. Ich muss zurück, Bart. Komm bald … Jetzt erst überkam ihn das Gefühl, bewusstlos zu werden. Obschon er Finger an seinem Puls fühlte und eine Stimme sagen hörte: «Er kommt wieder zu sich.»

Jock lächelte. Der Schmerz in seinem Bein war geringer geworden, aber das war nicht der Grund. Er blickte in Akkes Gesicht – *Versteht er es? Weiß er es?* – und sagte: «Bart! Ich hatte Kontakt; es ist …»

Akke lächelte zurück. « … alles in Ordnung!»

Wenige Augenblicke später war Jock ganz in die Wirklichkeit des Kellerraums zurückgekehrt.

«Schön, dass es Bart gut geht», sagte Akke. «Durch den Druckverband wirst du dich eine Weile besser fühlen; er gibt dir etwas Halt, verstehst du? He, Daan, schau einmal, ob hier zwischen all den schönen Gläsern nicht ein Urinal zu finden ist! Oder etwas, das sich dazu eignen könnte.»

«Akke», flüsterte Jock, «ich wollte dich gerade fragen, ob … Du leugnest es immer noch, aber liest du nicht auch Gedanken, manchmal?»

«Nein, wirklich nicht», sagte Akke. «Ausschließlich gesunder Menschenverstand. Ich dachte nur, dass es langsam Zeit für dich wäre … Wo wir gerade von schönem Glas sprechen: Die Abhörapparatur bei mir zu Hause ist inzwischen gefunden und unschädlich gemacht worden. Sie steckte nicht in unseren Gläsern oder Kristallvasen, sondern viel tiefer: in unserem Teppichboden.»

10
Morgens: Freundschaft und mehr

«Jock», flüsterte Bart.

«Er ist hier in der Nähe», sagte Edu und zog ihn halb in die Höhe. «Steh auf und komm mit!»

«Nein», sagte Bart. Er zitterte und lag schwer in Edus Armen.

«Du frierst ja! Natürlich», sagte Edu. «Es sieht zwar aus, als wäre es noch Nacht, aber mittlerweile ist es ... früher Morgen. Sogar hier in der Stadt fällt so etwas wie Tau ... Komm!» Er stellte Bart auf die Füße und stützte ihn, bis er sicher auf den eigenen Beinen stand. «Bart! Hör mir jetzt einmal gut zu», sagte er mit Nachdruck. «Du hast sehr viel durchgemacht, heute Nacht, in den letzten Tagen ... Und doch muss ich es dir noch schwerer machen.»

Bart war schlagartig hellwach. Seine Finger umklammerten Edus schützende Arme. «Ist etwas mit Jock?»

«Nein! Kneif mich nicht so! Gebrauch doch deinen Verstand ... ich will nur, dass du etwas ganz Bestimmtes behältst ...» Edu dachte einen Augenblick nach. *Wie stelle ich es nur an, dass er es wirklich behält?* Und er sagte: «UNTER DER ROSE.»

«Was?»

«Sprich mir nach, behalte es im Gedächtnis. Dann werde ich dir verraten, was es bedeutet: ‹Unter der Rose›.»

Bart starrte Edu fragend an. Und Edu starrte zurück im fahlen Licht einer Laterne in dem Garten mit blaugrünem Gras, wo außer Skulpturen und Objekten nur Kunstblumen standen.

«Unter der Rose bedeutet ...», sagte Edu langsam und hielt kurz inne. – *Wird er mich verstehen?* –

«Es bedeutet ... GEHEIM», sagte Bart. «Zumindest denke ich mir das. Habe ich richtig geraten?»

«Ganz genau!», sagte Edu. «ALLES was diese Nacht passiert ist und gesprochen wird, ist geheim, VERTRAULICH – bis auf Weiteres. Wann das sein wird, weiß ich nicht ... Denk immer daran, Bart Doran! Lass dir nichts von dem Außergewöhnlichen anmerken, das du über dich selbst herausgefunden hast. Verhalte dich normal. Außer dir wissen nur Jock und Akke davon, und ich … und noch ein paar andere. Aber die werden es dir später selbst sagen.»

Oben an der Kellertreppe begegneten sie Djuli. Dieser sah freudig-erleichtert aus, als er Bart erkannte. Zu Edu sagte er: «Ich bin einer von Martins Kursteilnehmern. Ich habe Sie nie getroffen, aber ich glaube doch zu wissen, wer Sie sind …» Er ging mit ihnen hinunter. «Ich will Jock nur mitteilen, dass alles in Ordnung ist … Und er? Ich denke, dass dieser Herr Akke …» Fragend blickte er Edu an.

«Akke ist ein ausgezeichneter Arzt», sagte der, «und mit Jock verläuft alles nach Wunsch … Auch wenn es noch ein paar Wochen dauern wird, bis er wieder auf den Beinen ist.»

Djuli nickte. «Das war zu erwarten. Ich bin froh zu hören, dass es ihm wieder besser geht.» Er blieb stehen. «Würden Sie ihm meine Nachricht überbringen? Mir scheint, dass er jetzt ein Weilchen Ruhe braucht. Richten Sie ihm meine besten Wünsche aus, und sagen Sie ihm, dass ich morgen früh wieder hier sein werde.»

«Danke», sagte Edu mit sehr warmem Unterton.

«Herzlichen Dank für alles, Djuli», flüsterte Bart. «Bis morgen.»

Djuli sah ihn nachdenklich an, zögerte kurz und sagte dann: «Verdirb dir die Erinnerung an das verrückte, aber geniale Fest der Farben nicht durch die Ereignisse danach, Bart.» Er wartete nicht auf Antwort, sondern ging fort.

Noch bevor er oben war, öffnete sich die Tür, und Roos ließ Edu und Bart herein.

«So, jetzt ist dein Gesicht wieder zu erkennen – auch wenn ich nicht schwören möchte, dass du ein Ausbund an Schönheit bist», sagte Akke. «Roos wird dir gleich eine neue Kompresse machen.»

Jock hörte Roos mit Edu und Bart reden, irgendwo im Gang. *Sie erzählt ihnen vom Armband.* «Kannst du die Lampe jetzt ausmachen?», fragte er. «Doch sicherlich, oder?»

«Noch einen Augenblick Geduld», sagte Daan. «Sobald ich hiermit fertig bin.» Er war dabei, eine Art Schirm zu fabrizieren, damit der Schein der Lampe Jock nicht mehr stören würde.

«Hier, trink das», sagte Akke zu Jock.

«Was ...»

«Einfaches Wasser!»

«Ich hätte schon etwas Stärkeres für ihn, wenn er das trinken darf», erklang Daans Stimme.

«Danke für das Angebot, aber jetzt besser nicht», sagte Akke. Sorgfältig deckte er Jock zu. «Du frierst doch nicht, oder? Auch deine Kleidung ist jetzt übel zugerichtet ...»

Die große Lampe wurde endlich ausgeschaltet. Jock seufzte vor Erleichterung, runzelte aber beinahe sofort die Stirn. Beide Bewegungen verursachten Schmerzen. *Ach, was macht das jetzt noch aus ...* Er hörte noch immer Stimmen im Gang.

«Es fällt Bart schwer ...», flüsterte er. *Er hat Angst, mich wiederzusehen.*

«Ich habe den Verdacht, dass der neue Kontakt zwischen euch ziemlich UNVERBLÜMT angefangen hat», sagte Akke trocken. «Aber dadurch ist bestimmt eine ganze Menge deutlicher geworden. Auch wenn uns dieser Junge noch einige Probleme bereiten wird.»

UNS! Jock lächelte wieder, obschon selbst das nicht schmerzfrei abging.

Wenig später waren sie alle mehr oder weniger um das Blinkende Bett versammelt. Roos räumte ein paar Sachen zur Seite und setzte sich dann dicht neben Jock. «Ich mach dir gleich eine neue Kompresse.» Bart hatte Jock nur kurz sehen und ihm nur einen Gruß zumurmeln können, denn Edu hatte ihn sofort zu Akke hinübergeschoben.

«Würdest du dir mal den Schnitt auf seiner Stirn ansehen?»

«Ein alter Kratzer, wieder aufgeplatzt ...», begann Bart.

«Das sehe ich! Und doch muss etwas daran getan werden, mein Junge», sagte Akke. *Derselbe Akke*, dachte Bart, *und zugleich ein anderer als der von Route Z. Oder bin ich anders?*

Jetzt saß er sehr still auf der anderen Seite des großen Bettes und versuchte sich nicht anmerken zu lassen, dass das Reinigen und Vernähen der Wunde wehtat.

«Habe ICH das auf dem Gewissen?», fragte Jock. «Ja, muss wohl so sein. Ich habe Niku zwei Zähne ausgeschlagen, zumindest das weiß ich mit Sicherheit ... NIKU!» Er schwieg eine Weile und fügte dann leise in völlig verändertem Ton hinzu: «Ich SEHE ihn. Er ist nach Süden geflüchtet, dort sind Schuppen oder Lager ... Derjenige, auf den er gezählt hat, ist nicht gekommen. Er hofft jetzt, dass Jon ihn nicht im Stich lässt ... fühlt sich elend ...» Seine Stimme erstarb.

«Ich werde den Ordnungshütern einen Tip geben», sagte Akke kurz angebunden. «Zu seinem eigenen Besten.»

«Gut», flüsterte Jock, «aber steckt die beiden, Niku und Jon, nicht in ein A.S.-Heim! Ich kann bezeugen ...»

«Gut!», sagte diesmal Akke. «Ich weiß jetzt wirklich, was dir fehlt: Versuche, verdammt noch mal, dich endlich zu entspannen, Jock ... Gut so, Bart. Noch ein Spraypflaster, und dann ...»

«Leg dich einfach bequem hin, Bart», sagte Jock. «Das Bett ist breit genug.» Dann sah er zu Edu auf. Er hatte es schon ein paar Mal stillschweigend getan, jetzt sprach er es noch einmal laut aus. «Danke. Ich wünsche dir eine gute Reise und einen schönen Aufenthalt in Sri Lanka. Grüß Mick von mir, und ... viel Erfolg ...» *Meine Gedanken werden so oft wie möglich bei dir sein.*

«Ja», sagte Edu, «es wird Zeit, dass ich gehe.»

«Oh!», erinnerte sich Bart, «Edu ... DJULI!»

«Ich weiß schon», sagte Jock.

Bart schwieg, plötzlich wieder ziemlich verunsichert. *Er weiß es schon! Und das soll ich auch können?*

«Ja sicher», sagte Edu, «mit ein wenig Übung ...»

«Fangt jetzt bloß kein Gespräch an, von dem ein normaler Mensch kein Wort versteht», unterbrach ihn Akke. «Ich lasse dich hinaus, Edu, und werde dich noch ein Stück begleiten ... Bleib liegen, Bart; du liegst prima so. Roos und Daan, ihr passt abwechselnd auf unseren Patienten auf ...»

«Das ist nicht nötig», begann Jock.

«Ist es wohl! Du könntest schließlich anfangen schlafzuwandeln.» Akke bedachte Jock und Bart mit einem drohenden Blick, gefolgt von einem Augenzwinkern. «Roos und Daan, kommt kurz mit mir. Ich werde euch meine Instruktionen ...»

Jock fiel ihm ins Wort: «Liebe Roos, würdest du Bart JETZT das Armbandduplikat zurückgeben?»

Roos kam seinem Wunsch wortlos nach.

«Gut, dass du es erwähnst», sagte Akke, wieder ernst. «Das Ding muss vernichtet werden ...»

«Sobald das Zentrum morgen früh wieder seine Pforten öffnet», ergänzte Jock leise.

«Richtig. Und jetzt, auf Wiedersehen, junger Mann», sagte Akke. «Ich hoffe, dass du etwas schlafen kannst. Das gilt auch für dich, Bart. Mach dir keine Sorgen um deinen Betreuer, er hält schon ein paar Knüffe aus! Morgen früh – in ein paar Stunden – komme ich wieder.»

Zum ersten Mal schob Bart das Armband über sein Handgelenk. Er hatte es sonst immer in den Taschen verborgen; es war ihm schlichtweg zu weit. Schüchtern warf er einen Blick auf Jock. Er sah nur dessen Profil, die rechte Seite, die kaum in Mitleidenschaft gezogen war. Mit Ausnahme der Stelle, an der Nikus Messer Stirn und Schläfe gestreift hatte.

Jock bewegte sich nicht und starrte auch weiterhin geradeaus, als er gedämpft zu sprechen begann. «Ich dachte, dass wir einander viel zu erzählen hätten ... Aber ach ... vielleicht doch nicht.»

«O ja, sicher – nur ...»

«Schon bald. Morgen, übermorgen ... Leg dich unter die Decke, statt darauf, Bart. Wir sollen schlafen, hat Akke gesagt.»

«*Du* solltest es wirklich versuchen, Jock.»

Ein Stück entfernt murmelten (unverständlich) Stimmen. Edu, Akke, Daan und Roos waren an der Kellertür stehen geblieben.

Jock sagte: «Bart, erinnerst du dich daran, wie wir beide auf meinem Balkon standen?» Er schwieg einen Moment: «Und ... heute Morgen – nein, gestern Morgen –, als ich aufwachte und hinausschaute ...» In seiner leisen Stimme schwang ein wenig

Fröhlichkeit, Lachen und Erstaunen mit. «DA SAH ICH ETWAS, das ich schon einige Male zuvor gesehen hatte, niemals jedoch in Wirklichkeit. ... nur in meiner FANTASIE. Ich hätte es nie selbst ausgeführt ...»

«Also du hast es dir ausgedacht», flüsterte Bart. «Ich habe es nur ...»

«Vielleicht. Ich bin mir nicht mehr sicher, Bart! Genauso, wie ich nicht sicher bin, warum ich dieses Bild malte ...»

«DIE TIGERAUGEN. Und ich malte, na ja, ich schmierte ...»

«DIE KATZENAUGEN ...»

Hinter Gittern, dachte Bart. *Ich werde ihn freilassen. Wenn Li, Li ...*

«Li hat immer noch dich», sagte Jock. «Versuche glücklich zu sein, Bart, nicht traurig. Wir sprechen später noch mal darüber ...» Seine Stimme klang plötzlich sehr matt.

«Du bist müde», sagte Bart. «Schlaf endlich, mach die Augen zu.»

«Ja, mach endlich die Augen zu, Jock», sagte Roos, die mit Daan hereinkam. «Herr Akke und der Planetenforscher Edu sind gegangen. Wir halten Wache, bis es Tag wird; erst Daan, dann ich.»

Sie beugte sich über Jock, legte eine Kompresse auf seine Augen und Stirn. Daan schüttete etwas in ein Glas.

«Guter Alkohol», sagte er ein wenig stolz. «Dr. Akke hat erlaubt, dass ich ihn dir gebe, Bart. Als Schlummertrunk.»

Bart trank das Glas aus und musste husten. «Lecker», sagte er, und meinte es ehrlich.

«Und jetzt ...», begann Roos.

Daan wollte es sich inzwischen in einem eigenartigen Sessel bequem machen, den er zuvor irgendwo gefunden und herbeigeschleppt hatte.

«Einen Moment noch», bat Jock. «Bart und ich haben unser Gespräch noch nicht beendet.»

«Von mir aus», sagte Daan. «Roos und ich bleiben in der Nähe. Ich komme wieder, sobald ich nichts mehr höre.»

«Wie spät ist es?», fragte Bart. Seine Uhr war stehen geblieben.

«Etwa drei Uhr, denke ich», antwortete Daan und verließ den Kellerraum.

«Und in fünf Minuten müssen die Kleinen STILL sein», sagte Roos. Sie löschte die abgeschirmte Lampe und verschwand ebenfalls.

«Wir sollten nicht mehr reden», flüsterte Bart.

«Wirklich nicht», sagte Jocks Stimme aus dem Dunkel. «Ich will dir nur noch eines erzählen beziehungsweise sagen. Magst du Gedichte?»

«Gedichte?» *Nein, oder vielleicht ja. Ich weiß es nicht.*

«Es gibt ein Gedicht», sagte Jock, «das ich immer mehr schätzen gelernt habe. Obwohl ich glaube, dass ich seine Bedeutung niemals völlig verstehen werde. Ich hörte es von … von jemand anderem … Edu kennt es ebenfalls. Ich denke, es wird dir bekannt vorkommen, Bart. Auch … auch wenn du es noch nie vorher gehört hast.»

Bart merkte, dass Jock das Sprechen wieder schwerer fiel. Er wollte eine Bemerkung darüber machen, traute sich aber nicht … Erst recht nicht mehr, nachdem Jock ihm den Titel des Gedichts genannt hatte:

UNTER DER ROSE.

Und er lauschte Jocks leiser und doch so deutlicher Stimme. Dabei hatte er das unbestimmte Gefühl, dass noch andere die Zeilen mitsprachen oder ihnen ebenfalls lauschten … in der Nähe und in der Ferne.

«Das Lied des Wanderers

Niemand, niemand hat mir erzählt,
Was niemand, niemand weiß.
Aber ich weiß jetzt, wo das Ende des Regenbogens ist,
ICH weiß, wo er wächst:
Der Baum, der ‹Baum des Lebens› heißt.
Ich weiß, wo er fließt:
Der Fluss des Vergessens.
Und wo der Lotos blüht.
Und ich, ich habe den Wald betreten,
In dessen goldrosa Flammen
Ewig aufs Neue verbrennt –
Und wieder aufersteht: der Phönix.

Niemand, niemand hat mir erzählt,
Was niemand, niemand weiß.
Verbirg dein Gesicht hinter einem Schleier aus Licht.
Der du silbernes Schuhwerk trägst,
Du bist der Fremde, den ich am besten kenne,
Den ich am meisten liebe.
Du kamst aus dem Land zwischen Wachen und Traum,
Kühl noch vom Morgentau.»

Bart sagte nichts; er begriff, dass das nicht nötig war. Er seufzte einmal, drehte sich dann auf die Seite und schlief ein.

Er wusste nicht, warum er schlagartig hellwach geworden war. *Einfach so? Jock? Roos?*

Er hörte Roos leise fragen: «Hast du Schmerzen?» Und die geflüsterte Antwort: «Es geht ...»

Bart rührte sich nicht, öffnete seine Augen aber so weit, dass er durch die Wimpern blinzeln konnte. Im gedämpften Licht der abgeschirmten Lampe sah er, dass Roos mit liebem, besorgtem Gesicht bei Jock niederkniete. Jocks rechter Arm verdeckte sein Gesicht beinahe völlig. Die rechte Hand hielt einen Stab des Kopfendes umklammert.

«Es tut mir Leid, dass ich so wenig für dich tun kann ...»
«Du tust mehr als genug, Roos. Wirklich, es geht schon ...»
«Halte durch! Die Nacht ist zum Glück fast vorbei. Soll ich das Licht wieder ausmachen?»

Einen Augenblick später war es wieder dunkel.

«Ach, mein lieber Jock», sagte Roos. «Tut mir Leid für dich, dass du gerade *hier* liegen musst. Ich hätte dir wahrhaftig etwas Schöneres gewünscht im Blinkenden Bett.»

Bart hörte den Sessel knacken, als Roos sich wieder setzte. Er dachte daran, was er über die Bedeutung des Blinkenden Bettes wusste. Er hatte es ziemlich schnell herausgefunden, aber als er das durchblicken ließ, wurde er nur gehänselt: «Dafür bist du noch viel zu jung.» Er hatte schon mal mit Mädchen herumgetollt und geknutscht, war auch schon einmal «verliebt» gewesen ... aber niemals ernsthaft, nie wirklich. Erst ein paar Tage später hatte er begriffen, dass das Blinkende Bett etwas ganz Besonderes war ... kein Bett, in dem man schnell mal miteinander schmuste ...

An das alles erinnerte er sich nur flüchtig, während er – ohne es zu wollen und völlig unvorbereitet – von Gefühlen umspült, nein, überflutet wurde: *Hoffnungsloses Verlangen, Liebe, Zärtlichkeit, unterdrückte Leidenschaft, Verzweiflung, Einsamkeit und Kummer.*

Es dauerte einen Moment, bevor er begriff, woher diese heftigen Gefühle stammten: von dem Mann, der unbeweglich neben ihm lag. Und er versuchte – zutiefst erschüttert – seinen Geist vor ihnen zu verschließen.

Er hat doch nicht gemerkt, dass ich ... Bart zitterte innerlich. *War das Mitgefühl? Nein! Was soll ich damit ...* Es wurde ihm zu viel. *Verlangen, Kummer ...* Er kniff die Augen zu und versuchte an nichts zu denken. Er konnte aber nicht verhindern, dass er doch wieder etwas auffing: eine Antwort an Jock. Oder bildete er sich das nur ein? Hoffte er das nur für ihn? Eine ihm vertraute Stimme in seinem Kopf – nur einen Wimpernschlag lang *(Jock ist dein bester Freund)*; eine Frauenstimme:

Lieber, liebster Jock, warum sagst du mir das jetzt erst?

Bart drehte Jock seinen Rücken zu und schlief sonderbarerweise sofort wieder ein.

Anna, Anna, ich hatte nicht vor, es dir zu erzählen. Es passierte einfach –

Liebster Jock, gib keine Antwort, wenn du nicht willst, aber ich liebe dich
und ich will nicht, dass du verzweifelt bist,
du darfst nicht bekümmert sein.
Bitte, schließ mich nicht noch einmal aus,
das ertrage ich nicht.
Ich liebe dich, Anna, kann es nicht länger verheimlichen. Und doch –

Du brauchst es mir nicht zu sagen.
Niemand, niemand hat mir erzählt –

Du darfst alles von mir wissen! Aber dann –
Du bist der Mann, den ich am meisten liebe.
Und du liebst mich.
Was wollen wir mehr? Was willst du mehr?
Anna, ich bin so froh, so froh. Aber ... ich weiß es nicht. Nur, dass ich dich liebe –
Ich liebe dich.
Bitte sei still, Anna. Ich bin völlig ... durcheinander –
Und müde –
Ja. Nicht nur das: Ich bin –
Ruhig, Jock. Du musst jetzt ruhig sein;
ich lasse dich in Ruhe.
Aber ich bleibe in deiner Nähe.
Wenn du mich rufst, werde ich da sein.
Anna, und ich – ich werde von jetzt an immer da sein, wenn du mich rufst.

Es war kurz vor Sonnenaufgang, Morgendämmerung in Neu-Babylon, Westeuropa.

Für Edu, der in einem Luftschiff der Sonne entgegenflog, war es schon lange heller Tag. Er näherte sich Asien – dem Kontinent, auf dem die Tiger am längsten überlebt hatten, wo sie zuletzt ausgestorben waren.

Er hatte ein wenig geschlafen, aber Gedanken aus der Stadt, Meilen hinter ihm, hatten ihn aufgeweckt.

Wenn man jemanden sehr liebt, dachte er traurig, *fängt man manchmal etwas auf, das einen nichts angeht – einfach so, von alleine.*

Er lauschte nicht weiter, aber er WUSSTE es doch. *Du wusstest es schon früher*, wies er sich selbst zurecht. *Seit jenem Abend und der Nacht, die du bei ihr warst.*

Ich liebe dich nicht weniger als damals, sagte Anna ihm aus der Ferne.

Ich weiß, antwortete er. *Und ich liebe dich nicht minder.*

Dann richtete er seine Gedanken nach Osten, auf Sri Lanka, wo sein Freund Mick, der seine Reise nicht verschoben hatte, die Behörden bereits von seiner verspäteten Ankunft infor-

miert hatte. Mick würde ihn dort erwarten, in Sri Lankas großem Konferenzort: Serendip. –
Mittlerweile war auch in Neu-Babylon die Sonne aufgegangen, wenngleich das im Keller nicht zu bemerken war.

Roos war nach oben gegangen, um etwas aus dem Automaten zu holen. Daan hatte die Lampe im Raum mit dem Blinkenden Bett eingeschaltet, jene Lampe, die er um Jocks willen abgeschirmt hatte. Jock sah aus, als schlafe er; die Kompresse war von seinem Gesicht gerutscht. *Aber er schläft nicht!* wusste Bart, der neben dem Bett stand und auf ihn herabsah. *Der Schmerz ist schlimmer …*

Jock öffnete plötzlich die Augen. «Bart, würdest du das Armband jetzt in den Vernichter werfen?»

«Ja … ja, sofort», sagte Bart – froh, irgendetwas tun zu können. Er hatte seinen Auftrag schnell ausgeführt.

Weg! dachte er. Es schien ihm auf einmal sehr wichtig, dass das Ding verschwunden war. Als ob er dadurch – auch wenn er nicht wusste, wieso – frei wäre, ein neues Leben zu beginnen. Unsinn, natürlich! Und doch: Je länger er darüber nachdachte, desto stärker befürchtete er, dass das neue Leben nicht so einfach werden würde …

«Das ist erledigt, Martin», sagte er bei seiner Rückkehr.

Jocks Augen waren immer noch offen – sehr blau und ein wenig beunruhigend in seinem zerschundenen Gesicht. «Danke, Bart. Vielleicht erzähle ich dir irgendwann einmal, wie ich das zweite Armband gefunden habe …»

Roos kam zurück, mit einem Tablett voller Plastikbecher, gefüllt mit Kaffeetrank oder Vitamingetränk. Sie stellte es auf dem Boden ab und flüsterte: «Die Kantine hat noch geschlossen, also gibt es keine Brötchen oder Snacks. Aber das hier ist wenigstens etwas … Jock, was willst du: Kaffee oder Vitamine?»

«Weder noch, Rosa», sagte Jock matt.

Roos wählte einen Becher aus und ging damit zu ihm. «Du musst etwas trinken, Jock, wirklich!» Jock ließ sich von ihr stützen und nahm gehorsam einige Schlucke. «Noch eine halbe Stunde, dann wird Herr Akke hier sein», sagte Roos aufmunternd. «Mir ist er sehr sympathisch.»

Jock lächelte sie an – «Ja?» – und schloss die Augen. Roos legte einen Finger auf die Lippen und winkte Daan und Bart.

Die drei gingen in einen anderen Kellerraum, neben der Treppe zum Atelier, und tranken ihre Becher aus.

«Ich wünschte, Herr Akke wäre bereits hier», flüsterte Roos. «Jock hat bestimmt Fieber. Seine Hände sind so heiß, und auch seine Augen glitzern. Es ist noch nicht acht; noch eine gute halbe Stunde, bevor ...»

«Nein, Roos, genau acht Uhr!», sagte Daan. «Schau, die Treppe bewegt sich. Und Akke wollte doch so früh wie möglich kommen!»

Bart sagte nichts. *Treppe!* Er zitterte ein wenig bei der Erinnerung an die andere Treppe, draußen. *Akke sagte, ich solle mir keine Sorgen machen. Aber ich mache mir doch welche ... Nicht so denken, sonst merkt Jock noch etwas! Wenn er erst einmal in der Klinik ist ... Und ich? Wie könnte ich nachher ins Atelier gehen, wenn er nicht dort sein wird?*

Akke kam tatsächlich früh. Zu ihrer Freude fuhr er kurz nach acht in den Keller hinunter. Er unterbrach ihre Willkommensgrüße und Fragen schnell, beruhigend und entschlossen: «Ihr wisst, was ihr zu tun habt. Eure Freunde sind bereits im Atelier; ich habe sie hereingelassen. Und die anderen werden auch bald hier sein. Bart, bleib bitte hier; ich habe noch etwas mit dir zu besprechen. Aber erst gehe ich zu Jock.»

Er ging hinüber in den Gewölbekeller, Bart folgte ihm.

11
Schlafen

Jock hörte Akke hereinkommen und sagte leise: «Guten Morgen.»

Akke setzte sich neben ihn, nahm sein Handgelenk und hielt es eine Weile fest. «Leichtes Fieber, natürlich», sagte er. Er begann – für Jock unsichtbar – in seiner Tasche zu wühlen, richtete sich wieder auf, blickte ihn freundlich-forschend an und begann zu sprechen.

Jock, erschöpft und dankbar wie er war, lauschte allerdings mehr dem Klang seiner Stimme als seinen Worten. Inzwischen drangen einige ungewöhnliche Laute zu ihm herab, und er wusste auch, dass Bart irgendwo im Raum anwesend war.

«Hör nur!», sagte Akke. «Ein paar deiner Kursteilnehmer werfen etwas herunter. Sicherheitshalber stellen sie es nach: wie jemand die Treppe hinunterfällt ... Man sollte wirklich denken, dass du es bist ...» Er beugte sich über Jock und fuhr fort: «Das interessiert dich nicht sonderlich, wie? Ein wenig zu viel Schmerzen ... Ob du es gutheißt oder nicht, Jock, ich gebe dir jetzt ein Schmerzmittel. Noch einen Moment abwarten, bis der Lärm vorüber ist ... Genau! Jetzt wird von mir erwartet, dir Erste Hilfe zu leisten. Roos und Daan laufen zum Visiphon, um die Klinik anzurufen. Djuli Ankh informiert deine Kollegen ...» Akke hielt seine Injektionsspritze in der Hand, packte mit der anderen Jocks linken Arm. «Bevor ich es vergesse: Hast du das Armbandduplikat vernichten lassen?»

«Ja, Bart hat ... Ah! AU!», unterbrach Jock sich selbst und ließ damit zum ersten Mal etwas von den Schmerzen hören, die er durchlitt – der boshaft-kleine Einstich der Injektionsnadel brachte das Fass zum Überlaufen.

«Entspann dich! Das Mittel wirkt in ein paar Minuten», sagte Akke. «Nicht lange allerdings, aber doch lang genug, um dich problemlos in meine Klinik zu bringen.»

«*Deine* Klinik?»

«Die des A.f.a.W., Hauptquartier Nord. Du bekommst den besten Chirurgen und Knochenflicker der ganzen Stadt. Bevor du schläfrig wirst, solltest du noch dieses Formular unterschreiben», sagte Akke. «Das erspart uns beiden viele Computerkomplikationen.»

«Compu- was?»

«Noch bist du wach genug, Jock, um mich zu deinem Arzt zu bestimmen. So wie das jedem vorgeschrieben ist, der nicht in meinem Bezirk wohnt.»

Jock nahm einen Stift entgegen und unterzeichnete mit möglichst fester Hand das Formular, das Akke ihm hinhielt.

«Danke. Den Rest überlässt du jetzt besser anderen. Vielleicht ist es sogar gut, dass du ...» Akke sprach nicht weiter.

«Dass ich mir ein Bein gebrochen habe?», fragte Jock. *Mir wird in der Tat ... schwindelig.*

«Ja, der Psychologe in mir könnte schwören, dass du es absichtlich getan hast. Absichtlich! Ja, denn jetzt MUSST du endlich ausruhen. In deinem eigenen Interesse! Also schlaf gut!»

Jock riss seine Augen weiter auf, schloss sie, öffnete sie noch einmal, aber jetzt sah er alles wie durch einen Nebel. «Nicht ‹schlaf gut›», sagte er so leise, dass er seine eigene Stimme kaum hören konnte, «sondern: ADIEU! Das hast du mir einmal gesagt ... Akke ... Was ... bedeutet es?»

Er wusste nicht, ob Akke antwortete, denn sofort danach sah und hörte er überhaupt nichts mehr.

Als er das Bewusstsein wiedererlangte, waren ein Krankenpfleger und ein Medi-Roboter damit beschäftigt, ihn gekonnt und nach allen Regeln der Kunst auf einer Tragbahre festzuschnallen. Er merkte, dass die Schmerzen beinahe völlig verschwunden waren. *Herrlich, das Zeug hilft tatsächlich!*

Akke war noch zugegen, sein Gesicht kam näher. «Was ist?»

«Bart?», flüsterte Jock fragend.

«Bart begleitet uns im Krankenwagen», antwortete Akke. «Ich habe gesagt, dass er unbedingt unter Beobachtung bleiben muss ... Und sei es nur wegen des frischen Pflasters auf seiner Stirn. Aber jetzt kümmere dich mal eine Weile um gar nichts! Du willst doch schon bald wieder auf den Beinen sein, in einer Woche oder so? Und du willst ...»

Was er sonst noch sagte, entging Jock.

Unbestimmte Zeit später, in der Klinik, sprach Akke erneut *(oder noch immer?)* mit ihm. «Die Aufnahmen sind gemacht. Genau wie wir hofften, Jock: nichts Ernstes. Am ganzen Körper grün und blau, vier gequetschte Rippen, einen Zahn verloren, aber keine Gehirnerschütterung oder ernstere Schäden. Nur eine Fibulafraktur, aber die ...»

Wieder ein wenig später sah Jock zu dem Chirurgen auf. Er war noch größer als Akke, aber nicht kahlköpfig, im Gegenteil. Sein Haar war dicht, dick, ausgesprochen kraus und pechschwarz. Er hatte dunkelbraune Haut, seine Augen waren braunschwarz. Er hatte sich ihm als Dr. Getrouw vorgestellt.

«Werden Sie mich betäuben?», fragte Jock.

«Aber sicher. Das macht es uns beiden viel leichter», antwortete der Chirurg fröhlich.

«Warten Sie einen Moment», sagte Jock. «Ich WILL NICHT betäubt werden.»

Der Arzt sah ein wenig erstaunt auf ihn herab. «Warum nicht, Herr Martin?»

Jock sagte mühsam, nach Worten suchend: «Von dem Schmerzmittel heute Morgen bin ich noch immer halb bewusstlos. Ich will nicht völlig in Schlaf fallen ...»

«Nur ein sehr kurzer Schlaf – ehrlich, Herr Martin. Und selbst, wenn Sie etwas länger schliefen ... Nichts scheint mir für Sie besser zu sein als eine gehörige Portion Schlaf ...»

«So meine ich es nicht», sagte Jock schwach. «Ich will nichts lieber als schlafen! Aber dann normal, nicht durch irgendein ... Mittel. Ganz bestimmt nicht jetzt. Ich fürchte, dass ...»

«Herr Martin, es gibt nichts, wovor man sich fürchten müsste ...» *Eigenartig, dieser Mann scheint mir überhaupt nicht der ängstliche Typ zu sein, der fürchtet, nicht wieder aufzuwachen ...*

«Das meine ich nicht», fiel Jock dem Chirurgen ins Wort. «Noch vor einer Woche hätte ich keine Einwände gehabt, im Gegenteil. Und vielleicht eine Woche später ebenfalls nicht. Aber heute habe ich Einwände ... JETZT ... In diesem Augenblick! Mein Zustand ...»

« ... ist hervorragend, Herr Martin, wenn man die Umstände in Betracht zieht.»

Wie mache ich es ihm nur deutlich?

«Fragen Sie Dr. Akke nach seiner Meinung», bat Jock. «Ich will Ihnen nicht zur Last fallen, aber würden Sie bitte ...»

Dr. Getrouw sagte nichts, aber kurze Zeit darauf hörte Jock ihn mit Akke sprechen. Und etwas später kamen beide zu ihm.

«Akke», sagte Jock, «ich glaube, ich könnte heute in einen TIEFEN Schlaf fallen, einen zu tiefen. Egal wodurch: Betäubungsmittel, Schmerzmittel, Schlaftablette ... oder selbst Stärkungsmittel ...»

«Wie kommst du denn darauf?», fragte Akke.

«Einfach nur ein Gefühl, dass ...» Jock versuchte zu lächeln. «Ach, meine Gefühle ...» Er sprach nicht weiter.

Akke runzelte nachdenklich die Stirn. «Ich UNTERSTÜTZE seine Bitte, Herr Getrouw. Vielleicht eher als Psychologe denn als Arzt ...»

«Ja, aber ...», begann der Chirurg.

Die beiden Ärzte entfernten sich und redeten leise miteinander. Für Jock war nur eines deutlich: dass sie sich nicht einig waren.

Der Chirurg kam zum hohen, schmalen Bett zurück. «Also nur eine örtliche Betäubung. Sind Sie damit einverstanden, Herr Martin?»

Nein, dachte Jock, *damit bin ich nicht einverstanden.* Aber er war zu müde und zu schwach, um sich noch länger zu widersetzen. «Einverstanden», sagte er und ließ seine Augen zufallen.

Ab einem bestimmten Zeitpunkt verlor er jedes Gefühl in seinem gebrochenen Bein. Es war beinahe so, als ob er es gar nicht mehr hätte ... Und die Gefühllosigkeit schien sich über seinen ganzen Körper auszubreiten ... Schien sich sogar seines Geistes zu bemächtigen ... *Warum höre ich nichts? Der Chirurg und die Assistenten müssen mich doch gerade operieren!*

Jock versuchte die Augen zu öffnen, aber das konnte er nicht. Er versuchte die Finger zu bewegen, aber auch das gelang ihm nicht. Er wollte etwas sagen, um Hilfe rufen. *Haltet mich fest, ich falle ...* Aber er konnte kein Wort herausbringen.

Jetzt falle ich doch in Schlaf; tief und tiefer ... Wie tief kann man in Schlaf fallen, bevor ...

Aber vielleicht will ich genau das ... O ja, fort von allen Gefühlen und Gedanken.

Jock sträubte sich nicht länger. Die Angst wich von ihm.

Einige Traumbilder zogen vorbei, verschwanden ebenfalls. ALLES verschwand. Er überließ sich dem NICHTS ... *dem Fluss des Vergessens.*

Bart hätte zu gerne noch mit Jock gesprochen, aber der war weder im Krankenwagen noch bei der Ankunft in der Klinik aus seiner Betäubung erwacht.

Akke hatte ihn beruhigt: «Nichts Besonderes, Junge. Gönn es ihm, er hat genug Schmerzen ertragen. Ich begleite ihn jetzt und komme dann später vorbei, um dir zu berichten.»

Ein Medi-Roboter nahm Bart unter seine Fittiche und brachte ihn in eine andere Abteilung des Krankenhauses, bat ihn, seine Kleider auszuziehen und gab ihm stattdessen einen grünen Bademantel. Zu Barts Erleichterung erfolgte danach keine medizinische Untersuchung. Er wurde in ein Zimmer geführt, in dem neben einigen anderen Möbeln ein einladend aussehendes Bett stand.

«Ich werde Ihnen jetzt ein Frühstück zubereiten», sprach der Medi-Roboter. «Dann müssen Sie schlafen.»

Obwohl Bart inzwischen großen Hunger bekommen hatte, war er schon bald gesättigt und ließ die Hälfte des schmackhaften Essens stehen. Er sah sich im Zimmer um. *Ein ganzes Zimmer nur für mich allein!* Er war müde, aber keineswegs schläfrig.

«Hier, neben Ihrem Bett, liegt eine Schlaftablette bereit», sagte der Medi-Roboter. «Sie dürfen aufbleiben, bis Sie mit Dr. Akke gesprochen haben. Danach: Schlafen Sie gut!» Damit ging er.

Akke kam wenig später und erzählte Bart aufgekratzt, was die Röntgenfotos ergeben hatten. «Du kannst also beruhigt schlafen gehen. Nach deinen nächtlichen Eskapaden ...»

«Nein!», sagte Bart. «Nicht bevor alles wirklich überstanden ist. Wenn Jocks Bein gerichtet ist ...»

«Davon wird er nichts spüren, versprochen ...»

«Ja, aber ... Wann?»

«Jetzt gleich. Ich werde dabei sein», sagte Akke. «Schließlich bin ich sein Arzt.»

«Ich wünschte, Sie wären auch mein Doktor!»

«Ich glaube nicht, Bart, dass du dringend einen Doktor

brauchst! Du hast Jock als Betreuer, und ...» *(Auch als Freund,* dachte Bart.) «Ich habe es dir nie offen gesagt, auch wenn du es dir schon längst hättest denken können. Seit deinem Ausflug auf Route Z stehst du unter Beobachtung des A.f.a.W., Hauptquartier Nord. Dem Gesetz nach bin ich daher, als dessen Leiter, zu deinem Gegenvormund bestimmt worden.»

Bart starrte ihn an. «Warum ...»

«Warum ich dir das nicht so deutlich gesagt habe? Junge, ich hatte keine Lust, buchstäblich mit dir kämpfen zu müssen.» Akke sprach halb spöttisch, halb ernst. «Ich habe während der ganzen Ereignisse Kontakt mit deiner Unterkunft gehalten und ihnen erzählt, dass du dich mit ein paar anderen Jungs geprügelt hast. Ich musste doch irgendetwas erzählen; sie glaubten es sofort! Wie dem auch sei: Du bist hier jetzt – ‹sozusagen›, würde Djuli Ankh sagen – zur Beobachtung.»

Bart wusste darauf nichts zu erwidern. *Ich bin nicht ‹sozusagen› unter Beobachtung, sondern wirklich,* begriff er. *Nur anders, als ich früher dachte. Weil Akke mich wirklich ein wenig gern hat.* Er fragte: «Darf ich über das Öffentliche Visiphon Li anrufen? Ich habe ihr versprochen ...»

«Geh nur», sagte Akke. «Ich muss jetzt zu Jock.»

«Wenn Sie ... Bitte, darf ich noch warten, bis ...»

«Meinetwegen. Ich komme noch einmal zurück ...»

«Wann?»

«Etwa in einer halben Stunde ... vielleicht etwas später.» Akke nickte Bart aufmunternd zu. «Sagen wir: in einer Stunde.»

Bart ging zum Visiphon und es gelang ihm – nach teils unhöflichen, teils besorgten Bemerkungen seiner Mitbewohner in Unterkunft acht – Li zu erreichen.

Sie sah ihn auf ihre Weise verblüfft an. «Es stimmt also», sagte sie. «Du hast dich tatsächlich geprügelt.»

Bart schluckte. «Das ist meine Sache. Ich wollte dir nur Guten Tag sagen. Ich hatte doch versprochen, heute zurückzukommen. Aber jetzt muss ich hierbleiben, zur Be-ob-ach-tung.»

Li starrte ihn unverwandt an und lächelte dieses seltsame Lächeln, das sie beinahe nie zeigte. Und das jedermann (auch

Bart, wenngleich er sich das nie eingestehen würde) nicht nur erfreuen, sondern auch aus dem Gleichgewicht bringen konnte. «Du bist ein schlechter Junge, Bart! Aber ich werde trotzdem Ak in deinem Namen streicheln.»

«Ak! Wie geht es ihm?»

«Er ist bereits seit zwei Tagen verdächtig lieb. Sogar Tru versteht nicht, warum.»

Bart schluckte wieder. *Darüber, so dachte er, rede ich jetzt besser noch nicht.* «Prima», sagte er. «Ich komme wieder, sobald ich kann. Dann werde ich Ak persönlich streicheln.»

«Ich hoffe nur», sagte Li, «dass er dir dann nicht das Köpfchen gibt, sondern dir ein paar mit seinen Krallen verpasst. Das hast du verdient.»

Bart nahm sich ihre Worte nicht sehr zu Herzen; er begriff nur zu gut, dass sie es nicht wirklich so meinte. «Ja», sagte er demütig *(Und du weißt, dass auch ich es nicht so meine!),* «damit hast du wohl Recht, Li. *(Sie redet heute aber viel.)* Tschüs!»

Und damit beendete er die Verbindung.

Bart sah auf seine Uhr, die er nach dem Visiphongespräch mit Li neu aktiviert und gestellt hatte.

Jetzt befand er sich wieder in dem Zimmer, das ganz für ihn allein war. Unzählige Male hatte er bereits auf die Uhr geschaut. *In einer Stunde, aber es ist bereits halb zwölf, viel länger als eine Stunde ...*

Er setzte sich auf die Bettkante und dachte mit Schaudern, ja sogar ziemlichem Widerwillen daran, was er letzte Nacht erlebt hatte. Ungeachtet dessen dachte er kurz: *Kann ich jetzt wissen und fühlen, was Jock fühlt?* Aber er erfuhr und spürte nichts, außer seiner eigenen wachsenden Unruhe.

Unerwartet kam Akke herein.

Bart sprang auf. «Wie geht es ...»

«Jocks Bein ist erstklassig zusammengeflickt, und jetzt schläft er.»

«Oh. Und?»

«Er schläft, Bart», sagte Akke kurz angebunden. «Was will man mehr?»

Bart sah zu ihm auf. – *Manchmal ist er kurz angebunden, gerade wenn er es besonders gut meint. Beinahe als ob ...* «Dann werde ich mich auch besser hinlegen», sagte er. «Nur bin ich überhaupt nicht mehr müde.»

Akke ging zum Bett hinüber. Er nahm die Tablette – zartrosa, auf einem glänzenden Tellerchen –, die dort lag. «Ach wirklich?», sagte er. «Schlafen wirst du, ganz bestimmt sogar. Aber nicht durch eine Schlaftablette ... Zieh dich an.» Als Bart ihn verblüfft ansah, wiederholte er ungeduldig: «Zieh dich an! Ein Medi-Roboter wird dich zu MIR nach Hause bringen. Jetzt, da Mick und Edu fort sind, haben wir mehr als genug Platz. Schau nicht so verwundert! Ich weiß genau, dass du das A.f.a.W. hasst wie die Pest. Aber warum solltest du in der Klinik bleiben: DU hast dir schließlich kein Bein gebrochen. Ich will nur, dass du ein wenig RUHE bekommst ... Ein Roboter deiner Unterkunft wird ein paar deiner Sachen zu mir nach Hause bringen. Und du kennst meine Frau bereits. Findest du es sehr schlimm, zur Beobachtung ein paar Tage bei uns zu verbringen?»

«N ... nein», stammelte Bart. «Geradezu hi-himmlisch ... aber ... was ist mit Jock?»

«Nichts!», sagte Akke. «Wie kommst du darauf? Nichts.»

«Wann darf ich ...»

«Zu ihm? Wenn er wach ist, nicht früher, Bart», sagte Akke. «Jetzt zieh dich an, und beeil dich bitte ein bisschen.»

Frau Akke *(ich finde sie eigentlich viel netter als Tru)* empfing Bart freundlich und verhielt sich gleichzeitig so normal, als käme er täglich in ihre Wohnung. Sie führte ihn in ein geräumiges Gästezimmer, in dem zwei Betten standen.

«Such dir eines aus und schlüpf hinein», sagte sie. «Anweisung von Akke, wie du dir denken kannst.»

Eigenartig, dass sie ihren eigenen Mann so nennt. Oder hat er gar keinen Vornamen ... Doch, natürlich: A. Akke.

«Im Kleiderschrank findest du deine Sachen; sie wurden gerade gebracht. Haro*, unser Hausroboter, bereitet dir gerade eine warme Milch. Besser als jede Schlaftablette.»

Bart fiel tatsächlich schnell in Schlaf. Er wachte auf, als jemand – *Frau Akke* – sehr leise hereinkam und nach ihm sah.
Er schläft noch ...
Das denkt sie! dachte Bart, während er so tat, als schliefe er wirklich noch; warum er das tat, hätte er nicht sagen können. Nachdem sie gegangen war, setzte er sich auf und sah auf seine Uhr. Nicht ganz viertel vor drei. Er stand auf, ging zum Kleiderschrank und öffnete ihn. Darin hing auch ein A.f.a.W.-Bademantel. Diesen zog er an und außerdem seine Schuhe. Dann blieb er stehen und zögerte. *Ich wollte etwas ... aber was, was?*

Sein Blick fiel auf einen in die Wand eingelassenen Spiegel. *Wie bescheuert ich doch aussehe mit diesem Riesenspraypflaster ...* Und gleich darauf bekam er einen Schock. Für einen Augenblick sah er nicht sein, sondern Jocks Gesicht. Mit geschlossenen Augen, so wie er ihn ein paar Mal frühmorgens gesehen hatte. Er schloss seine Augen ebenfalls, und als er noch einmal hinsah, war es wieder sein Spiegelbild, das ihn ziemlich entsetzt anblickte. Er wandte sich ab und versuchte, diesmal bewusst und konzentriert zu Jock hinüberzudenken.

Bist du auch wach?

Keine Antwort. Nicht einmal das Gefühl, dass Jock irgendwo war, wach oder schlafend, träumend vielleicht.

Was bildest du dir ein? Dass du ab sofort, wann immer du willst, Gedanken lesen kannst? hielt er sich vor. Aber er war plötzlich sehr beunruhigt.

Seine Anspannung nahm noch zu, weil er – gerade als er nicht mehr damit rechnete – doch etwas auffing: die Gedanken eines anderen. *Nicht Jock!*

Suchst du ihn auch? Er ist sehr weit fort. Ich habe ihn noch nicht gefunden.

Die junge Frau, die er schon früher gehört hatte ... Wenn es sie gab, außerhalb seiner Fantasie. Sie wurde von einem anderen übertönt ... Bart nahm nur Gefühle war, in erster Linie *Besorgnis*. Aber daneben auch so etwas wie: *Daran*

---

* Häufig vorkommender Rufname für HausRoboter, abgeleitet von der Abkürzung H.RO. (Großer W.W.U.: Namen und ihre Bedeutung) *muss man doch etwas ändern können.* Und er wusste sofort, WER so dachte.

Das ist Herr Akke! Er ist beinahe hier, er kommt nach Hause.
Bart lief zur Tür und schob sie behutsam beiseite.

Akkes Wohnung (ein Appartement in einem sehr hohen Wohnturm) bestand aus zwei Etagen, das Gästezimmer war oben. Bart hörte, wie Akke unten die Halle betrat, mit seinem Roboter und seiner Frau sprach. Er konnte nur wenige Gesprächsfetzen aufschnappen.

«Bart» ... «schläft» ... «Haro, Kaffeenektar für uns beide ... in meinem Arbeitszimmer ...»

Bart schlüpfte aus den Schuhen und schlich zur Treppe: einer typischen, modernen, feststehenden, freien Wendeltreppe. Er sah, wie der Roboter mit dem gewünschten Kaffeenektar durch die Halle glitt, zurückkam und durch eine Tür – dem Fuß der Treppe schräg gegenüber – verschwand; in die Küche wahrscheinlich.

Auf nackten Füßen lief der Junge geräuschlos die Treppe hinunter, schnell durch die Halle und in das Wohnzimmer hinein – zumindest dachte er, dass es das Wohnzimmer sei. Flüchtig bemerkte er, dass es hier überall viel geräumiger und schöner war als in Jock Martins Wohnung. In einer Wand des Wohnzimmers entdeckte er noch eine Tür, die nur angelehnt war. Dahinter befanden sich Akke und seine Frau; er hörte ihre Stimmen deutlich. Bart schlich hinüber, schmiegte sich an die Wand neben die Tür und lauschte angestrengt, obwohl er nur zu gut wusste, dass sein Verhalten ganz und gar nicht in Ordnung war.

«EKG und EEG[*] ... Alles deutet auf einen tiefen Schlaf hin, den tiefsten», hörte er Akke sagen. «Das EEG zeigt Deltawellen, die nach Aussage des Neurologen nicht anomal sind, wenn auch ungewöhnlich. Obwohl sie nicht darauf hinweisen ...»

«Gehirnverletzungen?», fragte seine Frau leise.

---

[*] EKG: ElektroKardioGramm. EEG: ElektroEnzephaloGramm: grafische Aufzeichnung der, bzw. die elektrischen Phänomene, die bei jedem Herzschlag (EKG), bzw. der Hirntätigkeit (EEG) auftreten. (Der Große Medizinische W.W.U., 11. Auflage)

«O nein, Ida, nein. Auch keine Bewusstlosigkeit. Nur ein sehr, sehr tiefer Schlaf. Normal und extrem zugleich», sagte Akke. «Es fehlt ihm nichts Ernstes und er liegt vollkommen ruhig da, aber ... ER IST NICHT WACH ZU BEKOMMEN. Er reagiert auf keinen Reiz von außen.»

Wie erstarrt hörte Bart diese Worte mit an. *Er spricht über Jock!*

«SCHLAF!», sagte Akke. «Weißt du, Ida, woran ich einen Moment dachte? An WINTERSCHLAF; er kam früher bei kleinen Säugetieren – Hamster, Kaninchen, und was-weiß-ich – vor. Wieder registriert und erforscht in den Naturreservaten, in denen es noch wirklich Winter gibt, wie der Antarktis zum Beispiel ... Nur: Es ist nicht Winter – seine Temperatur ist auch noch nicht weit genug abgesunken für einen echten Winterschlaf, der obendrein noch nie beim Menschen vorgekommen ist. Außer, wenn er künstlich hervorgerufen wurde. Und selbst aus einem solchen Schlaf kann man jemanden einfach wecken ...»

Ida Akke sagte etwas Unverständliches.

«Verdammt, er hat es selbst vorausgesehen. Er fürchtete, dass das geschehen könnte ...» Akke brach ab. Er musste aufgestanden sein, denn Bart hörte ihn hin und her gehen.

Der Junge starrte ein Materiegemälde an der gegenüberliegenden Wand an, ohne es jedoch wirklich wahrzunehmen. *Das Schlimmste ist noch nicht vorüber, es steht nicht gut um Jock.*

Akke sagte: «Hätte ich ihn nur energischer unterstützt gegenüber Getrouw.»

«Akke, Akke, du konntest doch nicht wissen, dass ...»

«Das ist wahr, Ida. Und Getrouw hatte erst recht keine Ahnung. Aber ich ... Jock und seine GEFÜHLE ...» Akke blieb kurz stehen und begann dann wieder auf und ab zu gehen. «Ich habe Edus medizinische Akte bei der Raumfahrtbasis Abendstern angefordert.»

«EDUS Akte? Oh, weil ...»

«Ja. Mir kam der Gedanke, dass es vielleicht mit diesem ... nun, mehr als rätselhaften Talent der beiden zusammenhängt.» Akke blieb wieder stehen. «Vielleicht wird mir Edus Akte darüber Aufschluss geben. Ich habe erwogen, mit ihm selbst Kontakt aufzunehmen, aber ... Was hältst du davon, Ida? Edu hat eine wichtige Aufgabe bei der Konferenz morgen. Und obendrein: Ein freimütiges Visiphongespräch über dieses Thema ...»

Wieder brach Akke ab, nun aber auf eine völlig andere Weise – als wäre ihm jemand ins Wort gefallen. Einen Augenblick später kam er mit großen Schritten auf die Tür zu.

Zu mir! wusste Bart. *Woher weiß er ... Ich habe doch keinen Laut ...* Er rührte sich nicht von der Stelle. Weglaufen war zwecklos.

«Und was zum Teufel treibst du hier?», sagte Akke in wütendem Ton. «Komm einmal her. Woher nimmst du dir die Frechheit ... herumzuspionieren, zu kiebitzen?» Er sah Bart zornig an.

Bart hatte sich ihm zugewandt, blieb aber, wo er war. «Es tut mir Leid», sagte er mit zitternder Stimme. «Aber ich ... ich hatte das Gefühl, dass ...»

Die Wut schwand aus Akkes Gesicht. «Gefühl?», murmelte er und fragte dann lauter, nicht böse, aber doch streng: «Was hast du gehört?»

«So ziemlich alles, denke ich ...», antwortete Bart. *(Auch wenn ich nicht alles verstehe)* «Es steht nicht gut um Jock, oder? Er ... Er will nicht aufwachen!»

«Er WILL nicht?» Akke runzelte die Stirn. Er musterte Bart nachdenklich; auch in seinen Augen glomm keine Wut mehr, im Gegenteil. «Komm herein, ich habe nicht mehr viel zu erzählen, Bart. Du kannst genauso gut alles erfahren.»

Irgendwo im Haus ertönte ein Summer.

Akke legte die Hand auf Barts Schulter, als sie im Arbeitszimmer waren. «Setz dich. Schenk ihm Nektar ein, Ida. Nimm ruhig mein Glas ...»

«Pardon, Herr Akke.» Der Hausroboter erschien in der Tür. «Ein Visiphongespräch für Sie. Vom Konferenzort Serendip auf Sri Lanka.»

«Sri Lanka! Leg es auf den Apparat in diesem Zimmer», sagte Akke, «in ... in einer Minute.» Er schloss die Tür, als der Roboter sich entfernte. «Das kann nur Edu sein! Bart, stell den Sessel dorthin oder steh lieber auf ... Schnell ... Dorthin! Da kann dich das Visiphonauge nicht sehen. Gib keinen Mucks von dir, bis das Gespräch vorüber ist.»

Bart gehorchte sofort, bewegte aber trotzdem seine Lippen: *Warum?*

«Du bist nicht der einzige Kiebitz hier in dieser Stadt! Es kann sein, dass meine Visiphongespräche abgehört werden. Und wenn ich meinen Schirm abschalte, gerate ich sofort in Verdacht. Es geht niemanden etwas an, dass du …»

Das Visiphon im Arbeitszimmer summte. Bart wusste, dass der Schirm aufleuchtete, obwohl er ihn selbst nicht sehen konnte. Er sah es an den Gesichtern von Akke und seiner Frau. Akke stand vor dem Visiphonschirm.

«Edu», sagte er gedämpft.

Edus Stimme klang leichthin, er sprach schneller als sonst:

«Guten Abend … Mittag bei euch, Ida, Akke. Ich wollte euch nur kurz mitteilen, dass ich hier pünktlich angekommen bin. Und … mich sofort nach etwas erkundigen, das ich natürlich bereits weiß.»

Akke nickte. *Verstanden!*

Edu fragte: «Wie geht es Jock?»

Bart dachte: *Er weiß genau, wie es Jock geht.*

«Alles bestens», antwortete Akke. «Nur … er ist für niemanden zu sprechen, Edu! Er schläft.»

«Lasst ihn schlafen; das ist sehr gesund», sagte Edu ruhig. «Es tut mir Leid, dass ich nicht eher daran gedacht habe, dir davon zu erzählen.»

Akke öffnete seinen Mund und schloss ihn wieder.

«Ich habe leider Gottes keine Zeit für ein langes Gespräch», sagte Edu. «Aber ich nehme so schnell wie möglich wieder Kontakt auf, persönlich oder *(eine fast unmerkliche Pause)* über jemand anderen.»

«Danke», sagte Akke.

«Bis bald», sagte Edu. «Auf Wiedersehen, Ida. Grüße von Mick an euch beide und …»

«Noch eine Kleinigkeit», unterbrach ihn Akke. «Wie spät ist es jetzt in Sri Lanka? Acht Uhr?»

«Viertel vor …»

«Schlaf ist gesund, das sagtest du doch, Edu? Das gilt nicht nur für Jock, sondern auch für dich! Lass dir bloß nicht einfallen, an Kommissionen oder Vorbesprechungen teilzunehmen! Geh heute Abend früh ins Bett.»

Edu antwortete mit einem Lachen in der Stimme: «Ich verspreche es, Akke. Die besten Wünsche für euch alle.»

Er weiß, dass ich auch hier bin, fühlte Bart.

«Dasselbe wünschen wir euch, dir und Mick», sagte Akke, «besonders für morgen.»

Warum ist Edu eigentlich in Sri Lanka? fragte sich Bart.

Edu beendete die Verbindung.

Akke seufzte schwer und ließ sich in einen Sessel sinken.

«Er wollte dich beruhigen», sagte seine Frau. «Hast du verstanden, was genau er meinte?»

Bart stand auf, schob den Sessel zurück und sagte dabei: «Ja, was meinte er? Ist mit Jock doch alles in Ordnung?»

«Ja, alles deutet darauf hin», antwortete Akke langsam. «Und wir werden in Kürze mehr erfahren. Nein, ich verstehe es auch nicht ganz … Jock fiel in Schlaf, Bart, noch bevor der Chirurg mit dem Richten seines Beines begonnen hatte. In einen so tiefen Schlaf, als hätte er eine starke Betäubung erhalten – aber das war nicht geschehen! Bis jetzt ist es niemandem geglückt, ihn wieder aufzuwecken …»

Es klopfte an der Tür und auf Akkes «Ja?» hin erschien der Hausroboter. «Ein Visiphongespräch für Sie, Herr Akke.»

«Leg es wieder hierher, Haro, und lass das weiterhin so», sagte Akke und machte eine Handbewegung in Barts Richtung, der sich daraufhin sofort wieder für die Augen unsichtbar machte, die über den Visiphonschirm einen Teil des Zimmers einsehen konnten.

«Guten Tag, Dr. Akke», sprach eine Roboterstimme höflich.

«Das ist doch … Xan, wenn ich richtig sehe; Jock Martins Hausroboter.»

«In der Tat, der bin ich», sagte Xan. «Ich versuchte aus mehreren Gründen meinen Meister während der Mittagspause im Kreativ-Zentrum zu erreichen. Und ich hörte dann …»

«Sorry, Xan! Ich hätte dich sofort informieren sollen», sagte Akke. «Aber es gab so viel zu tun, dass ich es einfach vergessen habe.»

«Danke», sagte Xan, «ich verstehe das. Als ich mit der Klinik – Hauptquartier Nord – Kontakt aufnahm, teilte man mir mit, dass das gebrochene Bein meines Meisters gerichtet worden sei, dass er schlafe und nicht gestört werden dürfe. Mehr Informationen wollte man mir dort nicht gewähren. Ich wurde an Sie als seinen Arzt verwiesen, Dr. Akke. Darf ich Sie fragen, wie es Herrn Martin geht?»

«Den Umständen ... entsprechend», antwortete Akke.

«Ansonsten hat er keine Verletzungen erlitten?»

«Nun, er hat natürlich jede Menge blauer Flecken und ... vielleicht eine leichte Gehirnerschütterung», sagte Akke. «Aber das wissen wir noch nicht genau ...»

«Wissen Sie, wie lange er in der Klinik bleiben muss?», fragte Xan. «Selbstverständlich halte ich seine Wohnung in Ordnung, aber es gibt noch immer viele Reporter, die ihn sprechen wollen.»

«Denen kannst du erzählen, dass dein Meister vorläufig RUHE halten muss, Xan», sagte Akke. «Und das meine ich ernst! Wie lange er in der Klinik bleiben muss, kann ich noch nicht sagen. Aber ich werde dich von jetzt an auf dem Laufenden halten.»

«Ich danke Ihnen sehr», sagte Xan. «Noch eine Information meinerseits für Sie, Dr. Akke. Ich bin genau wie Ihr Hausroboter vom Typ HXan; zweifellos ist Ihnen bekannt, dass das bedeutet, dass mein Programm KRANKENPFLEGE umfasst. Wenn mein Meister nach Ansicht der Ärzte nach Hause darf, kann er also auf eine korrekte Versorgung zählen.»

«Herzlichen Dank, Xan!», sagte Akke. Bevor er den Kontakt unterbrach, lachte er dem Roboter noch herzlich zu, obgleich er wusste, dass das den Roboter nicht beeindrucken würde.

«Wenn du nicht gedenkst, wieder ins Bett zu gehen», sagte Akke zu Bart, «dann zieh dir Schuhe an und mach den Bademantel zu.»

«Hast du Hunger, Bart?», fragte seine Frau.

«Ja, Ida, gib ihm etwas zu essen; auch wenn er keinen Hunger hat», sagte Akke. Er stand auf. «Es ist Zeit, in mein Hauptquartier und meine Klinik zu gehen ...»

«Nein, warten Sie noch einen Moment, Herr Akke», sagte Bart. «Ich habe das Gefühl, dass gleich ein Besucher hierher kommt ...»

Akke sah ihn an, wieder mit einem Ausdruck in seinen Augen – *als ob er nicht nur mich, sondern auch jemand anderen anschaut*. «Wichtiger Besuch», fügte Bart hinzu.

Der Summer der Haustür war schwach zu hören.

«Besuch! Eigenartig ... deine Gefühle, Bart», sagte Akke. Er verließ das Arbeitszimmer. «Kommt mit, ihr beiden. Wir werden unseren Besucher im Wohnzimmer empfangen.»

«Besucher IN», sagte Bart, ohne sich klar zu machen, woher dieses Wissen stammte.

«Ich bin sicher, dass du Recht hast, junger Mann», sagte Akke. «Aber nimm einen guten Rat von mir an.» Seine Stimme wurde ernst. «Hier, bei mir zu Hause macht es nichts aus, aber wenn du woanders bist, dann rede nicht so viel. Plaudere nicht gleich alles aus, was dir durch den Kopf schießt.»

Bart nickte. *Ja ... Unter der Rose ...*

Die Besucherin betrat das Wohnzimmer.

Bart war sich sicher, dass er ihr noch nie begegnet war, und wusste doch gleichzeitig ebenso sicher, dass er sie kannte: eine zierliche junge Frau, schön, mit goldbraunen Augen und dunkelblauem Haar *(gefärbt, keine Perücke)*.

«Anna!», sagte Akke. Er stellte sie seiner Frau und Bart vor: «Anna Rheen, Jocks Halbschwester.» Und fügte fragend hinzu: «Wir dürfen dich doch Anna nennen? Manchmal habe ich das verrückte Gefühl, dass wir noch auf irgendeine Weise eine große FAMILIE werden. Jock und Bart ... Jock und ich ... Jock ... Nun ja! Setz dich doch, Anna! Hat Edu dich geschickt?»

Anna nahm Platz. «Ja», antwortete sie flüsternd. «Sie ... Du bist Jocks Freund und sein Arzt. Ich hoffe, dass ich alles richtig verstanden habe ... Ich beherrsche die Gedankensprache nicht so gut wie Edu. Auch ich war sehr beunruhigt, bis er es mir erklärte ...»

Sie sah müde aus, bleich und zerbrechlich ... zart. Aber ihre Augen waren klar und blickten überhaupt nicht müde.

Bart hatte sich ebenfalls gesetzt und starrte sie unbeweglich an. *Sie war es ... ihre Stimme ...* Noch nie hatte ein Mädchen oder eine Frau solchen Eindruck auf ihn gemacht. *Jocks Schwester ... Sie sieht ihm überhaupt nicht ähnlich ... Zumindest nicht dem Äußeren nach ... Aber genau wie er kann sie Gedanken lesen. Sie ist Wirklichkeit; ich habe sie gehört, gestern und heute ...*

«Du hast dir nichts vorzuwerfen», sagte Anna zu Akke. «Jock wäre auch in Schlaf gefallen, wenn er kein Schmerzmittel oder etwas Ähnliches bekommen hätte. Es ist, war ... Es musste passieren.» Sie sprach langsam, nach Worten suchend. «Es waren ZU VIELE Gedanken, zu viele Gefühle von anderen und seine eigenen Antworten darauf ... zu vieles in zu kurzer Zeit. Jock musste sich einfach zurückziehen ... So tief in Schlaf versinken, dass er selbst für die Träume der anderen unerreichbar ist.» Sie schwieg.

«Ich beginne ein wenig zu verstehen», sagte Akke leise. «Sprich weiter.»

«Es ist Edu selbst auch einmal passiert, auf Afroi», fuhr Anna fort. «Das hat er mir heute Mittag erzählt. Glücklicherweise war er damals im Wald, denn die Menschen in der Kuppel hätten garantiert nicht gewusst, was sie mit ihm anfangen sollten ... Aber die Afroini ...»

Sie schwieg wieder und richtete ihren Blick auf Bart. «Er ... Er ... Du, Bart, weißt nicht, was die Afroini ...»

«Noch nicht», sagte Akke kurz. «Aber, Anna, wie lange noch?»

Anna lächelte entschuldigend und sagte: «Ja, Akke. Die Afroini versorgten Edu und weckten ihn, als es Zeit war ... Sie selbst kennen diese Art Tiefschlaf ebenfalls – den meisten widerfährt es nicht nur einmal, sondern mehrmals in ihrem Leben. Ich denke, dass es dazugehört ...» Sie setzte sich auf und sah Akke ernst an. «Lass ihn schlafen! Keine Medizin, kein Essen, nur etwas zu trinken ...»

«Wie lange?», fragte Akke.

«Einen Tag. Zwei Tage. Nicht viel länger ...» Die Ruhe schwand aus Annas Gesicht und Stimme. «Drei Tage sind bereits gefährlich, denn dann ist der Schlaf unter Umständen so tief geworden, dass ... er nicht mehr zurückkommen kann. Jemand muss ihn wecken.»

«Wie?»

«Wenn er nicht von alleine aufwacht, muss sich jemand neben ihn setzen, zu ihm hin denken, ihn zurückrufen.»

«Gut, aber WER kann das?»

«Edu könnte das, aber er ist in Sri Lanka. Auch wenn er eigens dazu hierher kommen würde ...»

«Ich dachte, dass die ENTFERNUNG nicht ...»

«In diesem Fall schon», sagte Anna. «Man muss ihm nahe sein, ihn berühren können. Jemand muss ...»

«Aber Anna, das bist du doch?», fiel Akke ihr ins Wort.

«Denkst du ... ja, das denkst du wirklich», flüsterte sie. «Ich würde es auch gern glauben. Nichts lieber als das; und ich werde es bestimmt probieren ...» Sie stand auf. «Darf ich zu ihm? Auch wenn er schläft? Heute noch?»

«Du? Natürlich!», sagte Akke und stand ebenfalls auf. «Ich gehe jetzt in die Klinik. Willst du nicht gleich mitkommen?»

«Ja gerne, wenn das möglich ist», sagte Anna.

12
Erwachen

KONFERENZ VON ERDREGIERUNG, WELTPARLAMENT UND RAT FÜR AUSSENWELTEN IN SERENDIP, Sri Lanka,
Mittwoch, der 28., 12 Uhr mittags (Ortszeit):

An Terra/die Erde, den dritten Planeten von Sol/der Sonne.
Wir bitten um Aufmerksamkeit für eine ganz besondere Bekanntmachung.
Diese Bekanntmachung betrifft den zweiten Planeten von Sol, bis heute bekannt unter dem Namen Venus ...

«Dies ist», sagte jemand auf der 3D-Fernsehwand, «die wichtigste Entdeckung seit Jahrhunderten. Auf Venus, dem zweiten Planeten ...»

«Dies ist», sagte jemand auf einem anderen Kanal, «die vielleicht aufregendste Entdeckung in der Geschichte der Menschheit ...»

«Dies ist», sagte jemand, wieder auf einem anderen Kanal, «als würde Fantasie plötzlich und unerwartet Wirklichkeit, als würde ein Traum wahr ...»

Aber inzwischen schläft Jock Martin seinen traumlosen Schlaf.

Bart saß in Akkes Wohnzimmer. Er sah und hörte das Fernsehen. Die Kommentare unterschieden sich, aber die Nachrichten und Bilder waren den ganzen Tag über dieselben gewesen. Es war jetzt fünf Uhr nachmittags in der Stadt Neu-Babylon.

Bart sah Edu, der – Mick an seiner Seite – äußerlich ruhig, scheinbar ungerührt die Fragen des Vorsitzenden des Weltparlaments beantwortete:

«Ja! Verkünden Sie es allen Menschen; wir können es mit Beweisen belegen. Die Venus ist bewohnt ... von Geschöpfen, die mindestens ebenso intelligent sind wie ... wir Menschen. Sie nennen sich AFROINI und Venus heißt AFROI.»

Filmaufnahmen, Fotos ... Einige sehr deutlich; andere verschwommen oder von schlechter Qualität.

«WARUM es jetzt erst bekannt gemacht wird? Das ist eine Entscheidung Ihres Parlamentes, der Erdregierung und des R.A.W. ... Warum die Afroini sich so lange vor uns versteckt haben? Das fragen Sie besser sie selbst!»

Einen Moment lang spürte Bart mit dem Gefühl von Dankbarkeit eine Hand auf seiner Schulter: Ida Akkes Hand. Akke selbst war im Hauptquartier Nord, zu dem die Klinik gehörte. *Er wusste es schon länger, aber er sieht und hört bestimmt auch zu, von Zeit zu Zeit. Und Jock? Auch er wusste es ...* Bart fragte sich, was sich die Ärzte und Mitarbeiter des A.f.a.W. aufmerksamer ansahen: das Fernsehen oder ... Jock, zum Beispiel.

Aber Jock ist noch immer in seinen tiefen, traumlosen Schlaf versunken.

Die Nachrichten im Fernsehen gaben auch Anlass zu Fragen.
«Die Afroini sind intelligent, beherrschen E.S.P.* ..., ich meine: Außersinnliche Wahrnehmung, beziehungsweise A.S.W.! Wie ... Wie sehen sie aus?»
ICH WEISS, WIE SIE AUSSEHEN! Nur ... woher weiß ich das? fragte Bart sich und Ida Akke, die gerade ein paar Getränke zwischen ihnen abstellte.
Er schloss die Augen und sah wieder die Zeichnung vor sich, die Jock begonnen und ER vollendet hatte. *Ich weiß, wie sie aussehen, und jetzt verstehe ich endlich, warum Jock ... Nein, ich verstehe es nicht.* «Ich kapier überhaupt nichts», sagte Bart laut. «Venus ist Afroi und dort leben Afroini – das hat Anna gestern schon gesagt. Anna, Jocks Schwester ...»

Aber Jock schläft weiter, wacht nicht auf. Sogar jetzt nicht, da die ganze Welt diese wichtige, erschreckende Neuigkeit erfährt.

Gegen sechs Uhr kam Akke nach Hause. Er verweilte kurz vor der Fernsehwand, auf der schmächtige grüne Gestalten durch flammende Wälder spazierten, mit dunkel-glänzenden Augen in das Zimmer zu schauen schienen und dann in Regen und Nebelschwaden verschwanden.
«Endlich Offenheit!», sagte er. «Edu, Mick und ihre Mitstreiter haben zum Glück gesiegt.» Und bevor Bart oder seine Frau danach fragen konnten, fügte er schnell hinzu: «Jocks Zustand

---

* E.S.P.: Extra-sensory-perception (Alt-Englisch oder Amerikanisch): (Grob übersetzt) außer-/übersinnliche Wahrnehmung bzw. Wahrnehmungsvermögen (Empfindungen/Gefühl/geistige Vorstellungen/Empfang). Siehe auch: A.S.W. (Der Große W.W.U., Supplement: Abkürzungen, 11. Auflage)
PERSON, BEGABT MIT E.S.P.: Jemand, der – ohne die normalen Sinneswerkzeuge zu gebrauchen – die Gedanken, Gefühle, geistigen Vorstellungen, Hirntätigkeit EINES ANDEREN empfangen kann (Der Große W.W.U., Supplement: Geheimnisse des menschlichen Gehirns, 11. Auflage)

ist immer noch unverändert. Er schläft jetzt schon einen ganzen Tag – einmal rund um die Uhr – plus acht Stunden. Noch immer unerreichbar, aber wir finden alle, dass er schon viel besser aussieht, nicht mehr so müde. Es tut ihm anscheinend sehr gut. Nein, lasst es mich so ausdrücken: Er weiß, dass es gut für ihn ist, sonst wäre er längst aufgewacht.»

Aber ... will er denn wieder aufwachen? fragte sich Bart. Er wusste, dass es nicht nur seine eigene geheime Furcht war, sondern auch Akkes.

«Schon ein wenig schade für ihn, dass er diesen Tag nicht miterleben kann», sagte dieser. «Er hat schließlich seinen Teil dazu beigetragen, dass ...»

«Jock? Wie denn das?», fragte Bart. *Er war auch Planetenforscher auf der Venus, nein: auf Afroi und hat dieselbe Gabe wie Edu ... Und ich ... Wie kommt es, dass ich ... Ich bin nie dort gewesen, werde nie dorthin gelangen ...*

Inzwischen fragte Akke: «Hast du denn nicht im Fernsehen die Eröffnung der Ausstellung bei Mary Kwang gesehen?»

«Nur einen kurzen Ausschnitt. Dass es eine VERLOGENE Ausstellung war. Dann ...»

«Ach ja, stimmt! Du musstest ja die Farborgie vorbereiten. Durch diese Neuigkeiten beinahe völlig in Vergessenheit geraten», sagte Akke. Er setzte sich. «Aber nicht bei mir, und bestimmt auch nicht bei Jock ...»

«Jock hat auf der Ausstellung gemeinsam mit Edu und Mick ein Komplott vereitelt», erzählte seine Frau. «So könnte man es sicher nennen ...»

«Ich wusste gar nicht, dass er so viel damit zu tun hatte», sagte Bart.

«PLANETENFORSCHER NUMMER ELF SAGTE, DASS MAN NIEMALS EINE GANZE WELT VERSTECKEN KÖNNE», sprach ein Reporter auf der Fernsehwand unerwartet laut. «Was sagen Sie zu den Neuigkeiten, Dr. Topf?»

Ein Mann mit hochrotem Kopf kam ins Bild. Er schien wütend und ängstlich zugleich. «Kein Kommentar», sagte er bissig.

«Sie bleiben der Konferenz fern, und das, obwohl Sie als

Planetenwissenschaftler Mitglied nicht nur des R.A.W., sondern auch des Weltparlaments sind ...»

«Gesundheitliche Probleme», sagte Dr. Topf kurz angebunden.

«Was halten Sie von der Ansprache der Vorsitzenden?»

«Welcher Vorsitzenden?»

«Des Weltparlaments. Sie sprach damit – wie sie sagte – die Empfindungen vieler aus: AFROI GEHÖRT DEN AFROINI, und nichts anderes,» sagte der Reporter. «Und wie stehen Sie zu dem, was uns die Afroini über ihren irdischen Vertreter ...»

«Irdischen Vertreter ... Sie meinen doch nicht etwa Planetenforscher Jansen?», fiel ihm Dr. Topf mit wutverzerrtem Gesicht ins Wort.

«Doch, eben diesen meine ich! Wir Menschen seien willkommen auf unserem Schwesterplaneten, als ... Besucher. Aber keine großen Niederlassungen, für die Sie sich immer eingesetzt haben ...»

«Das habe ich, *bevor* bekannt wurde, dass ...», begann Dr. Topf.

«Wirklich, Dr. Topf? Ich habe mir sagen lassen, dass Sie schon früher davon wussten und dass Sie ...»

«Noch einmal: kein Kommentar», sagte Dr. Topf heftig und verschwand vom Schirm.

«Warum wurde dieser Dr. Topf so in die Mangel genommen?», fragte Bart. «Ich habe ihn schon oft im Fernsehen gesehen. Er ist ein Planetenwissenschaftler und hat viele ausgezeichnete Vorträge gehalten. Was hat er getan ...»

«Wenig Gutes in der letzten Zeit», antwortete Akke. «Alles in allem eine lange Geschichte. Wir werden sie dir alle einmal erzählen. Zumindest ihren Anfang, denn zu Ende ist sie noch lange nicht.»

Der Hausroboter kam herein und begann den Tisch zu decken. «Möchten Sie den Fernseher während der Mahlzeit eingeschaltet lassen?», fragte er.

«An diesem besonderen Tag, ja», sagte Akke.

Bart fragte: «Wir alle? Wen meinen Sie damit? Wer wird die Geschichte erzählen?»

«In erster Linie natürlich Edu und Mick. Und Jock, wenn er wieder hellwach ist ...»

«Und *du*», sagte Ida Akke, an ihren Mann gewandt.

Später, während des Essens, erschien auf dem Schirm eine hochgestellte Persönlichkeit, der Vorsitzende des R.A.W., des Rats für Außenwelten. Er hielt eine Ansprache.

«Was wird das für uns, die Menschen auf dem Planeten Erde, bedeuten? Sind wir verwundert, erschreckt, erfreut oder ängstlich? Ein Planet voller Gedanken lesender Geschöpfe in unserer Reichweite! Wesen voller Verständnis füreinander; eine Welt, die keine Kriege kennt. Diese Neuigkeit gibt uns das Gefühl, endlich aufgewacht zu sein ... nein, völlig unerwartet wachgerüttelt zu werden, aus ...»

«Bitte, Bart, schalte auf einen anderen Kanal», sagte Akke. «Dieses salbungsvolle Geschwafel vertrage ich jetzt gar nicht.»

«Und dies», sprach der Kommentator, «ist der Schluss einer kurzen Lebensbeschreibung von Dr. Ricardi, dem Kommandanten der menschlichen Niederlassung auf der Venus ... ich korrigiere: auf Afroi.» Ganz kurz sah Bart ein kantiges, strenges Gesicht, das ihn entfernt an Jock erinnerte.

Danach zeigte man zum soundsovielten Mal Edus Gesicht. Bart stellte den Ton ab und betrachtete es nachdenklich. Dieser Mann hatte vorgestern mit ihm geredet, ihm geholfen, ihn gestützt ... *Kein einziges Mal erwähnten sie, dass er – genau wie die Afroini – Gedanken lesen kann. Wie einsam muss er sich manchmal gefühlt haben.* Dieser Gedanke ängstigte ihn ein wenig; er schaltete weiter.

«Aber, meine Gnädigste, Sie haben doch zusammen mit Dr. Topf ...»

«Das habe ich, ja. Aber mich interessierte ausschließlich der künstlerische Aspekt», sagte eine schöne junge Frau.

«Mary Kwang!», flüsterte Ida Akke.

«Aber es war doch eine Ausstellung über die Außenwelten, gefördert vom R.A.W.?»

«Die Außenwelten sind – vom künstlerischen Standpunkt

gesehen – ein äußerst inspirierendes Thema», sagte Mary Kwang kühl. «Der einzige Standpunkt, der für mich von Bedeutung ist, ist: KUNST. Ich kümmere mich nicht um Politik und ich verstehe auch nichts davon.»

«Ich habe gesehen», fuhr der unsichtbare Interviewer fort, «dass Sie unter anderem auch die Arbeiten eines Ex-Planetenforschers ausgestellt haben, eines Kollegen von Herrn Edu Jansen: Die Venuslandschaften des Malers ...»

Bart ließ seinen Löffel zu Boden fallen.

«... Jock Martin», ergänzte Mary Kwang.

«Was halten Sie von seinen Theorien über den Unterschied zwischen KONKRET und ABSTRAKT?», fragte der Interviewer mit provozierender Stimme.

«Jock Martins Theorien lassen mich kalt», antwortete Mary Kwang, ebenfalls provozierend. «Mich interessieren einzig und allein seine Gemälde! Er ist sehr begabt.»

«Wie man hört, haben Sie alle seine Arbeiten verkauft?»

«Wäre es nur so! Ich hätte alles verkaufen können. Aber das darf ich nicht ohne seine Zustimmung. Und Jock Martin ist im Augenblick nicht erreichbar.»

«Stimmt es, dass er ...»

«Entschuldigen Sie», sagte Mary Kwang. «Die Ihnen zugestandene Zeit ist um. Ich kann Ihnen keine Sekunde länger Rede und Antwort stehen.»

Akke murmelte etwas Unverständliches, aber es klang nicht gerade freundlich.

«Können wir nicht ein Gemälde von Jock kaufen?», fragte seine Frau. «Das würde mir ...» Sie brach ab.

Ein schmales, wissbegieriges Gesicht blickte sie freundlich an. «Hier meldet sich noch einmal das S.J.it.-TV. Wir haben inzwischen herausgefunden, wo sich Jock Martin, Maler, Ex-Planetenforscher und Kreativ-Betreuer aufhält. Bedauerlicherweise wirklich unerreichbar! Ich meine damit: er kann tatsächlich keine Interviews geben. Durch einen Unfall – man spricht von einem Treppensturz – liegt er mit gebrochenem Bein und einer schweren Gehirnerschütterung in der Obhut des A.f.a.W. in einer Klinik. Wir wünschen ihm von Herzen eine baldige Genesung.» Der Reporter des S.J.it.-TV machte eine Pause. «Ein Unfall, ein unglücklicher Zufall», setzte er dann in geheimnisvollem Ton hinzu. «Oder vielleicht doch kein Zufall ...»

«Schalt ab!», sagte Akke laut.

Bart gehorchte und sah ihn ein wenig erschrocken an.

«Lass dich von solch blödsinnigem Geschwätz nicht irremachen!», sagte Akke. «Auch wenn es richtig ist, dass ein Teil dieser Geschichte von Menschen wie Mary Kwang und Dr. Topf erzählt werden müsste. Und von einem Mann, den ich jetzt der Einfachheit halber Manski nenne; so, wie er sich zumindest Jock und dir vorgestellt hat.» Akke wusste inzwischen durch Bart viel von dem, was in jener ereignisreichen Nacht von Montag auf Dienstag geschehen war.

«Aber so heißt er nicht, das sagte er selbst. Wer ist Manski wirklich?», fragte Bart.

Akke zögerte kurz, bevor er antwortete. «Ich sollte es dir wohl besser verraten, denn für dich ist er wahrscheinlich genauso gefährlich wie für Jock ... für jeden. Obwohl man ihm nie etwas nachweisen können wird. Dr. Ernst Torvil, Robotiker, Diplomtechniker Ersten Ranges ... zuweilen auch Spion für den Irdischen Sicherheits-Dienst ... Schau nicht so ängstlich drein, Bart. Dies bleibt ein besonderer Tag. Und Jock hat sein Teil dazu beigetragen ...»

Bart flüsterte: «Warum denken Sie auf einmal an Wälder und die Afroini?»

«Bart!», sagte Akke. Er zog die Augenbrauen zusammen und sah betroffen und auch ein wenig wütend aus. «Das ist etwas, das dich nichts angeht. Horchen an der Tür lasse ich vielleicht noch durchgehen, aber was du jetzt getan hast, ist absolut indiskret.»

«Sorry, tut mir Leid», sagte Bart ein wenig zerknirscht. «Ich habe es nicht absichtlich getan, ehrlich. Es passierte einfach ...»

Akke seufzte, schüttelte den Kopf und sagte mit einem flüchtigen Lächeln: «Ich sehe ja ein, Bart, dass es schwierig für dich ist, dieses ungezügelte Talent zu beherrschen. Aber mit viel

Übung wirst du es schon noch lernen ... Und du brauchst es wirklich nicht ganz alleine zu versuchen.» Er stand auf. «Ich gehe noch einmal ins Hauptquartier ...»

An jenem Abend konnte Bart nicht einschlafen. Es gab zu vieles, über das er nachdenken oder sich Sorgen machen musste.

Es war bereits spät, als Akke sehr leise das Gästezimmer betrat. «Noch wach ... Das hatte ich befürchtet», sagte er, als er sich auf die Bettkante setzte. «Ja, Jock schläft immer noch. Aber schlafen ist gesund, und du solltest versuchen, dir nicht den Kopf darüber zu zerbrechen, Bart.»

«Du bist ... Sie sind doch auch beunruhigt.»

«Ja. Ja, das ist wahr, von Zeit zu Zeit», antwortete Akke langsam. «Obwohl ich weiß, dass es nicht richtig ist. Du solltest das auch wissen, ebenso wie Edu und Anna. Und vielleicht noch andere ... Wir haben heute sehr viel darüber gehört: die Kraft der Gedanken. Du verstehst mich bestimmt. Nachdenken darfst du meinetwegen, so viel du willst, dir das Hirn zermartern jedoch nicht. Und jetzt versuche, deinen Geist freizumachen. Morgen ist auch ein Tag.»

Anna stand an Jocks Bett und sah auf ihn herab. Kabel führten aus seinem wirren Haar zum Enzephalographen.[*] Sie konnte auf einem kleinen Bildschirm die Wellen betrachten, die er registrierte. Träge Deltawellen, wiedergegeben durch zuckende Linien.

Aber ein EEG kann niemals verraten, was ein Mensch denkt ... Und Jock, Jock denkt überhaupt nicht mehr. Sein Schlaf ist zu tief ... Oder existieren auch in der Tiefe noch Gedanken? fragte sie sich einen Moment lang. *Ganz andere, als wir üblicherweise denken?*

Sie blickte auf den Monitor, der seinen Herzschlag anzeigte: langsam, aber regelmäßig. Sie schaute zum Tropf hinüber, der ihm durch einen Schlauch Flüssigkeit zuführte, und schließlich

---

[*] Gerät, mit dem ein EEG erstellt wird. Näheres siehe 5. Teil Seite 432.

auf Jocks Gesicht: ruhig, kantig und im künstlichen Licht sehr bleich, mit Schatten um die Wangenknochen und einem Stoppelbart, die tiefliegenden Augen noch immer geschlossen. Wie lieblich war das Gesicht, wie sehnsüchtig verlangte sie danach, seine Augen sich öffnen zu sehen ... Für sie – immer – unerwartet zärtliche und sehr sprechende Augen in diesem oft so unwirsch-unnahbar scheinenden Gesicht.

Es war Donnerstag, zwei Uhr mittags. Jock schlief nun bereits zwei Tage und vier Stunden. Was den Ärzten nicht geglückt war, wollte sie jetzt versuchen: Jock aufzuwecken.

Sie beugte sich zu ihm hinunter. Das Blauviolett des Blutergusses um das linke Auge war zu einem blassen Gelb und schwachen Grün geworden. Sie strich mit der Hand über seine rechte Wange und den Wangenknochen, die beide unverletzt waren. Seine Haut war kühl – nicht kalt –, die Knochen darunter waren hart und wirklich, die Bartstoppeln pikten. Sie legte ihre Finger liebkosend auf seine Lippen ... und schrak hoch.

Ein Spezialist – *Wie heißt er doch wieder? Der Neurologe* – war hereingekommen; er nickte ihr zu, warf einen flüchtigen Blick auf Jock und schaute beinahe ungläubig auf die Anzeige des Enzephalographen.

Verdammt, schon wieder ... Bilde ich mir das nur ein? Immer wenn diese Frau bei ihm ist, verändert sich sein EEG. Nein, alles Einbildung, zu gering, zu minimal ... Aber was würde es preisgeben, wenn man es tausendfach vergrößern ließe ... Wie dem auch sei: Es wäre eine eingehendere Studie wert. Können die Hirnwellen eines Menschen durch die bloße Anwesenheit eines anderen beeinflusst werden? Zu gerne würde ich auch einmal ihr EEG messen...

Anna wusste, dass er – ein zuverlässiger Mann – ebenso wie der Chirurg von Akke über Jocks paranormale Gabe informiert worden war. («Ärztliche Schweigepflicht ... Ich muss es ihnen erzählen; wie sonst sollten sie und ich ...»)

Sie sagte: «Dr. Mimno, würden Sie es wagen, einen Afroin ans Bett zu fesseln, um ihm im Schlaf seinen Herzschlag, Blutdruck und so weiter ... alle elektrischen Ströme seines Gehirnes zu messen? Ich meine: ohne seine Zustimmung?»

449

Der Neurologe sah sie an, erst verblüfft, dann argwöhnisch und ein wenig schuldbewusst. «Nein, nein, natürlich nicht ... Afroini ... Venus ... Interessante, aber auch erschreckende Neuigkeiten.»

«Bei einem Afroin würden Sie es also nicht tun», sagte Anna. «Würden Sie dann bitte diese Apparate, Maschinen oder wie immer sie heißen, abschalten. Jock Martin hat ebenfalls nicht eingewilligt, als ... wie sagt man doch? ... als Versuchskaninchen zu dienen.»

«Liebe Frau Rheen, Ihr Vergleich hinkt», sagte der Neurologe. «Herr Martin befindet sich in einem unvorhergesehenen, anomalen Schlaf. Seine Zustimmung einzuholen, war unmöglich! Er liegt hier nur zu seinem eigenen Besten.»

«Das mag sein, Dr. Mimno», sagte Anna sanft. «Ich glaube das gern, aber er schläft jetzt ruhig und friedlich. Sie können diese schönen Maschinen ohne ... ohne Gewissensbisse entfernen. Ich nehme an, dass Jock es sehr abscheulich finden würde, unnötigerweise mit all den Geräten verkabelt zu sein, wenn er ...»

«Wenn er ...», wiederholte der Neurologe, ein wenig aus der Fassung gebracht. «Wenn er was?»

«Wenn er aufwacht. Wenn diese vielen Geräte wirklich nötig wären, würde ich Sie nicht darum bitten. Ich fordere ja beispielsweise nicht, dass der Tropf entfernt wird, wohl aber alles andere. Und sei es nur, solange ich hier bin ... Würden Sie bitte dafür sorgen? Und dann», fuhr Anna plötzlich heftig fort, «will ich allein gelassen werden mit meinem ... Bruder. Für eine Stunde, die Besuchsstunde, von der bereits einige Minuten verstrichen sind.»

Der Neurologe verschwand. Sie hörte ihn mit anderen Ärzten reden; Akke war darunter, und der war auf ihrer Seite.

Schließlich kam der Neurologe in Gesellschaft eines Pflegers und eines Medi-Roboters zurück. Sie entfernten alle Kabel und schoben die Apparate hinaus. «Nur eine Stunde», sagte der Neurologe, und dann ließ man sie mit Jock allein.

Anna setzte sich auf die Bettkante und ergriff Jocks Hand – kühl, vollkommen passiv, sein Pulsschlag kaum spürbar. Sie wusste, dass andere zusammen mit ihr dachten und – fühlten ... *Edu aus der Ferne, Akke in der Nähe und Bart und ... vielleicht auch unbekannte Bekannte, wie Firth, Edus Freund unter den Afroini.*

Sie konzentrierte sich und versuchte hinabzusteigen in die Tiefe, in der Jock sich aufhielt. *Tief und tiefer, und tiefer ... Lass alles hinter dir zurück ...*

NICHTS. Ganz kurz ein Bild: *der Fluss des Vergessens.* Und dann wieder nichts. Es schauderte sie davor, aber sie zog sich nicht zurück. *Dort muss ich hindurch, daran vorbei!*

WAS FÜR EIN UNSINN! SO SOLLTE ES NICHT SEIN!

Anna kniff in Jocks schlaffe Hand und starrte sein Gesicht an. *Wer sagte mir das? Du nicht, du schläfst ja. Und jetzt muss ich noch einmal versuchen, mich an deine Stelle zu denken, hinabzusteigen in diese rätselhafte Tiefe, dich zurückzurufen.*

Und auf einmal wusste sie, wie es ihr gelingen würde. In ihrer Erinnerung vernahm sie Jocks Worte: «Anna, und ich – ich werde von jetzt an immer da sein, wenn du mich rufst.»

Ganz vorsichtig liebkoste sie ihn. *Jock, Jock, komm zurück; weil ich dich rufe. Ich liebe dich. Komm zurück. Du hast es mir versprochen. Ich rufe dich.*

Ein einziges Mal im Leben – dachte Anna – *erfüllt sich etwas tatsächlich so, wie du es dir in deinen schönsten Träumen gewünscht hast.*

Jocks Augen öffneten sich, blau und lebendig; seine Finger bewegten sich, erwärmten sich langsam zwischen ihren Händen, seine Blässe erinnerte nicht mehr an den Tod. Er bewegte die Lippen, sagte erst geräuschlos, dann leise: «Anna? Anna!»

Sie schmiegte eine Hand an seine Wange, küsste ihn und flüsterte: «Wache auf ... Du *bist* wach, Jock!»

Ein einziges Mal im Leben – dachte Jock – *erfüllt sich wirklich etwas so, wie du es dir als schönsten Wunsch erträumt hast.*

Er wollte seine linke Hand heben, um Annas Liebkosungen zu erwidern, und musste feststellen, dass er das nicht konnte.

«Was ...», begann er, zu froh und zu verwundert, um zu erschrecken.

«Der Tropf!», sagte Anna leichthin.

Jock blickte von seinem festgeschnallten Arm nach oben. «Warum?», fragte er ungläubig.

«Notwendigkeit, mein lieber Jock. Du bist ... Du schliefst ...»

«Ja, ich weiß; habe geschlafen ...»

«Zwei Tage und vier Stunden ... mittlerweile fast fünf. Mehr als zwei Tage und Nächte an einem Stück.»

Jock starrte Anna an. «Das ist nicht wahr.»

«Doch, doch. Aber jetzt bist du zurück und wirklich wach, oder?» Anna fühlte, dass ihr unwillkürlich Tränen in die Augen schossen.

«Anna, Liebes, weine nicht. Wie kommst du hierher ... Was sagtest du ... Zwei Tage?» Jock dachte einen Augenblick nach. Der beinahe komisch-verblüffte Ausdruck auf seinem Gesicht verschwand. «Ich erinnere mich, dass ich ... o ja. Aber nur zwei Tage?»

«Es wurde wirklich Zeit aufzuwachen», sagte Anna.

Jock bewegte seine freie Hand und sagte: «Kann dieser verdammte Tropf nicht entfernt werden?» Er machte eine Pause. «Den brauch ich wirklich nicht. Ich habe ... Hunger.»

«Die Ärzte werden froh sein, das zu hören.»

«Ärzte? Akke ...»

«Der kommt bestimmt gleich.»

«Zwei Tage. Anna, welcher Tag ist heute?»

«Donnerstag, der neunundzwanzigste.»

«Und gestern?»

«Mittwoch.»

Jock drückte Annas Hand ganz fest. «Mittwoch, der achtundzwanzigste», grübelte er. «Da war doch was. Am Mittwoch, dem achtundzwanzigsten, sollte oder würde etwas passieren. O ja, ich sollte mich beim A.f.a.W. melden, aber da bin ich bereits. O du weiter Weltenraum!» Er sah Anna an, jetzt offensichtlich hellwach. «Die Konferenz ...»

«Ruhig ... Ja. Was du, Edu und alle unsere Freunde gehofft hatten, ist eingetreten. Die Wahrheit wurde bekannt gemacht ... Aber das wirst du bestimmt noch alles hören», sagte Anna. «Du wusstest es selbst doch auch schon eher ... Du hast nicht umsonst so lange und tief geschlafen, sondern weil du es nötig hattest.»

Sie hörte, wie jemand hereinkam ... *Kein Pfleger, Medi-Ro oder Spezialist ... Akke!* Anna legte ihre linke Hand noch einmal auf Jocks Wange.

«Geh noch nicht», sagte er.

«Ich muss. Aber ich komme bald zurück ... Später, heute Abend.» Anna machte sich vorsichtig los und sagte, so beiläufig wie möglich, um die für sie – und vielleicht auch für Jock – etwas zu heftigen Gefühle wieder in den Griff zu bekommen: «Und veranlasse einen Medi-Roboter dazu, dich zu rasieren, Jock. Dieser Stoppelbart steht dir überhaupt nicht!»

Jock schloss seine Augen. Anna war gegangen; er spürte die aufgeregten Gedanken des Neurologen, des Chirurgen und einiger Pfleger Ersten Grades, aber auch Akkes Anwesenheit. Und das war auch der einzige Grund, warum er sie wieder öffnete.

Akke strahlte vor Freude. «Jock ... Alter Knabe!» Erst dann nahm er Jock medizinisch-forschend in Augenschein, fühlte ihm den Puls, hörte seinen Herzschlag ab und leuchtete mit einer Lampe in seine Pupillen. Er nickte zufrieden. «Soweit ich sehen kann, alles bestens. Und ...»

«Wie ich mich fühle?», unterbrach Jock ihn. «Kannst du den Tropf nicht entfernen? Ich habe Hunger, Akke ... Na ja, Appetit auf irgendwas.» Er riß seine Augen weit auf. «Und du kannst mir glauben: Ich bin wirklich hellwach ... Aber mir ist schon wieder nach Schlafen zumute.»

«Psst! Sag das bloß nicht zu laut! Eigentlich selbstverständlich, meiner Meinung nach. Wir müssen die zwei Tage als etwas Besonderes betrachten, ein gewisses Extra ...» Akke begann den Tropf zu entfernen. «Ich denke, dass du nachher schon wieder auf normale Weise schlafen wirst.»

Jock lächelte, seufzte kurz und lächelte noch einmal. *Ich bin so glücklich – und gleichzeitig ein wenig traurig –, wie ich es noch nie gewesen bin.*

«Was machen die Schmerzen?», fragte Akke.

«Ich bin steif wie ein Brett! Die Schmerzen ... Ach, es geht, so wie jeder andere sich an meiner Stelle fühlen würde. Und

Schmerzen an diesem Arm, in den du und wer-sonst-noch-alles hineingestochen haben.»

«Nun hab dich nicht so», sagte Akke. «Du weißt genau ...»

«Dass ich alle anderen dranlassen musste ... Warum? Für ein EKG? EEG? Verdammtes A.f.a.W.! Akke, ich hasse es, ein Versuchskaninchen zu sein.»

«Das bist du auch nicht, Jock! Nur ... Nicht jeder schläft auf deine Weise mehrere Tage hintereinander durch.»

Akke schob einen Sessel neben das Bett, setzte sich und musterte Jock aufmerksam.

«Nur heraus damit. Du willst mich doch etwas fragen? Weißt du, Akke, dass es entsetzlich einfach ist, jemandes Gedanken zu kennen, wenn man ihn mag?»

«Das gilt auch für viele Menschen ohne E.S.P.», sagte Akke. «Erinnerst du dich an irgendetwas aus den zwei Tagen, Jock?»

«An gar nichts», antwortete Jock langsam. «Nur an den Moment, in dem ich in Schlaf fiel ... buchstäblich FIEL ... Ich habe nur die vage Ahnung, dass in dieser Zeit mehr mit mir passiert ist, als einfach ‹gar nichts›. Aber ich fürchte, dass ich es niemals erfahren werde ... Außer, wenn ich wieder auf diese Weise einschlafe ...»

«Das schlag dir vorläufig aus dem Kopf!», unterbrach ihn Akke. «Und jetzt werde ich meine Kollegen hereinrufen. Ein notwendiges Übel, Jock! Nur zur Kontrolle. Und was den Rest angeht: Vielleicht opferst du einmal – freiwillig – einen Tag oder so für die Wissenschaft. Nur die Ruhe! Du bist nun einmal nicht einer der vielen Afroini, sondern ein Mensch, und daher – zur Zeit zumindest – etwas ziemlich Besonderes.»

Vor der abendlichen Besuchsstunde waren der Enzephalograph und alle anderen Apparate wieder entfernt worden. Jock empfing seine Besucher sitzend im Bett, von ein paar Kissen gestützt. Ein Medi-Roboter hatte ihn rasiert und es war ihm sogar gelungen, Jocks Haar ein wenig in Ordnung zu bringen.

Es wurden nur zwei Besucher zugelassen: Anna und Bart. Beide hatten, wie Jock selbst, nicht viel zu erzählen ... Und wenn sie redeten, blieb es oberflächlich, eine Art Spiel mit Worten über ihre Gedanken hinweg.

Jock hatte überhaupt nicht das Bedürfnis, sich in jemandes Gedanken zu vertiefen, aber dann fing er doch etwas auf, sah sich selbst – sozusagen gespiegelt – durch die Augen des Jungen und der Frau: *Wie gelassen und munter er dreinschaut. Er hat sich verändert ... Nein, er ist beinahe ganz er selbst ...*

Nach der Besuchsstunde kehrte Akke zu Jock zurück, begleitet von zwei Medi-Robotern mit Apparaten und Instrumenten.

«Nur noch diese eine Nacht. Hoffe ich zumindest», sagte er tröstend. «Wir würden wirklich gerne wissen, wie es aussieht, wenn du normal schläfst. Uns interessiert besonders dein EKG. Und dein EEG.»

«Mein Herz schlägt prima», sagte Jock müde. «Und das EEG kann mir gestohlen bleiben. Ihr werdet doch nicht erfahren, was ich denke ... R.E.M.* – so heißt er doch bei euch Ärzten und Psychologen, der Traumschlaf? Lasst mich ... meine eigenen Träume ... träumen.» *Und vielleicht auch die eines anderen*, dachte er kurz vor dem Einschlafen.

Zur Erleichterung der Ärzte (mit Ausnahme von Akke, der nichts anderes erwartet hatte) wurde er am folgenden Morgen normal und zeitig wach. Mit dem gewohnten und für ihn typischen Morgenhumor.

---

* R.E.M.: Rapid Eye Movement (Alt-Englisch oder Amerikanisch): schnelle Augenbewegungen. siehe R.E.M.-Schlaf (Der Große W.W.U., Supplement: Abkürzungen, 11. Auflage)
R.E.M.-Schlaf: leichter Schlaf mit schnellen Augenbewegungen (unter geschlossenen Lidern), die auf Hirntätigkeit und ... Träume hindeuten. (Der Große W.W.U., Supplement: Geheimnisse des menschlichen Gehirns, 11. Auflage)

13
Heute, gestern, heute, morgen, übermorgen

«Muss ich denn heute noch den ganzen Tag hier bleiben?», fragte Jock leicht mürrisch. «Das hat Dr. Getrouw mir soeben mitgeteilt ...»

«Den ganzen Tag und die ganze Nacht», sagte Akke ruhig. «Morgen entscheiden wir, wann wir dich nach Hause lassen. Dann ist es Samstag; frühestens Samstag Mittag also. Und wenn du zu Hause bist, Jock: drei Tage Bettruhe. Am dritten Tag vielleicht den Rollsessel benutzen, für ganz kurze Zeit. Am fünften darfst du versuchen, dich auf Krücken fortzubewegen. – Aber das wird Getrouw dir alles noch haarklein erklären. – Und in zweieinhalb Wochen noch einmal hierher, für neue Aufnahmen und einen Allgemeinen Check ...» Er zog etwas aus der Tasche: ein kleines rundes Döschen. «Ein Geschenk für dich! Oder vielmehr: dein rechtmäßiges Eigentum. Roos und Daan haben es hier Dienstag Mittag abgegeben, mit herzlichen Grüßen und Genesungswünschen.»

Jock öffnete das Döschen und seine Griesgrämigkeit verflog. «Mein Kunstzahn!»

«Dem guten Stück fehlt überhaupt nichts», sagte Akke. «Ich habe schon einen Termin bei unserer Zahnärztin, Frau Dina, für dich vereinbart.» Er machte Anstalten aufzustehen.

«Einen Moment noch», sagte Jock.

«EKG und EEG, et cetera: unnormal normal», sagte Akke. «Aber die Folgen des Kampfes und des Sturzes wirst du wohl akzeptieren müssen. Die Heilung deines Beines dauert vielleicht etwas länger als gewöhnlich. Aber Getrouw und ich sind uns einig, und du wirst uns sicher auch zustimmen: besser der eigene Knochen als etwas Künstliches. Du bist noch keine vierzig, also ...»

«Danke. Aber das wollte ich nicht fragen. Wie geht es Bart?»

Akke sah davon ab aufzustehen. «Nun ja, außer dass wir diesen Tag mit einer kleinen Meinungsverschiedenheit begonnen haben ... Lach jetzt bloß nicht, Jock!»

Jock lachte nicht, er wurde ernst. «Schläge? Nein, das wohl nicht. Was dann?»

«Ich fragte ihn», sagte Akke, «ganz ohne jeden Hintergedanken, ob er heute nicht endlich wieder zum Zentrum gehen wolle. Ich erwartete keinen Augenblick – und hätte es nach diesen Tagen voller Aufregung auch nie verlangt –, dass er das tun würde. Tja ... es endete damit, dass er mir unmissverständlich klarmachte, dass er nie, nie wieder zum Zentrum gehen wolle – zumindest nicht, solange du nicht wieder unterrichten würdest.»

Er schwieg. Jock schwieg auch; er schloss sogar die Augen.

«Ich wollte es dir noch nicht erzählen», durchbrach Akke die Stille, «weil eine Frage daran geknüpft ist. Aber jetzt stelle ich sie dir einfach – genesender Kranker oder nicht: Jock, willst du zurück ins Zentrum?»

«Ich würde gerne Kreativ-Betreuer bleiben», antwortete Jock nachdenklich und mit unsicherer Stimme, «aber zurück in mein Zentrum, Bezirk zwei, Abteilung vier? GEHT das denn überhaupt noch, Akke?»

«Warum fragst du?»

«Weil ... Nicht so sehr, weil ich jetzt weiß, warum ich ein ziemlich guter Betreuer war. Sondern weil ich zu einem großen Teil ... Ach, das weißt du nur zu gut. Nur wissen es jetzt außer Bart noch andere.»

«Niku und Jon sitzen hinter Schloss und Riegel. Nein, nicht in einem A.S.-Heim; vorläufig in einer Unterkunft unter Beobachtung des A.f.a.W.-Hauptquartiers Süd. Um die zwei kümmern wir uns später», sagte Akke. «Ich denke nicht, dass du jemals wieder IHR Betreuer sein wirst, bestimmt nicht in Abteilung vier, Bezirk zwei. Ich glaube allerdings, dass du den beiden auf andere Weise ...»

«Bitte, Akke, bleib beim Thema! Erwarte nicht zu viel von mir, ich kann nicht alles gleichzeitig ...»

«Sorry, Jock», sagte Akke. «Wir können das Thema ‹Zentrum und Betreuer› auch noch etwas ruhen lassen.»

Jock öffnete die Augen. «Nein, o nein! Ich würde sehr gerne Betreuer bleiben ... Du hast sicher begriffen, dass ich sehr an meinen Kursteilnehmern hänge – vielleicht gerade wegen der Farborgie. Aber, werden sie mich noch mögen? Du weißt, dass selbst Bart mich angriff, als er feststellte, dass ich seine Gedanken kannte oder kennen konnte. Von Jon oder Niku ganz zu schweigen ... Aber Djuli, Roos, Daan wissen es auch. Was Djuli und Roos betrifft, sehe ich keine großen Probleme, wohl aber bei Daan; auch wenn das vielleicht nicht allzu schlimm werden wird, weil wir ganz gut miteinander auskommen. Djuli, Daan und Roos haben versprochen, darüber zu schweigen ... Können sie das wirklich? Was für eine Geschichte beziehungsweise was für ein Szenario hat Djuli Kilian, Ini, Huui, Dickon und den anderen aufgetischt? Was haben sie vielleicht erraten? Akke, ich weiß wirklich nicht, ob sie mich noch als Betreuer haben wollen ... Und ich ... ich weiß selbst nicht, ob das A.f.a.W. mich noch in seinen Diensten behalten will ... In einem anderen Zentrum, vielleicht. Eines ist sicher: Ich weiß nun, was ich bin und was ich kann ...»

«Sei jetzt einmal ruhig, Jock, und hör mir zu», sagte Akke ernst. «Ich verstehe deine Probleme vollkommen, und es sind auch die meinen ... Aber ich denke, dass wir die richtige Antwort darauf NICHT finden werden.»

«GIBT es denn eine Antwort?», flüsterte Jock.

«Ich glaube schon! Eine von Bart, Roos, Daan, Djuli, Kilian und den anderen ... Lass uns einfach abwarten.» Akke fühlte Jock den Puls. «Verdammt, ein schöner Arzt bin ich ... Ich dränge darauf, dass du Ruhe hältst, und ...»

Jock entzog ihm schnell sein Handgelenk. «Danke», sagte er. «Genesend oder krank ... Du behandelst mich zumindest nicht wie einen Kranken, also bin ich Genesender!» Er lächelte. «Du vernachlässigst deine Pflichten, Akke, Chef des Hauptquartiers Nord. An die Arbeit! Ich brauche schließlich nicht zu arbeiten ... auch ganz nett. Und ich würde es sehr zu schätzen wissen, dich heute noch einmal zu sehen.»

Jock spürte nach Akkes Besuch nur zu deutlich, dass er in der Tat nicht viel mehr war als ein genesender Kranker. Nach einer ausführlichen Untersuchung durch den Neurologen, einem

Gespräch mit dem Chirurgen und dem Besuch beim Zahnarzt fühlte er sich wie gerädert.

Wie spät ist es inzwischen? Elf Uhr! Besuch kommt erst um zwei ... Dann muss ich frisch sein. Oder zumindest so aussehen ... Es ist beinahe wieder zu viel: Bart ... Zentrum ... Kursteilnehmer ... Er dachte an Anna. *Liebste Anna ... ich wollte dir nur einen guten Morgen wünschen.*

Danke, liebster Jock, dir auch. Versuche, noch ein wenig auszuruhen.

Wo bist du? Was tust du gerade?

Das geht dich nichts an, Jock. Jeder Mensch hat das Recht auf ein paar Geheimnisse.

Vergib mir, Anna. Ich wollte wirklich nicht ...

Nun übertreib nicht gleich, Jock. Gönn mir auch einmal ... Und sei es nur für eine Stunde. Du hast dir zweimal vierundzwanzig Stunden und noch ein wenig extra genehmigt ...

Anna, das ist niederträchtig!

Durch Jocks Geist schallte Annas Lachen.

Jetzt bist du beinahe wieder der alte ... Dann sagte sie: *Das meine ich nicht ernst, und das weißt du genau.*

Ich lasse dich in Ruhe, Anna, antwortete Jock.

Er richtete seinen Blick auf die Zimmerdecke und versuchte, an andere Dinge zu denken ... an die Wälder und die Afroini. So wanderten seine Gedanken – wie von selbst – zu Edu Jansen und seinem Freund Mick in Serendip, Sri Lanka, Asien.

Währenddessen saß Anna Herrn A. Akke, Chef des A.f.a.W.-Hauptquartiers Nord, in dessen Sprechzimmer gegenüber.

«Ich bin gekommen», sagte sie, «um Ihren ... deinen Rat einzuholen, als Dr. Akke, Psychologe ...»

«Danke, Anna», sagte Akke. «Aber bedenke bitte, dass Jock sich hier ganz in der Nähe befindet.»

«Jock hat versprochen, mich in Ruhe zu lassen», sagte Anna. «Und wenn möglich, hält er seine Versprechen immer. Akke ...» Sie schwieg plötzlich. Nur ihre Finger spielten nervös mit den Fransen ihres kostbar aussehenden, schönen und eigenhändig gewebten Schals.

«Ja, und?», fragte Akke. «Zu meinem Bedauern, Anna, kann ich keine Gedanken lesen. Also würdest du mir ...»

«DOCH, du kannst es! Gedanken lesen meine ich», schnitt Anna ihm das Wort ab. «Du kannst es, o ja! Nicht wie ich und nicht so wie Jock und Bart. Oder wie Edu ... und andere, die wie wir sind. Menschen, die manchmal etwas Besonderes, aber auch ... sonderbar, eigenartig, zurückgeblieben oder ein wenig FREMD sind ... Unser Talent ist vielleicht doch Zufall ... Auch nicht so wie bei den Afroini, einfach aus sich heraus ... Du kannst es oder würdest es können ... als MENSCH! Du hast einen großen Teil deines Lebens gebraucht, um so weit zu kommen. Ich denke manchmal, dass es die einzige Art ist, mittels der die meisten Menschen es wirklich lernen können ... die schwierigste Art.»

Akke sah sie eine Zeit lang schweigend an. «Danke», sagte er schließlich, mehr mit seinen Lippen als mit seiner Stimme. «An deiner schönen Theorie könnte etwas Wahres dran sein», fuhr er etwas deutlicher fort. «Aber ich glaube nicht, dass Gedanken lesen für euch – ob nun sonderbar oder etwas Besonderes – in der Praxis heute einfacher ist.» Er unterbrach sich: «Aber das führt uns nur weiter weg, zu noch schöneren Theorien. Anna, worin wolltest du mich um Rat fragen?»

«Vor beinahe zwei Wochen, an einem Sonntag, eine Woche vor der Ausstellung ...» Sie holte tief Luft und fuhr dann fort: «An dem Tag habe ich Jock gefragt, ob wir nicht zusammenwohnen könnten. Ich hatte ein größeres Haus gefunden, sehr schön, mit einem geräumigen Atelier. Und er sagte: ‹Nein›.» Sie blickte Akke an, und als dieser nichts sagte, redete sie weiter: «Jock sagte NEIN ... und daraufhin sagte ich auch nein zu ihm – in Gedanken, meine ich. Aber jetzt weiß ich, habe ich erfahren, dass er mich liebt, so sehr wie ich ihn. Mir scheint, dass er eher JA sagen wollte, es aber nicht tat, weil ... weil ...»

Akke senkte den Kopf und schaute auf seine Hände.

«Weil ich seine Schwester bin», sagte Anna.

«Halbschwester», verbesserte Akke und hob den Kopf wieder. «Das macht zwar keinen Unterschied, zum Beispiel vom Erbschaftsstandpunkt aus. Wohl einen ...»

«Für mich: KEINEN!»

Akke setzte sich auf. «Ist das dein Ernst, Anna?»

«Ja.»

«Gut. Aber was ist dann noch geschehen, außer dem wichtigsten ...»

«Du verstehst es, Akke! Ich kann dasselbe Haus immer noch mieten, aber nur, wenn ich dort mit jemandem zusammen wohne. Meine Freundin Marya und ihr Mann haben sogar ihren Umzug verschoben, weil Jock in der Klinik ist. Ich könnte es ihn noch einmal fragen ...»

«Natürlich. Wer hindert dich daran?»

«JOCK!»

Akke nickte. «Meine liebe Anna, Männer sind manchmal etwas altmodischer ... nein, das ist nicht das richtige Wort ... konservativer, weniger realistisch als Frauen. Du akzeptierst alles; frag ihn einfach noch einmal. Und wenn er JA sagt, warte in aller Ruhe ab, was daraus wird ...»

«Aber das Haus», begann Anna.

«Das ist eine Ausrede ... Oh, die Zustimmung, meinst du? Solange Jock nicht für gesund erklärt wurde, bin ich sein Bevollmächtigter», sagte Akke. «Das geht also in Ordnung. Was noch?»

«Ich akzeptiere nicht alles!», sagte Anna. «Wenn ich deinem Rat folge, dann wird er jetzt – nach allem, was geschehen ist – wahrscheinlich JA sagen. Und mit mir zusammenwohnen wie ...»

«... wie Bruder und Schwester», ergänzte Akke. «Aber dass du das bist, ist eine Tatsache!» *Und wenn es zu einer innigeren Verbindung käme, wie ihr beide es wünscht? Na, wenn schon? Wäre doch schön! ... Irgendwelche Folgen sind schließlich heutzutage nicht mehr zu befürchten.* Er sah, dass Anna leicht errötete, und begriff, dass sie seine Gedanken kannte. *Es hat keinen Sinn*, sagte er sich, *so weit voraus zu denken ... Auf der anderen Seite: ein Baby zweier mit E.S.P.-begabter Eltern hat eine höhere Chance, diese Gabe zu besitzen ... Alles andere wäre allerdings für so ein Kind nur grausam ...*

Akke schüttelte diese Überlegungen von sich ab. «Anna», sagte er mit Nachdruck, «du brauchst mir nicht mehr zu erzählen.

Ich möchte dir nur noch eins sagen; etwas, dessen ich mir sicher bin: Wenn du WIRKLICH mit Jock zusammenwohnen willst – egal, auf welche Weise (meines Erachtens ein Segen für euch beide) –, dann wirst DU die Initiative ergreifen müssen! Er will es wahrscheinlich auch, findet aber vielleicht, dass er das nicht darf. Nochmals, liebe Anna: Die Entscheidung – wie, wann – musst *du* treffen.»

Um zwei Uhr – der mittäglichen Besuchsstunde – konnte Jock nicht mehr verstehen, weshalb er morgens noch verlangt hatte, nach Hause zu dürfen. *Nach Hause? Alleine nach Hause? Was soll ich dort? Malen? Wie? Ich bin zu kraftlos, um auch nur einen Arm zu heben ... Ich weiß nicht, was ich will. Eigentlich nichts ... Und Edu, trotz seines Erfolges traurig, obwohl er das vor mir zu verbergen sucht ...* Zu diesen Gedanken gesellte sich ein beunruhigendes Vorgefühl *(Oh, oh, meine Gefühle wieder!)*, dass heute, morgen, übermorgen oder den folgenden Tag etwas – nein, schlimmer noch – sehr viel von ihm gefordert werden würde. *Was? Von wem?*

Anna erkannte sogleich, wie müde und angespannt er war – seine heitere Ruhe vom Vorabend war offenbar dahin –, und zögerte einen Moment, bevor sie sagte: «Guten Tag, Jock. Wie geht es dir?» Sie wich seinem Blick aus, ergriff stattdessen seine Hände und fuhr fort: «Du fühlst dich schlecht, nicht wahr? Akke hat mich schon vorgewarnt ...» Dann erst wagte sie es, ihn anzuschauen. «Mein lieber Jock, es wird noch oft schwierig für uns sein. Aber auch ... Wie sage ich das jetzt ...»
«Abenteuerlich?», flüsterte Jock. «Spannend?»
«Ja! Ich habe gehört, dass die Ärzte wieder alles Mögliche mit dir veranstaltet haben. Und Bart steht auch vor der Tür. Ich glaube, dass er dich braucht. Also gehe ich besser wieder und komme erst morgen wieder. Vielleicht zu dir nach Hause? Ich hoffe es ...» Sie küsste ihn sanft auf die Lippen. «Morgen fühlst du dich bestimmt besser. Wir wissen genug voneinander, Jock.» Und sie verschwand.

«Tut mir Leid, Jock. Ich hatte vergessen, wie krank du bist», sagte Bart entschuldigend. «Ich komme nur, um dir etwas zu bringen. Hier, zwei ganz frische Äpfel von Frau Akke, eine Dose mit ‹was Leckerem drin› von Roos, Daan und Djuli. Und eine Kassette, geeignet für alle Abspielgeräte, von uns allen. Außer Jon und Niku natürlich.»

«Danke jedem von mir», sagte Jock. «Bist du doch im Zentrum gewesen?»

«Nein, das nicht – fühlst du dich auch wirklich nicht zu schlapp? Ich bin nur kurz in der Pause hingegangen, und da haben sie mir das mitgegeben. Ich hab nur nichts von mir ...»

«Aber ja doch», sagte Jock. «Du bist selbst hergekommen.»

«Kann ich etwas ...»

«Für mich tun? Ja», sagte Jock. «Irgendwo hier steht ein Glas mit ‹stärkendem› Inhalt, obwohl es nicht sehr stärkend schmeckt. Reich mir das, bitte; dann darfst du einen der beiden ...»

«Ich will nichts», flüsterte Bart, als er Jock das Glas gab. «Wie fühlst du dich jetzt? Doch nicht ...»

«Todkrank? Wenn du so weiterredest, werde ich das bestimmt noch.» Jock ließ Bart das leere Glas zurückstellen. «Setz dich», befahl er. Er holte tief Luft (*Das klappt bereits viel besser als ... Dienstagmorgen*) und fragte: «Warum bist du heute nicht ins Zentrum gegangen?»

«Ich war, bin unter Beobachtung», antwortete Bart. «Ich muss, auf Anordnung des A.f.a.W. ... Du kannst Akke fragen! Na ja, bis Montag. Aber ich gehe erst wieder dahin, wenn ...»

«Herzlichen Dank, Bart! Wenn ICH dort bin! Aber das wird frühestens – wenn ich Glück habe – in drei oder vier Wochen der Fall sein. Und dann auf Krücken oder im Rollsessel. Was gedenkst du, die ganze Zeit zu tun?»

«Nix.»

«Spinnst du jetzt völlig, Bart? Damit tust du mir wirklich einen Riesengefallen.»

Jock hatte nun viel von seiner – wenngleich noch zerbrechlichen – Kraft zurückgefunden und redete weiter. Auf eine Weise, die Lügen, Ausflüchte, selbst freundliche Floskeln unmöglich machte. «Wir können einander nicht mehr zum Narren halten, Bart. Schade, nicht? Was das betrifft, sitzen wir im selben Boot. Und das Boot, mein lieber Bart, könnte auch leck sein ... Du willst nicht ins Zentrum, weil ich nicht dort bin. Oder willst du nicht ins Zentrum, weil ich nicht dort bin, die anderen aber wohl? Hast du dir einmal überlegt, dass ich vielleicht NIE wieder zurückkommen werde?»

«Was meinst du damit?», flüsterte Bart.

«Hier kann ich es noch einmal laut aussprechen: weil ich Gedanken lesen kann! Wir haben versucht, das geheim zu halten. Nicht nur meinetwegen, auch aus anderen Gründen. Du weißt es jetzt, und du weißt auch, dass du es – über kurz oder lang – ebenso gut oder besser können wirst. Lass mich ausreden, Bart; ich bin gleich fertig. Kreativ-Betreuer, Abteilung vier, Bezirk zwei. Ich habe sehr gute Erinnerungen daran, aber ... außer dir wissen auch Djuli, Roos und Daan Bescheid, weshalb ich so vieles wusste. Sei still, Bart ... Niku griff mich an, sobald er davon hörte, auch wenn ich ihn, ehrlich gesagt, ein wenig provoziert habe ...» Jock war gezwungen innezuhalten: Ihm brummte der Schädel, und seine Rippen schmerzten wieder.

«Jock, Jock», hörte er Bart flüstern. «Sag es mir jetzt einfach!»

«Nun gut. Du magst mich ... Ich weiß, dass es so ist», sagte Jock. «Und doch warst du der Erste, der mich angriff und ‹Feind› nannte. Begreifst du jetzt, worum es mir geht, Bart?» Er lachte grimmig und verbesserte sich dann: «Warum ich hier liege, in diesem Moment?»

Manchmal, vielleicht einmal öfter als du gedacht hast, sagt jemand, ein Freund, zu dir: «Reg dich doch nicht so auf, ich habe es längst verstanden! Und ich habe damit genauso zu kämpfen wie du.»

«Du musst zu uns zurückkommen ins Zentrum», sagte Bart. «Wenn du das nicht glaubst, dann werde ich sie alle einzeln fragen, was sie davon halten – versprochen! – und dann werden wir darüber abstimmen.»

Jock richtete sich auf und sagte, während er freundlich zurückgedrückt wurde: «Das ist die Lösung ... vielleicht. Ja, erkläre es ihnen. Bedenke jedoch, dass Djuli, Roos, Daan alles ...

nein, nicht alles, aber vieles wissen. Die anderen nicht, so hoffe ich zumindest; aber sie können es erraten haben, könnten es vermuten ... Hast du das gut verstanden, Bart?»

«Wir stimmen geheim ab», sagte Bart. Er saß kerzengerade und sah Jock mit großen, glänzenden Augen an.

«Richtig, und DU darfst nicht mitstimmen. Wer einen Vorschlag macht oder ein Problem aufwirft und zur Abstimmung bringt, darf selbst nicht mitstimmen ...» Jock schwieg einen Moment. «Du wirst also Montag ins Zentrum gehen ... Oder, Bart?»

Nachdem Bart gegangen war, versank Jock in einen Zustand zwischen Schlafen und Wachen. Aber wirklich erholen konnte er sich nicht: Wirre, traumartige Erinnerungen an die vergangenen Tage und die Tage vor dem Dienstagmorgen ließen ihn keinen Augenblick schlafen. Aber er war zumindest auch für alle Fragen, die ihm die Ärzte mit ihren Instrumenten stellten, unerreichbar.

Der Einzige, dem es gelang, zu ihm durchzudringen, war Akke, am Freitagabend. «Morgen Mittag darfst du nach Hause, Jock! Ich habe mit Bart gesprochen und bin sehr froh, dass du ... dass er ...»

«Nur ein Anfang», flüsterte Jock. «Was sagtest du? Ich darf ...»

«Nach Hause! Ich habe es deinem Xan bereits mitgeteilt. Erst dann wirst du wissen, ob du neu beginnen musst. Oder auf deinem Weg weitergehen ... Malen ...»

«Ja? Meinst du wirklich, Akke? Ja, das ist dein Ernst. Jeder Mensch hat seine Geheimnisse und Wünsche. Meinen größten Wunsch erzähle ich niemandem. Niemandem. Meinen zweitgrößten ... Akke, ich weiß nicht, welcher das ist! Nur, dass ich gerne wieder malen würde ... Aber ich habe das – auch wenn das in Wirklichkeit nicht wahr ist – schon so lange nicht mehr getan ...» Jock zitterte unwillkürlich, als er eine plötzlich aufsteigende Erinnerung aussprach. «Das Letzte, was ich gezeichnet habe, war das Porträt von ... Manski. Meinem Kunstbruder Torvil ...»

«Denk lieber an die anderen Porträts, die du gezeichnet hast», sagte Akke. «Ich hörte von Roos, dass deine Kursteilnehmer in einer Schublade deines Schreibtischs einen Haufen Zeichnungen gefunden haben ... von sich selbst. Einige waren beleidigt, aber die meisten fühlten sich geschmeichelt ...»

«Zum Donnerwetter!», murmelte Jock. «Was schnüffeln sie in meinen Schubladen herum?» Auf einmal sehr müde, fuhr er fort: «Porträts, Landschaften ... Motive genug. Ölgemälde, Aquarelle ... Ob ich es wirklich noch kann? Es ist so viel passiert. Ich fürchte fast, dass ...»

Und er war eingeschlafen, noch bevor er Akkes Antwort hören konnte. «Wie kannst du das nur denken, Jock. Aber selbstverständlich ...»

Akke sah sich im Zimmer um. Er hoffte, dass es – irgendwann, irgendwo – jemanden gebe, der Jock seine Antwort übermitteln würde:

Malen? Natürlich kannst du ... und wirst du das wieder.

Samstag Nachmittag war Jock wohlbehalten zu Hause angekommen. Sicher dorthin gefahren in einem Krankenwagen, liebevoll und kompetent (in Jocks Fantasie beinahe zärtlich) willkommen geheißen von Xan. Der Roboter sorgte dafür, dass er sofort in sein (genau richtig) vorbereitetes Bett verfrachtet wurde. Er unterhielt sich mit den Medi-Robotern der Ambulanz, deponierte Rollsessel und Krücken an dem geeignetsten Platz, servierte Jock gesunde Getränke und leichtes, nahrhaftes Essen und hielt zwischendurch alle Journalisten auf Abstand.

Gegen acht Uhr abends kam Akke, begleitet von Bart, auf einen Sprung vorbei, um zu sehen, wie es ihm ging.

Akke musterte Jock zuerst forschend, dann freundschaftlich-beruhigend.

Bart sagte: «Ich gehe Montag zum Zentrum, Jock. Und morgen zurück in Unterkunft acht.»

«Aber er wird in Zukunft häufig zu uns zum Essen kommen – mittags oder abends», fügte Akke hinzu. «Einfach aus Geselligkeit, und, um Djulis Lieblingswort zu gebrauchen, sozusagen unter Beobachtung.»

Jock konnte also beruhigt einschlafen ... Allerdings nicht, bevor Anna für fünf oder zehn Minuten durch seine Wohnung gewirbelt war und eine schöne, echte Rose in einem seiner hässlichen Plastikgläser neben das Bett gestellt hatte und ihm einen Gute-Nacht-Kuss gegeben hatte. «Schlaf gut, Jock. Zum ersten Mal wieder in deinen eigenen vier Wänden.»

Die eigenen vier Wände? Nein, nicht mehr ... Fremd.

Erst danach erinnerte sich Jock daran, dass ihm aufgefallen war, dass die Folgen des Farbenfestes noch längst nicht beseitigt waren. Den größten Teil der wilden Kleckserei hatten die Chemikalien vernichtet, hässlich abplatzen lassen, und das meiste davon würde neu gestrichen werden müssen. *Aber,* dachte er, kurz bevor er einschlief, mit beinahe boshaftem Vergnügen, *der Wohnturm schräg links, gleichgültig wie nachlässig bemalt, ist immer noch* SCHWARZ.

Am Sonntagmorgen blieb Jock noch dösend im Bett liegen. Wäre Xan nicht gewesen, er hätte es vielleicht den ganzen Tag so ausgehalten. Aber nein! Xan musste beweisen, dass sein Programm Krankenpflege umfasste. Also wurde Jock aus seinem Dösen gerissen, denn er musste gewaschen, rasiert, mit neuen Spraypflastern versehen werden, und so weiter ... Er musste heilende Getränke trinken, gesundes Essen essen, et cetera ...

Um drei Uhr war Jock durch die geballte Fürsorge so wach geworden, dass er seinen (vom A.f.a.W. gemieteten) Rollsessel ausprobieren wollte. Aber Xan verbot ihm das. «Die ersten drei Tage, Herr Martin, müssen Sie laut ärztlicher Vorschrift das Bett hüten.»

Eine Stunde später erspähte Jock eine neue Chance: Der Türsummer ertönte, und Xan meldete, dass es Bart war.

«Bart Doran! Sehr wichtiger Besuch, Xan», sagte Jock. «Ihn kann ich doch wirklich nicht im Bett empfangen. Darf ich für eine halbe Stunde den schönen und teuer gemieteten Rollsessel benutzen, bitte?»

Als Bart ins Wohnzimmer gelassen wurde, saß Jock im Rollsessel. «Guten Tag», sagte er. «He, Bart, fahr mich mal kurz auf den Balkon. Wer weiß, wie lange wir das noch sehen können!»

«Herr Martin», erklang Xans Stimme, «Sie sollten Rücksicht auf Ihre – leider immer noch angeschlagene – Gesundheit nehmen. Darf ich Ihnen wenigstens einen Schal umlegen?»

Wenig später blickten Jock und Bart über die Stadt mit ein paar fleckig blassen Gebäuden in der Nähe und einem schwarzen Wohnturm ...

Schau gut hin. Es ist vermutlich das letzte Mal ... Wie komme ich nur darauf? dachte Jock.

Es war ein klarer Tag (der zweite des neuen Monats), ungeachtet der Tatsache, dass es mittlerweile Herbst war. *Die Menschheit kann zwar das Wetter kontrollieren, aber nicht die Abfolge der Jahreszeiten. Die bestimmt der Stand der Erde im Verhältnis zur Sonne ... Ach ja, wie geht es dir, Edu? Und Mick? Dort, in Sri Lanka, am Äquator gibt es keinen Herbst, nicht so wie hier ... Du sehnst dich nach Afroi, und dorthin wirst du bald wieder reisen.*

Jock schrak aus seinen Gedanken auf und schaute in Barts Gesicht. *Er ist nicht ohne Grund hierher gekommen.*

«Was hast du jetzt wieder angestellt?», fragte er laut, als sie wieder im Wohnzimmer waren.

«Sprich nicht mit mir, als ob ich zwölf ...» Bart stockte. «Ich ... ich und Li, wir haben Ak heute Morgen fortgebracht», antwortete er dann. «In ein kleines Wald- und Wiesenreservat. Frau Akke hat uns die Adresse gegeben.» Er seufzte tief. «Ein sehr schönes Reservat; mit einem netten Aufseher. Wir dürfen jede Woche vorbeikommen ... Deshalb muss ich jetzt Geld verdienen, Jock ... Fändest du es sehr schlimm, wenn ich nur an zwei Tagen ins Zentrum käme?» *Weißt du, Jock, Akke und Ida würden mich gerne zu Hause aufnehmen, wirklich ... Aber das geht nicht ...* «Ich bleibe in Unterkunft acht», sagte Bart, «bis ... solange Li noch dort ist ...» Die dazugehörigen Gedanken ließen Jock erst erschrecken, erfüllten ihn dann aber mit frohem Staunen. *Ich bin mir nicht sicher, aber ich denke, dass Li so ist wie wir. Sie versteht die Dinge auf eine andere Weise ... Aber ich erzähle es ihr bestimmt nicht, Jock; sie ist doch erst zwölf ...*

Bart unterbrach seine eigenen Gedanken und damit gleichzeitig auch Jocks. «Der Aufseher sagte, dass Ak etwas Besonderes ist: ein echter Kater. Es gab auch Katzen dort – nicht sterilisierte ... Er hat Li versprochen, dass sie bestimmt einmal eine junge Katze aussuchen dürfe, die sie in jeder Unterkunft zähmen könne. Li antwortete, dass sie nur ein Junges von Ak haben wolle ... Was hältst du davon? Sie hat ziemlich geheult, ICH nicht ...»

Jock gab hierauf keine Antwort. Er sah Bart nur an und hielt ihn mit seinem Blick fest. Er saß ganz still in seinem Rollsessel und dachte nur an Bart, an Li, an Ak ... und wieder an Bart – und sah dabei Bart an, bis der Junge schließlich flüsterte: «Hör auf!», weil er spürte, dass ihm Tränen über die Wangen rannen.

«Solange du dir nicht die Augen reibst, schaden die Tränen auch den Kontaktlinsen nicht», sagte Jock ruhig. «Ich weiß genau, dass du einmal gespürt hast, wie ich weinte. Ich schäme mich dessen nicht mehr. Wer weint nicht irgendwann einmal oder auch häufiger in seinem Leben?»

Eine Weile später reichte er Bart sein Taschentuch (*genau wie Edu in jener Nacht*). «Ist es wieder besser? Bevor du gehst: Ich habe immer noch etwas für dich ... Bart, in meinem Atelier hängt ein abstraktes Aquarell hinter Glas ... Bring mir das einmal!»

Wenig später zog er ein anderes Aquarell unter dem abstrakten hervor. «Schau nur, Bart! DEINE ZEICHNUNG! Ich musste sie verstecken, solange niemand wissen durfte, dass es AFROINI gibt. Jetzt kann ich sie dir gefahrlos zurückgeben ...» Jock schwieg für kurze Zeit. «Auch wenn es immer noch UNTER DER ROSE bleiben muss, woher du die Idee hattest, meine Zeichnung so zu vollenden ...»

Anna kam am frühen Sonntagabend. Jock lag inzwischen wieder auf dem Bett; Xan hatte ihm verboten, den Rollsessel zu benutzen. Zu seinem Ärger war Jock erneut niedergeschlagen und viel müder, als er erwartet hatte. Obendrein zwickte und kribbelte alles, was heilte ... Und sein Bein juckte unter der steinharten Hülle.

Vor einer Woche erst war die Ausstellung eröffnet worden.
HEUTE steht die halbe Welt Kopf wegen der Neuigkeiten, die wir
damals bereits kannten oder zu verstehen begannen. Und ...
Anna hat nichts von dem gesehen, was ich gemacht habe ...

Und dann stand sie plötzlich in seinem stark geheizten und doch kalten Zimmer, setzte sich an sein Bett und erfüllte den Raum mit Freundlichkeit und Wärme.

Nach einer kurzen Zeit ruhigen Schweigens, sagte Anna mit einem für sie ungewöhnlichen – und daher für Jock ziemlich unerwarteten – Nachdruck:

«Jock! Ich möchte dich etwas fragen; etwas, das ich dich schon einmal gefragt habe, aber damals ... Wie du weißt, werde ich in Neu-Babylon wohnen ... Und ich kann noch immer das Haus bekommen mit dem geräumigen, schönen Atelier ... Viel zu groß für mich alleine ...» Sie saß jetzt ganz aufrecht da und sagte: «Ich frage es dich noch einmal: Jock, willst du dort mit mir zusammen wohnen?»

Jock hatte Annas Frage bereits verstanden, noch bevor sie sie ausgesprochen hatte. *Was dachtest du doch gerade? Vermutlich das letzte Mal ... Habe ich vermutlich das letzte Mal von meinem geliebten, aber sehr einsamen Balkon aus die Aussicht genossen?*

Erst später wurde ihm klar, dass er beinahe unter Tränen geantwortet hatte: «JA! O ja, sehr gerne! Anna, das ist ... JA!» *Und was auch daraus wird ... Es wird bestimmt etwas Gutes sein ...*

Ein paar Stunden später saß er hochaufgerichtet im Bett und erteilte Xan fieberhaft Befehle:

«Bring mir aus dem Atelier ein abstraktes, sehr hässliches Gemälde; es steht links an der Wand. Nein ... Nein, Xan, nicht dieses. Ich sagte doch: ein sehr hässliches mit ordinären Farben ... Entschuldige, Xan, mit völlig unharmonischen Farbkombinationen ...»

«Herr Martin», sagte Xan, das x-te Gemälde in seinen rostfreien Händen, «wenn Sie sich weiter so aufführen, sehe ich mich genötigt, mit Ihrem Arzt und dem A.f.a.W. Kontakt aufzunehmen.»

«Ach, halt den Mund! Ja, das da meinte ich. Hol Recypapier und ein paar alte Lappen! Und bring mir die grüne Flasche – die dunkelgrüne – aus dem Regal über dem Zeichentisch ...»

Jock legte das Gemälde auf seine Knie, leerte die grüne Flasche zur Hälfte auf Lappen und Recypapier aus und begann zu reiben.

«Herr Martin», begann Xan.

«Sei still und schau zu. Die Farbe löst sich auf. Darunter steckt etwas, Xan, etwas ganz Besonderes.»

Jock nahm noch ein Blatt Recypapier und fuhr mit der Arbeit fort, ohne auf seine immer schmutziger werdenden Finger und die Flecken auf dem sauberen Bettzeug zu achten.

«Schau nur, Xan, schau!»

Von dem Gemälde war inzwischen nicht mehr übrig als ein paar blasse Schmierstreifen auf einem schmutzigweißen Hintergrund.

«Und jetzt, Xan, gehst du in die Nasszelle und legst dies unter den Kaltwassersprüher. Wisch es gut ab, und dann wirst du sehen, was darunter steckt: Mein Geschenk für Anna, wenn wir zusammenziehen ... Ja, Xan! Und du kommst mit; ich glaube, dass du dafür nicht einmal eine Zwischen-Inspektion benötigst. Leg es unter fließendes Wasser und warte ab, was zum Vorschein kommt: Mein bestes Gemälde, DIE AUGEN EINES TIGERS.»

Die nächsten Tage verflogen für Jock schnell, fast wie im Fieber. Glücklicherweise bekam er nicht wirklich Fieber, denn dann hätte ihm Xan bestimmt ernsthafte Schwierigkeiten gemacht.

«Drei Tage Bettruhe!» hatten ihm Akke und Dr. Getrouw verordnet – also konnte er mittwochs umziehen. Aber sollte er etwa ruhig liegen bleiben, wenn sich so viel verändern würde? Nicht, dass er viel zu tun brauchte; Anna, ihre Freunde, die Kaliems und deren Roboter sorgten – unter Mithilfe seines Xan – für alles. (Annas Roboter hatte sich nach der Inspektion tatsächlich als unzuverlässig herausgestellt und würde, neu programmiert, den Nachmietern in ihrem alten Haus dienen.)

Mit dem Mobiliar (die schöneren Stücke von Anna), das beide mitbrachten, würde das neue Haus in kürzester Zeit bewohnbar sein. Die beiden Schlafräume würden unverändert bestehen bleiben, und ihr Wohnzimmer würde unter Annas Anleitung eingerichtet werden. In dem großen Atelier fanden alle ihre Arbeiten und Materialien einen vorläufigen Platz; das würden sie nach dem Umzug GEMEINSAM einrichten.

Montag Mittag kamen Bart und Djuli zu Besuch; Bob Erks Assistent hatte ihnen dafür eine Stunde freigegeben. Sie verkündeten Jock mehr oder weniger feierlich, dass seine Kursteilnehmer einstimmig beschlossen hätten, dass Jock Martin ihr Betreuer bleiben solle. Jock war sehr froh darüber, und so verdrängte er schnell das an Sicherheit grenzende Vorgefühl, dass seine Arbeit in Zukunft eher schwieriger als einfacher werden würde – so viel Erfüllung sie ihm auch bringen mochte.

Grinsend betrachteten Bart und Djuli den schwarzen Wohnturm – «Vielleicht lassen sie den sogar so; sehr apart!» – und versprachen ihre Hilfe für den anstehenden Umzug.

Am folgenden Dienstag wurde es Ernst. Nahezu alles wurde aus Jocks Haus geschleppt. Ohne auf Xans Proteste zu achten, beaufsichtigte er alles vom Rollsessel aus und kümmerte sich insbesondere um die Bilder aus seinem Atelier.

Gegen Mittag erschienen Bart und Djuli, in Gesellschaft von Roos, Daan, Dickon, Huui, Ini und Kilian. Sie standen eigentlich mehr im Weg, als dass sie eine Hilfe waren (Roos und Djuli ausgenommen). Und wäre Xan kein Roboter gewesen, sie hätten ihn in die Verzweiflung getrieben.

Am späten Nachmittag kam Akke – auf Jocks Bitten hin. Akke durchschaute das Theater und schickte alle Kursteilnehmer fort. (Erst jetzt wurde Jock klar, dass sie schwänzten.) Dann befahl er Xan, seinen Meister wieder ins Bett zu bringen, denn: «Was hat Anna davon, einen Patienten aufzunehmen, der einen Rückfall erlitten hat, verdammt noch mal?» Anna war nicht zugegen; sie hatte in ihrem neuen Haus genug zu tun.

«Xan, willst du nicht zu ihr gehen und ihr dort helfen?», fragte Jock, schließlich doch froh, als er lag.

«Tut mir Leid, Meister», sagte der Roboter, «aber bevor Sie nicht für gesund erklärt wurden, ist es meine Pflicht, bei Ihnen zu bleiben.»

«Ich bleibe bei ihm, bis du zurück bist, Xan», sagte Akke. «Lass es nur nicht zu spät werden. Ich habe begriffen, dass dein Meister mich in irgendeiner Angelegenheit sprechen will.»

Xan kam gegen neun Uhr zurück und teilte Jock mit, dass er am Mittwoch Mittag in seiner neuen Wohnung willkommen sein werde. Dann verließ er das Schlafzimmer, um noch die letzten Reste zu verpacken.

«Das war's dann», sagte Akke. «Mir gefällt dein Plan sehr gut und ich wünsche dir, dass er gelingt.»

Der Haustürsummer erklang.

«Wer es auch ist», sagte Akke. «Du bleibst im Bett bis morgen früh. Also kein Besuch, und wäre es ...»

«Bitte sei still», unterbrach ihn Jock sanft, «wir haben über ihn gesprochen, und er könnte das bewusst oder unbewusst ...»

Akke stand auf und schüttelte lachend den Kopf.

«Du hast es selbst vorhergesagt», flüsterte Jock. «Er wird uns noch viel Arbeit machen ... Gestern du, heute ich und morgen ... Nun, wir werden sehen ...» Er hob seine Stimme: «Xan, lass Bart herein!»

Bart blieb in der Schlafzimmertür stehen; er trug ein flaches Paket unter dem Arm. «Ich wusste nicht ...», begann er.

Akke seufzte übertrieben tief. «Ich dachte eigentlich, Bart Doran, dass du im Zentrum wärst.»

«Ich bin nur ein ganz klein wenig früher gegangen, Herr Akke», antwortete Bart beinahe singend, «um hier zu sein, bevor Jock schlafen muss ...»

Akke seufzte noch einmal, runzelte die Stirn, lächelte und verließ dann die ausgeräumte, beinahe leere Wohnung, in der Jock diese Nacht zum letzten Mal schlafen würde.

«Ich wollte dir nur etwas geben», sagte Bart und setzte sich ans Bett. «Für dich und Anna, in eurer neuen Wohnung ... Bleibst du auch ganz bestimmt unser Betreuer?»

«Ja», antwortete Jock. «Das A.f.a.W. und ich sind uns einig geworden. In ein oder zwei Wochen komme ich wieder, falls nichts dazwischenkommt.»

Dann kannst du aber nicht über die Kellertreppe ins ...

Nein, Bart ... Aber in sechs Wochen bestimmt, darauf kannst du wetten! «Ich bleibe Betreuer am Montag und Dienstag», fuhr Jock fort. «Freitags nicht mehr. Ich habe sehr viele Aufträge bekommen und will noch andere Dinge machen ...»

«Malen?»

«Ja, auf jeden Fall; vielleicht mache ich das sogar am liebsten ...» Jock schwieg abrupt. *Das sagst du nur so! Du weißt doch immer noch nicht, was du malen willst und wie ... Denk nicht zu viel darüber nach ... Einfach einmal anfangen ...*

«Ich wusste gar nicht, dass du so gute Porträts machen kannst», sagte Bart. «Keiner von uns hat bemerkt, dass du uns heimlich gezeichnet hast ...»

«Nicht heimlich, Bart! Ich habe sie aus der Erinnerung gemacht, an einem Abend, als ihr nicht dort wart.»

«Oha», sagte Bart. «Wie toll ... Jetzt wirst du bestimmt sehr berühmt ...»

Jock wollte etwas entgegnen, aber er sagte schließlich etwas ganz anderes als geplant. Selbst darüber verwundert, hörte er sich sagen:

«*Du malst nie, was du* SIEHST ODER ZU SEHEN MEINST. *Sondern du malst in tausend Schwingungen den Schlag, den du erhalten hast oder irgendwann einmal erhalten wirst.*»*

Sobald er die Worte ausgesprochen hatte, schauderte ihn. Nicht vor Angst, sondern weil ihm bewusst war, dass er sie sich nicht selbst ausgedacht hatte. *Sie wurden mir von jemand anderem eingegeben ...* Er suchte nach diesem anderen, fand ihn aber nicht. Vor Verwunderung und Ehrfurcht zitterte er jetzt noch stärker: *Worte eines Unbekannten, Worte eines Freundes! Woher? Aus der Ferne? Aus der Nähe? Aus der Zukunft, dem Heute, der Vergangenheit? Morgen, heute, gestern ...*

* Aus einem Brief von Nicolas de Staël (russ.-franz. Maler, 1914-1955)

Er merkte, dass Bart ihn anstarrte. «Was? Sag das noch einmal», flüsterte der Junge.

Jock schüttelte den Kopf. «Nicht jetzt. Wir sprachen gerade über das Zentrum, dass ich dort in Zukunft nur noch zwei Tage in der Woche arbeiten werde ...»

Bart schluckte hörbar. «Ja ...»

«Am Freitag, den ich dann frei habe», setzte Jock fort, «will ich etwas anderes tun. Jeden Freitag will ich dich, Bart Doran, ein paar Stunden unterrichten in ... Es ist eigentlich ein wenig riskant, es dir jetzt schon zu sagen. Aber was soll's? Ob ich das heute tue oder erst in ein paar Wochen! Es ist ‹unter der Rose›; nur Akke weiß davon. Ich will auch noch mit Edu darüber reden. Edu ...» Er schwieg.

«Edu ist auf Weltreise, nicht wahr?», sagte Bart, als Jock anhaltend schwieg. «Vorlesungen und so ...»

«Ja, aber er kommt bald wieder hierher ... (*Ein guter Freund. Und doch sehe ich unserem Zusammentreffen mit gemischten Gefühlen entgegen. Wegen Anna.*) Und er wird im nächsten Monat wieder zurück nach Afroi reisen, für ein Jahr, mit dem Raumschiff Morgenstern ... Und das hat nun wieder etwas mit dir zu tun ...»

«Wie meinst du das?», flüsterte Bart.

«Ich weiß noch genug, um dich – wenn du ein paar Zusatzkurse besuchst – auf die Aufnahmeprüfung der Höheren Schule für Außenwelten vorzubereiten. Einen Moment noch, Bart. Ich werde dich hart rannehmen. Aber wenn du es wirklich willst, bin ich sicher, dass du bestehen wirst.»

«Aber ...», sagte Bart atemlos, «ich wurde doch immer abgelehnt, weil ... weil ...»

«Bart, wir leben jetzt in sich verändernden Zeiten! Ich kann es dir natürlich nicht hundertprozentig garantieren. Aber eins weiß ich ganz sicher: Wenn du achtzehn bist UND DEIN GEHEIMES TALENT ENTWICKELT HAST, werden sie dich mit Kusshand für eine Planetenforscherausbildung annehmen – auch mit schlechten Augen ... Als Kontaktperson oder was-weiß-ich, wie sie es dann nennen werden. Vielleicht wirst du auch nur ein ganz normaler ‹Forscher› werden, auf dem Planeten, der jetzt Afroi heißt.»

Der Mann und der Junge sahen sich an. Bart bewegte seine Lippen, aber es kam kein Laut heraus.

«Ich kann es dir nicht mit Sicherheit versprechen», sagte Jock noch einmal. «Ich denke nur, dass es so geschehen könnte. Und das würde mir – nicht nur um deinetwillen, sondern auch um meinetwillen – viel Befriedigung verschaffen ... Dann könntest du, so empfinde ich es, ein wenig meinen Platz einnehmen und nach Afroi gehen, in die Wälder hinein.»

Bart sagte mit bebender Stimme: «Ich habe dir etwas mitgebracht, Jock, zum Aufhängen in deinem neuen Heim ... Nicht kostbar, und zur Hälfte von dir selbst gemacht ... Aber jetzt vielleicht ganz passend. Du hast bestimmt schon erraten, was es ist ... Unsere gemeinsame Wasserfarbzeichnung!»

Hastig packte er das Aquarell aus und zeigte es Jock, neu hinter Glas gesetzt:

GRÜNE AFROINI UNTER FLAMMENDEN BÄUMEN.

EPILOG

Die Augen eines Tigers

Jock Martin saß zurückgelehnt in seinem Rollsessel und betrachtete sein Gemälde: DIE AUGEN EINES TIGERS. Er dachte an alles, was damit verbunden war. Warum er gerade dieses Bild hatte verstecken müssen. Wie er es wieder hervorgeholt und Anna geschenkt hatte, so wie er es ihr zuvor versprochen hatte.

Ich male niemals genau das, was ich sehe, und doch: Ohne ein Bild, ohne zu sehen hätte ich nie zu malen begonnen.

Hinter sich hörte er Annas leichtfüßige Schritte, und ihre Stimme sagte: «Barts Aquarell hängt gut dort, aber das da ... Was meinst du, sollen wir die Lampen anders einstellen oder sollen wir es lieber etwas nach rechts hängen?»

Wir! dachte Jock. *Wir!*

«Ich finde, es ist ein sehr schönes Gemälde, Jock. – *Schau nicht so ungläubig, du findest das selbst doch auch!* – Xan und ich bereiten dir etwas Leckeres zu. Akke hat gesagt, dass du zu mager geworden bist, und als altmodischer Mann findet er, dass *ich* daran etwas ändern sollte ...»

«Unsinn», sagte Jock.

Ich tue alles für dich, weil ich dich liebe, auf alle Weisen, die ich kenne. Auf jede Weise, die du willst ...

Genau, was ich auch versuche ... Das ist das Einzige, dessen ich sicher bin. Jock schloss die Augen, auf einmal ein wenig müde.

Anna setzte sich zu ihm. «Du wirst wieder Kreativ-Betreuer», sagte sie. «Nur noch ein paar Wochen, dann bist du wieder völlig gesund.» Sie dämpfte ihre Stimme. «Würdest du mich – sobald du es kannst – eine Nacht mitnehmen und mir das Blinkende Bett zeigen?»

Und dort schlafen, zusammen? Jock sagte nichts, sondern lächelte nur. *Sollen wir wirklich so lange warten?*

Anna lächelte auch, küsste ihn und flüchtete in die Küche, obwohl sie dort eigentlich nichts tun konnte, weil Xan dort beschäftigt war.

Jock erschrak, als Flamme auf seine Knie sprang, auf ihnen balancierte, sich hinlegte und zu ihm aufsah, mit einem glänzend-grünen, rätselhaft durchdringenden Blick.

Kätzchen? Katze? Jock rührte sich nicht.

Warum stehst du nicht auf, du dummer Mensch? Warum läufst du nicht herum, spielst du nicht – ernsthaft – mit mir?

Jock blickte der Katze in die Augen und sah unendlich viele Leben. Heute, Vergangenheit und Zukunft. Er sah genauer hin und sah Wälder und Wildnis, er sah noch genauer hin und sah Flammes Augen.

Tut mir Leid, Flamme. Ich laufe auf Krücken, und wenn ich in einer Woche oder so keine Krücken mehr brauche, bin ich deiner Meinung nach noch immer ein Mensch auf Krücken, denn …

Unverwandt betrachtete er die Katze und hielt den Atem an.

Anna kam wieder ins Zimmer und deckte mit Xan zusammen den Tisch. Xan stellte die ganzen leckeren Sachen dort ab und verschwand.

«Kommst du …», begann Anna.

Psst … «Schau nur.»

Flamme war von Jocks Knien heruntergesprungen, saß jetzt auf dem Boden und putzte sich. Anna stellte sich hinter Jock und fuhr mit ihren Händen liebkosend über seinen Hals, seine Schultern.

Flamme sprang auf die Couch gegenüber und rollte sich darauf zusammen. Jock flüsterte:

«Hast du das gesehen, Anna? Die Tiger haben wir aussterben lassen, aber bei uns wohnt ein Etwas, mit dem man ganz behutsam umgehen muss!»

Er fühlte ihre Hände auf seinen Schultern, ihr Kinn auf seinem Kopf, als sie leise antwortete:

«Ja, du merktest es bereits, als du sie das erste Mal sahst.

Erinnerst du dich noch an jenen Montag, vor so vielen Wochen?» Nach einer kurzen Pause flüsterte sie: «Ich kann nicht so gut vortragen wie du, Jock, aber ich habe wieder ein Gedicht gelernt ... Es ist jünger als das andere, und ich sage nur eine Strophe für dich auf. Du kannst es auch nachlesen. In voller Länge, in einem richtigen Buch, das ich von Herrn Ing bekommen habe. Es liegt dort bei den Vorlese-Ohrknöpfen in der Schublade ...»

Jock ergriff beinahe grob ihre Hände, hielt sie fest und küsste sie sanft. «Sag nichts, sag nichts!»

Anna sagte: «Doch, ja doch. Schau nur Flamme an, liebster Jock. Lausche jetzt den Strophen eines Gedichts, das aus einer alten Sprache – Deutsch – übersetzt wurde. Das Gedicht einer Frau wie ich:

> Jetzt tut sie so, als ob sie schlief,
> und ist ganz einfach eine Katze –
> doch war's ein Tiger, der mich rief,
> mit Tigeraugen, Schwanz und Tatze.*

---

* Liesel Linn: Die Tigerkatze, Den Haag/Köln 1981, letzte Strophe.

Nachschrift

1. Der Originaltitel des Gedichts «*Unter der Rose*» lautet *Under the rose* (The Song of the Wanderer). Es stammt von Walter de la Mare, einem englischen Dichter (1873-1956). Veröffentlicht wurde es in: *Collected Rhymes and Poems*, Faber & Faber, 1944.
   Das vollständige Gedicht findet sich im 5. Teil, S. 417 f.
2. Das Gedichtfragment am Buchende ist die letzte Strophe des Gedichts *Die Tigerkatze* von Liesel Linn (1981).
3. Der Name der Stadt Neu-Babylon stammt von Constant (Nieuwenhuys). Näheres in der Fußnote 4. Teil, S. 233.
4. Mein Dank gilt vielen Freunden, die mir technische, medizinische und andere wissenschaftliche Erklärungen gaben.
5. Die Schreibweise der Namen, Erklärungen und Abkürzungen erfolgt meistens nach: Der Große Wortschatz der Westlichen Umgangssprache [W.W.U.] (zusammenfassend für: Eurikanisch und Neu-Babylonisch), 11. Auflage.